网络文学特质与新变

欧阳友权 禹建湘◎主编

中国广播影视出版社

图书在版编目（CIP）数据

网络文学特质与新变 / 欧阳友权，禹建湘主编 . --
北京：中国广播影视出版社，2024.2
ISBN 978-7-5043-9174-2

Ⅰ . ①网… Ⅱ . ①欧… ②禹… Ⅲ . ①网络文学—文
学研究—中国—文集 Ⅳ . ①I207.999-53

中国国家版本馆 CIP 数据核字（2024）第 003692 号

网络文学特质与新变
WANGLUO WENXUE TEZHI YU XINBIAN

欧阳友权　禹建湘　主编

责任编辑：黄月蛟　杨　扬
责任校对：龚　晨
封面设计：人文在线

出版发行：中国广播影视出版社
电　　话：010-86093580　010-86093583
社　　址：北京市西城区真武庙二条 9 号
邮政编码：100045
网　　址：www.crtp.com.cn
电子信箱：crtp8@sina.com

经　　销：全国各地新华书店
印　　刷：三河市龙大印装有限公司

开　　本：710 毫米 × 1000 毫米　　1/16
字　　数：368（千）字
印　　张：21.75
印　　次：2024 年 2 月第 1 版　　2024 年 2 月第 1 次印刷

书　　号：ISBN 978-7-5043-9174-2
定　　价：98.00 元

目　录

上篇：现状与发展

中篇：特质与新变

下篇：传播与 IP 改编

现状与发展

中国网络文学三十年的生成逻辑

◇ 欧阳友权

一种文学在短短三十年间便发展成为具有世界影响力的文学"巨存在"，堪与好莱坞大片、日本动漫、韩剧一起并称为"世界四大文化现象"，不能不说真的是一种奇迹。这种"奇迹"是如何诞生的，支撑它成长壮大的根本原因是什么，又该怎样评价这一特殊的文学或文化现象，实在是一个很有诱惑力的话题。

一、红利与动能的"历史合力"

现在看来，中国的网络文学短短三十年即打造出世界网络文学的"中国时代"，这其中的逻辑"基座"其实是关乎两大"红利"和一个"动能"。两大红利是改革开放的时代红利和网络传媒的技术红利，前者为网络文学提供了政策支持和经济支柱，后者则赋予网文生产以技术关怀。一个动能是指人的个性解放和创造力释放。爆发式增长的网络文学实际上是潜藏的人性和被遏制的文学创造性在赛博空间的自由释放。纸笔书写时代的文学已经不能满足需要，让公众发表作品的欲望终于找到了数字化的"舟筏"而奔涌至网络出口，网络文学不过是把"地火"馈赠给"媒介机缘"而燃烧的光芒。海量的类型小说是不是文学已不再重要，重要的是表达自由的心性，唱出昔日文学"圈外人"心灵深处的"我"之春歌。1886 年，恩格斯在《路德维希·费尔巴哈和德国古典哲学的终结》中说："无论历史的结局如何，人们总是通过每一个人追求他自己的、自觉预期的目的来创造他们的历史，而这许多按不同方向活动的愿望及其对外部世界的各种各样的合力，就是历史。"我们的网络文学，就是"红利"与"动能"在中国三十年语境中"历史合力"的必然结果。

二、"审祖"与"述变"的逻辑悖论

"父根"的网络与"母血"的文学，内置为网络文学的两大基因，也给这一文学带来"审祖"的合法性——网络文学还是"文学"吗？它究竟是千年文学的"逆子"还是技术丛林的"圣婴"？文学的圣殿上有没有网络文学的"牌位"，取决于这一文学能否为文学的进步提供一些新的东西而成为人类文学史的一个节点。于是，"传统文学"与"网络文学"、"作家"与"写手"变身营垒分明的两大阵营，前者"审祖"，后者"述变"，"审祖"者试图与传统文学进行对位衔接，"述变"则要把现在时和未来时作为文学认证的现实选择。换言之，"审祖"是寻求历史合法性，"述变"则立足于时代必然性，由此构成了三十年网络文学的一个"元论题"，许多有争议的问题皆发源于此，这便是当下网络文学的"生成逻辑"悖论。

三、追问网络文学的"评判伦理"

追问一：为什么说网络文学被严重低估？它所创下的诸多"历史之最"就不去说了。仅谈三点：第一，试问这种文学能否放下身段服务大众，让千万闲暇的精神家园成为社会情绪的"出口"？第二，试问这种文学能否把作者、经营者、读者结合为一个紧密的"利益共同体"，而把数亿人的文学社会划分为"趣缘社群"？第三，试问这种文学能否让生生不息的好故事播散到全世界，以文化软实力征服"歪果仁"？2022年9月13日，英国大英博物馆把16部中国的网络小说列入中文馆藏书目，这是对中国网络文学的一种"高规格"认可，看来传统文学界对网络文学的"傲慢与偏见"该收场了！

追问二：网络文学是成就自己，还是变成"他者"？在守成与破防的选择上，有人一直有"改造"情结，不想让"异端"自成气候，挑战传统和权威，现在倡导的"精品化""经典化""高质量""转型升级""现实题材"等，其潜在逻辑是"改变"，让网络文学走向"基因置换"——把爽感故事变成"宏大叙事"，使轻松休闲变得沉重、深刻和担责，赋予网络文学一大堆"画外音"。这些没有什么不好，甚至对社会、对时代、对青少年是十分必要的。问题在于，网络文学真的需要改变吗？我们究竟要让它变成什么？"现在的样子"对社会、对时代、对青少年就一定不好吗？如果一味地抹平差异、"修叶剪枝"，把网络文学改造为"美丽的园林"，百姓需要的"烟火气儿"就没了！网络文学需要真正落实"以人民为中心"，因为人民大众才是一种文学"够资格"和"不够资格"唯一的评判者。

追问三：面对"试错期"的网络文学，我们应该怎样"容错"和"纠错"？谈论网络文学有三个常见的误判：网络文学全是"垃圾"、网络作家都是"富翁"、网络写作十分"容易"，这些外行之论，犹如"我闭上眼睛就是天黑"，不值一驳，但它们对网络文学的伤害依然不可低估。网络文学要捍卫尊严，一要靠自强来做好自己，二要优化社会环境、舆论环境、政策环境，以建立理性健全、开放包容的评判伦理，这样才能让今日网络文学的生成逻辑，成为明日网络文学健康前行的价值理性。

（此为在中国文艺理论学会网络文学研究分会第七届学术年会上的发言提纲）

网络文学：在迭代升级中拔节生长

◇ 陈定家

中国网络文学历经 20 余年高速发展，给读者带来丰富内容和独特审美体验。进入新时代，网络文学从量的增加转向质的提升，内容改编和衍生开发百花竞放。中国作协近期发布的《2021 中国网络文学蓝皮书》显示，网络文学创作数量、质量均稳步提升，现实题材、科幻题材、历史题材表现亮眼，主要网络文学网站全年新增 1787 亿字，存量作品超过 3000 万部。近年来网络文学深耕优质内容、创新传播方式、积极走向海外的有益经验值得总结。

一、借鉴传统以深耕内容

内容质量是文艺作品的生命线，网络文学发展也遵循这个道理。过去，一些网络文学作品曾出现内容粗糙甚至泛娱乐化倾向。几年来，大浪淘沙，深耕内容品质、以质取胜成为网络作家的共识，网络文学走上精品化道路。

网络文学不断借鉴传统文学创作手法，扎根于历史悠久的中国文学土壤。其中，传统文学经典深入生活、观照现实、思想精深的优长，越来越受到网络作家关注。《百年沧桑华兴村》通过一座村庄的变迁，折射建党百年来中国社会进程；《情暖三坊七巷》叙写福州三坊七巷保护改造，探寻城市发展如何接续历史记忆；《冰雪恋熊猫》《幸福在家理》将冬奥主题与美食文化、乡村振兴融合，灵动展现时代气息……以生动文字刻画社会生活场景、反映时代发展潮流、展现民族精神力量，日渐成为网络作家的自觉追求。

以普通人物的奋斗人生折射时代精神，在这方面，传统现实主义文学为我们留下无数经典佳作。网络文学以取长补短的学习心态，在现实题材的广阔道路上开辟网络新篇。《北斗星辰》以北斗卫星导航系统研发为主线，刻画科研工作者的奉献精神。作者作为相关科研人员，不仅熟悉专业知识，保证了小说知识内容的准确，更对科技自立自强有细致入微的深刻体会，让作品有细节、有高度。《三万里河东入海》《奔腾年代——向南向北》讲述普通创业者的艰辛打拼历程，唱响奋斗的青春之歌。《嗨，古建修复师先生》《他以时间为名》通过古建修复、壁画修复故事，弘扬传统文化，表现工匠精神。还有的作品将刚强勇毅、不屈服于苦难的传统武侠小说精神内核，与年青一代拼搏向上的时代背景相融合，实现个人奋斗与家国叙事的同构，激励人心。

在传统文化中汲取营养，网络文学内容更加厚重，意境更加深远。一些现实题材、科幻题材网络文学作品探向传统文化宝库，调用古典文学资源；还有的作品在故事背景、意象营造等方面，创造性地进行"故事新编"，令人印象深刻。《知北游》化用《山海经》元素，为奇妙想象注入文化内涵。《廊桥梦密码》学习借鉴《西游记》和传统民间故事叙述手法，以浙闽木拱廊桥为背景，用跨时空对话描绘匠心匠艺。《登堂入室》聚焦瓷文化，出身制瓷世家的主人公宋积云在制造材料、技术手法等方面改革创新，作品通过主人公成长经历，讲述文化遗产传承故事。

二、在媒介融合中创新传播

媒介融合是理解网络文学的一个重要维度。从纸质书到电子屏，网络文学诞生；从仅供阅读的文本到影视作品、有声书、文创产品等，网络文学创新传播。短视频、社交应用等各类平台不是与网络文学争抢读者的"对手"，而是网络文学内容形式创新的动力与渠道，促成网络文学向多元视听作品转化与传播。

网络文学的影视转化广受关注。作为网络文学创新传播的重要途径，近年来影视剧改编在数量增加的同时，质量日益提升。去年，网络文学改编影视剧超过百部，涵盖历史、都市、喜剧等多种题材，《司藤》《上阳赋》《你是我的荣耀》等影视作品引起热烈反响。其中，现实题材影视改编热度高涨，《乔家的儿女》《小敏家》《理想之城》等关注家庭、职场等社会热点话题的改编剧不断涌现。一些叫好又叫座的网络文学作品在改编过程中扩大效应，比如网络剧《庆余年》改编自同名原著的一部分内容，取得收视成果后，改编者依托原著内容、剧情设定又创作了续集。

不限于高投入、大制作的影视作品，网络文学改编形式日益多样。有声书、微短剧、文创产品等为网络文学内容转化提供多种可能。有的网络小说经过改编，情节更加紧凑，故事体量适中，符合微短剧叙事节奏快的特点。《今夜星辰似你》《长乐歌》等根据网络小说改编的微短剧作品，浓缩原著故事精华，情节设置巧妙，获得关注和点赞。不同艺术形式联动，促成网络文学多形态改编的"破圈之旅"。《大奉打更人》在小说完结后不久，便启动有声书开发，漫画作品上线后也成为平台爆款。另外，角色扮演推理游戏近年来备受青年群体青睐，召唤更多好剧本、好故事。网络文学表达方式、情节设置等方面的社交化特色，正与角色扮演推理游戏不谋而合，可为其提供大量剧本。这让网络文学传播从"线上"走到"线下"，并从受众角度给网络文学创作者提供写作命题，反哺创作。

三、从"作品出海"到"生态出海"

凭借文艺凝结心灵、沟通世界的优势，网络文学不断探索"走出去"之路。数据显示，2021年我国网络文学海外市场规模突破30亿元，海外用户1.45亿人；截至2021年，共向海外输出作品10000余部，实体书授权超4000部，上线翻译作品3000余部。网络文学海外传播在规模扩大基础上不断升级转型，创作者、平台和读者正共同努力，用更新颖的形式、更通畅的渠道把精彩故事推向海外。

网络文学出海模式从作品授权内容走出去，转型为产业模式输出，"生态出海"崭露头角。不止于实体书出版、在线翻译传播，改编传播、海外本土化传播等方式相继出现。其中，海外本土化传播体系的建立影响深刻。为跨越语言障碍、增进读写交流，国内网络文学网站纷纷搭建海外平台，及时推出中国网络文学作品译作，同时吸引海外作者踊跃创作。中国网络文学瑰丽的想象和精彩的故事，连同原创、连载、订阅等创作接受模式，都移植到了海外平台。有的平台翻译作品近2000部，上线作品数万部，拥有7300万用户；有的平台2021年海外版权输出签约数量超500部，还有的平台覆盖全球150多个国家和地区，其中包括40多个"一带一路"沿线国家。

在"生态出海"背景下，"IP出海"呈现新样貌。国内网络文学改编形式日益丰富，影视、动漫、游戏多维联动，为海外传播内容创新带来启发。《锦心似玉》等剧集登陆国外主要视频网站，在上百个国家和地区上线。《恰似寒光遇骄阳》等网络文学改编漫画在国外市场进入人气榜单前列。多样的改编形式还反哺了原著外译授权合作，《芈月传》《择天记》等剧集在海外热播，同时吸引当地读者捧读原著译本。在翻译作品、国内改编作品影响下，海外本土改编也多了起来。一些网络文学改编影视作品不仅在海外播放，还被当地创作者改编成新的作品。网络文学以多种形式展开跨文化对话，促进了文化交流。

在中国文学源远流长的脉络里，只有 20 多年历史的网络文学还很年轻，但网络文学的创作者数量、读者覆盖面、改编形式等方面都呈现出不同于以往的文学新气象。总的来说，网络文学的发展离不开媒介科技变革，更离不开生活和传统的滋养。一切创作技巧和手段都为内容服务。期待网络文学继续汲取时代生活的源头活水，不断提升内容质量和思想内涵，为海内外受众提供更多文质兼美的作品。

多重主体的表征：
中国网文如何想象后
人类意义上的"人—自然"

◇ 李　玮*

　　近年在网络文学作品中大量出现的"后人类"叙事，是网络文学在承载"新经验"方面的重要标识之一。沿着后现代、后殖民和女性主义的思考路径，正视"非人"之于"人"的意义，反思"人类中心主义"，成为全球化背景下批判性理论的重要生长方向。① 从拉图尔构建人—"非人"行动者网络，② 到罗西等强调重建主体后人类，③ 后人类理论去人类中心化的诸多努力都与文学表征密切相关。将"'科学的社会建构'的梦魇添加到自然的文化表征上"，拉图尔认为，在科学理性的架构中，经由与科学理性相适应的社会文化中介，"自然"被抽象化为一个整体。想超越这种束缚，要从改变"表征"开始。④ 文学的想象力，用超越理性的文本述行实践，形构"后人类主体"具象，将"后人类"的反思经验化，是后人类思考的重要资源，也是

　　* 李玮：南京师范大学教授，博士生导师，主要研究方向为现当代文学、网络文学。本文系国家社会科学基金重大项目"社会主义文学经验和改革开放时代的中国文学研究"（编号：19ZDA277）、江苏省社科基金项目"新时代江苏网络文学高质量发展研究"（编号：20XWD001）的阶段性成果。

　　① 赵柔柔：《斯芬克斯的觉醒：何谓"后人类主义"》，《读书》2015 年第 10 期。
　　② 通过构建行动者网络，拉图尔将"非人"行动者和"人"放到同等重要的位置，他认为它们（非人）必须作为"行动者"，而且不能被简单地、无奈地作为象征投射物。参见 Bruno Latour, *Reassembling the Social：A introduction to Actor-Network Theory*（Oxford and New York：Oxford University Press, 2005）, p. 10.
　　③ 罗西·布拉伊多蒂：《后人类》，河南大学出版社，2016，第 241 页。
　　④ 在拉图尔看来，重建"表征"，将之从人类主体所定义的"第二品性"，转变到重新呈现亦再次表现"人—自然"共同世界的问题，集合人类和非人类的联系，是为解决二元对立问题（"人—非人""自然—政治"）提供不可或缺的选择的重要步骤。布鲁诺·拉图尔：《自然的政治》，麦永雄译，河南大学出版社，2016，第 72—86 页。

将后人类理论嵌入现实的重要路径。①

　　当诸多研究注意到科幻文学或网络文学塑造的机器人、机械人或虚拟人时，② 本文关注诸多网络文学文本如何打破"自然—人"的二元结构，从身体、视域、行动关系和隐喻等方面"杂糅"人和自然的叙事方式。通过创造人和动物、植物、真菌、病毒等多种复合性主体，重构多种视域和行动语义网络，以及将"人—自然"的隐喻与诸多去中心化的隐喻叠加，这些后人类意义上"人—自然"主体的再建和叙事的重组，可以被看作全球化背景下具有先锋性和反思性的文学表达。特别是当这些"后人类"叙事拥有各平台顶尖的阅读数据和读者口碑时，它们似乎预示着另一种"想象的共同体"的可能。

一、"复合体"：如何表征后人类的身体

　　人类中心的框架下，对"人"的界定，以"自然"（动物、植物、病毒等）为"他者"。因此，重建霍米巴巴意义上"杂糅"③ 的"主体"，消解人和自然对立的二元结构，是拆解本质化的"人"之概念的重要路径。"后人类"理论的突破口亦是主体性问题，"后人类标志着有关主体性的一些基本

---

　　① 拉图尔明确表明文学理论和文学作品对自己建构行动者观念和行动者理论体系的重要性，因为对小说的分析，特别是当他们运用语义学和各种叙事学理论时，文学理论家能够比社会学家更多地探寻形构的问题（Because they deal with fiction, literary theorists have been much freer in their enquiries about figuration than any social scientist, especially when they have used semiotics or the various narrative sciences.），并且只有通过不断地了解文学，ANT 社会学家才能在定义是什么行动主体充斥着世界时不那么刻板、呆滞和僵化（It is only through some continuous familiarity with literature that ANT sociologists might become less wooden, less rigid, less stiff in their definition of what sort of agencies populate the world.），参见 Bruno Latour, *Reassembling the Social: A introduction to Actor-Network Theory* （Oxford and New York: Oxford University Press, 2005）, pp. 54-55.

　　② 当下采用"后人类"视角对科幻文学和网络文学的研究集中呈现"赛博格"意义上的"后人类"。如鲍远福的《副本模式，游牧身体与生命政治新范式——中国网络科幻小说的"后人类叙事"》（《内蒙古社会科学》2022 年第 1 期）、《网络科幻小说的"后人类"叙事与美学追求》（《中州学刊》2022 年第 3 期），姚利芬、刘阳扬等学者对王晋康、韩松等科幻文学的研究也主要关注科技高度发达后产生的"后人类"……《中国科幻新浪潮》中宋明炜指出陈楸帆的《巴鳞》对"巴鳞"感知的描摹具有进入"非人"形构的意义（宋明炜：《中国科幻新浪潮：历史·诗学·文本》，上海文艺出版社，2020，第 12—13 页）。

　　③ 霍米巴巴提出"杂糅"这个概念，是对既非"自我"也非"他者"之物的再表述，或者说"翻译"，这个概念同时抗辩相关概念和边界，从而具有实现转型的价值。（My illustration attempts to display the importance of the hybrid moment of political change. Here the transformation value of change lies in the rearticulation, or translation , of elements that are neither the One nor the Other but something else besides, which contests the terms and territories both.）参见 Homi K. Bhabha, *The Location of Culture* （London and New York: Routledge, 1994）, p. 28.

假定发生了意义重大的转变",① 罗西认为，这种转变是指去除占有性的、本质化的人类主体，建立"完全沉没于并天生存在于一个非人类（动物、植物和病毒）的网络关系中"② 的"后人类主体"。然而，如何"现实地"生成"人—自然"复合的"主体"，并围绕这一主体建立身体、意识、行动网及其意义？拉图尔认为科学理性区隔了人与自然，并呼吁用"表征"重建集体。他给出的启示是，"后人类"的起点是另一种"想象的共同体"。文学象征领域对"人—自然"复合体的创造以及围绕复合体所建立的世界，对反思"人是什么"中潜在的问题至关重要。

对"人"的审视，率先从"身体"开始。哈拉维在《赛博格宣言》中标注了人与动物的边界、动物—人类（有机体）与机器的边界，以及第二个区分中的一个子集，身体与非身体之间的界线。③ 身体形态是"人"最为直观的表征，身体的反思和再造也是"后人类"反思"人—自然"关系的第一步。赵柔柔曾分析《俄狄浦斯》中斯芬克斯形象的隐喻性，"狮身人面并生有双翼的斯芬克斯显然拼合着人与非人的两种形态，而可以说，'人'的身体性构成了它最大的焦虑：它不断地用人之身体性的谜语来报复性地惩罚不自知的人，最终在一个确认了身体性的人面前'羞愤自杀'"④。在网络文学的后人类叙事中，人的身体性受到了质疑和挑战，"斯芬克斯"涌现。扶华在2020年创作了一部短篇合集《奇怪的先生们》（2020）⑤，其中《极地凶兽》一篇，穆里取下头骨帽子后，出现的正是白熊面貌，毛茸茸的脑袋与白色的圆耳朵构筑的熊首，是类似斯芬克斯的"兽首人身"，真正地将动物的头颅放在人身之上。多木木多的《失落大陆》（2011）中，尼克森人有四肢与直立行走的习惯，因此是类人的，但同时也拥有长尾、鳞片和竖瞳。扶华的《末世第十年》（2017）⑥ 中，陪伴女主姜苓的是黑鳞、白磷两个少年，类人形，会人语，但是留着四爪、鳞片与尾巴，类似于食肉动物与食草动物。蛛于的《在远古养大蛇》（2022）中，女主宋许穿越为南方猛兽部落的松鼠

---

① 罗西·布拉伊多蒂：《后人类》，河南大学出版社，2016，第4页。
② 罗西·布拉伊多蒂：《后人类》，河南大学出版社，2016，第285页。
③ 唐娜·哈拉维：《类人猿、赛博格和女人——自然的重塑》，陈静译，河南大学出版社，2016，第319—324页。
④ 赵柔柔：《斯芬克斯的觉醒：何谓"后人类主义"》，《读书》2015年第10期。
⑤ 扶华：《奇怪的先生们》，晋江文学城2020年5月15日。下文出自同一作品内容引文不再标注。
⑥ 扶华：《末世第十年》，晋江文学城2017年3月30日。下文出自同一作品内容引文不再标注。

兽人。非刀的《喵主子》（2019）① 中，女主陆秋穿越至一个人类消失的巨兽世界，而这世界的最终方向也是"兽人"世界，"怪物确实可以变成人，并且可以在二者之间自由变化"。"人"只是动物的一种，其基因片段残存于动物之中，成为进化的方向之一，进化后的"兽人"仍可以在兽形与人形中随意切换。"兽人"是近年来网络文学中出现的一支重要主题，相同的文本架构方式是："人"进入动物的世界，或以"人形"，或以"兽形"，或以混合态，见证"一个新的兽人世界"的出现。在"兽"与"人"的混形之下，有关二者身体的差异被显现出来，并最终走向"差异"的融合，重新勾勒身体的轮廓。

不只是人与动物身体的复合，人与植物、病毒的混形也在近年来的网络文学文本中集中出现。鹳耳最新推出的作品《恐树症》（2022）② 正是"树人"的故事，不知从何而来的"树"作为"异植"侵入普通人的生活，被"树""授粉"后幸存下来的人能够成为拥有特异功能的"共生体"。人与树共存的世界里，人类器官与植物相融合，难分彼此。晋藏呼吸时，"连接着异植的根须也在缓缓起伏""灰绿色的液体再次从根须中流出，渗进他的眼角"。"树种"少年存在"开花期"，从"右眼到脖颈侧面""大量皮肤连续性呈现植物纤维一样的质感"，这些化为植物性状的身体部位被叫作"植化面"。扶华的《奇怪的先生们》中《沼泽怪物》一篇，"沼泽怪物"的肩上、头上长着白菇，树枝从他的脊椎后方伸出，开花。吞下果核和种子，身体就会发芽，随后长苗。云住的《霓裳夜奔》（2021）③ 中，门氏病毒给幸存者留下的后遗症是他们的外表将永远如同粘贴着一团团风干的黑色淤泥，幸存者由此困惑自己这具朽木般的形体是否还算是"人"。主人公霓裳的皮肤布满深色纹路，小腿像萝卜根一样。柯遥42 的《为什么它永无止境》（2021）中，感染了"螯合菌"的人，身体表征与行动如"龙虾"，皮肤是鲜红色，以双臂为钳进行攻击，发病后即使治愈也难以回归"正常"的人类生活，如同接受了无形的身体审判。这些文本侧重刻画有新身体的"新人种"在自我认知与社会接受层面的冲突。

围绕着结构性的"退化"与"进化"表征，"动植物化"与"赛博格"成为"非人"形态的两个分支。相较于"赛博格"被认为是"人"的进化，

---

① 非刀：《喵主子》，晋江文学城 2019 年 9 月 9 日。下文出自同一作品内容引文不再标注。
② 鹳耳：《恐树症》，豆瓣阅读 2021 年 1 月 10 日。下文出自同一作品内容引文不再标注。
③ 云住：《霓裳夜奔》，豆瓣阅读 2021 年 11 月 1 日。下文出自同一作品内容引文不再标注。

"动植物化"会被认为是人的"退化"。由此,"动植物化"的复合体会被认为是低等生命,对它们的屠杀可以不受伦理约束。后人类伦理关系的困境也最先由"身体如何在场"这一问题出发。一十四洲的《小蘑菇》(2019—2020)① 中,蘑菇安折获得人类肉身后,作为"异种"进行自我检视的过程具有结构性意味,从脚踝开始,关注其限制性、有失灵活性的骨骼构造,而后又关注了"指甲"。人类的"指甲"是一个经典意象,"某些在人身上显得无用的身体构造细节在一个描绘整个世界构造的图景中得到了解释"②。从功能性层面进行审视,薄而脆的指甲标志着人类身体功能性退化,但这又成为人生为"高等"动物的标识,如果指甲粗壮反而会被认为是"返祖""退化"。身体性状的变异是人类眼中最直观的"异端"。《小蘑菇》中受到"感染"的人被称为"异种",《恐树症》里与树融合的人被称为"树种"或"共生体"。"共生体"受到"人"的概念和语义的压抑,所以"共生体"无法产生身份认同感,一位"共生体"不无痛苦地表达,"我不喜欢自称'共生体',像什么产品或者机械一样……人类用这个词羞辱你,你就一定要接受吗?"《霓裳夜奔》中的霓裳把自己封闭在"龙蛋"里,不敢面对"第一种人类"的目光。她自问:"没有人形的人,还算是人吗?如果她不是人,叫她做个别的动物也好。而不是非凑在人堆里。"霓裳自认"第二种人类"。这种身体景观的规制投射单一主体的目光,展示着中心之于边缘的排斥,并产生具有"罪孽"隐喻的"心理病症"。"我是报应",霓裳自小就如此被界定,并内化为自我定位,所以她的生死是无关紧要的。扶华的《末世第十年》中,姜羊等"异形"虽然是由人类母体孕育而来,但大多一出生就被屠杀,或是被看作家畜。

阿甘本曾在其著作《敞开:人与动物》的开篇以"兽形"为引,谈及十三世纪的希伯来《圣经》插画中,终结之时人类的头上是"兽首"。"在最后一日,动物和人的关系会具有一种新的形式,人自己也会与其动物本性协调一致。"③ "兽首"之寓言正是《小蘑菇》的结局,人类的"磁极"保护不断失效,对人与动物界限的坚守一再溃败,人与动物之间截然二分的律令被彻底打破,人类无法坚守身体形态和内部超越性的"纯洁",最终成为诸多"物种"的一种,两方混融之下,人与动物的对抗性结构崩塌,最终"融合

---

① 一十四洲:《小蘑菇》,晋江文学城 2019 年 10 月 17 日。下文出自同一作品内容引文不再标注。
② 吉尔伯特·西蒙东:《动物与人二讲》,宋德超译,广西人民出版社,2021,第 13 页。
③ 吉奥乔·阿甘本:《敞开:人与动物》,蓝江译,南京大学出版社,2019,第 4 页。

派"取得了胜利。"一位机缘巧合与鸟类融合的科学家以鸟类的形态诞下了一枚蛋，孵出的幼鸟却在一岁大的时候突然变成了人类的形态。"拆解"人"之概念的语义结构，通向对"复合体"身体的认同和表征，也是网文中后人类表述的重要特点。《恐树症》中"共生体"六誓的痛苦，在"人—植物"共生体的冲突中得到救赎。六誓认识到自身的"结构"本身就构成价值，并具有存在和行动的力量。作品叙述："他的身体和他的力量，无论它们是诞生在怎样的情况下，又和他最痛苦的记忆有多么紧密的联系——它们都是一种纯粹的结构物，是去除了冗余之后一个生机勃勃的陈述句。"这段叙述表达了生命不是被规定的概念，也并非一个意义符号学体系，它是存在和行动本身，六誓以行动定义了他自身。

"身体"开启了"非人"与"人"之间最初的伦理认知，以媒介形式引导着"非人"与世界的交往。当扶华等人的作品经由网文圈的"求非人设定"的"求文"浪潮被翻涌而出，与新近生产的网络文学故事一起组成了"后人类"阅读风尚，这些"自然化后人类"文本就重新定义了"身体"。以超越单一人类主体的多主体融合为"身体"的叙事方向，以复合共生的身体来容纳多种习性、思维方式与价值认知，而表征"多样的身体"正是构建多元宇宙的第一步。

二、多重视域：想象"非人"的感知

对"人类主体性"与自由意志的强调滋养了"人类学差异"，这些"差异"的概念构成人的目光。人文主义的话语之下，进行聚焦的观察者往往是"人"。人的目光覆盖了一切，成为拉图尔意义上的"独景窥视"①。人观照自然的方式是拉康意义上的凝视。人是主体，自然是欲望化的客体，或者是区别于"人"的"他者"。"人"对"自然"等"非人"的凝视，压抑或者说阉割了"非人"的焦虑，以完成主体的成长和塑造。在单向度"凝视"的过程中，权力关系由此产生，自然的性质以及存在方式在"凝视"的目光下被按照人的意识定义、分配，从而无法摆脱"差异性"。而在近年的网文作

---

① 拉图尔在福柯的"全景敞视"（panopticon）之上构造了"独景窥视"（oligopticon），意在指明主体的一种自我中心性。在经验层面，主体往往以自我为视点构建世界，比之"全景"的"大世界"，"独景"顽固地构建了一个异常狭窄的视域下的整体。From oligoptica, sturdy but extremely narrow views of the （connected）whole are made possible. 参见 Bruno Latour, *Reassembling the Social：A introduction to Actor - Network Theory*（Oxford and New York：Oxford University Press, 2005），p. 181.

品中，与塑造"人—自然"复合体相伴随的是"反凝视"，即以"非人"为主体对人进行反观察，呈现"非人"的目光和感知。

首先，作品对"非人"生物进行主体化处理，赋予他们具身性、情感性等基本品质，淡化了"人类学机制"所凝结的异质性，并具有反观察的能力。例如丁墨的《半星》（2020）中，主人公陆唯真作为地球人与璃黄星人的结合体，又被称为"半星"，她选择以璃黄星人的身份自居，由此审视人的种种。云住的《霓裳夜奔》中，主人公是"探照灯种子"霓裳。因样貌怪异而在人群中格格不入的霓裳，自视为"第二种人类"，始终在好奇"第一种人类"的"主流"品质，这篇作品也以敏感细腻的差异性感受为特色。一十四洲的《小蘑菇》中，蘑菇安折以旁观者的身份于人类基地中窥伺，保持着静默与思考。折冬声的《揭盅》（2020—2021）中，仿生人视角的世界始终是故事的重心。戴维·赫尔曼为"非人"叙事定义了"生物叙事学"（bionarratology）的概念，"内聚焦"视角下，"非人"主体的观察功能增强，"'以动物之眼'看待世界"[①]，扶华在《奇怪的先生们》中呈现感官的多重性，"他们并不用眼睛去看景物，不用耳朵去听声音，不用鼻子去嗅气味，也不用嘴巴去尝味道，有的功能都可以由足肢代替"。对于章鱼等"非人"生物体来说，触觉、听觉、嗅觉、味觉、视觉均有另一种体会方式，甚至比人类的感知方式更为敏锐。《恐树症》中共生体卫天遐听"源"的声音"不是通过人类的耳道，而是通过共生体的精神去倾听它们。它们在落叶、树根、泥土之间持续共振……"雪凤凰的《走出动物世界》（2021—2022）中，女主林皎穿越成了一只北极熊，"在人类感官中会让人恶心的血腥味，在北极熊的感官中却是一种别有的芬芳，属于北极熊的味蕾系统更是让林皎享受地眯起了眼睛。"林皎多次发现人类对北极熊习性的"误读"。通过呈现"非人"的生活习性与思维习惯来生成一种陌生感，这种"陌生化"既是打造市场吸引力的需要，也暗含了突破人类主体单一视域的期待。

"'成为—可感知者'是一种以人类主体性为根基的本体论和认识论立场，而'生成—难以感知者'则指的是非人类他者的多样视角。"[②] 不可知论横亘在"人"与"非人"之间，在海德格尔所强调的"断裂"与"深渊"

[①] 宋杰：《建构生物叙事学研究范式——评戴维·赫尔曼的〈超人类叙事学：故事讲述与动物生命〉》，《外国文学动态研究》2021年第5期。

[②] 马修·卡拉柯：《动物志：从海德格尔到德里达的动物问题》，庞红蕊译，长江文艺出版社，2022，第41—42页。

面前，二者不可通约。正如尼采所言："要想知道旁人的思想和视角里可能存在的东西，只有一种无望的好奇心罢了。"① 人类经验似乎无法真正通达"非人"的内部体验，德里达在猫的注视下，遮蔽裸身，在羞于直面"猫"的那一刻，他意识到的是"所谓的动物的注视给我的视域提供了人类深渊般的界限：非人或无人"，由此"人类从未看到被动物看见的所见"，人类的视线从未"与正视他们的动物的视线相交叉"。② 但接下来德里达援引了本雅明的观点，认为动物和自然的"被看"缘于最初的命名，来自在语言之外的"沉默"。由此，为动物、自然赋予话语，让动物、自然的注视得以语言化，也许是让"人—自然"界限进行非线性、非客观化转化的"通道"。③ 网络文学诸多文本让"非人"视角成为叙事视角，"生成—难以感知者"，试图通过模拟非人类他者的多样化视角通达世界的本质，试图寻找在"命名人—非人"之前世界的样貌。"人类幼崽"一词近年来在互联网文化语境中频现，网络文学作品更是以完整的故事表达开掘了这一"人之初"的自然化的含义。涮脑花儿的《被怪兽饲养》（2020）中的女主慕乐穿越，被大角羊店长标注为珍稀的"人类幼崽"。非刀的《喵主子》中女主陆秋被动物贩子皮里克定义为"一只稀有的极品变异五毛猴"，被巨猫威尔斯收购后当成宠物来养，陆秋常常通过换位思考，以人对待宠物的看法，来推测自己在巨猫眼中的样子。

为"他者"赋予感知能力，抗辩有关"人"的绝对主体主义与工具主义，从多重外部视角重塑世界，由此不仅实现了对人类凝视的解构，也超越了"独景窥视"的结构。在这一角度上，撸猫客的《求生在动物世界［快穿］》（2021—2022）构造文本的方式最具代表性。凝望自然生命形式的多元存在，作品刻画了主人公安澜变成各式各样的动物后的生活，非洲狮子、东北虎、虎鲸、猛禽金雕、北美灰狼、紫蓝金刚鹦鹉，当安澜变成动物之时，动物的目光是第一视角，人类的思维方式只作为忽闪的灵光出现。从幼崽到寿终正寝，为了领地、食物、家庭，甚至是求生，安澜游荡、捕猎于草原、森林、海洋、天空，成长为母狮首领图玛尼、虎王娜斯佳、小银鱼热爱的祖

---

① 尼采：《快乐的科学》，黄明嘉译，华东师范大学出版社，2007，第383页。
② 德里达：《我所是的动物（更多随后）》，《解构与思想的未来》，夏可君等译，吉林人民出版社，2006，第125页。
③ 德里达：《我所是的动物（更多随后）》，《解构与思想的未来》，夏可君等译，吉林人民出版社，2006，第124—143页。

母鲸……美丽又磅礴的荒野气息涌动，不同的世界一一展开，由此也被读者称为"文字版的《动物世界》"。作品以动物世界向人类世界进行反观，观察野外纪录片团队、偷猎者、马戏团、人类饲养者，探讨自然与其之间的关系。"一旦人类的中心地位受到挑战，大量介于'人'和他的他者们之间的壁垒就会坍塌下来，以一个瀑布效应的方式打开意想不到的视角。"① 多元主体的关照来自多种多样的"非人"，"动物"的整体性被打破，不同的凝视目光朝"人"投射而去，"人"的多面性和多样性也由此展开，人与"非人"的关系变得暧昧而复杂。

三、"非人"行动主体：重构"人—自然"的叙事语义结构

除了重建身体、赋予感知，形构后人类主体的网络文学为"人—动物"非人复合体赋予了行动的能力。在拉图尔建立的行动网络中，他将"非人"同样看作行动者，由此重构了一种新的行动关系，行动不再局限于人与人之间，也可以发生在人与自然之间，自然也可以是行动者。这种语义关系的构建打破了人类中心所凝固的封闭性，建造了一种含义更为丰富的语义系统，在这个系统里，人与世界重新相遇。在拉图尔的这一行动网视野之下，网络文学中有关"人—自然"新语义的构建显露出其不容忽视的存在性，具有达成终极语义的行动功能。

从"人—自然"对立的隐喻出发，鹳耳的《恐树症》引入"共生体"构建了三元语义结构。"我们被'树'包围已经快两个月了"，《恐树症》的开篇就介绍了"树灾"（异植聚合体）。在这些"树""开花"的过程中，随风飘散的"花粉"进入人体循环后让人体产生不可逆转的"树化"。但如果避开这些危害，将花瓣加以处理，则能够制成治疗器官衰竭、延年益寿的珍奇药物。显然，《恐树症》在指涉"人—自然"关系的现实问题，一方面人类通过对象化自然，将其变作"生存资源"；另一方面，自然仍以异质性表达着对人类具体生存和意义层面的威胁及破坏性。鹳耳没有对"树灾"做科学化的分析，拉图尔也曾指出"一旦我们把恐龙加诸其古生物学家，把粒子加诸其加速器，把生态系统加诸其检测仪，把能源系统加诸其以计算为基础的标准和假设，把臭氧空洞加诸其气象学家和化学家，我们就已完全结束了谈论自然"②，在"自然的科学规训网络"中，自然呈抽象的"单数"状态，

---

① 罗西·布拉伊多蒂：《后人类》，宋根成译，河南大学出版社，2015，第95页。
② 布鲁诺·拉图尔：《自然的政治》，麦永雄译，河南大学出版社，2016，第71页。

其多元性多向度性难免被遮蔽。《恐树症》回避了对人与植物关系的科学化解释，使这一冲突被重新表征。"没有人知道异植聚合体是什么时候出现在这世界上的……追究这个问题没有意义。它是一种'如此'。它单纯地'是'。"鹳耳在本体象征的层面表述了人与自然对立的问题，并且他并没有如麦尔维尔那样用"白鲸"的隐喻把自然塑造成凶猛、神秘的化身。《恐树症》不仅将"树灾"表现为共和国最主要的敌人之一，每一个人都面临被"授粉"的威胁，而且"树海"在表达着它们自身，"它近在眼前，正在对卫天遐亲口说出语言诞生之前的语言"。作品并没有将"树灾"视为需要攻克的"灾难"，而是通过人与自然的"杂糅"——"共生体"，试图寻求"沟通"和"对话"的可能。能够感受到"树海"语言的卫天遐就是二者的中介。这些共生体一面具有人类的意识，人性健全，由此显出"无危害性"，另一面"内心生长出回归异植、远离人类的欲望"。在身份认同的张力中，"共生体"也逐渐生成，通过卫天遐的"成长叙事"，叙述他的情感、事业，其自我认知与身为"复合体"的存在方式之间的冲突或关联，《恐树症》模糊了人和自然之间的界限。当卫天遐与代表生命的"源"沟通后，他在共生结构和交互联结的意义上，重新认识了人、自然和共生体之间的关系。作品写道："几乎自从记事以来，卫天遐就为自己是人类还是共生体而困扰……如今他不是纯粹的人类或共生体，也不是异植，而是能够连接三者的存在。"改变二元对立，走向多元存在，或者说拉图尔意义上的多元宇宙（cosmos）是《恐树症》的意义指向。

一十四洲的《小蘑菇》也将"人—自然"的二元结构转化为融合共生的三元结构，以隐喻的方法表现了更具行动元特征的"自然"。《小蘑菇》首先设置了具有破坏力的、疯狂的"异种"动物，以人与动物相抗衡的"末世"表达着人与自然对立的结构，而后又引入"真菌"这一物种打破了这一结构，在叙事进程的推进中塑造了三元结构的景观。《小蘑菇》极富创造力的一点叙事表现便是它更换了拯救世界的主人公，将"救世者"角色从"人"手中取走，赋予一株蘑菇。在阿那克萨戈拉的序列中，人、动物、植物，在智性与理性的强度、精细度与力量上逐级下降，[①] 属于微生物类的蘑菇更是处于物种序列末端，而它却恰恰成为拯救世界的福音。在"末世"设定下，动物的生命力被放大，植物略显静止性的生命循环中被增添了一种能动性，

---

① 吉尔伯特·西蒙东：《动物与人二讲》，宋德超译，广西人民出版社，2021，第9页。

潜伏在丛林之中，可以与动物缠斗，也可以与人类交换信息。"蘑菇"既不属于动物，也不属于植物，而是独属于真菌界。值得注意的是，文本在人和异能动物的对立冲突中，引入了真菌繁殖体作为破局的第三方力量。如果说人和异能动物的战争仍在表述人与自然对立、对抗的隐喻，那么将"小蘑菇"（"人—真菌"复合体）作为缓和的中间带，并用超性别爱恋联结"人"和"小蘑菇"，让"小蘑菇"成为改造、改变"人"的通道，就是在改变人与自然在人类中心主义语义关系下的对立性，超越"非此即彼"或是"人定胜天"的结构，以对"复合体"的接受与学习指向了"共同体"乌托邦。

诸多网络文学文本将界限的突破与物种的融合作为叙事语义的重要维度，正如哈拉维的"赛博格神话"中所言，它们在表达"边界的逾越、有力的融合和危险的可能性"①。《小蘑菇》中的各类生命形态在相互"感染"中共存。"感染"作为一种无知无觉中便愈演愈烈的趋势，如同病毒的流行与进化，成为文本之中挥之不去的阴影。这不仅是疫情时代下的文化记忆，而是一种关于"界限"的隐喻。从最初的人与动物之间的"感染"，拓展至后期无机物与有机物的融合，最终整个生态系统都面临物质同化的风险，作品以一种临近极值的想象方式表达了对"界限"的思考。在解构主义式思潮之下，"纯粹性"消亡，"界限"纷纷冰消瓦解，物种之间的同化成为趋势。扶华在《奇怪的先生们》中《机械杀器》一篇设置了一种宇宙生物的辐射感染，人类有被感染化为"吸血虫"的危险，而吸血虫病毒的传播被认为是通过空气、水流和光，为阻碍具有流动性的介质传播，只能通过建造封闭的黑暗室与之对抗。《小蘑菇》里的磁极保护罩、《奇怪的先生们》里巨大的玻璃罩子、《霓裳夜奔》中的环海大坝、《揭蛊》里的电子屏幕，都象征着焦虑的时代中偏执的守界者，但正像亚里士多德将大树看作陆地的牡蛎，在物种的边缘，交界并不分明，在边界的"厘清"与"含混"中，人类的限度得以重新论证，"人"与"非人"的界限被取消。

除了语义元素的矩形结构，叙事表层的色彩、形式和语素等修辞手法归入表意过程的"外显结构"②也十分重要。通过摘录《小蘑菇》中有关蘑菇安折的修辞表达语句，安折这一人物身上的暗示性得以明晰。"夕阳余晖透

---

① 唐娜·哈拉维：《类人猿、赛博格和女人——自然的重塑》，陈静译，河南大学出版社，2016，第325页。

② A.J.格雷马斯：《论意义——符号学论文集》（上册），吴泓缈、冯学俊译，百花文艺出版社，2004，第140页。

过车窗洒了进来，金色的光泽在他睫毛的末端泛起。安折的睡颜很安静，只有一起一伏的轻轻呼吸是唯一的动态。他看起来毫无攻击性，对外面的一切也没有任何警惕与戒备，像个还没长大的孩子。"文本常常使用奶白、淡绿、金色等清新明亮的颜色来涂抹安折所处的画面。流动的菌丝、沉睡的姿态、无侵略的生长性、对世界的"敞开"成为蘑菇安折在人类眼眶中的倒影。"安折没说话，范斯偏过头去看他。暮色里，这男孩的轮廓显得安静又平和，像颗晶莹剔透的水珠。""我从未见过那样温和平静的孩子"，"一声门响，轻轻的脚步声停在不远处。山巅、曦光、薄雾、微风里，一道清澈透亮的软绵绵嗓音"。安静、平和、轻盈、柔软、晶莹等形容词通过义素的相似性完成了语义色彩的重叠。其所勾连的水珠、曦光、薄雾、微风等意象，营造了春与光的美学风致，一系列喻体都凸显着自然性，释清周围的犹疑、恐惧、血腥，指涉了有关自然的语义场。小蘑菇始终展示出一种"纯白"的被动态，却以此实现了"治愈"人类末世的功能，扮演了"拯救者"角色。拯救一个确定的个体——"审判者"陆沨，同时在更为宏观的层面拯救人类末世。"审判者"是"人—动物"这一二元结构的守护者，在"兽性"与"人性"之间做着艰难的区分，在永远无法分明的界限中执行非此即彼的枪决。小蘑菇虽然是"异种"，但因自身的平和性而被疏漏，成为一个结构之外的存在。"他是审判我的人。"蘑菇安折与"审判者"陆沨带有救赎性质的情感构造方式，正是解开结构之困的密匙：向自然敞开，有关"人性/兽性"界限的犹疑才能被释怀。"末世"之下，人与动物不死不休地彼此抗衡，蕴含着"给予"和"奉献"之意味的小蘑菇贡献出了自己，以"绝对稳定频率"感染世界，缔造了新的稳定态。"他从不可知之处来到人间，像是为了受难。但人间的苦难不会损伤他的任何本质。"当人与动物之间的对立达到顶峰，真菌繁殖体作为另一种生命形式给予了救赎，由此指向了深层结构的变动。看似在"人—动物"的二元对立结构之中，小蘑菇作为第三元被引入，承担突围作用，却是以真菌繁殖体的入局与救赎，在"人—自然"的结构之中表达了自然如何行动的问题。

纷扰后的宁静、冲突后的平和、矛盾之后的合一，以语义迁移实现结构的再造。这是网络文学"后人类"叙事共同的特征。多木木多的《失落大陆》中，女主杨帆穿越至人类尚未进化成功之时的原始世界，只能作为一种新的动物，与其他动物一起过群居生活，打猎、囤粮过冬。落在失语的原始世界，杨帆最初是焦躁不安的，曾尝试通过壁画留下文明的痕迹，寄托意义，但最终她还是拥有了"心灵上的平静"。即使人类的文明在此处熄灭，但杨帆发现她依旧能与尼克等动物进行主体之间的共情与沟通，她所发出的互动信号并非不能拥有回声。于是杨帆意识到她此前的全部痛苦都在于想在动物身上找到"人"的感情，以"人"的标准加以要求。从此，杨帆开始重新认知自己与尼克等动物同等的主体身份。文本始终未曾让动物尼克所代表的"自然"进行"非自然"式的回应，却依旧促使人类进行物种反思，重构了人与动物混居的新世界。末世故事中，往往由"自然"来充当静默不言的救赎者。扶华的《末世第十年》表达了同样的概念。作品中，人类所剩无几，主人公姜苓诞下了纯素食动物"姜羊"，叫声如羊，有着"天真烂漫又善良的性子"。作品的主体具有田园牧歌性质，以四季变迁为时序，讲述了蓝天绿野之间，姜苓在黑鳞、白磷两个混形生物的陪伴下种植花生、玉米、摘皂角、采地莓、煮枇杷的故事，对自然进行审美观照，人为自然界立法的形象崩塌，反而成为"末世"下的被救赎者。云住在《霓裳夜奔》中为"末世"提供了一种更具关怀性质的理解，地球母亲以地壳震动的形式"唤醒"她沉浸在人类沙文主义中即将走向灭亡的"孩子"。《小蘑菇》和《霓裳夜奔》《末世第十年》等作品均以"幻想童话"标注自身，在故事性中表征了"复合体"的"弥赛亚"功能。

四、多重性主体：去中心化的隐喻叠加

后人类的表达中，对"人—自然"的表征伴随着各种超越权力中心主义的努力。"后人类"并非"反人类"，而是通过对"自然"的重新表征，突破既有的关于"人"的概念，以去除人类学概念下"权力中心"的作用。正如凯瑟琳所言，"后人类并不意味着人类的终结。相反，它预示某种特定的人类概念要终结，充其量，这种概念只适用于一小部分人类，即，有财富、权力和闲暇将他们自身概念化成通过个人力量和选择实践自我意志的自主生物的那一小部分人。"① 通过对后人类意义上的"人—自然"的重新表征，打破人类中心，去除二元结构所赋予"自然"的他者性，后人类理论和叙事并非要陈列浅薄的、生态学意义上的"保护自然"的标语，而是要建立去中心化的多元宇宙结构。这种结构不仅指向"自然"，而且指向种种有关自然的表征中所蕴含的权力结构，比如残疾、疾病、性别、阶级、种族、第三世界

① 凯瑟琳·海勒：《我们何以成为后人类：文学、信息科学和控制论中的虚拟身体》，刘宇清译，北京大学出版社，2017，第388页。

等，被重新表征的"人—自然"也叠加着被特定的人类概念所压抑着的"边缘性"的隐喻。

残疾和疾病，是"复合体"的第一重隐喻。"我是报应！"《霓裳夜奔》中，霓裳的皮肤布满纹路，小腿像萝卜一样。因为身体的异状，她被认为是"残疾"，其先天不足的身体被传单上说成是"地球给人类的报应"，在生命树电视台的环保节目中，主持人也一本正经地说："瘟疫、疾病、畸形婴儿，都是'我们毁灭自然的代价'。""瘟疫、疾病和畸形婴儿"成为"罪恶"的表征。人类中心的强力意志，并不仅体现在阻隔和征服自然的象征——拦海大坝上，也体现在作为边缘而生活在拦海大坝周围的人，"一个毫无希望的港口，一群被人类社会驱逐的人。""月亮谷上空腾起一股一股呛人的黑烟，那是填埋场里塑胶、电缆一类的垃圾正在燃烧。"与此同时，城堡里有身份的"人"在"捍卫人类文明理想的荣光"，"向诸神，向天地，向宇宙告示，人类虽然渺小，但永不屈服。"霓裳浴血结痂的身体在人类中心主义的话语中被斥为"罪恶"和"代价"，但这样的身体正是火山喷发形态的模拟，是亲近自然的形态，火山在一次次的喷发中获得新生，霓裳的身体也具有自然意义的生长性。《霓裳夜奔》呈现了"第一种人类"和"第二种人类"、"人"与"非人"、"正常"和"残疾"的隐喻叠加，并通过去人类中心的叙事，同时拆解这种叠加隐喻中的权力话语。文本所解放的不仅是"自然"，而是人类荣光话语背后所压抑着的所谓"代价"。

"世界观和科学的构成……完成了对自然和妇女的支配"①，卡洛琳分析了自然如何被赋予女性气质，在科学革命的过程中征服自然和压抑女性具有同构性。网文的后人类表述中，复合体同时也表达着性别的隐喻。一十四洲的《小蘑菇》中，"人—自然"的对立结构中包含着性别对立的结构。当人类为了基因繁衍发起"玫瑰花计划"，陆夫人意识到，如果人类所有科技和文明的作用无非是为了物种的延续，那么所谓的"科技和文明"就与"子宫"一样都不过是"兽性"逻辑的工具。"我们抗拒怪物和异种，抗拒外来基因对人类基因的污染，是为了保存作为人类独有的意志，避免被兽性所统治……但为了达到这个目的，我们的所作所为，全部违背了人性的准则。而我们组成的那个集体，它做的所有事情，获取资源，壮大自身，繁衍后代，也都只能体现兽类的本性。人类实际上没有任何不同于外界怪物的地方，只

---

① 卡洛琳·麦茜特：《自然之死——妇女，生态和科学革命》，吴国盛等译，吉林人民出版社，1999，第3页。

不过因为大脑的灵活，给自己的种种行为赋予了自欺欺人的意义。人类只是所有普通的动物中的一种，它像所有生命一样诞生，也即将像所有生命一样消亡。"由此，陆夫人的眼中绽出一种死寂的神采："人类的文明和它的科技一样不值一提。"陆夫人的目光区别于正在争斗的人和兽，主动选择被感染，化身为能够自由飞翔的蜂后异种。相较于利用"子宫"与其他生物对抗的人类，化身异种的陆夫人也许更具有"人性"。当后人类主体叠加了性别反抗性时，"复合体"的性征超越二元，呈现杂糅的特征。无性繁殖的"小蘑菇"无所谓性别，"它"依托男性的身体，但同时具有阴柔的特征。最初遇到霍森时，安折遭遇的目光就像男性对女性的"凝视"——"这人的目光非常黏着，像深渊里兽类的涎液，将安折打量一遍后，他又绕到了他的身侧。"兽人、树人、拟人生物体并不以性别的语义功能与世界发生关联，在改造身体的同时，也是在变更所谓的"性别本质主义"视角下的性别基础，甚至将其搁置。

另外，后人类叙事与阶级压迫、种族压迫、工业化问题也关联密切。折冬声的《揭蛊》中资本在制造和定义"非人"，将"非人"当作"商品"。叶猗的《被迫献祭给虫族最高神》中高等虫族对自然人进行了反向种族歧视。扶华的《末世第十年》中，"复合体"降生与"去工业化"相联系。它们共同表达了对人类边界权力化问题的思考，对主体流动性的感知沿着后现代的脉络，叠加各种有关去中心化的隐喻，呈现了具有批判性的述行话语。可以说，后人类不是要解构人性，而是让人性更具有包容性和多元性。这种包容性和多元性的获得无法在"人"的内部产生，因为"人"的概念生成过程就伴随着定义"他者"，建立等级的过程。中心化概念的生成过程是对立和冲突产生的根源。《恐树症》中人对异质物的偏见、人类践行的"征服者"逻辑，正是人与自然对立的根源。即使是人类中较温和的领导者傅善也说："我希望……建立一个让共生体可以被当作普通人来看待的国家，但是也许我永远无法摆脱这样的偏见：也许他曾经是一个好孩子。也许被授粉之后，他就不再是……人。"人的偏见给予了"共生体"巨大的压力，这种权力结构的同化性也逐渐使"共生体"不再满足于被人认可，不再满足于"人和共生体的平等"的诉求，而是将人的逻辑吸收过来。共生体"燧""不断威逼利诱少量强大的共生体，并且驱逐、虐待那些资质平平、没有特殊能力的大部分"，并开始了与人对峙的战争。所以，改变中心化、单一性的主体概念和表征，建立多重差异性和合一性辩证统一的主体，是解决种种对立和冲突的关键。它的意义仍指向人类的存在方式，正如《恐树症》借卫天遐的口所说的："我的前半生一直追求着让人类免于和异植共存的恐惧，这可能是一个误区……真正的免于恐惧，是让人们彻悟自己在自然界中的正确定位……必须冲破人类自认为征服者的幻觉……"

"并非要逃离现实世界，后人类思想将当代的主体铭刻于它自身实际存在的状况中。"① 当网络文学以虚拟化为特征，对"后人类"的身体、目光和功能进行叙事编织时，这些作品也并非"逃离现实"。幻想"人—自然"的复合体，对多重目光和意义世界的想象，都指向对传统人文主义中心化、权力化的消解。如果说中国改革开放后以"人性"建构为中心的文学，所呼应的是现代性范畴内的人文主义的思潮，② 那么互联网时代的文学则表达了在高度全球化、工业化内部进行反思的声音。它们表达的"自然的政治"，不是传统自然生态学所寻求的工业化之外、现代化之外的"化外之地"。拉图尔认为传统生态学软弱无力，甚至不曾与自然的保护有任何关系。从后殖民的角度看，认为第三世界更加"自然"的观点本身就是"东方主义"，或者是"自我东方主义"。当下网络文学中出现的"人—自然"叙事，呼应着拉图尔等人沿着后现代的脉络进一步去中心化，重建多元宇宙的思路。这是一种"同时代人"意义上的思考和表达。观测网络文学如何绘制后人类图景，可以看到中国网络文学如何内置世界性的思潮，以创造性的具象表征表达全球化背景下属于中国的一种"新经验"。

---

① 罗西·布拉伊多蒂：《后人类》，宋根成译，河南大学出版社，2016，第 279 页。
② 贺桂梅：《"新启蒙"知识档案：80 年代中国文化研究》，北京大学出版社，2010，第 110 页。

初论网络文学的叙事动力与模式

◇ 张永禄*

网络文学作为叙事文学，在原理上要符合叙事的一般法则，叙事弧线、公式和模式适用于它，否则缺少共识，不能称其为文学。但网络文学作为新文学形态，在实践上充分显示其新传媒和商业属性，其以读者为中心的叙事行为，围绕读者转的"营销""讨好"让它有了自己的一些特殊性。经过近30年的实践，这些商业属性和文学性的交织与渗透，让它慢慢形成自己的"风格"与"气质"。这其中，叙事动力和叙事模式无疑是网文写作者和研究者关注的重心。本文试图从中国传统叙事学和故事学理论出发，采用不完全归纳法，以主角为焦点，探究网文叙事在写作上对动力的形态与不同类型的叙事模式的实现。

一、动力在叙事公式中的位置

雨果说，食欲和性欲是推动人类社会进步的原动力。调查显示，通过写作成名或发财致富是很多作家的写作动力。欲望是社会组织、机构的运转和不断发展的牵引力；欲望还是人类产生、发展的根本动力。一切人类活动，无论是政治、战争、商业，还是文化、宗教、艺术、教育等，都是欲望驱动后的结果。人类社会却似一个永远不会干涸的欲望海洋，随时都可能掀起波涛和巨浪的壮观景象。文学作为社会生活的反映，社会发展的动力和人的行为动力就直接成了创作的原动力。不过，这种动力形式运转的过程比较复杂，有一个艺术化过程。从形态和结构上讲，网络文学叙事的动力是什么？它来自哪里呢？它又是如何呈现的呢？

简单点说，网络小说的叙事动力就是人物（主要是主角）的欲望，是一个人渴望得到的爱与满足感。欲望之所以成为叙事的基本动力，正在于欲望

* 张永禄：上海大学中国创意写作中心教授，博士生导师，主要从事创意写作和网络文学研究与批评。本文是国家社科基金项目"网络文学的类型学批评方法研究"阶段性成果。

属于基本人性，像一团永不熄灭的火焰，有人说："人是欲望的产物，生命是欲望的延续。"

现实生活中，人人都有欲望，但有的能成功和实现，有的却无法实现，成为"白日梦"。若转化为网文叙事，这个欲望则"心想事成"。网络小说大主角的欲望应该是能实现的，哪怕最后走向归隐，也是心想事成，服务于"有志者事竟成"或"大团圆"的社会民众心理的情感结构这个叙事。

欲望有一些不同的说法，如理想、愿景、目标、需要等。人本主义心理学家马斯洛关于人的需求层次理论（生理需求、安全需求、社交需求、尊重需求和自我实现的需求）与弗洛伊德的意识的三层次理论虽然老掉牙了，却是我们了解欲望是什么，是设计欲望发生（激活）、种类、层次的理论基础。

按照普罗普、格雷马斯、托多罗夫等人对叙事的研究成果，我们可以归纳出一般的叙事公式，主人公的行动逻辑是：（心有欠缺）—产生欲望—欲望受阻—锻炼能力—挑战困难胜利（挑战困难失败）—得到奖赏（受到惩罚或谅解）。在这个完整的情节公式中，欲望作为动力的逻辑起点很重要，网络作家在设计大纲时就要明确主人公的欲望。欲望是作为叙事的发动机和引擎来对待的。没有欲望，叙事就无法行走。一旦欲望与叙事联系在一起了，就势必带来一些实际的写作操作问题，也就是网文叙事中内容与形态的关系问题。这里不可避免涉及欲望的强弱、欲望类型、欲望升级等悬念与冲突的表现形式，故事的长度与叙事密度，以及人物的性格形象等。

二、欲望设计形态与要素

欲望使小说事件发生转折，或者使小说世界的平衡开始被打破。接下来是在欲望动力的促发下推进一系列大大小小的行动（事件）。网络作家，主人公一开始就要让主角和读者清楚主角明确而坚定的欲望，以作为叙事的发动机。对欲望的设计，主要有如下几种形态。

（一）欲望激发

我们说欲望是天性，是本能。但在生活中，由于各种原因一些欲望被压抑而潜沉到无意识层面了，表现是生活中就是屈从现实，无欲望状态，也就是我们流行说的躺平状。但是，我们知道这不符合他的天性和本能。网络小说的主人公最开始也处于躺平状态（这是代入感的前提）。网络作家要通过特殊时间来激发主人公的斗志。

比如《斗破苍穹》中，纳兰嫣然当着整个家族的面，要和沦为废材的萧炎退婚。这等奇耻大辱，碾压得萧炎退无可退，这不仅是对萧炎的侮辱，更是对他无比尊敬的父亲的侮辱。是可忍，孰不可忍。萧炎愤怒地写下休书，并接受纳兰三年后云岚宗之约。这个中等情节就是欲望激发。在小说故事线中，构成了一个重要转折，从此，被激发起来的主人公萧炎开始逆袭之旅。

欲望激发的情势是多种多样的，比如上面激发萧炎的是家族面子和男人尊严；有的是重返光荣与梦想，比如叶修；有的是自我潜能的发现，比如克莱恩；还有的是命运逆转后的幸运比如张小凡等开始了人生的逆袭；而穿越小说中大多是主人公进入新的历史场景与空间后，自我价值发现后的激情。在欲望的设计中，不同的小说类型，欲望是不同的，因为欲望背后对应的是现代性价值。因此，这个发动机的设计上，需要谨慎，不然的话整个小说的合理性就立不住。

（二）欲望增强

欲望的强弱和主角的意志考验成正比。主人公的欲望越强烈，叙事的动力就越足，叙事的引擎就能拉得越久远。比如女主对一个男生有好感的动力就不如女主喜欢这个男主的欲望来得强烈，而后者又远不如女主疯狂爱上男主的叙事来得猛烈。也就是说，恋爱作为动力的话，就要把爱欲写得惊天动地，爱得死去活来，不能不疼不痒。要把欲望写得强烈，还要出格，有传奇性，超出一般人的理解和接受，比如师生恋、爱上仇家的女儿、老少恋，还有人狐、人蛇、人鬼之恋。这种爱、欲望本身就有料，具有传奇性，值得读者好奇和期待。

在网文写作中，主人公的欲望随着叙事的演进要逐步变强，这是升级叙事的重要前提。对主导型欲望，不宜单一展示，而是需要不断强化。根据阅读心理，随着情节的推进，外力对主人公行为的考验会逐步加大，需要主角的意志力越挫越勇，如玄幻和修仙等类型小说中，就有自觉设计的欲望升级，修仙小说中，从凡人到仙的欲望目标中要经历很多等级的提升，如《凡人修仙传》中就设置了炼气、筑基、结丹、元婴、化神、炼虚、合体、大乘、渡劫共九个等级，等级的上升代表着能力地位的提高，更高等级所享有的权利是人物坚持修炼的动力，《凡人修仙传》同时设定了达到最高等级后就可以飞升仙界，与天地同寿，对长寿的渴望也是小说中人物最强烈的愿望。在玄幻、修仙等网络小说中这种升级流的目标不断提升的设定则比比皆是。究其实，小说的叙事动力就是把总目标（欲望）分解为由低到高有序排列的若干分目标（欲望）的序列。

欲望的提升或走强，还有一种情形，就是随着男主地位的提升，周边形势变得严峻，他的目标不得不逐渐变强变大，比如求生或历史类小说，主人公最开始的欲望就是为父报仇。随着报仇实现后，他被推举为部落首领，他不得不捍卫部落的利益，保护族群的安全，和更强大的敌对部落对抗；随着主角联合周边弱小部落一致对抗该强大部落获胜，他就成为地方部落联盟之王。男主变得强大之后，开始要征服其他大部落，实行更大范围的统一，走向权力巅峰。如血红的《巫神记》；再比如网游小说《全职高手》，也是先打败一个俱乐部的其他团队，再打败国内其他俱乐部，在一路高歌猛进中，不断吸收精英成员，最后走向国际电竞舞台，一举夺冠。

（三）欲望目标可分解

把大欲望分解为一系列目标，为小说叙事提供持续的动力。网络小说动辄 200 万至 300 万字的超长篇，如果欲望对象太单一（比如向××复仇），总是在寻找仇人，实施报复。这样的小说就难免单调（事实上以复仇为主题的小说在减少），故事线单一了，读者读起来乏味。哪怕你可以像乔峰那样不断追寻谁是"带头大哥"，一而再，再而三更换复仇对象（欲望目标），引发新的仇恨与冤孽，但复仇行为本身终会单调。事实上，《天龙八部》是三个半主角，乔峰只是主角之一，小说主要是反思贪、嗔、痴的欲望（多欲望）给人带来的不幸与灾难。这个例子告诉我们，超长篇网络小说的主角可以是唯一的（所谓的主角定律），但是他的欲望应该是复合型的，不能过于单一化，比如主角的核心欲望是家族复兴，重振往日荣耀。在这个主导型欲望线上，主人公还可以顺势复仇（报家仇），收获美好的爱情（爱情长跑），同时收获患难友情等。

纯粹单一的写作在好的网络小说中基本不存在，单一的类型也不多见，更多的是复合的欲望，兼类型的网络小说（每一种类型在纯粹意义上是针对一种欲望或价值诉求而来的）表达的是主导价值加复合价值的组合，反映在欲望上，就是一种主导型欲望加上其他分支性欲望，这也就是故事的主线与副线关系。

在设计这些目标（复合欲望）时，不妨按照小情节、中等情节和大情节的类型不同，分出小目标、中等目标、大目标；或按照时间分出近期目标、中期目标和远景目标，这样的写作是可持续的。作家写起来方便，读者读起来带劲。

（四） 欲望与困境对峙

力的作用是相互的，有动力就有阻力，动力越大，阻力也就越强。从故事学的角度看，故事弧线的精华就在于上升动作的欲望动力与反动作的障碍阻力之间的冲突对决的充分展开。现代小说的内在化，把阻力搁置在主人公内部，比如性格的懦弱等，展示主人公自我克服。但网络小说的阻力是外在的，主要是敌对势力（对手）和恶劣的外部环境等。为展示欲望和困境的张力，凸显主人公的意志力，需要强化外部困难的难度，让主人公不断陷入困境，乃至绝境，让其置之死地而后生。

从写作上讲，动力似乎是为阻力而生的，动力与阻力相生相克，形成冲突。动作与反动作，陷入困境与脱困，陷入绝境与求生的二元对峙，好戏连连，精彩不断。也许熟悉网文的读者会说，那修仙和练级的小说中，功力、道法的升级是角色内在的能力或智慧，不属于外部力量，但事实上，这种功力和道法是充分外在化了的，否则的话，无法展示。不管如何，动力和阻力之间对峙强度越大，故事的张力也就越大，带来的冲突性与悬念感也就越强，故事的篇幅也就越长。

三、常见类型与叙事模式

网络小说是类型化写作，每种类型小说的写作都有成规。其实，伟大的小说家往往很少是类型的创造者，却是类型的杰出代表。这就像有人评价猫腻的创作，"他并非一个特别有原创性的作家，但他总是集类型大成者"，换句话说，猫腻的创作是对类型的完成与集大成。创作网文从类型学习开始，就意味着你要熟悉并模仿一些成规性模式，有了成规的帮助，能让你事半功倍；同时，有成规作为参照，又能提醒你自觉求变，优秀的写手重视遵守一定成规，又能超越成规。

有人归纳过中外小说20种经典情节：探寻、探险、追逐、解救、逃跑、复仇、推理、对手戏、落魄之人、诱惑、变形记、转变、成长、爱情故事、不伦之恋、牺牲、自我发现之旅、可悲的无节制行为、盛衰沉浮等。这种归类相对粗糙，有的适合大情节，比如爱情、成长、自我发现、复仇、探险等，更多的更适合中小情节，比如转变、诱惑、解救、推理等。

按照类型的模式来看，我们不妨尝试归纳几种常见叙事模式。

（一） 由凡入圣的异托邦

主角叙事模式。从网络小说主角整体身份形象的变迁来看，大体上有一个从普通凡人到英雄、圣人和仙人的华丽变身过程。对应主角的变身叙事有什么模式可摸索呢？约瑟夫·坎贝尔通过梳理世界各国的神话，提出了一种"英雄冒险"的叙事模式，即"一位英雄从日常的平凡世界闯入某个超自然的领域（启蒙），获得了令人难以置信的力量（受传），赢得决定性的胜利，并回归原来的世界，向他的同胞赐予恩惠（回归）。"① 该叙事模式以"启程/启蒙—受传—回归"的三阶段普适性结构组成了适用于绝大多数幻想文学创作的一种定式。我们根据约瑟夫这个普适性结构分化了 13 个叙事节点，结合当下玄幻小说的创作，把这种叙事套路模式化：

启程/启蒙：不如意的平凡现代人（和大部分读者相似）—穿越（重生、召唤）到古代、异世界（新的平台）—遇到导师。

受传：初涉异世界—遇险被救—明白现在身份和世界—象征性死亡—在导师或伙伴的帮助下变强（获得神力和智慧，在古代穿越中主要是靠现代科技和历史知识等金手指）—击败反派，收获了宝物、爱情或者精神上的治愈等。

归来：解决了自身的问题和平凡世界的问题—成为几个世界的主人—成为真正的自己。

需要说明的是，网络小说里的主角不再是传统文学中的"英雄"形象，或者说，在网络小说里，主角作为现代人精神和情感的依托，他们对英雄的光环不再热衷，而是蚁族们对自我归真的想象性替代，成为"自由的自我"，在修真小说中则是"长生"。但是，它们是"千面英雄"，或者说是英雄的变体形式。因而，英雄的召唤—冒险—遇险—获救—归来的模式是不变的，只是它在现代小说中衍生出成长叙事模式，以对应现代主体性的形成，而在网络小说中，则是对主体的建构发生新的变迁，成为更为复数的自我，这个自我表征了当下网生代对自我形象的"审美幻象"。

（二）"逆天修行"的高频行为叙事模式

和上面的英雄模式相呼应，逆天修行是行为模式。即：平凡的主角（S）→产生变强的欲望（W）→获得金手指（M）→不断修行（F）→成神（O）。主人公们产生的欲望是多种多样的（复仇、变革、拯救、变强等），但他们要实现目标（这个目标可以分解为系列目标），就需要不断"提升能力"/修行，在获得复杂而必需的能力的过程中，既需要来自内在的能量

---

① 约瑟夫·坎贝尔：《千面英雄》，浙江人民出版社，2016，第 46 页。

（比如天赋异禀/神技/法宝/魂兽/空间，当然还需要异于常人的意志力），也需要来自外在的帮助来走捷径，比如金手指（亲人的帮助、恋人的帮助，师父的帮助、挚友的帮助、意外获得的天书等）。

为了判断实现目标的行为（不断提升能力/修行）是否有效，就需要测试（大大小小的对决），如果能力实现了，就会获得相应的奖赏，能力提升，身份晋级（能力体系与身份体系一一对应）。在玄幻小说中，这四个阶段不是孤立的，即通过金手指（获得能力），以及不断修行（实现目标），成为主世界的最强者（获得奖赏）。反过来，各位主人公既然要不断地修行（实现目标），必然有一种行为动因（产生欲望），这种行为动因（产生欲望）无论是复仇或拯救，都产生了"变强"的欲望。

总之，从主人公们前后状态的变化来看，他们最开始时都属于平凡人（这是代入感获得的必要前提），此后产生了"变强"的欲望，再通过各种各样的金手指（获得能力）具备了获得非凡能力的方法，最终又都凭借"提升能力/修行"（实现目标）的行为，获得了神祇/天帝/天尊/主宰/龙皇等奖赏。因此，他们都经历了一个从人到神的过程。这种身份上的转换，在现实中是不存在的，正说明了这种实现目标（不断提升能力/修行）的行为是一种"逆天"的行为，我们不妨将之统称为"逆天修行"的行为模式。反思一下，这种明知不可为而为之的"逆天"行为让玄幻小说具有了现代躺平者的"白日梦"表达，或者心灵安慰剂。

（三）"遇险—脱困"的串珠式情节叙事模式

在玄幻小说的线性结构上，中、小单元的情节基本按照困境设定来的，其叙事原理就是制造冲突——解决冲突。

据刘赛博士统计，玄幻小说中的困境主要包含灾难困境、怪物困境、发展困境（个人实力提升停滞导致的困境，有大道之争、气运之争、权力之争等）三种模式。[①] 这种模式往往使用三段式结构叙事，即以两个重要事件将整部作品划分为三个区间。第一个重要事件往往是指某个"天灾/人祸"（在玄幻小说中往往是"穿越/重生/召唤/转世"的事件），让主人公陷入了困境。第二个重要事件往往是"战胜天灾/人祸"（在玄幻小说中往往是"成仙永生/穿越回归/完成霸业"的事件），让主人公脱离困境。这样的三段式结构叙事呈现出"安全境遇—陷入困境—脱离困境"的叙事样貌，篇幅上则呈

---

① 刘赛：《创意写作视野下的玄幻小说类型研究》，上海大学，2021年博士论文。

现"短—长—短"的叙事时间节奏。

应该说，一个三段式结构大都是一种封闭式设定。当脱离一个困境之后，事件即进入尾声，伏笔设计除外。但整个玄幻小说的线性结构则是开放的，因其庞大的篇幅限制，一个大困境下往往还有若干个小困境，每一个小困境都可以看作一个独立的三段式结构，若干小困境事件串联起来组成了大的困境情节。理论上讲，玄幻小说在设置困境时是可以无限串珠下去的，构成了开放性。这也一定程度揭示了为何玄幻小说可以动辄写几百万字。对作家来说，如何克服困境设计的单一与机械。这就和视野、知识息息相关了，需要对历史、文化、宗教、风俗等素材的调动和转化能力。

（四）升级流的线性叙事模式

中国古代小说多圆形叙事，现代小说受进步和发展观的影响，遵从进步的时间观，其故事线、人物线和情感线都是进步的。反映在叙事线上则是升级的线性叙事，所谓的"打怪升级换地图"一语道破了网文的天机，在成长小说、职场小说、玄幻小说中都很普遍，以至于出现了升级流小说、无限流小说的说法。这也证明了采用这种叙事模式的创作非常普遍。

"升级"本是电子游戏术语。游戏设计师西莉亚·皮尔克认为电子游戏框架主要包含"目标""障碍""资源""奖励""出发""信息"这六大要素。电子游戏的设计通常以这六大要素为基础逐渐展开，而"升级"则是实现电子游戏六要素的主要中介。当玩家以任务为线索，击败精英怪物并升级后，就可以有资格进入其他高级小地图，继续"打怪+升级"的游戏历练。

很多网络作者本身也是游戏玩家，在写作中，自觉不自觉借鉴这个游戏机制，参考金庸等武侠小说的写作，使其内化为小说叙事模式中的"升级"套路。让人物在获得能力环节上变成数字化的力量系统（锻炼能力），每次克服对应等级的困难后（障碍体系），身份与职位（奖赏）也上了一个相应台阶。

而读者正是跟随主人公的成长路线，一同通过各种努力，克服障碍，完成任务后能够获得极高的满足感，这种满足感既包括了能力提升后带来的有形回报——金钱、力量、名誉、身份、法宝等，也包括了"沉浸机制"和"升级机制"共同提供的"刺激—反馈"，最终形成"爽感机制"，成为读者口中的"爽文"。

这里需要交代一下系统设定的叙事模式。严格说来，系统设定是升级流的完备而严密的表征，在这几年的玄幻、修仙、网游、科幻和女主升级文等类型中比较常见。这里的"系统"是小说的世界设定特征，它就像一个庞大而隐秘的数据库，对主角发布一个又一个任务，每一个任务就是一个副本。每个任务完成后，主角得到奖赏，经验值相应提升，角色就可以实现自己的具体目标。发布任务—接受任务—获得奖励，这属于类等价交换的原则，这是系统设置最为重要的模式。同时，这个设定要围绕主线展开，尤其是与主角的成长路线相关。

至于任务之间的逻辑如何，并不一定是环环相扣的，也不一定都为主角能力修炼助力，它们仅仅是数值化的经验值，没有经验值的积累，主角无法进入下一个副本，这样靠经验值的积累的环环相扣本来就是数字逻辑，而非事理和情感逻辑。因每个副本自身有场景和故事，也能体现丰富多彩性。

（五）虐渣——造爽的情感叙事模式①

网络文学常常被称为爽文，读起来爽歪歪是读者渴望的，也是作家要追求的。爽可以说是阅读过程中作者和读者、作品主角之间的共情，是生理与心理、感官与精神共生共建的一种普遍的身心体验，它一般经历了从快感到畅快，从兴奋到愉悦的心理过程。

网络文学"造爽"离不开两个叙事要点：一是要巧妙制造爽点，二是要做好情感曲线的抑扬处理。先说制造爽点。网文要让人"看起来很爽"，有一个至关重要的决定性因素，就是要布局并戳读者"需求的爽点"（或痛点）。爽点就是爽的爆发点、亮点、兴奋点等，它具体存在于小说的字词句、段篇章、场景、情节、人物等之中。高明的爽点则隐匿于字里行间中，像"细胞"一样，一旦触发，就可以快速膨胀、加速生长，引爆从眼球到身心的愉悦体验。

再说情感线的先抑后扬。这是很常见的情感曲线编织，对爽感表达来说，就是要让你的主角先处于人生的低谷，成为大家眼中的人渣、废材，赘婿，总之是各方面的 loser。这种地位的落差不要说他的对手瞧不起他，连平时同情他、喜欢他的人都瞧不起他，为他惋惜。但一旦主人公周边的气氛到了最低点，即所谓历史上最黑暗的一天开始，主人公命运逆转。然后扮猪吃老虎的技法、一个一个地打脸行动开始，再接下来就低开高走，一路高歌猛进。随着文字和行动的展开，读者的情绪被调动起来，由同情

---

① 此部分参考了庄庸、杨丽君、王秀庭、吴金梅主编《爽感爆款系统：中国网络文学阅读潮流研究》，中国青年出版社，2020。

和着急迅速转化为兴奋，情不自禁为主角喝彩，大呼过瘾。

网络小说追求爽感效果，在叙事的情绪节奏上最好是先抑后扬，然后一路高起，情感变化最好是：曾经耀眼—沉沦为渣—逆转恢复力量—登峰造极；羡慕—嫌弃—惊奇—仰望—膜拜。比如《斗罗大陆》中，一开场就是主人公萧炎处于人生低谷，围观群众从赞美迅速到嘲笑；家族曾经嫉妒他的人则落井下石；昔日的好朋友远离了他；未婚妻当面退亲。只有父亲和熏儿对他不抛弃、不放弃。然后，就是恢复功力，从3段到7段，通过测试，举行成人仪式。在药老的金手指下，重获天才少年荣誉。

（六）探险—解密的叙事模式

这是惊悚、悬疑和科幻小说的常用模式。对未知的好奇是人类的天性，也是文明进步的根本动力。就像传统侦探小说一定有命案—破案—说案的叙事模式一般，对悬疑类的小说来说，较为完整的叙事链可能就是诱惑（神奇之书的暗示、使命的召唤等）—探险—解密。这个模式很好理解和操作。但难度在于如何把网文拉长，又不至于主线单调。

这就要把诱惑做成连环套，让主人公一次又一次探险，虽然每次探险都差点命归黄泉，还有队友牺牲。但面对新的诱惑，又情不自禁。虽说每一次都是探险，探险是抽象说法，每次探险的具体内容则是不同的，目标对象也各不相同，探险之地的地理风光有天南海北的差异，这就克服了探险本身的单一性，好比《西游记》，一路跋山涉水，所到之处，风光无限。一路降妖除魔，但每次的妖魔光怪陆离，除妖的难度不同，经历各有特色。这一方面比较好的例子应该是《鬼吹灯》。

结　语

网络文学作为一种商业性写作，为满足读者的阅读消费心理和三屏传播阅读方式的需要，它比一般小说更具有大众化特征。一方面，大众的普遍心理需求要在网络文学中得到切实而明确的体现，即所谓大众的"白日梦"，因此大众文学的模式化不可避免，这种模式化一方面具有继承性，所以我们是不难从今天的各种变体了的小说类型中找到传统通俗文学的影子，比如武侠、言情、英雄传奇、历史演义等模式或叙事套路。

另一方面，今天的大众又在高度分化，其需求呈现多元化和多样化的趋势，这就势必造成具体的类型创作中，对叙事模式适当改造，呈现一些新变的信号，比如英雄形象有了新的面孔，甚至出现了"凡人流"，比如困境—

解困模式在一些"无敌文"中，主人则是从几乎不存在困境或者危机，一路凯歌高奏，读者也跟着高爽下去。但是，这些新变能否成为模式呢？商业写作的热与冷要经过时间的检验，对这些新变，我们不急于归纳所谓的模式。其实，从更为抽象的角度看，它们仍然潜伏在这些模式下，"孙猴子跳不出如来佛的手掌心"。原因何在呢？因为动力—类型—模式—价值应该四位一体。不同的动力催生不同的艺术类型，不同的类型隐形对应不同的叙事模式，一旦模式成熟并被大众接受，就会沉淀出相应的价值，或许新的反模式写作有其"价值"。那么，网文的叙事模式如何对位价值呢？则是另外一个需要深入考证的话题了。

网络文学的"品质焦虑"
及其纾解路径*

◇ 欧阳婷

当网络文学走过"跑马圈地"、以量取胜的"野蛮"生长期,如何实现网络创作的品质优化,让这一文学以更为亮眼的"品相魅力"既赢得市场份额,也赢得文学尊重,不仅是网文界孜孜以求的目标和全社会对这一新兴文学的期待,也是网络文学能够真正以"文学"的姿容走进人类文学史而获得历史合法性的必要选择。

一、当下网络文学的品相困境

中国网络文学一路高歌猛进,短短二十几年便以洪涛巨澜般高涨态势把自己推向当代文学前台,在赛博空间里创造了这个"文坛巨象"。2022 版网络文学蓝皮书数据:截至 2022 年底,累计超过 2000 万人次在各类文学网站注册,期望成为网络作家;累计超过 200 万人与网络文学网站签约,成为签约作者;持续写作的活跃作者约 70 万人;职业作者近 20 万人;省级以上网络作协会员 1 万多人;中国作协网络作家会员 465 人。2022 年,网络文学海外市场规模突破 30 亿元,累计向海外输出网文作品 16000 余部,其中,实体书授权超 5000 部,上线翻译作品 9000 余部。海外用户超过 1.5 亿人,覆盖200 多个国家。2022 年,全国重点网络文学网站新增注册作者 260 多万人,同比增长 13%。年度新增签约作者 17 万人,同比增长 12%,多数为 Z 世代作者。阅文及其他重要网站数据显示,活跃的头部作者中,"90 后"占比超过 80%。① 一种原创文学如恒河沙数般涌现,世所未见,中国仅有。这样惊人的文学体量和水银泻地般的阅读市场覆盖,究竟是新媒体催生的文学激进

---

* 本文为国家社科基金重大项目"我国网络文学评价体系的理论与实践研究"（16ZDA193）阶段性成果。

① 中国作协网络文学中心发布《2022 中国网络文学蓝皮书》,《文艺报》2023 年 4 月 7 日。

之举，仅仅以此为娱乐产品短缺的大众提供一些"杀时间"的休闲消费品，还是在给疲惫的"古腾堡星系"——传统的书写印刷文学注入创新活力，以此赓续伟大的文学传统，让网络文学成为蕴含文学应有的人文审美价值的一个历史节点？换言之，我们是应该为网络文学全民写作的技术体制、批量的生产方式和无远弗届的传播形态欢欣鼓舞，还是该为话语权下沉的"粗放式"生产和积案盈箱的准文学甚或非文学而感到惋惜、焦虑并积极寻求解决办法？显然，我们选择和关注的应该是后者并且只能是后者。

作品多而精品少是网络文学品相困境的基本成因，也是对当下网络文学的客观判断。2023 年 3 月 16 日，阅文集团公布了 2022 年全年业绩报告。2022 年，阅文集团在线业务收入达 43.6 亿元，MAU 达 2.4 亿，平台新增约 54 万名作家及 95 万本作品，新增字数超过 390 亿。截至 2022 年底，阅文集团海外阅读平台 WebNovel 向海外用户提供约 2900 部中文翻译作品和约 50 万部当地原创作品，并培养了约 34 万名海外网络作家，海外访问用户约 1.7 亿。① 如此庞大的作品储备中不乏《斗罗大陆》《完美世界》《凡人修仙传》《诡秘之主》《万族之劫》这类市场影响力很大的"孤篇盖网"之作，但总体衡之，这个网文海洋无疑仍然存在"多而不优，大而不强"的短板，即人们常说的"量大质不优""星多月不明"，或者"有高原无高峰"等。

具体而言，网络文学的"品相之忧"源于其作品的两大局限：

一是内容上的"飘"。通常表现为疏离现实，不接地气，题材选择上过于向奇幻、玄幻、魔幻、修仙、武侠、穿越等幻想、架空类故事倾斜，导致线上热卖的作品几乎被这类"悬、飘、空"题材霸屏，那些"魂师""至尊""真仙""修罗""龙王""妖魅"形象，缺少人间烟火气，离人们的实际生活越来越远。我们从这类作品里看不到生存大地的"皱纹"，听不到历史前进的足音，也见不到时代的投影、苍生的活法和人心的向背。并且，这类作品的篇幅一般都很长，往往以"打怪升级换地图"的超长故事把读者的目光引向异域世界，以至于被研究者讥为"装神弄鬼"。有分析道："人们常常把玄幻文学所建构的世界称之为与现实完全不同的'架空世界'，在这个世界，没有不可能发生的事情。玄幻文学不但不受自然界规律（物理定律）、社会世界理性法则和日常生活规则的制约，而且恰好是完全颠倒了自然界和

---

① 魏沛娜：《阅文公布 2022 年全年业绩报告：输出〈人世间〉等头部爆款，在线业务收入达 43.6 亿元》，https://baijiahao.baidu.com/s? id=1760522678887858927&wfr=spider&for=pc（2023 年 3 月 17 日查询）。

社会世界的规范。"① 导致我与我生活的世界被网络文学生生隔开。近年来，网络现实题材创作开始复兴，我们有机会欣赏到更多有血有肉有生活的普通人形象，产生了诸如《朝阳警事》《浩荡》《大国重工》《网络英雄传》系列等有一定影响力的小说。但毋庸讳言，从网络订阅和读者反映看，现实题材的网络作品仍难以与玄幻、仙侠等幻想类作品相抗衡，尚存在主流叫好而读者不叫座的"落地尴尬"现象。②

二是形式上的"套"。这里所说的"套"，是指文学套路、作品架构模式。中国的网络文学主要是类型小说，而所谓"类型"就是文学套路和小说模式。文学网站上五花八门的小说类型构成了一个一个套路和模式，它们是在"市场试错"中被读者接纳而慢慢定格而成的，有其艺术价值和存在的理由，但"套路"太深，使用的人太多，用得太久太滥，就会成为妨碍艺术创新的桎梏，不利于网络文学进步。玄幻、奇幻、仙侠、武侠、穿越、修真、都市、言情、军事、历史、科幻、惊悚……网络小说类型有上百种，它们所惯用的"金手指""玛丽苏""废柴逆袭""打怪升级""界面穿越"……是创作技巧层面的套路。对这些套路反复使用的结果是作者不思进取，读者阅读疲劳，网文千篇一律，让自己的创作沿着"供给—满足"机制的"惯习投喂"把"量"的蛋糕越做越大，而对品质蕴含与艺术创新不管不顾，甘于"犬儒式"不断重复。正如有研究者指出的："时下的一些网络类型小说，彼此雷同、自我重复的现象时有所见，同一类型作品的故事情节、人物塑造、叙事节奏、语言风格，乃至遣词造句习惯等都大同小异。如武侠小说总是离不开寻宝、复仇，玄幻小说'打怪升级'一般都少不了异火、丹药、功法，修真类小说往往都是察灵感气，聚灵成丹，逆天成仙，而宫斗类型小说无非是后宫妃子钩心斗角，或绵里藏针害人于无形，或锋芒毕露手段毒辣，或与世无争清淡如水，却不知天子心在何处……情节千篇一律，故事雷同撞车，人物跟风模仿，文笔互相抄袭，表现手法单调重复，有的甚至语句不通、错别字连篇，已经成为一些类型化小说不得不克服的创作短板。"③

鉴于网络文学的"虚胖"式高产，人们对其品相困境的"行业焦虑"已经在网文场内外弥漫已久，倡导网络文学"高质量发展""提质降速"已成为近年来业内的高频词。中国作协党组成员、书记处书记胡邦胜说："应该

①　陶东风：《中国文学已经进入装神弄鬼时代》，《中华读书报》2006年6月21日。
②　欧阳友权：《网络文学的三大迷局及其打开方式》，《文艺争鸣》2020年第7期。
③　欧阳友权：《网络类型小说：机缘和困局》，《学习与探索》2013年第2期。

以扶持精品创作为核心，努力推动网络文学从有没有、多不多向好不好、精不精转变。当前网络文学虽然作品基数庞大，但高质量的作品相对较少，因而需要增强精品意识，提高作品质量，加强创作引导，推动网络文学高质量发展。"① 评论家马季撰文说："我国网络文学虽然在商业上取得了较大成功，但在艺术上还有很长的路要走，还缺少代表时代精神和文学审美水准的有分量作品，还没有构成一个完整的文学世界。尤其是网络文学创作者的胸怀和情怀，还需要拓展和历练，方能承担起传承中华文明的重任。"他举例说："由于对创作速度有较高的要求，因此出现了创作态度不够认真严谨、满足于构想故事、较少思想厚度和力度的问题；创作者对现实的认知不够真切，对历史的理解不够深刻，生活经验表达个体化、碎片化、同质化，多数作品缺乏历史感和厚重感，缺乏鲜明的艺术个性；还有，网文作者普遍年轻化，他们的知识修养和文学素养积累不够，一些作品的情节设置和人物塑造有明显的编造痕迹，与现实生活相距较远。在写作技巧上，由于一些创作者缺乏写作基础锻炼，不太讲究语言文字的精炼，片面注重点击率，求多求快，导致作品创作出现'工业化生产'现象。"② 网络作家也对创作中存在的"有数量缺质量、有'高原'缺'高峰'"，以及"抄袭模仿、千篇一律""机械化生产""快餐式消费"等问题有深切认知。几年前，网络作家管平潮就曾提出网络创作需要"降速、减量、提质"，认为网文更新的速度可以降下来，数量也要减少，不要动辄几百万、上千万，一切目的是提升它的质量。③
2020 年底，136 位网络作家在上海联合发出抵制"低俗、庸俗、媚俗"，拒绝跟风、抄袭、侵权盗版、推进网文出海、讲好中国故事等倡议，呼吁全国网络作家坚持正确创作导向，承担时代责任，加大现实题材创作力度，推进网络文学的精品化，蹚出一条高质量发展的转型之路。文学网站平台更是把提升作品质量、推进网络文学内容转型、品质升级作为企业可持续发展的经营策略，如阅文集团从作家培育入手，大力倡导精品创作，他们制订"青年作家扶持计划"，投入亿元资金扶持青年作家创作，并于 2020 年 11 月成立阅文起点大学，通过一系列提升作家队伍整体素质，帮助新人作家成长，培育、孵化等举措，让品质化创作从观念倡导落实到人才培育和创作实践。

---

① 胡邦胜：《努力引导网络文学高质量发展》，《光明日报》2020 年 10 月 14 日。
② 马季：《推动网络文学高质量发展》，《中国文化报》2021 年 1 月 27 日。
③ 周志雄、管平潮等的访谈，《网络文学需要降速、减量、提质——管平潮访谈录》，《雨花》2007 年第 2 期。

二、如何纾解网络文学的"品质焦虑"

一种文学要成为历史节点的"文学"首先需要的是"文学性"的意识觉醒，即如俄国形式主义者罗曼·雅各布森（R. Jakobson）所说的那样，是"文学性"而不是别的什么决定了文学之成为文学。网络文学的高质量发展，本质就是解决好这一文学的"文学性"问题，只有具备文学性的文学才会有较高的文学品质，才不会有"品质焦虑"。那么网络文学如何能获得文学性呢？芬兰数字文化专家莱恩·考斯基马（Raina Koskimaa）提出：今天的文学与几十年前的文学所处的文化大背景已经完全不同了，"首先，在整个媒介领域中，传统意义上的文学作品已经让位于电子媒介，并逐渐向数字媒介过渡。其次，自从电子媒介诞生以来，文学本身已经发生了显著变化"，这个变化就表现为"把'古腾堡星系'甩到了身后，印刷媒介已成为过去，现在推动文化发展的是电子通信"。① 网络文学在存在方式上摆脱了"古腾堡星系"的物理束缚，对"文学性"的打造会产生一定影响，但数字媒介或"电子通信"也将利用虚拟世界的技术优势打造自己的电子诗意，创造属于网络文学的"文学性"。而网络文学的"文学性"并不是游离于传统文学之外的，不是对"古腾堡星系"的背叛，而是基于传统文学的超越和新的建构，我们所要做的和能做的是探寻纾解网络文学品质焦虑的路径，以便在"数字媒介过渡"的新语境中以技术突围实现"品质逆袭"。

（一）让网络创作回归文学的价值原点

文学的原点在哪里？它就在文学之成为文学、人类之所以需要文学的生成过程中。这个过程以三种方式显现文学原点，即文学是什么？文学写什么？文学干什么？如果网络文学能够从这几个方面秉持创新，就不会出现质量困境，也不会有"品质焦虑"。回答"文学是什么"，是要确认文学的本质——文学是反映人类的生活世界、表征人类精神世界的一种审美意识形态，它构成我们从事文学创作的理由；"文学写什么"事关文学内容品相——文学要写以人为中心的社会生活，包括客观存在的现实生活，也包括想象的、虚拟的生活世界，并且是具有真实性、倾向性、情感性的现实生活、想象性生活和虚拟生活，它构成了一个作品的意义模式；"文学干什么"是对文学功能作

① 莱恩·考斯基马：《数字文学：从文本到超文本及其超越》，单小曦、陈后亮、聂春华译，广西师范大学出版社，2011，第244页。

用的"议程设置"——文学既要有对历史、对社稷苍生等外在干预的有补于世、经邦治国、为天下谋，又要有对人的内在心性的涵养沉淀、丰满澄明、情操陶冶，审美以化人。而这一切都将以文学作品的价值形态寓于内而形于外，不断约束文学的边界，又不断拓展文学的价值内涵。我们的网络文学要实现品质提升，就需要从文学的逻辑原点出发，为文学的价值塑造发力。有学者把传统文学的功能价值概括为三个方面：一要有对现实世界的关注，用优秀的作品鼓舞人心；二要高标一定的精神向度，强调文学涵养人的精神；三要体现终极关怀，为人类构建心灵的家园。① 而在网络文学创作中，网络作家也应该坚守初心，让网络创作回归到文学价值构建的艺术轨道。因为"网络文学不仅是一种技术性存在，也是一种价值论存在。网络文学不但应该作为一个技术性事实予以审视，更应该被作为一个文化哲学的事实予以审视"②。

我们看到，新兴的网络文学不同程度地存在文学原点"靶向偏移"现象，主要有两种表现。一是过度偏向娱乐化。纵观国内各文学网站收揽的作品，大都是娱乐性的类型小说，而更具文学性，更切中文学性表达的诗歌、散文不仅数量不多，影响也不大。例如起点、纵横、晋江等大型网站均以类型小说为经营对象。尽管各类型小说所描写的题材有别，叙事主题和语言风格也多有不同，但它们在价值取向上不约而同地走向了一种娱乐化意识形态，让单一性的爽感满足遮蔽了文学应有的超越性，而呈现为娱乐功能的单一性。女频作品更偏向于谈情说爱、缠绵悱恻的虐恋，而男频小说则偏向于废柴逆袭走向成功的快感。于是，以"快乐原则"吸引眼球成了类型小说的不二法门。

"靶向偏移"的另一个表现是过度商业化。网络文学的创造者和经营者常常被文化资本所掌控，为市场利益、粉丝经济所裹挟，网络写手为了商业利益而放弃艺术追求，文学网站平台只为经济效益而忽视社会责任，"文学"和"网络"都成了盈利的工具，这对网络文学的品质打造，对创作者和经营者的价值承担、社会承担和艺术审美承担都是一种伤害。单纯为了物质功利而走进文学，或单纯为了商业利润而营销网文产品，其所伤害的不仅是文学的品质和价值，还带偏了网络文学的方向选择。在网络文学中大量存在的套路化、模式化写作，那些超长篇、升级流、小白文、"扮猪吃老虎""草根逆袭"等模式套路和情节戏"梗"，大都源于利益选择的偏失，是过度商业化

---

① 欧阳友权：《网络文学批评对文论逻辑原点的调适》，《广西师范学院学报》（哲学社会科学版）2018 年第 4 期。

② 阎真：《网络文学价值论省思》，《文艺争鸣》2005 年第 4 期。

的必然结果,也是网络文学"量大质不优"的根源之一。尼尔·波兹曼形容这种境况营造的不过"是一个娱乐之城",一切都"心甘情愿地成为娱乐的附庸",最后的结果是"我们成了一个娱乐至死的物种"①。网络文学要回归文学原点,就需要朝着精品化的方向主动向文学"经典"靠拢,以正确的价值导向摒弃"流量至上"和"饭圈文化",用工匠精神打造精品力作。

(二) 强化网站平台对文学品质的责任担当

与传统文学出版、发表需要有出版社和报刊编辑把关、编校一样,网络文学的数字出版也离不开网站编辑的技术管理与推送。并且,网站平台还有比传统平面媒体更重要的功能——以商业经营服务阅读市场以扩大网文作品在虚拟空间的无远弗届和 N 次传播,其营销的动机常常远高于传播的需要。网站经营必须通过商业营销开拓传播半径,又通过有效传播扩大营销效果,形成营销与传播相互依存又互相促进的市场绩效。基于这一特点,网站平台事实上扮演着网文作品"第一把关人"和"品质营销商"的双重角色,网站平台的责任担当对网络文学通过品质提升实现经济效益与社会效益统一(简称"双效合一")就显得特别重要。

基于此,针对有些网站发布的作品出现导向偏差、格调不高,甚至出现淫秽色情、血腥暴力等内容,或网文企业社会责任感缺失、把关机制不健全、主体责任落实不到位,片面追求经济效益等情况,2020 年 6 月国家新闻出版署出台了《关于进一步加强网络文学出版管理的通知》,明确提出,网络文学出版单位须建立健全内容审核机制,设立总编辑,建立健全编辑委员会,强化内容把关职责,加强选题策划,控制总量、优化结构、提高质量,支持优质创新内容,抵制模式化、同质化倾向;按照"后台实名、前台自愿"的原则,实行网络文学创作者实名注册制度,严格规范登载发布行为;定期开展社会效益评价考核,对网络文学出版单位发布或推介作品出现严重错误的,社会效益评价考核结果一票否决,对内容导向出现严重偏差的,综合运用行政监管、经济惩罚、刑事处罚等多种措施进行处置;加强网络文学出版队伍建设,引导广大网络文学从业人员对读者负责、对社会负责,加强品德修养,恪守公序良俗,弘扬新风正气,打造精品力作,维护网络文学行业良好声誉和网络文学出版工作者良好形象,等等。中国作协建立了网络文学重点园地工作联席会议制度,各网站以责任与品质为先,把好质量关,推动网络文学

---

① 尼尔·波兹曼:《娱乐至死》,章艳译,广西师范大学出版社,2004,第5—6页。

提升文学质量。如阅文集团开展多种形式的网络作家培训，全力提升网络文学从业者的社会责任意识，确保优质作品的持续输出和品质化增长。咪咕阅读立足国企责任，坚持"精品化"为核心，依托"咪咕万里行"项目，以"沙龙会+校园汇+名家秀+培训营"等形式培育作家队伍，创造了一批数量可观、质量可靠的优秀作品。晋江文学城、掌阅文学、纵横文学、铁血网、网易文学、17K小说网、阿里文学等网站平台也都积极行动，有效强化了网站平台对文学品质提升的责任担当。行业内已达成共识：文学网站平台不能仅仅扮演网文作品的汇聚地和"二传手"，还应该是文学精品创作的"助推手"和劣质作品的"过滤器"。只有坚持正确价值导向，坚持把社会效益放在首位，把好作品质量关，才有可能逐步化解"品质焦虑"，推动网络文学健康繁荣、可持续发展。

（三）优化行业生态，加速网文转型升级

时至今日，网络文学发展已经被提升到构建中国话语体系、以历史方位标注文学坐标、以文化自信铸就精神根基、以创新创造建设文化强国的战略高度，重塑网络文学生态格局，加速网文转型升级，已成为构建健康有序网络文学生态、加速网络文学高质量发展的必然选择。这个行业生态，主要由作家、政府、资本、舆论环境几个因素构成。

对网络作家而言，实现高质量创作需要提高政治站位，注重思想道德建设，在创作中讲品位、讲格调、讲责任，抵制低俗、庸俗、媚俗，坚守艺术理想，对文学常怀敬畏之心，持续涵养淡泊名利的艺术追求，这样才有可能创作出有筋骨、有道德、有温度，反映人民心声、深受人民欢迎的好作品。创作了《韩警官》《朝阳警事》的网络作家卓牧闲就曾说："网络作家要有社会责任感，也要有社会担当。""作为作者，一方面我们要生存下来，另一方面我们还要有自己的创作理念，对写作有更高层次的追求。"① 这正是每一个网络作家都应该具备的自律意识。

对政府组织而言，一方面要制定政策法规，加强对网络作家的团结引领、对文学网站平台的监督管理，如围绕网络文学创作导向、职业操守等问题，制定行业自律公约，建立对失德失范行为的监督机制，规范行业行为，树立正确价值导向的坚定信念。并且，网文行业的政策法规与政府管理"是刚性

---

① 澎湃新闻《网络作家要有社会责任感，也要有社会担当》，中国作家网，2019年8月2日，网络链接：http://www.chinawriter.com.cn/n1/2019/0802/c404023-31273648.html。

的，不是柔性的，因而它所构建的'法规场'是一个'红线圈层'，不得违拗和僭越"①；另一方面，行政又需要依规依法，在监管过程中既兼顾网络的特点，又尊重文学的规律，不仅以文学的方式看待和管理网络文学，也要以网络文学的方式看待和管理网络文学。

对文化资本而言，网络文学无疑是一个"朝阳产业"，是拓展文创空间、开辟新兴业态的"处女地"。但资本的本性是盈利，而网络文学的本性是人文审美和艺术创新。目标的落差可能使文学在与资本的博弈中处于劣势，如果不能把握二者的平衡，便会出现利益至上、唯利是图、以经济效益伤害社会效益和艺术审美价值的偏向，网络文学领域出现的作品"灌水"、内容低俗、迎合市场、认同犬儒，乃至"饭圈冒泡"、亚文化泛滥等现象，大都始于资本作祟，抑或与商业利益的不当追求有关。受资本制衡的市场化机制是一柄双刃剑，既可以为网络文学行业提供强劲的经济驱动，也可能让行业染上"铜臭味"，阻遏精品力作的生存空间，甚至导致整个行业走偏。

最后还有舆论环境对网络文学生态构建的影响。从传统文学的边缘起步，我国的网络文学由小众走向大众，其间一直备受争议并常常遭遇冷眼，负面评价很多，误解也不少，其中既有媒介歧视因素，也有传统观念的偏见。要改善网络文学高质量发展的舆论环境，打造良性的舆论生态，首先需要"走近网络文学，再走进它的内部——上网站，读作品，了解作家创作和网站经营，了解读者群体和接受方式，乃至做一个网络原著粉，然后再介入评论，不虚美，不隐恶，说点内行话，说出切中实际的话，说些对网络创作和网文行业发展有所助益的话，而不是先入为主，主观臆断，或以偏概全，浮光掠影"②；然后要对网络文学多一份关爱，少一点指责，多一分理解，少一些偏见，切不可"会己则嗟讽，异我则沮弃，各执一隅之解，欲拟万端之变"③。对于尚处于初创期的网络文学而言，应该站在文化强国和民族复兴的高度予以重视和扶持，至少是道义上、舆论上的重视和支持，这样才能助力网络文学的持续繁荣和高质量发展。

---

① 欧阳友权：《从"阅文风波"看网络文学生态培育》，《中南大学学报》（社会科学版）2020年第5期。
② 欧阳友权：《从"阅文风波"看网络文学生态培育》，《中南大学学报》（社会科学版）2020年第5期。
③ 刘勰：《文心雕龙·知音》，载郭绍虞主编《中国历代文论选》第一册，上海古籍出版社，1979，第299页。

反思与转型：
新时代网络文学的现实转向

◇ 林　莹　谢紫薇*

　　基于"网络"这一传播媒介的特点，网络文学较之传统文学具有传播便捷性强、互动性强、审美娱乐性强等特征。自 1998 年台湾作家蔡智恒发表的《第一次的亲密接触》开始，网络文学由小众走向大众，呈现出旺盛生命力与影响力，并逐步成为新时代人民群众精神文化的重要组成部分。追溯网络文学这一文化现象的发展历程，可以清晰地看到它由最初网络文学创作者自发创作并局部传播的文学形式发展到"资本支撑+付费阅读"的文学形式。自 2016 年后，网络文学无论从题材还是体量上都经历了长足的发展，其题材（如玄幻、科幻、仙侠、历史、盗墓、军事等）之丰富、体量之庞大前所未有，产生了不少佳作，如《三体》《突出重围》等。网络文学在经历了飞速发展的同时也存在许多问题，如总体质量参差不齐，有些作品为博眼球吸引流量出现涉黄涉黑内容，更有甚者价值导向背离社会主义主流价值观。2014年，网络文学迎来了发展的转折期，习近平总书记在 2014 年的文艺工作座谈会上指出："要适应形势发展，抓好网络文艺创作生产，加强正面引导力度。"国家陆续出台《关于推动网络文学健康发展的指导意见》《关于加快构建现代公共文化服务体系的意见》《关于繁荣发展社会主义文艺的意见》《关于实施中华优秀传统文化传承发展工程的意见》等一系列文件，提出规范网络文学市场秩序，开展网络文学的社会主义核心价值观引导，加快相关人才培养，加强网络文学行业自律与规范化发展的相关指示。当前，网络文学立足现实，以社会主义核心价值观为导向走主流化的发展道路，已成为行业内外的共识，这不仅是网络文学自身内在的诉求与发展需要，更是社会主义精神文明建设、弘扬中华民族优秀文化的必然。面对新形势、新要求，如何结

---

　　* 林莹：1981 年生，女，福建江夏学院副研究员，清华大学人文学院博士研究生。
　　谢紫薇：1988 年生，女，清华大学人文学院博士研究生。

合新时代精神和中华优秀传统文化更快地提升网络文学质量，以创造出更好的社会正能量效益，助力我国优秀文化输出，通过把握当前现实中网络文学发生转变的表现，分析其仍存在的问题及深层次原因，探寻网络文学进入主流化、精品化、经典化发展方向的途径。

一、现状：网络文学转向表现

2023 年 8 月 28 日，中国互联网络信息中心（CNNIC）在京发布第 52 次《中国互联网络发展状况统计报告》。截至 2023 年 6 月，我国网民规模达 10.79 亿人，较 2022 年 12 月增长 1109 万人，互联网普及率达 76.4%。网络文学的用户规模较 2022 年 12 月分别增长 3592 万人，增长率为 7.3%。[①] 网络文学作为新的增长点吸引了资本的投入与平台的扶持，促进了网络文学规模的日渐扩大。基于此，网络文学日益成为当前我国信息化时代的重要文化产业，成了民众获取信息、认知客观世界的一个途径。为实现更好的发展前景，网络文学内外部开始反思，以欧阳友权、邵燕君为代表的学者，开始反思包括网络文学的主题、传播方式、经典化、版权等现阶段网络文学发展过程中显现出来的问题，旗帜鲜明地坚决抵制历史虚无主义、不良亚文化等负面的创作动机与作品，提倡发挥网络文学的正面引导作用。在国家引导下，为实现网络文学的社会效益与经济效益双统一，网络文学呈现出与以往不同的优质表现。

（一）现实题材逐步引领潮流，内容创造上多元化、专业化凸显

在网络文学发展之初，内容价值主要倾向于娱乐化与快节奏消费，以较快获得人气（如点击量、浏览量、评论数、投票数等）与资金支持。党的十八大以来，在政府及有关部门政策措施的加强引导与规制下，网络文学内容题材开始逐步转向现实化、生活化，内容创作更加多元化，框架逻辑、故事情节、人物塑造等方面注重表达现实事业发展或历史事件（人物）的正面价值或民众生活情感。如《大国重工》《维和战队》《翅膀之末》等，都是立足于现实，以中国现阶段发展的重大历史事件为叙述主线，用新的形式讲好"中国故事"。这样的创作或从生活小事落笔，叙述草根人物自强不息的奋斗，如《士兵突击》讲述了一名普通军人的成长经历，展现了中国军人的正气风貌；或从大事切入，展开宏大的叙事，描述中华人民共和国成立以来各

---

① 第 52 次《中国互联网络发展状况统计报告》，CNNIC 网站发布。

项事业发展的伟大成就，如《天梯》以中国航空事业的发展为故事背景，展现了空军机务官兵的责任与信念，见证了中国人民空军近二十年发展的辉煌历史。即便是玄幻、穿越类型的网络文学作品在充满无限想象力的叙事框架下，也开始改变过去丛林法则、胜者为王的简单叙事与主题创作，出现一些价值观更加积极向上、叙事更加精巧的故事，如《不灭龙帝》《驭兽斋》《参天》等。① 追求口碑与作品内涵精深逐渐成为网络文学创作者的追求。截至2019年，我国网络文学作品已达2 590万部，作品质量及社会责任、文化责任担当不断提升。在庆祝新中国成立70周年主题网络文学作品评选以及2019年优秀网络文学原创作品活动中，《大江东去》《繁花》《全国工匠》等25部作品备受推介。② 2020年初，受新冠肺炎疫情的影响，更多创作者加入网络文学，整体规模在"宅家避疫"的背景下逆势向上，涌现一批优秀的抗疫作品，用文字力量鼓舞人心，如《武汉日夜》《你好普通人》《一个医学生的逆行》等。

（二） 网络文学整体生态格局发展良好，产业不断升级

在外部环境（包括政策、经济、行业、技术等）变化影响下，网络文学也在寻求改变，逐渐肩负起新时期文学对大众的精神引领职责。党的十八大以来，党和国家对新兴文化产业发展高度关注，一系列政策的出台为网络文学发展营造了更好的格局。一是发布《关于推动网络文学健康发展的指导意见》，作为第一个专门针对网络文学的政策性文件，为网络文学向主流方向发展指明道路；二是发布《网络出版服务管理规定》《关于加强网络文学作品版权管理的通知》等文件，加强网络文化作品的创作引导及网络出版、作品版权管理，规范网络文学版权市场秩序；三是发布《网络文学出版服务单位社会效益评估试行办法》《新闻出版广播影视"十三五"时期发展规划》等文件，加强对网络文学运营平台与作品阅读平台的社会效益评估，加大对网络文学的题材与内容的引导力度；四是出台《"十三五"国家战略性新兴产业发展规划》《国家"十三五"时期文化发展改革规划纲要》，着力提高数字创意内容产品原创水平，提升网络文学产业的文化品位与社会价值。政策的引导与技术的创新逐步形成了网络文学的新格局。同时，我国经济持续稳定发展，以新动能与新产业为驱动的经济规模不断扩大，为网络文学的产业

---

① 何弘：《中国网络文学发展现状探析》，《人民论坛》2020年第21期，第132—134页。
② 薛泽祎：《新时代背景下网络文学如何做好正导向》，《出版广角》2021年第1期，第71—73页。

升级提供了技术支持。2020 年全国信息传输、软件和信息技术服务业增加值达 37 951 亿元，比上年增长 16.9%；全国互联网普及率达 70.4%，互联网上网人数 9.89 亿人。① 在经济与信息技术发展支持下，网络文学的阅读逐步实现了现实化与多元化。据中国新闻出版研究院第十八次全国国民阅读调查数据显示，2020 年数字化阅读方式（网络在线阅读、手机阅读、电子阅读器阅读、Pad 阅读等）的接触率为 79.4%，较上年增长了 0.1 个百分点，18～49 周岁的中青年群体是数字阅读主体，但越来越多 50 周岁及以上的中老年群体加入数字化阅读大军中。②

政策的加持与技术的支撑为网络文学高速发展提供了条件，自此网络文学成为我国文化产业的重要力量。与传统文学不同，网络文学依托新媒介力量而实现发展，商业资本的强势介入，造就了许多主流的网络文学平台，例如中文起点网站、晋江原创文学网、纵横中文网等大批专业性的网络文学平台。当前，在国家相关政策与监管部门的引导下，各平台着力于开发更多有实用性功能，优化用户阅读体验，培养与挖掘更多有品质的作者，以丰富原创小说库，追求网络文学精品，并开发多元化的精品衍生作品（如动漫、影视、游戏等产品），如《神犬小七》《吞噬星空》《全职高手》等。网络文学形态的不断延展和壮大，带动行业的上下游产业链，为新文化产业带来更多的发展驱动力。

（三）重视网络文学创作队伍建设，作品输出势头迅猛

在现代文化产业中，网络文学是生产想象力和创造力的一支重要力量。据《2019 年度网络文学发展报告》数据显示，截至 2019 年，我国网络文学驻站作者达 1 936 万，其中签约作者达 77 万，在签约作者中，兼职作者占六成。③ 不断增长的创作队伍规模是我国文化繁荣的一个侧写。为了提高作品质量，许多网站平台加强与驻站作者的联系、服务、职级评定等工作，定期推荐培养对象参加网络作家培训班，扩大作者的权益，增强作者对平台的归属感。在中国作家协会的大力扶持下，中文在线、新浪阅读等各大网络文学

① 国家统计局发布《中华人民共和国 2020 年国民经济和社会发展统计公报》，2021 年 3 月 6 日，http：//www.stats.gov.cn/tjsj/zxfb/202102/t20210227_ 1814154.html.
② 《北京日报》《第十八次全国国民阅读调查结果发布　成年人去年人均阅读纸质书 4.7 本》，2021 年 4 月 27 日，http：//www.ce.cn/culture/gd/202104/27/t20210427_ 36514060.shtml.
③ 陈定家、桫椤、周兴杰等：《2019 年度网络文学发展报告》，2022 年 3 月 6 日，http：//www.chinawriter.com.cn/n1/2020/0220/c404027-31595926.html.

平台通过构建一套行业规范来推进人才培养和队伍建设，以达到推出更多精品的目标。同时，中国作家协会网络文学委员会、各平台、各地相关机构通过打造各种形式的品牌活动，如年度中国网络小说排行榜、金键盘奖、原创网络文学征文大赛等，不断提升网络文学队伍的创作能力与意识。截至 2018 年，已有 214 名网络作家成为中国作家协会会员，[①] 一定程度反映当前网络创作者整体素质有了提升，得到主流文学界的认可。另外，当前网络作家逐步年轻化，90 后甚至是 00 后成为网络作家队伍的重要新生力量。《中国网络文学发展报告》数据显示："2020 年阅文集团新增网文作家 Z 世代（1995 年以后出生的群体，包含 95 后及 00 后）占比近八成。"年轻的作者具有更为活跃的网络语言、网络思维，助力网络文学持续蕴含更为丰富、前沿的文化潮流元素，保持生机勃勃的状态。

在网络文学蓬勃发展的同时，文化竞争力亦在上升。网络文学作品凭借自身独有的活力与逐年增长的影响力经翻译后"出海"，输出的题材内容丰富多样，包括武侠、科幻、历史、游戏、言情、军事等，借助"一带一路"倡议，在信息技术与互联网的推动下走向全球，如《全职高手》《庆余年》《修罗武神》等，受到越来越多海外读者的认可，成为我国文化海外传播的重要生力军。《2019 年度中国网络文学发展报告》数据显示，网络文学输出以东南亚和欧美国家、地区为主。亚洲国家和地区用户偏爱都市现实类题材的网络文学作品，欧美国家用户则偏爱玄幻奇幻类作品。截至 2019 年底，我国已输出网络文学作品超过万部，其中翻译网络文学作品达 3 000 多部，海外市场规模达到 4.6 亿元，海外中国网络文学用户达 3 193.5 万。[②] 网络文学的输出向世界传播中华传统文化，对展示中华文化的魅力有重要的意义。

二、反思：网络文学转向中存在的问题

作为新时代文化形态，网络文学极具时代性、全民性、个性化特征，发展 20 多年来形成巨大产业链。在近年逐渐获得认可呈现欣欣向荣、百花齐放局面的同时，其内在深层次问题或弊端仍未解决，将影响网络文学整体性长远发展。

---

① 秦兰珺、陈定家：《网络文学发展状况》，载《网络文艺蓝皮书：中国网络文艺发展研究报告（2018—2019）》社会科学文献出版社，2019，第 58 页。
② 中国社会科学院发布《2020 年度中国网络文学发展报告》，2022 年 3 月 6 日，https://www.sohu.com/a/457663460_152615。

（一）功利：资本市场介入下网络文学的逐利倾向

网络文学的生存与发展离不开信息技术下文学网站载体的运营、宣传、开发等，给网络文学自由、宽容、便捷的同时也带来了许多负面影响，造成鱼龙混杂的文化表现。文学网站发展至今，其盈利方式已由最初单一的广告收入维持基本运营发展到与出版、广告、影视传媒等行业形成紧密互动与商业往来。各类资本的深度参与促使网络文学作品通过市场竞争机制优胜劣汰，作品更为迎合大部分读者的喜好，激发作者源源不断的原创力，盈利方式的多样化也为文学网站、网络文学作者带来巨大的资源与利益，网络文学的商业价值日益增长。在商业资本的诱惑下，网络文学平台与创作者不可避免被巨大的利益所"绑架"，为博取点击率、流量、广告、版权开发权甚至是影视资源等大商业资本的青睐，创作者的功利化倾向越来越强，网络文学作品成为市场各方争相获取经济利益的利器。近两年在国家政策的引导下，网络文学作品出现了部分"清流"式的高质量转变，但商业运作模式下许多网络文学作品，仍存在创新的同质化、盲目追求"量"化（即更新量、作品数量、内容篇幅等）、畸形迎合部分网络阅读者低层次的审美的特点，网络文学题材与内容的跟风、模仿、粗制，使其本身的社会价值、创作表达等被弱化，"文以载道、咏物言志"的情怀消失殆尽，"即由于类型网文自身的容量和本质上对外部力量的迎合性，限制了其取得新的突破"[①]。网络文学一定程度上成为现代文化快消品。

从根源上来看，一方面网络文学过度商业化，经济功能与娱乐功能被无限放大，是导致其自身社会性、文学性消减的重要因素。网络文学若一味地专注于获利并维护读者黏性一定程度上会消解其创造精神价值与艺术价值的社会使命；另一方面，作为网络文学生存载体的信息技术也是一个重要因素。互联网的匿名性、虚拟性、包容性造就了网络文学区别于传统文学的自由互动空间，读者的消费需求与选择的自由度牵制了创作者承担优秀文化传播的社会责任，网络文学作品在走向潮流前端的同时，容易让审美取向与用语习惯偏离主流，甚至影响青少年学生。

（二）侵权：网络文学作品版权的纠纷不断

互联网让人们对信息知识的探知与获取变得越来越简单、快捷，加之数

---

① 许苗苗：《网络文学 20 年发展及其社会文化价值》，《中州学刊》2018 年第 7 期，第 146—150 页。

据传送的无限制性畅通，让网络文学作品传播与推广优势远大于传统文学作品，但这也让前者的版权保护受到极大冲击。尤其是近年来随着网络文学商业价值的不断提升，针对网络文学的侵权形式也呈现多样化。首先，网络文学作品抄袭现象频发，打乱了正常的市场秩序。当前网络文学的抄袭方式层出不穷，呈现出抄袭行为隐蔽、抄袭主体多元的特点，如从上百篇热门作品中各抄取或模仿一些情节、框架、场景描写等拼凑而成，或通过破解网站权限复制作品、无授权的转载盗用、无付费阅读、转载变原创等，且部分创作者的版权意识淡薄，采取漠视放任态度也助长了抄袭的气焰。加之创作者大多采用化名、网名或笔名，在自证身份上需要花费不少人力物力；网络文学作品依附于网络多为连载式，甚至在未最终定稿时已被侵权，给创作者的举证带来不少的困难。其次，作品改编权限也是一个常见的争议点。网络文学作品部分版权授权给相关公司后，改编权与保证原著主旨（中心框架）完整权之间的边界涉及作品的价值表达、受众的接受度、创作者的原创思想、资方市场意图等多方利益，矛盾争议往往因改编的快餐式粗制而引发作品社会负面影响。最后，地域与商标问题也引起不少纷争。网络时空下网络文学作品侵权不受地域限制即无属地性，与民事诉讼的属地管辖要求相冲突，这种超越地域的特性为认定司法管辖权增加了难度，也为创作者维权带来了不便。且随着部分网络文学作品的走红，书名或主角名等与作品相关的核心要素被任意注册为商标或无授权地作为商店名称或网游名称等，引发了版权之争，这种商标审批与版权归属的纠葛，一定程度上侵害了网络文学网站和创作者的合法权益。

究其原因，除受经济利益的驱动外，还与相关法律的不完善、行政监管无力密切相关。一方面，在资本主导模式下，网络文学市场盈利前景趋于稳定，为最快实现利益最大化，部分创作者和平台懒于创新，侵权成为一种"致富成名"的捷径，以达到乘势从市场中分一杯羹的目的；另一方面，相关法律的不完善加剧了网络文学的侵权现象。《中华人民共和国著作权法》《中华人民共和国著作权法实施条例》等法律法规还不够完善，即使在2012年《中华人民共和国著作权法》开展了为期3年的第三次修订，但仍无法完全适用于信息技术快速发展变化环境下网络文学的各式各类版权争议，法律适用性与司法管辖权限受到很大的挑战，现实中侵权者的获利往往大于其付出的法律成本，法律更新的相对滞后给了侵权者可乘之机。同时，专门的网络文学监管部门或执法部门尚不健全，且管理人员的专业素养不够，不能完全做到精准执法或管理，这些都造成了网络文学侵权事件持续频发。

（三）迷失：网络多元价值冲击下的价值与审美盲目

信息技术与移动互联网的快速发展，使新时代的人们在虚拟时空下有更多机会去自由、包容、顺畅地表达自己的情感、思想、价值观。这样多元表达的趋势，与思想的自由迸发为网络文学带来多元的价值与审美冲击。这一问题对网络文学的发展产生了根本性的影响，甚至隐隐决定了网络文学的存亡。究其原因，与虚拟时代下人们思想审美的转变有直接的关系。首先，虚拟网络空间内，人们获取信息资讯，从而愉悦自身的活动极具个性化与黏性，容易陷入自我构建的闭塞的"信息堡垒"中。读者易于通过阅读网络文学作品，将自身个性化价值与审美观通过互动交流，引发趋同者共鸣后，间接影响创作者作品走向。创作者则易于直接将个性化价值观念融入自己的作品当中，引发一定的群体效应。这类价值观与审美的个性化、多元化存在一定的无序性、无约束性，若公共价值引导长期缺位或引导作用不强，容易小范围内将传统优秀的文学核心价值观及社会主流文化价值观解构，甚至产生负面社会效应，尤其是对辨识能力尚弱的青少年的负面影响颇深。其次，互联网时空下，世界多元文化交流、西方思潮的涌入一方面给予网络文学更开阔的文化交融空间，促成网络文学作品更好地走入世界舞台；另一方面对新潮的西方价值观与审美的盲目认同，使部分网络文学在所谓"自由"创作的规则下，一定程度上造成对社会主义主流意识形态与价值观的文化冲击，及对中华民族审美观的消解。如当下许多由网络文学作品改编的影视作品，在对怪物的刻画上大多呈现出与欧美大片相似的摹写，或主人公理想追求上夹杂着对西方世界的憧憬等。这些有失偏颇、含混狭隘的价值与审美取向，将影响广大人民群众对国家、民族的价值认同。

网络文学价值认同上所表现出来的一些瑕疵，其深层原因不容忽视。一是以互联网为代表的新兴信息媒介，无时无刻不产生大量的碎片化的信息和知识，冲击着以民族优秀传统文化与社会主义核心价值观为中心的核心价值观体系；二是过度商业化使网络文学浸泡在市场消费的氛围中，商业经济利益走向前台，网络文学包含的人文关怀、社会价值、伦理教化等被物化并退居幕后；三是网络文学的许多创作者在进入行业前缺乏必要的中华文化传承者、传播者等角色认知或认同，缺少追求文学美，传达正面价值观的追求；四是分类的、标准的网络文学评价体系不健全，不利于长效性规范网络文学的发展，要引导网络文学作品走向高质量、优品质，彰显文学的社会功能。

三、突破：网络文学主流化的转向路径

"任何一个时代的文艺，只有同国家和民族紧紧维系、休戚与共，才能振聋发聩。"面对世界百年未有之大变局，在踏上"十四五"发展新征程之际，围绕着铸牢中华民族优秀文化和社会主义核心价值观，网络文学应"因时而兴，乘势而变，随时代而行，与时代同频共振，在振奋民族精神的伟大事业上奉献出自己的力量。"①

（一）加强主流思想引领，全面提升网络文学品质

网络文学作为我国新时代文学发展的新形态、新样式，是虚拟空间下对客观现实生活、情感、文化的反映与再现，理应承接起传统文学的精神，着力于关注、传播中华优秀传统文化内核和社会主义核心价值观，"思想和价值观念是灵魂……离开了一定思想和价值观念，再丰富多样的表现形式也是苍白无力的"。一是树立精品、经典意识，引导作品担负弘扬正导向价值观的使命。网络文学的相关管理部门与从业者，在党和国家的政策文件精神指导下，应积极主动树立网络文学传播主旋律价值观，追求主流文化精神的责任意识，扭转以商业盈利和迎合低级趣味世俗审美的创作导向。"故事是教诲性的，目的是为我们提供道德和行为的指南。②"网络文学作品要直面客观现实世界的生活、情感、思想、文化等，体现社会价值，帮助人们构建主流价值观信仰，对社会和谐发展起促进作用。二是立足本土，在学习中超越。面对互联网络下的多元文化思潮，要坚持不忘本，坚定道路自信、理论自信、制度自信、文化自信，在网络文学发展过程中吸取外来文化、思想的精髓，主动面向未来，将其与中华文化精髓融合、创新，更为重要的是借助网络文学充分反映中华民族文化的内核精神与审美，讲好中国故事，传播新时代中国的价值理念，展现中国魅力，推动网络文学由娱乐性、消遣性向艺术性、社会性、时代性发展。三是引导网络文学坚持以人民为中心的创作导向，传承质朴、纯粹的中国红色精神、奋斗拼搏精神，在作品及其衍生产品中反映中华民族伟大的发展历程、中国梦践行的历程，抒发中华儿女的内心情感，展示新时代中国新气象，助力构建中国社会主义文化强国，构筑中国文化力量。

---

① 习近平：《习近平谈治国理政（第二卷）》，外文出版社，2017，第350页。
② 杨玲：《社会性：网络文学评价体系的另一维度》，《天津社会科学》2021年第3期，第116—123页。

（二）完善网络文学管理与法律体系，构建优秀网络文学传播机制

习近平总书记在党的十九大报告中提出构建网络强国战略，这是党和国家从全局角度做出的重要决策，网络文学作为网络事业发展的重要部分，经过二十多年已呈现蓬勃发展的态势。尤其在国家政策的扶持引导下已形成相对成熟的发展机制，但在承担新时代文化传播、创新，弘扬主旋律，讲述多姿多彩中国故事的重任上，该发展机制尚须不断完善与优化。一是加快推进对网络文学发展的顶层设计规划，加强对网络文学作品的统一分类式管理，成立具有一定权威性的全国性质的网络作家协会，充分发挥行业内组织的自律、引导作用，统筹推进网络文学与传统文学的协调统一发展，共同为中国特色社会主义文化建设服务。二是完善与制定切实可行的相关网络文学的管理办法或规范性文件，严格规制商业资本参与下的网络文学运营行为，防范网络文学的功利化趋向。加强规范网络文学运营资质与创作者资格的标准，严把入口；出版前，严格审核网络文学作品或产品，把牢出口。鼓励相关网络文学运营企业创新管理办法，切实完善作品编辑的责任制度与考核制度，推进网络文学作品社会效益的提升。三是加大对侵权行为的打击，进一步完善保护版权的法律法规及相关制度，通过法律构建网络文学维权的长效性机制，加快区域网络文学系统与国家新闻出版署网络文学系统相关标识的对接。加大维护版权的宣传力度，增强个人与组织的维权意识，提升相关的社会效应，创设尊重知识产权的社会氛围。四是立足全局以繁荣社会主义文化，建设社会主义文化强国为目标，引导社会各界高度重视网络文学的发展，克服成见，同等对待网络文学与传统文学，共同促进新时代文学不同形式的发展。五是健全网络文学的评价制度，在尊重其商业性与文学性、艺术性多重属性的基础上，建立一套完善的网络文学评价标准，设立全国性的具有含金量的网络文学奖项与奖励，引导网络文学向经典化、精品化方向发展，以更好地为社会主义文化建设服务。

（三）培育积极向上的网络文学运营体系，构建良好的文化发展生态

新时代网络文学发展不仅产生了巨大的文化经济价值，更重要的是凝聚了各类新时代文化资源，形成了完整的文化产业链，打造了文化发展的新路径，成为中国特色社会主义文化发展的一个重要阵地。为此，构建良性循环、健康向上的网络文学运营系统十分重要。一是做好行业规划和行业发展规范设计，敦促行业自律自查整改成为常态，并定期公开发布自查报告，构建社会监督氛围；鼓励相关运营企业或网络平台，整合一切有利资源创新思路，探索多样化的网络文学发展模式，以更好地实现网络文学社会价值、文学价值、经济价值三者相统一。二是加强网络文学运营相关管理与工作人员的引导培训，定期组织开展区域内或全国范围的相关知识与国家政策的培训学习班，提升人员的专业素养与管理技能，专注作品及衍生产品如影视、游戏等的品质，以传播正能量的文化元素为市场竞争核心点，激发网络文学市场活力，构建良性市场竞争环境；定期优化或升级网络文学网站的技术算法和模块设计，预防网站内作品被抄袭，提高自身版权风险意识并制定长效的维权制度；稳定创作团队，相关网站或企业可通过完善与创作者的合同或协议，扩大创作者的权限，提升作者对网站的"黏性"。三是制定完善的网络文学全版权运营机制，缓解网络文学原创与商业资本供需之间的矛盾，提升作品衍生产品的培育空间，在推进作品质量提升的同时一定程度上推动网络文学行业的良性发展。

"破旧立新"的"星辰大海"征程

——网络文学发展一瞥

◇ 罗亦陶[*]

网络文学在二十多年的时间里经历了高速的发展历程，而当下的网络文学正在进入消化了疫情影响的"后疫情"时代。党的二十大报告提出繁荣发展文化事业和文化产业，增强中华文明的传播力和影响力，为网络文学"为国为民"的转型发展提供了明确方向。在复杂多变的局势下，网络文学稳中有进，但也暴露出一些发展的不足。面向未来，网络文学与元宇宙、免费阅读、网文出海等关键词擦出的"火花"值得期待。

一、网络文学破旧立新"强筋骨"

中国互联网络信息中心 2022 年 8 月发布的第 50 次《中国互联网络发展状况统计报告》显示，截至 2022 年 6 月，我国网民规模为 10.51 亿，互联网普及率达 74.4%。网络文学用户规模首次超过 5 亿，增至 5 亿 159 万，网民使用率为 48.6%。尽管相较以前增速有所放缓，网络文学在快速增长的潮水退去后，仍是众多网民青睐的文化产品。因网络文学而发展的虚拟趣缘社区滋养了大众创作和全民阅读，而后者反之也在形塑网络文学，形成网络文学的新气象。网络文学"破旧立新"的第一个期待体现在题材与创作的多元。网络文学已经发展出玄幻、奇幻、都市、仙侠、游戏、科幻、武侠、历史等多种具有深厚根基的文本类型，在自己的"看家本领"之外，网络文学也在题材与创作上形成突破。除了惯常的男女频分类外，网络文学的一些"冷频"也吸引着人们的注意。网络文学的突破在于站在既有类型和"套路"的肩膀上更进一步，不再爽点频出而是舒缓平淡，惯常的"油腻"操作被强制"去油"，性别视角的转换暗合女性意识的觉醒，小众题材如职场、古典、悬

---

* 罗亦陶，中南大学文学与新闻传播学院博士生，湖南第一师范学院教师。

疑、科幻类作品开始吸粉增流。大水漫灌后的精耕细作已成为网络文学发展的优化路径与适者生存的必经之路，而网络文学的创新突破也将成为构建网络文学多维生态系统的"前奏曲"。网络文学的第二个新气象是与主流价值观的结合、契合与融合。网络文学诞生之初走的是主动疏离主流价值观的幽静小路，彼时的网络文学降格气息浓郁，文学广场熙熙攘攘，充斥着小微叙事与细碎脚本。在光着脚丫狂奔的时期结束后，网络文学凭借商业化手段开疆拓土，跻身最受关注的文学现象之列。商业化在助推网络文学的过程中也成了一顶无形的"紧箍咒"。在政府引导、行业自律的前提下，网络文学力图实现价值观的"反商业化"，与主流价值观进行多方位的结合、契合与融合。网络文学近几年深挖现实的多个维度，主动将优秀文化历史因素融入创作，在增加作品文化"厚度"的同时提升了作品的价值"深度"。党的二十大报告指出，社会主义文化要"以社会主义核心价值观为引领，发展社会主义先进文化，弘扬革命文化，传承中华优秀传统文化，满足人民日益增长的精神文化需求"。在自律与他律的环境下，网络文学在价值观与艺术形势上必呈现出更高追求。越来越多的网络作家在生活的基础上提炼出了高于生活的文艺创作，他们在搜集资料采风调研的时候又进一步了解到个人与国家之间的血脉关联，国家发展的艰难历程和社会发展的丰富多彩有了更多个性化的解读，这对网络文学向主流价值观靠拢，发扬优秀传统文化有着极大的促进作用。网络文学的第三个新气象是成为我国文化走向世界的"先锋"与"先导"。"网文出海"已有十余年历史，历经实体出海、作品出海、版权出海等阶段后，网络文学在文化企业的助推下有了更充足的出海"弹药"。网络文学是我国文化历史的天然承载体，历史变迁、文化习俗、器皿物件、价值观念都能通过文字得到生动体现。网络文学将文化历史元素与可读性强的情节融合在一起，着眼于文化软实力的建设，具有自觉的文化传播意识，是提升我国文化影响力的重要路径。除了作品中出现的人物、事件、器具、城市等"硬性"存在，我国作者创作的作品还自带"柔性"传播的功能。这种"柔性"传播超出作者自己的设计和预期，是全方位且持续性强的"对话"方式。凭借网络文学的吸引力和感召力，读者在阅读中会不由自主产生对作者和所属国家的好感，读者与我国的潜在性关联随之建立起来。也就是说，优秀的网文作品能够参与海外读者对世界的建构和认知的更新，这个过程由浅入深、由表及里，体现了我国的创造力、亲和力和吸引力，是我国从文化被动到文化主动的缩影。而网络文学在海外传播越广、影响力越大，它就越有可能成为其他国家和地区的共享意义与共享价值。

二、网文批评亟须"破圈""入心"

网络文学批评是网络文学生态系统的重要组成部分，它犹如网络文学这棵大树的"啄木鸟"，紧贴树干，啄食害虫，为网络文学的持续发展保驾护航。网络文学批评可按批评主体分为学界批评、媒体批评、网生批评三类，而学界批评因较强的专业性、学理性与前瞻性是上述三者的重中之重。学界批评的引领、矫正作用自不必说，但在发展的过程中，学界批评仍然不时呈现"门户紧闭"的状态，这在某种程度上阻碍了批评活动发挥更大的作用。究其原因，网络文学批评面对的是日新月异且内容庞杂的网络文学，而学界批评犹如一艘排水量巨大的船舶，掉头转向等动作不如小型船只灵活机动。网络文学每天更新字数可达数百万字，而学界批评的跟进速度则与研究对象可能有数月甚至数年的"时差"。这种"时差"并非可指摘之处，学术研究需要时间进行梳理与思考，但如果学界能适当缩小与研究对象的"时差"，批评活动也就能够进行更快的传播，影响力也能够随之增加。另外，学界批评所构建的学术场颇有些"生人勿近"的气息，学术场从接收端到输出端都局限在理论光芒闪烁的云端，曲调越是高深，能够唱和应对的人也越少。有鉴于此，有些学者与学术机构已经开始有意识地入驻社交平台和内容平台，积极分享学术研究成果和学术动态，在传播学术的同时加强了学术场域与社会场域的联系。比如，北京大学网络文学论坛推出了微信公众号"媒后台"，中南大学网络文学研究基地注册了公众号"网文界"，山东大学网文研究会推出了公众号"山宇网文研究所"。此类举动有效扩大了网络文学学术成果的社会影响力，提升了公众对相关成果的理解和运用。但是，就整体的学术氛围而言，网络文学批评仍须破除学术圈的"傲慢与偏见"，从而以平视的目光看待网络文学，实时在场地进行网络文学研究。尼古拉斯·伯瑞奥德认为："绝大多数评论家与哲学家不愿将当代实践的实体拥入怀抱，因而这些实践根本就停留在无法阅读的姿态，因为人们无法从前人所解决或留下的问题出发，分析这些艺术实践的原创性和相关性。"[①]不管现实中的研究存在轻视、恐惧还是陌生感作祟，以平等的心态进入现场才能实现批评与作品场域的串联。值得注意的是，这个过程不可走向另一个极端，有些学者在建立具

---

① 伯瑞奥德：《关系美学》，黄建宏译，华夏出版社，2013，第1页。

有时代特色的网络文学批评理论的时候忽略了与传统经典理论的赓续对接。建立新的理论体系固然是形势所需，但一定要处理好新的批评理论与传统理论的关系。完全依赖传统理论是典型的本本主义，无法体现网络文学蕴含的时代特色和自身特点；而全然摒弃传统理论无异于买椟还珠。传统理论并不应该被视为建立新理论的阻碍，相反，如果能够适时贴切地运用传统理论，这既是对传统理论的当代阐释，于网络文学批评理论而言亦是奠基与促进。因此，网文研究者的批评不仅是解释行为，也是建构行为。此外，网络文学的特殊性要求研究者肩负多种角色亲临现场，成为更活跃的参与者。传统意义上的学术批评有意适当拉开与研究对象的距离，以便开展更加客观公正的研究。网络文学的特别之处在于，批评话语权的来源是对作品、作家、网站、运营者等各方深入浅出的评论，网络文学批评领域因此还诞生了"学者粉丝"的概念，随着网络文学的深入发展，"学者粉丝"有可能脱胎为"学者KOL"，在学界和社会同时发挥影响力。最后，网络文学批评若想"破圈""入心"，学界批评势必要从媒体批评与网生批评处习得一些妙方。网生批评一方面是读者网民最直接的言论"广场"，另一方面也是学界批评除了作品观察之外绝佳的"二次"观察之地。作品是第一环节，读者的网生批评是第二环节，而学界批评可以建筑于二者之上，回应读者的关切，将其作为网络文学批评的有机组成。在此基础上，网络文学批评有理论存在，但理论会变得更加鲜活；网络文学批评也有现场的声音，现场的加入让批评活动更加立体。

三、网络文学积极参与"元宇宙"布局

2021年3月10日，Roblox公司在纽交所上市。Roblox是多人在线3D创意社区，以虚拟世界、虚拟身份、虚拟经济体等愿景为发展方向，业内将其视为"元宇宙第一股"。元宇宙这一概念随之风靡全球，各大企业纷纷入局抢占先机。早在1992年，尼尔·斯蒂芬森便已在科幻小说《雪崩》中想象元宇宙的场景，只要戴上耳机和目镜，找到终端，人们就能以虚拟身份进入平行时空。斯蒂芬森在小说中描绘的虚构之地并不是怡然自得的美丽新世界，但借由小说的流行与巨大影响力，在科技巨头的助推下，元宇宙已成为近几年大热的世界观新概念，并被激活了创造与颠覆的权力。虽然元宇宙概念显得十分抽象宏大，但它在文学中的存在早已有迹可循。不管是想象"六合之间，四海之内"的《山海经》，还是构建黑影幢幢莫都大地的《魔戒》，文字

具有创造虚拟世界的先天优势。网络文学与元宇宙的渊源自不必说，不管是架空历史的异世界设定，还是与技术结合的第二空间，网络文学已在积极探索布局元宇宙的可行之道。元宇宙的特点可以总结为世界的建构与技术的支持，网络文学通过文字构建的虚拟世界正是可供元宇宙开发的基础，而网络社群中读者与作者共建共享的新型创作关系与元宇宙所追求的用户与开发者合为一体的角色定位不谋而合。此外，由网络文学衍生的网络游戏，尤其是沙盒游戏成为元宇宙扬帆起航的现实依托。中文在线在网文企业中率先布局元宇宙，牵手清华大学成立了"元宇宙文化实验室"，还举办面向全球作家的"元宇宙征文大赛"，搭建起元宇宙 IP 库。中文在线设想"借助 5G、AI、AR/VR 等技术的发展，公司的沉浸式互动阅读将会借助技术的赋能加速延展，构建一个互动性更强的平行世界"。掌阅科技推出了虚拟数字人"元壹梦"，在掌阅科技的多平台账号中开展阅读推广活动。元宇宙究竟是多方热炒的伪概念还是大有可为的明日星辰有待时间的检验，不可否认的是元宇宙展示出的科技想象。平行现实的虚拟空间在 20 世纪 90 年代甚至更早时期的文艺作品中已有体现，元宇宙在此基础上更进一步，创造出不受现实逻辑支配的，与现有意义体系迥异的平行世界。"元宇宙"文艺世界要素的根本特质体现在它是一个自创生信息系统，形成了数字信息化的存在方式。这是"元宇宙"文艺世界要素的现实世界板块和虚拟世界板块叠加融合的后果和效应。① 网文企业面对元宇宙趋势所作的回应更多着眼于内容的丰富和资源库的建构，而就其发展而言，元宇宙将会在技术的助力下实现怎样的颠覆还未可知。可以肯定的是，技术的发展速度可能比人类的设想更快、更激烈，《雪崩》中出现的"激进快递系统""随你存"货仓乃至"超元域"（元宇宙的首词），已在现实世界一一实践。除了通过技术赋能实现文字功能与场景的拓展外，网络文学反过来能在元宇宙可能带来的数字拜物教浪潮中重申"彼岸"的重要性。文字这种实在与人类精神深度绑定，它可以对抗数字世界的新的精神形态。如果人类注定要虚拟地栖居，文字和网络文学是否能在虚拟中保留一份诗意？

四、免费付费"发力"精品创作

网络文学从前几年的免费付费"之争"演变成了免费付费之"焦虑"，

---

① 单小曦：《"元宇宙"及其作为文艺的世界要素》，《社会科学战线》2022 年第 11 期。

焦虑不仅降临在付费模式的头上，免费模式也难以作壁上观。从横空出世到暗流涌动，免费模式面临作品质量和流量变现等挑战，而竞争愈发激烈的文娱市场很难给免费平台充足的转身时间，部分免费平台的母公司甚至推出了付费阅读软件以对冲市场风险。当免费趋势日渐低迷，付费势头重回视野，这是否意味着网络文学的发展理念再次得到了更新？时也势也，免费模式抬头之时正是网络文学流量见顶之时，为了扩大市场份额，深挖潜力人群，免费模式通过"以广告换阅读"的方式获得了两位数的增长。但自2021年开始，免费平台的用户规模增速开始放缓，月人均使用时长增速也在放缓，资本在前期的大量撒钱行为也随之收敛，如果免费模式无法在流量和质量两端形成平衡，那么前方等待这些平台的不会是巨幅广告和超高人气，而是凛冽的寒冬。深耕精品、提升质量已经成为明确方向，关键在于，如何提升作品质量？作品是微缩的世界，它牵涉各方多种因素，它的成功与失败取决于方方面面的作用。从作品的源头谈起，作者是网络文学的直接创造者，作者的价值观、生活阅历、艺术追求乃至周边环境对作品都施加了直接影响。正是基于此种观察，各级作协、文学组织、文学网站通过线上线下等方式培训网络作家，引导作家群体的创作以凝聚共识、提升质量。网络作家内部也形成了向上向善的群体认知，对作品质量提出了更高要求，倡导网络作家承担时代责任，抵制"三俗"，不跟风写作，以创作新时代新人物为写作目标。从更宏观的社会环境来看，大环境也在期待网络文学出产更多精品佳作。虽然近几年市场表现略有波动，但网络文学作为精神文化生活重要组成这一事实早已被广泛接受。由网络文学串联起的大文娱诸产业开始"反哺"前者，上中下游在市场互动中不断调试着角色和定位，网络文学不断提升的作品质量将为大文娱发展增加更多的可能性。我国网络文学走的道路并没有现成的经验可借鉴，在摸着石头过河的过程中，精品是业界不变的追求。只有精品才能打开更广阔的生存空间，只有精品才能打破数字时代"灵韵"消失的"诅咒"，只有精品才能对抗技术的轰隆前行。免费模式与付费模式都在渴望精品，免费模式的理念与打法更倾向流量和算法，因此精品的产出难度会更大。有学者判断，免费平台的小说落后付费平台至少十年以上。这里的"落后"既有作品类型、架构、价值观的对比，也体现为小说与读者关系的不同阶段。免费平台的精品不足直接导致用户黏性不高，新鲜感消失后，获客难度逐渐上升。如果想把这场关乎市场的战役从"闪电战"发展为"持久战"，精品便是各大平台的武器库，供应越加充分就越有取胜的可能。而只要存在精品意识，只要将精品意识贯彻到网站经营者、网络作家与网文读者的理念和行动中，各方就能"求同存异"，站在同一战线，共同促成网文精品力作的诞生。

五、后疫情时代"网文出海"挑战升级

"网文出海"一直是业界关心的议题，它不仅关系网络文学的全球布局和持续增长，也对我国文化走出去、讲好中国故事具有重要意义。我国网络文学驶向国际"海域"离不开先天的优势。相比其他国家的阅读行业，我国已经建立了巨大的作品储备库，其中不乏高质量有创新的佳作。只要将翻译这一技术环节妥善处理，我国优秀的网文作品便可直达海外读者身边。此外，我国网络文学在 20 多年的发展过程中积累了许多成功的市场经验，其中包括付费制、排行榜、新客获取、作者产出等已接受市场考验且行之有效的"打法"，这无疑可以助力网络文学开拓海外市场。中国作协 2021 年 10 月发布的《中国网络文学国际传播发展报告》指出，我国共向海外传播网文作品 10000 余部。其中，实体书授权超 4000 部，上线翻译作品 3000 余部；网站订阅和阅读 App 用户 1 亿多，覆盖世界大部分国家和地区。在成熟的市场机制和进取的网文企业的助推下，海外刮起的"中国风"会成为常态化的风尚，想象力无穷的网文作品有希望打破刻板印象，展现立体多元的中国形象。除了取得的进步，网络文学的海外传播在"后疫情时代"的 2022 年也面临诸多挑战。首先，网文出海的挑战并不在于疫情的直接影响，事实上，疫情对线上阅读的增长在某种程度上起了促进作用。人们受限于更小范围的活动空间，线下被压缩的需求在线上得到了更多的兑现。在后疫情时代，海外网文市场出现了更多的入局者和搅局者，市场注意力也从欧美大市场细分为不同语种的涵盖各个国家地区的小型市场。网文企业 STARY 就推出了适合不同国家和语言的"小而美"的网文软件，除了面向英语受众的 Dreame，还有印尼语的 Innovel 和 Allnovel，葡萄牙语的 Portreader，菲律宾语的 Yugto，西班牙语的 Sueñovela 和俄语的 ЧитРом。STARY 珠玉在前，网文企业必须拿出更加精细化的应对不同国家、题材和人群的差异化方案，这样才能在竞争中成功突围。其次，网文出海的生态建设仍在艰难进行中，海外网文作者与我国网文作者在创作意愿、创作心理、创作环境、更新能力等方面存在较大差异。海外作者大多处于靠兴趣创作的初始阶段，职业化写作并不常见，海外作者的创作会更显随意和"任性"。当然，硬币的另一面是海外作者的创造和想象力还

未走入"套路"的圈套，这有利于作品的百花齐放。总而言之，海外本土创作并非仅靠常规征文比赛或短时间的作者扶持就能规律产出，在创作这棵大树成长之前，需要的是年复一年的浇灌和培育。因此，本土化"产能不足"可能会在相当长时间内困扰出海企业。最后，现阶段的"出海"网文同质化严重，主流题材为霸总文，虽有幻想类作品作为补充，甜宠和虐恋仍是最受平台青睐和最受读者欢迎的内容。霸总类作品具有全球普适性，不需要进行读者教育，可以与读者心理无缝对接。另外，霸总题材属于同时代叙事，没有过多深邃晦涩的词语概念，在翻译过程中准确度和效率都能得到更好的保障。用女频的霸总题材打开市场无疑是明智之举，但持续泛滥的同类作品无法在注意力经济时代长久留住用户。用户心理与作品呈现是身体与影子的关系，随着各国女性地位的提升和女性意识的觉醒，网络文学必须反映相较于现实的更高的想象。

"一年好景君须记，最是橙黄橘绿时。"网络文学虽不再处于增长高位和舆论中心，但现在可以称得上是网络文学最好的时期。度过稚嫩的孩童期，尽管文学"青年"的烦恼仍在，它已拥有解决问题和改善处境的能力。不管是对网络文学新气象的召唤，对网络文学批评的新的期待，还是对网络文学承担社会责任的新的期许，都是对网络文学新愿景的美好想象。行进途中的危险和挑战会使强者愈强，烈火淬炼中网络文学的"筋骨"也会更加强壮。

星辰大海中的世道人心

——元宇宙文艺论纲

◇ 叶　炜[*]

自从"元宇宙"横空出世以来，短时间内就溢出技术、商业和信息领域，迅速向创意产业、文化艺术等各领域扩散，引发了各种大讨论。其中，惊喜者有之，焦虑者有之；欢呼者有之，质疑者有之……总之，元宇宙已经形成了一个超级文化现象，甚至成为一种多领域跨界的民众狂欢。

关于元宇宙的概念，至今尚无权威定义。元宇宙的英文是 Metaverse，前缀 Meta 意为超越，词根 Verse 则由 Universe 演化而来，泛指宇宙、世界。在维基百科中，元宇宙是集体的虚拟共享空间，包含所有的虚拟世界和互联网，或许包含现实世界的生物，但不同于增强现实。元宇宙通常被用来描述未来互联网的迭代概念，由持久的、共享的、三维的虚拟空间组成，是一个可感知的虚拟宇宙。扎克伯格认为，元宇宙是移动互联网的继任者；马化腾则指出，元宇宙其实就是全真互联网；更多的人则认定元宇宙是互联网 2.0 的升级版，是第三代互联网；也有学者提出元宇宙不仅是下一个互联网，还将是人类数字文明的第一个真正的未来形态；美国的技术研究团队 ASF（Acceleration Studies Foundation，加速研究基金会）则将元宇宙分为四大形态，分别是增强现实、生命日志、镜像世界与虚拟世界，较早关注元宇宙的韩国研究者几乎都持这一看法。

从人文学角度出发，笔者感觉元宇宙更像是一场人类的探险。正如有研究者指出的那样，人类的探险可以分为两种：一是可能导致"肉体的离开"的物理探索，是向外的；一是可能导致"精神的离开"的精神探索，是向内的。为了实现物理探索，人类已将目光转向外太空宇宙。宣称 2024 年要把人类送上火星的马斯克所做的就是这件事。他开设的"美国太空探索技术公

* 叶炜：浙江传媒学院创意写作中心主任，中国海洋大学文化创意博士后在站。

司"（Space X）目前在这方面取得了较为突出的成就。但与此同时人类还是一种追求精神探索的生物，虚拟空间的开拓是人类发展的一种必然。在此基础上，笔者认同元宇宙本质上是一种新的价值观的说法。元宇宙所提供给我们的绝不仅仅是技术进步，而更无限接近一种新的人类文明形态。这种文明形态十分复杂，既包括指向物理技术的新互联网工业文明，也包括指向虚拟精神的新文化形态的精神文明。

元宇宙讨论热度不断攀升之际，一些带有元宇宙特征的文艺作品重新进入公众讨论场域，比如《雪崩》《沙丘》《三体》，尤其是以《黑客帝国》《头号玩家》《失控玩家》等为代表的硬科幻影视作品，再次引发了讨论热潮。的确，元宇宙的出场就是从文学艺术开始的。伴随着元宇宙这个概念越来越清晰，对元宇宙文学以及文艺的探讨理应进入学术和公众视野。

一、从科幻文艺进场的元宇宙

或许我们应该回到最根本的问题，探讨一下元宇宙究竟是如何进场的？元宇宙这个词语最早出现在科幻小说《雪崩》中。元宇宙本身并不是从学术研究中产生的概念，而是尼尔·斯蒂芬森（Neal Stephenson）于1992年在其科幻小说《雪崩》（Snnow Crash）中创造的一个词。包括与此紧密联系的"机器人"这个词，也是来自文学作品，由捷克剧作家雷尔·恰佩克（Karel Capek）于1921年首次在舞台剧《罗素姆的万能机器人》中使用。①

在小说《雪崩》中出现了一个平行于现实世界的虚拟数字世界，人类在现实世界中拥有的一切或者无法完成的事情都可以在这个虚拟数字世界里实现。"只要戴上耳机和目镜，找到一个终端，就可以进入由计算机模拟的另一个三维现实，每个人都可以在这个与真实世界平行的虚拟空间中拥有自己的分身（Avatar）。在这个虚拟世界中，现实世界的所有事物都被数字化复制，人们可以在虚拟世界中做任何现实生活中的事情，比如逛街、吃饭、发虚拟朋友圈。此外，人们还可以完成真实世界里不能实现的野心，比如瞬时移动。"②

从这个意义上来看，《雪崩》是当之无愧的关于元宇宙的第一部文艺作品。正如谷歌联合创始人谢尔盖·布林所说："元宇宙是未来几年一定会发

---

① 李时韩：《元宇宙新经济》，中译出版社，2022，第4页。
② 邢杰等：《元宇宙通证》，中译出版社，2021，第10页。

生的事情，这本小说预见了即将发生的事情。"① 此后，元宇宙开始向更广泛的文艺领域扩散，影视是其中最为突出的部分。关于元宇宙的遐想在影视作品中并不少见，比如电影《黑客帝国》中的个体都生活在一个名为"矩阵"的世界中；电影《阿凡达》中"Avatar"一词即为"网络分身"；《上载新生》中，个体死亡之后可以上传自己的意识，实现数字层面的永生；电影《西部世界》描绘的是人工智能"游乐园"。电影《头号玩家》中展现的"绿洲"，已经被《我的世界》这一类型的游戏率先实现了，尽管画面像素感很强，尽管人们的虚拟形象很"方"，但是已经切切实实地展示了一个虚拟的世界。大家来到虚拟现实"绿洲"可以做各种事情，他们沉浸于此，是为了体验不一样的人生。

伟大的文艺作品往往包括宇宙观的构建。除上述文艺作品之外，还有西方作品如《荷马史诗》《哈利·波特》等，中国作品如《红楼梦》《西游记》等。元宇宙扩大了人的世界观。纵观全球元宇宙文艺阵图，元宇宙的中国版本则更值得期待，中国文化土壤更为丰厚，从以梦境介入现实的"庄生晓梦""黄粱一梦""凉州梦"，至白话小说的巅峰《红楼梦》，莫不具有这样的特征。新近的影视作品《夏洛特烦恼》《你好，李焕英》等也可见元宇宙的雪泥鸿爪。《哪吒之魔童降世》中的《山河社稷图》更是超现实主义的巅峰代表。哪吒被困于图中，不得不潜心学艺。那支奇幻的"指点江山笔"随着剧中角色想到哪里就画到哪里，所能想到的一切场景都能在《山河社稷图》中绘画出来。本质上，《山河社稷图》就是元宇宙世界的艺术想象，"指点江山笔"则类同于在元宇宙中创造其他世界所使用的工具。这些作品无不着眼于在扩大人们世界观的基础上，修正世界观进而改变人生观。②

因此，在某种程度上可以说正是文艺作品的想象力引领了元宇宙的发展，并且提供了绝大部分的创意内容。

如果把《雪崩》看作第一部元宇宙文学作品，那么早在 1992 年就诞生了元宇宙文学。为什么在 1992 年就产生的一个概念，到了 2021 年也就是近30 年之后又成为市场关注的焦点？难道仅仅是因为笼罩全球的新冠肺炎疫情给民众提供了更多沉浸于互联网世界的机会？其实，更为重要的是技术和资本的推动力。

① 邢杰等：《元宇宙通证》，中译出版社，2021，第 12 页。
② 焦娟、易欢欢、毛永丰：《元宇宙大投资》，中译出版社，2022，第 9 页。

首先，在技术方面，技术成熟度的拐点似乎已经到来。一方面，元宇宙所需要的 5G、VR、AR、MR、脑机接口、人工智能、计算机视觉渲染、云端虚拟化等多种技术都已经发展到一定阶段，这为元宇宙的落地奠定了技术基础；另一方面，加密等相关技术的发展提速，区块链+NFT 有望为元宇宙构建起经济系统的雏形。其次在资本方面，众所周知移动互联网流量红利已经逐渐见顶。移动互联网红利消退，各资本巨头为了争抢用户时长迅速内卷，亟须通过创新以提升用户体验。而元宇宙恰好被认为是下一代的互联网革命，新内容、新消费市场有望开启新的红利期。①

因此，基于疫情、技术和资本三个方面的原因，元宇宙大踏步从偏重想象内容的文艺领域向偏重技术内容的游戏产业、社交网络等领域转移。

游戏是内容行业的细分领域，是互联网世界中较为高级的内容形态，也是元宇宙全新宇宙中经济、文化、艺术、社区、治理等的缩影。从游戏的内容形态、承载介质及技术构成等方面来看，它是一个多行业、跨领域集成创新的产物。游戏的低延时性、高互动性等特征，与元宇宙有着天然的契合。从文化创意角度，游戏展现出文化内容创意、科技手段创意、人文审美风范等特有的魅力。②

伴随着元宇宙成为社会热点，游戏公司纷纷将元宇宙作为股市新的主题，进而推动了元宇宙的进一步发展。截至 2020 年底，元宇宙沙盒游戏公司 Roblox 平台共吸引了 170 多个国家和地区的 800 万创作者，创作了 2000 万个游戏，其中约 100 万名开发者能获得收入，超过 1000 名开发者年收入超过 1 万美元，2020 年第一季度到第三季度开发者总收入 2.092 亿美元。其中 Roblox Studio 游戏创作平台的推出，极大地降低了设计和制作游戏的门槛，在 NFT（非同质化通证）等相关技术的支撑下，推动了创作者经济的大繁荣。③

一个显而易见的事实是，元宇宙不仅仅是一个虚拟的游戏空间，更是一个未来人人都会参与的美好数字新世界。元宇宙让每个人都可以摆脱物理世界的各种现实约束，释放自己的无限潜能，实现自我价值的最大化。历史学家罗伯特·贝拉说，没有人能够完全地生活在日常和现实之中，人总要用各种方式，哪怕是短暂地离开现实。无论是做梦、游戏、旅行、艺术、宗教，

---

① 焦娟、易欢欢、毛永丰：《元宇宙大投资》，中译出版社，2022，第 9 页。
② 焦娟、易欢欢、毛永丰：《元宇宙大投资》，中译出版社，2022，第 48 页。
③ 邢杰等：《元宇宙通证》，中译出版社，2021，第 97 页。

还是科学探索，都是为了能够脱离和超越现实，而达到一个彼岸的世界。①

在这方面，传统影视和游戏给用户带来的互动性和参与度都不足。元宇宙需要推出高度仿真、满足感官体验诉求的新内容形态，才能用席卷的方式快速抢夺用户。科技的进步将引领人们朝着追求这种游戏的方向前进，其中，元宇宙可以说是内容的终结者。元宇宙从科幻起步以来，它的本质就是追求内容和趣味性。由此可见，内容在元宇宙世界中所占比重不小，或许正因为如此，各种内容和娱乐相关公司正争先恐后地把目光投向元宇宙。

二、各方力量加持助力元宇宙进场

著名经济学家朱嘉明在给《元宇宙》一书所写的序言《"元宇宙"和"后人类社会"》中认为：当人类将自己的价值观念、人文思想、技术工具、经济模式和"宇宙"认知结合在一起的时候，被赋予特定理念的"宇宙"就成了"元宇宙"。现在看来，从文艺作品到游戏产品，再到元宇宙概念进场，先后经历了三个阶段。第一个阶段是以文学、艺术、宗教为载体的古典形态的"元宇宙"。在这个历史阶段，西方世界的《圣经》、但丁的《神曲》，甚至达·芬奇的《蒙娜丽莎》、巴赫的宗教音乐，都属于"元宇宙"。其中，但丁的《神曲》包含了对人类历经坎坷的"灵魂寓所"——一个闭环式的至善宇宙的想象。在中国，《易经》《河图洛书》《西游记》则是具有东方色彩的"元宇宙"代表。在此意义上，当代的网络文学更是如此，尤其是穿越和玄幻类等类型小说，都具有这方面的想象。第二阶段是以科幻和电子游戏形态为载体的新古典"元宇宙"。比如 J. K. 罗琳的《哈利·波特》（Harry Potter）。最具代表性和震撼性的莫过于 1999 年全球上映的影片《黑客帝国》（The Matrix）。第三阶段就是以"非中心化"游戏为载体的高度智能化形态的"元宇宙"。以 2003年美国互联网公司 linden lab 基于 open3d 推出的"第二人生"（Second life）为标志。2006 年 Roblox 公司发布兼容了虚拟世界、休闲游戏和用户自建内容的游戏 Roblox，一直到 2020 年借以太坊为平台，支持用户拥有和运营虚拟资产的 Decentraland，都构成了"元宇宙"第三历史阶段的主要历史节点。②

至此，元宇宙的出场已经经历了上述三个阶段。如果说游戏是元宇宙进场的重要节点，而社交是元宇宙另一个具有同样重要意义的进场方式。从 PC

---

① 邢杰等：《元宇宙通证》，中译出版社，2021，第7—8页。
② 赵国栋等：《元宇宙》，中译出版社，2021，第3—4页。

时代电脑端用户的虚拟社交，到微信时代移动客户端的实名社交，再到今天元宇宙开启的下一轮身份虚拟化的开始。元宇宙首先给用户带来了一个新的虚拟形象，这一虚拟形象可以完全不同于现实世界，相对现实物理世界，扩大了用户所能体验的"世界范围"。毫无疑问，元宇宙中的互动、社交带来新的认同，扩大了用户的"世界观"。

或许正是因为这一点，主打社交功能的互联网巨头 Facebook 才会更名为 Meta，在线游戏公司 Roblox 将"元宇宙"概念写进招股书，以此触发了元宇宙的热潮，以排山倒海之势迅速进入大众传媒视野。Facebook 更名为 Meta 当天，股价上涨 1.51%；Roblox 发布 Q3 财报后，股价涨幅一度超过 40%；同时，百度宣布元宇宙"希壤"内测当天，股价则上涨 5.28%。据企查查显示，2021 年共有 1691 家公司申请了 11374 个"元宇宙"商标，其中超过 98% 在 9 月之后注册。

从科幻文学作品萌生，到影视作品不断强化，再到游戏、互动领域，元宇宙起起伏伏，一路高歌，从偏重艺术想象的精神领域逐渐过渡到偏重技术、资本的商用领域，从此成为一个烫金的大词，其热度一直居高不下。

短短一年不到的时间，元宇宙就成功以现象级飓风姿态进入大众视野，传媒的加持是其中重要一环，也是元宇宙进场的重要一步。

元宇宙先是在网络新媒体上形成燎原之火，之后传统大众媒体开始作出试探性报道，之后众多媒体纷纷深度跟进，终成今天的铺天盖地之势。就连一向比大众媒体慢半拍的出版界在这次元宇宙的出场中也表现不俗，甚或可以说是有点儿出人意料。居然在元宇宙大热起来之后短短数月时间内，就先后出版了 10 余部或原创或翻译的元宇宙著作。

在这其中，中译出版社嗅觉异常敏锐，几乎是无时差同步跟进元宇宙，所出版相关著作占据大半江山。中信出版社紧随其后，也有多本元宇宙著作问世。北京大学出版社、电子工业出版社、中国经济出版社、湖南文艺出版社也以较快速度推出了相关专著。虽然在目前已出版的 10 余部元宇宙图书中，质量参差不齐，有的还仅仅停留于浅显的知识梳理阶段，但对元宇宙知识的普及有不少功效。其销售也持续火爆，因为元宇宙知识更新太快，出版又需必要时间，不少著作采取了网上预售方式，从数据和发货时间看读者订购十分踊跃。

紧随出版社之后，同属传媒之列的学术期刊在元宇宙的进场方面也大有后来居上之势。查阅中国知网可知，目前有关元宇宙的学术文章已稍具规模，稍有深度的研究文章下载量都已过千。其中，《探索与争鸣》《阅江学刊》还推出了研究专辑，《中国图书评论》《华东师范大学学报》也开始公开征稿。至此，元宇宙从文艺界和商界进入了学术研究视野。

与此同时，相关学术机构也积极筹划有关元宇宙的学术会议，对元宇宙与教育，元宇宙与艺术等各个方面进行研讨。各种关于元宇宙的各层次讲座更是纷至沓来，"乱花渐欲迷人眼"，以至于有鱼目混珠之嫌。新近，《文艺理论研究》《探索与争鸣》《华东师范大学学报》三家编辑部还联合举办了"认识元宇宙：文化社会与人类的未来"学术论坛，以线上线下相结合的方式从社会文化和人类未来发展的角度对元宇宙进行了深入探讨，最多在线人数竟然达到五万人之多。

元宇宙出场还体现在其广泛的应用。眼下，一些权威媒体比如新华社等就推出了元宇宙虚拟体验报道，2022年北京冬季奥运会更是在官方宣传方面不失时机打造出了数字虚拟人，进行冬奥会的场景营造和数字传播，大大拉近了与受众的距离。元宇宙更为重要的应用领域是数字城市建设，利用数字孪生技术建构的数字虚拟城市模型，将在优化城市建设和管理方面提供前所未有的经验。同时，元宇宙也将在促进数字经济发展方面起到巨大的作用。这些无不加速助推了元宇宙的华彩出场。

今天，元宇宙概念的边界正在不断扩大，不仅是游戏和社交应用互联网的下一站，也开始被广泛应用到其他领域，包括企业元宇宙、城市元宇宙、国际元宇宙等，出现了元宇宙金融学、元宇宙生命科学、元宇宙军事学等理论。在此背景下，元宇宙文艺也呼之欲出。

三、一种新的文艺形态的生成

当元宇宙在各领域落地、开花、结果之际，提出包括元宇宙文学在内的元宇宙文艺的概念，笔者认为是十分必要也是切实可行的。从这一概念的内涵和外延来讲，元宇宙文艺即是关于元宇宙的文艺。以《雪崩》等为代表的文学作品是其先声，以《头号玩家》等为代表的影视作品是其初期表现。元宇宙文艺是一种真正的深度沉浸式文艺形态，是最为典型的完全交互性文艺。这种完全意义上的交互体验的实现将借助于 XR（包括 AR、VR、MR）等先进互联网技术。因此，与传统文艺相比较，元宇宙文艺表现出更多的技术依赖。深度沉浸、全面交互、去中心化创作是元宇宙文艺的主要特点。

对元宇宙文艺这一概念的具体阐释，可以依据德国学者汉斯·罗伯特·

姚斯的接受美学理论，结合马歇尔·麦克卢汉的媒介学观念，我们可以从读者、现实、文本、作者和传播媒介五个方面来定义元宇宙文艺。

毫无疑问，与传统文艺相比较而言，元宇宙文艺是更加重视读者接受的新文艺形态。姚斯认为，作品的教育功能和娱乐功能要在读者阅读中实现，而实现过程即是作品获得生命力和最后完成的过程。读者在此过程中是主动的，是推动文学创作的动力；文学的接受活动，不仅受作品的性质制约，也受读者制约。从这一理论视角出发，元宇宙文艺将革新"读者"的概念，未来的元宇宙文艺读者将会慢慢向元宇宙文艺"用户玩家"过渡。元宇宙文艺将更多地融入游戏元素，一切都是体验的，可参与的，可互动的。在不断发展的人工智能技术的赋能下，用户有望获得更具沉浸感的内容体验。目前的互联网文艺内容展现载体仍然是图片、文字、音频、视频等，未来，随着VR、AR、MR等技术不断发展，内容呈现方式将不断丰富，有望让元宇宙中的用户获得更具沉浸感的内容体验。相较于传统的图文内容、音视频内容来说，元宇宙中的内容呈现将更真实、更深入。比如，在影视方面，VR/AR互动剧可能成为内容的主要呈现方式，增强用户体验；或者利用多人社交交互模式，让用户体验到沉浸式线上剧本杀；或者利用人工智能打造开放式剧情，根据玩家选择为其匹配剧情等。① 由此看来，互动剧是最能体现元宇宙文艺特点的文艺形态。

在互动剧中，屏幕前的观众不再仅仅是旁观者，而是可以和主人公共同执行任务的剧情参与者，进而创作出熟悉又陌生的全新体验，一次又一次引爆观众期待。互动技术之所以能让观众从观看者角色变成演出的实际参与者，从而获得更好体验，原因在于元宇宙拆除了一堵透明的墙——第四堵墙。第四墙是指在一般剧场舞台内设置的三面墙壁之外，舞台与观众席之间透明的墙。当然这是不存在的想象之中的墙壁。观众透过这个墙壁，观看舞台上展现的演员们的表演，沉浸在剧情之中。而在伦敦大学 Marco Gillies 教授看来，在元宇宙的沉浸式技术里面没有第四墙，"实际上我们存在于故事的世界内，将我们从人格中分离出来的、形而上学的墙壁并不存在。我们与他们在同一房间内"②。

最典型的例子是英国游戏剧团。Punchdrunk 戏剧团以观众直接参加演出

---

① 黄安明、晏少峰：《元宇宙：开启虚实共生的数字平行世界》，中国经济出版社，2022，第134页。

② 李丞恒：《一本书读懂元宇宙》，中译出版社，2022，第32页。

与演员互动的浸入式戏剧而闻名，代表作是《不眠之夜》。因为演出没有第四墙，观众与演员在舞台上同呼吸，能得到与传统戏剧不同的个性化体验。在《不眠之夜》的演出中，观众在长达 3 小时的时间里体验过去难以想象的戏剧。观众在 Punchdrunk 打造的 100 间房间内戴着面具进行超凡体验。

毋庸置疑，这是文艺形态的一种革命。

元宇宙游戏企业安蒂克充分看到了这一巨变带来的巨大商机，与 Punchdrunk 戏剧团进行了合作，创建了线上和线下元宇宙企业的一种合作模式。两者通过不同形式的合作，编写虚拟和现实融合的新故事，将我们带到新的体验世界。无独有偶，2020 年 11 月在韩国京畿道管弦乐表演活动中，推出了嫁接游戏元素的"元表演"（Meta Performance）：未来剧场。演出引入游戏要素，以线上线下观众都可直接导演演出的方式进行。如同游戏中的玩家通过命令词操纵虚拟现实化身一样，在线观众也可选择命令词来决定演出形式。①

一切文艺都是源于生活而又高于生活的。元宇宙文艺当然也不能完全脱离现实生活，即便是具有更多虚拟特征的元宇宙本身在发展的初期也是现实的孪生投射。元宇宙文艺也是来自现实同时渲染现实的文艺创造，即便是想象力更为奇特的科幻文艺也是如此。所不同的是，与传统文艺相比较，元宇宙文艺将更多地从物理现实为主逐渐转变为以虚拟现实为主，或者是两者的紧密结合。

从文本层面来看，元宇宙文艺将会从传统体验性文本过渡到深度交互性文本，其表现形式更为"元宇宙化"。人类有了互联网特别是移动互联网之后，生活的内容品质和体验感获得极大提升，尤其是在视（文字、图片、视频、直播）、听（音频）领域，互联网令发展机遇在不同的社会阶层之间实现了更扁平化的延伸。一段时间内，大多数元宇宙文艺可能都是对以前文艺的重新设计或调整。虽然看上去传统意义上的文艺会继续成为新的数字媒介内容的一部分，但也会出现一种新的文艺类型，一种不只是对旧文艺的修正的文艺类型。从这个意义上来说，所有的元宇宙文艺作品都是非常具体意义上的实验写作。首先，作者通过新的媒介进行实验，尝试找出元宇宙文艺的可能性，以及表达在可编程媒介中的极限。这样的写作与其说是为了打破已有的惯例，还不如说是为了尝试创造新的惯例。因为新的数字技术在元宇宙

---

① 李丞桓：《一本书读懂元宇宙》，中译出版社，2022，第 87 页。

文本中扮演了如此关键的角色，因此在这个新领域中出现的作品可以视为"技术的先锋派"。步入这个新的领域意味着作者不得不从一系列新的前提出发去重新学习如何写作。不仅是作者，读者也需要学习用新的方式阅读，避免被印刷文学的惯例所束缚。

从作者层面来看，元宇宙文艺的创作主体将从现实人逐渐过渡到现实人和虚拟人的深度结合，更多的文艺作品甚至会由数字人创作出来。人工智能可以让元宇宙摆脱提前设定好的剧情与规划，根据玩家行为做出实时反馈，从而衍生出海量分支剧情，节省开发成本。在这种情况下，元宇宙中的虚拟人物可以跳出游戏NPC（Non-Player Character，非玩家角色）的固有设定，变成一个没有固定模式、可以根据玩家反馈做出反应的高度智能的虚拟人，打造一个完全自由、高度沉浸的元宇宙。①

从传播环节来看，元宇宙文艺将从传统的纸媒和数字传播逐渐过渡到元宇宙传播。麦克卢汉以宣称媒介是人类神经系统的延伸而著称，沿着这个轨道我们可以说元宇宙文艺作者必定会引起人类智能上的改变，这一改变完全可以和写作的发明相提并论。通过元宇宙文艺创作我们可以窥见数字、网络媒介引入之后人类的意识和无意识领域发生了何种改变。

当然，元宇宙文艺不仅仅和内容创造相关。随着元宇宙的到来，未来一定还会出现完全在元宇宙中创造的文艺。未来，元宇宙文艺的创意、创作、制作、发布、代理等都可以在元宇宙里进行，同时在元宇宙里产生经济行为。从而建立起元宇宙文艺的生态系统，彼此共享文艺信息或谋求与其他数据中心建立文艺联结，从而获得各种互联互通的文艺服务。

四、数字文艺迭代升级的必然结果

如果说科幻文学是元宇宙文艺的先声之作，数字文艺或可看作元宇宙文艺的初始版本。元宇宙文艺并不是无源之水，而是渊源有自。依据传统的研究观念，我们可以把文艺划分为两种类型：以传统纸媒文艺为主要研究对象的传统文艺和以数字媒介文艺为主要研究对象的数字（网络）文艺。长期以来，传统文学的创作和研究容易进入误区，日益走进了封闭、保守的圈子。传统文学家对信息科技引起的变化不敏感，在社会变化最剧烈的领域几乎集体性失声。传统文学在某种程度上弱化了解释世界变化的能力，尤其是媒介

---

① 黄安明、晏少峰：《元宇宙：开启虚实共生的数字平行世界》，中国经济出版社，2022，第70页。

领域中，传统意义上的文学作品不断丧失阵地，文学正在拥抱媒介。从电子媒介诞生以来，文学本身已经发生了显著变化。作为数字文学的一部分，网络文学的创作和研究本应该是自由的，但近年来也逐渐凸显了传统文学的老路子，创作越来越圈子化，研究也渐显类同传统文学的颓势。所以，数字文学亟须迭代升级，以此寻求新的发展机遇。元宇宙为此提供了良机。

不少学者将元宇宙定义为下一代互联网，也就是第三代互联网。第一代互联网（web1.0）是 pc（个人计算机）互联网，从 1994 年发展至今。第二代互联网（web2.0）是移动互联网，从 2008 年左右拉开大幕，到今天仍然精彩纷呈。而第三代互联网就是元宇宙。网络文艺就是在第一代和第二代互联网基础上诞生的，网络文艺经历了 web1.0 和 web2.0，现在进入 web3.0，由此转型为元宇宙文艺是自然而然的结果，新出现的元宇宙文艺是数字文艺迭代升级后的必然结果。

在此之所以采用数字文艺而不是网络文艺，是因为数字文艺和当下的网络文艺的概念在内涵和外延上是完全不同的。数字文艺是在数字新媒介的催动之下而兴起的文艺样式，比中国当代一般而言的"网络文艺"要早得多。早在互联网诞生之前，西方的数字文艺已经出现，并已突破了传统印刷媒介而在超文本技术、赛博文本性等方面形成了属于自己的美学特色。①

根据考斯基马的研究观点，从范围上说，数字文艺要远远大于网络文艺，它不仅包括通过互联网生产传播的文艺形态，还包括以计算机等数字媒介生产和传播的非网络化的数字文艺形态；从发展历史上看，早在互联网诞生之前，数字文艺凭借"前网络时代"的数字媒介已经发生并获得了一定程度的发展。如此看来，中国大陆大多按照传统纸媒印刷文学惯例生产、通过互联网传播的"网络文艺"不过是数字文艺的发展阶段和一种生产类型。而数字文艺又不过是元宇宙文艺发展的一个阶段。元宇宙文艺是数字文艺的自然延伸，可以让数字文艺更新并再度充满活力。因为元宇宙文艺最显著的特点是它的动态编程本性，模糊掉文艺作品的一切现有形式，一种新型写作最有趣的可能性也在此处展开。

参照考斯基马对文学的分析，我们可以将数字文艺分为四种形态：一是"印刷文艺的数字化"；二是"原创文艺的数字出版"；三是"应用由数字格式带来的新技术的文艺创作"，包括超文本艺术、交互性艺术等充分发挥数

---

① 类似的观点可参见单小曦：《莱恩·考斯基马的数字文学研究》，载《数字文学：从文本到超文本及其超越》，考斯基马著，单小曦等译，广西师范大学出版社，2011，第 1 页。

字媒介功能的典型数字文艺创作；四是"网络文艺——这是指运用那些只有在互联网上才能实现特性的超文本文艺"。这里的四种形态显然远远大于当下的网络文艺概念。当下中国的网络文艺只是数字文艺的一部分而已。

以文学为例，在考斯基马看来，数字文学应具备文本结构上的多线性（超文本性）、文本形态上的动态性（赛博文本性）、阅读环境中读者/用户"付出非常规努力"的参与性（遍历性）、创作/生产环节上的高技术化和人—机一体化（赛博格作者）等基本内涵。① 除了这四种类型，还有大量其他各种类型的数字文本，它们都在不同程度上含有一些文学性因素——叙事结构和虚构性——但还不能称之为真正的文学；特别是电脑游戏、模拟游戏、各种多用户网络游戏、IRC（网络聊天）、虚拟现实，等等。总结考斯基马对数字文学的交互性看法可以形成如下基本认识：一切文学活动都是交互性的，数字文学这一特征更为显著，主要体现在读者/用户需要除解释之外更加积极地参与行动，是他们的行动完成了文本从文本单元向脚本单元的"跨越"。② 文本单元是一个文本的基本成分，术语深层结构；而脚本单元则是文本单元的可能结合，属于读者见到的表层结构。在任何给定的元宇宙文艺文本中，所有单独的文段（节点）的总和是文本单元；而每一位读者选择的文本单元的总和则是脚本单元。文本单元和脚本单元的提出，对将要探讨的元宇宙文艺的"遍历"特点极为重要。

元宇宙文艺是数字文学的特殊形式，体现出元宇宙文艺的特殊性。众所周知，数字文艺是以数据为主要生产要素的文艺活动，既包含传统文艺产品生产、流通、消费的内容，也包括数字文艺的创造、交换、消费的内容。换句话说，无论是传统文艺还是非传统文艺，只要在生产、流通、消费的任何一个环节，利用数字技术或者数据，都是数字文艺的范畴。而元宇宙文艺严格限定数字产品的创造、交换、消费的所有环节，都必须在数字世界中完成。元宇宙文艺作为数字文学的迭代升级，必然体现出数字文艺的一般性特征。元宇宙文艺的特征决定了它是深入研究数字文艺的绝佳样本。我们在元宇宙文艺中得到的一些结论，放在数字文艺体系中详加考察的话，结论未必和元宇宙文艺完全相同，但对建立我国的数字文艺体系有深刻的启示意义。

从某种意义上来讲，元宇宙是诞生和验证数字文艺理论的最佳演练场。

在元宇宙文本中，写作方式的改进，意味着作者可以更自由更灵活地写

---

① 考斯基马：《数字文学：从文本到超文本及其超越》，广西师范大学出版社，2011，第7页。
② 考斯基马：《数字文学：从文本到超文本及其超越》，广西师范大学出版社，2011，第11页。

作，可以最大限度地容纳各种讨论中的议题。读者也可以更自由地根据自己的兴趣来阅读文本。元宇宙文艺是一种探索性的使用，鼓励并让观众（"用户"或"读者"这两个术语在这里似乎已经不够用了）控制信息的转换以适应其需求和兴趣。这是一种建构性的使用。这种建构性的使用，把元宇宙文本描述为一种创造或分析的工具。建构性的使用需要一种行动的能力。

在元宇宙文艺中，文本被理解为机器，这不是一种隐喻的说法，而是具有相当具体的意义。元宇宙文艺的数字形式可以为文本功能的设计提供更灵活的途径。另一方面，元宇宙文艺不仅与"作品"有关，即便是这里的"文艺"具有最广泛的意义。元宇宙文艺的文本功能可定位如下：生产阶段（从程序上建构文本）、文本自身（已编程的文本）和阅读（遍历文艺）。在描述遍历文艺时，我们需要参照前述提出的文本单元和脚本单元两个概念。在元宇宙文艺中，阅读行为变成了一种"遍历"，"遍历"文艺需要付出"非常规的努力"来游历一个文本。眼睛在字里行间移动以及翻书页都被视为常规努力，除此之外的则是非常规。

我们即将步入元宇宙大创造的时代。元宇宙即是新物种，也是孕育新物种的母体，将成为彻底改变我们生活方式的"数字新大陆"，并开启一个大创造的新纪元，引领人类走向更高阶的"数字文明"。① 随着 AI 的发展，元宇宙内部的世界会逐渐让人感受到越发接近现实世界的真实感。有研究者甚至大胆推演了元宇宙的终局——生物与数字的融合：人作为用户的需求是"扩大世界观"，科技的进化需求指向了"数字化 everthing"，生物与数字融合衍生出的数据智能有望继基因变异及文化后成为第三条递归改善路径——数据智能增强人类，人机协同在中外的科技前沿都落座于生物智能与数字智力的合并、生物特征与数字信息的融合。② 在此意义上，与其说元宇宙文艺是网络文艺的迭代升级，毋宁说是一种全新的文艺形态。毕竟，元宇宙文艺创作主体已经由单一的物理人向物理人和数字虚拟人相结合，事实上，人机一体的创作早已经实现，机器人小冰甚至可以创作出不逊于真人创作的诗歌片段。或许在不久的将来，完全由数字虚拟人创作的文艺作品会成为满足元宇宙文艺消费的重要部分。

---

① 于佳宁、何超：《元宇宙》，中信出版社，2021，第 323 页。
② 焦娟、易欢欢、毛永丰：《元宇宙大投资》，中译出版社，2022，第 8 页。

五、创意写作助力元宇宙发展

毋庸置疑，元宇宙对技术的要求是很高的，正是虚拟技术的发展把从科幻文艺出发的元宇宙带入了当下，并形成一股热潮。但技术的背后是内容，再好的技术如果没有内容来填充，那将会是虚空的。实际上在元宇宙世界中，内容比技术有更重要的价值。因为元宇宙是构成一个社会的世界观，所以包含故事的内容和叙事是非常重要的。这或许和元宇宙的科幻文艺"出身"有关，更和元宇宙传达的不同于已有的价值观有关。

虽然披着技术的外衣，但元宇宙的本质特征是创造。只有追求创造性，才能给元宇宙带来持续的生命力。正如韩国研究者金相均、申炳浩在《解码元宇宙：未来经济与投资》一书中所提出的那样，不要过分致力于实现真实感的 VR、AR 设备，这些技术设备如果没有好的叙事，也只不过是单纯的设备罢了。与单纯的设备性能相比，重点应该放到利用设备能做什么，能获得什么体验上来。① 这种体验的真实感就在于精心编织的故事，正是这些故事唤醒了真实感。这种为让人感受到真实感创造出来的故事在英语中称为"Narrative"（叙事）。正如前文所述，元宇宙中的叙事是双向提供，而非像电影或电视剧那样单向提供，过去的内容媒体，大部分供应商都采取了向消费者单向叙事的方式。而提供双向叙事的基础是沉浸式互动文本的创造，这种创造需要大量的具有创意能力的人来完成。

在 2021 年的 Connect 大会上，扎克伯格强调："未来元宇宙将尽可能服务更多的人，包括普通人（People）、创作者（Creators）和商业机构（Business）。"显然，他将创作者提到了一个前所未有的高度。

元宇宙新经济时代竞争力的核心是破格，即打破常规。打破常规规则的思想将成为创造元宇宙的动力。事实上，因为元宇宙是一个在虚拟空间打造的超凡世界，规则由创造者决定。那些只知道遵守现有规则的人并不属于元宇宙。当然，在元宇宙新经济时代，也会有人通过遵守规则来赚钱，他们是元宇宙的劳动者而不是创造者。但真正的财富是由元宇宙中的创造者赚来的。那些不被传统规则所束缚、敢于创造和利用新规则的人将是最终的胜者。

元宇宙与现实的不同之处在于，即使没有资金、经验、经历、人脉，个人也能创业。因为在元宇宙中所需要的是创造力。元宇宙可以打造一切能想

---

① 金相均、申炳浩：《解码元宇宙：未来经济与投资》，中译出版社，2022，第 33 页。

象的事物，你是唯一可以限制你的想象力的人。虽然"这个世界上没有的"创造能力是属于少数艺术家的，但社会和元宇宙需要的创造能力是能以不同方式利用或融合世界上已有事物的能力。这种创造能力经过一定的训练，是可以得到强化的。换句话说，艺术家往往是那些从"零"开始创造的人，而元宇宙更多的是从"一"开始创造的人。从零开始是难的，但从一开始是可以训练的。

在这个方面，创意写作大有可为。创意写作的核心理念就是人人都可以写作，人人皆可创意，创意是可以通过写作来训练和强化的。创意写作（Creative Writing）源于欧美，是一切创造性写作的统称，是人类以创意为先导、以写作为活动样式、以作品（产品）为最终成果的一种创造性活动，它的第一规约是"创造性"，第二规约是"写作"。目前，英美国家很多大学普遍开设创意写作学位项目，美国当代作家几乎都获得了创意写作学位，许多知名艺术家也都在大学任教于创意写作专业。创意写作学在美国的发展经验告诉我们，科学有效的创意写作学训练是可以培养创意能力、繁荣文艺创作的。

事实上，人人都具有创意的潜能，只要通过适当培训，人人也都能从事创意工作。现在是大众创造的时代，中国现在从事创意工作的人数比以往任何时候都多，难以计数的人活跃在网络上，中国的创意写作亟待开展。元宇宙时代，每个人都是潜在的创意者，每个人都有故事可写。元宇宙的内容架构是依靠足够数量的创意者来完成的。元宇宙时代的新内容一开始创作时就应该以创意为导向，而非固有的流量思维。

有别于互联网时代的流量为王，从一开始，元宇宙内容就是以创意为驱动导向。除了技术进步之外，元宇宙的内容形态将发生质变。相比于影游等，元宇宙内容面临更大的技术难题，需要更高的研发投入。元宇宙要求效果高度逼真，从场景到人脸的精细刻画意味着更多人力和物力投入；元宇宙融合了游戏、视频等多种形式的内容，也需要创新内容的运营方式；而内容转化方面必须进行更多考虑，包括内容的筛选、呈现方式等。因此，制作更加复杂的元宇宙内容形态对内容制作全方位的能力要求更高。[①]

由此，元宇宙将成为新的创意阵地，并促使各种创作平台的有效运转。元宇宙中各种创作平台的成功运转会使工具商和元宇宙产生一个良性循环：

---

① 焦娟、易欢欢、毛永丰：《元宇宙大投资》，中译出版社，2022，第156页。

更好的技术与工具带来了更好的体验，将进一步带来更多的用户与更高的人均消费，这意味着更多的平台利润；在利润的支持下，工具商得以研发出更好的技术与工具，吸引更多的开发者与用户入驻元宇宙。这就形成了一个良性的经济运转系统。

元宇宙最重要的三个特征是开放性、丰富的内容生态、完备的经济系统。后两者的结合意味着元宇宙是一个全新的、带有经济系统的世界，其中必将有蓬勃发展的创作者经济。元宇宙的开放性，意味着每位原住民都将参与到数字新世界的构建中，既是数字新世界的消费者，也是数字新世界的建造师。①

在这方面，"罗布乐思"（Relax）游戏平台就是一个成功案例。"罗布乐思"经营游戏的独特方式使其超越了单纯的游戏公司。甚至可以把它想象成游戏世界中的"油管"。众所周知油管是世界领先的视频共享平台，其成功的秘诀是与用户共享收益，将内容供应委托给用户。运营公司只提供版面，实际内容则由用户创造。与此类似，"罗布乐思"就免费提供了一个"罗布乐思工作室"，方便用户使用游戏研发工具。工作室的人机交互界面是十分直观的，即使你完全不懂编程语言，也可以像玩模拟游戏一样设计和制作游戏。2020年，大约有125万名研发者挣到了罗布乐思游戏虚拟货币，其中有1200多名研发者的平均收入为1万美元，收入排名前300的研发者获得了超过10万美元的收入。②"罗布乐思"的用户数量在新冠疫情期间表现出了显著的增长。截至2021年5月，"罗布乐思"迎来了570万人同时在线的好成绩，并拥有超过1.64亿的活跃用户。"罗布乐思"在北美地区更是人气爆棚，一半以上的美国小学生都拥有"罗布乐思"账号。③

而事实上，元宇宙形成了初始状态之后，正是需要类似"罗布乐思"这样通过多元化的UGC（User Generated Content，用户生产内容）来不断拓展边界。从元宇宙内容演进的过程看，目前正处在从PGC（Professional Generated Content，专业内容生产）向UGC发展的阶段，无论是内容生产还是主流社交形态都得到了极大发展。

"罗布乐思"、抖音、快手、bilibili等平台充分验证了UGC内容生产模式极大地丰富了内容体系。在这些平台的内容构成中，PGC只占很小的一部

① 焦娟、易欢欢、毛永丰：《元宇宙大投资》，中译出版社，2022，第48页。
② 李时韩：《元宇宙新经济》，中译出版社，2022，第53页。
③ 李时韩：《元宇宙新经济》，中译出版社，2022，第93页。

分，绝大多数是 UGC，有些 UGC 的生产能力已经达到了 PUGC（UGC 与 PGC 相结合的内容生产模式）的水平。[1]

在"油管"中，通过提供内容获利的"油管博主"（YouTuber）被称为"创作者"。在韩国，有 83% 的人使用油管。实际上用油管创造收益的频道数，美国约 49.6 万个，印度 37.9 万个，巴西 23.6 万个，印尼 19.2 万个，日本 15.4 万个，俄罗斯 13.1 万个，韩国 9.8 万个。[2] 很多油管博主在元宇宙中赚取收入。在韩国，最近最受小学生欢迎的职业教育就是"创作者教育"。几年前，人们尚未听说过"创作者"这个职业，而现在它被认可为一种正式职业。

元宇宙创意内容生产特点在元宇宙游戏中体现得最为充分。成熟的元宇宙游戏，其创造过程和消费都是在元宇宙中完成的。

游戏是创意为先的文化产业，通过为元宇宙提供创作平台，现有游戏厂商可以改变传统经营模式，即凭借现成的工具和服务，发挥自己的特长（创意）来制作新游戏。……鉴于元宇宙是一个囊括了现实世界的更大集合，意味着除了游戏之外，其他场景都可以被复刻到元宇宙的虚拟世界中。作为最熟悉如何在虚拟世界中进行创意建设的工具商或游戏研发商，这蕴藏着巨大的商机。[3]

游戏创意是如此，艺术创意也是如此。

与元宇宙内容密切相关的韩国企业 Naver 从搜索引擎起步，现在业务已扩展到购物、营销等多种行业，是韩国 IT 行业的巨头。其广为人知的业务就有网络漫画、小说和演出等多种内容。Naver 通过其子公司 Naver Z 运营着庞大的元宇宙平台，所运营的"Naver Zepeto"（简称 Zepeto）是一个增强现实化身的服务平台，用户可以在 Zepeto 上使用 AR 内容、游戏和 SNS 功能。为扩展内容领域，Zepeto 为用户提供高度自由的创作环境。其中有一项主要内容为"Zepeto 电视剧"，以知名网络小说或梗概为脚本，由青少年用户（多为十几岁）通过使用 Zepeto App 自己创作电视剧。这一内容在青少年中获得了很高的人气。原因何在？"Zepeto 电视剧"与传统视频内容不同，其制作过程非常简单。通过平台提供的 AI 技术，用户可以对自己的脸庞轻松创建角

---

① 黄安明、晏少峰：《元宇宙：开启虚实共生的数字平行世界》，中国经济出版社，2022，第 133 页。
② 李丞恒：《一本书读懂元宇宙》中译出版社，2022，第 156 页。
③ 焦娟、易欢欢、毛永丰：《元宇宙大投资》，中译出版社，2022，第 49 页。

色，然后，使用 Zepeto 提供的电视视频编辑系统，将连姿势都塑造好的角色制作成电视剧。可以看出，这一项目具有很高的自由度，也极大地调动了用户的创意思维。在虚拟的世界中，用户可以按照自己的风格来塑造角色，创造出一部充分彰显创作者特性的电视剧。此外，以 Z 世代为主体的年轻用户们还利用 Zepeto 这一平台来创造多种多样的内容和新颖的游戏文化。

在元宇宙世界中，创意内容的范围很广，而且价值也不容低估，甚至其创造的附加值比科技公司的技术创造出来的价值还要高。新的数字地球很快就会出现在我们面前。我们要在新的数字地球元宇宙中富有创意地讲述新的故事。不同于在互联网时代，我们听着创作者们创作的故事，在生活中消费着大部分内容。在元宇宙时代，我们将直接参与到故事中来，以主人公的视角与故事同在。正如经营卢卡斯电影胶片游戏实验室的 Vicki Dobbs Beck 所说："喜欢参与、共同创造有趣的故事是人的本性，重要的不是来讲故事，而是能够直接体验故事，活在故事里。"①

在上述方面，创意写作皆大有作为。

最后，需要强调的是，元宇宙文艺是人文学的一种，而包括元宇宙文艺在内的元宇宙人文学可以纠正元宇宙对人类的异化。正如韩国研究者李时韩在《元宇宙新经济》中所提到的那样，要准确地预测元宇宙的爆炸力量和爆发潜力，应该在技术知识和商业思想之上，加以人文科学的视角。就像智能手机革命后，最引人重视的并不是技术，而是人文科学。社会上刮起了一股"人文科学热"——因为智能手机革命的核心不是技术，而是人，是人与人之间的联结。②

不无夸张地说，元宇宙本身就是人文科学，因为元宇宙对人类来说，是一个生活家园。在经济活动没出现之前，元宇宙是实现人生的地方。作为生活的结果，经济活动产生了。所以要基于人文科学，回答"所谓人是什么？人为什么那样行动？那样行动有什么意义？"等问题，设计、解释元宇宙。那些不是回答"什么广告做得好"，而是回答"人们希望什么样？"的元宇宙才能生存下来。建构在元宇宙中的内容只有基于人们的这种行动和心理来设计，成功的可能性才会更高，所以必须要深刻理解包括元宇宙文艺在内的人文科学。今后在元宇宙中，人文科学是一个必需的要素，需要分析预测人们的行动。因此，要想成为元宇宙新经济时代的领军企业，有必要主动强化人

① 李丞恒：《一本书读懂元宇宙》，中译出版社，2022，第33页。
② 李时韩：《元宇宙新经济》，中译出版社，2022，第3页。

文科学理念。按照李时韩《元宇宙新经济》的说法，元宇宙新经济时代，公司除了有首席执行官、首席财务官、首席运营官，还应有首席创意官，作为公司营销、品牌推广、广告和内容等部门的负责人。特别还应该设首席人文科学责任官的职务，因为在元宇宙的新生活中，分析预测用户的行为模式将成为一个重要因素。企业要涉猎人文科学，解释商业行为和技术应用。"从包括元宇宙文艺在内的人文科学接近元宇宙新经济，才是更积极、更有效的应对方向。"①

概而言之，如果说元宇宙的未来是星辰大海，那么，包括元宇宙文艺在内的元宇宙人文学指向的就是星辰大海里的世道人心。这是元宇宙文艺的光荣使命，也是元宇宙文艺的光明未来。

---

① 李时韩：《元宇宙新经济》，中译出版社，2022，第 178 页。

网络玄幻小说的类型演变

◇ 刘　赛*

从文本的层面来看，如何认识过去的网络文学，学术界的说法纷繁复杂。如何引导未来的网络文学，学术界尚未达成定论。但从过去到未来之间，网络文学一定有着某种连贯一致的叙事成规，① 基于这种叙事成规的文学创作，我们称之为类型文学，抑或类型小说。随着网络文学类型化趋势的发展，其叙事成规受到时代背景、社会风气、审美趣味等因素的影响，并出现四种类型演变的情形：第一，某些类型小说经过它的辉煌发展后逐渐衰落的类型消亡趋势；第二，以单一类型为主的吸收其他类型小说要素的兼类写作趋势；第三，兼容两种类型小说主要叙事语法的跨类写作趋势；第四，在多方面扬弃原类型小说的反类写作趋势。② 其中，网络文学的跨类现象最为鲜明，也最具活力，在不同时期展现出了不同的叙事风貌。本文以玄幻小说为例，通过探讨玄幻小说的类型特质，及其在不同时期兼容他类的复合形态，描述网络文学的类型演变现象及其"升格"为具有中国气派的幻想文学的可能。

一、玄幻小说类型发展的第一阶段：原生借鉴阶段

玄幻小说作为类型文学，并非"无中生有"，大致可以从东西方两条幻想文脉中寻找来处。韩云波站在"新神话主义"的语境，分别从"上古神话和宗教神话"与"西方奇幻"方面阐述了"东方奇幻"的前身，并提出"武侠小说"和"东方奇幻"的共生关系。③ 这无疑指正了玄幻小说的发生逻辑，为学术界打开了研究视角。但从类型文学角度来看，玄幻小说的发生

---

* 刘赛：男，1990年出生，山东枣庄人，上海健康医学院讲师，主要研究方向为创意写作和网络文学。

① 王逢振、石发林：《小说的虚构性和模仿》，《外国文学》2007年第4期，第65—69、第127页。

② 葛红兵：《小说类型学的基本理论问题》，上海大学出版社，2012，第212页。

③ 韩云波：《大陆新武侠和东方奇幻中的"新神话主义"》，《西南师范大学学报》（人文社会科学版）2005年第5期。

应该有明确的类型演变轨迹，在叙事语法层面也应该有明确的描述。

从东方幻想文脉看，玄幻小说的类型产生是受到中国幻想文学传统影响的纵向的历时性结果，应该跨越上古神话、上古巫话、中古仙话、中古志怪、近古神魔小说、近现代仙侠小说、新武侠小说等类型文学，依靠"洪荒天地观""扶桑天地观""西游三界观"等世界观，强调"变形""修行""长生""逆天"等叙事语法，涵盖"大荒""大道""世界树""轮回"等原型意象。其中上古神话既为"东方玄幻"小说提供了宏大世界背景和丰富的神祇鬼怪的人设素材，也为其独自创造世界背景和人设提供了"化生创世"和"异体合构"的创作方法。上古巫话的"绝地天通"世界观帮助东方玄幻小说理顺了"末法时代"和"灵气复苏"的历史背景逻辑。中古仙话的"轮回往生""因果报应""求长生""望贵生""大道之争"等语法和观念为玄幻小说所继承，内化到玄幻小说的创作中。中古志怪的"万物有灵观"成为玄幻小说人设建构的基础设定观念。近古神魔小说的"逆天而行"促生了玄幻小说最重要的"逆天修行"叙事语法，其"忠义观"和武侠小说的"侠义观"给玄幻小说提供了深厚的精神内核。这一阶段玄幻小说的代表作品包括具有神话色彩的树下野狐的《搜神记》（2000 年）、《蛮荒记》（2004 年），号称"修真小说鼻祖"的萧潜的《缥缈之旅》（2002 年），承接武侠风骨的萧鼎的《诛仙》（2003 年）。这一时期的玄幻小说创作已经开始出现类型新变，但大多仍处于对原生类型文学的借鉴阶段。举例来看，《搜神记》的故事样貌有很明显的借鉴痕迹：一是借鉴《山海经》的上古神话世界观——以蚩尤、雨师和西王母为代表的一系列神祇人设，以夔牛、金猊、兕为代表的神怪形象，以大荒为世界背景；二是借鉴黄易为代表的新派武侠叙事语法——以"行侠仗义"为主要内核的"英雄儿女救国救民"的"忠义观"；三是借鉴以《龙枪》《魔戒》为代表的西方英雄传奇模式——以英雄冒险为主线的遍览奇禽异兽九州大陆的英雄传奇模式。尽管如此，《搜神记》依然获得了巨大的成功，这是因为作者不仅很好地把这些来源不同的世界观、叙事语法和叙事模式糅合起来，而且将上古先民艰苦创业，完成社会变革的历史与改革开放的时代精神、"日常—传奇"的叙事传统结合起来，形成了独特壮丽的民族史诗。

从西方幻想文脉来看，玄幻小说的产生是一种共时性的结果，受到大制作电影导致的叙事范式的革新、电子游戏带来的亚文化风潮、后现代语境中提倡的新萨满主义和随之兴起的奇幻风潮等时代因素影响。这背后则要追溯到基督神话、凯尔特神话、北欧神话等上古神话，哥特文学、骑士文学、教会文学等中世纪文学，以及现代史诗奇幻小说、新奇幻英雄小说和漫画。这一阶段玄幻小说的模仿痕迹较为明显，其世界观多来源于西方幻想文学传统中的世界体系，例如 DND 体系的龙与地下城世界观、《魔戒》的中土世界观、龙枪世界观等，其人设往往脱离不开各神话体系中的创世神、天使、撒旦、巫师、跳神，同时有丰富的种族，如精灵、吸血鬼、狼人、人类、亡灵、半兽人、龙、矮人等。这一时期的玄幻小说以模仿故事为主，往往遵循"升级机制"和"修行"的叙事语法，以"善恶、是非、正邪、真妄"等传统二元对立结构的观念为故事价值观。并且出现两种世界观设定的分野：其一是《亵渎》《盘龙》这类奇幻流派，它的世界背景往往由多个位面空间组成，它的力量体系多以不同领域法则组成神格进阶体系，它的力量阵营多包含教廷、皇室、领主贵族、恶魔军团等；其二是《逆龙道》《斗罗大陆》这类内蕴吸血传奇和魔法校园亚类特征的单一大陆背景的魔幻小说。无论哪种，西方式玄幻小说作品均呈现出超长篇幅、庞大世界观、复杂诡谲的人物命运的叙事样貌。

在今天，我们可以达成共识的是，玄幻小说这一类型的产生与中国大陆的市场经济转型密切相关，同时它身处现代文化产业和后现代文化思潮的风口，跨越东西方两条幻想文脉，仍处于类型初创的原生借鉴阶段。

二、玄幻小说类型发展第二阶段：网络媒介影响下的本土创生阶段

从网络文学产业的发展角度来看，我国玄幻小说与网络文学产业的发展互为依托，但相较于网络文学产业化迅速发展的状况，玄幻小说的跨类演变则是延后的。因其需要大量的小说文本积累和读者的审美反馈。"网络文学走出马鞍形触底反弹大约在 2003 年，其标志是起点中文网从 2003 年尝试实施的付费阅读取得规模效益，'VIP 制度'在业界推广，网络文学的商业模式得以初步建立。"[1] 玄幻小说的跨类演变，尤其是在叙事语法、叙事模式及类型叙事策略的创新上，内蕴类型小说凝聚成规和消解成规的变易过程，要在2005 年后才逐渐凸显。彼时的玄幻小说一方面开始逐步建立"眼花缭乱的架空世界""升级叙事语法及其力量体系""肉穿、魂穿、投影、召唤、多位面穿梭等行动方式"等叙事成规，另一方面出现了跨越多种小说类型的跨类现

---

① 欧阳友权：《中国网络文学二十年》，《文艺论坛》2018 年第 1 期，第 32—41 页。

象，例如跨越武侠小说和仙侠小说的我吃西红柿的《寸芒》（2006 年）、天蚕土豆的《斗破苍穹》（2009 年）、辰东的《遮天》（2010 年）、爱潜水的乌贼的《一世之尊》（2014 年），跨越武侠小说和奇幻小说的血红的《升龙道》（2005年）、风华爵士的《中国龙组》（2006 年）、唐家三少的《斗罗大陆》（2008年），跨越武侠小说和科幻小说的骷髅精灵的《机动风暴》（2008 年）、烟雨江南的《狩魔手记》（2009 年）、我吃西红柿的《吞噬星空》（2010 年），等等。玄幻小说在不断创新和规范自我的过程中，将两种类型小说或多种类型小说进行吸附和跨类。这是类型的习得性成规指向类型创作在内容层和形式层的继承，和生成性成规是对立统一的关系。①

（一）玄幻小说跨类演变的叙事创生

任何一种类型小说到达一定发展阶段时，其类型样貌在叙事语法层和叙事情节层都会有相应的改变，彼时玄幻小说的类型改变一方面来自类型内部的文学传统，一方面来自网络文学的读者本身，还有一方面来自玄幻小说 IP 改编的甲方市场。玄幻小说的跨类演变正是经过多个类型小说因素的闯入和激活，使原本的玄幻小说一次次焕发新的生机和魅力。玄幻小说的一度跨类主要指向武侠小说、科幻小说、奇幻小说的跨越，近些年来，玄幻小说又与耽美小说、灵异小说、推理小说等小说类型形成了二度的跨越，在原有的类型基础上增添了更多魅力。玄幻小说正是经过一次次类型间的跨类演变，使得自身保持类型的发展和前进，以此避免类型自身的凋零。不过，任何小说间的跨类现象都面临着阅读市场的大浪淘沙，它不是简单的主观配对，而是内蕴两个类型共性的客观需求。在此，笔者归纳了以下跨类"共性"的可能情况：第一，两种叙事语法在跨类小说中共同存在。不同的叙事语法在各自的叙事肌理有部分是重合的，比如神魔小说具有"逆天而行"的叙事语法，西方奇幻小说具有"种族战争"的叙事语法，两种叙事语法都有"抗争"的共性，只不过神魔小说是与天抗争（例如《西游记》《封神演义》都是内蕴与"天道"的抗争），西方奇幻是种族间抗争（例如《魔戒》《冰与火之歌》和《魔兽世界》依据"种族抗争"语法演化出"入侵—抗争"的叙事模式）。这种"抗争"共性最终在玄幻小说中得以和平共处。第二，小说叙事

---

① 这是小说类型研究中的观念，写作训练可以帮助写作者获得习得性成规（叙事成规分为习得性成规和生成性成规），习得性成规指类型传统中不断继承和发扬的叙事方式和叙事句法，这是可以通过训练和学习来掌握的。而生成性成规则是小说创作过程中不断创新和重新规范的结果，是小说原创性的生动性表现。

节奏的共性。无论哪种小说都要有符合自身类型特性的叙事节奏，例如武侠小说和言情小说间的跨类，对不同武侠小说而言，其节奏感是要掌握小说惊心动魄的武打和"浪迹天涯"的唯美之间的"张弛有度"；对言情小说而言，其节奏则要掌握小说人物内心情感的剧烈波动和"谈情说爱"的快乐之间的"劳逸结合"。当武侠小说与言情小说发生跨类创作，形成武侠言情小说，即是要把握住武侠小说行侠仗义和言情小说追求情爱的叙事节奏关系，即侠肝义胆的"魂"和勿以家累的"情"之间的搭档关系。

（二）玄幻小说创生过程中"神性信仰"的解构

韩云波早在 2005 年便已经提出了玄幻小说中神性解构的问题，玄幻小说"已经是一个扩展了的概念，而且在某种程度上恰恰是通过对神性的描写走向了神性的反面，通过建立个性化的新神性空间颠覆传统神话和宗教的神性"[1]。但在笔者看来，玄幻小说并没有建立起一种"颠覆传统神话和宗教的神性的新神性空间"。从历史角度来看，随着儒家思想的不断发展和皇权的日益集中，中国人的神性信仰是一个不断"曲折式下降"的过程。它一方面作为政治工具被扬弃地利用，例如汉唐时期对佛道思想的推崇，建构起以佛道信仰为底层的神性信仰。另一方面则处于不断消解的状态，正如统治者在时代更替之际对白莲教、明教、一贯道等教派的打压，造反者不断被盖印上"妖言惑众"的标记。这个下降过程从中古时期开始，并随着五四新文化运动和启蒙主义在中国的开展，中国人的神性信仰基本上逐步趋于崩解状态。与之相随的是，人们对传统幻想文学中神性的看法，更多以一种消遣娱乐的方式保留在神怪电影和早期仙侠小说之中。在互联网时代，随着玄幻小说的本土创生，尽管出现了越来越多跨越东西方幻想类型小说的故事文本，但文本内部出现的仅仅是神话、巫话、仙话、神魔等传统文脉的符号内容，且这些符号本身已经失去了神性信仰的所指，体现的是基于大众文化热潮下的娱乐功能。我们可以将之归结于中国幻想文学传奇叙事传统的复活，或者可以归结于系统世界对生活世界侵袭后的代偿，但不能说这是一种神性信仰的触底反弹。总之，随着玄幻小说的跨类创生，中国幻想文学传统中的神性偶像已被丢弃，中国幻想文学传统中的神性信仰确乎已经断裂，也很难做到对当下信仰层面的精神"问诊"。正是通过以上历史脉络的梳理，我们看到玄幻

---

① 韩云波：《大陆新武侠和东方奇幻中的"新神话主义"》，《西南师范大学学报（人文社会科学版）》2005 年第 5 期，第 65—68 页。

小说创生的"中国"历史逻辑，当然，这还是一个方面的考察，我们尚未观察它的西方渊源。但是，我们依然可以得到一些初步的结论：玄幻小说的创生体现了民族集体文化叙事记忆的规约，它受到这些原型的影响，甚至让这些原型在当下复活。与此对应的是，中国传统幻想文学代表了一种神性信仰的建构式创作，而玄幻小说则是神性信仰的解构式创作。

（三）　新媒介的塑形和玄幻小说的创生

玄幻小说在创生阶段开始密集出现"魂穿、肉穿、快穿、重生、召唤、投影、多位面交错"等行动模式。① 这样的集群创作现象并非"偶然"，我们应当寻找更恰当的解读方式。巴赫金的"时空体"理论对玄幻小说穿越时空类行动模式具有较高的阐释力度。"时空体指的不是在文学作品中所呈现的单独的时间和空间，而是它们之间密不可分的相互关系，是文学作品中时间和空间彼此相互适应所形成的一个统一的整体，或者更具体地说是时间和空间相互结合形成的某种相对稳定的模式。"② 依照潘月琴的分析，时空体本质上是一种密不可分的时空关系，当击穿时空的行动模式不断在玄幻小说中涌现，当玄幻小说中有限的"架空世界"因为同人创作变得越来越浓稠，当重返过去的洪荒流和穿越至未来的废土流使得抽象的时间变得具体可见，我们应该明白，这种击穿时空的行动模式俨然成为玄幻小说中最稳定的，也是最具代表性的模式特征。依据这种时空体模式，玄幻小说在世界观架构、情节组织的功能场、具体可感的艺术形象上，也都会与传统类型小说"形似神异"。《白骨大圣》中虽然也有武侠小说的"笑傲江湖"（以三十六路开碑手闻名江湖的何成）、"行侠仗义"（五脏道士即使死了也要救出困于鬼庙之中的晋安）、"浪迹天涯"（张灵芸仗剑天涯）等叙事语法，但它还具有武侠小说中所不具有的时空体模式（主角穿越到架空的康定之国），因而我们已不能简单地将之称为"武侠小说"。玄幻小说的时空体模式为何在今天才会出现，这与21世纪以来的网络新媒介——不断扩张的媒介角色——关联紧密。麦克卢汉在《媒介即信息》中提到了"内爆"理论。他认为西方世界凭借媒介技术的领先而引领了整个世界的文明进步，现在它正在经历一场内爆——

---

① 从小说类型学角度来看，玄幻小说中行动模式的内涵要大于"金手指"。"金手指"原指游戏玩家用来修改后台数据，以获得力量、武器、更高级别甚至续命的作弊程序。在网络小说里，无所不能的主人公随心所欲化解危机的方法也被称为"开金手指"。"金手指"概念详见许苗苗：《游戏逻辑：网络文学的认同规则与抵抗策略》，《文学评论》2018年第1期，第37—45页。

② 潘月琴：《巴赫金时空体理论初探》，《俄罗斯文艺》2005年第3期。

媒介技术的进化，使得城市从平衡进入不平衡的状态，随着社会结构的不断调整，这种不平衡会重新归入平衡，最终形成部落式的社会结构。在两百年前，印刷技术和机械技术的发展使得人类的感官不断向更广阔的空间延伸。在近一百年来，电子技术和信息技术的发展则使人类逐步将感知扩展到全世界。就地球而言，不同地域的时间差异和空间差异已不复存在——最终形成人类休戚与共的地球村——这种击穿时空的媒介属性本身就内蕴在玄幻小说中，促使玄幻小说成为互联网时代最具代表性的小说类型之一。并且，在互联网时代，社交媒体也在不断发展，它同时提高了民众对网络事件的参与度，推动了网络化社会批评。① 反映在玄幻小说的创作和传播中，即它可以将作者创作的内容极快地传播出去，并且，小说读者也能够参与讲述之中。这就导致了作者与读者的角色在小说不断的连载与交流中被模糊。随着读者沉溺在玄幻小说光怪陆离的架空世界中，消费主体产生了位移——作品不再是客体，而以意义链的形式与消费者完成了主客体位移——使用互联网的经验可能使其丧失个体的审美追求，只能在由网络文学网站构建的榜单、列表、广告、宣传语等中介去探索新作品，"心甘情愿"地成为玄幻小说作品的追逐者。② 也正是这种消费性的构建导致了小说类型间的延伸和互动，形成了以玄幻为主导的，与其他小说类型不断发生形式上的跨类现象。这种现象具体体现在玄幻小说叙事语法、叙事模式、世界观架构（世界背景设定、力量体系设定、人物设定）上，随着创新的不断发生，玄幻小说的生成性叙事成规也在不断创生。

玄幻小说创生中的各种新行动模式，是新媒介技术对网络文学内容创作的影响，暗含了麦克卢汉和波兹曼所说的媒介对社会结构的塑形。同时，它又具有舍弃现实环境的鲜明优势，即以玄想的"黑箱"为尺度，去衡量日常无法展开的社会实验。网络文学正是借用玄幻小说的行动模式，将文学界难以"启齿"的现代话题用直白、易懂、通俗的样貌表现出来：在横跨多时空的小说文本中，在不同的力量阵营、文明制度、宗教思想和种族职业前，有没有宏大式的现代性？有没有亘古不变的意识和真理？人性到底本善还是本恶？历史与正义的关联又是如何？这样的话题可以在多时空体的叙事模式下摊开来写，又能够为读者带来新奇有趣的阅读体验。

---

① 原因在于传播速度极快的互联网让网民能参与讲述，网民对某些事件的关注能刺激商品的宣传和创作者方面的回应。

② 网络玄幻小说和通俗幻想小说的区别之一。

三、玄幻小说类型发展的第三阶段：融媒体语境中的跨类共生阶段

玄幻小说在创生阶段是脱离主流的，一种结果是社会公共话语建构过程中对玄幻小说的污名化；另一结果是玄幻小说囿于特定的青年亚文化空间。可以说，"1998 年—2008 年是网络文学与传统文学对抗的阶段，这是网络文学的蛮荒时代，同时也是其与传统文学对抗的阶段。"① 短兵相接过后，玄幻小说因其商业化的创作模式和运营机制存活，同时又在资本背书的 IP 改编过程中大放异彩。如今，泛娱乐产业链的打通在网络文学和传统文学的创作之间敞开了一条路，这条回路延伸进玄幻小说的亚文化空间，同时逐渐消解了后者与生俱来的"异质性"和"抵抗性"。也是在这个时间节点上，网络文学出现现实题材的审美转向。玄幻小说一面在融媒体的语境中积极探索类型成规的新变，一面主动接受现实之光的引导和照耀，走上幻想与现实的跨类共生之路。

网络游戏的快速发展触发玄幻小说的类型神经。近些年，随着大逃杀、密室逃脱、生存进化等游戏玩法的沙盒游戏的发展，玄幻小说的生成性叙事成规也不断与时俱进，在叙事语法、世界观、意象原型等方面都有了新变。举例而言，玄幻小说向"升级"叙事语法中内嵌"生存"叙事语法，外显为末世流玄幻小说、复苏流玄幻小说和系统流玄幻小说，其本质是对科幻小说、武侠小说、仙侠小说、都市异能小说的跨类，最为出众的作品如三天两觉的《惊悚乐园》（2013 年）、咬狗的《全球进化》（2016 年）、会说话的肘子的《大王饶命》（2017 年）、佛前献花的《神秘复苏》（2018 年）。此外，玄幻小说在原本的东西方幻想文脉基础上，增加了各种新晋闻名世界观，例如战锤 40K 世界观、克苏鲁神话世界观、东西方中古时期世界观，代表作品如蜗牛真人的《修真四万年》（2015 年）、爱潜水的乌贼的《诡秘之主》（2018 年）、卖报小郎君的《大奉打更人》（2020 年）。

玄幻小说之所以能与网络游戏跨类共生，原因有三：第一，游戏的规则特征内蕴到网络媒介属性中，激发了网络时代人们以低成本改变世界的游戏态度和幻想心理。玄幻小说借鉴电子游戏的设计思路来设定架空世界，使得读者既可以躲避日常世界中难以解决的现实问题（阶级问题、生存现状和知行矛盾），也希冀在游戏化的文本中完成人生逆袭的虚幻想象。第二，玄幻

---

① 周志雄：《网络文学教程》，高等教育出版社，2020，第 119 页。

小说作为文学作品，本身就与游戏一样是寄托情思与幻想的精神家园。基于此种相通性，玄幻小说主体同时具备了玩家和作者两种身份，他们将电子游戏（包含主机游戏、端游、网络游戏和手游）和玄幻小说作为日常的一部分，将游戏体验转换为玄幻小说的新素材年，将游戏情感凝结为玄幻小说的故事情感线。第三，玄幻小说不仅具有游戏性特征，而且作为一种叙事性文本，很多电子游戏通过游戏背景和主线任务本身就创造了一个庞大的幻想故事，电子游戏的体验也陷入某种幻想文本的叙事活动当中，这也很容易促使玩家反过来去创作玄幻小说。

2015 年以来，在以付费网络文学平台为主导的 IP 开发过程中，玄幻小说实现了与动画、漫画、音频、电影、电视剧等多媒体的跨类共生。玄幻小说的 IP 开发，"逐步向泛娱乐产业链（网络文学—影视产业—动漫产业—游戏产业—专业服务）迈进"①。

2019 年以来，免费阅读网络文学平台对玄幻小说的类型发展开始起到越来越多的推动作用。众所周知，2003 年由起点中文网首创的"订阅+付费+打赏"阅读模式拉开了网络文学的付费时代，然而自 2019 年起，以番茄免费小说和七猫免费小说为代表的短视频资方开始进入猎场，引爆了传统网络文学产业圈。网络文学免费阅读模式的营销逻辑是"免费阅读小说平台在发展初期依靠免费内容抢占读者，当读者达到一定数量，便可以凭借其用户流量吸引广告商，而其获得的广告收入分成则能反过来激励更多的作者持续输出优质的原创内容"②。与网络文学发展初始时期的免费不同，现在的免费阅读模式是指网文平台用免费的作品内容凝聚大量下沉市场中的读者用户，然后通过广告收费等渠道，将用户流量转变为商业价值。在全民短视频时代，免费阅读小说凭借短视频平台的巨大流量，通过"短视频小说广告""系列短剧""明星作家直播（直播写小说、直播审稿、直播教学）""说书人讲解"等方式营销引流，对网络文学读者和作者都形成了巨大的"虹吸效应"。在这种付费模式影响下，玄幻小说一方面在跨类演变的道路上疾驰狂奔，出现了"无限流+灵气复苏+都市异能+西游三界观+基督神话世界观+希腊神话世界观"多栖作战的玄幻小说，例如三九音域《我在精神病院学斩神》（2021年）这样的现象级作品。另一方面，免费阅读市场泥沙俱下，出现了大量的"战神文""赘婿文""失忆文"，其类型演变实际上是"龙傲天"人设与

---

① 葛红兵，刘赛：《2018 年度网络文学创作与出版观察》，《中国图书评论》2019 第 2 期。
② 万梦涵：《基于 4I 理论的免费阅读小说平台营销策略分析》，《新媒体研究》2022 年第 8 期。

"装傻+打脸"叙事策略的老生常谈。原本"龙傲天"这个词越来越趋向于贬义，又或者"废柴"与"凡人"已经使读者产生审美疲劳，结果导致现在直接写"龙傲天"和"废柴"式主角的玄幻小说越来越多。

　　写在最后的期望。不可否认的是，玄幻小说的跨类演变趋势既内蕴其类型发展的客观规律，同时也是符合读者和IP市场的客观要求。而对玄幻小说跨类创作的内部研究，我们不能只看到其叙事语法层的转变，还要在叙事语义层探究其类型转变的深层内涵。要在形式之维的基础上，挖掘出内容之维的时代意义，让玄幻小说"形式"系统生成符合网络媒介传播、民族心理定式、时代文化精神的"意义"系统，这是研究网络文学跨类现象的终极目标，其同一性在这得到最终解释。

网络小说空间叙事的文学生态性

◇ 李盛涛*

　　与当代传统文学相比，当代网络小说提供了与众不同的文本形态，特别是小说叙事所体现出的文本空间形态和空间观念，更是在小说审美规范的突破与建立、为当代小说发展提供新的历史经验方面做出了积极的探索和积累。网络小说为何成为空间性的文本形态？网络小说文本中的空间世界有何审美形态？网络小说中的空间生存体验是否预示着一种"空间现代性"文学世界的到来？这些问题，既是亟待厘清的理论问题，也是对当下网络小说历史经验的有待把握，具有非常重要的理论与实践意义。

一、作为空间性的文本形式

　　从发生学角度看，网络小说在很大程度上是空间性的文本形式，它的空间意义大于时间意义。从20世纪90年代初网络小说出现到当下网络类型小说的蓬勃发展，网络小说走过了三十余年的发展历史。相对于中国古典文学的漫长发展历史和中国现代文学的百年发展历史而言，网络小说的发展历史可谓十分短暂。单从时间发展向度而言，网络小说并非由历史积淀和经验累积而成，而更多是一种借助技术、资本等外部力量在网络空间迅猛发展的空间性审美形式。相对于传统小说而言，网络小说以空间断裂式的形式出现，借助网络技术以空间激增的方式实现了短时间内全域性的覆盖。这种空间性，体现了当代技术力量对文学的巨大影响。网络技术给人们提供了不一样的空间形态，娱乐、学习、购物、交流……很多现实生活中的生活与娱乐活动都能在网络实现，而且网络空间实现了齐格蒙特·鲍曼意义上的"时间—空间"的体验形式，齐格蒙特·鲍曼在《被围困的社会》的引言中说："所有的边界都具有易消失性这种新特征：边界在被划出的同时就被擦掉了，留下

　　* 李盛涛：1972年生，男，山东滨州学院副教授，中国现当代文学专业。本文系2018年国家社科基金重大项目"中国网络文学评价体系建构研究"（编号：18ZDA283）阶段性研究成果。

的只是曾经划过边界的记忆。地理上的非连续性不再重要，因为速度—空间（speed-space）笼罩着全部的地球表面，它把每个地方几乎变成了同样的速度—距离（speed-distance），使所有的地方都彼此接近。"① 人们进入网络空间的界限或屏障似乎根本不存在，只要在交费状态下轻点鼠标，借助超链接就能实现网络空间的冲浪体验。网络空间的生存体验不同于现实空间的生存体验，特别是在网络技术开始逐渐普及的 90 年代，网络技术给人以"空间神话"般的空间性想象体验，而这种空间体验势必影响到网络小说的空间形态，诸如：网络空间由现实公共空间到私密空间形态的切换与网络盗墓小说从外部空间进入墓穴空间的结构图示构成了一种潜在隐喻关系，网游的打怪升级模式与网络玄幻小说修仙升级模式的故事结构有些明显的互文性，网络超链接技术对空间屏障的打破很容易在网络穿越小说中那种对生与死、当代与古代的界限打破中找到影子……可以说，网络小说空间形态的审美特征都能从网络空间那里找到技术性的影响因素。因此，网络文学也形成了不同于传统小说的空间形态。

网络小说的空间性也体现在其存在形态的空间性上。一种文学必定以一种空间形态存在着。相较而言，当代传统文学的存在形态是一种狭促的"条状"生存空间，这个空间建立在各级"文联—作协"构成的管理机制和"刊物发表/出版—政府奖项"所构成的存在与激励机制之上，使传统文学走上了一条意识形态化的、精耕细作式的精英化生产模式。而网络小说的存在是一种广阔的"星空状"生存空间，它借助强大的"技术—资本"力量实现了文学发表的广域性，也造成了相对意义上粗放式的大众化生产模式。这种广域性有着不同体现，对作者而言，只要具备一定的写作素养，可任意选择一种网络平台发表作品；对读者而言，只要他拥有一部上网的电脑或手机，就可实现移动式轻松阅读或听读；对作品而言，它可借助网络实现全民覆盖，也可借助超链接技术的横向与纵向无限链接而实现空间的无限延展性。所以说，网络文学的存在空间是一种"星空状"。不管是传统小说的"条状"生存空间，还是网络小说的"星空状"生存空间，都是不同空间形态的文学象喻，对文学有着不同的空间法则和语境影响，具有不同的生态性影响。

从生态性角度看，网络小说的"星空状"生存空间显然比传统文学的"条状"生存空间更具文学生态性。从空间环境本身来看，网络空间更具有

---

① 齐格蒙特·鲍曼：《被围困的社会》，郇建立译，江苏人民出版社，2005，第 15 页。

文学生态，是一种更能促进文学生长与存在的文学"生境"。网络空间较少受现实语境中意识形态的控制而更多具有某些豁免权；因网络技术带来的诸多自由性让文学突破了从技术到精神的壁垒从而更能让文学实现一种自由性；在文学乌托邦意义上，网络空间是一种更倾向于"全民创作""全民阅读"的文学形式，这是传统文学"条状"生存空间无法完成的，当下的文学实践很好地印证了这点。所以说，"星空状"的网络空间更具有文学生态性。

从更深层意义上说，网络小说的空间性也是当前社会空间性的反映。福柯曾说过，我们已进入一个空间时代，"当今时代也许是一个空间的时代。我们都处在一个同时性的时代，一个并列的时代，一个远近的时代，一个共存的时代，一个散播的时代。我认为我们存在于这样的时刻：世界正经历着像是由点线连接编织而成的网络版的生活，而非什么随着时间而发展的伟大生活"①。尽管福柯论证的是西方后现代社会，也在某种程度上契合中国当下的文化语境。空间社会更多意味着人们对空间体验的改变。在这种空间文化影响下，网络类型小说文本中出现的形形色色的空间形态就不足为奇了。所以说，网络小说的空间性及其空间叙事便是当代空间社会的文学症候式反映。

二、网络小说文本中的拟现实态空间

小说文本中的空间形态有别于现实层面的空间形态。如果说现实层面的空间形态是一种外在的生存空间，而文本中的空间形态则是一种叙事层面的审美空间。"叙事改变了人的存在时间和空间的感觉。"② 有学者将空间分为三种形态，"原始的空间""现实的空间""自由的空间"，而"自由的空间"是一种审美空间，"审美的空间是本真存在的展开，是自由的空间，体现为自我与世界的统一，主体与客体对立的消除以及身体与意识的统一。自由的空间的原型是原始的空间，而其实现是对现实空间的改造、超越而达到的审美的空间"③。对网络小说叙事层面的审美空间形态而言，空间形态主要分为两大类：拟现实态空间和超现实态空间。拟现实态空间在网络小说中主要是那种遵循实现空间的生存维度、与现实空间构成再现关系或镜像关系的空间形态，主要包括以乡村空间和城市空间为主的网络小说；而超现实态空间主

---

① 米歇尔·福柯：《不同的空间》，载福柯、哈贝马斯、布尔迪厄等著《激进的美学锋芒》，周宪译，中国人民大学出版社，2003，第19页。
② 刘小枫：《沉重的肉身》，华夏出版社，2007，第3页。
③ 杨春时：《现代性空间与审美乌托邦》，《南京大学学报》2011年第1期。

要是指突破现实空间的生存维度、表现一种超验性的空间形态，主要出现在网络穿越小说、网络玄幻小说、网络盗墓小说、网络耽美小说等小说类型中。相较于传统小说而言，网络小说文本中的空间形态具有不同的审美特征。

拟现实态空间主要以乡村和城市为主要空间形态，在网络乡土小说、网络都市小说、网络官场小说、网络黑道小说中常见。拟现实态空间在网络小说中主要有两种形态：内向型小空间和外向型跨域大空间。这两种空间形态在不同的网络类型小说中各有表现。

内向型小空间在以爱情为主的网络小说中尤为常见，且有着不同于传统相类似小说的审美特征。就"乡村/乡土"空间形态而言，网络乡土小说并不着意书写宏大历史背景下的农村变革（如传统小说《白鹿原》《秦腔》），而是集中写农村"空心化"结构失衡下在庭院、卧室、野地等空间场所发生的情爱纠缠。网络小说笔下的"乡村/乡土"，早已不再是承载都市人乡愁的精神归宿地，反而成为最后一块被攻城略地后沦陷的"欲望"堡垒，传统审美视野下乡土的淳朴、美丽反而让这场情欲表演具有了一种陌生化与刺激性。在网络小说中，宏大的当下社会背景被放逐了，或者仅仅作为一个虚远的不被触及的社会背景而存在，因此网络小说中的空间形态是狭小的、破碎的和欲望化的，而非宏大的、整体性的和精神性的。这种空间形态也类似地出现于网络都市小说和部分网络耽美小说当中，在很多网络都市爱情小说当中，公司、房间、酒吧等小场所是故事发生的主要空间形态，也成为后身体政治的标配性符码，如在作者三十的《和空姐同居的日子》、好想谈恋爱的《我的两个同居女友》等作品中，更是以"房间"作为主要空间形态，写都市男女在合租生活条件下的爱情故事。以公司为故事场所的网络耽美小说也是如此，文本空间形态趋于碎片化、小型化和私密性。这种空间形态看似隔绝了当下社会宏大的历史进程，实则也是当代社会的某种文化表征：消费文化语境中身体的解放与重塑，网络私密空间中网络交友软件的盛行对人性欲望的挑逗与解禁，婚姻与道德约束力的日渐疲惫……诸种原因都指向一种以"身体/欲望"为主的文化表征，而网络都市爱情小说、网络耽美小说便是这个时代身体文化的文学表征。

由于空间形态的碎片化、小型化和秘密性，也带来了小说审美风格的变化。在传统现实主义小说中，部分小说的审美风格是悲剧性的，因为主人公面临的空间形态是冰冷坚硬的，山岳般难以撼动，其结果往往是一种主体性悲剧，如鲁迅、钱钟书（《围城》）、贾平凹（《废都》《秦腔》）、王安忆（《长恨歌》）、铁凝（《玫瑰门》）等人的作品，都拒绝那种历史唯物主义的有关主体的宏大论调，而是写底层小人物的生存悲剧。这些主体形象无法改变环境，更不能创造历史，只是无奈地顺从着、被迫改变着、不得已被毁灭着。但网络小说不同，在狭小的空间内，有着隔绝于外部宏大空间的温馨与宁静、男女主人公荷尔蒙飘飞的暧昧与柔情和身体为尊与爱情至上的自我陶醉……所有这些都在欢天喜地地缔造着一幕幕爱情神话或肉身传奇。当然，由于拒绝了宏大空间形态的书写，这部分网络小说虽在篇幅上可谓"鸿篇巨制"（篇幅多，动辄几百万字，甚至近千万字），但远谈不上史诗性。

当然，网络小说中的拟态现实空间并不拒绝宏大空间形态的书写，有些网络小说便表现了一种外向型跨域大空间形态，这在网络军事题材小说中尤为突出。与传统军事题材小说相比，网络军事题材小说的空间形态多由国内转移到国外，如水意的《佣兵的战争》、烟鬼不喝酒的《特战佣兵》、最后的游骑兵的《终身制职业》、纷舞妖姬的《弹痕》、步千帆的《超级兵王》等作品。在《弹痕》中，域外的故事空间分别涉及车臣、佛罗加西亚等地。从域内到域外的军事空间过渡，不仅仅是空间地理坐标点的简单位移，也意味着具有多重文学功能：其一是题材表现的创新功能，它开掘了传统军事题材小说无法触及的题材领域（从传统的"抗战"题材、"解放战争"题材到"雇佣兵"题材），为故事的拓展与虚构提供了艺术空间；其二是能造成阅读体验的刺激性和陌生感，丛林、高山、沙漠、街道等空间往往是网络军事题材小说中常见的空间形式，战斗在这些空间的激烈性、刺激性、特战性往往造成陌生化的阅读效果；其三是现实政治形态的隐喻性，网络军事小说可以概括为"国内和谐，国外动荡"的故事类型，这种状况既是一种指涉，也是一种文学想象，但在一定程度上隐喻了现实层面的政治状况；其四，也是最重要的，网络军事题材小说颠覆了传统军事小说的叙事伦理，诸如：个人英雄主义色彩的突出、战士情和兄弟情的并重、战争描写和爱情描写的共存、为了团队成员的生命安全可以枪杀作为匪徒身份的儿童行为、因域外空间而带来的战斗的激烈性和刺激性、团队以小的代价获取巨大的军事胜利并缔造军事神话……域外空间为网络军事题材小说突破传统军事小说的叙事伦理创造了条件。

总的来说，网络小说现实层面的空间形态相较传统现实主义小说而言，审美风格几乎发生了根本性的变化。在传统现实主义小说中，因空间生存环境对主体的绝对性碾压，往往表达人类学意义上的遭遇主题或悲剧主题，而网络小说主人公则是小空间的制胜者，它缔造了一个个爱情神话，上演着一幕幕欲望的喜剧性身体搏杀。

三、网络小说中的超现实态空间

除了拟现实态空间之外，网络小说文本还创造了诸多超现实态空间形式，这些空间形态几乎成了网络小说独特的文本图景。这种超现实态空间在网络穿越小说、网络盗墓小说、网络玄幻小说、网络同人小说等小说类型中尤为常见，且形成了各种类型的超现实态空间，如网络玄幻小说的"阶梯式空间"、网络盗墓小说的"积木式空间"和网络穿越小说的"缺口式空间"，这些空间形式形成了不同的审美特征。

网络玄幻小说中的"阶梯式空间"创造了一种别样的审美空间形态。所谓的"阶梯式空间"形态，指在作品中形成了由人界、妖兽界、仙界、神界等不同的、由低级到高级的"阶梯式"空间形态。诸多网络玄幻小说的空间结构都是如此。当然，这种"阶梯式空间"形态并非由网络玄幻小说独创，早在《封神演义》《西游记》等古典小说中便已存在，但在网络玄幻小说中得到前所未有的运用。或者说，"阶梯式空间"形态在网络玄幻小说中得到发扬光大也不为过。在"阶梯式空间"形态中，人界是处于最底层的空间形态，也是能被超越的空间形态，这可能体现着网络作者的一种复杂、矛盾性的隐秘体验：现实的生存困境让主体拥有的更多是一种悲剧性生存体验，于是作者索性让现实空间的人界处于最底层，一种类似地狱般的存在状态；虽明知现实空间不可超越，但作者非要超越性地创造各种不同的高阶空间形态，表达了一种创世纪般的梦想与冲动。超越与创造（或者说，毁灭与创造），是网络玄幻小说中当代人最为隐秘的图谋与欲望。从人界一介平凡少年到神界至尊或宇宙的创造者，这是诸多网络玄幻小说几乎一贯性的主题表达，也是"阶梯式空间"形态所赋予的主题类型。由于空间形态不再有唯一性、可超越性，原来现实主义小说的文学症候便被搁置了，比如"灵与肉"的矛盾，这一矛盾似乎是传统文学中永不褪色的文学难题，被历代不同作家不厌其烦地渲染与阐释，似乎离开了这一难题文学意义的深度便大打折扣。然而，"阶梯式空间"形态让网络玄幻小说轻松抛弃了传统文学这一钻石级别的文学宝藏，而是采用"灵肉俱进"的方式。也就是说，玄幻主人公在肉体修为精进的同时，其灵魂修为也同时跟进，例如在《星辰变》中，主人公秦羽的灵魂修为分为星云、流星、星核、行星、渡劫、恒星六大境界，之后他又独创出了暗星期、黑洞之境、原点之境和乾坤之境，遂达到了不死不灭之身。诸多网络玄幻小说都有类似设计，只是名称不同而已。与传统小说相比，网络玄幻小说的主人公是神话与世界的缔造者，可以说是历史唯物主义"人民是历史的创造者"观点的另一诠释。

从文本空间形态的营构而言，网络玄幻小说可谓翘楚，其中的空间形式可谓琳琅满目、五花八门。除了整个结构性的宏大的"阶梯式空间"形态之外，网络玄幻小说还创造了各种小空间形态，例如在六界三道的《仙武帝尊》中：看似很小实则具有超大空间、具有储藏功能的"体内小世界"，危机与机遇并存的"空间黑洞"，具有藏匿作用小到微尘大小的"尘空间"，被修仙者开辟出来的仅供打斗用的"异空间"，逃逸与追踪仙法"缩地成寸"，将冥界众仙搬到人界的仙法"帝道通冥"，藏匿之术"化宇为尘"，将周围空间变成环形黑洞的防身之术"帝道黑暗"，困住对手的空间法阵"伏羲法阵"……所有这些空间形式极大丰富了文学的表现功能。

网络盗墓小说中的"积木式空间"具有独特的审美特征。"积木式空间"称谓虽只是一种文学象喻，却极契合网络盗墓小说文本中的空间审美特征。天下霸唱的《鬼吹灯》和南派三叔的《盗墓笔记》可谓网络盗墓小说中的扛鼎之作，也是极具代表性的作品。两部小说的结构有异曲同工之处：主人公一次次深入墓穴进行盗墓，不同的墓穴与盗墓经历构成一种"同质性"的故事结构。例如在《鬼吹灯》中，先后写到了几次盗墓经历：昆仑山大冰川下的九层妖楼、中蒙边境野人沟中的关东军秘密要塞、塔克拉玛干黑沙漠中的精绝古城、神山无底洞中的尸香魔芋花、云南丛林中的虫谷妖棺、西藏喀喇昆仑山中的古格王朝无头洞和陕西的龙岭迷窟……墓穴不同，鬼怪不同，盗墓经历亦不同，读者的阅读体验也就不同。尽管两部盗墓小说都是完结本，但潜在的故事结构是开放的，也就是说，只要作者想要将盗墓经历无限地写下去，只需在原有的故事结尾再添加不同的盗墓经历就是。这种结构类似于摆积木游戏，只要有足够的积木，只要有摆放的主观意图，游戏可以无限地进行下去。同理，网络盗墓小说的结构也可以无限地叠加重复下去。这种结构形态暗合了德勒兹的"块茎"结构，德勒兹提出两种书的比喻形象，"第一种书是根—书（root-book）。书已经成了世界的形象，或者说，根成了世界之树的形象"。① 第二个比喻是"胚根系统，或束状根"②。德勒兹认为，

---

① 吉尔·德勒兹、菲利克斯·瓜塔里：《块茎》，载陈永国编译《游牧思想——吉尔·德勒兹菲利克斯·瓜塔里读本》，吉林人民出版社，2011，第125页。

② 吉尔·德勒兹、菲利克斯·瓜塔里：《块茎》，载陈永国编译《游牧思想——吉尔·德勒兹菲利克斯·瓜塔里读本》，吉林人民出版社，2011，第125页。

块茎结构遵循"连接和异质混合的原则：块茎的任何一点都能够而且必须与任何其他一点连接。这与树或根不同，树或根策划一个点，固定一个秩序"①。与德勒兹的块茎观点同理，网络盗墓小说的"积木式空间"也可以任意组合。当然，不同的作者将这些"积木"赋予不同色彩：《鬼吹灯》更多是将民间传说、历史等因素糅合成较为纯粹的恐怖意象，《盗墓笔记》则在恐怖意象背后嵌入一种人为的权力因素与政治图谋，《黄河鬼棺》（南派三叔）通过盗墓将对一个失落文明的缅怀和自己的前世记忆结合起来，《活祭》（通吃小墨墨）通过"僵尸"这一境外组织的生化实验品写政权的捍卫与反颠覆的矛盾冲突……所有这些不同文化因素的设置让网络盗墓小说的"积木式空间"色彩纷呈。由于"墓穴"位于地下不为人知，网络盗墓小说的"积木式空间"形态便具有了隐含的文化隐喻功能：其一，空间形态由明亮的地上转为阴暗的地下，隐喻着文化关注点由官方认可的主流文化、正史转移到边缘文化、民间文化、野史与稗史，使文学创作成为一种边缘性的文化探秘行为；其二，主人公踏入墓穴由"活人世界"进入"死人世界"，隐喻着主体对死亡文化、业已消失的文明或未知存在的探寻，主人公的盗墓行为成为人类永远探索与追寻的另类象征。这种深层次的隐喻意义是网络盗墓小说中空间形态所赋予的。

　　而网络穿越小说所开创的"缺口式"空间形态也独具魅力。在网络穿越小说中，空间形态类似于现实空间形态的一维性，虽不像网络玄幻小说中的"阶梯状空间"那样具有可被超越性，但它的空间疆界是可被打破的，以供穿越者轻松进入。这种空间穿梭的自由被埃德加·莫兰称之为"高级的自由"，"指在时间和空间中旅行的自由——在历史或异国中进行探险"②。这种空间缺口或空间黑洞般的存在，便衍生了网络穿越小说独有的故事类型：当代人带着认知和技艺进入古代历史时空（审美时空），在古代历史空间进行了一种类似降维打击，缔造了一个个传奇与神话，甚至改写了历史。空间缺口的存在，让网络穿越小说同网络玄幻小说一样，让主体获得了一种历史能动性，当然这种历史能动性建立在当代认知和科技之上。在网络穿越小说中，穿越主人公在古代环境中的传奇经历，与其说是当代（文明）与古代（文明）的对话与碰撞，还不如说是当代文明凭借认知优势和科技优势对古代文

---

①　吉尔·德勒兹、菲利克斯·瓜塔里：《块茎》，载陈永国编译《游牧思想——吉尔·德勒兹菲利克斯·瓜塔里读本》，吉林人民出版社，2011，第 127 页。
②　埃德加·莫兰：《时代精神》，北京大学出版社，2011，第 120 页。

明的一次不对等的降维打击。

在网络同人小说中也有类似于网络穿越小说的"缺口式空间"形态。如果说在网络穿越小说中，穿越后的空间形态是古代某一历史空间，而网络同人小说主人公穿越后的空间是某一经典小说中的故事空间，如李逍遥的《梦回水泊梁山》、张德坤的《大话红楼梦》、新空空道人的《贾宝玉新传》等作品。与网络穿越小说相比，网络同人小说中的空间形态是一种纯粹的故事形态和审美形态，是一种纯粹的话语创造物。

总之，超现实态空间与拟现实态空间在某些方面正好相反。如果说拟现实态空间具有小型化、私密性、非史诗性等审美特征，那么超现实态空间则具有宏大性、公共性和史诗性的审美特征。这些审美特征正好能够承载当代人的各种逆天想象与宏大情感的宣泄，谱写了一个个当代神话与史诗。

四、网络小说空间叙事的文学生态

网络小说空间叙事具有重要的文学生态性。所谓文学生态性，简单地说，就是与传统文学相比，网络小说空间叙事给文学带来了一种增加、丰富与繁荣。这种文学生态性首先体现在网络小说空间形态对文学表现功能的拓展。在网络小说中，各种层面的空间形态众彩纷呈，也表现了不同的文学功能。从人物生存环境看，有拟现实态空间形态和超现实态空间形态，凸显了当代人不同的空间体验和生存想象。海德格尔将空间界定为一种"生存体验"，"海德格尔开始了空间理论的存在论转型。它把空间确定为此在世界中存在的基本结构"[1]，拟现实态空间就是对当下生存空间的阐释与突显。网络爱情小说和网络乡土小说（妇女留守题材）中带有情感暧昧色彩的小空间则是当下公共空间私密性倾向的写照，也是当下消费文化时代情色性社会特征的文学反映。而就超现实态空间形态而言，网络小说的意义表达更多是对现实空间生存体验的反拨与超越。在传统现实主义小说中，意义指涉往往是一种主体性的悲剧体验，如遭遇主题、异化主题、毁灭主题等。这些主体性悲剧本质上是一种空间生存体验，是由现实生存空间对主体的绝对性宰制造成的。对主体而言，现实维度的生存空间既是不可改变的，更是不能超越的，主体更多是作为人类学意义上的悲剧个体存在着，根本无法实现历史唯物主义所界定的主体的那种宏大功能。但在网络玄幻小说、网络穿越小说中，有了主

---

① 杨春时：《现代性空间与审美乌托邦》，《南京大学学报》2011 年第 1 期。

体在超现实空间中的神话缔造。

相对传统小说而言，网络小说中超现实态空间体现了某种超越性思考。当代是个文化多元时代，从某种意义上说，当下语境既是瓜塔里意义上的灰色"散文时代"，也是个缔造传奇和神话的时代，而网络超现实态空间的主体形象便是一个个神话主体。不管是改造历史的主体（网络穿越小说），还是缔造神话的主体（网络玄幻小说），都体现了一种对神性主体的文学想象。舍勒认为人具有神性因素，"人，这个普遍生命发展漫长时间中的短暂节目，具有神性本身生成的性质。人的历史并不是为了永恒、完美、神性的观察者和法官的单纯演出，而是已经和神性本身的生成交织在了一起"[①]。但在传统现实主义小说中，神性主体被放弃了，甚至在某一历史时刻被当作腐朽、落后的价值载体被抛弃。而在超现实态空间的网络小说中，神性主体一改过去主体在现实空间的生存困境与悲剧状态，成为空间（仙界、神界）神话的缔造者。例如在网络玄幻小说中，神性主体往往采用"灵/肉"共修的方式获得主体修为与境界的不断提升，绝不会像传统现实主义小说中那样，让主体陷入痛苦的"灵与肉"的矛盾与痛苦之中。当然，网络小说在"灵与肉"这一看似永恒的文学难题之后舍弃了意义的深度模式，却也获得了一种意义的宏大性、超越性与超验性。这对当代现实空间生存体验而言，具有一种意义的互补性。

其次，网络小说空间叙事文学生态性的另一表现就是它体现了一种文学的空间现代性。当前，空间现代性问题已渐被重视。在20世纪七八十年代，随着法国两位著名思想家列斐伏尔和福柯对空间的研究，带来了学术界的"空间转向"。受西方学界启发，中国学者也开始关注"空间现代性"问题，比如有学者提出："如果我们将这种从历史、时间维度对现代性的构想成为'时间现代性'，那么还应该注意现代性的空间维度，即'空间现代性'。"[②]"从原初发生角度来看，由于后发性特征，中国现代性更偏向于空间维度，'空间现代性内涵'在现代性内涵中居于主导地位。"[③] 文学的"空间现代性"，并非一个有与无的问题，而是一个有待挖掘与重新认识的问题。在某种意义上说，空间现代性始终存在着，却一直处于被遮蔽和被压抑状态。对

---

① 舍勒：《舍勒选集》（下），刘小枫选编，上海三联书店，1999，第138页。

② 刘保庆：《"空间现代性"与现代文学的空间维度》，《山西大学学报》（哲学社会科学版）2016年第5期。

③ 刘保庆：《"空间现代性"与清末民初小说的"中国"构建》，《广西社会科学》2019年第9期。

网络小说而言，它体现出鲜明的空间现代性特质。其一，空间形态在网络小说中有举足轻重的价值与作用。对网络小说而言，空间形态几乎成为网络小说类型的审美标识，如网络盗墓小说中的"积木式空间"、网络玄幻小说中的"阶梯式空间"、网络穿越小说和网络耽美小说中的"缺口式空间"……这些空间形式经众多网络作者的努力，已形成与之契合的叙事策略和审美规范。空间形态的这种标识功能，不仅是形式方面的，也是主题意义的，体现了空间形态巨大的生发性和创造性。其二，凸显了一种空间性的生存价值。从价值角度看，时间现代性更多是基于时间维度的生命体验，而空间现代性则是基于空间维度的生存体验。从严格意义上来说，五四文学以来作品中体现出的苦闷、彷徨、扭曲、毁灭等主体性悲剧更多是一种空间生存体验。五四时期，由于西学东渐，东方和西方国家的壁垒被打开，中国传统的"天朝中心"的空间观被打破，一种并置的空间观呈现在知识分子的现代性视野面前：落后、守旧的封建社会和先进、文明的工业社会并置于世界之中。这种生存空间的并置更多是一种价值观的对照与碰撞，集中一点就是代表西方空间生存观念的五四精神（"科学与民主"）对代表旧中国空间生存体验（"封建与落后"）的僭越与碾压。这是不同空间生存观念的比照与碰撞。有了这种空间生存观念的比照，才有了文学中诸多对旧中国的文学象喻：鲁迅的"铁屋子"（《〈呐喊〉自序》）、老舍的高氏家族（《家》）、艾青诗中的"落雪的土地"（《雪落在中国的土地上》）、钱钟书的"围城"（《围城》）……这些空间象喻都是对旧中国空间生存体验的文学表达。在这些空间形态的设置中，体现了一种权力关系，体现着作者对生存空间的拒绝和反叛。亨利·列斐伏尔认为，空间"它永远是政治性的和策论性的"，并断定"有一种空间的意识形态存在着"[①]。对传统现实主义小说而言，外在生存空间的权力关系体现为对主体的压制与毁灭。而对网络小说的空间形态（超现实态空间）而言，生存空间对主体的影响是双重的：既是磨砺之地，也是重生之境。例如，在网络玄幻小说中，不管是在人界，还是妖界、仙界和神界，尽管都遵从强者为尊的"丛林法则"，但主人公可以不断地超越自己，甚至超越生存环境，越界成为至尊强者。这类主人公，是更甚于尼采"酒神精神"意义上的神性主体。这类神性主体形象塑造，既是对现实空间悲剧性主体的反拨，也是对中华民族文化人格的想象性建构，其表现出的历史性建构功能具有重要的文

---

① 亨利·列斐伏尔：《空间政治学的反思》，载包亚明主编《现代性与空间的生产》，上海教育出版社，2002，第 62 页。

学生态性。

　　总之，从文化生态学来考察当下网络小说的空间叙事，不仅会发现空间形态给网络小说带来的斑斓多彩的文学图景，且能让人们窥探空间现代性给予网络小说的惊鸿一瞥。深入网络小说文本，也许能从这"惊鸿一瞥"中，发现一个不一样的文学大陆！

特质与新变

网络性、界面与爱潜水的
乌贼《诡秘之主》

——以崔宰溶的博士论文及其相关推进研究为中心

◇ 刘亚斌*

事物都有其性质，使事物成其自身的性质，以区别于其他事物。文学有文学性，网络有网络性。自俄罗斯形式主义以来，文学性成为文艺学讨论的重要话题，文学性是指文学为其自身的本性，而网络性亦为网络之为网络的本性。如此一来，找到事物的本性，就能于事物了然，对事物进行把握或定义。但是，事物的性质并非如其表象那样简单可寻，而是需要切入内里，才能掌握其确切的特质，且研究者往往局限于自身视野，无法全面地给予观照，何况文学性和网络性都是非实体存在的、较为抽象的观念，本身有其内含的变迁史，个人理解又有所不同，所以要把握文学性和网络性，并不是件容易的事情，至今仍存诸多的争议。特别是在网络文学研究界，要从文学角度去把握网络性，或从网络角度去理解文学性，更存在一种跨学科的视角。网络文学本是新媒介技术的产物，交织着多门学科知识。要从网络文学视角来理解网络性，也就是网络与文学的关系，又是网络文学应有的题中之意，是其定性的根本所在，甚至涉及其是否成立的关键缘由。另一方面，随着网络文学的发展，对网络世界理解的加深，爱潜水的乌贼新作《诡秘之主》明显受到网络性的影响，界面意识已渗透到文本书写即作家创作中，笔者将其阐发出来以飨读者，希望引起更多的批评。

一、网络与文学关系的言说

顾名思义，网络文学是与网络有关的文学，由计算机、互联网与手机等新媒介技术产生出的一种文学。某种文学出现在读者视野内可能并不奇怪，

---

* 刘亚斌：文艺学博士，浙江外国语学院中国语言文化学院副教授，研究方向为新媒介文论和中外文艺交流。

真正的问题在于它与传统文学的关系，即是否出现新质而成为新型的文学。如果与传统文学并无区别，那么网络文学也就没有必要研究，或者不用花大力气去深入研究，其网络性也就凸显不出文学价值，充其量只是语言文字的载体发生了变化。这里有个问题需要澄清，既然载体有变，那文学显然有别，至少革新了书写基础、发表条件或呈现样式等文学外围的东西，但文学性呢？中国传统文学由甲骨、竹简、帛书、纸张发展到网络，文学本身丝毫未变，或者文学本质没有变化，即其文学性无法改变，否则属于非文学范畴。也就是说，当作家或批评家质疑网络文学的合法性时，是基于传统文学与网络文学都有其文学之为文学的性质，并非批评网络文学全同纸媒文学，其载体的差异没有对文学造成任何影响。

韩国留学生崔宰溶是早期网络文学研究者，其博士论文颇有影响。① 他在谈到传统文学与网络文学的"共性"，进而贬低网络文学研究倾向之可能性时，列举了著名当代作家余华和批评家吴俊的说法，稍后又大段引述了女作家张抗抗的论述。作为网络文学的质疑者，余华、吴俊和张抗抗所表达的观点在崔文中都是转引的。② 我们认为，当网络文学作为文学观念提出来探究时，便要注意到"网络"这个关键词，包括网络性与文学性的关系，否则没有必要提出一种新的文学类型，更何况对周边社会与语言氛围非常敏感的作家，是不太可能忽略而仅局限于传统文学内进行考量，事实上也是如此，但问题出在哪里呢？

余华很明确地说到网络文学与传统文学只是传播方式的不同，而非文学本质的不同，那么作为新型的传播方式，互联网显然会对文学书写或文学活动产生影响，余文曾多次论及此要紧处。文章伊始，他就说网络正在重构世界，提高交流速度和降低交流成本，引发作家对传统纸张的亲切感和支取版税的担忧，即害怕图书消失所带来的问题，余华则认为虚拟出版不仅能解决

---

① 该博士论文在中国知网上下载已达 15387 次，被引次数 141 次，2022 年 10 月 11 日查询。

② 参阅崔宰溶的博士论文《中国网络文学研究的困境与突破——网络文学的土著理论与网络性》，北京大学，2011。余华和吴俊的观点，转引自刘俐俐、李玉平：《网络文学对文学批评理论的挑战》，《兰州大学学报》2004 年第 5 期；刘、李文是在探讨网络文学批评标准时直接引述余华、吴俊原文的，印证网络文学的本质与传统文学没有区别，其评价尺度始终如一；张抗抗的观点，转引自杨剑虹：《当前网络文学的尴尬与成因》，《平原大学学报》2004 年第 6 期；杨文用以论证网络文学与传统文学本身区别不大，甚至没有区别，还是纸面文学的翻版，传统文学样式的屏幕化。学术界对两者关系总是犹豫不定，一方面觉得网络文学与传统文学有区别，另一方面又难以说清区别在何处，但又都具有文学性质，于是使用了"本质""样式"和"本身"等术语来阐述两者的共通性，这点在余华、吴俊和张抗抗的论文里都能得到印证。

印刷出版带来成本提高、仓库积压和数额增大的弊端，其零成本的现实会让读者和作者都受益，前者花更少的钱得到大量文学书籍，后者则会从中增加收益，虚拟出版能节约自然资源的消耗和造纸环境的污染，随着网络形式的改变，阅读这一古老职业也会返老还童；尽管网络文学作品尚不成熟，文学本身的价值为其交往价值所取代，但其打破读者与作者的界限，拥有无限的空间和自由；文学有其本质的一致，也有时代的变化，文学名著的出现都是切合两者原则而成的，其言下之意是网络文学同样会出现文学名著；同时，在传统文学途径外，眼前还增加了网络这条高速途径，传统文学与网络文学都是文学，其本质就在于现实的狭窄造就人们想象力的飞翔和情感的膨胀，需要知道更多的事物，传统文学阅读是通过别人描写的世界来达到，而网络文学则是每个用户都可构建自己的文学世界，文学虚构的世界是天空的，网络虚构的世界是天空和大地的组合，互联网正在形塑我们的社会现实。① 客观地说，余华的观点不仅没有制造传统文学与网络文学的对立，据文学的共性标准以贬低后者，反而更多的是洞察到网络带给文学的种种利处，希望借此实现文学的大众化和社会化，创造属于时代的经典作品。

与余华使用文学本质不同，吴俊是说文学性与载体并无必然关系，可同样在论文开始时便认为"网络文学改变了传统的文学'发表'观念和方式"，作者或作家概念也有"重新定义的可能或必要"，文学性是不变的，但网络文学的业余化、社会化和生活化的性质，"参与其中的各种因素变得多起来了"，将冲击由职业作家及其创作所构成的传统文学格局。网络世界中"文学的表现对象和表现形态更加丰富和自由"，其交流性将影响"整个的文学创作形式"。网络文学属于初创期而显得幼稚、滥情和无聊，却如其他文学类型一样会走向成熟而为文学史接纳与评价，主流作家的支持和加盟将促其提前成功。接着，吴文着重探讨了网络技术对文学的规定、限制以及为其带来新的可能性，前者表现在让身体要求和视觉感受枯燥易倦、单调乏味，"技术有可能成为最高权力的化身和标志"，特别是西方文化和价值观念的强势倾向和中心性，将使文学世界重新等级化，体现霸权主义性质；后者则可能决定网络文学的前提条件和存在形式，如其隐含的经济或商业因素成为"网络文学持续和成熟发展的合理且必要的条件"，它既支撑和保证了多元化存在的乌托邦网络世界，破除"封闭的政治意识形态的强硬壁障"②。也就是

---

① 余华：《网络和文学》，《中学语文》2004 年第 4 期。

② 吴俊：《网络文学：技术和商业的双驾车》，《上海文学》2000 年 5 月号。

说，技术、商业、政治和文化权力、意识形态等多种要素将构成多层辩证的关系，有待于理论话语上的深切探究。吴文站在科学、客观的立场上考察了网络技术带来的各种要素对文学活动之全面影响，但其文学性却岿然不动，恪守文学之为文学的基点所在。

张抗抗是当时"网易中国网络文学奖"的评委，全程参与了初评活动，其文就是对此次 30 篇入围作品进行阅读和评价后有感而发的。她坦言自己为接受网上任何稀奇古怪的另类作品而做了充分的心理准备，结果却有些小小的失望，"准备了网上写作的恣意妄为，多数文本却是谨慎和规范的；准备了网上写作的网络文化特质，事实却是大海和江河淹没了渔网；准备了网上写作的极端个人化情感世界，许多文本仍然倾注于现实生活的关注和社会关怀；准备了网络世界特定的现代或后现代话语体系，而扑入视线的叙述语言却是古典与现代、虚拟与实在杂糅混合、兼收并蓄的"，这些作品比想象的要温和与理性，离经叛道的实验性文本，也与文学刊物发表的前卫文学没有质的区别，打印出来无法分辨网上还是网下。简要地说，网络文学与传统文学并无多大区别，可张文接着说：网络文学会改变文学载体、传播方式、阅读习惯和作者的视野、心态、思维方式、表现方式，最终会改变文学本身吗？其答案是也许"电子信息时代彻底改变并重塑人本身"的时候才有可能；另外，自己所阅读的网络文学作品尽管可能存在漏网之鱼，只写个人的诉求而无关利益与名誉是文学写作中最重要和最宝贵的，但局限于爱情与孤独的排遣，隔绝于自然和现实，拥有最多信息却不去思考其负面影响；最后，作家提倡真正的网络文学要把这些"泛滥的浑浊泡沫，提炼成清澈的饮用水和富碘的食盐"①。总的来看，张文立足于文学本身来给网络文学定位，其潜隐的意思依然是向传统文学的优秀或典范作品靠拢，至少是当下网络文学的任务；至于互联网时代革新人本身的想法，却非一时所能完成，其主张之文学本身与人本身的一致性，可以说几乎无法达到革新传统文学的目标。

很明显，余华立足于文学本质，吴俊依赖于文学性，张抗抗则基于文学本身，都论及网络文学集中于传播方式、载体形式的革新所带来的变化，并不足以撼动传统文学的规制，即文学之为文学的性质。在此，笔者无意于批评崔宰溶在论述时将他们的观点间接引述，有表面化与断章取义之嫌，即他们并不是说传统文学与网络文学存在共性便将后者的价值予以打折扣与贬损，

---

① 张抗抗：《有感网络文学》，《作家》2000 年第 5 期。

而是试图去思考该如何探讨网络文学中网络与文学（网络性与文学性）的关系，这也是较为详细地概述他们观点的原因。换句话说，他们洞见到了网络文学的网络性对文学书写或文学活动的影响，这一影响具有积极意义，尤其是在余华看来即如此。但是他们的共同之处在于网络文学无法改变传统文学的理由并不是在有关文学外围或表层的关系上，而是在背后的文学之为文学的特质，实际上是无法动摇文学之为文学的性质，否则便不成其为文学，自然也就没有网络文学之说，即是说文学之文学的那个东西是永恒的，而其他外围或表层的都是可以改变的，也是能够改变的，甚至是应该改变的。要从文学关系或文学活动的视角去论述网络的影响，包括作者、读者的阅读、交流价值、传播方式、商业版税、意识形态和文化权力等方面所出现的变化，而不能从文学之文学的本质视角去探究其变异性。这样，网络性与文学性（文学本质、文学本身）便真正对立起来，井水难犯河水，网络性无论如何都无法影响到文学性，那么网络文学如何建立起来，其合理性在哪里？假如将文学之为文学的性质作为立脚点来论述网络文学无法改变传统文学，是传统文学的观念不清晰导致的，传统文学并不等同文学本身，那么网络文学研究要将其与印刷文学、口头文学，尤其是与前者的对比来探讨网络性对文学的革新，使网络文学得以合理建立而其研究得以顺利进行的想法便会滋生出来。事实上，在探讨网络文学时，总是难以避免与纸媒文学进行或隐或显的对比，以便凸显其特性，这种集中在网络文学外部的比较性研究，其成果亦是相当可观的，但其内部问题依然难以解决，即网络性和文学性究竟是如何联结起来，从而开创属于自己时代的文学意义的。

二、网络性内含的探究

客观地说，余华、吴俊和张抗抗等都探讨了网络文学对传统文学的冲击和影响，涉及其交流的速度、成本和环保作用，发表形式和方式的改变，对作者和读者界限的打破，使文学具有无限的空间和自由，以及新媒介技术所带来的经济观念、文化权力和意识形态等对文学的侵蚀与促进。虽然张抗抗的讨论是基于自己对网络文学未接触前所持幻想与实际阅读相冲撞而来的点滴印象，并没有具体阐述网络文学在载体、传播方式、作者观念和文本的叙事、语言等方面的差异，任何幻想都有基于社会现实本身的感受与体验要素，网络文学的新面向和特征都是作为新媒介技术的互联网带来的，即其网络性对文学活动渗透的结果，只是他们并没有使用"网络性"这个术语加以概括。① 同时，他们的讨论并没有涉及具体的网络文学作品，属于一种文学外围的研究，且其采用的主要范畴和话语都隶属于传统文学理论，就此而言，崔宰溶将"网络性"明确出来并加以探讨，是有其深刻用意的，体现其学术意义，其博士论文的主题是中国网络文学研究的困境与突破，用"网络性"作为摆脱困境的突破点。一方面，避免西方文艺理论和话语的"强制阐释"而显出的不适切性；另一方面，则提炼新的理论话语来切合中国网络文学的现状，试图突破和走出中国网络文学研究的困境。

国内学界多采取既有文学范畴、后现代理论和法兰克福学派等话语体系对网络文学进行研究，崔宰溶批评其脱离中国网络文学实际，显得空洞、抽象，是较为陈旧的观念演绎，而当代美国学者麦克劳克林（Thomas McLaughlin）提出的"土著理论"（vernacular theory）更有借鉴意义，土著理论放弃对研究对象的静观的、分离（detached）的研究，强调对研究对象的融合所获得的经验和体会，主张一种介入分析（intervention analysis），积极参与网络文学实践活动，重视那些网络文学实际参与者的意图、思考和言论，并将其零碎的经验论提升至系统化的学术理论，使理论和实践不再脱节，不使前者成为对后者的审视、剖析和格式化。沿着土著理论而言是更具体的、富有操作性的观念"网络性"，而且没有明确的外来理论资源，相较土著理论的理论化和导向性，这一术语或说法的提出便是切合中国网络文学现状的观念方法论，是其实践经验的描述性总结，以此对应"作品""文本"和"超文本"等概念的本土化不适，其下设的运用研究则包括中国网络文学的实践性和时间性探索。

由于"作品"和"书"的概念都表明其作者的重要性和唯一性，并作为个别的、系统性的完整存在；"文本""超文本"概念虽然强调文本字节的交叉、重叠和无限性，但中国网络文学并没有文本内部的"再媒介化"（remediation）过程，更像是传统化的作品被分成文本块或字段，通过互联网和网站界面形式将其联结而已；同时，在网络文学的使用者（包括作者和读者

---

① 黎杨全据资料考证，首先提出"网络性"说法的是许苗苗，她将网络性和文学性作为网络文学作品的双重特点，但没有展开论述，随后是崔宰溶和邵燕君对网络性进行了较为详细的阐述，两位都与北京大学有关联，存在着理论话语上的传承关系；而黎杨全自己的观点则认为中国网络文学的本质属性和核心特征是交往性，而非网络性。本文在构思前未见黎文，将同样论述崔宰溶和邵燕君两位学人的观点，在写作过程中黎文发表，现加以补充与修改，部分阐述见文中。见黎杨全：《从网络性到交往性——论中国网络文学的起源》，《当代作家评论》2022 年第 4 期。

等）眼中，无限的、流动性的、交织的"超文本"往往被当作个别的完整体。也就是说，用户脑海中的作品意识强大到足以形成"超文本作品"的矛盾观念，因此，中国网络文学作品、文学书籍只有放在网络环境中考量其存在模式和接受过程，才有超文本性（超链接性等），在网络结构中见其特性，"中国网络文学'是'网络，或更具体地说，'是'文学网站。它是一个流动的文学空间，发生在该空间的所有活动都是网络文学。"包括实际书写、发布和享受、评论打赏、浏览文学栏目、排行榜、顶帖等都是文学活动，即是网络文学，"网站的结构或网络本身优先于个别作品"①，如此才能理解网络空间的数据库性质，理解具有民间性、过程性和无限性的中国网络文学的意义形式。

邵燕君从媒介视角直接将网络性定为网络文学的核心特征，区别于当代传统作家将文学性视为网络文学的核心特征。显然，网络文学研究者往往凸显其网络方面的特征，以显示与传统文学的不同和新质，而传统作家则希望保留文学性，以示网络文学对传统文学的传承与流变，而不至于危及文学本身，这是两者职业化立场和视角决定的。邵文对网络性的阐述简明扼要，直接分三点进行：其一是"'网络性'显示'网络文学'是一种超文本（HYPERTEXT），这个概念是相对于'作品'（WORK）和'文本'（TEXT）提出的"；其二，"网络文学的'网络性'是根植于消费社会'粉丝经济'的，并且正在使人类重新'部落化'"；其三则是"指向与 ACG（Animation 动画、Comic 漫画、Game 游戏）文化的连通性"。② 超文本不仅体现在网络文学"节点—链接"的"网络"构成上，也表现出未走西方超文本实验道路，却发展商业化类型写作的网站本身上，显然后者与崔宰溶的观点有相同处，至于其他两点则与其强调网络文学的类型化、商业性和粉丝经济、跨媒介和融媒体性质有关。也就是说，网络性指的是超文本性、粉丝化和跨媒介特质。

黎杨全将崔宰溶的网络性做了两方面的理解：一是其超文本性；二则因

---

① 崔宰溶：《中国网络文学研究的困境与突破——网络文学的土著理论与网络性》，北京大学博士论文，2011。

② 邵燕君：《网络文学的"网络性"与"经典性"》，《北京大学学报》（哲学社会科学版）2015 年第 1 期。2019 年，她再次强调网络性特点主要有两个，其一是超长篇+微叙事；其二是"粉丝向"爽文。前者主要与"追更"机制相对应，满足读者"日常陪伴和每日历险"的需求；后者则基于粉丝作为"过度消费者"、消费者与生产者的一体化、某个趣缘社区的一分子的需求。参见邵燕君：《网络文学的"断代史"与"传统网文"的经典化》，《中国现代文学研究丛刊》2019 年第 2 期。显然，其网络性的两个特点，其一是延续超文本的说法；其二则是粉丝性、部落化观点的发挥。

前者的无限性而难有对象予以把握，便以文学网站作为限制，且作为代表性对象加以研究，既能体现网络的物质性，又能以其信息化、数据库和超链接等体现网络文学的超文本性。黎文将崔宰溶的网络性回归到超文本性，并集中于此予以批评。实际上，崔宰溶要彰显中国网络文学特性，而基于西方电子文学的超文本概念并不适合其实际状况，便使用"网络性"来取代，并以其典型代表之文学网站而显其物质对象化、有限性和切合中国网络文学现实，不因其无限性和观念抽象化而难有学术研究的把握和意义。黎杨全认为中国网络文学的核心特征或本质属性并非网络性，而是交往性，指的是"随着网络这种交流媒介的兴起，文学的生产、传播与阅读都在交往中进行，作家与读者之间、读者与读者之间形成了文学交往共同体，作品的内容与形式都受到交往的影响"①，早期中国网络文学出现"BBS 的风趣和简洁的口语化文风"，此后取得商业化成功而形成"网络拟书场"，拥有大量评论和跟帖、读者与作者交流，交往氛围非常热烈，并提供粉丝基础，于手机软件推出"本章说"、书友圈等，是"Z 世代"社交生活聚集地。这种交往性不仅有文人集会宴饮、酬唱赠答的古风，还区别于印刷时代文学的想象性交往和西方电子文学的主客交互，它是一种主体之间的交往。

　　作家和批评家们在讨论网络文学时都意识到网络技术等新媒介的重要性，但作为一种性质观念的提出，并进行较为全面深入的探讨，崔宰溶作出了许多贡献，邵燕君在其基础上加以纲领性、精确化发展。网络文学的交往性也是如此，余华、吴俊和张抗抗等都注意到了，但黎杨全将其发展中国网络文学的本质属性，用以替代网络性观念，彰显出网络文学流变的当代性、本土性以及对古典文学的传承。那么，三者的区别在哪里呢？崔宰溶孜孜以求的是中国网络文学研究如何贴近其实践性，并不在意网络性观念的建构和抽象化定性，"'网络性'不是网络'文学'独有的、固有的特征，也不是判别一个文本是否是网络文学的唯一标准。如果我们将它看作网络文学的排他性的、唯一的核心特征，那我们很容易掉进一种技术决定论的陷阱"②，在廓清"网络性"的使用及其意图之后，崔文便在第四章花了一半篇幅来探讨其实践性和时间性等文学网站内实际书写状况及其呈现出来的问题；邵燕君则在开始阐述网络性时便将其列为网络文学的核心特征，而黎杨全也强调交往性是中

---

　　① 黎杨全：《从网络性到交往性——论中国网络文学的起源》，《当代作家评论》2022 年第 4 期。
　　② 崔宰溶：《中国网络文学研究的困境与突破—网络文学的土著理论与网络性》，北京大学博士论文，2011。

国网络文学的本质属性或核心特征。相较而言，邵燕君稍为谨慎地补上了有关"媒介革命"角度的话语，这并不是说他们犯了独断性与使用抽象观念的说法，甚至是技术（媒介）决定论的错误，他们只是更想从理论话语上突出网络文学或中国网络文学的特性，但是，如同作家有意无意忽视网络性而强调文学性一样，他们则反过来，过于重视媒介方面的特性。也许像许苗苗所说，网络作品具有文学性和网络性的双重特点，它们之间互相交织、不可分割，① 那么两者的关联又在哪里呢？崔宰溶所说的"网络性"并非从性质上说的，网络性以文学网站为代表，只是流动的文学空间，在此空间内活动的、实践的就是网络文学，所以它可以将作品、文本、超文本作品等都包容起来，其本身即是超文本。在"网络文学的真相——对网络文学实践的具体分析"的章节中，他实际上就是对在起点中文网等文学网站上出现的书写现象进行研究。邵燕君的网络性和黎杨全的交往性则带有属性上的规定，具有形而上学思维的特色，他们所举的文学活动或书写事例则需要对其性质加以印证和阐述，而崔宰溶则可以脱离网络性而对其空间内的书写现象进行研究。就主旨方面而言，邵燕君将崔宰溶的网络性观念从网站文学的空间存在转化为网络文学的属性规定，即文学媒介革命上的核心属性，而黎杨全则将中国传统文学中的交往性上升到网络文学的本质属性。

三、界面的提出

行文至此，中国网络文学研究要解决的矛盾便呈现出来：其一是网络性作为文学空间和性质规定的矛盾；其二是网络文学的网络性与文学的联结。第一个问题主要是崔宰溶博士论文所引发的问题，第二个问题则是其根本症结所在，先看网络性的定性问题。

崔宰溶并未在论文中阐述使用"网络性"的详细理由。如果要猜测这一带有性质倾向的术语，而不用"网络空间""网络世界""文学网站"，甚至直接用"网络"等观念更符合其内在含义的话，那么很可能还是在于"网络性"有其属性规定上，即其超文本性，毕竟网络作为一种空间，也是有其性质的；如果联系他此后对中国网络文学的思考，则更倾向于空间意义上的"网络性"。博士毕业的次年（2012年），崔宰溶在文章中在借用霍华德·贝克（Howard S. Becker）"艺术界"（Art World）的说法后指出："与其将网络

---

① 许苗苗：《与网相生——网络文学的现状与发展》，《文艺报》2000年9月2日。

文学看作一个传统文学的变种，不如将它看作一个独特的艺术界，即具有自己的生产—流通—消费—评价体系的一个新的文化活动的总体，这样我们才会看到网络文学的真正的'新'在何处。"① 进而说到网络文学的制度、体制、惯例和观念，尤其是审查制度、国家控制和文化政策等方面作为中国网络文学的构成要素。最后，崔文对邵燕君用以分析网络文学的"异托邦"② 观念进行改造，探讨了网络文学与异托邦世界的异同。显然，作为文学活动空间的网络性更广泛地关乎社会现实和政治文化要素，及其与网络文学的关联，而非仅局限于博士论文里所提到的身份认同的需求与文学网站书写的实践性，以及所体现出来的时间性哲学命题的讨论。

总而言之，假如余华、吴俊和张抗抗等作家、批评家只是意识到媒介技术产生了"网络性"的话，那么崔宰溶更明确地将其作为阐发中国网络文学的观念提出来，同时其外围和所涉及的要素变得愈加扩展、膨胀和多样化，网络文学与现实世界越来越密切关联、难以区分。也就是说，中国网络文学研究借用网络性视角使其研究维度更加社会化，而不是技术化，侧重网络文学与社会现实的关系，而非网络文学与媒介技术的联结。在此，笔者不是技术决定论的支持者，而只是想表达下列看法：如果忽视了媒介技术的网络性会造成网络文学研究的盲点，也无法更好地关联网络与文学之合理性建立。换句话说，与其从活动空间的网络性视角来观察和思考中国网络文学，还不如以包含人机中介性、平台空间和超文本性的界面及其性质（界面性）角度来加以阐述，其理由如下：

首先，崔宰溶仅将文学网站或网络网站视为网络性的对象化代表，其范围过于狭窄，为其时代所局限。抓住当时网络文学书写和表达的主流载体方式，却容易挂一漏万，忽视网络载体其他方式，其采取历史截面的做法，难有历史性诉求，既未能涵盖其过去的形式，也无法预测其未来的发展。单小曦指出，从数字化角度来说，西方数字文学（Digital Literature）或电子文学（Electronic Literature）可以追溯到电报时代，计算机的出现到网络化文学的

---

① 崔宰溶：《艺术界与异托邦——对中国网络文学研究的一些看法》，《南方文坛》2012 年第 3 期。

② 邵燕君的"异托邦"概念是源自海外华裔学者王德威 2011 年 5 月 17 日在北京大学所作的题为《乌托邦，恶托邦，异托邦——从鲁迅到刘慈欣》的演讲（该演讲稿分三期发表在 2011 年 6 月 3 日、6 月 22 日、7 月 11 日的《文艺报》上），再往前可追溯至福柯（Michel Foucault）等法国哲学家的思想。在文中，邵燕君还提到"文学性"这个概念，认为其立场是精英本位，具有本质化的含义，以此要求网络文学，其结论必然是缺乏艺术性和精神深度。见邵燕君：《面对网络文学：学院派的态度和方法》，《南方文坛》2011 年第 6 期。

到来，期间所创制的电子文学便呈现出超文本形态，利用新媒介技术手段来保持文学的先锋姿态。① 当然，电报时代的文学依然采用的是印刷模式，待电脑发明后，文学书写使用界面模式，才使得超文本性得以形成。随着媒介技术更新迭代至互联网的出现，文学书写最活跃地区是 BBS（Bulletin Board System），即网络论坛，进各种聊天室发言跟帖，参与即时书面的交流，形成口语化的网络文风，对中国网络文学的发展影响深远；现在文学发表的网上形式呈多样化趋势，不仅有各种大型商业化的文学网站，还包括个体化的博客、微博和微信，以及带有粉丝、朋友性质的手机软件（App）、微信圈、书友圈等名目繁多的形式，文学书写和交流等实践活动拥有更多的塑形空间，所有文学空间之展现都须依赖于界面，或者说通过界面而得以发生与呈现。

其次，黎杨全不满于崔宰溶、邵燕君等北大学人将网络性定为中国网络文学的核心特征，以交往性代之，"网友的阅读行为在文学网站确实是网络性（超文本性）的，但他并不会只局限于某个文学网站，而是不断地跨越各种网站或社区"②，除了将崔文"网络性"集中于超文本性存在某种程度的误解外，其批评是有道理的。网站为物理区分所限制。事实上，崔宰溶在第四章网络文学实践，即文学网络性的论述主要以某个网站内的事例为例进行的，没有留意到并分析不同网站的交织联结、共同到场的超文本性及其审美效应，网络用户不仅可以即时切换不同文学网站发言讨论，还可以采用视窗模式将其放置在同一桌面，以便自己随时观察和作出调整，也能与其他文学载体形式并置起来，从而全面把控界面所涉载体形式内的文学实时动态。用印刷文学打个比方，文学网站类似于作为某本书籍的存在物，可以把文本形式、语言风格、书写实践和作者身份塑造等内容包含进去，是其前提条件和承载空间，但容易忽略书与书之间的关系，读者可以同时阅读数本书，并将其中内容联结思考，获得阅读一本书所没有的审美效应。与其将"书"作为探讨范式，莫若干脆用"纸"代替，"纸"与"书"都有其作为对象的物质性和空间前提，一页页的纸装订成书，无论读者阅读一本书，还是同时欣赏数本书，总是要接触成页的纸。这"纸"类似界面，数个视窗的同时开启、某个文学网站的阅读、跟帖的查看与回复，以及不同网页，甚至网页与软件载体、文档间的随意切换，都是通过界面或在界面上来完成的。当然，书、纸与界面的类比说法，只是为了更好地理解和阐述。实际上，界面与纸张两者存在巨

---

① 单小曦：《媒介与文学：媒介文艺学引论》，商务印书馆，2015，第 241 页。
② 黎杨全：《从网络性到交往性——论中国网络文学的起源》，《当代作家评论》2022 年第 4 期。

大差异。

再次，崔宰溶将网络性具体化为文学网站，又把文学网站当作容器和载体，可以存纳各种个体化存在的作品、文本和超文本而使自身成为巨大的、无限延伸的超文本，以至于首先要探究网络文学的实践性和时间性两个问题，于是陷入了"网络性"之文学空间与性质规定的矛盾中。既然是个空间容器，那么就有其界限，而有界限则无法体现多样化共存、互融及其无限性要求，因此界面比网站更适合作为研究入口。计算机常有视窗、窗口等说法，一方面体现出进入其中的风景可以具体对象化，又能切换、调和而具无限性；另一方面强调人类视觉的优先性，更恰切的比喻乃人类眼睛，计算机本以模拟人类大脑而成（电脑），眼睛是内在心灵的窗户，但是界面并不仅仅用于视网膜的呈现，而是能将文字符号、声音影像等融为一体，即能将耳朵、触觉甚至其他感官功效都纳入进去。早期计算机比较笨重，界面就如电影放映的屏幕那样只起呈示作用，研究者侧重于外部硬件的改进，使计算机能够更好地配合人类工作，随着操作技术的发展，结合各种软件的开发，发挥全面模拟人类的功能。如果说印刷文字、广播电视等媒介是人的各种感觉、感官的延伸，计算机则是最全面的综合延伸，而非仅是中枢神经系统的延伸，且其智能性甚至有超过人类的趋势。通过界面"劳作"可以观看、浏览、探索与创造自己想要的虚拟世界，邵燕君在此基础上发展出网络性具有与 ACG 文化联通的一面，并且认为游戏（Game）将成为将来界面文艺的主流，"鉴于互联网的媒介性质，未来的主导文艺形式很可能是电子游戏"[1]，姑且不论将来文艺是否都成为电子游戏的内容，或以"游戏文本"的形态存在。就目前趋势而言，界面实现了技、文和艺的联结交融，成就真正的文艺活动。

最后，文学网站优先于作品，使作品存在成为可能，为网络文学活动提供空间，而这个空间并非"空洞的"，其本身是"一种数据库、一个有意义的形式"，[2] 崔文所言之"网络性"具有结构主义倾向，而网站又被视为超文本，则具有解构主义的特性。从学术史上说，前者发展至后者，后者是对前者的批判，两者之间的矛盾都混融在文学网站中。作为数据库，网络中所有信息都以均质化的数码符号出现，在均质的电子空间中存在，文字以片段或块状的形式出现，且都是平等的、无中心的。在文学网站中，存在文学类别

---

① 邵燕君：《新媒体时代的文学批评》，《文学理论与批评》2014 年第 5 期。
② 崔宰溶：《中国网络文学研究的困境与突破——网络文学的土著理论与网络性》，北京大学博士论文，2011。

的菜单目录供用户选择，亦有注册登录界面以网名进入，从事书写活动或付费阅读。作品既存在于网站中，用户可发表评论、点击收藏、浏览排行榜推荐，也有许多与作品无关的活动，抢沙发、顶帖灌水和拉杂闲聊等。所有活动都在文学网站中进行，即便与文学创作、鉴赏评析无直接关联，但都会影响到文学活动的发展和兴盛，如用户聊天多、人气足，就能受到普遍关注，吸引更多用户加入。他们可随时随地参与文学交往，形成各种共同体，促进其文学书写及其商业利益的双丰收。正是在此基础上，邵燕君提出网络文学类型化和粉丝经济，认为这两者并不影响其经典性的建立，在她看来，网络性并不是与文学性发生对等关联的——或前者冲击后者造成两者的矛盾性，或两者相互结合促进文学的革新——而是文学经典创造的基础条件，尽管其文学经典的构建依然是传统文学批评的标准，但在网络文学的价值方面可谓迈出了大步子。黎杨全则在此基础上提出交往性作为新的本质属性，形成文学交往场域和读者群体、作家群体等文学共同体，对创作及其文本产生相应的影响，锻造出随感随发、聊天口语化的真正的网络文学，这种基于主体与主体交往的文学更富有传统伦理色彩。网络文学之"网络性"所带来的文学类型化、粉丝经济，及其最后所走向的文学经典的建构，逐渐忽略了网络文学的媒介技术性质，而其替代者"交往性"更是将文学引入伦理维度，走上传统文学的道路。反观界面及其性质，原本就源于计算机技术的产生，并随其技术更新而变化，伴随数字化和网络文学的变迁史，其波及和影响是根本性的，打造数据库、BBS的流行、文学网站和菜单模式的构建、粉丝和类型化文学、商业追求、交往性基础上的文学共同体，莫不与此相关，即都是通过界面及其性质来达到目的的。再者，界面不仅关联到文学活动，而且涉及背后的技术条件，新媒介技术的更迭则会直接、即时地影响到网络文学活动，如算法、大数据、人工智能、电子代理人、写作软件和程序开发等无一不以界面为中介来发挥其功用。当然，技术决定论是偏颇的，但其对文学书写、媒介和文学关系尤其是网络文学的重要作用则难以忽视。网络文学本就带有技术基因，是在其基础上产生的。

四、《诡秘之主》的意义

界面既是一种文学空间，又有其中介性，更具海德格尔哲学上的存在意义，它有具体的物质性形式，又具异质联结的、无限的超文本性，还呈现文学在场的即时性、过程性和实践性，比起文学网站、交往性，甚至网络性，更应该成为网络文学研究的切口和关键点，其界面文学所表现出来的性质自然成为网络文学的特征。作为异质联结的文学行动空间，界面成为网络与文学关系的中介，互联网、数字化、计算机和人工智能等新媒介技术又是如何通过界面来影响文学的呢？在崔宰溶的博士论文及其相关推进研究中，网络性和文学性的关联更多集中于跟帖、粉丝、文学的类型化和"挖坑"现象、聊天室、本章说与读者、作家之间的互动交流，似乎有意避开传统文学的作品本身，而文学性恰恰体现在作品本身上，包括其语言、意象、意义以及各种形式、技巧和情节结构等要素，本文为篇幅所限，无法全面分析其作品内部要素与界面及其性质的关联性，主要拟以爱潜水的乌贼新作《诡秘之主》为例分析其情节结构中的界面性或界面影响，阐述网络性与文学性的某种内在契合，旨在说明网络性（界面性）与作品结构之间的模仿关系，让人看到传统文学的内部裂变，而不仅仅是对文学现象或文学活动等外在形式的波及。

　　《诡秘之主》连载于起点中文网，时间是 2018 年 4 月到 2020 年 5 月，全书共计 1416 章 446.5 万字。如此规模庞大、时间跨度长的玄幻小说是怎样架构起来的呢？作为阅文集团白金作家，爱潜水的乌贼对网络穿越玄幻小说是较为熟悉的。穿越本就是时间的空间化。历史已经逝去而无法返回，可空间化则使不同时间混杂在同一空间内，于是穿越就如超链接、超文本一样，只要通过界面操作，便可随意进入其他网络空间，即崔宰溶所说的均质化的时间，其信息时间点变得不再紧要。一般而言，穿越小说通常有两种简单的模式：其一是现代人穿越到古代世界；其二是古代人穿越到现代世界，尤以前者居多，两者都是利用既定的时空主体突然越入异质时空所遭遇的经历和问题，由于时空穿越与网络冲浪相仿关系的存在，那么别人冲浪过，自己再冲亦未尝不可。在此异质时空内游历，还能即时再次穿越到其他虚拟时空，亦能返回至此前的网络空间，既能无限拓展，又能往复来回，其乐无穷。总之，网络漫游中用户凭借界面都可参与，并随时介入、退出与返回，遭遇不同的信息世界。小说作为一种文学体裁，有其情节、人物和结构等方面的规制，不允许也不可能如此随意草率。早期穿越小说多为一人奔赴一个异质世界，展现不同时空下的生活状态和想象性对话。《诡秘之主》有三位穿越者：最早的穿越者"远古太阳神"是位英文母语的穿越者，建立了神秘学体系，折射小说所受的克鲁苏（Cthulhu）神话、蒸汽朋克（Steampunk）等西方文化的影响；后面两位穿越者是现代中国人黄涛（罗塞尔）和周明瑞（克莱恩），后者有意搜集并解读罗塞尔的中文（其他人不识汉字）记录的日记来理解、抗争异质世界，并增强自身力量，"罗塞尔代表的是网文古早时期的主角形象，以自我满足为主，克莱恩则代表了牺牲和勇气"①，是广为接受的新形象；再者，小说结合特定历史和架空历史两种网络穿越小说类型。这些都标志着网络文学发展的新阶段。从东西文化关系而言，克莱恩的经历并非仅是一种形象上反西方"他者化"的话语行为，② 而是充分介入进去，在西方文化和维多利亚时代背景的社会生活中体现出与个人主义不同的中国式集体智慧。《诡秘之主》中文化的叠加和融合，不同时期和不同族群的勇敢、担当，协调、运用不同的智慧解决共同家园即"地球村"所面临的困境，并将其时空拓展到异质化的纪元前和远古神时代，都是其网络化之特色所在。显然，小说繁复的情节、庞大的体系、渺远的宇宙、黑暗的世界、不同的文化、穿梭的时空和纷杂的知识都是得益于与网络性的相仿关系，而其SCP背景本来就是各国网友基于超自然、生物纪元和神话封印等发挥想象力的虚拟组织。其一仅就知识而言，书中历史、神话和神学等异常丰富的知识相当于小型的网络数据库；其二是作者明确运用知识来架构小说及其细节，③ 来获得历史感、真实性和沉浸效果，作家需要的只是用知识来确保其写作的成功，其头脑要像存储器那样能吸收和载有各种资料和数据，然后从中抽取、捏合和构思文学作品。

---

① 虞婧、爱潜水的乌贼：《〈诡秘之主〉：一个愚者的旅程》，http：//www.chinawriter.com.cn/n1/2020/0630/c404024-31765475.html，2022年10月8日访问。
② 刘西竹借用旅美学者陈小眉"西方主义"（Occidentalism）的观点，认为《诡秘之主》中近代欧洲背景是对以《功夫熊猫》和《奇异博士》为代表的好莱坞文化中的亚洲形象的一种"反他者"（counter-other）。动画片《功夫熊猫》是西方人拍的中国形象及其故事；奇幻电影《奇异博士》主人公确实到东方学习神秘咒术和魔法，但并没有像周明瑞那样完全介入，仅从形象上分析也是不够的。见刘西竹：《从〈诡秘之主〉看中国玄幻小说中的"民族性"与"世界性"因素》，《中国当代文学研究》2022年第1期。
③ 作者开始创作《诡秘之主》时只"希望构建类似维多利亚的社会背景来承载其想象力"，后来发现小说脱离实际，为此阅读了《维多利亚时期伦敦社会分层研究》《维多利亚和爱德华时期的建筑》《深渊居民：伦敦东区见闻》《伦敦传》《大雾霾：中世纪以来的伦敦空气污染史》等大量的参考资料。杨春燕：《现实照进幻想——评爱潜水的乌贼网络小说〈诡秘之主〉》，《名作欣赏》2002年第26期。在访谈中，爱潜水的乌贼也曾说，为了小说真实感和沉浸式的阅读效果，他自己"大量查阅资料，充实细节，就是为了让小说中的世界栩栩如生，让大家都在阅读时自然地沉浸其中，知道这里吃什么，用什么，要花多少钱，风俗习惯是什么"，构思的时间要远多于写文，从中提炼完整的创作方法，他坦言，这种写法"真的很累，非常累"。《诡秘之主》的粉丝整理出男主克莱恩在第二部中详细繁复的饮食清单贴在这段文字的下面。与传统作家强调生活经验、人生阅历和对世界的敏锐观察及感受不同，网络写手更多是通过书本或网络获取知识来建构小说。见虞婧、爱潜水的乌贼：《〈诡秘之主〉：一个愚者的旅程》，http：//www.chinawriter.com.cn/n1/2020/0630/c404024-31765475.html，2022年10月8日访问。

架构宏伟、跨越时空的网络长文，都有其网络性的形式条件，其连载模式较之报纸杂志更便捷，容量更庞大，甚至只要有足够的耐心，便可无限进行下去，印刷文学更是望尘莫及，只能局限一隅。但其隶属于文学外在的前提条件，并没有击中网络性与文学性内在契合的问题。真正的关联除了在网络文学跨越人类时空知识的内容架构外，还有《诡秘之主》最为人称道的游戏模式的序列体系，共有 22 条序列途径、220 种魔药和 9 个源质与扮演法，每条序列由序列 9 至序列 0，即 10 个序列构成，① 数字越小等级越高，形成对段位低者的全面压制。当然，一旦段位低者获胜，便可获其非凡特性晋升，符合游戏中打怪升级的情节套路。不仅如此，各序列有其自身专长，相互之间对立、联合和换位，至高者成就集大成者。每个序列都会面临失控成为怪物恶灵的风险，在人性与魔性之间考验非凡者。同时，配以各种必备魔药，用于区别非凡者与普通人，使前者拥有魔幻神力，促使克莱恩等人苦苦追寻，是他们行为动机和情节发展的动力来源。最后，运用流行于中世纪占卜用的塔罗牌，22 张大阿卡那牌与序列有联系，但有其自身的特殊能力，象征生命的开始、成长的阶段，主人公作为"愚者"（第一张大阿卡那牌）交织着人性与神性的斗争，并最终归"零"，回归了人类本身。小说中序列、魔药和塔罗牌体系相互交织、并然有序，又与相应的人生阶段、职业属性、心理性格与精神品质等联结起来，人性、神性和魔性三足鼎立、叠加相合，超过以往玄幻文学中常用的游戏型建构，即"被称为'升级流'的公式化情节结构"而更显其繁复、庞大和组织架构的精密，与其说"公式化的力量体系与社会结构，以及与之对应的、同质化的情节发展模式既是原因，也是结果"②，是弱肉强食、文化产业的社会秩序的体现，还不如说是网络性所带来的影响，人工智能、计算机算法和程序设计等新媒介技术网格化的特性，不

① 法国学者雅克·阿达利说到犹太教迷宫式样的智慧"卡巴拉"，即一种神秘主义的神学思潮，一棵生命之树"通过 22 条分别表示希伯来字母表中 22 个字母的路径连接着上帝的 10 个维度"，智者要遵循明确的线路出发，穿越上帝的 10 个维度，"在达到知识的最高阶段后，智者甚至可望通过摆弄 22 个字母和 10 个数得到再生，乃至自己创造生命"。见雅克·阿达利：《智慧之路——论迷宫》，商务印书馆，1999，第 57 页。单小曦主持的研究团队论述了小说所受卡巴拉神秘主义的影响及它们之间的区别，如"非凡世界的基础和展开则明显来自卡巴拉神秘学，以后者十源质对应九源质，二十二路径对应二十二条神之途径""九大源质并没有和十大卡巴拉生命之树对应，反而和逆卡巴拉生命之树有些许关系，呼应着世界的混乱和无序""卡巴拉的二十二路径是两个源质之间意义的联结，是上帝创造世界的过程"等内容，可供参阅与互观。见单小曦等：《隐喻书写下的回归与超越——网络文学名作〈诡秘之主〉文本细评》，《百家评论》2021 年第 5 期。
② 刘西竹：《从〈诡秘之主〉看中国玄幻小说中的"民族性"与"世界性"因素》，《中国当代文学研究》2022 年第 1 期。

仅使网络游戏中角色、装备、值数和情节结构等方面的体系庞大且细密，各种升级增值、配合换位、对立抗争，井然有序、毫不紊乱，对网络文学创作影响深远。否则，何以传统文学无法出现如此巨大、繁密和流畅的结构体系呢？

单小曦主持的网络文学研究团队对爱潜水的乌贼名作《诡秘之主》进行了详细的文本探究，在长达五万多字的论文中以"西幻神秘学""独特叙事""各有身份""返乡"四个章节作出了全面深入的阐述，涉及小说的神话神学背景、叙事技巧与意义、人物形象的塑造和主题精神的挖掘等文本内容和深刻价值的呈现。在"独特叙事"章节中重点论述了"塔罗会"及其叙事功用，塔罗会被定位在一种"会议"及其功能上，具体地说"是以互联网技术为基础的其他软件对叙事手法的影响，它除了如 QQ 群般的'群聊'的聊天方式、类似知乎豆瓣的问答模式，还有'线上交易'的功能"，其叙事功用表现在定时开会的设定是"时间线上的结点，就像'节拍器'一般可以起到控制故事节奏的作用"，在复杂多变的情节发展中体现明确的时间意识，确保故事情节的清晰化和脉络性，通过情节复盘、知识提问和照应伏笔给予用户更多的乐趣与爽点，"近似于超文本锚点"，发挥其"树状结构"的非线性叙事功能。[①] 文章对塔罗会的把握是将会议、QQ 群聊、网络问答、线上交易等夹杂起来。实际上，塔罗会形式不重要，真正关键的是灰雾类似于界面的平台性，从中可以透视其与小说情节的双重发展历程。

最初的塔罗会成员只有三位：主人公克莱恩、贵族少女奥黛丽和"倒吊人"阿尔杰，这三人都是克莱恩有意无意拉进来的，首次塔罗会内容主要是确认身份和信息，类似于匿名性账号的 QQ 群，主要用于聊天传递信息，随着克莱恩对灰雾的摸索，逐渐发展成"云平台"（cloud platforms），拥有基于硬件服务提供计算编程、网络沟通和存储交换的能力，克莱恩相当于主控程序员，由其编写代码、下指令和制定规则，并作为群主（网名"愚者"）召集会员，甚至创建名为"世界"的"小号"（整部小说中克莱恩进行角色扮演，数次更换姓名与身份）参与到其他塔罗会成员（用户）的平台活动中，其用户成员可向其祈祷、求救，甚至直接传送魔药、工具和实物。克莱恩将自己传送到白银城，从上俯瞰整个世界，进一步介入日常生活，象征性地预示着计算机网络构造的虚拟世界与社会现实深切关联的未来走向。总之，从

---

① 单小曦等：《隐喻书写下的回归与超越——网络文学名作〈诡秘之主〉文本细评》，《百家评论》2021 年第 5 期。

拉网友进来进行 QQ 式聊天、开网络视频会议到应用平台的存储物流，结合界面平台及其功能呈现网络技术的过去、现在和未来。对此，小说有其明确的意识，第一部第八章中写道：阿尔杰将准备好的七彩蜥龙脑垂体"以双手持握、脑袋低垂的姿态"递到"那扇虚幻之门前"，克莱恩在灰雾平台上接收后，阿尔杰表情复杂，既害怕又担忧，又有点庆幸般的期待，"最开始只能拉人进入灰雾之上的世界……过了一阵，可以倾听祈求并做出回应……现在则能接受献祭进行赐予……'愚者'先生一步一步地摆脱困境，一点一点地深入着现实世界。"一般而言，界面由各种软件程序、人工智能、大数据算法和计算机硬件等技术支撑，目前尚不能达到小说中所描写的直接物流交换的程度，但亦能存储、传递事物的图像和虚拟现实的影像，如果要交易物品，还是需要结合线下物流。由此而言，整部小说可以看作是利用界面平台进行信息搜集、规程决策、产品存储与物流，然后由用户成员去现实生活中贯彻和实施，串联故事情节、事件和场景，实则是互联网世界线上线下活动结合的文学样本。塔罗会共举行了 44 次，随着用户成员的扩大，从戴里克（第一部第 114 章）、克莱恩的小号"世界"（第二部第 51 章）、佛尔斯（第二部第 97 章）、埃姆林（第三部第一章）、嘉德丽雅（第三部第 84 章）、直到伦纳德和休（第五部第 12 章）的加入，不同序列的成员及其生活圈、目标追求，让小说内容交叉重叠，更为丰富有趣，如"隐者"嘉德丽雅是海盗团"星之上将"，小说第三部便侧重海上冒险故事；"太阳"戴里克原为白银城的少年，该城为神弃之地，与现世界隔绝，只有永恒的黑夜与周期性的闪电，充斥着无数怪物，等等，利用塔罗会成员牵连的一切，使作者笔触和才情得以挥洒到最为邈远久阔的神秘奇异世界。

一部小说模仿网络世界而成就自己，灰雾就像界面平台，控制了整部小说，是其文本结构的核心，即其枢纽结构，其主要功能是信息交流、影像虚拟、协商决策和存储传送，在小说中则表现为成员间匿名性群会、互换与交易序列魔药信息、事件复盘、协商将来行动和干预现实、接收和传送资源并出入现实等，宛如一台电脑，通过界面平台汇总并呈现所有信息、成员讨论和资源流通以及遥控所有成员的线下活动，串联起整部小说的内容和情节。透过灰雾与界面的模仿关系，发挥内容、情节和枢纽等方面的结构性功能，技术与文学联姻，界面性与文学性相合，使网络文学呈现出与传统文学的异质性。这种异质性并不仅体现于外在的、表层的因素，而是经过网络文学的多年发展，逐渐与其内在结构发生关联，从而让当代作家、网络文学批评家和研究者关于网络技术、网络性和交往性等技术性话语的影响真正落实到文学创作及其文本呈现中，摆脱其所遭受的无源之水、隔靴搔痒之批评的尴尬和困境，将理论逻辑和文学文本相结合，不再空洞与抽象地演绎，切实推动文艺理论话语的更新和发展。小说中，主人公周明瑞本就是位"键盘侠"，热衷网络胡侃、激扬文字，从中汲取、想象和构建各种知识体系，其所使用的网络语，如"穿越""网文""吐槽""家里有矿""菜鸟""老司机""被安排得明明白白"等随处可见，满足用户"爽感"和亲切味，所有这些都让这部小说在网络与文学的关系上值得更多地深入探究。

迭代背景下的网络女性文学精神流变

——从流潋紫"宫斗"文与 20 世纪 90 年代以来大众文化谈起

◇ 马　婧*

　　随着 20 世纪 90 年代以来启蒙话语和理想主义的退潮，一方面是以知识分子为建构主体的精英文化及其宏大叙事，在社会经济结构裂变和市场化浪潮的冲击下，退出社会主流文化的中心位置；另一方面则是深受后现代主义思潮、港台通俗文学及其流行文化影响的，以消费和娱乐为目的的大众文化浮出历史地表，逐渐由流行歌曲、电影电视等大众传媒扩张到文学书写领域。及至 21 世纪的今日，大众文化毋庸置疑地成为"日常生活化的意识形态的构造者和主要承载者，而且还气势汹汹地要求在渐趋分裂并多元的社会主流文化中占有一席显位"①。

　　相应地，作为新世纪中国文学的新范畴，由"70 后"草创、于"80 后""90 后"手中壮大发展的网络文学，在二十余年的历程中已经具备了与依托传统出版业的精英文学、市场化通俗文学"三分天下"② 的力量，俨然成为新世纪文学整体格局中不容忽视的一隅文学景观。同时，作为新世纪中国文化领域的新现象，网络文学搭乘着媒介革命和文化产业勃兴的东风，也从早期边缘化、异质化的青少年亚文化类属扩散到大众文化场域。众所周知，与追求审美理想与个性化风格、背向读者进行创作的传统文学生产机制不同，几无准入门槛的网络文学本身是一个在作者和读者之间敞开的极具互动性、开放性的虚拟生产空间，双方既是网络文学及文化的生产者、建构者，也同

　　* 马婧：文学博士，安徽大学文学院讲师，首都师范大学中国女性文化研究中心研究员，研究方向为中国现当代文学。本文系安徽省社会科学创新发展研究课题攻关项目"'网络世代'精神图谱与大众心态：女性网络写作研究"（项目号 2020CX112）阶段性成果。

　　① 戴锦华：《隐形书写：90 年代中国文化研究》，北京大学出版社，2018，第 9 页。

　　② 白烨：《中国文情报告 2008—2009·前言》，社会科学文献出版社，2009，第 1 页。

时为对方所影响和塑造。这种以读者为本位、以精密细分的类型小说为基本形态、以"爽"为核心快感机制的大众性文学样态，是由"80后""90后"的创作者和读者共同促成并走向多元化的。因此，网络文学为"80后""90后"的群体心理和情感欲望公开赋形，也投射了特定历史时期特定群体的精神内蕴；同时，网络文学借助 IP 产业转化的影视剧作能够引发大众认可和国民热度，也意味着它的内容和价值观是对世道人心的真实呈现，反映了当下时代的某种社会意识和文化认同。

　　2020 年以来，在全球新冠肺炎疫情和文娱产业大环境调整的新形势下，网络文学格局发生了新变，其创作队伍和消费受众的迭代现象显著，并且"从隐性走向显性，从量变引出质变"①。据中国社会科学院《2020 年度中国网络文学发展报告》显示，仅就内容和类型而言，为"80后""泛90后"②所创生的"草根逆袭""打怪升级"的"传统套路"不再所向披靡，轻小说、二次元等题材类型在"Z世代"（"95后""00后"等网生代）创作者、读者的入场主导下迅速崛起。总体而言，与此前作为创作队伍和接受主力的"80后""泛90后"相比，以"Z世代"为增长主体的作者队伍和读者群体进一步放大了网络文学的"网络性"特征，并使之在内容生态和商业模式等方面进入了"少年化""逆龄化"的新阶段。正所谓一时代有一时代之文学，在由作者、读者群体的代际更迭所催生的全新阶段到来之际，有必要在网络文学发展史的视野中，为上一阶段的网络文学实绩寻找代际文化标记，回溯、梳理网络文学的精神流变。本文即以 2006 年到 2012 年间女频持续火爆的"宫斗"文的集大成者——"80后"作者流潋紫③的《后宫·甄嬛传》④ 和

---

　　① 中国社会科学院：《2020 年度中国网络文学发展报告》，中国文学网，http://literature.cssn.cn/wlwhywx_ 2173/202103/t20210317_ 5319242. shtml。

　　② 尼尔森公司在《泛 90 后生活形态和价值观研究报告》中提出的概念，泛指出生于 1985 年—1995 年的一代，他们是出生、成长于中国信息科技革命基础上的互联网一代。也有网民认为这个代际泛指出生于 80 年代末期的一代，从时间的概念上具体指出生于 1988 年—1992 年之间的一代。本文将"泛 90 后"的范畴规定在 80 年代末期到 1995 年之间出生的一代，他们的童年经历了所有制转轨初期的社会波动和计划经济体制结束前的最后余波，这一范畴恰好能与真正的"网生一代"即"95后""00后"相区别。

　　③ 流潋紫本名吴雪岚，1984 年生，浙江湖州人，现居杭州。2007 年毕业于浙江师范大学人文学院汉语言文学专业，现为浙江省作家协会会员，浙江省网络作家协会副主席。

　　④ 《后宫·甄嬛传》首发于晋江文学城，连载时间 2007 年至 2009 年。由郑晓龙执导、流潋紫、王小平担任编剧的同名电视剧于 2011 年 11 月起播出。

《后宫·如懿传》①为中心，聚焦"80后""泛90后"的精神征候；同时联结"宫斗"文大爆前后相关类型题材的热门 IP 影视剧作，勾连时代变迁中的大众文化心理特征。

一

就网络文学题材类型的生产和衍变过程而言，通常有两类作者及其原创作品能够在网络文学发展史中留下印记。第一类一般是某种类型的开创者，其作品由于极富个性化的想象力和能够契合特定读者群体的核心欲望而得以"大爆"，这类作品所创造的情节模式和人物角色设定便由此被固定下来，进而成为这一题材类型的基本框架，即所谓"套路"。后一类则是"戴着镣铐跳舞"，作者有意识地吸收、化用多种类型文的某些元素，在写作某一题材类型的过程中突破了其固有设定而成为此类型的集大成者，或者跨越原有类型的边界而生成全新的题材类型。不论是哪一类作者及其作品，都显示了他们在网络文学"发展、转化进程中不可绕过的里程碑和基础数据库意义"②。作为一种"女性向"③题材类型，"宫斗"文在流潋紫创作《后宫·甄嬛传》的 2006 年至 2009 年这一连载时期得以确立其基本叙事模式和情节设定，随即这部原本以"80后""泛90后"为主要读者群体的小众网文作品，伴随着改编自同名小说的后宫剧《甄嬛传》（2011 年）的热播热议，引发了持久的国民热度。一时间"甄嬛体"成为男女老少热议的话题焦点，直到今日仍有大量拥趸自命为"甄学家"在豆瓣、微博、知乎等社交媒介上研究"甄学"④。据流潋紫自

---

① 《后宫·如懿传》首发于新浪博客，于 2012 年由中国华侨出版社初版，2018 年由人民文学出版社出版修订版。2018 年 8 月起，由汪俊执导、流潋紫担任编剧的同名电视剧先后在视频网站和卫视频道播出。

② 邵燕君：《网络文学的"断代史"与"传统网文"的经典化·序言》，载邵燕君、薛静主编《中国网络文学二十年·典文集》，漓江出版社，2019，第 14 页。

③ "女性向"原指日本 ACGN 即动漫、游戏和小说等以女性为主要受众群体的大众文化消费品。邵燕君及其研究团队认为，"女性向"不是以作品主角和主要读者的性别为依据划分的，而是应当依据其心理趋向是否是以满足女性欲望和意志为旨归而判定，所以"女性向"是女性在逃离了男性目光的封闭空间里以自身话语进行书写的一种趋势，而"男性向"是被"女性向"反身定义的。（参见肖映萱、叶栩乔：《"男版白莲花"与"女装花木兰"——"女性向"大历史叙述与"网络女性主义"》，《南方文坛》2016 年第 2 期）

④ "甄学"指书迷和剧迷通过反复阅读原著、刷剧来研究小说人物性格、形象和命运、结局，是对"红学"研究的戏仿。不少网友会出题测试彼此是几级"甄学家"，例如在 2020 年知乎用户还设置了《甄嬛传甄学十级学者全国统一考试》真题。知乎网页版，https://zhuanlan.zhihu.com/p/108372582。

述，正是在《甄嬛传》电视剧拍摄期间，她探班片场后生发了书写下一代年轻女性后宫悲情生活的想法，续作《后宫·如懿传》遂与《后宫·甄嬛传》被合列为女频"宫斗"小说的集大成之作。回顾 2003 年网络文学商业化转型开始到 2006 年之间的女频网文，其主要题材类型分别是"耽美""同人""言情""豪门恩怨""青春校园""穿越""职场""都市"等，因此，作为使"宫斗"的类型元素和情节模式得以固定、成熟的创作者，流潋紫显然对网络文学多元细分的题材类型发展做出了具有创生性意义的贡献。

"宫斗"文的故事背景一般设置在虚构的架空王朝或者存在于历史事实中的封建帝制时代，不论女主人公怀揣怎样的少女情怀或爱情憧憬进入后宫，都不得不在遭遇毁灭性的个人挫折境况下加入后宫斗争，与众多妃嫔围绕皇权恩宠展开政治博弈，并以灭掉敌对势力最终站在权力巅峰为结局；受众也在女主人公及其盟友一路逢凶化吉的"升级打怪"的情节模式中得到"草根逆袭"、大仇得报的爽感。在"宫斗"的世界设定中，代表皇权的帝王不过是后宫女人争权夺利的工具人，而她们的一切谋划算计都以获得权力上位者的认同、信任、庇护为目的，因为只有遵从权力的逻辑和游戏规则才能使其在保全生存安全的基础上进一步向秩序等级的上游攀登，作为最后的胜利者——"宫斗冠军"，还能合法分享部分皇权。正如网友为"宫斗"故事总结的内在逻辑："感情是累赘，地位是正统，子嗣是终极砝码。"① 在以斗争和互害为生存手段的宫廷政治生活中，非但众多女性人物被裹挟进权力的绞肉机而尸骨无存，就连皇帝这样坐拥天下、掌握生杀大权的最高统治者，也无法得到自己的妻妾、儿女、朝臣的忠诚和爱戴，他同样需要以种种不堪的权术诡计来制衡后宫嫔妃，从而实现钳制前朝的目的。在这里，"后宫"，这个为正史所不屑一顾的，承载了无数从生到死都沉默无言的宫婢后妃的神秘场所，俨然在"80 后"一代开创的"宫斗"视角下，成为人性自我异化的当代人生存哲学的绝佳隐喻。

《后宫·甄嬛传》在权力逻辑的表达上是委婉的，这一类型设定的中心环节是如何将后宫女人加入权力纷争的心理动机合理化、情感化，能够通过女主人公屡次遭受无端陷害的细节，让读者信服和谅解她们"黑化"的情由；同时，在斗争倾轧日常化的后宫生态中，诸女子的道德底线模糊不清，人性之恶也被夸张扭曲到极致。从甄嬛被权力秩序收编及至登顶巅峰的进程

① 豆瓣网友黄灯笼：《宫斗有毒——从〈甄嬛传〉到中国女人的低级趣味》，豆瓣网页版，https：//www. douban. com/note/781408903/？ type＝like。

来看，她经历了"消极逃避→被迫迎合→主动反抗→内在认同"的迂回折返。从选秀前的抵触，到入宫后见识华妃残暴手段后的装病退避，她的需求从追求个体自由和忠贞爱情，降级到了生存至上。经历被华妃罚跪、安陵容暗害而流产失宠的短暂失意后，她求生的本能和复仇的意志使她重燃争宠的斗志，在与华妃的宿敌结盟后便迅速加入皇后战队。这一时期的甄嬛已经不再是初入宫闺时的天真少女，通过习得后宫生存法则和展露心机智谋，让权力上位者识别到了自己的价值；虽然拥有帝王偏宠却依然不能保护自己，这一次明确的打击也使甄嬛意识到了权力和地位的重要性。然而，权力的反噬作用很快到来，沦为权力附庸和上位者棋子的甄嬛，并没有在华妃及其家族的倒台覆灭后警觉到危险，反而在晋升嫔位的大喜之际被皇后背刺，落得个兔死狗烹的下场。在甄嬛被贬失宠到回宫复位之前，只有自请出宫这一行动，是她在人性炼狱中唯一一回以明确的、不合作的姿态，试图挣脱权力对自我的吞噬。后宫的生存逻辑就是生命不息、斗争不止，作者和读者都不允许甄嬛就此跳出权力的梦魇去浪迹天涯，所以，我们看到甄嬛回宫后的复仇行动如同"开挂"，一步步斗死昔日姐妹、构陷皇后、毒杀皇帝、扶持幼儿登基，直到最后成为帝国的太后。从最初的逃避，到认同斗争逻辑，在秩序内部逐级晋升并最终登顶，甄嬛被权力剥夺爱情、亲情、友情之后，也获得了名曰"权力"的补偿。

纵观后宫女子的命运，她们最终都不得不陷于弱肉强食、适者生存的丛林规则；在"后宫"的残酷政治生态中，有无数像甄嬛、朱宜修、安陵容一样的美好女子被权力机器所绞杀，不得不以悬置正义的代价，祈求权力的布施和庇佑。同时，所有内在于其中的人物，无一不知晓这个无限封闭、稳固的权力链条对人的生命力的摧折和人性的残害，却没有任何打破或者颠覆这个等级链条和互害式生存的可能性设想，反而前赴后继地加入这个循环往复的封闭链条中，一如续作《后宫·如懿传》中年青一代轮回式的悲剧命运。在这里，"后宫"作为"80后"职场女性开创的隐喻方式，承载着她们想象历史、政治以及言说自我生存困境的表达，作品中花样迭出的作恶手段和口蜜腹剑，也使当时的人们对年轻的"80后"一代的想象力瞠目结舌。

值得玩味的是，对"宫斗"，读者和观众代入的爽感顶点究竟是什么？一个明显的事实是，绝大多数的书粉剧迷并未因残酷的宫斗而产生关于权力逻辑和丛林法则的批判反思，反而对女主人公的每一个敌人的落败拍手称快；女主人公每每在濒临绝境时都能利用游戏规则在秩序内部绝地反杀的情节模式，都是受众爽感高潮的时候。读者和观众并不期待一个反抗压迫摧毁恶法的个人英雄的出现，也并不在乎道义是否能够得以伸张，甚至不愿想象在那个黑暗的"铁屋子"里会产生任何超越性价值的可能。显然，"宫斗"式的生存逻辑因为契合着大众的生活经验模式而得到了他们的认同和拥护。

按照一般的爽文套路，当主角一路"打怪通关"胜利后就到了宣布"Game Over"的时候，故事能在复仇成功的酣畅淋漓和登顶权力的喜悦那一刻得以收束，似乎更符合大众朴素的审美口味，但是《后宫·甄嬛传》偏偏让站在权力巅峰的女主人公生出万事皆空的无力感和人生无意义的虚无感，为胜利者的面孔涂上一抹苍凉而颓废的色彩。对此，我们又该如何理解小说的思想内蕴和价值立场？

二

相较于原作和影改剧受到《人民日报》等官媒和部分学院派对其宣扬的"比坏哲学""犬儒主义""投机主义"而施与的严厉批评，流潋紫坚持宣称《后宫·甄嬛传》的创作意图是要通过后宫女子被封建制度摧残而形成的扭曲人性，来表达自己对旧时代女性悲剧命运的怜悯和同情，让史书中缺失的后宫女性形象鲜活起来。① 还有一个值得注意的现象是，就在作品遭遇主流文化的批评和收获大众喜爱的同时，众多"80后"的"职场老油条"和初出茅庐的"泛90后"职场女性将这部"神作"奉为"职场圣经"，并以此为"指南"和"宝典"来分析办公室政治和职场人际关系。其实，《后宫·甄嬛传》所引发的争议和评价差异，反映了主导性意识形态与青年话语之间日久深重的隔膜。

关于青年文化及其话语，一般含有两个维度的表述："一是主流话语中对青年的建构和定位，二是青年自身的话语表达，二者之间此消彼长的关系影响了青年与社会之间的相互认同。在主流社会对青年的描述和界定与青年的自我叙述和定位之间，素来存在着差异甚至冲突，这样就构成了两种青年话语形式。其中，前一种话语形式往往由于其权力作用而掩盖或压抑了后一种话语形式的存在，而后者在特定的文化情境下能够逐渐扩展自己的生存空间并向前者渗透。"② 也就是说，青年话语及其文化形态，必然体现着主流社会与青年之间的权力关系。青年自己创造的文化形态和话语表达，本来应当

---

① 流潋紫专访，载于《中华读书报》2014年12月31日，第18版。
② 李春玲主编《境遇、态度与社会转型：80后青年的社会学研究》，社会科学文献出版社，2013，第66页。

是青年自我意识的真实投射，反映的是特定时代中特定的代际群体的思想感情；但是，鉴于主导性意识形态如同毛细血管般的渗透力，青年自我建构和自我表达的话语实践，往往作为一种匿名的现实处于主流话语的遮蔽和压抑之下，这就使得主流话语构建的青年形象及其意义系统，与青年认同的话语之间产生巨大反差。

从20世纪80年代以来中国社会的主流文化语境来看，青年总是备受非议动辄得咎的。比如，"70后"因为追崇迪斯科、喇叭裤、摇滚乐、港台流行歌曲等大众娱乐方式，被批评为享乐主义和精神污染；"80后"由于他们更为张扬的叛逆性格、强烈的自我中心主义和对宏大叙事游戏化的解构态度，被诟病为"精神缺钙的一代"和"垮掉的一代"；与后来被称为"网生一代"的"90后"相比，"80后"是迄今为止备受主流文化声讨的一代，甚至连20世纪80年代至90年代之交就已经显现的道德滑坡、信仰危机和价值失范等时代性的精神疑难，也被主流文化命名为"80后症候"①而横加指责。这种因占据话语权而显露的成人社会的傲慢姿态，在2006年轰动全国的网络博客事件"韩白之争"②中表现得尤为典型。此外，2006年夏季刊载于《北京青年报》的一篇可以视作"清算""80后"的"檄文"《80后：请别走入道德虚无价值失范的迷途》，以"唤醒者"的姿态总结了"80后"独生子女的"缺德和失范"："病灶是以偶像替代英雄、以价钱替代价值、以狂欢替代奋斗、以成败掩盖是非……他们既缺乏20世纪50年代人与祖国共命运的伟大情怀，也缺乏60年代人追求精神解放的觉悟，同样缺乏70年代人善于自省的精神"。有趣的是，为了坐实"80后"的"精神缺钙"，此前被精英知识分子所批评过的"70后"形象竟意外反转为具有"自省精神"的群体。虽然文章确实道明了普遍存在于"80后"中的信仰缺失和价值混乱问题，但

---

① "80后症候"出自张亚山：《80后：请别走入道德虚无价值失范的迷途》，《北京青年报》2006年7月24日。

② "韩白之争"的导火线是白烨在个人博客上发布了针对韩寒等当红"80后"作家的评论文章《"80后"的现状和未来》。由于文章认为"80后"作家"进入了市场，尚未进入文坛"，充其量是"票友写作"而非"文学写作"，引发了韩寒的反击，他在博客上撰文批评体制内的"圈子化"意识，因为文字生猛毒辣而引发精英派、学院派对韩寒的"笔战"。一时间李敬泽、陆天明、陆川、高晓松、解玺璋等文化名人纷纷声援白烨，几乎陷入"被围剿"境地的韩寒却在一众读者粉丝和网民的支持下继续以其生猛的文字"孤军奋战"，这场笔战最终以白烨关闭博客告终。在这场文学论争中并未形成文学理论或写作内容上的有效沟通，前者避而不谈韩寒所批评的实质性问题而是将矛头对准小辈人挑战权威的不恭态度和不知提携之恩上，后者也由于屡爆粗口而被对方抓住把柄。笔者认为"韩白之争"所反映的问题并非文学观念的问题，其实质是"80后"因无法认同被权威话语所长久建构的负面代际形象而做出的非理性反击，是争夺文学/文化话语权的一次尝试。

我们需要拷问的是，这一现象是这代人所独有的缺陷，还是精英知识分子在经历了 90 年代初政治、经济、文化地位上的全盘失意之后共有的某种症候？事实上，在 20 世纪 90 年代所有制转轨中凸现的道德困境、贫富分化甚至阶级事实面前，精英知识界和学院派在整体上都处于失语状态。对此，不论是出于何种原因或历史禁忌，一个毋庸置疑的事实是，掌握话语权的父辈们，将启蒙理想崩塌后的信仰危机和文化身份迷失等精神危机，转嫁为子一代的独有标签。

"青年"不是天然存在的，而是被社会文化后天建构的产物，在象征意义上指向某种代表主流社会价值导向和文化规范的理想角色模型，因此年轻人必然被要求"扮演"符合期待和文化规范的角色，一如中国激进革命话语中的"新青年""进步青年""知识青年"那样，负担起相应的历史使命和社会责任。参照陈映芳教授的分析，这种关于激进主义青年的角色期待和文化想象，已经构成权威话语中"青年观"的"基盘"："虽然它的意义结构不断地被重构，甚至被抽空，但我们还是可以说，在很长的历史时期内，中国社会中几乎所有的青年文化现象和青年问题都是在这个基盘上被展现的。"① 所以，主流社会对"青年"的赞誉，"本质上是对作为一种角色类别的'青年'的赞美，而不是对作为一种年龄阶梯、社会类别的'年轻人'的崇拜。"② 也就是说，青年个体或群体的生活方式和思想意识，并不能天然地在主流话语的"青年"中获得独立且正当的意义。现实的问题是，激进革命年代所建构的政治化的、崇高化的青年角色，已经在市场经济和全球化的冲击下，被替换为去政治化的、世俗性的"好孩子""未来的社会主义建设者"等角色。再加上 20 世纪 90 年代之后官方对大众文化宽容程度的提高和对政治意识形态管控的紧缩，已经高度认同世俗化生活和消费文化的新生代，更为关注的是个人化生活的经验模式和私人利益，而不是社会公共生活。

因此，当我们重新审视"80 后"在精英话语所建构的形象时发现，以"韩白之争"为代表的代际文化冲突和观念隔膜，固然反映了两代人在经验、知识和话语体系上难以弥合的断裂性问题，但其实质是长期被压抑、遮蔽的青年话语对主流话语规训力量的反抗。这就意味着业已长大成人且羽翼渐丰的子一代不再甘于做主流话语的客体对象，也不愿再为时代性的精神症候"背锅"；他们转而要求以主体身份来表达自我、消解他者化的角色期待及其

---

① 陈映芳：《在角色与非角色之间——中国的青年文化》，江苏人民出版社，2002，第 62 页。
② 陈映芳：《在角色与非角色之间——中国的青年文化》，江苏人民出版社，2002，第 60 页。

意义系统，将塑造青年角色及其文化形态、意义系统的话语权掌控在自己手里。互联网技术和媒介革命恰逢其时：年青一代亟须一个可以另立门户的文化场域，网络虚拟空间成为他们绕开传统媒介进行文化实践的场所；网络的匿名性、开放性、民主性，减除了写作的入场焦虑以及意识形态审查的压力。对于女性作者和读者而言，随着男频和女频的用户分野，一个相对稳定的、以性别意识为区隔界限的、封闭性的女性亚文化虚拟社区便出现了，她们能够在避开主流话语和男性话语的精神自留地中畅所欲言，表达女性自身的生命话语。

由是，充斥着尔虞我诈和党同伐异的"后宫"，成为当代年轻女性现实生存境况的象征符号；"宫斗"逻辑所隐喻的权力机制和游戏规则，是她们在藏污纳垢的成人社会生活中摸爬滚打一圈后近乎无师自通的生存哲学。后宫中无处不在的阴谋算计和权力倾轧，是职场竞争和办公室政治的夸张投射；嫡庶有别尊卑有序的等级礼法，不外是对现代官僚科层制的转化挪用；根据后宫局势不断调整的盟友站队，无非来自利己主义者善于理性预判胜利者的投机惯性和慕强慕富心理。其实，她们是在理想主义教育和"生男生女都一样"的性别话语中出生、成长的一代，绝大多数独生女都背负着父母的殷切期待，在学业和事业的赛道上不让须眉。然而，当她们走出象牙塔后才发现，迎接自己的早已是一个利益至上、厚黑学当道、处处有潜规则的灰色世界，被迫遭遇结构性的性别歧视和职场"天花板"的隐形压迫。尤其是 20 世纪 90 年代以来对"贤妻良母"式的东方女性角色的召唤，持续加剧了她们的自我价值认同困境；21 世纪以来的大环境在客观上也对女性并不利好，特别是离婚率和就业压力的持续攀升，公共话语中关于"妇女回家"的舆论风向频繁出现，甚至"鼓励妇女回家"① 的正式提案在 2011 年春季被全国政协委员提交到两会；此外，还有大众舆论中对女性群体公开的污名化和层出不穷的厌女狂欢，打着复兴传统文化旗号实则为封建男权文化张目的"女德班"也屡禁不绝。对此，我们不得不承认，一个公开却匿名的历史性挫败无所遁形：曾经为社会主义革命及其实践所确立保障的妇女平等参与社会生产和经济分配的权利，在资本市场和男权话语的合谋助推下不断萎缩，其后果是伴随着女性社会文化地位下降而无法避免的女性生存境况的恶化。

---

① 该提案全称为《三八女性提案：鼓励部分女性回归家庭是中国幸福的基础保障》，由全国政协委员张晓梅提出，参见：宋少鹏《"回家"还是"被回家?"——市场化过程中"妇女回家"讨论与中国社会意识形态转型》，《妇女研究论丛》2011 年第 4 期。

作为大众性的通俗文化文本，网络小说负载的不是精英知识分子的批判反思意识，而是历史断裂后的草根意识。从当下不断恶化的女性职场生态和持续被挤压的女性公共生活空间这一事实来看，在风调雨顺的温室中成长的"80 后""泛 90 后"独生女，普遍感受到丛林法则的狰狞却又不得不为了生存而臣服。于是，悬置价值、抽空理想、放低人性底线，是她们在愈加残酷的竞争环境和菲勒斯中心霸权之下无师自通的生存哲学。在此意义上，以《后宫·甄嬛传》为代表的"宫斗"隐喻，是社会转型中巨大的女性困境和犬儒式的大众生存哲学。

三

流潋紫曾对香港 TVB 剧集《金枝欲孽》（2006）对自己创作的影响。直言不讳这部以清朝后宫嫔妃女婢恩怨斗争为主题的后宫剧，是作者想象、理解、弥补史书中缺失的女性形象的蓝图。事实上，"宫斗"文所塑造的女性群像和紧凑的权斗节奏，在深受《金枝欲孽》（2009）、《宫心计》（2012）等香港 TVB 后宫剧的影响之外，还糅合了女频此前热门的"穿越"题材中原本集中于男性人物身上的权谋元素和"腹黑"性格。

在"宫斗"文霸榜之前，女频的爆款 IP 一度是由"80 后"作者创作的"穿越"① 题材，尤其在 2004 年至 2007 年间出现的引领女频穿越小说创作热潮的"清穿"文。被誉为"清穿"开山之作的《梦回大清》（金子）②，首创了现代平凡女大学生因意外事故穿越到清朝康熙年间而卷入"九龙夺嫡"的政治斗争，并在与"数字军团"③ 的多角情感纠葛中坚定地选择站队历史上的胜利者"四爷党"，从而体验缠绵悱恻爱情的情节模式，奠定了"清穿"小说的基本套路。稍晚于《梦回大清》的里程碑式"清穿"小说《步步惊心》（桐华）④，虽然同样书写女主人公"穿越"后在"九龙夺嫡"旋涡中步

---

　　① "穿越"分为"身穿"和"魂穿"，指主人公以身体或灵魂穿越时空的方式，到达某个过去、未来或者平行时空，穿越者拥有的现代知识和记忆成为他们在另一个时空生存的"金手指"。

　　② 《梦回大清》，作者金子，"70 后"，小说首发于晋江原创网（现更名为晋江文学城），连载时间 2004 年至 2006 年。

　　③ "数字军团"是网友对康熙诸子的概括性称谓，起源最早可追溯到二月河的《雍正王朝》。在"清穿"小说的情节设定中，他们基本上都会与女主人公产生情愫，而女主人公往往会在知晓历史人物宿命和胜败结局的前提下，不断进行人性和情感上的拷问和取舍，意图在权力的阴影下追问爱情和人性的终极价值。根据审美差异和阅读口味，读者群体往往会分化为"四爷党"和"八爷党"，并在网络书评和跟帖中分析男性人物的人设特征和故事结局。

　　④ 《步步惊心》，作者桐华，生于 1980 年，作品首发于晋江原创网，连载时间 2005 年至 2006 年。

步惊心的生存境遇和爱情悲剧，女主人公的形象塑造和情感际遇也不脱言情小说的"玛丽苏"固有套路，但女主人公不再是不谙世事的"傻白甜"，而是心智成熟、经历过职场风云、处世练达的都市白领；前者尚且怀抱的对生死不渝永恒真爱的理想信仰，已被后者功利务实、权衡利弊的立场所取代。等到"清穿"文落潮期的"种田"文《平凡的清穿日子》（柳依华）① 出现，叙事重心已经从"穿越女"的"玛丽苏"爱情故事转移到出身平凡的女主人公家族成员的内宅争斗和琐碎生活，抹去了前两部"清穿"小说中对女性生活的政治想象，将女性完全安置在私人生活的领域中。这类"平凡流"叙事走向随后与"宫斗"类型的变体相结合，形成了2012年前后持续霸榜女频网站的"宅斗"文。总体来看，尽管"清穿""宫斗""宅斗"三种题材类型有明显的界线，但不论是追求平凡富足的中产阶级生活理想，还是投入胜利者的怀抱开启一场穿越时空的爱情大戏，所奉行的生存之道仍是强者逻辑和利益至上，其中流露的"成王败寇"历史观和对权力上位者（包括康熙皇帝及诸皇子）"艰难处境"的真切同情，实在令人咋舌。

"穿越"题材能提供极大的YY空间和不受时空制约的爽感，在某种程度上也有一定的消极避世意味。流潋紫在一次访谈中提到自己并不认同"穿越"题材关于古代宫廷生活的童话式幻想，她的人生观是应当直面风雨，"活在当下、学会坚强"②。实际的情形也是如此，"宫斗"文之所以能在"穿越"题材大行其道的时候创生、成熟，是建立在读者对"穿越"的阅读倦怠和作者自觉反叛的基础上的。对于网络文学的创作者而言，各种类型题材的固有元素和情节套路，都可以成为创生集成新题材的数据库，因而我们在"宫斗"文的基本情节模式中，既可以察觉到TVB后宫剧女性群像的某种迁移，也有化合自"清穿"小说中原本主要集中于男性人物身上的权谋元素。

《后宫·如懿传》的网文原作与流潋紫担纲编剧的同名影改剧，都围绕清朝乾隆皇帝与继后那拉氏的婚姻悲剧来铺陈情节。弘历自幼缺父子之恩，母子之情，在夺嫡争储中孤立无援，形成了狭隘多疑的性格缺陷。如懿出身贵胄，却因姑母在与太后的权力斗争中失败而受到牵连，不得不在深宫中如履薄冰。这两个背负心灵创伤的少男少女结下了深厚的竹马之谊，然而夫妻

---

① 《平凡的清穿日子》，作者柳依华（Loeva），"80后"，作品首发于起点中文网，连载时间2008年至2009年。

② 流潋紫专访，载于《中华读书报》2014年12月31日，第18版。

情深终是抵不过荣登权力宝座后的帝后相疑，终于不可避免地在权力斗争的猜忌中走向相看两厌。对比甄嬛犹如"开挂"一般的弄权人生，如懿一路的隐忍退让和沉冤而死则令人深感窒息，即使是剧版中如懿设计揭发作恶多端的魏嬿婉后安然长逝，这一完全背离女主人公必能在触底绝境后逆袭反弹的"宫斗"固有套路的创作倾向，也令屏幕前的观众对如懿的"失败"大呼憋屈。相较于《后宫·甄嬛传》中塑造的理想男性爱人玄清以及他与甄嬛之间超越生死的爱情，《后宫·如懿传》中不再有完美的男性爱人，站在权力巅峰的帝后一如当下的草根大众，都在彼此算计、互相伤害的婚姻围城中磨灭了爱情的火光。从青梅初恋到兰因絮果，一路旁观的"吃瓜群众"无奈感慨：假如纯元皇后不死，那么她的结局就是如懿。至此，"宫斗"中的爱情神话彻底幻灭，即使是在兹念兹的"白月光"，也会在生活的一地鸡毛中变成见之生厌的"蚊子血"，"宫斗"文中本就作为女主人公"黑化"助推器的爱情幻象，也彻底崩解了。

就在"宫斗"文解构爱情神话的同一时期，女频其他"大神"级作者的创作中也出现了相似的情况。比如一直以来占据"女性向"网络小说半壁江山的"言情"题材类型，其转折首先表现为理想男性爱人的崩解：他们不再是忠贞守候的何以琛（顾漫《何以笙箫默》），不再是为了爱情甘愿背弃家族的孟和平（匪我思存《佳期如梦》）；取而代之的是《步步惊心》中以皇权霸业为衡量标准进行爱情取舍的四爷和八爷，是教会郑微小心计量经济成本和情绪价值的"成年人的爱"的林静和陈孝正（辛夷坞《致我们终将逝去的青春》），是《来不及说我爱你》（匪我思存）中为权力舍弃爱人逼死妻女的暴君慕容沣，是《东宫》（匪我思存）中以屠戮妻子母族作为上位垫脚石的阴谋家李承鄞。从时间线上看，大约从2007年开始，完美男性爱人的幻象已不复存在，他们非但不具备基本的忠诚品性，也不是能拯救苍生的白马英雄，反而是道德上、人性上的残缺者，以及诸多悲剧的施予者。

与此同时，伴随爱情神话崩解而彰显的，是人到中年的"80后"一代日渐觉醒的女性自我意识，她们开始在菲勒斯中心秩序建构的两性关系之外，寻找由女性主导的情感形态。所以，我们发现在《后宫·如懿传》所呈现的女性生存图鉴之中，反而是女性之间、男女之间超越阶级和性别的诚挚友谊，成为帝后婚姻围城的主线叙事之外最为出彩的书写；同时，小说与影视文本，都在对"宫斗"逻辑和犬儒式生存哲学的反思上，表现出某种超越性。

　　一方面，不同于甄嬛因权力博弈而分化重组的结盟站队，如懿对诸多女性包括敌对方的生存境况和人性异化都怀有朴素的同情和批判，她与海兰、惢心、寒香见等人的姐妹情谊，以及她跟侍卫凌云彻之间无关爱情的互敬互重，都是超越了性缘关系和阶级界限的深情厚谊。

　　另一方面，相对于甄嬛放弃底线就能赢的生存选择，如懿不再以"宫斗冠军"为奋斗目标，而是在数次被皇帝辱心辱身深感绝望之后，以断发决裂之举，否定了过往非人的生活，表达自己退出权力游戏的意愿。尽管网文文本并没有让如懿完全超然于"宫斗"逻辑，影视文本在流潋紫的改编后难得地贡献出了某种程度的反思性和超越性，即如懿在使计揭发魏嬿婉后拒收皇后宝册后溘然长逝的情节处理，使从小就旁观后宫纷争、一直想要摆脱人性异化困境的如懿，能够在绝境之际不迷失自我，最终得以跳出权力的绞肉机，重获人的尊严。这一看似"失败"的"宫斗"结局实则大胜，隐含着创作主体对斗争比坏式的生存逻辑的反拨，使文本在某种程度上具有了自我超越性，溢出了大众文化价值观念上相对保守的边界。

四

　　在"宫斗"文创作"题材热"业已退潮的当下，仍然值得追问的是，原本在正史记载中寥寥数语的后宫，何以在当代人创生的"宫斗"文中被赋予妖魔化的想象？在本文前一部分归因的当代人生存困境和时代性精神症候投射之外，是否还有别样的精神渊源？在此，我们需要回到20世纪90年代以来的中国社会文化语境和某些集体记忆中寻找蛛丝马迹，它们可能作为"80后"与"泛90后"在成长期中最为重要的文化记忆片段和集体无意识沉淀，源源不断地为他们想象政治历史的方式提供素材。

　　需要说明的是，"80后"与"泛90后"不是在时间概念上的同代人，而是因为在他们的成长过程中经历了某些共同经验并形成了与此相关的集体记忆和价值观念，从而成为一个可以被整合观照的群体，这才是使他们在社会学意义上具有同时代性质的关键。人是一切社会关系的综合，一个群体的共同经验必然建立在特定的社会历史基础上，这就意味着共同经验的形成与特定历史时期的重大社会历史事件有必然联系。陶东风在综合了阿莱达·阿斯曼的文化记忆理论和曼海姆的代际理论后强调，一个特定社会历史时期的群体的共同经验和集体记忆，都受到这个时代总体态势和核心经验的激发影响，而这个群体"共享的信念、态度、看待世界的视野等制约着个人记忆，并使得一代人与此前或此后那代人相区别。而代沟一词所指即为不同代人在文化价值观、行为方式、生活方式等方面的巨大鸿沟"①。与此同时，与共同经历重大历史事件同样重要甚至更为重要的是，他们是在哪个人生阶段经历的。也就是说，必须将特定时期发生的社会历史重大事件与经历它的特定群体的人生阶段并置在一起考察，才能发现他们在社会学意义上的同时代性。曼海姆把从 12 岁到 25 岁视作经验模式形成的人生阶段，也就是从人的青春期到青年期，是他们世界观、人生观、价值观、审美观的塑形时期。

由此观照"80 后"和"泛 90 后"，虽然出生在独生子女政策施行和改革开放浪潮高涨的时代，但到了他们三观塑形的关键时期，由启蒙和革命所构建的宏大叙事和激进话语已经退出历史中心舞台，反而是 20 世纪 90 年代开始的所有制转轨、消费主义文化和互联网技术成为影响这代人经验模式的最为重要的社会浪潮。这代人没有关于革命和启蒙的重负，也没有父辈们关于历史苦难和政治创伤的记忆，在 20 世纪 90 年代"拒绝启蒙、告别革命"的社会共识和历史选择中，他们被消费主义意识形态所鼓吹和主导的中产阶级的生活方式、阶级趣味、道德价值规范所培育，又在港台影视剧、"口袋本"读物和好莱坞工业所制造的大众文化产品的喂养下形成了特定的审美趣味和话语形态。因此，当他们在网络虚拟空间中构建同代人的亚文化场域和文化身份认同之时，种种热衷于幻想未来、戏说历史、轻松搞笑的文化话题和书写方式便顺势而生；同时，在精致的利己主义准则当道和中产阶级文化勃兴的另一面，相对应的是"80 后"和"泛 90 后"建构的同代人话语中关于"阶级革命"和"平等"等观念的缺席。

是以，在女频"宫斗"小说包括"穿越"文中，其背景设定不论是架空王朝还是历史上存在过的王权时代，那些穿越时空的现代职场女白领和古代深宫的后妃一样，在工于心计和信奉丛林生存法则方面表现得没有任何差别，甚至连后嗣选立和王朝政治动向，都以皇帝个人、后妃及其家族势力之间的利益考量和权力博弈为唯一决定因素，每一个争权夺利的后妃，不是在争宠害人的路上，就是在保胎生子的路上，即使是人生赢家的"宫斗冠军"，站到权力巅峰时也没有任何建立文治武功的政治抱负。此外，最终的胜利者也不再与儒法时代所谓"民心所向""载舟覆舟"的历史认同相关，反而是在

---

① 陶东风：《论当代中国的审美代沟及其形成原因》，《文学评论》2020 年第 2 期，第 136 页。

"比坏"的赛道上最早也最大限度地放弃人性和道德底线的那一个。这种把历史、政治想象为建立在个人利益和权力欲望之上的，政治分歧和权力斗争只跟私利有关而否认其中存在任何正义价值和崇高目的的认知，具有鲜明的去历史化、去政治化的虚无倾向。同时，历史上一直以来为父权话语和史书所遮蔽的女性主体，在被想象再造的过程中，再度成为主体性匮乏的历史的他者。对此，我们需要回答的是，造成这代人善于消解意义、将历史和政治扁平化的思维惯性，究竟与哪些文化样本有直接关联？

不能被忽略的是 1991 年至 1993 年在中国台湾和大陆先后播出的电视剧《戏说乾隆》。剧中的乾隆皇帝总是身体力行微服私访，在民间生活中又每每与各类女子相识相爱却无法相守，这是内地观众在改革开放以来第一次通过"戏说"的文艺形态想象封建帝王日常生活。随着电视剧于 1993 年获得第 11 届中国电视金鹰奖优秀合拍片奖，它成为众多地方频道在寒暑假期间轮番播出的热门剧集。在"戏说"的影响下，出现了从 1997 年至 2003 年连续播出的五部电视剧《康熙微服私访记》，其情节模式在吸收《戏说乾隆》的基本故事元素之外，发展出组队私访、遭遇阻碍、美女协助、爱情悲剧的戏剧结构。史书中高高在上的帝王将相和后妃嫔妾，终于在"戏说"的形式中与普罗大众的日常生活和思想情感相连通。如果说这两部电视剧的影响更为广泛地存在于观影大众中，那么主要对"70 后"与"80 后"包括一部分"泛 90 后"在内产生冲击的最重要的两部影视剧，分别是《大话西游》和《雍正王朝》。

1995 年，《大话西游》① 在内地院线上映后票房惨淡，直到 1997 年在清华、北影等高校放映后才"咸鱼翻身"，成为年轻一代追捧的"神作"。其中的经典对白、言语方式被转运到高校 BBS 上衍生出"大话体"，进而发展为内地风靡于年轻人中的"大话文化"。这部"戏说"古代经典长篇小说《西游记》的电影，将齐天大圣被如来佛祖收服后遵命襄助唐僧取经并修成正果受封"斗战胜佛"的故事，创造性地改写为理想幻灭之后失败了的个人不得不归顺权力意志的悲剧。因此《大话西游》也就成为这代年轻人反叛失败后不得不接受现实的精神自喻。电影中的至尊宝一直抗拒承认自己是孙悟空的转世，他宁可在边塞之地落草为寇也不愿回到命定的取经之路，直到紫霞被牛魔王逼婚囚禁，肉身凡胎的至尊宝要想解救爱人，就必须戴上观音留下的

---

① 《大话西游》是由香港导演刘振伟编导，周星驰、吴孟达、朱茵、莫文蔚等演员演绎的电影，该片分为《月光宝盒》和《大圣娶亲》上下两部。

紧箍，以获得大圣的神力，从此失去自由，承担孙悟空的使命。不戴紧箍不能拯救爱人，戴上紧箍便要放弃爱情，当至尊宝以自由和尊严作为代价重获神力后，仍不能挽救爱人的性命。影片收束于至尊宝背着金箍棒回到毕生抗拒的西去之路，作为对照的是一个无拘无束地游荡在城墙残垣断壁之上的夕阳武士与爱人相拥的镜头，他们向那威武的孙悟空投去不屑一顾的嘲弄——"那个人好像一条狗啊！"从齐天大圣到取经人孙悟空，这个失败了的反叛者形象，被年青一代视作同代人精神的最佳注解。如果说没有神力的至尊宝是幸福而完整的个人，是因为他拥有爱情、友情和自由，那么"大圣"的失败则隐喻着"战无不胜的反叛英雄，彻底坠落或曰降落为某种大时代终结时刻的个人，而且是失败的个人"① 的悲剧。连曾经视天条法度为无物、高扬自由精神、反叛一切既存秩序的英雄都不得不接受现实，重新回到既存秩序和游戏规则之内，那么被消费主义所豢养的年青一代，又如何能寄希望于他们成为"大写的人"？

反叛失败的个人的反面是英雄，但英雄的反面不是失败的个人而是犬儒。当下中国社会的犬儒主义者不仅"有玩世不恭、愤世嫉俗的一面，也有委曲求全、接受现实的一面"②。尽管他们对权力逻辑和游戏规则有清醒的认知，仍选择以"不拒绝的理解、不反抗的清醒、不认同的接受、不内疚的合作"③来应对生活，对人性、制度和一切超越性的价值都不抱有希望，甚至相信在崇高之下必然埋藏着阴谋诡计和伪善私欲。"怀疑"这一极具精神主体性的态度在犬儒主义者那里变得毫无意义，因为"不相信"才是他们的目的。出现在世纪末的《大话西游》，正是以对"取经"背后可能存在的崇高价值的终极怀疑和解构，宣告了20世纪曾经横扫全球的一切超越性的人类理想及其革命实践的失败。

就在《大话西游》给即将结束的20世纪画上精神标记之际，世纪末一部历史正剧横空出世：这部在央视一套黄金档播出后便包揽了当年所有电视剧奖项大奖的《雍正王朝》（1999），不仅收获了该年份央视收视的最高峰，还受到了中宣部和时任国家总理朱镕基的高度评价。此后，该剧更是成为我国党政机关推荐收看的电视剧，至今仍被冠以"代表着历史剧的最高水平""传达了一种更博大深邃的'大中国史观'"等美誉。《雍正王朝》的成功

---

① 戴锦华：《后革命的幽灵》，《跨文化对话》（第38辑），商务印书馆，2018，第29页。
② 陶东风：《大话文学与消费文化语境中经典的命运》，《天津社会科学》2005年第3期，第93页。
③ 徐贲：《当代犬儒主义的良心与希望》，《读书》2014年07期，第32页。

引发了连锁效应，以中国历史上具有雄才大略、文治武功的封建帝王为主角讲述创业不易、守业艰难主题的影视剧作陆续出现，比如《康熙王朝》（2001）、《汉武大帝》（2004）以及系列剧集《大秦帝国》①（2009—2020）等。从世纪末到当下的历史正剧，事实上都在无差别地延续着同一个关于"认同改革"的文化转喻，即20世纪90年代中期所有制转轨和社会结构改革遭遇攻坚战时，主流社会要求普罗大众"分享艰难"的政治话语表述，其目的指向大众对国家统治和秩序、规则的认同。

颇有反讽意味的是，就在主流意识形态召唤秩序认同与规则认同的背景板上，那些充满人格魅力和个人英雄主义色彩的帝王形象谱系，成为"分享艰难"这一话语表述中最具情感感召力和说服力的符号。与此同时，被《大话西游》所寓言的数目庞大的年轻的犬儒们，作为某种众所周知却处于匿名状态的事实，游走在新历史主义宏大叙事的脚注中：他们将自己从20世纪90年代以来文化语境中习得的去历史化的、去政治化的思维方式，作为重新阐释历史和政治生活的逻辑起点，其参照系则是他们真实的生存困境和时代性的精神症候；另一方面，被20世纪90年代以来典范性的大众文化样本所构建的，弥漫于宫廷日常生活中的常态化的权谋心术和党同伐异等故事元素，也就成为他们想象权力运行机制的基本模板。由是，在他们创造的文化样本中，一切的历史和政治都是盘算个人利益之后实施阴谋诡计的结果，其中没有正义生活的可能。至于那些有关自由、尊严、平等的价值理念，不仅不合时宜，还会造成精神痛苦。

在"宫斗"及其后的变体题材"宅斗"类型网文所包裹的封建等级秩序和生存绝境的虚拟外衣下，消费主义时代的女白领们剥去一切矫饰的面具，直白地表达着她们对权力规则和阶级秩序的敬畏臣服。这种悬置价值、只求生存的利己主义生存哲学，必然以一个超稳定的、封闭自足且循环往复的等级化权力系统为投射；封建专制统治下的后宫和勋爵人家的内宅，就成为披着古人衣服的现代"白骨精"斗法的空间。当同代人毫无反思地为其中人物的"身不由己"而竭力辩护，共同为这一想象中的旧世界的旧秩序背书时，更触目惊心的是她们对权力秩序及其逻辑在身体上、情感上、伦理上的内在体认和衷心祈愿，她们甚至在这个毫无试错成本的虚拟想象世界里从未设想过拆毁"铁屋子"的可能性，反而耽于玩转权力游戏的狂欢中。一如上一代

---

① 系列剧作分别为：《大秦帝国之裂变》（2009年），第二部《大秦帝国之纵横》（2013年），第三部《大秦帝国之崛起》（2017年），第四部《大秦赋》（2020年）。

人因飘荡在青春文化中的"后革命的幽灵"而忧虑惊惧，年青一代"对权力机制、对当权者处境的饱含体认的细密获知与同情"① 不仅深入骨髓，"在这些略显稚嫩的脸庞下面有一颗善于'腹黑'的老中国人的心灵"②。

① 戴锦华：《后革命的幽灵》，《跨文化对话》（第 38 辑），商务印书馆，2018，第 17 页。
② 张慧瑜：《"宫斗"热与个体化时代的生存竞争》，《文化纵横》2012 年第 4 期，第 120 页。

中国网络科幻小说的
神话书写与叙事伦理

◇ 鲍远福*

一、神话与科幻的裂变与耦合

从叙述形式及其本质内涵来看，神话是朴素的科幻形态，科幻叙事是对神话思维的升级转型（或者说科幻叙事是经过理性化改造之后的现代神话），它是将神话传统（迷信的神话、蒙昧的神话、非理性的拜神教的神话）现代化为一种新文体，因此也是一种高级神话。作为远古时代的人类想象"未知""未经""未名"和"未来"之事的神话系统的核心价值指向是"万物有灵论"，而"万物有灵论"的心理基础则是巫术思维。巫术思维的背后隐藏着与科学技术逻辑推演相似的话语策略、审美韵味与艺术价值，它们借助于神话文艺的表意实践得以彰显。因此，在英国神话人类学家弗雷泽看来，神话及其背后的巫术思维与科学技术想象的意义体系之间存在着某种相似性和一致性，为此，他写道："巫术与科学在认识世界的概念上，两者是相近的。二者都认定事件的演替是完全有规律的和肯定的。并且由于这些演变是由不变的规律所决定的，所以它们是可以准确地预见和推算出来的。一切不定的、偶然的和意外的因素均被排除在自然进程之外。对那些深知事物的起因，并能接触到这部庞大复杂的宇宙自然机器运转奥秘的发条的人来说，巫术与科学这二者似乎都为他开辟了具有无限可能性的前景。于是，巫术同科学一样都在人们的头脑中产生了强烈的吸引力；强有力地刺激着对于知识的追求。"① 弗雷泽所论证的巫术与科学的关系，其衍生层面的意义则可以指向

---

　　* 鲍远福：男，安徽六安人，文学博士，贵州民族大学传媒学院副教授、硕士生导师，主要从事文艺理论、科幻文艺、网络文化与传播研究。

　　① 詹姆斯·乔治·弗雷泽：《金枝：巫术与宗教之研究》，徐育新、汪培基、张泽石译，大众文艺出版社，1998，第76页。

作为审美叙述文体的神话与科幻小说关系的论说。

实际上，科学技术思维与人类神话传统之间存在着非常复杂的关系，"科学与神话之间的共生关系由来已久，在当代科幻小说中，除了延续启蒙主义影响下'神话科学化'的单向进程，还体现出'科学神话化'的逆向维度，甚至萌发出对'科学神话'的反思和超越。以英国作家阿瑟·克拉克为例，其作品中不仅调动了传统神话的框架结构和主题模式，神话的象征符号体系，还努力用科学幻想的'异界'发起对理性独大以来人类认知模式和价值观的挑战，这寄托了克拉克超越科学技术的哲学思考，也是科幻小说不可忽略的文化价值所在"①。技术的终结之处或者说科学技术经验范畴外的"灰色区域"便是魔法、奇迹和神话的地盘。从这个角度来看，科幻小说在呈现科学技术奇观的过程中就将自己拉入了神话的范畴之中。既然远古时期人类可以将他们不能理解的事物和现象解读为"奇迹""天启"或"降神"，那么在未来世界，人类对难以理解的技术景观和宇宙现象，自然也可以称之为"神话""魔法"或"神迹"，因为这两者之间的语言逻辑是互通的。从这个意义上讲，我们可以将科幻小说理解为一种现代神话或者说"拟神话"，一种类似于神话并蕴含着神话思维和神话母题的现代文类，它的存在意义在于帮助我们理解超验的科学技术狂想领域中的自然现象和未知事物。

因此，"神话作为一个现实的'平行世界'，虽然指向过去，但是穿梭于现实与幻想之间的天然桥梁"②。相比较而言，科幻也是现实的"平行世界"，不过，与神话指向现实生活的超验层面相比，科幻的主题指向的时空却是"未知""未来"与"异域"。科幻是对神话的"重述"，某种意义上也是希望借助叙事将神话思维纳入科学精神的规训之中。因此，无论是神话还是科幻，其作品成功的关键都是通过想象而与文本内容建构直接联系的各种符号、象征与原型。

从另外的角度来看，科幻题材的叙事内容及其构建的认知经验系统也经常被认为是神话的反面。科幻理论家达科·苏恩文指出，神话与科幻小说的审美认知有着很大的不同。"神话把来自漫长懒散的社会年代的显然经久不变的母题加以绝对化，甚至拟人化。相反，由于科幻小说倾力关注的是来自经验环境中的可变因素和显现未来特征的种种因素。"因此，现代科幻出现在人类通过科技工具能够充分认识世界的19世纪之后。"神话宣称可以一劳

① 黄悦：《试论科幻文学中科学与神话的共生关系》，《贵州社会科学》2020年第4期。
② 黄悦：《试论科幻文学中科学与神话的共生关系》，《贵州社会科学》2020年第4期。

永逸地解释所有现象的本质，而科幻小说首先将所有现象假设为问题，然后探索它们的走向。它把神话式的静态存在看作一种幻觉，通常具有欺骗性，充其量只是一种潜在的无限的偶然事件中的短暂的现实形式。""科幻小说作为一种文学类型完全与超自然的或玄虚的陌生化相对立，正如它与自然主义或经验主义相对立一样。"① 科幻小说对历史以及神话的想象是一种基于对作者知识经验"拟换性"的框架结构设计。因此，科幻与历史的结合会被称为"拟换历史"或"或然历史"；科幻与神话的结合，则可以被称为"拟神话"或"拟科幻"。由此可见，神话思维与科幻的理性认知截然相反。前者是原始的蒙昧的，后者是逻辑的理性的。这也是人类进入现代社会以后，标榜蒙昧思维的神话叙事逐渐消亡的原因。不过，即便如此，我们仍然在新的文学创作与批评实践——特别是科幻文学创作与研究——中看到神话思维的影响。

21 世纪初，仍然有学者称"科幻小说"是"以科学为对象和线索进行幻想并构成重要内容的一种小说"②，它对科学技术和科学现象作出幻想性描述，由此构成一种带有神话思维的叙事，同时，它也"区别于古代神魔小说，强调一种现代性神话，兼具一定的科学知识性和文学艺术性"③。神话思维、神话意识和神话精神的"现代性改造"是科幻小说借助"科学幻想"描摹未知、未明与未来的内在动力，因此科幻小说的本质是一种现代神话，两者在当代文学的叙事隐喻体系中形成了一种较为严谨的平行互文关系，犹如作者、读者生活的现实世界与科幻小说、神话叙事中的"虚构世界"之间的关系那样。无论是关于平行宇宙中的陌生规律与神秘现象以及架空世界里波诡云谲的器具、物象与生物的描写，还是未来社会中种种陌生化的社会组织、典章制度或者神奇强大的科学技术与生活方式的开放式想象，科幻小说都是在通过叙事的虚构性力量和在逻辑上可以自洽的"假定原则"为读者构建某种"替代/拟换历史"的神话阅读经验，用"现代神话"的建构性力量来塑造新的历史审美经验，以此呼应当代人类关于现实状况的心理焦虑以及他们对未来生存状况的伦理期待。

网络科幻小说同科幻电影一样，具有很强的技术环境依赖性与新媒介的

① 达科·苏恩文：《科幻小说变形记：科幻小说的诗学和文学类型史》，丁素萍等译，安徽文艺出版社，2011，第8页。

② 孔庆东：《中国科幻小说概说》，《涪陵师范学院学报》2003年第3期。

③ 黄明海：《人类命运共同体视野下的科幻景观——以〈流浪地球〉为考察文本》，《中北大学学报（社会科学版）》2021年第5期。

亲和力，它们与数字动漫、网络游戏等新艺术形态共同构建了当代社会实践的"技术神话"，这一"技术神话"的叙事面向的是现代性的生活方式，其话语策略是人类主体在物质和精神层面的大自由与大解放。"当代仿生学、生物技术、人工智能等，制造了人类社会与后人类社会的分野。在后人类社会，人的身体和心智可能被生物技术改变，机器拥有自主意识，更加智能。人类对这一切喜忧参半，而科幻电影已把后人类社会的想象编织成故事，把幻想变成事实，并形成了元叙事，即科技在未来会改变人类世界的秩序与权力结构。""当下的'技术神话'源自仿生学、生物技术、人工智能的发展，生物技术尝试破译基因密码，改变人类的身体和心智；人工智能经由深度学习，可能形成自主意识……现在的人工智能在深度学习方面已经超过了人类，如人工智能微软小冰能写诗、画画，甚至办个展。人类对技术的未来有很多美好的愿景，也有担忧和恐惧。科技不仅是第一生产力，推动经济发展，还是'强国重器'，支配世界关系的权力砝码。因此，权力的争夺表现为技术的争夺，拥有技术就拥有了支配性的权力。"[①] 由此可见，现实世界的科学技术发展与进步为包括网络科幻小说在内的科幻文学提供了想象力建构的动力与源泉。中国当代网络科幻小说文体类型的实践与变革在紧密关照现实科学技术发展语境的基础上为我们提供极其丰富的神话转义书写的案例。它们或借助对远古神话的"重述"，或对历史场景的"变形"，或者将未来世界的发展纳入神话认知体系等方式重现科学幻想与神话思维的内在话语关联。

二、上古神话的"变形"与"重述"

人类各民族的远古神话及其常见的母题——洪水灾难、祖先崇拜、奇异旅程、异界历险以及怪异的他者等——为网络科幻小说创作提供了取之不尽用之不竭的题材和资源。神话传说和科幻小说都热衷于塑造传奇想象世界与现实经验世界之间的断裂与脱位。罗伯特·斯科尔斯（Robert Scholes）说过："传奇世界和经验世界之间的严重脱位表现在不同方面，最明显的一种方式，是人们为了增加叙述规则的力量而置自然规律于不顾，这其实是人们以表达愿望和恐惧的形式所体现出的人类心灵的映射。"神话传说中的奇异世界常常被叙述实践行为"物化为另一个世界，一个不同的地方：天堂、地

---

① 郑二利：《科幻影视文化中的"元叙事"》，《文化研究》2019 年第 3 辑（总第 38 辑），第 129—137 页。

狱、伊甸园、童话世界、乌托邦、月亮、亚特兰蒂斯、小人国"①。而它们又在科幻小说的想象世界中被拉伸、扭曲和重塑，成为新的神话世界。在人类文学史上，前者对后者的这种滋养和哺育关系一直伴随着人类的文化进程持续到今天。"巧合的是，最古老的文学形式常常明显地存在着与科幻小说的密切关系：探索与发现的旅程、神奇的历险、奇特的野兽以及带有象征意义的故事情境，都是伟大的传统故事的组成部分，它们只是近来才被社会的现实主义小说拒绝。因此，叙述世界被洪水毁灭的叙事诗《吉尔伽美什》、印度神话、《奥德赛》《贝奥武甫》、《圣经》——事实上，所有这一切直到《米老鼠周刊》——都在不同时期得到科幻小说爱好者带着殖民主义般的热忱认同。"② 网络科幻小说同其在传统审美实践的近亲现代科幻文学一样，其创作总是在古代神话文学典籍的想象世界中汲取营养，并逐渐发展壮大，演变成为新的神话叙事系统。例如在修真与科幻题材杂糅的《飘邈之旅》（萧潜）、《星辰变》（我吃西红柿）、《遮天》（辰东）、《吞噬星空》（我吃西红柿）等作品中，修仙界的宇宙观、世界观与"黑科技系统"（三千大世界与三千小世界、宇宙穿梭、时间旅行、"瞬移"、宇宙起源等概念）都在网络作家们的笔下获得了符合某种科学理性思维的另类阐发。《飘邈之旅》表面上为读者描述了一个修真世界，但是其中仍然通过一定的篇幅为读者描述了仙魔妖界的争斗比拼背景之下世俗人类的生活情境。小说中写到主人公李强被他的修真引路人傅山借助于"空间门"带到"天庭星"，在该行星一个绿色的盆地中，他先后遭遇了三个古代文明国度——"大汉国""丽唐国"和"故宋国"，原来这里的人类都是中国古代被外星人掳掠到异星的"华夏遗民"。后来修仙界发生战争也波及与天庭星相关联的其他星球，蜥蜴状的"绿族"外星人在修真者的支持下使用具有神力加持的"能量巨炮"和"射线武器"相互轰击……借助于这些充满奇幻色彩的支线故事情节的描写，《飘邈之旅》把现代都市、修仙神话与世俗日常有机地串联起来，为后来的"软科幻"网络小说构建类似的情节和世界观提供了颇为可信的叙事依据。类似的还有《星辰变》这部较早时期的网络仙侠（神话）小说，其中也蕴含着科幻要素。小说主角秦羽一步步变强，他与修仙界的争斗其实都是被圈定

---

① 罗伯特·斯科尔斯、弗雷德里克·詹姆逊、阿瑟 B. 艾文斯等：《科幻文学的批评与建构》，王逢振等译，安徽文艺出版社，2011，第22—23 页。

② 布赖恩·奥尔迪斯、戴维·温格罗夫：《亿万年大狂欢：西方科幻小说史》，舒伟等译，安徽文艺出版社，2011，第6—7 页。

在固定的中国上古神话的叙事框架下进行的，甚至他的两位过命兄弟黑羽与侯费都是赫赫有名的上古神兽。后来秦羽战胜所有强敌成为仅次于"鸿蒙"和"林蒙"两位宇宙创世始祖的强者，成为"秦蒙宇宙"开创者。这些情节都是在宇宙起源（这本身也是神话叙事的一个重要的对象）的尺度上进行的想象性书写，可以说是通过神话情节的叙写为读者构建了一种带有现代科学意味的世界观体系。在《遮天》中，主人公叶凡穿梭于地球、火星（荧惑）以及"葬帝星系"（即北斗星系）等不同世界，而这些在光年尺度上遥遥相隔的星系、星球以及人类文明之间居然共享着同一个"起源神话"，也就是由小说开篇所引出的"九龙拉棺"情节背后的仙魔妖界以及人类世界的起源故事。除此之外，小说中对"老子西出函谷关""阿弥陀佛星""昆仑神山""斗战胜佛""狼人大帝"等故事情节和人物形象的描写，都颇具历史科幻小说的味道。《吞噬星空》描写主人公罗峰超能力觉醒后一方面通过生物基因改造以及融合外星怪物"星空巨兽"生命意志的方式进化为守护人类的"超级战士"；另一方面，他继承了在上古遗迹中发现的水晶骷髅——来自"陨墨星主人"呼延博留下的金字塔形宇宙飞船和超级装备，从而能够冲出地球、征战星海。小说对核战后人类与变种异兽、外星怪物"星空巨兽"以及形形色色的修真者之间的战争等情节的描写，更是将神话思维与科幻小说对未来和末世的想象性建构有机地衔接起来，形成了神话故事与科学幻想的"故事拼盘"。黑天魔神的"末世三部曲"（《末世狩猎者》《末世猎杀者》《寄生体》）更是让主人公与来自平行世界的神祇、鬼怪、魔兽和异族征战不息，借以表达"人类中心主义"的叙事主题。除此之外，《修真四万年》（卧牛真人）、《夜的命名术》（会说话的肘子）、《七号基地》（净无痕）等"混合科幻"作品则将科技修仙、基因升级炼体、赛博朋克和中国远古神话融为一体，构建了一个个充满神秘色彩且又具有科技理性特征的"异界/异域叙事""时空体"。因此，科幻小说及其新媒体"亚类"网络科幻小说一直在叙事进程中合理继承中外神话文学中的想象力资源和叙事传统，将其对新奇之人、怪异之事、荒诞之情与未来之世的反复塑造作为自己的叙述使命与艺术职责，甚至于科幻小说"从急剧变化的文化气候"中不断创新与进化，"带着一种保留到现在的谨慎的亵渎神明的特性"①，实实在在地丰富着神话的审美内涵，拓展着古代神话的文本谱系和想象空间。

---

① 布赖恩·奥尔迪斯、戴维·温格罗夫：《亿万年大狂欢：西方科幻小说史》，舒伟等译，安徽文艺出版社，2011，第10页。

三、现代神话的"拼接"与"重塑"

加拿大文学批评家诺斯罗普·弗莱在《批评的剖析》一书中就对科幻小说与神话故事的关系进行了明确的定位:"科幻小说是一种继承了强烈的上古神话色彩的传奇小说。"① 这是因为"科学幻想作品总是想象出一种生活远高于我们的实际生活,就像我们高于野蛮时代那样,其背景经常是一些在我们看来是不可思议的技术上的奇迹"。科幻文学作品中对未来不可思议的事物、事情以及技术问题的想象,常常"带有强烈的趋向于神话的内在倾向。"② 从弗莱的论述中我们可以发现,他对科幻小说与神话传统之间的关系作出了精准而朴素的剖析,即在叙述机制层面,当科幻小说通过描述想象世界不可思议的经验(科学技术、"后人类境况"或"异世界"的离奇经历等)时,它就会自然而然地"回归"到某种"现代神话"的结构模式之中。

从这个角度来看,科幻小说与神话故事之间存在着类似的叙事表意机制。在网络科幻小说的创作中,这种将科学幻想与神话故事内在叙事机制有机统一起来的案例非常多。在《废土》(黑天魔神)、《狩魔手记》(烟雨江南)、《千年回溯》(火中物)、《星空之上》(彩虹之门)、《宇宙的边缘世界》(原艾伦)等具有"硬科幻"类型倾向的网络小说中,"网生代"的中国科幻作者们积极地在叙事过程中将现实世界中的各种"未解之谜"和生存危机赋予神话色彩,使其在某种"未来时空"或"异域情境"中获得科学、合理的解释。《废土》《狩魔手记》以及"软科幻"作品《第一序列》(会说话的肘子)立足于现实世界中人类文明自身的"核战阴云"来"设想"和"验证""核战争"真实发生后的人类文明走向,它们或者表达人类在废土世界的变异、进化与艰难求生,或者想象残存的人类文明与其他智慧物种之间复杂的生物政治关系,或者通过核战后的末日情境深度剖析人性、人心与人情变异与复归的新的潜能。现实世界中的"核威慑""核讹诈"与"小行星撞击地球"等文明危机事件经过想象力机制的语义转换被"迁移置换"到各种"未来"和"异域"的叙述语境中,以"新神话"的形式被叙述者"意义重置",演变为网络科幻小说常见的故事线设置策略,激发了读者对现实世界地缘政治格局与人类生存现状的警醒与反思。《千年回溯》使用更加宏大的叙事框架与合乎逻辑的故事情节为读者"重塑"了人类从事科学探索过程所

---

① Northrop Frye, *Anatomy of Criticism: Four Essays* (Princeton University Press, 1957), P. 49.
② 诺思罗普·弗莱:《批评的剖析》,陈慧译,北京大学出版社,2021,第67页。

面临的各种"谜题"，例如"罗斯威尔事件""进化论悖论""人鱼传说"，等等。小说从"故事主线"中的"外星人入侵"着手，在缜密细致的逻辑归纳的基础上，通过科学推论"还原"了"罗斯威尔事件"背后的真相，即本宇宙纪元中银河系的霸主"迷族"被上一宇宙纪元中的遗族"虚族文明"打败，然后逃亡至地球并坠毁在罗斯威尔地区，引发 UFO 研究者以及科学阴谋论者的种种猜测。这个新的"解释"将现实认知经验中莫须有的猜测与某种可能存在的科学事实在文本层面勾连起来，产生了巨大的阐释张力。此外，小说中对"人鱼的故事"和"进化论悖论"的解释同样遵循神话叙事的思维模式和触发机制，也引发了读者的无限遐想，增强了小说接受体验的愉悦属性（即所谓的"爽感"机制）。《宇宙边缘的世界》、《深空之下》系列（最终永恒）以及《星空之上》等作品则将叙述的视角对准人类"起源之谜"这个议题，它们有的设想"半人马座比邻星"的"造物主文明"创造了人类和银河系中多元化的智慧生命与文明（甚至包括类似于《变形金刚》中的巨型机械生命体），有的设想银河系猎户悬臂中的所有"直立智人种"都来自同一个"神级文明"，还有的则大胆推翻"达尔文进化论"的理论框架，设想一种更加先进的爬虫型超级文明是地球上一个纪元的霸主，它们通过干预和改造非洲古猿基因的方式，创造了这一纪元中的人类文明。

四、未来神话的"编码"与"赋义"

早在中国晚清这一科幻文学作为现代文类形态初露雏形的时代，就有科幻作家在"未来想象"的作品中借虚构的人物来阐述科技与神话的关系，提出科学技术作为一种有用的工具和手段，可以帮助使用者随心所欲地满足自身的欲望，就如同神魔小说中所虚构的"魔法"或"仙术"一般，具有相同的工具属性功能，特别是那些书写中华民族参与强国崛起、未来战争的作品中，掌握了先进武器（技术造物）的一方往往可以出奇制胜，统御八方，为所欲为。虽然很少有人去追究它们在知识学上的渊源关系，但是我们仍然可以看出那些带有未来主义倾向的网络科幻小说中潜藏着根深蒂固的神话思维与神话情结。

科幻作家及理论家吴岩在最近的研究中指出，中国当代科幻文学实践已经从念念不忘反思和讽喻社会现实的"科幻现实主义"创作风潮转向一种对"未来世界"充满无限憧憬的"科幻未来主义"的图景中。他在考察了中国一百多年来的科幻文学创作后指出，中国科幻文学已经生成了三种具有明显审美标识属性的"科幻未来主义"创作类型，一为"蓝图未来主义"，强调对未来社会的整体发展目标的构想，借此"提出行动方案和前进步骤"；二为"体验未来主义"，特别突出叙述者在小说所营造的"未来时空体"中的新奇体验，借以"发明"很多"新语新知"（最典型的是刘慈欣在《三体》系列中发明的"宇宙社会学""智子""猜疑链"与"二向箔"等）；三是"运演未来主义"，指的是"小说在一个较为长期的历史时段或较为宏大的外在场面之下，让叙事在交织的多重线索中蔓生发展，逐渐把时间推向未来"[1]，叙事时间线的复杂变量与交互关系，在叙述行为的推动下演变为未来的多元可能性。当代美国科幻文艺理论家小伊斯特凡·西塞基-罗尼则认为："科幻作家有时会把他们的故事放在想象中的过去和现在，但大多数科幻小说是未来主义的。""科幻小说的主要叙事策略是通过精确的细节和历史因果关系，创造出令人信服的未来生活形象。"[2] 这种"未来主义"诉求也是通过某种"拟神话"的"叙述编码"来构建"未来世界""未来生活"与"未来经验"，它对网络科幻小说构建神话叙事机制、预见未来世界可能性与建设性的"话语编码"实践具有重要价值和意义。

中国网络科幻小说呈现"未来神话"的第一种方式是乌托邦/异托邦建构，即通过设想某种升华自现实生活经验的"蓝图"来构筑现实生活的"寓言式镜像"，以此表达对现实认知经验的"异化诉求"。《文明》（智齿）、《地球纪元》（彩虹之门）、《间客》（猫腻）、《异人行》（七马）、《第一序列》（会说话的肘子）等作品即为其中的优秀代表。《文明》为读者徐徐展开一幅气势磅礴的星际战争的新神话图景与荡气回肠的生命探索史诗。小说用逻辑自洽的科技设定想象人类文明在构建"星辰大海梦想"时所遭遇的历史与神话的"双重终结"。"未来神话"的新叙事编码体系严丝合缝，作者对文明的意义、人性的深度与宇宙的浩瀚的讨论富有哲学意味，展现了网络写手"对中国的更广义的文明，甚至……对宇宙的文明"所作出的理性"回应"，彰显出网络科幻小说主题的丰富性，揭示了"康德式的人和无限之间抗争的雄浑壮丽"[3]。《地球纪元》同传统科幻经典《三体》一样展现了网络科幻小说在"光年尺度上"的宏大艺术建构。理工科出身的彩虹之门以五卷本的庞

---

① 吴岩：《中国科幻未来主义：时代表现、类型与特征》，《中国文学批评》2022 年第 3 期。

② Istvan Csicser - Ronay, Jr. *The Seven Beauties of Science Fiction* (Wesleyan University Press, 2008), p76.

③ 王德威：《乌托邦，恶托邦，异托邦（之三）》，《文艺报》2011 年 7 月 11 日，第 7 版。

大体量和宏大文本结构为读者描述了地球文明在"近未来"可能会经历的五种典型的"新神话情境"。小说使用"星丛式文本"框架建构了一个波澜壮阔的"未来世界",其叙事所构筑的道德观和价值观是道德至上主义与人类中心论,因此,它是一种对"人类命运共同体"编码模式的审美想象。作为"人文精神气息"充裕的网络科幻佳作,《间客》的最大亮点是大到宇宙的广阔无边与小到人性的精深幽微都在作者游刃有余的笔下被栩栩如生地展示出来。小说借此表达的人性之思与人文关怀一方面凸显出内在的理性主义光芒,另一方面则表现出直幻想文学的"现实主义","新神话"的叙事框架被搭建在坚实的人文主义基础之上,使得整部作品既富于品位又能接地气,因而闪烁着启迪之光。《异人行》在"荒诞未来主义"的历险中确立了网络科幻"小品文"的审美价值,在小说所构建的近乎"异托邦"的"拟神话语境"中,人性与生存的悖论有了更富有张力的解释维度。而在人文精神的追求上,《第一序列》与《间客》类似,在新世纪网络科幻小说的发展历程中如同"双璧"一样光彩夺目,它们不仅将网络科幻类型文创作的水准拉高到足以同传统科幻文学比肩的程度,而且为科幻文艺创作题材类型的拓展以及科幻理论话语范式的更新提供了潜力与可能。网络科幻小说二十多年的发展历程中,上述作品在审美品格和思想价值层面撑起了网络科幻小说的整体质量,它们对未知和未来的编码与赋义,共同赋予网络科幻小说叙事以"新神话"的文体学价值。

五、网络科幻小说的神话叙事伦理

达科·苏恩文在论述美国作家厄休拉·K.勒·奎恩的科幻小说创作时,揭示了她作为科幻小说顶级梯队成员所具有的那种寓言性特征,而这种寓言性特征恰如(网络)科幻小说呈现神话思维时所表现出来的那种社会功能,即其审美反思或批判的思维内核必然是包含着寓言性/神话性的叙述方式与话语逻辑的。这种叙述方式和话语逻辑通常是通过寓言性的语言建构策略加以实现的:

任何一部重要的科幻小说作品都必然是类比性或寓言性的。……寓言不是讽喻,因为寓言并不以一物替代另一物,而是将一物与另一物并置,将一目了然者与隐晦不明者并置。因此,在寓言中,严格意义上的叙事与意义并不像在讽喻中那样，是相互重合的，而是彼此并行不悖的。①

也就是说，网络科幻小说中所呈现的各种外星文明的"神迹"、异族生命的"怪诞"、未来世界的"奇观"以及超级科技的"异象"都是科幻作家借以映射和镜鉴现实生活和人类社会的言说手段与审美策略，正如罗伯特·斯科尔斯所说的那样，科幻小说中通过超级技术所呈现的"神话世界"及其"神迹"与经验世界之间的错位和离析，所表征的主题"其实是人们以表达愿望和恐惧的形式所体现出的人类心灵的映射"。这种以"神话或寓言的形式"所做出的虚构设定（故事情节、叙事结构、人物角色、环境背景等）构成了科幻小说叙事形式的根源，也是我们判定一部作品是"现实向""科幻向"抑或"神话向"的理论依据和思维模型。② 据此，旅美学者宋明炜指出："作为通向新奇宇宙的科幻，很可能在两个意义上唤醒了文学的两个更早时期的精神，其一是神话……罗伯特·斯科尔斯（Robert Scholes）即断言科幻为一个宗教消失的时代提供新的神话，而最近如唐纳·哈拉维（Donna Haraway）提出的地下世（Chthulucene），人类与怪物在残破的世界上相处共生，正是替代人类中心主义和资本主义自我认知的一种新型神话体系。"③ 延续到网络科幻小说的叙事，比如《寻找人类》《重生之超级战舰》《宇宙的边缘世界》《深空之流浪舰队》《云氏猜想》《千年回溯》等作品对神级文明及其制造的器物（三智者空间、戴森球等）、遗迹（十级文明的防御要塞、光年尺度上的宇宙之门等）、技术（造物主文明的"超算中心"、超级文明的"高维碎片"等）与生存场所（四维空间中的超视景观、风星人的"念力空间"等）的超视域呈现与技术崇拜，其叙事语言中不仅表现出人类渴求无限进化、突破肉身肌体的局限并掌控宇宙规律的话语逻辑，也呈现了一种不同于传统文学叙事的以宏大深邃、浪漫绮丽和史诗性为主要审美症候的"巴洛克艺术风格"。这一切，都是网络科幻小说家以技术狂想为前提，以神话思维为母版而塑造出来的一种幻想叙事奇观的具体表征。

通过前文论述可知，在网络科幻小说的叙事系统中，神话思维与科学幻

---

① 达科·苏恩文：《科幻小说面面观》，郝琳等译，安徽文艺出版社，2011，第 332 页。《新亚特兰蒂斯岛》是勒·奎恩最后一部科幻小说作品——引注。

② 罗伯特·斯科尔斯、弗雷德里克·詹姆逊、阿瑟 B. 艾文斯等：《科幻文学的批评与建构》，王逢振等译，安徽文艺出版社，2011，第 23 页。斯科尔斯将科幻小说理解为一种"结构性寓言"，它依据的是"近期科学对人类前景的推断"，以此来开展"虚构的探究"（类似于"思维实验"）并揭示"自然科学中与人类生存相关的联系与发展"。详见上书第 30 页。

③ 宋明炜：《科幻作为方法：交叉的平行宇宙》，《外国文艺》2021 年第 6 期。

想的矛盾与统一共同建构了审美话语范式的伦理维度。神话思维以蒙昧意识来规训想象，是一种"在场想象"，科幻思维则使用工具理性来规训想象，因而是一种"超域想象"。神话叙事指向一种非理性的神秘主义价值观，是对日常经验（即前知识体系）的"再度复魅化"的过程，其中蕴含着非理性的价值判断；科幻叙事则指向理性思考与科学归纳后的世界观构架，指向一种超验的认知价值体系，是对已经被工具理性所驯服了的科学技术知识的"再度陌生化"，不过这种"再度陌生化"的方式仍然受制于科技理性的规训，其结果是，科学幻想虽然神奇瑰丽，但仍然合乎科学精神的规范，有些"神话一般的想象"甚至可以被科技进步以及科学知识的更新所印证（例如《2001：太空漫游》中的人造卫星与宇宙飞船，中国科幻电影《十三陵水库畅想曲》中的可视电话与超远程实时通信等），因此它所构建的"叙述时空体"并不像神话想象那样受制于混沌思维的规训，在文本层面显得既荒诞不经又无法证实（证伪）。神话叙事所构建的"前知识体系"仍然受到混沌思维的影响，但是科幻叙事所依赖的知识体系则已经最大限度地将神话的这种混沌思维剥离开来，使之服从于理性逻辑范式的统制与规范。因此，我们发现，神话叙事的逐步"科学化"推动了科幻小说的发展，而科幻小说在彰显技术理性的工具性的过程中也没有完全抛弃"神话思维"，如此一来，神话叙事与科学幻想在当代科幻文学的创新实践中实现了叙事伦理层面的"量子纠缠"。"在场想象"和"超域想象"真正地借助于网络科幻小说的文体变革和意义编码拓展了当代科幻文艺理论话语体系建构与价值阐释的崭新维度。由此看来，科幻与神话的有机结合也许会引起我们对神话的重新审视，它在给我们带来全新的认知方式的过程中，也会破开人类的认知迷雾进而颠覆人类的认知局限。

六、仍未完结的结语

科幻小说用理性思维工具和逻辑话语范式的演绎手段解释超自然现象、环境、事件或人物角色，借助于合理的想象建构文学的"异域""异境""异事"或"异类"，神话则使用非理性思维框架和混沌法则的梦幻机制阐发超自然现象、环境、事件或人物角色，通过神灵崇拜的话语范式体系揭示超越世俗经验的巫法/信仰世界。就其本质而言，科幻小说将人类的超越经验合法化与合理化，建构了一种叙事的科学主义法则，而神话则将这种在场性经验神异化和魔法化，建构了一种叙事的神秘主义原则。因此，通过前文论述我们可以得出初步的结论：神话是朴素的科幻，而科幻是神话的升级模式。这正如林云柯所说的那样："人的自我救赎和对于神秘性的执念曾是'科幻'的根源所在。"科幻小说与神话在语义学层面建立联系的契机"是在对于'不可理解'的神秘性执着的理解之中，我们遭遇了某种神秘性的东西，并试图以此去拓展或颠覆已有的科学限制。"① 旅美学者王德威在论及以吴趼人《新石头记》为代表的"晚清科幻小说"时也指出，晚清时代的"科幻小说以其天马行空的情节，光怪陆离的器械背景，曾经吸引了大批趋时好新的读者。而在表面的无稽之谈外，科幻小说的所论所述，也深具历史文化意义。它以反写实的笔调，投射了最现实的家国危机，而且直指一代中国人想象、言说未来世界的方向与局限。晚清的科幻作家一方面承袭了中国古典神怪小说的遗产，一方面借鉴了当代西方科幻小说的发明，所形成的叙述模式，自成一格，也让我们再思科幻小说这一文类的疆界"②。贾立元在他论及晚清科幻小说的博士论文中也阐述了科幻文艺对中国作家乃至中华民族的作用，"小说家们常以得自书报上的断章残片并经常是互相矛盾的'新知'为起点，带领读者上天入地，一边以此反观现实的种种'怪现状'，辛辣而又痛心地讽刺着中国在西方'文明'映衬下的'野蛮'，一边又热情地勾描着一幅幅富于魅力的未来形象，叙述着民族复兴的神话，希望以此振奋国魂，给困顿的国民以希望，感召他们采取行动。就这样，文化批判与梦想复兴这两大主题在这些作品中获得了独特的表达。"而"这些用小说来表达的对中国现代进程的热情辩护、冷峻批判、沉痛反省，本身也成为历史实践的一部分，传递着现代中国在走向世界与寻找自我之间的艰难，这一伟大而艰巨的历史进程也从根本上决定着中国科幻的兴衰变迁、成就与症结，构成了它的'中国'底色"③。因此，科幻作为现代人遭遇神秘性并试图通过理性工具和逻辑演绎理解它的一种叙事表达，它无外乎是人类远古神话的一种现代表征形式。唯一的不同也许是，远古神话追思"我们是谁、我们从哪里来"，构建了关于先祖崇拜及其语义表征系统，而作为"现代神话"的科幻小说则关注"我们将到哪里去"，揭示出更具合理性与规范性的关于人类未来的超越性经验范式。

---

① 林云柯：《超级英雄的诞生》，《天涯》2021年第4期。
② 王德威：《贾宝玉坐潜水艇：晚清科幻小说新论》，载《想象中国的方法：历史·小说·叙事》，百花文艺出版社，2016，第46页。
③ 贾立元：《"现代"与"未知"：晚清科幻小说研究》，北京大学出版社，2021，第4—5页。

　　总的来说，网络科幻小说对传统神话叙事中的神怪传统、神魔资源以及神奇故事借尸还魂式的"想象性重塑"，其文本基底中仍然蕴藏着叙述者与接受者内心对现实与传统复杂情感的"科学思维投射"。在这种"超级技术镜喻"与"科学思维投射"的书写框架之中，网络科幻小说一来借助跨媒介叙事和文体变革来致敬作为人类思维模式本源的神话叙事，另一方面则通过"远古神话""现代神话"和"未来神话"的策略性重述、想象性建构与再现性编码重新审视当代新媒体文学"亚文类"这一充满无限可能的新审美形态其中所包含的叙事伦理变革的潜能，诸如"后人类境况""生命政治学""生物多样性和命运共同体"等当代人文科学命题主旨内涵的深入反思。

传统地域文化的"重生"

——文化记忆在网络文学中的再现、转义与镜像

◇ 张学谦*

一、民间信仰与玄幻文学的世界

苏州籍网络文学作家荆柯守的玄幻小说，很难不让人联想到洪迈《夷坚志》中的一则故事：

河中市人刘庠，娶郑氏女，以色称。庠不能治生，贫悴落魄，惟日从其侣饮酒。郑饥寒寂寞，日夕咨怨。忽病肌热，昏冥不知人，后虽少愈，但独处一室，默坐不语，遇庠辄切齿折辱。庠郁郁不聊，委而远去。郑掩关洁身，而常常若与私人语。家众穴隙潜窥，无所睹。久之，庠归舍，入房见金帛钱绮盈室，问所从得，郑曰："数月以来，每至更深，必有一少年来，自称五郎君，与我寝处，诸物皆其所与，【觌】不敢隐也。"庠意虽愤愤，然久困于穷，冀以小康，亦不之责。一日，白昼此客至，值庠在焉。翻戒庠无得与妻共处。庠惧，徙于外馆，一听所为，且铸金为其像，晨夕瞻事。俄为庠别娶妇。庠无子，祷客求之，遂窃西元帅第九子与为嗣。元帅赏慕寻索。邻人胡生之妻因到庠家，见锦绷婴儿，疑非市井间所育者，具以告，帅捕庠及郑，械系讯掠，而籍其赀。狱未决，神召会鬼物，辟重门，直入狱劫取，凡同时诸囚悉逸去。帅大怒，明日复执庠夫妇，箠楚苛酷。是夜神又夺以归，而纵火焚府治楼观草场一空，瓦砾砖石如雨而下，救火者无一人能前。帅无可奈何，许敬祀神，不复治两人罪，五郎君竟据郑氏焉。①

商人刘庠与五郎君的故事无疑是中国地方民间文化与信仰的一个典型，

---

* 张学谦：苏州大学文学院讲师，北京大学文学博士，博士后，主要研究方向为中国现当代文学和中国现当代通俗文学与大众文化。本文为国家社科基金重大项目"中国网络文学评价体系建构研究"（18&ZDA283）阶段性成果。

① 洪迈：《夷坚志》，重庆出版社，1996，第 5 页。

五郎君即五通（五显）财神，在宋元之后，由五通、五显分立转而逐渐合为一神。虽然明代方志对正神"五显"和邪神"五通"依然有明确区分，《正德姑苏志》载："灵官庙，旧名灵顺行祠，在胥门内朱家园，名上善菴，宋嘉定二年建。在西米巷，名如意庵，嘉熙四年重建。一在葑门外灭渡桥，此绍兴间建。一在吴江。"又载："五通庙，在吴县西南十五里楞伽山（上方山）。一在昆山县东南三百步，俗称五郎堂。一在嘉定县大场寺东。一在崇明县盐场内。"① 但是到了明代此二神合一已经渐成为民间信仰之主潮，王志坚在《五通王辩》中指出"五显、五通 [苏州] 旧志分为二神，然吴俗往往混称。"②

江南地区，尤其是以苏杭为中心的五通财神的民间信仰与宗教文化，形成于宋代以来的江南地区的土地神信仰以及道教神仙科层体系的发展。宋代以来，江南地区土地神祠堂的一大特点为其祭祀对象是作为地方神祇的真实或者虚构的历史人物，典型如苏州葑门七公堂弄的七公堂（今苏州大学东校区南门附近），所祭拜者为传说中的张七公。③

就土地神崇拜与五通财神信仰文化而言，其首先是人神关系由相对较为原始的人鬼关系的精怪世界转变为以儒家伦理与道教神仙科层体系的新型关系，这是自宋代以来，中国民间文化与信仰的一次重要转变；④ 其次，这原本由鬼怪山魈构成的混沌的鬼神世界，开始能够与人产生特定的关系。以江南地区土地神信仰为例，春祭与"借阴债"几乎成为流传至今的民间行为。

---

① 王鏊、吴宽等纂《正德姑苏志》，《中国地方志集成 34 善本方志辑》，凤凰出版社，2014 年影印本，卷二七，第 392 页。

② 王志坚：《五通王辩》，《吴县志》（崇祯 1642 年）卷五，第 21 页。

③ 《娄葑镇志》载："葑门路七公堂弄北端，建有张翰祠，俗称七公堂，又称张步兵庙。后人奉张翰为吴乡下土谷神，每年要去祭祀他。"《搜神记》卷五载"相公姓张，行七，宋时麻城县人也。尝就异人学道术，得其要领，能呼役鬼神知幽冥事，故以毁沿江诸庙击狱。这城束南隅有火灾蔓延什百家，一城骚动，相公出自狱中骑白马执短棍，指东东灭，指西西灭，南北各然，火患立息。遂长行至城西北五脑山，人马俱化。闻于官，检狱吏视之，则狱护密肩如故咸惊异之，乃即其化所为建庙。"清乾隆《湖广通志》卷七十四《仙释》载："土主，世传宋西蜀人张姓，行七，称张七相公。"光绪《麻城县志》载："旧志福主神，宋时西蜀壁山县张氏，行七，世称张七相公……於楚年十七历游至麻城，见民间多淫祠，尽毁之。祠主诉官，系狱三年。值狱中火灾，神自知厄满当出，使自邑令，以能襄解释之。跨乌雅，执朱梃（指火，火灭）。遂西行至相公桥，人马飞升，望者见其止于五脑山，遂立庙山麓以祀之……宋封紫微侯，明封助国顺天王。国朝嘉庆敕加封灵感二字。凡麻城之都门会馆，暨渝城、宜昌、沙市、汉口等所在城镇，会馆皆以福主为祀。"由以上史料可见，七公堂祭拜之张七公，与楞伽山五通神庙之五通财神同样存在着多神合一，且地域化的信仰形式。

④ 万志英：《左道：中国宗教文学中的神与魔》，廖涵缤译，社会科学文献出版社，2018，第178 页。

实际上，江南地区的土地神崇拜与五通财神信仰，是以苏州为核心的。明朝末年，横塘文人徐鸣时曾描述"入山门，门内因山势，为殿二重，其前观音，后五通，两翼各有神宇，岁时穰赛不均。"① 当时，楞伽山与石湖更是获得肉山和酒海的戏称，② 可见明清时期，其香火极盛。可以说，从宋代以来，直至明清，以苏州为中心的江南地区，在民间信仰中的宗教性的人神关系已经"不是一套信仰体系，而是一系列具有目的性的行动（最广义的仪式）"，"为社会秩序与世俗权力的构建提供象征符号和隐喻，为永生的实现提供精神、仪式、身体方面的戒律。"③ 甚至可以说，民间文化与信仰中的神祇，是社会生活的一部分，人可以直接向神祇们提出自己具体的请求，而请求的实现与否则决定了神祇在社群团体以及神仙科层体系中的位置。实际上，至今在苏州市姑苏区内仍然可见到大量的土地神祠堂，并且香火持续不断。这或多或少依然是江南传统民间文化与信仰行为的某种程度的遗留。

荆柯守的玄幻小说，尤其以《纯阳》《大唐》为典型，其所塑造的小说世界，正是将以苏州为中心的江南地区的传统民间文化与信仰作为其叙事的核心。在荆氏的小说之中，世界中人与神之间的关系是纯粹的供奉与回报的关系，低级的神祇可以凭借强力的供奉从而获得在神仙科层体系中的提升，而缺乏人类供奉的神仙，则会逐渐丧失神格，直至烟消云散。《纯阳》中，所写王存业帮助青竹河河神白素素④与相邻河神争夺地方祭祀权力的过程，恰如其分地呈现了自宋代以来逐渐在江南地区形成的人神关系与信仰行为。可以说，"无论体现为神技还是神惠，神力的彰显（即灵验）都不仅可以说明相关神灵影响人类命运的能力，还会定义并证实崇拜者之间的社会关系。随着社会关系改变，神祇的力量也会发生变化。"⑤ 此外，荆氏的小说里所撰写的人仙神魔的杀伐故事中，构成人间相互关系的并非传统的人与神之间基于道德的纯粹信仰，而是在利益或者暴力性行为之间的相互妥协。比如，魏侯与河伯之间的血祭与保护关系，蓬莱仙宫与昆仑仙宫之间的角力，都是

---

① 徐鸣时：《横溪录》卷四，第6页。

② 《吴县志》（康熙1690年）卷二九，第9页。

③ 万志英：《左道：中国宗教文学中的神与魔》，廖涵缤译，社会科学文献出版社，2018，第5页、第12页。

④ 在荆柯守的玄幻修仙小说中，很多神祇都是以地方为中心的土地神，这是其小说的叙事特征之一。

⑤ 万志英：《左道：中国宗教文学中的神与魔》，廖涵缤译，社会科学文献出版社，2018，第17、18页。

在人神之间，神神之间摒弃了道德要求的交易或者斗争。

可以说荆氏小说中所描述的世界中的人神关系，不但以现代叙事的方式唤醒了江南（苏州中心）的民间通俗宗教的信仰形式，而且以更加直白的形式讲述了这种信仰形式的文化内核。可以说，荆氏小说中的人神观与其所呈现的江南地区的神祇崇拜文化，其神祇与其信仰者之间的关系，并非基督教的道德契约的形式，也非伊斯兰教的绝对权力的形式，而是一种彼此间的相互交易：一方付出供奉与祭祀，另一方则提供保护与援助。也正是基于这种交易性的人神关系，很多神祇在道德层面都闲得讳莫如深，有的甚至可以说是违背现实社会的，尤其是以儒家伦理体系为核心的道德规范的，神祇对信仰者愿望的实现，并不会在意使用的非道德的暴力手段，还是纯粹的道德方法。

二、神权、皇权与教权的转义和改写

在呈现江南地区传统民间信仰与文化的同时，荆氏的小说在其描写的人神关系的基础之上，以现代小说的形式"转义（troping）"和"改写"民间宗教与政治权力关系的文化认知。尽管这种认识，可能仅是荆轲守本人自己的意识，但是"文学并不是一种封闭的体系，而是一种文化的主导性意义生成过程的一部分，它跟别的象征体系不断互动"，"文学代表着一种挪用现实的文化表达形式，它可以任意采用那些被标准为虚构性的特定手法。由于文学作品的这种特殊的指涉性，即一方面是文化先成性，另一方面是想象性生成的可能性……便产生了对文化上占据优势的记忆概念的洞见。"① 换言之，荆氏的修仙玄幻小说的叙述无疑构成了当代理解并追认传统文化的互文性的文本，并因其文本的广布性，而参与到当代社会大众对传统文化，尤其是宗教与政治权力进行认知的文化构建之中。

以《纯阳》《易鼎》为代表的荆氏小说，除了构建了以江南地区民间信仰为基础的人神关系，同时在此基础上重创了以道教为代表的宗教权力、神仙科层体系的神权与社会现实政治权力之间的复杂关系。荆氏小说中的人和神仙共存，奇迹随显的世界，道教修仙的教权是社会奇迹的重要来源，并且道教控制着世俗社会中通往神仙世界的唯一途径，因此其与作为世俗社会治理权力代表的封建皇权，形成了一种共治的关系。用小说中的话说，道教与

---

① 阿斯特里特·埃尔、安斯加尔·纽宁主编《文化记忆研究指南》，南京大学出版社，2021，第 335、336 页。

皇权之间的共治关系乃是"窃国",这是因为小说之中具备道教正式身份的修仙者,具有凌驾于皇权社会治理体系中地方官员身份的权力。不过,与其他修真玄幻小说不同的是,荆氏小说中道教代表的教权既非超脱于世俗皇权体系之外的超然体系,也非完全凌驾于皇权体系的存在,从小说中道观与代表皇权延伸的地方政治权力关系来看,道观的世俗权力需要皇权来赋予并确认,同时道观的祭祀作用亦需要保障其所辖范围内的风调雨顺。形式上看,这是荆氏小说江南地区契约式的人神关系在教权与皇权中的延伸,其实质则是中国传统宗教与政治间关系的具体折射。正如杨庆堃指出的:"在中国,国家从来都不是一个纯粹世俗和功利的结构,或是一个由经验知识掌握,以物质利益为目的的冷酷的机械组织。封建朝廷始终受到一定的价值体系支撑,这种价值体系错综复杂地与宗教的教义、神话和其他超自然的信仰交织在一起。因此,政府的结构及其功能都根本无法完全独立于宗教体系之外独立存在。"① 不过,荆氏小说与历史之间的差异在于,世俗的皇权与道教的教权之间并未形成支配与被支配关系,即皇权政治既不能在祭祀活动与天象征兆的解读中形成垄断,也不能通过行政制度来主宰组织性的宗教。同样,道教的修仙者也不能像以《凡人修仙传》《阳神》等为代表的小说中完全依靠个人的超凡能力而完全凌驾于皇权的行政体系之上。

荆氏小说中这种道教教权与皇权政治的关系,与纯粹的文学想象相比较,其更接近于中国组织性、自愿性宗教诞生初期的历史文化状况。在中国的历史中,道教在公元二世纪末兴起,在汉末长达四百多年的社会政治混乱中,发展成一种强大的民众运动,不仅是直接威胁到东汉政权的太平道黄巾军起义,同时五斗米道在四川、陕西和邻近地区形成教权政治割据近二十多年,道士完全执掌了地区的行政权力。可以说,在组织性道教与神仙科层体系形成之间,皇权与教权之间,并不存在中古以后所形成的主宰关系,同时道教的修行与隐逸诉求,使其能够为皇权维护社会稳定与秩序提供支援。因此,荆氏小说的世界观与其说是个人的狂野想象,毋宁理解为以其小说为代表的在江南地区民间信仰基础之上形成的历史回溯性的传统宗教文化的再现。

除却教权与皇权关系的回溯性之外,荆氏在小说中还尝试解释两者关系形成的原因,在小说《纯阳》之中,道教之所以能够与皇权体系相并立,乃是因为皇权在小说的现实政治之中受到极大的限制,地方行政体系已然形成

---

① 杨庆堃:《中国社会中的宗教》,范丽珠译,四川人民出版社,2016,第83、84页。

了半独立性的割据势力。或许在荆氏看来，"一旦中央集权的政府力量衰落，民不聊生，饿殍遍野，社会动荡不安，新的宗教理想很自然地为从旧秩序中重塑生活提供了希望，于是自愿性宗教运动就很大可能带上政治色彩"①。

　　然而，不应忘记，尽管荆氏的小说具有回溯性的文化特征，但是其依然拥有当代文学对历史文化的"转义（troping）"和"改写"，因此荆氏小说的世界不仅仅是单纯地呈现了中古之前的宗教与政治的关系，而且对这种关系做了更复杂的处理。事实上，在荆氏的小说中，道教的教权与神仙科层体系之间，并非传统的修仙体系与神仙体系一体化的认知，而是将以玉皇大帝为核心的天庭神仙的科层体系与道教组织体系进行世俗化处理了。换言之，《纯阳》等小说中叙述了世俗皇权、天庭皇权与道教教权三组关系，道教教权与世俗皇权等位并存，道教教权服从于天庭皇权的统治，而天庭皇权又无权直接干涉世俗皇权，天庭神仙所施的神迹又必须依靠以道观为核心的祭祀庙宇来实现，并且天庭神仙科层设置又与世俗社会的祭祀程度（香火的数量）直接挂钩。抛开前文已论教权与世俗皇权的关系，就道教教权与天庭神权之间的关系而言，荆氏的小说无疑是将在明清神魔小说与道教中所形成的道教及其神仙科层体系的一般性或者说大众性认识带入小说之中。就像《西游记》《封神演义》等神魔小说之中，道教既是天庭神仙体系的伦理支撑，同时又膺服于天庭天帝的权力管辖，修仙者或者道教列仙皆从属于天庭神仙的科层体系之中。与古典小说和传统观念不同的是，在荆氏的小说之中天庭神权与道教教权之间的关系并不和谐。在《纯阳》中以道君为首的诸道派分支，虽然在名义上均服从天庭管辖，接受天帝封敕，却始终存着对抗之心。同样，天庭也对道教体系怀有隐忧，并故意册封道教敌对者，以限制道教势力。②

　　实际上，在荆氏小说中神权、皇权与教权三者的关系，其渊源是江南地区的民间信仰与宗教文化，不过所不同的是，在小说文本之中，三者的关系既包含地域性民间文化认知，也包含了历史中宗教与政治、文学与宗教多重文化系统。其所呈现的是个体对传统文化的当代记忆。与其他修仙玄幻小说相比较，荆氏的小说更注重小说叙事中的人神关系，而非注重修仙斗法的奇异过程。正如荆氏在《纯阳》结尾中所写：

　　逍遥于山林，避世于海外吗？成平道人苦笑了一下，眼神中说不出的惆

① 杨庆堃：《中国社会中的宗教》，范丽珠译，四川人民出版社，2016，第90页。
② 荆柯守：《纯阳》，https://www.shengxu5w.com/4_4581/1927633.html。

怅，本世界不可能恢复到完全世俗的程度。

鬼神和仙人还是有着一些干涉力量，但和道法显圣时三分天下来比，当然是远不如了。①

神、宗教与世俗之间的关系才是小说不断想要叙述的核心，《纯阳》结尾道教显圣的时代，在道教与天庭争权过程中最终消失，世俗皇权开始重新回到世界中心。这种结局或许可以说，正是当代主体对传统宗教与民间信仰的认识，正像苏州石湖、楞伽山的香火一般，至今依旧旺盛，却再也没有人按照"借阴债"的传统方式去实行祭祀了。

三、从"哀情"到"虐恋"：通俗文学抒情传统的当代镜像

以苏州为中心的江南地区，自清末以来就是鸳鸯蝴蝶派创作的中心。1906 年，符霖在其小说《禽兽石》中，标下"哀情"二字，标志着中国现当代通俗文学中"哀情小说"的出现。② 此后，这一小说类型在现当代通俗文学领域中迅速发展起来。对"哀情"这一小说类型的出现，周作人说得颇为明白：

这也是宣统洪宪之间的一种文学潮流，一般固然是传统的生长，一半则是由于革命顿挫的反动，自然倾向于颓废，……因此，我觉得《语丝》上谈苏曼殊是不会给予青年以不良影响的，……事实上，现在青年多在鸳鸯蝴蝶化，这恐怕是真的。但我想其原因当有别在，便是（1）上海气之流毒，（2）反革命势力之压迫，……总之，现在还是浪漫时代，凡浪漫的东西都是会有的。③

或许，周作人所言之"反动"未免言过其实，但是他却敏锐地察觉到了以苏曼殊为代表的"哀情小说"产生之源。所谓传统则是中国古典小说之中"才子佳人"题材在现代通俗小说中的发展，而"革命顿挫"则毋宁理解为辛亥之后，民国成立，基本政治目标已经完成，而社会状况又无实质变化的历史情况，引发的知识分子的颓丧情绪。④ 此外，还有相当重要的一点原因就是以上海为代表的近代资本主义的摩登城市之影响。

---

① https://www.shengxu5w.com/4_4581/1927756.html。
② 范伯群：《中国现代通俗文学史》，北京大学出版社，2007，第 128 页。
③ 周作人：《答芸生先生》，《周作人书信》，止庵校订，北京十月文艺出版社，2011，第 92、93 页。
④ 杨念群：《杨念群自选集》，广西师范大学出版社，2000，第 195—198 页。

如果说，"哀情小说"及由其发展而成的鸳鸯蝴蝶派小说，是现代通俗文学在近代历史环境中对中国古典文学的一种承继式发展的话，那么，可以说当代网络小说中的"虐恋"题材小说，尤其是苏州籍作家圣妖、顾七兮等的"虐恋小说"，则可以称之为鸳蝴派"哀情小说"在当代的一种镜像了。

顾七兮、圣妖等网络作家的言情小说，其叙事上，大都属于兼具"霸道总裁爱上我"与"虐恋"的类型。如果从叙事类型，尤其是故事类型的角度来说，苏州网络文学中虐恋或言情题材的小说，均可以寻到其与现代通俗文学"哀情小说"叙事上的原型类联系。圣妖的虐恋小说《暗欲》是典型的"霸总虐恋"小说，男主人公名叫南夜爵，女主人公叫容恩。容恩的前男友阎越因为被坏人所害成为植物人。阎越的孪生哥哥阎冥误以为是容恩迫害阎越致其昏迷不醒，故冒充阎越来接近容恩，利用孪生这一特点伺机找其复仇。阎冥的报复，导致容恩无法找到工作，迫于无奈，容恩只能去他所经营的高级酒吧"欲诱"工作。在欲诱工作的容恩，遇上了南夜爵，容恩的倔强性格引发了他的占有欲，南夜爵开始对容恩产生兴趣，随后便渐渐爱上她。不久之后，当容恩在被迫与南夜爵同居时，阎越从昏迷状态苏醒过来，为了阻止阎越与容恩见面，南夜爵便将容恩囚禁在自家之中。容恩从此心生怨恨，此后，阎越再次遭人谋害，最终死在医院，南夜爵为了防止容恩殉情，便谎称是为了得到容恩而杀死阎越。为了替阎越报仇，容恩干脆彻底地与南夜爵纠缠在一起，并联合南夜爵的仇人最终杀死了南夜爵。在南夜爵死后，容恩终于查到了杀死阎越的真凶，于是悔不当初，开始思念南夜爵。不想，南夜爵其实并没有死，甚至因为容恩的谋杀开始复仇。结果当两人相见时，最终因为爱情，而放下所有前嫌，终成眷属。如果抛开《暗欲》作为当代小说描述了当代都市的种种情状，仅从情节叙事的层面来说，很难不让人想到吴趼人的《劫余灰》。在《劫余灰》中，男主人公陈耕伯受到叔叔仲晦陷害，被卖去做猪仔，女主角陈耕伯的未婚妻朱婉贞又被仲晦卖到船上做了妓女。朱婉贞坚决不从，被禁锢毒打，终有一日借进香的机会，向地方官求救。所幸，地方官是朱婉贞父亲之友，因此获救。在回家途中，由于江水激流，朱婉贞不幸落水，后被一官船救起，不想竟被逼做妾。朱婉贞再次反抗，被殴至死。不过，她竟只是假死，苏醒之后，经豪侠救助，终于得回故家。后被陷害的陈耕伯也逃了回来，最终有情人一家团聚。

虽然两部小说在故事的发生时代背景上，存在着巨大的差异，但是情节中的相似性当是显而易见的——被陷害的女主人公，被陷害的女主人的至亲，强而有力的救助者以及霸道的婚姻胁迫者——这些相似的人物类型以及人物死而复生的剧情，脱胎于中国古典的才子佳人小说，又经过了中国现代通俗小说的进一步发展，从而形成了当代网络言情小说，尤其是"虐恋"小说的叙事形式。进一步讲，"虐恋小说"中"霸道总裁"的形象就是通俗小说豪侠与强势迫害者形象的当代结合。如果说在清末民初，资本主义与商品经济不发达的时代，能够在小说中肆意欺凌女主人公的是具有权力的官员，那么在当代社会，这种"权力"被理所当然转交到资本与金钱的代言人——总裁/富豪之上了。另外一方面，在古典才子佳人小说与现代通俗小说中时有出现的，经常帮助小说中男女主人公以推动情节发展的豪侠类角色，比如《啼笑因缘》中的关寿峰父女等形象，则随着社会生活状态稳定化与生活形式消费化逐渐淡出了言情小说。作为替代，当代网络小说的创作视域中能够和金钱与资本对抗的只有金钱与资本，因此"霸道总裁"的形象应运而生。

此外，顾七兮、圣妖等作家的小说，除了在叙事类型上镜像并发展了现代通俗文学的叙事形式，同时也从某种程度继承了以周瘦鹃为代表的通俗文学中具有的审美意识。这些作家撰写的虐恋类小说，其"虐恋"的审美意识，与李银河所称的具有 SM 性质的虐恋，有着较大的差距。在李银河看来，所谓"虐恋"的本质是：

由于受虐倾向是一种自愿忍受折磨的态度，它就同人的宗教感联系在一起了。从现代的有受虐倾向的人背后，我们可以看到通过接受折磨而经历狂喜的自鞭派传统。性受虐倾向和宗教受虐倾向都是一种隐喻，通过这种隐喻，人的心理表达出他的痛苦和热情。①

这种基于肉体的活动，其给予性受虐的虐恋行为多多少少可以追溯到宗教传统层面，即虐恋本身所表达的人心理的痛苦和热情更类似于某种激情的"信仰"形式。然而，以顾七兮、圣妖等为代表的网络言情小说作家的作品中，"虐恋"本身更接近"哀情"在当代都市生活中的极端化，而非源自主体内部的自发性追求。这是因为，在他们的小说《迷性》《婚战》等中，至少在小说叙事上女主人公往往都是"虐"的被动接受者，并且也无法从小说中发现女主人公对虐待行为能够产生李银河描述的所谓"热情"，如果非要从心理认知的角度去理解，这些虐恋小说中的女主人公可能更偏向于"斯德哥尔摩综合征"。在这些小说之中，虐恋的本质在于向读者最大限度呈现男

---

① 李银河：《虐恋亚文化》，今日中国出版社，1998，第 268 页。

女主人公之间爱情的"感伤"与"艳情"。典型如《暗欲》中，容恩与南夜爵之间囚禁、谋杀与报复情节。在这一点上，圣妖等人的小说与周瘦鹃的"哀情小说"的叙事特征达成了某种同构——"感伤"与"艳情"。①

可以说，无论是在小说的叙事上，还是所谓"上海气之流毒"的资本主义都市生活的影响上，苏州网络文学，尤其是言情小说，都与现代通俗小说、鸳鸯蝴蝶派小说存在继承与创化的联系，同时在小说创作的审美层面，则与现代通俗小说之哀情小说之间，呈现出当代审美意识对过去文化与文学的镜像式回应。因此，其理所当然地成为江南地区文化记忆的一个侧面。

四、作为文化记忆的网络文学

"文学是文化记录的优秀（但并非唯一）代表"，"文本作者以各种方式借鉴了其他文本，既有古代的，也有当代的；既可能是自身文化的，也可能是其他文化的"。② 对苏州网络文学而言，无论玄幻类型，还是言情类型，都从不同层面呈现了这些文本对苏州地域文学与文化不同层次的"互文性"表达，它们一方面或是回忆性的或是镜像性的，呈现了传统文学与文化的某些片段（尽管这种回忆可能是无意识的），另一方面它们都将当代发达的工业网络社会中对"过去"文化的理解与想象自觉地加入创作中。就此而言，这些文本中所承载的文化记忆的"互文性"，从一个层面显示了当代网络小说与传统文化以及通俗文学之间的内在联系，无疑构成了这样一种宣称：至少在文化记忆的层面，当代网络文学的渊源来自中国传统文化与中国通俗文学。

---

① 陈建华：《紫罗兰的魅影》，上海文艺出版社，2019，第395页。
② 阿斯特里特·埃尔、安斯加尔·纽宁主编《文化记忆研究指南》，南京大学出版社，2021，第301、302页。

论网络文学对现实题材的重构

◇ 禹建湘　宋沂宸*

文学题材对文学方向的确立至关重要，对网络文学亦是如此。国家大力倡导现实主义题材，是一种文学风向标的确立，这一倡议有力地推动了现实主义文学的发展。现实题材在网络文学诞生的初始阶段已经存在，最具备典型性和代表性的是痞子蔡的作品《第一次的亲密接触》。作为起点中文网创始人之一，林庭锋认为"在网络文学的内容之中，现实题材始终是至关重要的组成部分，是一道靓丽的风景线"，经过十几年的时间积淀，现实题材在网络平台的发展已经拥有了良好的基础。特别是近年来，国家大力倡导现实主义，网络文学的现实题材作品如同雨后春笋般呈现繁荣生长之势。

一、网络文学对现实题材的"边界"重构

"网络数码技术把虚拟与真实统一起来，网络文学是对网络虚拟世界与现实世界两个客体的再现。"① 网络文学是对现实的一种"再现"，具备现实主义精神和现实情怀，又通过"表现"的方式超越了传统的生活真实，赋予了日趋僵化的现实主义题材创作以弹性和活力。

我们当前所处的是一个科技日新月异、不断变化发展的时代，伴随着时代的快速变革，"现实"的内涵和边界也在不断拓宽。互联网时代的"现实"与传统概念中的"现实"俨然发生了很大的变化。新时代催生新技术，新技术又会带来新的产物，构成新的现实。网络文学是互联网的产物，相较于传统文学而言，蕴含了新的发展特质，如何更好地发掘网络文学现实题材的独特之处，则需要理清"边界"的内涵。

＊ 禹建湘：中南大学文学与新闻传播学院教授。宋沂宸：中南大学文学与新闻传播学院研究生。本文系国家社科基金项目"网络文学观照现实的审美转向研究"（编号：21BZW59）阶段性成果。
① 禹建湘：《网络文学虚拟美学的现实情怀》，《江海学刊》2020 年第 3 期，208—212 页。

网络文学作家在创作过程中要明确"边界感"，界定好"有边"与"无边"。这涉及两个容易混淆的概念——"现实题材"与"现实主义"。现实题材是一种题材类型，现实主义是一种创作手法，它们都与现实有着密切的关系，两者却是截然不同的，存在不同的"边界"。著名的文艺批评家卢卡契曾经就"现实性"阐发过自己的见解，在他看来"艺术的任务是对现实整体进行真实的描写，从整体各方面掌握社会生活，但是客观真实性也不代表纯客观性而排斥主观因素"①。卢卡契强调客观性和主观性的统一，主张作家充分发挥想象力来建构艺术空间，这种外在世界和内心世界的统一是网文作家需要明确的"边界"。网络文学作家在反映现实世界时，可以运用与传统文学不同的表达方式，充分发挥网文作家个人的主观能动性和艺术想象力，在创作手法上是"无边"的。不过这种"无边"也不是完全自由的无边，网络文学作家在发挥"无边"想象力的同时，还需时刻牢记精神内核的"有边"，即牢牢地扎根现实大地、紧贴社会现实，不仅天马行空，更需脚踏实地。只要把握好"边界"，明晰二者之间的关系，方能推动网络文学现实题材的健康有序发展。

网络文学作家在处理现实题材时，运用多种创作手法，进行了"无边"的的扩大。现实主义具有开放性，19世纪在欧洲出现了批判现实主义的文学思潮，苏联出现了帕斯捷尔纳克的一些作品，被称为"严谨现实主义"，到了20世纪50年代，魔幻现实主义开始崛起于拉丁美洲文坛。法国著名的理论家、文艺批评家罗杰·加洛蒂在《论无边的现实主义》中通过评论卡夫卡、毕加索等，阐发了自己对现实主义的理解，提出"现实主义能够在自己所允许的范围之内进行'无边'的扩大"。为了扩充"无边的现实主义"理论，加洛蒂又提出了"抽象现实主义"的理论，认为"现代艺术中占统治地位的是这种描写方法，它并不是将生活素材作为出发点，而是从艺术家的幻想材料出发，这种幻想虽远离生活，但它的产物比现实的确实性更为确实。"② 这种理论思想的提出，意味着我们不应当将艺术作品的表现手法作为判断是否属于现实主义题材的准绳，而且这种思想与当时群众审美趣味的变化是密切相关的，许多作家通过变形、象征等艺术创作手法提高作品的艺术表现力，反映社会现实。

---

① 卢卡契：《艺术与客观真实》，范大灿译，《马克思主义文艺理论研究第2卷》，文化艺术出版社，1984，第430页。

② 罗杰·加洛蒂：《论无边的现实主义》，吴岳添译，百花文艺出版社，1998，第35页。

现实题材在发展过程中必然会受到各种非现实主义流派创作手法的影响，倘若墨守成规、故步自封，会导致现实题材的发展日益僵化。网络文学作家调动自身想象力，采用穿越、重生、架空等方式来反映社会现实，在允许的范围内对现实题材进行了"无边"的拓宽。以医疗行业的小说《中医许阳》为例，这部作品在创作手法上区别于传统的现实主义，采用"系统设定"的方式，所谓"系统设定"是指将主角传送到任意的时间节点，主角在不同的时间与空间中可以任意进行穿越。虽然都是立足于当下现实，但是在这种"无边"的创作手法之下，发生于不同时期的小故事可以巧妙地被串接起来，形成一部编年史，超过了以往传统文学可以涵盖的范围。

"无边"是对网络文学创作手法的界定，现实题材的网络文学作品还需要"有边"，这个"边"是指要遵循"写真实"的基本原则，守住反映人民生活的边界和底线。法国思想家斐伏尔认为"日常生活是所有活动的基础，正是通过日常生活，人类和人与人之间的社会关系有了整体的形态"①，日常生活是包罗万象的，是文学作品的底层逻辑，表现日常生活与运用"无边"的创作手法并不冲突，作者可以尽情地创造艺术世界，表现生活的丰富多彩。不过创作者必须要在作品中强化日常生活叙事，关注日常生活中人的生存状态，聆听时代的声音，具备现实主义精神，以人民为主角，彰显主流的价值观念，把握现实题材作品所应该具备的内核与总的精神。以齐橙的《大国重工》为例，小说中虽有离奇的情节，但在精神内核上始终守住"写实"的边界，在对中国重工业发展进程的叙述中，注重细节真实、历史真实的统一，反映出的日常生活、人物对话既真实可感，又细腻有味，十分能够引起读者的共鸣。

二、网络文学对现实题材的多维度拓展

加拿大学者麦克卢汉提出"媒介即讯息，认为最有意义的是媒介自身，即媒介的性质和它所开创的可能性。"② 新兴媒介的发展带来了各方面的变革，影响了我们理解和思考的习惯。现实题材借助网络这一新的载体，与传统题材有着较为明显的文本分野。现实题材在当下传统的纯文学创作中面临着僵化的困境，许多作品过于追求史诗性、深度性，弱化故事的情节性，导致作品出现可读性差、受众规模小等问题。

---

① 列斐伏尔：《日常生活批判第 1 卷》，叶齐茂译，社会科学文献出版社，2018，第 90 页。
② 麦克卢汉：《理解媒介：论人的延伸》，何道宽译，译林出版社，2011，第 19 页。

　　网络文学在创作手法上的"自由无边"，在很大程度上可以克服当下纯文学面临的发展困境，实现了多方面的维度拓展，体现出与传统文化的区别性特征。这种多维度拓展使得网络文学在现实与奇观的平衡建构中增强了对读者的吸引力，在小众化与专业化的细分市场中培育了新的读者群体，在互动与代入的模式引领下拉近了与读者的距离，突破了现实题材原有的发展疆域。

（一）现实与奇观的平衡建构

　　对网络文学而言，天马行空的想象力是"与生俱来"的，根植于网络文学的土壤之中，如泉水般滋养着网络文学，使其始终具备充沛的生命原动力。从"天马行空"到"脚踏实地"，网络文学正进行现实与奇观平衡建构的努力探索。

　　"现实生活"与"理想追求"在现实题材的网络文学作品中实现了契合。网络文学作家将现实生活作为背景基调，借助"金手指"的独门优势，帮助主角"披荆斩棘"，使读者在现实题材的文本中看到迥异于传统文学"奇观"的一面，从而产生爽感。就以第四届橙瓜网络文学奖的获奖作品《大医凌然》为例，小说中作者使用"宝箱""技能书""大礼包"等奇异道具，助力主角凌然实现医术飞跃，读者读起来会体验到爽文的"奇观"感。并且作者在小说中对历次现实救治场景的描写都十分专业和细致，小说中诸多人物的内心描摹栩栩如生，在细节真实中建构起了当代医生的伟大形象。

　　对"现实"与"奇观"如何进行平衡建构，尺度应如何掌控，网络文学作家有着自己的想法并付诸实践。网文作家"不信天上掉馅饼"的作品《重生之衙内》便是一个典型的例子。该小说以官场沉浮为主题，叙述了柳俊穿越到1976年，利用自己对国内大势先知先觉的优势，协助父亲成功上位的故事。不信天上掉馅饼在谈到这篇小说的创作时提到，"重生本就是开了作弊器，对竞争对手而言，是不公平的。假如在穿越后，还要含着美玉出生，呱呱坠地即公子将种，那这运气实在太过分了。"就像作家本人所提到的，不信天上掉馅饼并不排斥运用"金手指"的创作手法进行"奇观"的构建，但强调适度性，这是他在访谈中反复提到的小说底线。为了在"奇观"和"现实"之间找到平衡点，他选择设定"衙内"这个身份进行切入，这样一来主角既能接触官场，又能接触底层，既有了看点，又符合人物剧情发展的实际，做到了"双效合一"。

如同中国作家协会网络文学研究院研究员马季所言："网络文学为什么走类型文学的发展道路，其根源在于这种'讲故事'的传统是深入人心的。"①"金手指"的套路是浮于表面的水花，在"奇观"的构建上能够吸引读者的眼球，不过真正搅动想象力潮水的，仍在于立足现实，充分反映了中国人内心的精神世界。诸如《新宋》《窃明》这些历史穿越小说，"金手指"的奇观爽感是外露的、显而易见的，作品中最根本的内部核心是作者跟随时代的洪流，用现代视角观照历史发展，在中国现代化改革的背景下借鉴历史运行的规律，为现实提供借鉴和参考，在奇观中进行现实的平衡建构，实现了对传统文学的维度拓展。

（二）小众化与专业化的细分市场

随着受众市场逐渐明晰，网络文学现实题材在发展的过程中逐渐分化，一部分瞄准社会热点，凸显主流的价值倾向，还有一部分专攻女性市场，通过粉红气泡的童话感营造甜宠爱情，等等，这些小说贴近日常生活，语言直白通俗、感染力强，与传统现实题材小说相比，阅读门槛较低，以接地气的方式俘获了一大批网文读者。除此之外，还有一些其他更为小众化的题材也在以自己的方式表现现实生活。这些题材在内容上更加突出专业性和技术性，尤其是一些专业术语的使用占比十分之高，这对一些有相关专业知识背景的读者便产生了很强的吸引力。不过由于较强的专业性和知识性，对很多读者而言，会产生一种阅读上的障碍与隔阂，在一定程度上具有排他性，从而分化出了现实题材的小众市场。

小众化的现实题材类型，在传统文学与网络文学中有着不同的表现特点。以工业题材为例，工业题材作为时下较火的一种网络文学现实题材类型，涌现出了一大批受到读者欢迎的作品，如《神工》《大国工程》《大国重工》都深深扎根于历史真实之中，刻画了我国科技与制造业的发展进程。值得一提的是，在工业题材领域有一位十分具有代表性的作家——齐橙，他作为工业经济的博士，其作品《大国重工》的发表掀起了网文界的一股讨论热潮。《大国重工》中包含很多专而精的知识，涉及冶金、矿山、电力、材料等领域，有较强的专业性。在这本书的书友圈中，有很多技术工作者会分享自己的工作经历，结合自身的理解对书中涉及的技术难题，开展火热的讨论。可以看出，工业题材虽小众，但在网络文学的细分市场中仍旧收获了不同凡响

---

① 马季：《中国网络文学叙事探究》，《中国文学批评》2021 年第 2 期。

的效果。

还需指出的是，工业题材并非发端于网络文学，工业题材是继承了社会主义文学，尤其是"十七年"文学中工业题材创作的传统。很多出生于20世纪的作家，他们亲眼看到了工业化建设的历史过程，致力于揭示工业发展进程中面临的重重矛盾，塑造具有开拓魄力的改革者形象。这些写工业题材的小说家，将工业发展作为故事的大背景，创作的目的在于塑造伟人形象和反映社会变迁。网络文学作家与之不同，他们不是时代的见证者、亲历者，与当时的社会发展状况存在疏离，但是他们是时代的受益者，拥有更好的教育资源，能够从更为专业性、技术性的视角书写我国的工业化进程。以《大国重工》和《沸腾的群山》为例，《沸腾的群山》作为现当代重要的红色经典著作，描述了解放战争时期东北工业战线上的斗争生活，作者李云德没有过多地去描写生产过程，而是重点刻画苏家父子、林家妇女等两代工人形象，展现出十分广阔的生活画面，与《大国重工》这一类高密度的科技文本有着显著的区别。时代的发展孕育了不同的作者与读者，使工业题材在传统文学与网络文学之间产生了分化，呈现出不同的发展特点。总的来说，网络文学现实题材借助网络这种新兴载体，扩大了现实题材的受众规模，丰富了读者的专业知识，实现了对传统现实题材的纵深拓展。

（三）交流与批评的互动力量

20世纪60年代中期接受美学兴起，其代表人物姚斯认为，"作品的各种功能要在读者的阅读中实现，这一实现过程是作品获得生命力的过程，读者在这一过程中是主动的，是推动作者进行创作的动力源泉。"① 与传统的现实题材小说创作相比，到了网络文学时代，读者占据了更高的主动地位，可以通过网文平台与作者更加便捷地进行实时互动交流，通过句评、段评、章评等多元方式分享对作品的创作手法、创作细节以及人物形象的想法感受。

在提到网络文学批评时，欧阳友权指出："当前网络文学发展面临三个窘境，其中评价方式这一窘境是十分突出的，其中有一点是网民为主体的批评。"② 从中可以窥见，网络文学读者占据的地位是十分突出的。网民的批

---

① 姚斯、霍拉勃：《接受美学与接受理论》，周宁、金元浦译，辽宁人民出版社，1987，第35页。

② 欧阳友权：《网络文学批评的困境与选择》，《中州学刊》2016年第12期。

评与专业的文学批评是不同的，网民的批评是一种非专业性、非体系化的批评，是读者阅读感受的碎片化呈现。特别是对现实题材而言，读者倾向于将自己的日常生活经验、人生阅历感受投射到作品中，对作品的创作走向进行介入。如在《刑警荣耀》中，读者对剧情走向的讨论批评是十分狂热的，包括王为最后的级别、米兰的命运结局、王为的感情走向等，都是仁者见仁、智者见智。由于网络小说是不断更新和连载的，读者对剧情的讨论在一定程度上会影响甚至改变作家的创作思想。这种互动性对网络作家的创作来说，是十分重要的，网民如"亲友团"般陪伴在作家身边，是作家创作的动力源泉。网络小说的读者群十分庞大，他们来自各个领域、各个行业，不论是年龄、性格、爱好，都有很大的差别，这些读者在世界观、人生观和价值观上的多元能够为作家讲好现实题材故事提供积极参考。此外，这种互动的次数代表了作品的流量和热度，直接关系着作者的收益和作品的知名度，网文作家十分热衷于和读者"打成一片"，倾听读者意见，关注读者的现实诉求。

此外，以现实题材网络文学作品为蓝本的影视剧改编中，读者的地位被抬到了更高的位置。丹尼斯·麦奎尔认为："受众并不是消极被动的接受者，与之相反，他们是积极的参与者，也可以说是整个新闻传播活动中最活跃的决定性因素。"[①] 媒介的生命线掌握在受众手中，受众的数量、年龄、性别、收入、偏好等因素都在媒介传播中发挥着重要作用。基于此，现实题材的网络小说在改编成影视剧时，会提前通过平台了解粉丝对人物形象的期待预设，对情节走向的看法意见，倾听读者想法、紧密贴合日常生活、下沉现实大地。这种以受众为本位的二次创作，赋予了现实题材以全新的生命力，读者在阅读过程中也会身临其境，有很强的代入感和共鸣感，形成良性循环，实现了对传统文学的纵深拓展。

三、网络文学对现实题材纵深拓展的意义

（一）提高了网络文学的现实思考能力

"所有公众话语渐渐通过娱乐方式来呈现，进而变为一种文化精神。不论是我们的政治、宗教，抑或是新闻、体育等，都会成为娱乐的附庸产物，

---

① 丹尼斯·麦奎尔：《受众分析》，刘燕南译，中国人民大学出版社，2006，第67页。

无声无息，最终我们变为一个娱乐至死的物种。"① 网络文学的娱乐化策略对于克服纯文学的困境而言是大有裨益的，不过在市场需求的刺激下，很容易滑向波兹曼所言的"娱乐至死"的深渊。

正如欧阳友权所指出"在对媒介的规律性和目的性进行考量时，还应当思考的是：文化不能缺少灵魂，对网络文学而言，在娱乐大众之外，还应当启迪心智、慰藉心灵，肩负起育人、育才、育德的使命。"② 夏烈也提出："严肃与娱乐是对手也是伙伴。严肃的精神可能会变得不合时宜，过度娱乐也会滑向媚俗无耻，但无论是哪方都不能独裁，判对方毙命。网络文学有它反弹制胜的原因。"③ 玄幻、仙侠、灵异等题材的网络小说在一定程度上疏离现实，很多小说都呈现轻质化、套路化、娱乐化的发展特点，这种过度娱乐会滑向媚俗。如何让网络文学既具备娱乐性，又不会过度娱乐，而是能够寓教于乐，承担起以文化人、以文育人的责任，现实题材的网络文学作品回答了这一"思考题"。

鲁迅在提及现实主义的时候，曾说："歌、诗、曲、词，我本认为是民间物，文人取为己有，愈做愈难懂，成为僵石，然后他们又去取一样，去绞死它。"④ 文学如果脱离了人民，脱离了现实生活，就会成为无源之水、无本之木，丧失其生命力。现实题材的网络小说借助现实主义的多元创作手法，与人民群众紧密相连，不断拓宽反映社会的广度和深度，具备时代精神和担当意识，继承了现代小说的现实情怀，又有所创新发展，提高了自身的现实思考能力。

（二）培育了现实题材的群众市场

在国家的大力倡导之下，近年来涌现出很多杰出的现实题材网络文学作品，这些作品的出现，使得众多网文平台出现了大量的新读者，现实题材受到了更广泛的关注和欢迎。在毛泽东看来"普及的东西在内容上粗浅简单，容易被广大群众所接受；而高级的东西在内容上深奥，对文化素质低的群众而言接受起来有困难。"⑤ 现实题材的作品，本身创作灵感来源于

---

① 尼尔·波兹曼：《娱乐至死·童年的消逝》，章艳、吴燕莛译，广西师范大学出版社，2009，第77页。
② 欧阳友权：《网络文学虚拟审美的娱乐边界》，《社会科学辑刊》2021年第1期。
③ 夏烈：《网络文学的新传统与未来性》，杭州出版社，2019，第89页。
④ 鲁迅：《鲁迅全集》第12卷，人民文学出版社，1981，第339页。
⑤ 童庆炳：《文学理论教程》，高等教育出版社，2004，第84页。

生活，和现实有交集，更能与群众产生共鸣。相较于传统的、严肃的现实题材，网络文学更注重打造栩栩如生的饱满人物，增强故事的吸引力，让读者更好地代入，在反映现实中大大拉近与群众的距离，培育了现实题材的群众市场。

此外，吴长青指出"网络文学的民间性特质，是对明清以来传统文学朴实化、平民化特点的沿袭，非常具有草根性"①。很多网文平台的主体市场都是瞄准通俗文学，针对广大用户的需求，用接地气、大众化的内容快速培育读者群体。例如，我国的城市发展有着显著的等级分化，对一二线城市、三四线城市、县乡农村地区的受众群体而言，他们在文化水平、阅读偏好上存在着较大的出入。与一二线城市相比，网络文学的现实题材降低了网文阅读门槛，在"下沉市场"上大有可为，让不同学历、不同阶层、不同地域的人们更容易接受，扩大了现实题材的群众市场。

（三）拓展了中国传统的现实创作领域

文学活动有着自己发展的历史过程，任何一个时期的文学创作活动，在发展过程中都体现着特殊性，会产生一些不同于前代的问题，有着其独特的规律。南朝刘勰有云："文变染乎世情，兴废系乎时序。"② 童庆炳也曾指出"文学传统是一个动态的、开放的、发展的系统。它肇始于过去，积淀于现在，影响着未来。"③ 在文学创作中，我们应当聆听时代的声音，打破束缚，做到解放思想、与时俱进。网络时代不断地发展变化，在新时代语境中，现实主义的边界在不断扩展，在新元素的不断注入中迎来了创新的可能性。现实题材网络文学作品反映了当下社会的热点问题，提出了人民关心的重大的话题，赞扬了平凡生活中不平凡的"英雄人物"，运用了现实主义的多种创作手法，具有艺术性和感染力，拓展了传统现实领域，体现了我国当代文学发展的多元化趋势。

作为当代文学发展的一支生力军，网络文学现实题材的草根性、故事叙述的平实化，还有在传播过程中形成的"多声部合唱"效应，已经深深地走入了我国文化经验的腹地，是对新时代现实题材文学发展的纵深拓展。

总的来说，打破现实题材文学写作中存在的僵化、同质化思维已经成为现实题材文学健康发展的内在要求，直接关系着文艺精品的打造。网络文学

---

① 吴长青：《民间叙事传统与网络文学创作》，《苏州教育学院学报》2016 年第 2 期。
② 刘勰：《文心雕龙注》，人民文学出版社，1978，第 240 页。
③ 童庆炳：《文学理论教程》，高等教育出版社，2004，第 99 页。

现实题材在现实需求之下，既能够突破条条框框的手法束缚，具备艺术感染力，又能聆听时代的声音，贴合地反映当下现实，创作出一批精品力作。网络文学现实题材所具备的多方面维度，实现了对传统题材的纵深拓展，在提高现实思考能力、培育现实题材读者群、拓展传统现实创作领域等方面发挥着重要作用，有着继往开来的历史意义。

情感仿真：网文跨媒介
传播的现实化转向

◇ 陈雅佳*

数码环境与网络空间深刻参与了当代人的生活，形塑着独特的当代经验。数码技术作为一种时代底色，参与建构了网络文学的底层逻辑，而网络游戏以及其所代表的 ACGN 文化，则是"数码原住民"们想象数码技术最直接的参照。网络文学自诞生之初便与网络游戏有着不解渊源，铭刻在网络文学血液之中的网络游戏基因，潜移默化地对其创作方式、叙事结构、审美机制等诸多方面产生影响，并逐渐构筑起网络文学区别于传统文学的想象图景，发展为网络小说不可或缺的特色元素。

而 2014 年后，网络文学逐渐脱离了虚构的游戏范式束缚，开始探索一条关照现实的创作新路，在短短 7 年时间内，大批优秀现实题材网络文学作品横空出世。在跨媒介融合和"泛娱乐"的双重背景之下，网络文学的现实转向为网络游戏制作提供了新的创作灵感，拓宽了网络游戏疆域，将网络游戏中的纯虚拟世界转为一个超真实的拟像世界，使游戏行业焕发出新的生机。本文拟以网络文学的现实转向作为出发点，厘清网络游戏与网络文学的关系转变，从而阐释在网络文学观照现实语境下网络游戏产业的新机遇。

一、从游戏基因到现实觉醒：网络文学的创作转向

网络游戏的兴起使人类的快乐超越了所有的昔日时代，不仅人是游戏的人，世界也成了游戏的世界。网络游戏像风暴一样，席卷了人类现实。有学者认为人类在进入现代社会后，历经了三次世代的更迭，从书籍报纸为主要媒介的印刷媒体世代步入由摄影电影为主导的影像媒介世代，而如今，游戏作为一种新兴媒介，逐渐成为人类的日常生活方式，使人们得以打破印刷文

---

* 陈雅佳：（1993—），女，湖南长沙人，中南大学文学与新闻传播学院文化传播与文化产业学博士研究生。

字和影像的藩篱，走向"新的身体经验、新的自我同一性、新的可能世界的关系"。

当网络游戏逐渐发展为促进网络文艺符号内循环生产的符号后，作为网络文艺的重要组成，其影响力也渗透进包括网络文学在内的其他网络文艺类型之中。在网络文学诞生之初，蕴藏在网络文学创作血液之中的游戏基因，对其主题、审美、叙事产生了巨大影响，使网络文学展示出了区别于传统文学的强大想象魅力。但游戏基因所潜藏的泛娱乐化危机，也使得网络文学逐渐步入了发展困境，进而从行业内部生发出了观照现实的转向动力。

（一）　网络文学的游戏基因

网络文学，诞生于世纪之交，学界普遍倾向于将蔡志恒的《第一次亲密接触》的发表作为网络文学的起点。这部小说以第一人称的方式，记录了男主人公痞子蔡与"轻舞飞扬"的爱情故事，与传统文学相比，这篇充斥着网络用语的小说中，对外在环境意象化的诗意语言几乎完全隐去，取而代之的是一种具象化的可视性修辞。"在当前的网络小说叙事中，传统线性叙事的时空关系被打破，时间被淡化、模糊、背景化，而地点、位置、场面、空间等的叙事效能正获得凸显。"[①] 传统小说中一体化的时空关系被纯视觉化的空间场景所取代，表达为第一视角的、全方位的"看"，网络文学中体现的这种"看"，很大程度就是"来自网络游戏中的角色视角的无意识渗透"[②]。在阅读《第一次亲密接触》的过程中，读者始终沉浸于主人公的视角之中，看他所看、想他所想，将阅读转为一场文字的游戏冒险体验，这也说明网络文学自出生起便包含着游戏的基因。

黎杨全认为"中国网络文学从现代人与连线世界的日常互动中获得文学想象，并隐喻性地呈现了数字土著民与网络的共生、伴随关系及其精神症候。"网络文学与网络游戏不仅有着重合度较高的受众群体，同时，在游戏与动漫滋养下成长起来的新一代网文作者，也不自觉将其游戏经验与虚拟生存体验渗透于网络文学创作之中，成为构筑网络文学游戏基因的重要组成，使其呈现出区别于传统文学的奇异文学想象。

首先被打破的是线性的时空观念，在网络游戏中死亡不再是生命的终结，网络游戏的虚拟性带来了一种"重置"的奇观，时间可以再来，死后可以重

---

① 周冰：《网络小说的空间、地图与叙事》，《中州学刊》2018 年第 4 期。
② 聂茂、付慧青：《网络文学研究视野》，中南大学出版社，2021，第 1—20 页。

生，自我可以改变，而这种"重置"所产生的虚拟性、交互性特质，又为网络文学创作带来了无限的故事可能，并催生出了网络文学的独特类型——重生小说。重生小说是指主人公因某种机缘（如突发意或突然死亡）重回若干年前，重生后的主角仍保存着对过去的记忆，借助经验与信息的"先知先觉"而重新规划与玩转人生的小说。这种因重生而形成的多世人生和后世因经验优势而更成功的写法，显然是来自网络游戏。玩家在升级过程中常会选择"存档"，一旦角色死亡，就会回到存档点重新玩过。由于记得先前的游戏经验，重玩时会取得更好成绩。哪怕一次次被击败，玩家可以随时从存档点重新"读档重来"，这种虚拟性的死而复生让大众获得了"不朽"的权力。同时，网络游戏中的主体实现了"去中心化"，使得玩家可以随心选择任何一个存档点重新进入游戏，改变自己命运的走向。也可以在游戏中随时变换自己的人格与身份，玩家的自我呈现出流动性与多重性特征。信息的流动由固定的"传—受"单向关系变成双方周而复始的交流互动。由此，用户的操作与网络的反馈之间生成了不同的符码序列，即阿瑟斯所说的"各态遍历话语"。网络游戏时空观念的借用，使得故事发展具有某种随机性，给予了网络文学更大的叙事空间，从而带来故事的多种走向与可能。

其次，网络游戏的规则与成长模式，也暗合了网络文学对主体性的呼唤，构筑了"升级流"小说类型的底层逻辑。在包括《诛仙》《斗罗大陆》《斗破苍穹》在内的经典玄幻小说中，男主的成长线始终是勾连全书的基本脉络，而其背后的成长逻辑则与网络游戏的打怪升级模式极为相似。主角往往被设定成一个天赋异禀，但无论能力、财富、情感都未被开发的普通人形象，这也对应着游戏开局时的"0级"的初始状态，随着不断打怪升级，主人公的实力提升以数字化形式直观呈现在读者面前，契合了成就感的实时反馈机制，以达到与游戏相类似的"爽感"。

除了游戏规则对网络文学整体故事脉络的影响之外，在网络文学的故事元素中也存在着对网络游戏经验的挪用。在修真玄幻小说中时常出现的"随身老爷爷"正是这一趋势的典型事例。在这一类小说中，存在着一个被主角随身携带且并不被世界中其他人所觉察的系统。它以戒灵、老爷爷、主脑等身份出现在不同网络小说作品之中，却承担着相同的叙事目标：帮助主角成长。"随身系统"不仅负责向主角灌输所在世界的规则，通过不断给主角指派各种任务的形式，帮助主角升级强大。同时，当主角遇到危机的困顿时刻，系统也会挺身而出，为主角出谋划策，帮助他化险为夷。这种"随身流"的网络小说写法不仅暗合了网络游戏中系统与玩家的关系及升级程序，也投射出网络社会中人们的生存趋势。随着数字技术对日常生活的大规模渗透，不论是学习还是生活，每当遇到难以解答的难题时，人们总会习惯性地求助于网络，机器智能、网络智能越来越重要。这类"随身老爷爷"的写法显然投射了这种生活趋势。我们可以将老爷爷看作是网络这一集体智慧、超级大脑的隐喻。而其随叫随到的个性，则正对应表明了数字土著民的成长与连线世界的共生与伴随关系。①

网络文学中的游戏基因，一方面印证了虚拟世界的强大，由于现代人对虚拟世界的高度依赖，现实联结的重要性已然下降。虚拟经验内化为现代人的血肉，塑造了其认知结构与情感反应模式。而另一方面，游戏基因也在一定程度上加深了现实与虚拟之间的裂痕，使部分网络文学作品一味追求快感，完全脱离现实逻辑，抛弃文学审美经验，呈现出价值背离、道德失范的"野蛮生长"趋势。

（二）网络文学的现实转向

网络文学走过了二十年的发展历程，但由于游戏经验的束缚，使得网络文学过分依赖以超现实题材构建的现代社会虚幻奇观，为了迎合读者的"爽点"，形成了"文化零食"般的快餐文学，陷入情节套路化、人物脸谱化、结构模式化的困境。不仅消解了文学的深度，同时由于与现实生活距离过远，使得网络文学仿若无源之水、无本之木，内容和情感上都逐渐枯竭，而现实生活中不仅蕴藏着丰富的文学资源，同时也能以时代精神作为创作的源头活水，给网络文学产业带来源源不断的前进动力。因此，网络文学观照现实的转向，是网络文学发展的必然要求，2014 年习近平总书记在文艺工作座谈会上的讲话，为网络文学解决瓶颈、继续发展指明了新的方向。习近平总书记提出"应该用现实主义精神和浪漫主义情怀关照现实生活，用光明驱散黑暗，用美善战胜丑恶"，鼓励创作优秀的现实主义文艺作品。党的十九大报告也指出：加强现实题材创作，不断推出讴歌党、讴歌祖国、讴歌人民、讴歌英雄的精品力作。表现出了政府对现实主义题材文艺创作的高度重视，2017 年《国家"十三五"时期文化发展改革规划纲要》中提出，紧紧抓住创作生产优秀作品这一中心环节，着力推进实施一批对文化传承具有深远意义、反映时代精神、体现国家水平的重大精品工程，鼓励生产更多反映人民

---

① 黎杨全：《虚拟体验与文学想象——中国网络文学新论》，《中国社会科学》2018 年第 1 期。

主体地位和现实生活、群众喜闻乐见、思想精深、艺术精湛、制作精良的优秀作品，推出网络文学精品出版工程，开展优秀网络文学原创作品推介活动，重点在选题理想、创作研发、出版传播、宣传推广、版权开发等环节予以支持。

为响应国家号召，媒体与平台也同时发力。2019 年，在新中国成立 70 周年这一重大节点上，《文艺报》专程开设网络文学专刊，其中着重推荐了包括《大国重工》《上海繁华》《大国航空》在内的一批既观照国家社会现实，同时又能积极响应主流价值召唤的优秀网络文学作品。阅文等各大文学网站也增设了"现实"类型小说版块，并且积极举办各类活动鼓舞网络作者加入现实题材创作。阅文集团连续几年开展现实主义网络文学征文大赛，目的就在于提升现实主义创作的整体水准、培养和挖掘更多的优秀现实主义作家、作品，从而争取提升网络文学质量。这些作品丰富了网络文艺形式，让网络文学逐渐摆脱了游戏基因的束缚，重新回归到现实之中，展示出中国的新时代风貌。

在国家与媒体、企业的携手发力之下，许多大 V 写手也积极投身于现实题材网络小说创作，以玄幻小说著称的唐家三少，也带头开始了现实主义网络文学写作。创作了包括《为了你，我愿意热爱整个世界》《拥抱谎言拥抱你》等具有现实意义的励志小说。现实题材作品数量迅速增加，其中不乏能够得到大众认可的优秀作品，网络文学玄幻、言情二分天下的局面有所改观，虽然作者有着不同的写作偏好，也都拥有多种多样的人生经验，但以人民为中心的创作理念和为美好生活而奋斗的时代精神，使这些描绘时代风云的现实题材小说，拥有了这个奋进的时代所特有的精神风骨。包括《第十二秒》《长夜难明》《隐秘的角落》等作品则以手术刀般尖锐的文字，剖开社会现实的伤口，直指突出的社会矛盾，有着非常丰富的思想内涵，可谓是网络现实主义的典范之作。而以《百年复兴》《浪潮》《忽如一夜春风来》为代表的小说作品，则将严肃的人生思考融入网络文学轻松畅快的表现特点中，表达出传统与变革、理想与真实的宏大命题，兼顾文学性和趣味性。

随着网络文学的不断壮大，丰富的网络文学资源也为网络游戏提供了生存与发展的重要土壤，反作用于网络游戏产业的发展。

二、情感仿真：游戏中的网文新经验

2015 年，国家广播电视总局（原国家新闻出版广电总局）发布《关于推动文学健康发展的指导意见》，意见中明确鼓励企业充分利用互联网、移动互联网，以图文、音频、视频等不同形式，对优秀原创网络文学作品进行全方位、多终端化开发利用及传播，实现一次开发生产、多种载体的发布。这一政策的发布，刮起了一股"全版权运营"的风潮，大量网文 IP 被疯狂瓜分收购，凝结其 IP 内核，进行包括影视改编、动漫改编、游戏改编在内的多维度运营开发，从而也促进了网络游戏与网络文学的深度融合。

2017 年现象级女性向文字冒险类游戏——《恋与制作人》的横空出世，鲜明地体现了当下网络文学与网络游戏深度融合的趋势，网络文学借助网络游戏的仿真体验，让文学幻想进一步与现实的生活场景相结合，并增加了互动选择的可能性，而网络游戏则借助网络文学的剧情、情感与对话增值了游戏仿真的情感体验和丰富想象。可以说，网络文学观照现实的创作趋势，为网络游戏的发展提供了新经验，注入了新鲜的活力。

（一）游戏小说经验与网游世界的拓展

真实、实在、真实感，以及与之相对的虚拟、虚幻、虚假这些概念虽然在日常生活中时常使用但究竟该如何界定真实和虚拟，却又始终是哲学领域的难题，随着时代的变迁，人们认知中真与假的界限也绝非一成不变的。雪莉·特克尔用"仿真"来界定一种文化、一个时代，这绝非特例。鲍德里亚所说的"超真实"同样将关于"真实"的结构视作核心概念来指代我们当下身处的社会，这意味着我们对"真"与"假"的看法并不是孤立的、偶然的或是自然而然的事实，而是整体社会构造的产物，与我们对自身身处的世界的认知密切相关。所以，无论是电子游戏还是网络文学，这些诞生于数码空间的文艺形式所创造的，恰恰是身处真假界限变动的最前沿，而当我们谈及网络文艺对现实的观照时，其实是在讨论那些拥有敏锐感知力的"数码原住民"一代对真实的感知与理解。

那么我们如何区分现实与虚拟呢？前文提到过，游戏作为一种新兴媒介，已经逐渐成为人类的日常生活方式，使人类社会走向一种"新的身体经验、新的自我同一性、新的可能世界的关系"。我们可以借用鲍德里亚关于虚拟与现实关系的讨论，将其根据价值规律的发展分为模仿（Counterfeit）、生产（Production）和拟真（Simulation）三个阶段。[①] 而三个阶段恰好也与网络文艺创作虚实观的变迁相对应，模仿阶段价值在于对自然的模拟、复制和反映，

---

① 让·鲍德里亚：《象征交换与死亡》，车槿山译，译林出版社，2012，第 62、72 页。

它所创造的就是一种一般意义上的真实，是一种镜像的真实，以蔡志恒、安妮宝贝为代表的早期网络文学作家，依旧是在沿袭这种模仿的真实观进行网络文学作品的创作，他们的作品中虽也出现了 bbs 聊天、网络交友等情节，但故事的主体依旧是现实生活中的人，临摹的对象也依旧是现实生活的图景。而随着虚拟数字技术不断迭代，生产促进真实与虚拟的关系再次发生嬗变，进入鲍德里亚所预言的拟真世界之中。数字技术的普及与人们对互联网的依赖，不断拓展着人类的生存维度，随着线上与线下生活的联通，不仅使现代人类成为往来于数字与现实中的赛博人，也使拟像创造出的"超真实"俨然将真实同化于其中。

正如在网文《微微一笑很倾城》中所描述的，女主角贝微微在现实中是单身，而在游戏中则是以"芦苇微微"为名与"一笑奈何"结为伴侣，在"入洞房""度蜜月"等一系列互动过程之后，贝微微逐渐接受了"一笑奈何"对自己的"夫人"称呼，并在与其交往中完成了对自身侠侣符号身份的构建。以至于当"一笑奈何"连续几天没有上线时，贝微微也因此变得多愁善感，引发了女主现实中的感情线。显然，在当代我们不能以"屏幕"作为真实与虚拟的界限，作为两个在现实生活中没有交集的人，贝微微对"一笑奈何"感情基础完全建立在游戏世界的活动经验之上，即便他们一同游历的山水、一起参加的战役，甚至连他们的"夫妻关系"，都只是一串由 0 与 1 组成的代码，只存在于"芦苇微微"与"一笑奈何"这两个虚拟符号身份之间，但不仅是贝微微和肖奈，就连所有读者都认为这两人在游戏中的经验，以及在这一过程中所产生的羁绊都是真实存在的，也就是说这里他们在游戏中的行为，使得他们获得了另一种真实——身体的真实。

莫里斯·梅洛-庞蒂认为，我们关于世界的意识是在我们的身体性感知中建立起来的。因此我们的世界实际上是一个身体感知的世界，我们正是通过这个身体与之发生关联，理解这个世界的诸多规律和法则，从而将自己建构为这个世界上的主体。而在网络游戏过程中，我们的身体变得不再唯一，在任何一种类型的网络游戏中都存在着一个可供我们操作的角色，有学者将这个角色称为"虚体"，① 这个虚体原本是与游戏中其他角色一样虚拟的存在，正如当我们的处于游戏的间隙，操作的游戏角色总是停滞不前或是按照程序设置重复着机械运动。而当我们操作他们时，他们才变成了真正的实在。

---

① 蓝江：《宁芙化身体与异托邦——电子游戏世代的存在哲学》，《文艺研究》2021 年第 8 期。

网络游戏作为人身体的延伸，将玩家真正带入了游戏世界之中，是玩家的身体经验与虚体的身体经验达到同一，从而生成了新的真实的世界与空间。因此，在笔者看来，这种来源于网络文学的经验，为游戏类型的拓展提供了新的思路，使网络游戏可以不断从丰富虚体的身体经验入手，拓展出一种全新的游戏类型、游戏体验。

　　开放世界游戏，成为网络游戏发展的新风口。在此之前，网络游戏的世界常被认为是平行于现实世界之外的虚拟空间，正如 20 世纪初期的荷兰思想家约翰·赫伊津哈在他的经典著作《游戏的人》中创造的"魔环"（magic circle）理论所指出的那样，游戏可以构建起一个"魔环"，将参与者与外界世界暂时地隔离开。参与者在游戏过程中服从于一个暂时的社会系统，这个系统的规则仅仅适用于游戏过程中，对这个"魔环"之外的人或事并不起任何规定作用，造成了游戏世界与现实世界天然的区隔。而网络游戏创作逐渐转向现实之后，也间接地撼动了网络游戏生产的固有模式。以祖龙开发的大型 MMORPG 游戏《龙族幻想》为例，这部网络游戏作品依托于江南所创作的网络小说《龙族》，小说本身就开辟了一种都市魔幻主义的创作流派。小说将魔环的故事内核架构于现实世界之上，不仅沿用了现实世界的版图划分，在涉及自然环境、政治环境、人际关系等各个方面时，也尽量做到了与现实没有很大的出入，保留了一种规则的真实，使现实世界与虚拟世界的间隔部分消弭。而在游戏开发时，也仍然采用了原著小说的都市魔幻主义的设定，主要任务线仍然沿袭了魔幻的设定，而在往往被网络游戏开发者视作不承载系统作用的大世界环境上，增强了其真实感，同时也在游戏中添置了许多增强现实生活代入感的设计与活动。游戏设计并没有很强的任务导向性，而是给予了玩家足够的自由度，任玩家自由探索，在《龙族幻想》的世界中，玩家可以乘坐摩天轮观光整个游乐场，也可以尝试抓娃娃获取有趣的道具奖励，甚至可以打篮球、与好友赛车。将传统游戏系统"日常生活化"，将平时打怪升级做任务的游戏体验转化为成为你理想中的自己，在游戏世界中实现一种逃逸。玩家可以选择包括"料理大师""超级巨星"在内的多种身份。选择超级巨星身份的玩家，可以在游戏中体验从海选艺人晋升到世界巨星的星路历程，行走在游戏的街道上可以看见自己的巨幅海报，享受一夜成名的快乐。而游戏中的每一个 NPC（非玩家角色）也有自己的背景故事，甚至能根据玩家的不同操作做出不同反应，这些具体的元素相互组合，构成了一个具有内在生命力的游戏世界，一种有复杂结构的世界意象，同时也是一种生存方式。使原本密不透风的魔环开始崩溃瓦解，游戏逐渐挣脱了由规则和控制构建起的茧房，逐渐回归生活、拥抱现实。

而现实转向对网络游戏的影响不仅局限于对游戏世界的重塑，而是逐渐性现实蔓延，在诸如《堡垒之夜》（Fornite）等游戏中，玩家的互动从竞技场延伸至交际社区、线上派对、演唱会等场域，而《我的世界》《沙盒》则致力于允许所有用户在虚拟时空进行生产，真正融入游戏世界的建造与发展，将现实的情感关系、社会关系、生产关系平移进了游戏世界之中，使得原本脱离现实存在的虚拟世界逐渐成为现实的倒影。与此同时，增强现实技术也将虚拟带入了现实。《精灵宝可梦 Go》作为一款鼓励玩家去户外活动的 LBS AR 游戏，与传统的手游有很大区别，它将地理定位数据与数字世界相关联，通过 AR 视觉技术的处理，玩家可以在现实的场景中获得捕捉虚拟神奇宝贝的体验。除了在游戏中互动外，玩家还可以通过线下的社区活动来社交。在相同的地理位置，多名玩家可以一起抓同一个宝可梦，体验共享的 AR 场景。游戏活动、游戏场景、游戏玩家的交往都不再拘泥于单纯的虚拟环境，本体世界与游戏空间彼此融合，就像《超现实主义宣言》所构想的，梦想与现实将被融合成一种"绝对的现实"。

（二）甜宠玛丽苏文学与游戏情感的仿真

"玛丽苏"最早起源于网络同人小说，后被大量影视作品所沿用，可谓是一种经久不衰的网络文学剧情模式，却一再因其文学价值缺失而饱受诟病，而如今这一类型已经嬗变出一种新的形态，以《蜜汁炖鱿鱼》《老婆粉了解一下》《上天安排得最大啦》等一系列女频小说为代表，开创出了"玛丽苏"小说新方向——"甜宠文"。与传统的玛丽苏文学不同，甜宠文中的男主的身份不再是不学无术、桀骜不驯的富家公子，而是在某领域有较强专业素养或是过人学习能力的学霸、大神等。男主的性格也由暴躁或冷漠的"直男"典范，转变为尊重女性、彬彬有礼的"老亚撒西"（日语：温柔的意思，在 ACG 文化中泛指性格温柔体贴的人）。而作为主线的男女主的感情关系，也从一波三折、反复拉扯转为从开篇就是"双箭头"的两情相悦，进而在男主的宠溺下，向更甜蜜的恋爱道路上携手狂奔。可以说"甜宠文"相较于传统玛丽苏女频恋爱小说来说，不论是人物设定还是剧情发展都更贴近与现实，着重描写了男女之间浪漫轻松的恋爱关系，可以被看作是女频网络小说向观照现实创作方向的迈步。

如果说"玛丽苏"的核心就在于"少女心的贩卖"，那么甜宠文的出现则是一次"少女心"的升级。除了甜蜜美好的恋爱幻想之外，同样也是一种应对现实世界焦虑和压力的自我消解。而在以《恋与制作人》为代表的女性向网络游戏中，则充分把握了女频网络文学的这一创作方向的转变。游戏剧情继承了甜宠网络文学这一经典的剧情模式，并将作为核心玩法的剧情分为主线和支线两大部分，主线剧情致力于实现女性用户自我认同，支线剧情则强调用户的情感需求，给予女性用户最大限度地宠爱，充分满足每颗少女心。

首先，不得不提的是《恋与制作人》独树一帜的世界观，游戏仿真世界由构筑于恋语市的现实世界和 evoler（超能力者）的超现实世界组合而成。在现实世界中，女主只是一名普通女孩，刚刚接手了爸爸濒临破产的制作公司，为了不让爸爸毕生的心血——《发现奇迹》栏目化为泡影，必须通过自己的努力重振家业，完成自己的梦想。这样一个灰姑娘似的女主更容易让玩家产生自我投射，而女主在工作上遇到的困难、在生活上碰到的烦恼也能让玩家感同身受，增强对角色的代入感。但与现实生活的艰辛不同的是，在女主身边有四个不同类型的优质男主，他们无一例外地表现出对女主的呵护，并通过技术指导、资金支持、人脉资源等不同的方式为女主的梦想助力，无条件地给她提供帮助，解决她所遇到的困难。纵观《恋与制作人》的核心付费人群，30 岁以下的公司女职员占据七成以上，这一群体正是处于初入职场阶段，必然在工作和生活中面临着与女主同样的压力，基于现实生活设计的剧情更能让她们产生亲切感，不论是节日加班还是方案被否定，都将现实与游戏融为一体，而游戏中男主们的体贴帮助也将生活中无法疏解的压力有效释放。而在 evoler 的超现实世界中，随着女主的一次次遇险，一个名为"黑天鹅"的人类进化计划浮出水面，我们了解到有一群人试图通过研究 evoler 的基因，寻找改变人类基因的方法，而 evoler 中的特殊能力者被称为 Queen，她的基因能够唤醒和增强其他人的能力，也是黑天鹅计划启动的关键。通过剧情的各种暗示，不难发现这个核心 Queen 就是女主本人，这也完成了女主从平凡的"灰姑娘"到超能力"公主"的转变，她预知未来的超能力使她的命运与人类的未来紧密相连，这样的设定有效地提升了自我认同，并增加了男性人设的丰富性，扩展了剧情深度。

而支线剧情则主要以恋爱为目的，通过四位男主与女主的日常事件互动，增加人物的好感度。相较主线来说，支线剧情的叙事性较弱。主要功能则是在与主线不冲突的前提下，进一步反映男主性格，补充细节、增加浪漫氛围。虽然剧情上不如主线出彩，却增加了玩家的自主性和游戏的精细度。玩家可以根据对角色的偏好打开约会副本，选择与心仪的男主进行不同主题的约会，而在收集卡牌的过程中还有机会获得男主电话或朋友圈的奖励，而在城市漫游玩法中则可以触发与男主的偶遇，甚至还新增了伴你身边的环节。这一系列剧情的设计都指向对恋爱的模仿，二次元男主撩人的情话、及时的嘘寒问暖、秒回的信息，直戳女性用户对现实两性关系的不满，在有效提高各男主的粉丝忠诚度的同时，为用户营造真实的恋爱体验。

而人物设定不仅是网络小说的关键，同时是"乙女向游戏"的核心所在，游戏商的目标十分明确，就是要卖男主的人设及其背后的恋爱幻想，这种消费与三次元的追星有些相似，但是在故事性上要求更高。由于中国的"乙女向游戏"市场尚未成熟，《恋与制作人》在人物设定上并不如日本的同类游戏那么精细，而是走大众化路线，但正是这种标签化的设定，更容易使玩家确定自己喜欢的角色，以尽可能少的选择征服尽可能多的用户。所以在四个男主身上我们不难看到各种网络文学中经典人设的缩影，同时，游戏中的超能力体系又能给玩家带来不一样的体验。最为经典的莫过于李泽言的霸道总裁设定，这一人设最早出自网络小说里的"总裁文"系列，在各类影视作品中经久不衰，同时也经历了三次升级。第一代的霸道总裁以《流星花园》中的道明寺为代表，有着家世显赫和性格跋扈的特点，除了外表和权势没有其他可取之处，这一代的霸道总裁需要女主花费较多的时间和精力进行感化，才能逐渐完成从男孩到男人的转变。第二代的霸道总裁以《微微一笑很倾城》中的肖奈为代表，属于高智商低情商类型，虽然有较强的个人能力，但是在社会交往中存在一定障碍，需要通过与女主的相处，完成性格的转变。而李泽言则可谓是霸道总裁 3.0 版本，在吸收了前两代的优势后，还新增了韩剧《来自星星的你》的都敏俊式超能力——时间控制，可以随时为了延长约会而停止时间。这样一个既能在工作上给予女主帮助支持，又能在生活中流露出温柔孩子气一面的霸道总裁，无疑收割了大批女性玩家的芳心。而周棋洛走的"小奶狗"人设路线也大受欢迎，当女性经济独立并拥有更强的自我意识后，对欲望的表达更为彰显，"年轻、乖巧、易调教"成为她们的择偶标准。小说改编的影视剧《夏有乔木雅望天堂》的热播更是为这种倾向推波助澜。依靠单纯可爱的外表和阳光开朗的性格，周棋洛的人设更容易激发女性玩家的母性，而对女主的无条件依赖，也带给玩家一种"养成"式的情感体验。但"小奶狗"绝不等同于小白脸，周棋洛除了闪亮的外形，还拥有全民爱豆、黑客大神这两重极具反差的身份，在增加角色性格丰富性的同时，也吸引了一批想体验与偶像恋爱的饭圈粉丝。与周棋洛的"小奶狗"不同，白起被玩家们戏称为"小狼狗"，这一类人设的特点是专情且有一定的侵略性，因为性格较为贴近现实，所以这一角色的受众面是最广的。作为女主同一高中的风云学长，白起从那时开始就已经深深地爱上了女主，这么多年一直没有放下，再次重逢后更是死心塌地，并一次次拯救女主于危难。在四个男主中，白起的超能力是最具有剧情推动作用的，他可以控制风，所以只要女主遇到危险，他都能第一时间得知，并飞到女主身边。而警察的身份也让他的感情变得更加禁忌，发乎情止乎礼，让玩家欲罢不能。许墨的腹黑人设也拥有较为广阔的受众基础，不论是古装"穿越"还是现代商战题材的小说中，总是不乏这样冷酷又多情的存在。人物本身智商超群而又彬彬有礼，拥有读心术的他最懂得女主的需要，相处时更是从不掩饰强烈的情感，撩人的情话张口就来。但他同时也是危险而复杂的，所有的行动背后的目的让人捉摸不透。但正是因为他这种腹黑的属性，更容易让玩家对其动因进行联想，从而产生怜悯之情。获得敌人的爱，也可以当作对女性魅力的最高赞誉。相较于娱乐圈流行的接地气、喜剧感的不完美型人设，不论是网络小说还是乙女向游戏都有意塑造完美无缺的恋人形象，尽可能满足女性玩家对恋爱的期待，从而达到提高人物粉丝黏度的效果。《恋与制作人》的人设，无疑更多源自本土网络文学的丰富资源，它的成功无疑显示出网络文学与游戏之间相互融合的模式。

不管四位男主的人设多么完美，仍然与玩家隔着一道难以逾越的次元壁，而想要开展一场跨次元的恋爱，无论是网文还是游戏，必须能为读者/玩家提供浸入式的仿真互动体验，让玩家进入一种"拟社会关系"之中。这也正是作为网络文学新物种的文字冒险类游戏的优势所在，它更容易通过交互式体验将小说的文学幻想还原成真实的生活场景，实现玩家与游戏角色的共情。首先，游戏仿真网文所追求的互动叙事，渴望让玩家成为"戏中人"而不是"旁观者"，为了达到这一目的，在游戏仿真中的女主是一个尽可能被无限弱化的角色，以营造一个第一人称视角的体验，在场景中尽可能多地将镜头放在男主身上，即使有女主出现的画面，也从特征上进行了大众化处理以适应更多玩家。在人物塑造上也有意忽略女主的个性化塑造，并且玩家可以自行设定女主的名字，而这个名字会在剧情中体现为玩家的代号，进一步让玩家感到自己就是女主本人；其次，在游戏外围世界的设定上也做了增强代入感的处理，游戏仿真中的恋语市与现实世界有着很强的同步性。一是时间上的同步，为了方便游戏运营活动的开展，游戏时间多与现实世界存在共时，这样当我们欢度佳节的时候，在游戏中也能收获同样浓厚的节日氛围。例如在春节期间，四位男主纷纷通过电话、短信送来新年祝福，玩家还可以通过新年系列卡牌开启新春约会剧情，不论是害怕催婚而带白起回家还是和周棋洛一起贴春花打雪仗，都能让用户感觉到二次元男友时刻在身边的陪伴感。二是事件上的同步，例如在全国出现大面积降温时，许墨会发来短信叮嘱女主多穿衣服，春运开始时，周棋洛主动提出了帮女主买车票。这些对玩家生活中现实事件的参与，带给玩家更强的及时感。三是生活习惯的同步，作为一个以娱乐圈为背景的游戏，在恋语的世界里不论是追星文化还是吐槽文化都与现实世界别无二致，在每一次制作环节结束后，都会根据得分等级获得观众的吐槽，这也增强了制作环节的真实感。《恋与制作人》中最值得一提的还是游戏仿真中极为逼真的手机系统，分为信息、朋友圈、公众号和录音四部分，从界面到操作模式几乎与真实的手机系统一模一样，这一系统主要从视、听、交互三个方面，增强玩家的浸入式体验。视觉是沉浸式体验的基础，所以在这一系统的美术设计上，游戏并没有大力着墨，而是在着重还原的同时，增加细节的点缀。例如在与不同角色通话时，会有其插画作为通话背景，帮助用户代入情境。短信系统中，当玩家选择了回复内容后，会出现正在输入的字样，仿佛他真的存在于世界上，紧握手机期待着屏幕亮起。而听觉作为情感的触发器，在仿真体验中一直承担着情感嫁接的作用，将期望玩家产生的情感从声音转移到游戏情节中去。从每个男主不同风格的 bgm（配乐）就能够看出这款游戏对音乐的严苛和极致体验追求。在此基础上，游戏还邀请了著名的配音演员为游戏人物配音，从听觉方面丰富了人物形象，增强剧情体验。甚至还推出了四大男主的语音包付费项目，不论是失眠还是不舒服，都有四位男主的声音陪伴你左右。而交互则是为了实现用户与男主更真实的交流，玩家可以通过选择不同选项回复短消息，从而展开不同的对话，且每条选择路径都是诚意满满，不存在所谓的最优解，在朋友圈的回复也采用同样的模式，并会有其他角色的评论互动，一定程度上展现了其他人物的性格，构筑了一个具有真实感的女主社交网络，从而营造出一个可视、可听、可感的游戏仿真的世界。

三、结语

实际上，在 2014 年之前也已经有部分国产游戏开始探索网络文学与网络游戏之间的联系，以橙光游戏为代表的游戏平台针对女性向市场，将游戏按题材划分为现代、古风、架空等细分市场，这一类游戏不仅在题材分类上与网络文学相似，在游戏设计上也主要以网络文学为蓝本，游戏玩法较为轻量，可以被看作是网络文学的可视化。而随着以《斗罗大陆》《龙族》《烈火如歌》《微微一笑很倾城》《三生三世十里桃花》《盗墓笔记》为代表的网络文学头部IP进入游戏领域，网络文学的IP化特征日趋明显，网络文学作品以网络游戏为载体，打破趣缘群体限制，最终实现"破圈"。而网络游戏则利用文学本身的粉丝黏度吸引流量，这也提示我们，不仅可以继续网络文学对现实的挖掘，同时也通过网络游戏这一载体，对文学内容的浸入式体验和跨媒介改编，将网络文学的内容价值最大化。

网络文学排行榜：
阅读指南抑或机构化批评

◇ 周兴杰*

我们注意到一个有趣的现象，那就是自 2021 年下半年以来，发布了越来越多的网络文学排行榜。这其中，不仅有"常规操作"，如中国作家协会联合多个部门发布的"中国网络文学影响力榜"、艺恩数据联合阅文集团发布的"2021 阅文年度好书榜单"、北京大学网络文学研究论坛发布的"2020—2021｜中国网络文学双年选"榜单，还有新势力的"新举措"，《青春杂志》与扬子江网络文学评论中心联合多家科研机构也发布了 2021 年度"网文青春榜"。各种榜单的频繁发布印证了网络文学的持续繁荣，也反映了社会关注度的不断增强。从中，我们也发现榜单功能更趋多样化。简言之，网络文学排行榜不仅可以作为引领消费的阅读指南，而且也逐渐承载了批评功能，成为一种内含非市场化价值引导的机构化批评。

一

考察当前各种榜单我们发现，网络文学排行榜大体可以分为两类。

一类可称之为"数据榜"，即很早就出现的、各大网络文学网站和搜索引擎根据各种实时数据形成的榜单。例如，打开起点中文网的首页，就能看到"月票榜·VIP 新作""畅销榜""书友榜""阅读指数榜""签约作者新书榜"等榜单，点开首页上端的"排行"，还会展现分类更为详细的榜单。晋江文学城则需首先点入不同类型频道中，然后才能打开各种排行榜。番茄免费小说、书旗小说等免费网络文学平台亦有类似榜单。而百度这样的搜索引擎则在其"百度搜索风云榜"中有专门的小说排行榜。这样的排行榜，就是一种关于网络文学某一方面的信息列表，它根据特定指标（如月票数），

---

* 周兴杰：贵州财经大学。

将网络文学某一领域的不同对象（如男频的正在持续更新的作品）在共时层面进行相互比较统计，然后将作为统计结果的列表向关注网络文学的受众群体展示。

而本文开头所列举的"中国网络文学影响力榜"等榜单则属于第二类，可以称之为"评选榜"。它们的出现均明显晚于"数据榜"（如"中国网络文学影响力榜"的前身"中国网络小说排行榜"出现于2014年。"中国网络文学双年选"最开始为年选，于2015年开始发布。"阅文年度好书榜单"开始于2019年，且前年只有女频榜单，2021年才同时发布了男频和女频的榜单），一般由相关机构参考各种指数和评审意见评选而出。

两类榜单的次第出现符合网络文学发展的内在逻辑。通过向一些资深的网络作家咨询获悉，排行榜在像"榕树下"这样的最早的一批网络文学网站中就已经出现了。不过，这一时期的榜单编排比较随意，排榜者（如版主之类的网站负责人）会参考点击率等流量数据，也会根据自己的喜好进行排序。因此，它们属于早期的网络文学爱好者自发的、业余性的操作，纯属真诚而"干净"的书单举荐，但规范性、严谨性明显不足，只能算作未完成形态的排行榜，或者说是一种带有一定个人化色彩的"喜好榜"。在今天，一些老书虫还在自媒体平台上发布类似书单，很有参考价值，这可视为此一传统的延续。

而当付费阅读制度建立起来之后，网络文学网站变成资方平台，严格的根据数据和收益的排行榜就建立起来了。这时，网络文学已经由之前"只管倾诉"的业余性的、自娱式创作，转向了要"讨金主爸爸欢心"的职业性或半职业性的、娱人式写作，通过文学来自我表达的愿望逐渐让渡给了通过文字来挣钱的商业逻辑。而排行榜完全用消费数据说话，并迅速规范化、专业化，正是契合了这一逻辑。根据经济学的"有限注意力"理论，人类的注意力是有限的，因此日常生活中，一个人在一件事情上投入的注意力多了，就必然会减少对另一件事的注意力。因此，吸引一个人的注意力，以影响他的选择就变得十分重要了。而排行榜通过发表信息引导大众的选择，具有一定的诱导功能，形成所谓"排行榜效应"。资方平台发布排行榜的目的正在于此，"数据榜"的大量涌现正缘于此。

而随着网络文学的蓬勃发展，它拥有了数亿读者，产生了巨大的经济效益，而且随着作品的IP转化，网络文学频繁"破圈"，并成为中华文化"走出去"的重要载体，其社会影响力越来越大。而且，网络文学终究是文学，或者说是一种精神生产，其思想文化作用终究不容低估，故而网络文学的生产不仅要考虑其经济效益，也必须注重其社会效益。正是因为如此，近十年来社会各界对网络文学的关注度越来越高，公共领域的各种机构才从自身立场或关注角度出发，发布了各类评选榜单。因此，"评选榜"的出现，是网络文学发展突破自身文化圈层，得到更广泛的社会领域重视和认可的结果，也是社会向网络文学反馈其多重效益诉求的结果。也因为如此，如果说"数据榜"还只是网络文学自发形成的文化圈层内消费者与生产者协商、博弈的结果的话，那么，"评选榜"则是各种机构试图以自身公信力来影响网络文学发展的体现，是更多形态的话语权力协商的表征。诚然，它们是一种信息列表，但已不止信息列表那么简单。

二

网络文学的排行榜可以说方兴未艾，但排行榜的应用由来已久。也许网络文学排行榜的研究还有待展开，但是其他领域的排行榜研究已取得可观成果。关于排行榜的研究已经有上百年的历史。因为生活中充斥着各种排行榜，所以对排行榜的研究也吸引了多学科的眼光。如对股票排行榜的金融学研究，对各种商品排行榜的经济学研究，对新闻排行榜的传播学研究，等等。

综合各种排行榜研究，我们发现，排行榜最重要的一项职能就是推荐产品、引导消费。专门研究搜索排行榜的杨悦博士发现："针对排行榜的研究，近二十年来主要集中在艺术与商业方面。"例如，一些国外研究者研究了电影排行榜与电影产业的关系。结果显示，"电影的收益与其在排行榜中的位置息息相关，即电影排行榜直接影响了电影产业的经济收益"。还有一些针对音乐排行榜的研究发现，"排行榜中的音乐类关键词的排名与其相关的经济效益直接挂钩，并且呈稳定的重尾分布。根据这一研究结果，有经济学者指出，娱乐产业具有很强的经济意义"。这些研究的注意力主要放在排行榜的影响作用上，都证明了排行榜作为消费指南所发挥的显著效用。

网络文学排行榜同样如此。一方面，网络文学读者的确需要排行榜，而网络文学排行榜的确也起到了阅读指南的作用。网络文学读者需要排行榜是因为他们有着比任何读者群都更大的选择困难。根据《2021 中国网络文学蓝皮书》的统计，"全年新增作品 250 多万部，存量作品超过 3000 万部"。① 面

---

① 中国作家协会网络文学中心编《2021 中国网络文学蓝皮书》，《文艺报》2022 年 8 月 22 日第 3 版。

对海量的作品，读者应该如何选择呢？其实，网络文学读者跟图书读者的选择模式有类似之处，即一是随意浏览网络信息作随机选择，二是从网络文学排行榜（主要是各种数据榜）或老书虫、阅读偏好相近的读者推荐中获取信息，选择作品阅读。当然可以说还有第三种方式，那就是随着大数据和人工智能技术的介入，网络文学网站用户会接收到网站根据其阅读偏好推送的阅读书目。结合实际考察，后两种方式、即排行榜加口碑推荐和人工智能推荐的方式对网络文学读者影响更显著（当然，第三种方式的影响力还在持续扩展中，值得关注）。读者选择参考排行榜，是因为信息量越大，越需要信息过滤机制，网络文学排行榜就是这样的信息过滤机制。它们面对海量的网络文学作品和数亿读者线上阅读留下的信息踪迹，完成了前期相关的分类、筛选和统计，形成了可以诱导产生优劣价值判断的阅读指南，以便于读者更快速地选定阅读对象，就此而言，网络文学排行榜真是一张张"贴心"的"过滤网"。网络文学排行榜能起到阅读指南的作用，是因为大部分网络文学排行榜用数据说话，以一种客观化的形象来默默地传达价值判断，让读者默认自己的选择是建立在科学、公正的基础上的，无形中实现了推荐、引导功能，使榜单成为网络文学阅读趋势的"风向标"。当然，网络文学排行榜、更准确地说"数据榜"实际产生的是一种马太效应，即数据越好、读的人越多，而数据越差、读的人越少。但是数据能够完全准确地反映一部作品的价值吗？即使对以阅读数量为生命线的网络文学而言，这也是很成问题的。阅读实践告诉我们，某些数据并不亮眼的网络文学作品其质量却让人惊艳。完全依据排行榜按图索骥，一定会留下不少遗珠之恨。某种程度上说，"评选榜"的出现就是对"数据榜"的一种纠偏和弥补，丰富了网络文学排行榜作为阅读指南的参照系。

简单说来，我们需要做的是，首先强化对网络文学排行榜的数据来源和排榜行为的监督，以保证排行榜的客观性、公正性、规范性；其次是调整当前利益分配机制，使读者的"数字劳动"不再被无偿占有，而是获得相应的利益回报。这一方面，随着 Web3.0 时代的到来，已经在技术上成为可能。

最后，是"评选榜"作为阅读指南的影响力还有待提高的问题。从目前的情况看，两类网络文学排行榜对读者的影响力并不一致，"数据榜"的影响力要明显大于"评选榜"。当前各大网络文学网站读者用户的实践表明，他们是很在乎作品在榜单上的位置的，甚至会因此引发激烈的"饭圈"争斗。由于很难找到各个"评选榜"的用户反应数据信息，2022 年 8 月 19 日，我们使用"新浪舆情通"的"政企舆情大数据服务平台"对本文所列举的四个"评选榜"的数据进行了抓取（数据抓取的时间范围为100天），结果显示，这些"评选榜"在网上形成的讨论热度总体并不大。网络上关于它们的讨论大体分为三类：①行业媒体或读书/推书博主发布的新闻帖或宣传帖；②由于该榜单提及某位网文作者或某部作品从而引来该作者或作品的粉丝读者进行互动，但总体来说，一次性评论较多，"楼中楼"互动较少；③网友发帖讨论（此类帖子数量较少）。如果排除行业媒体和推书博主，从普通网友讨论内容来看，大致可以分为两类：①榜单关键词出现是粉丝读者为了佐证自己的所粉对象（作者/作品）的优秀；②少量网友会在榜单中选取作品进行阅读，榜单的"推荐"作用得到发挥。

在当前局面下，如何发挥"评选榜"的影响力，更好地指导阅读，是一个非常现实的问题。这当然有许多工作要做，不过，我们认为非常关键的一点在于，作为一种以网络文学为对象、又试图影响网络文学的评价方式，发布"评选榜"的机构，应增强其在网络媒介中的议程设置能力。这一方面，它完全可以向电影排行榜、音乐排行榜的运营策略借鉴。

<h2 style="text-align:center">三</h2>

前文已述，各种"书"的排行榜给人的印象是，它们主要起到阅读指南的作用。但深入当前网络文学排行榜的两类榜单运作过程可以发现，排行榜的效应并不那么简单。两类榜单的现实效应其实存在区别：那就是"数据榜"不仅想做阅读消费指数的晴雨表，而且力图将自己树立为网文市场"风向标"；而"评选榜"则在阅读指南功能之外，进一步衍生出了文学批评功能。而且，"评选榜"作为一种文学批评，通过引入社会公共领域的相关机构介入榜单遴选，发挥了机构蕴含的公信力，产生了更丰富的价值引导作用，从而对网络文学的高质量发展产生着越来越重要的影响。故而，"评选榜"可以视为一种独特的"机构化批评"，开创了网络文学批评内部新的批评形态。

为什么"评选榜"可以被视为一种网络文学批评而"数据榜"不是呢？首先我们有必要理解什么是"文学批评"。韦勒克在《批评的诸种概念》中对"批评"一词在欧洲历史文化语境中演进的过程进行了考证，从古希腊到文艺复兴，它都与文法学纠缠不清，在人文主义者那里，更是特别限定在"对古代文本进行编纂和校勘这样的意义上"。17世纪中后期，"批评"才从

"文法与修辞的从属地位解放出来"，并部分地取代了"诗学"。韦勒克认为，这与"普遍的批评精神的传播"有关，也与"对趣味、情操、情感"以及一些"只可意会，不可言传"的审美诉求有关。"新批评派"崛起之后，现代的"文学批评"的含义和地位才在英语语境中基本确定。① 也就是说，"批评"一词经历了由文字规则评判到文学意义评价的内涵演变，而且后者在学科意义上逐渐稳定下来。在此意义上，韦勒克坚持将"文学理论"与"文学批评"区分开来，"前者更接近于'诗学'，它明确地包括了散文的形式，并摈弃了这个老术语所隐含的旧义"，而后者"在更狭窄的含义上是指对具体文学作品的研究，重点是在对它们的评价上"。当然，按照韦勒克的意思，除了"文学理论"与"文学批评"的区分，还应该注意"文学理论""文学批评""文学史"三者的区分。不同于"文学理论"是对"文学原理、文学范畴、文学标准的研究"，"文学批评"和"文学史"都属于"对具体的文学作品的研究"，后二者比较而言，"文学批评""主要是静态的探讨"。循此我们或许可以补充说，"文学史"是对文学作品的动态发展过程的探讨。上述认识构成当代对"文学批评"最具影响力的理解。它明确地揭示：①文学批评的研究对象是具体的文学作品；②文学批评的目的是通过对文学作品内容的分析做出意义评价。当然，这个评价是过程性的，韦勒克与沃伦在《文学理论》一书中提出："一件艺术品的全部意义，是不能仅仅以其作者和作者的同时代人的看法来界定的。它是一个累积过程的结果，亦即历代的无数读者对此作品批评过程的结果。"② 既然如此，我们有理由相信，这个过程性中也包含着对评价的客观性，或者说可信度的衡量（比如说经典之作就是这种评价累积的结果，并反过来可以检验评价的客观性、可信度等）。以此为标准，则"评选榜"与"数据榜"是否属于文学批评就非常明显了。

首先，"评选榜"的对象是具体的网络文学作品，而"数据榜"的对象实际上是读者用户阅读行为生成的数据。我们之前就已经指出过，"评选榜"会参考一定的数据，但是它们一般会有一个相关专家、学者，甚至包括特定读者群体组成的评审环节，在这些评审环节中，它们会回到作品本身，对内容品质的高下进行分析、评判。而"数据榜"一般没有这个环节，只是对生成的各种数据的处理和发布。

---

① 勒内·韦勒克：《批评的诸种概念》，罗钢等译，上海人民出版社，2015，第31—42页、第44页、第8页。

② 勒内·韦勒克、奥斯汀·沃伦：《文学理论》，刘象愚等译，江苏教育出版社，2005，第36页。

其次，"评选榜"或多或少会对网络文学作品做出意义评价，而"数据榜"则不是这样。"评选榜"的意义评价首先内含在评审过程中，如专家组的研讨。一些"评选榜"会发布上榜作品的推荐语，这实际上就是意义评价的显现。这些评价大体有两种显现方式，一是像"2020—2021丨中国网络文学双年选"那样，在发布榜单之后也在其官方公众号"媒后台"和《中国文学批评》杂志上分男频和女频发表综述文章。这两篇综述文章，在各自呈现两年来男频、女频网络文学的发展态势的同时，也包含了对上榜之作的精彩点评。① 这是在文本细读基础上做出的精到分析和评价，不仅透析文本的叙事肌理，而且深达阅读隐匿的快感机制，散发着拥抱作品的温度，而非貌似客观的、冷冰冰的数据列表。

因为"评选榜"既是一种高水平的阅读指南，又是一种独特的"机构化批评"，所以它对网络文学的高质量发展能起到难以估量的作用。当前网络文学高质量发展的主要趋势是主流化、精品化。这显然是主要依循市场逻辑的"数据榜"难以推动的。更准确地说，"数据榜"或许能反馈广大网络文学读者用户内生的精品化需求，却难以自觉担负推进主流化的重任。而"评选榜"的议程则内置了主流化、精品化的价值导向，并因各自的定位差异而生成了不同的引导方向。"中国网络文学影响力榜"作为"官方榜"，旗帜鲜明地表现出了网络文学创作主流化的引导方向。《2021中国网络文学蓝皮书》显示："2021年全国主要文学网站新增现实题材作品27万余部，同比增长27%，现实题材作品存量超过130万部。"⁸据此可以说，网络文学创作主流化的引导已见成效。"中国网络文学双年选"从其学院派立场出发，坚持把握"'文字的艺术'不可替代的美好"②，入选之作让专家认可、"老白"满意、"小白"敬仰，实则为推动网络文学精品化持续发力。其他榜单因其侧重，也各有功效，在此不一一赘述。毫不夸张地说，这些榜单串联起来，就是中国网络文学如何一步步走向主流化、精品化的高质量发展的生动足迹。

回到网络文学排行榜内部来看，"评选榜"与"数据榜"也能很好地相互补充。必须承认，"评选榜"因其高起点的价值定位，难免有曲高和寡之

<hr/>

① 吉云飞：《"男性向"朝内转——2020—2021年中国网络文学男频综述》，《中国文学批评》，2022年第1期。肖映萱：《女孩们的"叙世诗"——2020—2021年中国网络文学女频综述》，《中国文学批评》，2022年第1期。
② 邵燕君：《多事之秋 静水深流——2020—2021年中国网络文学概貌提要》，《中国文学批评》，2022年第1期。

嫌，所以在普通读者中反响不够。而"数据榜"敏锐反馈市场动向，也就弥补了"评选榜"对普通读者阅读趣味不够重视的不足。同时，我们也一再指出，"数据榜"的马太效应自有其缺陷，其异化效应也应引起足够警觉。而这些方面，"评选榜"则可凭借其多样化的价值引导做出弥补。例如，在评述2020—2021的男频作品时，吉云飞道："《战略级天使》是很难在老牌大网站上生存的，周更会自然劝退绝大多数读者，也会使小说失掉几乎所有的推荐机会。"① 众所周知，排行榜是网络文学网站主要的推荐方式。因此，这个例子其实揭示出了当前"数据榜"的信息筛选机制存在的短板，而评选榜通过自己的分析和推荐，则避免了让这一优秀作品少为人知的遗憾。综合起来看，"评选榜"既可在"数据榜"基础上优中选优，又可对之查漏补缺，二者应该相得益彰，这无疑是对推动网络文学的高质量发展有益的。也唯有如此，网络文学排行榜内部的两类榜单方能产生良性互动，使自身真正成为读者之灯、行业之镜。

---

① 吉云飞：《"男性向"朝内转——2020—2021年中国网络文学男频综述》，《中国文学批评》，2022年第1期。

网络文学批评的产业性维度

◇ 谢　姣*

在推进网络文学发展的外部力量中，媒介技术开疆辟土，成为其创新的保障；商业化的生产模式则是活水之源，成为其发展的内在动力。21 世纪以来，网络文学走向产业化发展之后获得了蓬勃生机，作品之多、读者之众、影响力之大，都超越了以往任何时代的文学样式。但在对网络文学的产业维度批评中，存在着视角单一、预设立场、反应迟缓等问题，影响了批评的系统性、客观性和有效性。事实上，网络文学的产业性与其文学性、媒介性紧密交融，网络文学的生产、流通、消费、衍生品开发等各环节和作者、平台、读者各主体之间相互依存，只有坚持客观的立场，从"总体论"视角辩证看待网络文学产业链各主体、各环节和网络文学各属性之间的内在关联性、动态发展性，才能客观科学地开展产业维度批评，推进网络文学的产业升级和高质量发展。

一、产业性：网络文学的基本属性

把文学作为生产性产品由来已久，亚里士多德就把诗人的创作看作是"模仿性"技艺的一种。在中国古代，"润笔"习俗的出现体现了文学创作和经济利益的关联。宋代以后，成熟的图书印刷使文学作品成为社会经济体系中的商品；明代章回小说、戏曲、话本等文学样式的出现，已体现出创作者鲜明的商业化意识；民国时期，明确的市场定位、较完备的商业化运作模式带来了武侠、言情、侦探等通俗小说的繁荣。20 世纪 90 年代以后，市场经济的繁荣又为文学带来了全新的变化，文学与商业的联系更为紧密，消费文化悄然兴起。在西方，由于资本主义发展较早，文学和商业之间的关系更为深刻。18 世纪产业革命后，资本主义商品经济兴起的同时，也向文艺领域渗

---

* 谢姣：中南大学文学与新闻传播学院博士研究生。

透；20 世纪以来，消费性文艺创作比较普遍。中西文学的发展，都体现出文学从作品到产品再到商品的历程。马克思在《〈政治经济学批判〉导言》中提出"艺术生产"的概念："当艺术生产一旦作为艺术生产出现，它们就再不能以那种在世界史上划时代的古典的形式创造出来；因此，在艺术本身的领域内，某些有重大意义的艺术形式只有在艺术发展的不发达阶段上才是可能的。"① 有学者指出："前一个'艺术生产'是指作为人类精神生产方式的艺术活动，它体现着一般艺术规律和审美特征，对于物质生产和社会发展具有相对独立性；后一个'艺术生产'则是指作为资本主义生产体系中的精神生产部门所进行的生产劳动，它将精神产品作为商品形式以创造剩余价值、实现资本增值。"② 随着生产力的提升和生产关系的变化，文学逐渐从前一个"艺术生产"过渡到后一个"艺术生产"，成为一种特殊的生产劳动，生产出作为"商品"的文学作品并进入流通领域，从而创造剩余价值、实现资本增值。可见，文学具有商品性属性。但在马克思看来，艺术的繁荣与物质生产之间并不同步，甚至还存在一种相互背离的关系。艺术的不发达阶段，更有可能产生有重大意义的艺术形式。因此，在传统文学批评中，商业性与艺术性也经常被看作是相互对立的，商业性被视为破坏和影响文学审美性的重要因素。

后工业社会到来，民众对文学艺术消费的需求不断增长，媒介的发展使文学的大规模创作成为可能，资本出于盈利的需求进入文学生产，使文学由商品化走上了产业化的道路，网络文学的产生和发展就体现了这一过程。网络文学产生之初便逐步体现出商品化特征，如果说由留学生等为主体创办的北美中文电子期刊《华夏文摘》《新丝语》《橄榄树》商业化特征还不明显，到网络文学在大陆兴起的天涯社区、猫扑，以及榕树下、清韵书院、红袖添香等文学论坛和网站时期，网络文学平台则已经积极与市场对接，李寻欢、安妮宝贝等为当时榕树下的专职运营者，联合出版、纸质出版、电台合作、品牌合作，甚至付费阅读……网站极力构建盈利模式，寻求长远发展，但由于技术支持不充分、读者接受未建立等原因，始终不得要领。这一时期的网络文学有没有进入产业化发展阶段，是否具备产业性呢？这要从产业经济学中"产业化"的概念入手。日本学者杉政孝、万成博对产业化的定义认可度

① 马克思、恩格斯：《马克思恩格斯全集》（第30卷），人民出版社，1995，第51页。
② 姚文放：《两种"艺术生产"：马克思"艺术生产"理论新探》，《中国社会科学》2020年第6期。

较高，"狭义的产业化指生产活动形式发生如下变化过程：即①生产活动分工化。也就是生产活动通过组织分工来完成；②生产过程机械化并使用高级的动力源；③市场范围扩大。"① 据此，我们可以把产业化理解为经济活动系统化、市场化、规模化的过程。由此可知，市场化不充分，未找到可持续盈利模式的早期网络文学具有商业性而不具有产业性。

2003 年，网络文学进入发展转折期，这一年 10 月，起点中文网率先推出 VIP 付费阅读，2004 年上海盛大收购"起点中文网"、TOM 控股"幻剑书盟"，资本开始大肆进入网络文学场，这一时期可视为网络文学的初级产业化阶段。一方面，付费阅读制度激发了创作者的积极性，快速发展的互联网技术也让网络用户（读者）规模快速扩展，根据《中国互联网络发展状况统计报告》，2002 年 6 月 30 日上网用户还只有 4580 万，到 2004 年 6 月 30 日已经增长到了 8700 万，2006 年 6 月 30 日则增长到了 12300 万，使得网络文学的规模化扩张得以实现；另一方面，资本的进入和盈利的需求，也使网络文学逐步探索"一次写作，多次开发"的产业化模式，2004 年蔡骏作品《诅咒》改编为电视剧《魂断楼兰》，2005 年《爱，直至成伤》《你说你哪儿都敏感》分别改编为《我的功夫女友》《一言为定》，2007 年《诛仙》改编为游戏受到粉丝追捧，都是这种产业模式的积极尝试。2008 年，盛大文学开展了一系列的收购、合并、占股，向网络文学内容创作、听书、图书出版等各产业环节布局，并以内容为纽带开展全版权运营，向图书、电影、动漫、游戏等领域渗透，形成了较为完整的产业链，网络文学进入超大规模生产阶段；随后，腾讯、网易、阿里等大型网站也相继加入并购和合作。2013 年、2014 年，网易云阅读分别与创世中文网和晋江文学开展合作；2015 年，盛大文学与腾讯文学合并成立阅文集团，网络文学产业的集团化运营趋势更为明显，形成了一超（阅文集团）多强（百度文学、阿里文学、晋江文学城等）的商业垄断格局，进入了"大 IP"产业化阶段。这一阶段，可视为网络文学完全产业化阶段。近年来，网络文学付费用户数量和比例逐年下降，行业增量市场消失，市场"见顶"，线上阅读业务下滑，版权收入占比逐年提升。从 2017 年起，连尚文学、今日头条、趣阅读、七猫等网站重回免费阅读模式，期待通过流量获得广告投入，同时实现 IP 的附加值变现。产业模式的变革又带来网络文学写作模式、文本特征、读者和作者群体、读者参与模式等的新变化。

---

① 杉政孝、万成博主编《产业社会学》，杨杜、包政译，浙江人民出版社，1986 年，第 155 页。

　　回顾网络文学的发展历程会发现，产业化是网络文学发展的必然选择。不管是追求利润的市场和无孔不入的资本侵入了网络文学领域，还是寻求生存与发展的网络文学自动选择了产业化道路，产业化最终都成为助推网络文学发展的根本动力。正如网络作家猫腻在接受访问时所说："我感受最深的就是 VIP 订阅制度。这是立身之本和根基，是这个行业能够生存并发展到今天的根本原因……VIP 电子订阅直接让网络小说创作向长篇发展，定位也更加清晰——你就是商业化的东西。"① 雅各布森曾指出："文学性是文学的科学对象，亦即使该作品成其为文学作品的那种内涵。"② 对中国网络文学而言，它之所以是"网络文学"的原因则更为复杂。网络文学在不确定性和频繁的变动中，"最终从一个单纯的媒介衍生概念，演变为囊括众多媒体形式、拥有大批量从业者和创收能力产业的跨媒介文化形式。"③ 作为文化形式的网络文学之所以是"网络文学"，不仅在于其"文学性"，还在于"媒介性"与"产业性"。如果说"文学性"是网络文学作为文学的本质属性，"媒介性"是界定网络文学创作载体和存在形式的核心属性，"产业性"则是网络文学安身立命的基本属性。没有"文学性"和"媒介性"的不叫"网络文学"，没有"产业性"则不会形成今天我们正在讨论的中国网络文学。

　　网络文学的产业化在为网络文学提供经济基础和发展动力的同时，还更为深入地影响着网络文学的作者创作和读者参与，从而形塑和规制着网络文学形态。产业化发展后，网络文学的写作由个人创作转变为组织生产。一方面，写作活动本身被拆分为许多环节，构思、撰文、润色，它们如同流水线上的工作台，有时候由作者全程完成，每个环节接受单独审核；有时候只由作者完成某一个部分，或者由多位作者共同完成。而网络文学本身也被拆分为多种素材模板，好像等待拼装的乐高零件；另一方面，写作成为一种"技术"而不是"艺术"，网络文学平台提供流程化的教学，从大纲写作到情节设置，从人物设定到"爽点制造"，从金句到融梗，细致而且周密，以使作者可以快速成为"熟手"加入"生产"劳动中；网络文学还能像其他产品一样提供定制服务，腾讯的"IP 定制"就是根据客户需求来制作 IP。在产业化

---

① 猫腻、邵燕君：《以"爽文"写"情怀"：专访著名网络文学作家猫腻》，《南方文坛》，2015 年第 5 期。

② 雅各布森：《现代俄罗斯诗歌》，《俄国形式主义文论选》，扎娜·明茨、伊·切尔诺夫编，王薇生译，郑州大学出版社，2005，第 321 页。

③ 许苗苗：《网络文学：驱动力量及其博弈制衡》，《厦门大学学报（哲学社会科学版）》，2015 年第 2 期。

影响下，读者深度参与网络文学的创作，并成为产业链中的环节之一。一方面，读者不但以"读者"，也以"粉丝"形式存在，通过"打赏""订阅""收藏"等行为为作品后续创作提供指导，也通过"本章说"、论坛灌水等方式参与网络文学的集体创作；另一方面，读者注意力的停留、手指的滑动与屏幕的切换，都在为系统补充数据，为作品增加热度，读者本身已经卷入了产业化链条之中。网络文学的产业化，也使得网络文学形态受到商业机制的筛选，连载形式的通俗长篇小说在筛选中胜出，长篇幅意味着更多的曝光率，从而带来更多的流量、点击、热度，也让读者在陪伴式等待中投入更多时间和情感，从而为平台和作者带来更为可观的经济收益；读者的接受行为被大数据归类、细分，使网络文学进一步划分成奇幻修真、架空历史、都市言情、古典仙侠、异术超能、科幻世界、虚拟网游等多种多样的类型化题材和"爽""虐""逆袭""甜"等各种阅读标签；用户阅读偏好被具体化为信息化数据，"讨喜"的情节设置被归纳为可复制的写作套路，并受到推广和追捧，"金手指""打怪升级""打脸式"复仇、"扮猪吃虎"由此成为经久不衰的模式化情节。到了全版权运营阶段，网络文学的题材类型更为多样、市场得到极致细分，内容创意、粉丝效应、跨媒介适应度等 IP 开发价值得到作者和网站的普遍关注。

可见，产业化既是网络文学的生存策略，也是其存在方式，资本借助经济规律、出于利益驱动，重新形塑了网络文学的创作机制、形式特征、审美形态和读者接受。同时，产业化本身也受到媒介技术与社会环境的影响和制约。网络文学兴起之初的免费阅读模式无以为继，而在算法技术和网络普及下推行的免费阅读，却成为网络文学实现市场下沉和业务转向的新模式。

二、网络文学产业性维度批评的现状与问题

在网络文学进入产业化发展后，批评界就开始关注到网络文学的产业性或者商业性。21 世纪以来，陆续有学者发表相关成果，大致包括以下方面。

一是对网络文学产业性具体要素和环节的批评。主要包括对网络文学产业化历程的梳理，对网络文学商业模式的分析和评判，从产业化角度展开的对网络文学网站、作品、作者等要素和生产、消费、IP 改编等环节的研究。如黎杨全从数字资本主义角度分析了网络文学的免费模式，并分析了其对网

络文学走向可能产生的正面和负面影响；① 蒋淑媛等探究了网络作家从"文艺青年"到"数字劳工"身份的转变；② 禹建湘从政治导向、队伍建设、文学生产、内部制度、受众反应等7个准则、36个指标构建网络文学网站社会效益评价体系，希望激励网络文学网站全面发展，实现社会效益和经济效益的统一；③ 刘燕南、李忠利从受众的接受度、内容创意和跨媒介转换、人文格调和思想品质等出发，构建了网络文学IP价值评估体系。④

二是对网络文学产业性的批评。2000年吴俊就率先指出，网络文学是技术和商业联手拖载的双驾车，"不仅依赖于纯粹的网络技术水平所能够提供的条件和可能性，而且也受制于自身的商业价值（经济利益）的实现和获得的程度"。⑤ 2011年，禹建湘在《网络文学产业论》一书中第一次提出"网络文学产业"并进行了系统论述。网络文学产业性与文学性之间的纠葛是学者持续关注的焦点。在这类批评中，常不区分产业性与商业性，而统称为商业性。多数学者对网络文学的商业性持批评态度，认为正是商业性消解了网络文学的审美性，使网络文学走向大规模低质量发展。如宋玉书对网络文学的商业化持完全批判立场，认为"网络文学本是非功利的'自由的飞翔'，商业化写作损害了网络文学的自由精神。网络文学写作者为了商业功利，甘愿将自主自由收起悬置，遵从网站的'立法'，服膺于市场需求，依循商业逻辑，生产适销、畅销、快销的快餐式作品，将网络文学几乎完全变成商业文学。"⑥ 谢波虽然看到商业化解放了人们的创作与出版动力，但同时认为网络文学纯粹的商业化运作模式使其以庸俗、低俗、媚俗的"三俗化"一味顺应用户，加速了网络文学的同质化和低质化。⑦ 汤俏认为网络文学与商业的"联姻"使其发生了变异，文学主体性遭到不同程度的损伤，"各种各样批量复制、严重兑水的文字一拥而上，它们面目相似、苍白无力、乏善可陈，甚

---

① 黎杨全：《网络文学"免费论"与数字资本主义的症候》，《中州学刊》2021年第8期。

② 蒋淑媛、黄彬：《当"文艺青年"成为"数字劳工"：对网络作家异化劳动的反思》，《中国青年研究》2020年12月。

③ 禹建湘：《构建网络文学网站社会效益评价体系——基于25家网站数据分析》，《中国文学批评》2021年第3期。

④ 刘燕南、李忠利：《网络文学IP价值评估体系探析》，《现代出版》2021年第1期。

⑤ 吴俊：《网络文学：技术和商业的双驾车》，《上海文学》2000年5月。

⑥ 宋玉书：《网络文学：商业写作中的自由折翼》，《文艺争鸣》2012年11月。

⑦ 谢波：《网络文学生产：数字化、商业化与文学化的平衡》，《中国图书评论》2016年第2期。

至有可能成为人们的'精神鸦片'"。① 周志雄则提出了更为客观的批评观点，认为"不应该简单地批评网络文学的商业化，而应该反思网络文学商业化的水平，正视网络文学在商业化上所面临的问题，警惕商业化对网络文学的不利影响。"② 但与学者对网络文学产业性的批判相反的是，媒介批评中却有着对网络文学产业性的盲目鼓吹，夸张的标题、对经济效益的片面鼓吹、对行业前景的盲目乐观，常常充斥于一些媒体平台上，成为吸引眼球的噱头。

三是网络文学评价中的产业性标准。随着网络文学产业性的持续发展，学界逐渐认识到产业性应该纳入网络文学批评和评价标准中。陈奇佳指出，"批评家应当对网络文学的产业属性有针对性地研究。……不管是影视剧还是动漫剧本写作，都需要批评家有针对性地在网络文学中发现、评价和挖掘其中相应的能够产业化的成分。"③ 欧阳友权认为，"与传统纸质书写印刷文学相比，网络文学对读者、对市场的依存度更高，商业价值、产业体量、读者消费的市场化指数是衡量网络文学重要的价值要素。""在设置网络文学批评标准时，除了传统的批评标准外，'网络性'（技术维度）、'商业性'（市场维度）是不能忽视的元素。"④ 周根红则认为，应该重视网络文学的产业化语境，"但并非要构建一套市场影响指标体系来评价网络文学，而是要重视市场对网络文学的审美、价值、语言、价值方式等产生的影响"。⑤

丰硕的成果体现了学界对网络文学产业性的重视，随着认识的深入，网络文学产业性维度批评也在不断深入，但仍存在一些问题。

单一的视角影响了批评的系统性。网络文学不仅是一种文学样式，也是一种复杂的文化现象。正如前文所言，网络文学存在于媒介技术为载体、文学艺术性为根本、产业化发展为动力的体系之中，它们共同作用于网络文学的形成、发展、变化。同时，网络文学的产业化发展又在时间和空间上处于具有历时性和共时性的系统中。网络文学产业性维度批评中，对产业发展的某个阶段，对某个时期的商业模式，对产业化过程中的网站、作者、作品、读者等要素和生产、消费、IP 改编等环节的单一视角批评较多，但从总体性视角出发，关注产业各主体、各环节联系性和产业性与其他属性关联性的批

---

① 汤俏：《网络文学发展与文学主体性问题——网络文学与商业"联姻"之忧》，《当代文坛》2016 年 5 月。

② 周志雄：《论网络文学的商业化问题》，《中州学刊》2014 年 5 月。

③ 陈佳奇：《网络文学批评当从产业角度入手》，《中国艺术报》2013 年 12 月 18 日，第 7 版。

④ 欧阳友权：《网络批评的五个焦点问题》，《社会科学家》2018 年 10 月。

⑤ 周根红：《当前网络文学评价标准构建的批评和反思》，《江苏大学学报》2021 年第 1 期。

评少。比如，网络文学产业链模式对网络文学到底有什么样的影响，网络文学的产业性如何影响着文学性，媒介技术又如何制约或促进网络文学的产业模式变革，新的商业模式变革将如何影响网络文学生态等。在网络文学的评价体系探讨中，虽然有诸多学者提出应将产业性标准纳入，但如何确定其权重，如何具体落实？这些问题都因为论述的粗放和实操的困难而亟待推进研究。

立场的预设影响了批评的客观性。在对网络文学产业性的批评中，显现出明显的立场预设。一种是囿于传统观念而回到文学本体论的立场，对网络文学产业性一味批判；另一种是出于商业性的考虑，为了获取市场信任，利用商业媒介对网络文学产业性一味鼓吹。产业性对网络文学的影响是全方位的，每一次商业模式的调整和变化都意味着网络文学的生产、阅读、消费全面调整，也意味着网站运营、文本形态、读者参与、盈利模式等全面变化，需要批评者站在客观立场探究其对网络文学发展的积极或消极影响。对产业性的一味批判显然不够客观，即使对网络文学的审美性而言，产业化带来的改变也包含了积极方面和消极方面。在批判的基础上如果不能提出科学的建议，这种批判对网络文学的发展也无裨益。比如，对网络文学商业化的全盘否定、对商业化必然带来审美性被遮蔽或高产低质等论断，将以产业化作为发展动力的网络文学推入了"要产业性还是要文学性"的无解迷局。而不顾客观现实的鼓吹和赞美也同样不可取，这只是为网络文学吹出的彩虹泡沫，随时可能破碎；也是替网络文学营造的迷雾，让社会和市场无法看清网络文学的本来面目。

反应的迟缓影响了批评的有效性。相比于印刷文学明确的对象和稳固的体系，网络文学各要素纠缠不清，对象驳杂繁复，始终处于变动不居之中。而网络文学的产业性，一方面是网络文学变革的主导者，商业模式的每一次转型都给网络文学带来新的机遇与发展；另一方面又受到经济形势、文化政策、市场变化、资本投入、媒介技术发展等各方面的影响，其动态性更为明显。在网络文学内部，作品创作、粉丝效应、IP及衍生品开发等，本身就具有开放性、动态性。但由于批评者的不在场与反应滞后，网络文学产业性维度批评对这种动态性发展的追踪常常"后知后觉"。比如，从 2017 年开始兴起的网络文学免费阅读模式，它为什么会出现，将对网络文学的发展格局带来何种影响，如何影响着网络文学的盈利模式、营销方式和读者构成，进而如何影响网络文学的文本形态？这些问题都少有研究者介入。产业维度批评在偏见和迟滞中延宕，但在网络文学实践中，产业性标准却得到前置，率先介入了网络文学的评价和筛选机制。网络文学中的这种介入更加迅速和直接，付费模式下读者的月票、收藏、打赏都将转化为网站的榜单、推介、热度、流量；免费模式下读者的每一次点击都成为算法推荐机制下的尺度，推演出读者与作品之间的个性化匹配。在浩如烟海的网络文学作品中，没有通过产业化机制考量的作品，几乎同时丧失了被关注的可能性。批评的迟缓与介入的阻隔，造成了网络文学中批评理论与评价实践的错位，影响了批评的时效性与有效性。

三、产业性维度批评的客观性、总体性、动态性

经过三十年的发展，网络文学从边缘走向主流，在社会生活中产生了深远而广泛的影响，成为社会主义文艺的重要组成部分；同时形成了完整的产业链，打造了两百多亿的大市场。网络文学走到今天，其所肩负的经济责任和社会责任，都要求不断推进产业转型升级、实现高质量发展。近年来，网络文学的存量市场消失，付费阅读收益下滑，版权收益占比增大，部分网站推行免费阅读模式，也让行业发展走向了新的拐点。批评界应该更密切高效地关注网络文学的产业性，并及时向市场、社会、监管部门反馈，共同促进网络文学的转型升级和高质量发展。如何更有效推进网络文学的产业性维度批评，笔者认为在批评中应注意以下几点。

批评的客观性。特里·伊格尔顿认为："文学可以是一件人工产品，一种社会意识的产物，一种世界观；但同时也是一种制造业。""马克思主义批评家都理解这一事实，即艺术是一种社会生产的形式，就是说，他们并不将它看成一个表面的事实，交由文学社会学家去处理，而是认为它与决定艺术本身的性质有着紧密的关系。"[①] 詹姆逊则认为，社会—经济学"转换"是文学或者文化现象的终极解释代码。"对马克思主义，由文学进入社会—经济学或者进入历史，并不是由一个专门学科进入另一个专门学科，相反，它是由专门化状态进入具体自身的运动。……对马克思来说，政治经济学并不是各种研究中的一种类型，而是作为其他研究的基础的那种研究。"[②] 依照伊格尔顿和詹姆逊的看法，文学可以是单纯的文本，也是一种社会和经济生产的

---

① 特里·伊格尔顿：《马克思主义与文学批评》，文宝译，人民文学出版社，1980，第65—66页。
② 弗雷德里克·詹姆逊：《马克思主义与形式》，李自修译，中国人民大学出版社，2018，第328—329页。

形式，因此我们在对文学进行研究时，对它的社会经济学研究应是一种基础性的研究。如前文所说，产业性是网络文学的基本属性。对网络文学产业性的研究是网络文学研究的基础。既然如此，网络文学的产业维度批评就有和其他任何社会生产形式的政治经济学研究一样的正当性。因此，我们应深入网络文学生产、经营、消费现场，以客观立场对网络文学的产业性开展批评活动。唯有客观性，"可限制批评借以放任自流的荒谬性，又能避免思想的分歧，而使人易于相容。"① 在对网络文学的产业性开展批评时，这种客观性表现为：一是不预设立场，不试图把"产业性"从网络文学身上剥离，也不认为"产业性"是网络文学那只伤病的"跛脚"，而是理性地打量从产业性的土壤中生长变化的网络文学，试图从产业性里找到它之所以"这样"或者"那样"的因由；从商业模式或者产业链入手，去预判和调节网络文学的发展方向；从产业性标准的进一步具体化及与其他标准的融合中，提高网络文学批评的科学性，探索网络文学高质量发展的可能。二是保持自由的批评而不被资本操控。在以商业盈利为重要目标的网络文学产业化中，批评很可能被收编成产业性的一环，成为资本的掮客，从"对产业性的批评"转而成为"产业化的批评"，而最终失去客观的立场。因此，批评者应该要坚持操守和底线，保持批评的立场而不被裹挟。

批评的总体性。卢卡奇认为，"总体性"的重要意义在于，"把社会生活中的孤立事实作为历史发展的环节并把它们归结为一个总体的情况下，对事实的认识才能成为对现实的认识。"② 詹姆逊在马克思和卢卡奇的基础上，提出了辩证批评中的"总体性"概念，他认为应该从艺术作品与社会的政治、经济、文化等的总体联系中展开批评；文学艺术从属于文化这一整体，而文化这一整体又从属于整个社会生活。"马克思主义社会学的基本观点是综合，暗示着一种将社会当作整体考虑的模式或一幅图画。而资产阶级社会学却是分析性的，对事物分门别类地考察。"③ 对网络文学而言，组成产业链的作者、网站、移动 App、读者等各主体和作品的生产、分发、消费，以及衍生产品开发等各环节，它们都同属于产业性这一总体；而网络文学的产业性，

①　罗兰·巴特：《批评与真实》，温晋谊译，上海人民出版社，2016，第9页。

②　卢卡奇：《历史与阶级意识：关于马克思主义辩证法的研究》，杜章智、任立、燕宏远译，商务印书馆，1996，第56页。

③　弗雷德里克·詹姆逊：《后现代主义与文化理论》，唐小兵译，陕西师范大学出版社，1987，第86页。

又与文学性、媒介性等共同内在于网络文学之中，组成了网络文学这一总体；同时，网络文学产业化的出现、发展、变革，又形成了一个历时性的总体。在开展网络文学产业性批评时，便要从总体视角出发，去发现其整一性和内在关联性，去评价和预判。这样，产业性批评才能不囿于一个方面，才能抵御各种异化的可能。但对宏观总体的构建，也离不开对微观视域的考察。2019 年，网络作家猫腻的小说《庆余年》改编为电视剧大获成功，使当年阅文集团"版权运营的营收从 2018 年度的 19.9% 增长为 53%，同比增长 341%"，"实现总收入 83.5 亿元，同比增长 65.7%；毛利润为 36.9 亿元，同比增长 44.3%；净利润为 11.1 亿元，同比增长 21.9%"，① 也使版权业务取代在线业务成为阅文集团营收的最大武器。2020 年 4 月，阅文集团高层人事调整，曾创立 VIP 付费模式的吴文辉团队卸任，原腾讯影业首席执行官程武接任，接着新团队新合同传出，引起网文作家圈讨论，被视为"霸王条款"，一时"收费模式终结"等谣言四起，继而发生了作家以"断更"抵制新合约的网文圈"五五断更节"事件。孤立来看，《庆余年》改编的大获成功、阅文集团内部的人事调整、新合约引发的人资劳务纠纷，都不过是单个企业内部的散点事件，但将这些散点事件串联并置，再结合网络文学发展的整体趋势，就会发现这既涉及产业链内部作者与平台利益的冲突，即文学与"资本"的博弈；也涉及网络文学产业发展中的业务重心的转移、商业模式的变革与行业生态的变化；还涉及未来作者的生存处境、文本形态的变化、读者兴趣的转移等。在总体性的视角下，我们才能突破孤立事件的局限，发现那些决定着网络文学走向和未来的"关键节点"，找到事件勾连的草蛇灰线，并最终破译网络文学及其产业性发展的密码。

批评的动态性。"艺术不可能依然如故，即使艺术会在未来全新的社会中继续存在下去，那它的实体与功能都将会完全有别于过去。"② 技术的日新月异，资本的见风使舵，舆论的风云变化和规制的不断完善，让网络文学始终处于各种力量的推拉之中而变动不居，而网络文学的产业化更是受到平台、资本、受众的审美变化、政策等各种力量的制衡。网络文学产业性维度批评要采取动态性的批评，即批评者要认识到网络文学产业性动态性变化的事实，通过批评的开展寻求网络文学产业性和其他属性的动态性平衡。业界要让批

---

① 《阅文集团 2019 年财报：版权运营收入同比激增 341%》，《第一财经》（电子刊）https：//baijiahao. baidu. com/s？id=1661409101823739815&wfr=spider&for=pc。

② 阿多诺：《美学理论》，王柯平译，四川人民出版社，1998，第 568—569 页。

评进入现场，实现批评对网络文学的动态性调整，提升批评的有效性。具体来说：第一，要认识到网络文学及其产业性的动态性变化，通过保持在场的批评状态紧密追踪。要深入网络文学现场，进入网络文学圈层，了解网络文学的生产流程，关注文化热点事件，从体验中分析网络文学的运作模式，总结网络文学产业化的发展变化。如果不长期深入现场，对产业发展中类似于全版权运营布局、免费阅读兴起、IP 运营拓展等节点和趋势就不具备敏感性，对网络文学产业性的新现象、新问题就不能追本溯源，对新变革、新风向也无法做出科学的预判，将影响批评介入的时效性。第二，要以辩证的方式思考产业性中的各主体、要素和环节，以及网络文学的产业性与艺术性、媒介性等其他属性的关系。思考它们在变动不居中的彼此勾连，理解它们在发展变化中的此消彼长，通过某一主体、某一环节、某一属性的调整来实现动态平衡。在产业发展中，上游的内容生产决定了用户的阅读体验和下游的IP 孵化，优质内容是行业发展的根基；同时，经济发展带来的读者精神需求与消费习惯的改变在下游的阅读和变现中呈现，又会引领上游网络文学内容的创作方向；当内容生产在"质量"与"受众"之间取得平衡，才能维持产业链的健康发展。而网络文学"产业性"和"文学性"的关系也同样如此，在印刷时代，一部作品发行之后需要经过实存机构，得到教育、学术等机构的认可，颁发象征资本后才能换取经济资本；但在网络时代，文学网站代替专门机构成为读者和作者之间的中介，但它把提供象征资本的权利让渡给了读者，读者只要付出经济资本就可以为作者换取象征资本，获得榜单的显眼位置，不被限制的商业化引起艺术性的损害。因此，文学网站应肩负起中介机构的作用，引入专业机构和读者一起颁发象征资本，也就是让批评进入现场，实现对网络文学的"产业性"和"艺术性"的动态性调整，使它们各自保持在一个合理的范畴而实现经济效益和社会效益的双赢。

日常生活谜题的多维建构与复杂拆解

——论贝客邦的网络长篇侦探小说

◇ 高　嫒*

贝客邦是活跃于豆瓣阅读平台的网络写作者，曾获得"小雅奖·最佳作者"的称号。他自 2017 年开始发表中短篇作品，2019 年转向长篇写作，共完成《海葵》《冬至前夜》《轮回前的告别》《白鸟坠入密林》以及《平行骑士》五部作品，《轮回前的告别》曾获得第二届豆瓣阅读长篇拉力赛悬疑组季军，《海葵》和《平行骑士》分别入选第一届、第三届豆瓣阅读长篇拉力赛悬疑组的关注名单，《冬至前夜》则入选"社会派推理"主题征稿第 2 期短名单。他笔下的小说呈现出对日常生活的细腻观察，并由此设定贯穿小说始终的谜题，但负责破解谜题的关键人物并未被局限于警探群体，部分与案件相关的人物也担负起了发掘谜题真相的重要任务。这使得贝客邦的作品虽被归类为悬疑小说，但严格审视，仍属于网络侦探小说的范畴，并因其迥异于网络同类写作的文本特点，而具有了一定研究价值。

一、真实敏感的日常谜题

日常生活与文学息息相关，既是文学创作的重要源泉，亦在作品文本中得到充分展现。作为文学作品的组成部分，侦探小说自然与日常生活具有紧密联系，不仅反映大量发生在现实社会中的犯罪事件，同时借助侦探人物的调查，吸引读者全程参与到追缉凶手—还原真相的情节发展过程之中。同时，案件发生所指向的"打破社会平衡"以及真相大白所对应的"恢复社会平衡"亦暗示了这类小说与现实日常的紧密联系。固然，黄金时代的古典侦探小说具有较为典型的游戏特质，能为读者提供"从日常生活压力和焦虑中逃

---

* 高媛：女，文学博士，山东理工大学，主要从事通俗文学及大众文化研究。课题项目：2020 年国家社会科学基金青年项目"近现代中国侦探小说史料整理与研究（1896—1949）"。

避片刻的放松和娱乐"①，侦探人物还"单枪匹马出现在警察传奇"② 中，带有明显的传奇内蕴，但不容否认的是，他们最终以揭示真相的行为拂去笼罩在案件谜题上的神秘面纱，"把那些光怪陆离之事去神话化，让这些事件回归到日常"③。

网络侦探小说秉持着这一类型规范，以日常生活书写为要旨，将现实中的犯罪事件以文学虚构的方式加以转化处理。早期网络侦探小说受发表平台以及读者受众因素影响，往往选取一些手段凶残、方式惊悚、性质恶劣甚至连环发生的案件作为谜题内容，进行了令人"惊骇错愕，目眩心悸"④ 的内容表现，"十宗罪"系列、"诡案组"系列无疑是其中典型。随后主要连载于豆瓣阅读平台的大量同类写作，虽有意识地淡化了作品中关于案件的血腥、惊恐描写，但仍保留了对重大案件，特别是现实社会中真实案件的观照和书写，使得案件谜题不仅在小说虚拟时空中具有极高的社会关注度，也在一定程度上对应于现实社会的重大热点事件。《雪盲》所表现的少女被继父性侵案件以及《寂静证词》着力展示的二十年终得以告破案件，皆是当下社会曾引发广泛关注事件的文学化处理体现。

贝客邦的写作则有意识地规避了这一倾向，并未选择引人注目的重大案件，转而处理日常生活中普通人可能遇到的现实案件：小学男生在楼梯上失踪、十岁女孩"走失"在雪夜的归家途中、独身女性在卧室被人侵犯、年轻女孩被人入室袭击、神秘女性遭遇车祸后离奇消失、独立女性怀孕后被情人暗害、家庭主妇遭遇袭击死亡却被掩饰为自杀离世等。这些看似缺乏"轰动"效应的案件，虽无上述引发社会公众关注以及愤怒情绪的案件"重大"，但在日常生活中更为普遍，部分可能产生威胁人的生命、安全的不良后果，与上述案件具有同样恶劣的事情性质，被作者敏感地关注到并写入文本，真正实现了对日常生活的文学表达。而更进一步审视这些案件被害人/事件承受者的身份，他们基本都属于两个群体，一为孩童，一为女性，特别是年轻女性，恰对应于日常现实中的弱势群体。作者亦敏感地发现了他们在现实中可能遭遇伤害的事实，借助文本进行了一种看似想象实则基于现实的展示，引

① 萧莎：《文本阅读与游戏体验：英美侦探小说的智力艺术》，《外国文学》2018 年第 6 期。
② G. K. 切斯特顿：《为侦探小说辩护》，沙铭瑶译，百花文艺出版社，2009，第 161 页。
③ 本·海默尔：《日常生活与文化理论导论》，王志宏译，商务印书馆，2008，第 8 页。
④ 周桂生：《〈歇洛克复生侦探案〉弁言》，收入任翔、高媛主编《中国侦探小说理论资料（1902—2011）》，北京师范大学出版社，2013，第 8 页。

发读者对诱拐儿童、侵害女性等相关社会问题的关注和思考，以文学的方式推动社会发展的进程，实现了文学的社会价值。

在此基础上，作者并没有以侦探小说常见的快节奏、强刺激方式推动案件进程，而是按照日常生活节奏将人物的现实生活状态描摹出来。以《海葵》的开头为例，文本用颇为生活化的描述将读者带入小说人物的世界：杨远清早从睡梦中醒来，关闭手机闹铃后，"额头和颧骨两处的皮肤一上一下奋力拉扯，粘粘地打开了眼缝"①，确认了时间和自己短暂的睡眠时长后，人物还未起身，厨房中炒鸡蛋的油烟味已从门缝中飘进了卧室，伴随而来的还有妻子在餐厅训斥未完成作业儿子的声音。一段简单表述从人物的触觉、视觉、嗅觉以及听觉等多重方面还原出中年男性日复一日清晨生活的真实境况。而他紧随其后的穿衣时倾听妻子絮叨、刷牙遭遇智齿发炎疼痛、出门前与妻子简单交谈、下楼发动汽车等待送儿子杨莫上学等行为动作，仍是在重复着日常中每一个"昨天"的现实之举。在读者熟悉了人物日常化生活并适应了这种缓慢且日常的叙述节奏后，文本令人猝不及防地抛出了关键谜题——独自下楼的杨莫在空无一人的楼梯上失踪了。这一"意外"情节的发生，打破了日常生活的重复性存在境况，使其展示出了"按部就班"特质外的新可能，也为侦探小说提供了"打破平衡状态"的情节发展因由。基于此，日常生活谜题以出乎文本人物意料却又符合现实生活逻辑的方式产生，并推动小说情节内容发生。

在设置日常谜题时，贝客邦亦颇为注重对生活细节的运用，以看似不起眼的细节设置，传达出文本未曾"言明"却暗示出的思想深意。在《海葵》《冬至前夜》以及《白鸟坠入密林》三篇小说中，文本直接点明案件发生在冬至当天，以全年最为寒冷的自然环境设置，映射案件给予当事人的苦痛、伤悲乃至惊恐体验。《白鸟坠入密林》更是强调"南方雪灾初降的夜晚"，暗夜时分兼及黑暗阴森的环境，本就是现实中罪恶事件发生的"温床"，在文本中既烘托出案件发生的恐怖氛围，也暗示出案件本身的悬疑神秘特质。白雪茫茫不仅指向案发的恶劣境况，也暗示着指引真相的痕迹早已被大雪掩埋，了无痕迹，致使女孩失踪事件在九年时间中毫无进展。而《轮回前的告别》则是在冬日环境中发生的不明真相袭击案件，寒冷季节的犯罪事件使得被害人永远被禁锢在像是冬天一样失去了温暖的躯壳中，直至死亡也未能苏醒。

① 贝客邦：《海葵》，豆瓣阅读，2019-04-24，https://read.douban.com/reader/column/31817720/chapter/112221964/？dcs=column&dcm=chapter-list。

在以自然环境隐喻犯罪事实残酷的同时，他还将糯米饭、桂圆烧蛋这些带有江南地域特色的冬至食物写入文本之中，驱使故事遵从日常生活节奏进行，还原日常生活的本真面貌。更重要的是，这些带有温度和形状指向的食物，也给因犯罪事件发生而带有冷意的文本空间，增加了一丝温情和圆满的意味。

二、多维建构的谜题世界

传统侦探小说一般遵循单线性叙事模式，按照"案件发生—侦探出场—调查案件—还原真相"的情节进行叙述。作品往往以侦探为主人公，围绕其调查行为进行叙述，这就使得侦探成为核心人物，统摄全文情节发展。后续写作者试图突破这一固定情节模式，贝客邦的创作即是一种体现。从《海葵》开始，他尝试采用多人物视角的叙述或多时空环境的架构，围绕小说的核心谜题，进行多线性的情节布局，逸出了单线叙事范畴，丰富小说的表达空间。

（一）多人物视角

在贝客邦的五部长篇小说中，四部作品皆采取多人物视角叙述方式，但在具体写作中，各部作品又呈现出特异的视角设置。《海葵》《冬至前夜》以及《白鸟坠入密林》都是以多个人物视角共同构筑故事的作品代表。前两部作品将居于同一时空背景却似乎不存在任何联系的人物作为叙述对象：《海葵》中的杨远与袁午是住在同一栋楼相邻单元的两个陌生人，前者想要迅速解决儿子失踪的现实谜题，后者则着力掩盖父亲已死的事实，目的即在于以父亲的养老金延续此后的生活。探寻和遮掩两种在本质上具有相反指向的行动主宰了他们的生活。《冬至前夜》中的陈秋原是城市中的汽车销售顾问，与已婚上司保持隐秘的情感关系，意外怀孕的事情使二者感情出现裂痕，而顾红津是遥远山村中与人交际颇少的家庭妇女，目睹儿子卫明松在自家房屋下挖出地下室，藏匿失踪女孩严小月。二人的故事以一主一辅的方式在文本中叙述，在后文又增加了因丈夫肇事逃逸而陷入焦虑的陆冰燕以及调查女性失踪案件的警察印山城的视角叙述，四条线索交错出现在文本中，共同完成一桩复杂案件的叙述。《白鸟坠入密林》则与前两部作品不同，虽设立同样的双线人物叙述，但在时间设置上出现了前后对照，以 2017 年的剪辑师"我"前往革马村探访女孩金莹失踪案件为一线，另一线则关注十五年前外乡人梁皓抵达革马村以及他与金莹的关系，双线并行，兼及对 2017 年村中流浪汉的死亡事件进行处理，一点点还原昔日案发的真实情况。"当下"与

"过去"两条线索似乎并行不悖按照各自轨迹行进，但最终借助两个人物的努力合二为一，进而揭破了案件的真相。

《轮回前的告别》则在文本的前后部分变换了人物视角：前半段一直以男性宗彦的视角讲述故事，展示他在女友慧文被人袭击成为植物人后的悉心守候以及对慧文被袭案件的关注，同时也借慧文临终时在宗彦手中写下的字以及神婆此后重现原字的谜题，使得整件事情扑朔迷离；到了小说后半段，暗中尾随宗彦的臧泽洪浮出水面，他以"慧文男朋友"的身份自居，从自己的角度给出了关于慧文故事的另一个版本，推翻了读者从宗彦提供的慧文故事中获得的认知。他与宗彦成为小说后半段推动故事发展的两股重要力量，再加上女警张叶视角的调查活动展开，关于过去案件的真相被慢慢拼凑并还原出来。

多人物视角的设置促成了文本的多情节线索叙述，对侦探小说原有的单一线索叙事进行扩充，或交错展示同一时空环境中的不同人物生活，或对照呈现不同时空中具有相似体验的人物故事，将原本属于特定主人公的流畅叙事内容，拆解成分属于不同主人公的片段式甚至碎片化叙事，直接增加了小说叙事的复杂程度。更重要的是，这些同时并存的多线索叙事，既有可能相互补充有效信息，以助于还原文本世界中的事实真相，亦有可能彼此消解，以相互抵牾的状态否定既有事实，为谜题本身增加扑朔迷离的色彩，强化小说的神秘悬疑氛围。在此基础上，作者还在叙述中应用了叙事时序的变化手段，并非仅关注当下，还在适当时机对人物过往经历进行回顾。这使得作品在顺叙讲述中间杂有插叙内容，现在时态中混有过去时序，虽然对人物的当下境况特别是谜样状态进行抽丝剥茧的解释，但叙述时序的错杂状态也增加了作品的复杂程度，使得读者难以直截了当地获得文本的所有信息。

（二）多时空维度

贝客邦的最新作品《平行骑士》虽采取了单一人物视角叙事，但致力于构造多时空世界——"平行时空"，亦即同时共存的两个时空，为小说情节发展提供重要背景环境。在这一科幻感颇强的设定中，小说主人公黄正禾在高速飞驰的列车上陷入昏迷状态，机缘巧合进入与现实的原世界平行的次世界，发现自己的暗恋对象元冬美已死的悲惨事实，并通过蛛丝马迹发现其被伪造的"自杀"玄机。人物经过穿梭于两个世界的努力调查，在次世界中获知元冬美的被害真相，并成功在原世界中阻止这一悲剧再次发生。但他因为时空阻隔的原因，被永远留在次世界中，难以回到冬美仍活着的原世界。

在作品中，基于科幻设定的"平行时空"概念及其实体，由两个"各自运行，相互之间无法造成影响"①的世界组成。其所包含的两套人物架构虽具有相似性，但因其各具独立的发展轨迹而趋向于不同的发展方向，呈现出各异状态。这在拓展小说情节发生的空间之余，亦使得小说的情节线索更加复杂多变。以主人公黄正禾为例，他作为生活在原世界的人物，因意外情况，个人意识进入次世界并替换掉次世界中的自身记忆和意识。在这种情况下，人物面临的是次世界的过往"空白"境况以及原世界的未来"难以预知"现实。他需要在次世界进行探究，进而影响原世界的后续事态发展。因之人物不仅需要处理一个世界的具体事务，还要兼及另外一个世界的可能情况，而本应存在于同一时间长链上却同时并存的两个世界，还具备迥异的人物关系构成以及人物命运走向，使其探究事实真相的难度加倍升级，读者的阅读体验也随之变得丰富复杂。

多人物视角和多时空维度提供的琐碎谜题信息以及构筑起的繁杂谜题空间，对侦探小说的情节设置起到了丰富、拓展乃至深化的作用，使其不再囿于单一人物、时空的文本局限，而是从多个方面进行了有效开掘，促成谜题设置的多元化尝试被付诸实践。更重要的是，较之于传统单线性叙事，这种情节开掘亦对读者的阅读接受产生重要影响：因文本的时空设置、人物关系以断裂状态存在，读者的初始阅读会存在较大障碍。但随着读者对文本信息的获得与整合，他们逐渐理顺情节逻辑并能够触及案件真相内核，从原本的被动接受发展为主动参与，积极促成文本的"编码—解码"活动完成，并通过个人努力获得阅读的愉悦感以及成就感。

更重要的是，在多人物视角和多时空维度的创设基础上，贝客邦还试图对以往侦探小说的侦探人物进行"分散式"处理，不再将探案任务集中于专业人士（诸如警察等）身上，也不再将他们作为唯一的侦探主人公进行塑造。他更重视文本中普通人的探究意愿和行动，将他们变成案件真相的"探寻者"，并借由他们的努力揭露案件的重要信息。这些探寻者与警方基于不同的身份、视角进行案件真相的探查，也从一个全新角度为多人物视角和多时空维度的创设提供了注解。在一定意义上，这些人物也因其探寻行为，从原本被侦探/警方调查的对象（客体），转化为探寻着的行动主体以及小说叙述中的经验主体，实现了"反客为主"的身份变化，也体现出普通人作为日

①　贝客邦：《平行骑士》，豆瓣阅读，2021-05-29，https：//read.douban.com/reader/column/59257110/chapter/319429861/？dcs=chapters&dcm=chapter-list。

常生活主人的主体性特征。当然，文本并未忽略警察等官方以及职业人士的工作以及努力，仍强调他们在关键时刻发挥着重要作用。

三、幽微隐约的谜底真相

在侦探小说的主线情节中，侦探人物进行调查并抽丝剥茧完成推理占有重要位置。但小说始终以案件真相揭破为其最终结局，落脚于指证凶手以及罪犯伏法等相应处理，暗示出此前被破坏的社会秩序恢复如常。同时，人物恶行得到惩治的行为结果，也将侦探小说的公平正义主题彰显出来。

贝客邦的小说同样力图对这一主题进行阐释，无论是《海葵》中利用房屋装修漏洞在夜半侵犯独居女性林楚萍并教唆袁午杀死杨莫的许安正，《轮回前的告别》中偷偷潜入慧文家中并暗中实施袭击导致女性昏迷以致死亡的臧泽良，还是《白鸟坠入密林》中与女儿吵架导致其离家并死亡却掩盖真相的赵楠，《冬至前夜》中肇事逃逸的江久旭、非法囚禁小月的卫明松等人，皆为自己的犯罪行为付出代价——接受法律惩罚，在一定程度上体现出小说的公平正义思想意旨。

但小说结尾并未停留于人物伏法的文学表述，而是以日常生活继续进行过程中的细节表述，暗示出导致案件发生的其他诱因，将原本确凿无疑的"事实真相"进行改写。在《轮回前的告别》中，警方在宗彦的配合下，找到了跟踪他的陌生男子臧泽洪，发现后者与被害者慧文以及宗彦同事曼云的同学关系，并锁定了臧泽洪的哥哥为袭击慧文的罪犯。于宗彦而言，困扰他两年的案件有了确定性的结果，曼云的陪伴也帮助他从慧文离世的阴霾中逐渐恢复。但来自办案警方的私人电话向他提供了事实的另一种可能：曼云虽将慧文介绍给他，但因为一直暗恋他的缘故，隐瞒自己早已发现了凶手身份，甚至还与臧氏兄弟合谋掩盖真相，并向他展示自己的深情。与她类似的还有《海葵》中的许恩怀以及《冬至前夜》中的陈秋原，前者为了跻身杨家享受家庭温暖，将杨莫引向通往邻居家的死亡陷阱，后者为了报复抛弃自己的前任领导，与人合谋设计了对方驾车冲入海中淹死的"事故"。

这些人物的行为在被上文所述的"探寻者"或警探揭破时，她们的内心真实欲望也得以暴露，展示出人性的自私和残酷一面。而她们对自己的行为"过错/偏差"，或者如曼云一般保持沉默，或者像秋原那样言顾左右，或者采取恩怀式的自我辩解，说着"我真的，很想像小莫那样"①，偏偏缺少了对个人行为的真诚忏悔以及歉意表达，更进一步将人性的冷酷这一真实面展现出来，也使得小说结尾的温情叙述被蒙上了一层阴郁的面纱。

因为这些女性人物的存在，原本确凿无疑的案情出现了"柳暗花明"的新一重转折——被侦探还原出的真相，还具备其他未被发掘的内情。因为除了实施犯罪行为的凶手之外，案件中还存在着其他的"助推者"。虽然从客观角度分析，她们并未对犯罪分子产生影响，亦未亲手对被害人进行实质性伤害，但这些人物无一不受内心的不正当欲望驱使，以恶意完成相应行为，促成受害者的悲惨境遇或加深其程度。她们是隐身于案件的幕后人物，恶意以及恶行仅限于个别人了解，且因为缺乏证据等因素影响规避了相应惩罚。小说以这些人物的行为展示，促成了文本情节的重要"反转"，既使得谜题的拆解过程在原有基础上更为复杂且一波三折，体现出看似日常的现实谜题所具备的神秘悬疑特质，也使得"表示确然性，而非悬疑未决"且"罢黜任何疑问"的理性取得"无可争议的胜利"② 的小说"结局"变得模糊且含混。

正是因为这一情节安排，小说中人物对案件的认知情况从侦探小说固有的"从不知到有知"的过渡阶段，发展为"从假象到真相"的揭示阶段，直接体现出"转换型情节"中"发现"③ 趋势的两种典型表现形式。与此同时，这种表现人物"行动的发展从一个方向转至相反的方向"的"突转"处理，与"从不知到知的转变"的"发现"④ 情节同时发生，在文本阐发案件"真相"的同时又消解掉真实性，会以不断反转的情节设置促成读者的瞬时心理状态转化，在了然于胸的自信、波澜再起的疑虑以及确凿无疑的笃定之间变换。而隐藏在"谜底"背后的真正结果，也因其所反映出的人性阴暗特质，引发读者的恐惧心理。

但更进一步审视这一人物群体设置，并推及部分故意掩盖真相的"幕后黑手"们，她们因其性别身份兼及相关境遇，又涉及更深层的现实问题，亦是值得读者思考的文本内容。仔细分析她们的生活境况，部分人物呈现出

---

① 贝客邦：《海葵》，豆瓣阅读，2019-08-01，https://read.douban.com/reader/column/31817720/chapter/121728457/。
② 西格弗里德·克拉考尔：《侦探小说：哲学论文》，黎静译，北京大学出版社，2017，第173页。
③ 胡亚敏：《叙事学》，华中师范大学出版社，2004，第137页。
④ 亚里士多德：《诗学》，陈中梅译，商务印书馆，1996，第89页。

"弱者"的生存状态:《海葵》中的恩怀,常年生活在因父亲家庭暴力所导致的母亲缺席状态中,以上锁的方式拒绝冷漠的父亲进入自己卧室;《冬至前夜》中的秋原在被情人(自己的上司)抛弃后,差点死于对方有意制造的车祸,为此失去了腹中胎儿;《白鸟坠入密林》中的赵楠,在婚姻生活中"小心翼翼地维护着妻子和母亲该有的样子"①,做一切让丈夫满意的事情,但女儿未能成长为丈夫期望的状态,成为她最大的心理负担,也让她对女儿重重施压,导致女儿自杀的悲剧发生。更可悲的是,她在发现女儿可能跳河后,并未采取任何行动拯救女儿生命,而是销毁了一切与自己有关的痕迹,避免丈夫怀疑自己。这些人物试图以个人的特定行为对"弱"的境况进行调整抑或反抗,却采取了错误的路径。而《轮回前的告别》中的曼云以及《平行骑士》中的吉莲,看似具有与男性平等的社会地位,但都为个人感情影响,一个为了赢得男性的爱情,有意遮掩真相,将两层圈套中"第一层的答案"变为"第二层的陷阱"②,一个为了斩断心仪男性的后顾之忧,在两个世界中都选择直接下手,杀害同为女性的被害者。在一定程度上,这些女性的相应行为受到了生活中不同身份的男性,诸如父亲、丈夫、情人等的影响。这也使她们的恶行不仅映照出自身的丑恶特质,也指向了影响甚至规训她们的男性以及产生这些问题的现实社会。

这也使得小说在展示日常生活谜题的基础上,涉及了更为重要的社会现实问题探讨,较为严肃地将存在于犯罪行为背后的人物心理动因以及促成其产生的社会因素,以文学化的手法进行展示。多个人物因其悲惨处境而做出错误选择以及行为的现实经历,反映出"受害人发展为施害人"的严峻问题,以另外一种方式对上文所分析的弱势群体被侵犯现实做出证明,也使得其自始至终贯穿于文本的日常谜题之中,体现出克拉考尔所提及的"一个去现实社会(文明的社会)的侦探小说对这个社会本来面目的展现比这个社会通常能够发现的更加纯粹"③。

回溯百年之前,五四时代的男性作家曾书写祥林嫂等被侮辱与被损害的下层妇女生活境遇,将她们作为旧文化的牺牲品进行书写,目的并不是"留

---

① 贝客邦:《白鸟坠入密林》,豆瓣阅读,2022-01-11,https://read.douban.com/reader/column/35835004/chapter/345123165/。

② 贝客邦:《轮回前的告别》,豆瓣阅读,2020-09-28,https://read.douban.com/reader/column/33857302/chapter/160161730/? dcs=bookshelf。

③ 西格弗里德·克拉考尔:《侦探小说:哲学论文》,黎静译,北京大学出版社,2017,第38—39页。

下一个难忘的发人深思的性格审美形象，是为了以她们的苦难印证封建历史的非人性，再现社会的罪恶，以她们的麻木来衬托这罪恶的不可历数。在某种意义上，她们的肉体、灵魂和生命不过是祭品，作品的拟想作者连同拟想读者，都在她们无谓无闻无嗅的牺牲中完成了对历史邪恶的否决和审判"①。到了贝客邦这位男性写作者笔下，这些身负意识层面恶念或行为层面恶行的女性，以其曲折幽微的内心世界对个体罪恶进行揭示，并在一定程度上作为社会人性之恶的代表，将作者对整体社会人性的批判昭示无遗。这与古典侦探小说的创作意旨出现偏差，因为后者文本中的"侦探知识分子并没有揭露资产阶级社会隐藏的罪行，而是利用他的超人能力，将共有罪行投射到特定个体犯下的明确而公开的行为上，从而让中产阶级社会秩序回归平静"②。反观以贝客邦的作品为代表的网络侦探小说，通过对日常谜题的设置以及处理，使社会罪恶问题不再被归之于特定人物的行为悖谬的结果，而成为整个社会群体所要进行的现实之思与待解之题。

---

① 孟悦、戴锦华：《浮出历史地表——现代妇女文学研究》，河南人民出版社 1989 年版，绪论第 39 页。

② John G. Cawelti, Adventure, Mystery, and Romance, Chicago：The University of Chicago Press, 1976, p. 95—96.

新时代创业史：
何常在《浩荡》的国家形象建构

◇ 温德朝　邱　艺*

　　凡一代有一代之文学，文学与时代发展同向同行，"作品的产生取决于时代精神和周围的风俗"①。改革开放以来，中国发生了翻天覆地的变化，从当初一个比较贫穷的经济体一跃稳居世界第二大经济体，为世界经济发展贡献了独特的中国智慧和中国方案。在此过程中，中华大地涌现出了无数英雄人物，汇聚了无数的精彩故事。如何以文学的名义，讲好中国故事，建构中国形象，是当代作家义不容辞的使命。习近平总书记在中国文联十大、中国作协九大开幕式上的重要讲话中强调："中国不乏生动的故事，关键要有讲好故事的能力；中国不乏史诗般的实践，关键要有创作史诗的雄心。"② 网络作家何常在紧跟时代步伐创作的网络小说《浩荡》就是一部史诗性作品，该作品取材于中国改革开放 40 年的宏阔背景，以主人公何潮在深圳的成长经历与感情发展为主线，深刻记录了他在改革开放浪潮下的创业奋斗史，充分反映了"深圳奇迹"背后的艰辛历程。《浩荡》取得了良好的艺术和社会效应，成功入围 2018 年中国作协重点作品扶持名单，成为"讴歌新时代、庆祝改革开放 40 周年、庆祝中华人民共和国成立 70 周年主题专项"的唯一一部网文作品，为现实题材网络文学建构中国国家形象提供了可资借鉴的蓝本。

---

　　* 温德朝：（1983.1—），男，河南南阳人，江苏师范大学文学院副教授、"一带一路"研究院特约研究员，东南大学艺术学院博士后，主要从事网络文学研究；邱艺：（2002.2—），女，江苏淮安人，江苏师范大学文学院本科生。本文系江苏省高校哲学社会科学研究项目"高校思想政治教育图像化转向研究"（2018SJSZ281）、首批江苏高校新文科研究与改革实践省级重点培育项目"汉文化助推乡村振兴的政产学研协同育人机制创新与实践研究"阶段性成果。

① 丹纳：《艺术哲学》，人民文学出版社，1983，第 32 页。
② 习近平：《在中国文联十大、中国作协九大开幕式上的讲话》，《美术》2017 年第 1 期，第 10 页。

一、小人物与大故事：记录改革开放 40 年中国人的创业奋斗事迹

转型中国时代是一个深切呼唤英雄且英雄辈出的时代。大约类同于"宰相必起于州部，猛将必发于卒伍"的英雄成长轨迹，改革开放洪流巨浪淘洗出来的成功企业家，大多发迹于社会微末，他们的创业奋斗史贯穿了改革开放发展史。他们不仅是改革开放 40 年过程的亲历者、见证者，更是改革开放 40 年成果的创造者、受益者。何常在的《浩荡》选择从物流、高新科技产业、金融、房地产等四个与老百姓生活息息相关的行业作为切入口，精心塑造了何潮等一批生动鲜活的人物形象，再现了深圳特区成立初期小人物的创业奋斗史，以及深圳改革开放 40 年来的创新转型发展奇迹。

小说主人公何潮，出生于河北石家庄，毕业于北京师范大学英语系。1997 年 7 月 1 日，香港回归，普天同庆。这一天对国家来说意义非凡，对何潮个人而言也意义重大。就在这一天，何潮那铁定心要去美国的女友艾木和执意留在国内发展的他分手了。失恋悲伤之际，何潮决定南下当时众人皆不看好的深圳创业。要知道，那个年代的北京高校毕业生除选择出国留学之外，大多青睐留在北京进机关、进央企，追求稳定高薪的生活节奏。表面上看，何潮的选择"离经叛道"、不合常规，其实这是他深思熟虑的结果。他仔细研究了深圳特区从成立后一直到 1997 年来每年的经济增速，相信深圳奇迹将持续发展到难以预估的地步。事实发展证明，何潮当初的研判十分准确，非常富有前瞻性。何潮远见卓识的预判能力在日后种种事件里也可得到佐证：比如 20 世纪末，当周安涌等人还认为房地产行业未来前景不可限量的时候，何潮已经预见即将到来的"互联网+"时代对快速物流的巨大需求，决定开创以"快"为优势的利道快递，2019 年利道快递乘着时代东风成功上市；再比如 2004 年，小灵通的发展如日中天，一众企业大力拓展小灵通生产线，何潮却断言小灵通最多还有三年红利期，未来将是智能手机的天下。他反其道而行之，投入大量资金研发芯片等智能手机核心元件，以防过度依赖进口，将来受制于人。正是如此，何潮和众人联合创办的三成科技才得以在之后的美国制裁夹缝中存活下来，并在全球市场站稳了脚跟。小说中余知海曾评价何潮为"弄潮型"人才，这样的人才以眼光卓越和布局长远取胜，其走的每一步都能踩在时代鼓点之上，无数普通人在他们的引领之下开启了新的生活模式。在深圳改革开放 40 年的发展历程中，"弄潮型"人才的原型比比皆是：马化腾创立的腾讯集团从一个仅有 5 人的小企业快速成长为全球最有影

响力的互联网公司之一。他提出了"互联网+"的概念，创新研发 QQ、微信、移动支付等虚拟网络功能，带来了一场深刻的信息传播和在线支付革命；任正非创立的华为集团跻身 5G 时代全球技术领先企业之列，推动中国高新技术产业快速崛起，让我国通讯产业在世界范围内引领风骚。《浩荡》主人公何潮身上，或多或少闪现着这些人物的影子。

创新是时代发展的主旋律，作为深圳改革弄潮者，何潮拥有可贵的创新品质。何潮南下深圳伊始，在周安涌女友辛有风的推荐下进入了庄能飞创办的元希电子加工厂。元希电子实质上只是倒卖国外零部件的工厂，就技术而言毫无科技含量。庄能飞试图转型之际，何潮帮助他设计了一套以技术主导市场的技工贸易方案。何潮不愿看到元希电子成为发达国家的垃圾回收站或下游组装厂，没有科技含量的代加工只会让元希电子受制于人，随时可能被人替代。相反，如果走自主研发创新之路，自己掌握电子制造业的核心科技，就会在激烈的市场竞争中拥有更多主动权。接下来，当何潮、江阔、庄能飞为进入小灵通市场共同创办的三成科技陷入韩国客户金不换故意设局制造的破产危机时，何潮毅然拒绝了周安涌提议的品牌代工之路，反而决定拿出三成科技 20% 的产能和资金来研发、生产中国人自己的手机。在接下来的智能手机曙光初现的时代，何潮超前部署三成科技驻美办事处着手研发手机芯片技术和独立操作系统。正是三成科技前后持续十几年的技术储备和研发积累，使其能够在 2018 年美国对中兴通讯突如其来的全面制裁中存活下来。习近平总书记在参加全国政协十二届一次会议科协、科技界委员联组讨论时的重要讲话中指出："过去三十多年，我国发展主要靠引进上次工业革命的成果，基本是利用国外技术，早期是二手技术，后期是同步技术。如果现在仍采用这种思路，不仅差距会越拉越大，还将被长期锁定在产业分工格局的低端。在日趋激烈的全球综合国力竞争中，我们没有更多选择，非走自主创新道路不可。我们必须采取更加积极有效的应对措施，在涉及未来的重点科技领域超前部署、大胆探索。"① 《浩荡》以文艺审美的形式，以生动形象的案例，积极回应了习近平总书记的殷切期盼。

每个人都是大时代里的一粒小沙子，如何在瞬息万变、波谲云诡的商业斗争中坚守初心，如何抵御灯红酒绿、物欲横流的消费主义诱惑，如何为中国社会主义现代化建设添柴加薪，是摆在当代企业家面前的时代答卷。对一

---

① 中共中央文献研究室编《习近平关于科技创新论述摘编》，中央文献出版社，2016，第35页。

个优秀的企业家来说，不断增长的财富数字只是成功的标志之一，而对所经营事业的忠诚和责任，才是企业家的"顶峰体验"和不竭动力。从这个角度说，何潮是一个成功的、合格的企业家，他身上闪耀着伟大的"企业家精神"。在小说第五卷第三十七章，何潮指出利道快递上市不是为了套利，不是为了"割韭菜"，而是为了更好地服务广大消费者；利道快递的国际化，也不是为个人积蓄私利，而是为中国社会积累原始财富。在万物互联的新时代，"快递"作为其中关键一环，应该为国家经济新跨越提供保障服务，以实际行动感恩和回报国家。与周安涌、顾潮等同行相比，何潮的站位和格局无疑是高远的。周安涌一心想的都是生意，在他眼里公司仅仅是赚钱的工具而已，充其量只能算是个"商人"。顾潮在全国范围内投资炒房，割韭菜式地聚敛财富，充其量只能算是个"投机商"。何潮认为，商人应当存有良知情怀、担当社会责任，这样的人才能够担当起沉甸甸的"企业家"分量。2017 年 9 月，中共中央、国务院发布的《关于营造企业家健康成长环境弘扬优秀企业家精神更好发挥企业家作用的意见》，集中阐释了新时代"企业家精神"的核心内涵和理论要义。习近平总书记在企业家座谈会上的重要讲话指出，企业家要增强爱国情怀，把企业发展同国家繁荣、民族兴盛、人民幸福紧密结合在一起，主动为国担当、为国分忧，带领企业奋力拼搏、力争一流，实现质量更好、效益更高、竞争力更强、影响力更大的发展。① 为众人抱薪者，当为时代铭记。何常在的《浩荡》用史诗般的视野和笔调，讲述了深圳改革开放洪流中小人物劈波斩浪的大故事，一个个渺小的个体汇聚一块，聚沙成塔、集腋成裘，共同书写了中国经济腾飞的"春天的故事"。

二、小渔村与大都市：俯瞰改革开放 40 年深圳市的翻天覆地变化

改革开放政策落地之初，邓小平同志就曾深刻指出，中国社会主义市场道路本质上是先富带动后富，最终实现共同富裕。这意味着，共同富裕并非同步富裕，而是设立特区、试点先行、以点带面、整体提升。深圳是中国改革开放的首批试点，1979 年宝安县更名深圳市，1980 年设置经济特区，1981 年深圳升格为副省级城市。2021 年，深圳地区生产总值首度突破 3 万亿元，全市规上工业总产值首次突破 4 万亿元。从南粤边陲默默无闻的"小渔村"，到现代化的国际大都市，深圳仅用了 40 年左右的时间，这种跨越式发展创造

---

① 习近平：《在企业家座谈会上的讲话》，《中华人民共和国国务院公报》2020 年第 22 期，第 6 页。

了世界经济发展史上的奇迹。站在"两个一百年"历史交汇点的特殊关口，回望和俯瞰改革开放 40 年来深圳市发生的翻天覆地变化，无疑具有特殊的意义。

1997 年是香港回归祖国怀抱的重大年份，也是《浩荡》第一卷展开叙事的重大政治历史背景。这一年深圳经济特区进入了设立后的第 18 个年头，《浩荡》男主人公何潮大学毕业南下深圳，正式落足庄安涌创办的元希电子加工厂。作为一位高明的讲故事人，何常在如此设计情节绝非随意为之。20世纪 90 年代中后期，深圳凭借自身优越的地理位置、价格低廉的劳动力、务实优惠的外商投资政策等，吸引了众多港台地区 IT 产业、日韩通信设备制造企业前来建立全球加工基地，深圳特区存在大批类似"元希电子加工厂"这样的中小型代加工企业。以香港与深圳的关系为例，深圳经济特区地理位置上无可比拟的优势就是毗邻香港，这儿既是内地远眺香港的一扇窗户，也是香港了解大陆的一面镜子。那时，香港和深圳形成了"前店后厂"的基本格局，深圳制造业以承接大量香港转移到内地的劳动密集型产业为主。恰如小说第一卷第二十七章所言，"早年香港将落后的低端制造业产业转移到了深圳"。第一卷第十六章，元希电子加工厂面临资金链断裂的危机，来自香港的美女投资人江阔受邀前来投资，她实地考察了元希电子厂的周边环境、硬件设施、生产现状及未来前景。第一卷第四十一章，江阔的哥哥江安登场，比起江阔对大陆市场的重视，对深圳未来发展前景的看好，江安似乎更符合那个年代港商普遍存在的优越心境，即"香港看欧美，深圳看香港，人要向上看，不要往下瞧"。这确实是符合实情的，当时香港正经历着由制造业转向服务及金融业的第三次经济转型阶段，位列亚洲四小龙之首，人均 GDP 是内地的 50 倍左右；而深圳还停留在依靠承接香港转型过程中迁移的低成本、密集型劳动制造业为主的初始阶段。改革是摸着石头过河的实践探索，尽管深圳在巨大改革红利和制度红利的双重驱动下初步实现了经济腾飞，经济总量已达 1130 亿人民币，进出口总额已达 450 亿美元，并且仍以每年两位数的速度持续增长；但还没有建立起完整健全的不动产产权制度、行政审批管理体制、科技创新管理体制等，支撑企业做大做强的核心科技高度依赖进口。深圳所谓的"世界工厂"再加工，实际上多数只是对国外进口来的新旧零部件进行来料加工或重新组装，甚至仅仅是将旧零件打磨成新零件再次倒卖出售而已。何常在选择这样安排情节，其实是对深圳特区 20 世纪 90 年代发展中存在不足与弊病的折射。

1998 年，香港回归之后的第二年，影响深远的亚洲金融风暴汹涌来袭，港深关系拐点悄然完成。《浩荡》第二卷便在此语境下展开叙述。小说第二卷第三十八章，原本财大气粗、如日中天的香港家族企业江氏集团被东南亚金融危机扫荡，其下辖房地产产业、酒店服务业、运输行业均遭受重创。江氏集团的遭遇是当时香港万千企业的一个缩影，金融危机之下香港股市大幅波动，房地产行业接连崩盘，消费市场大幅萎缩，经济气候进入了寒冬。值此危急关头，中央政府及时伸手救援，为香港经济托底，帮助刚回归不久的香港稳定秩序、共渡难关。经此一役香港经济发展还是有所阻滞，而深圳经济却在短暂的寒冷后迅速回暖，呈现出持续发展的强劲势头，与香港形成了一定反差。1999 年，随着澳门的回归，亚洲金融危机的解除，国际国内经济发展环境日渐清朗，香港逐渐恢复往昔活力，深圳也迎来了新一轮腾飞机遇。小说第三卷第十四章，从金融危机中复苏的江氏集团最终意识到香港的战略大后方乃祖国大陆，于是积极转变投资策略，将主要资金投入目的地由海外转向深圳。香港回归后，历任政府首脑的施政报告均提出积极发展与内地的关系。如果说过去多年深圳的发展离不开香港辐射和带动，那么随着深圳经济的快速发展和城市规模的日益扩大，逐渐成为保障香港回归后经济社会繁荣稳定的定海神针。

进入 21 世纪，电脑、手机、互联网等高科技产业在中国大陆井喷式发展，由数字数据引爆的数字经济新业态前景十分广阔。加拿大学者哈威·费舍《数字冲击波》大胆预言："数字王国虽然以简单化和简化的二进制语言'1'和'0'为基础，但随之而来的新信息社会赖以存在的是想象力和创造力，这也将成为新经济的主要资本。"[①] 一贯得时代风气之先的深圳，敏锐地嗅到了互联网即将带来的颠覆性社会变革，及其面临的新机遇和新挑战。《浩荡》中的何潮是深圳最早做好吹响前进号角准备的少数人物之一，利道快递积极抢抓互联网时代数字经济扩张的东风，上兵伐谋超前谋篇布局，业务量呈几何级倍增。随着中国政府顺利加入世界贸易组织，北京奥运会取得圆满成功，国内经济整体呈现出欣欣向荣、快速发展的良好态势。中国 GDP 总量从 2000 年的全球第六突飞猛进到 2008 年的全球第三，成为仅次于美国、日本的全球第三大经济体。深圳借助 WTO 带来的发展新契机，推动构建全方位、多层次的对外开放体系，持续引进高新技术和知识密集型企业，着力打

---

① 哈威·费舍：《数字冲击波》，黄淳译，旅游教育出版社，2009，第 263 页。

造全国高新技术产业集聚区和制高点。2008年，深圳市GDP达到7806亿元，位居全国第四，日益成为社会主义现代化国际大都市，北上广深四个全国一线城市的格局更加明朗清晰。至此，深圳模式已经不再完全依赖中央政府给予的优惠政策扶持，而是逐渐从追求规模的粗放型发展转向追求质量的内涵式发展，从追求"深圳速度"转向追求"深圳质量"，努力发挥优势、再创优势，继续保持改革开放桥头堡的领先地位。深圳一改过去单纯发展制造加工产业的旧格局，围绕高新技术产业重点开展以建链、延链、补链、畅链、强链为核心的引资引智工作，加强原创核心技术研发，避免对美欧日韩等发达国家的过度依赖。小说第四卷第十七章，何潮语重心长地劝诫周安涌，要真正投入技术力量研发手机关键部件和核心技术，而不是单纯模仿国外品牌，高价购买国外芯片和技术专利。与此同时，深圳市政府制定了特区内外一体化发展规划，积极推动特区外农村城市化。第四卷第六十四章，作者借江离之口说："2004年深圳政府将全市土地国有化，不再由乡政府或村委颁发建房用地许可证明，村级单位改为股份合作公司，深圳成了中国第一个没有农村的城市。""社会主义的本质是解放生产力，发展生产力，消灭剥削，消除两极分化，最终达到共同富裕。"① 自2006年起，中央政府决定取消农民缴纳农业税，全面终结"以农养政"的时代，正式开启"工业反哺农业，城市支持农村"的时代。在这方面，深圳人先行先试，无疑又走在了全国前列。

2009年以来，深圳特区聚焦建设国际创新城市，大力发展以新能源为代表的高端制造业和以金融、互联网为代表的现代服务业，这些行业日渐成为深圳科技创新支柱产业。比如，腾讯、华为等企业的孕育、发展、壮大，正是得益于深圳成熟、包容的市场环境。《浩荡》第五卷故事叙述由此展开，第五卷第五十章，作者通过江阔回顾了深圳经济体量一步步超过香港的历程，深入剖析了深圳是如何在科技创新的道路上掌握主动权，并创造出了难以复制的"深圳奇迹"。互联网深刻改变了信息传播方式和人类生活方式，2014年至2018年我国积极壮大互联网共享信息服务，推动实现了从"4G并跑"到"5G引领"的发展跨越。这一时期深圳牢牢把握住了时代发展的鼓点，拥有腾讯、华为等优质ICT企业，集聚上市信息科技公司超过80家，累计成立国家级高新技术企业1.4万家以上，无论是互联网产业还是传统金融行业均位居全国第一，成为我国乃至全球最具科技创新活力的城市之一。第五卷

---

① 邓小平：《在武昌、深圳、珠海、上海等地的谈话要点》，中共中央文献研究室编《十三大以来重要文献选编（下）》，人民出版社，1993，第1854页。

第五十三章，何潮与江离对 2017 年 7 月 1 日中央政府在香港签署的《深化粤港澳合作，推进大湾区建设框架的协议》寄予厚望，对大湾区发展前景充满信心。大湾区建设将粤港澳三地的制度差异转变为互补优势，深圳在其中发挥着核心引擎功能。深港合作开启新征程，深圳与香港在经济体量上已是并驾齐驱、旗鼓相当，不再处于"前店后厂"的不对等经济关系中，致力建设高度一体化的"深港共同体"。《浩荡》用长达 6 卷的篇幅叙述了 40 年来深港关系的变化，这也是改革开放 40 年间深圳大地上发生的翻天覆地变化。

深圳从一个贫穷落后的小渔村发展成为一座包容开放的国际大都市，不仅指的是物质财富积累和迅速增长，更包括文化软实力的跃迁提升。小说第三卷第二十八章，江离计划在深圳建立一家文化公司，何潮却提出反对意见，认为深圳还没有足够肥沃的土壤可以沉淀出独特的城市文化。为了验证自己的判断，第三十章中何潮做了一个简单测试，他给自己 20 多个经济实力不一、所处社会阶层跨度较大的朋友都送去了同一场歌剧门票，但最终只有三分之一的人到场观看，更多朋友选择去了周安涌预定的 KTV 唱歌。当何潮等人进入剧场时，发现表演现场也仅有三分之一的上座率，而同样歌剧在北京、上海等文化底蕴深厚的城市上座率超过 90%。这个测试标明，当时深圳人还没有营造出高雅的文化氛围，没有培养出富有品位的文化底蕴，相比阳春白雪的歌剧欣赏，更青睐下里巴人的 KTV 喝酒唱歌。何常在接受澎湃采访时说，这个情节取材于他听来的故事："我的一位朋友在深圳经过几年奋斗，有了一定地位和金钱，一次他买了十几张歌剧团的演出票分给各行业的朋友，演出那天他到了现场，发现除了他没有一个人来看演出。他一一打电话给这些朋友，大家不是在 KTV 就是在酒吧。"① 深圳发展初期被称为文化沙漠，街头行走的老板大多是暴发户，分秒必争地忙于赚钱花钱，并不注重文化品位的提升。马克思《资本论》指出，推动实现人的全面而自由的发展是人类追求的崇高目标，共产主义是"以每个人的全面而自由的发展为基本原则的社会形式"②。建设中国特色社会主义现代化，要坚持物质文明和精神文明两手抓、两手硬。邓小平在中国文学艺术工作者第四次代表大会上的祝词中指出："我们要在建设高度的物质文明的同时，提高全民族的科学文化水平，

---

① 杨宝宝：《何常在新作〈浩荡〉：用网文写改革开放四十年》，澎湃新闻网，2018 年 7 月 4 日，https://www.thepaper.cn/newsDetail_forward_2237312。
② 马克思：《资本论》第 1 卷，人民出版社，1975，第 649 页。

发展高尚的丰富多彩的文化生活，建设高度的社会主义精神文明。"① 近年来蓬勃兴起的文化城市理论认为，文化是城市的无形资产和核心竞争力。城市文化缺失在城市发展初期不会太明显，但当城市发展到一定规模后，后期会制约城市向具有独特标签的国际大都市、世界知名城市迈进。何常在在创作谈中说："深圳发展很快，确实有过这样一个只注重经济不注重文化的阵痛的阶段。从文化沙漠到现在的文化大都市，深圳是一步一步走过来的。"② 2020 年 10 月，习近平总书记出席深圳经济特区建立 40 周年庆祝大会并发表重要讲话，宣布支持深圳建设中国特色社会主义先行示范区、创建社会主义现代化强国的城市范例。对一个人来说，40 岁意味着人到中年；对一座城来说，40 年意味着城到鼎盛。就深圳来看，从小渔村到大都市的转变，既是从文化沙漠到时尚文化之都的跨越升级，也是从浅滩之鱼到展翅之鹏的华丽转身。

三、小情怀与大感动：弘扬改革开放 40 年所形成的开拓进取精神

中国改革开放铸就的伟大改革开放精神，是中国共产党精神谱系的重要组成部分。站在"两个一百年"的交汇点上，面对新一轮国际国内竞争，唯改革者进，唯创新者强，唯改革创新者胜。习近平总书记在庆祝改革开放 40 周年大会上的重要讲话中指出："40 年来取得的成就不是天上掉下来的，更不是别人恩赐施舍的，而是全党全国各族人民用勤劳、智慧、勇气干出来的！"③ 深圳是一座年轻的移民城市，改革开放 40 年来无数年轻人奔赴与闯荡、开拓与进取铸就了深圳特区经济腾飞的伟大奇迹，这些青春的身影抛洒着奋斗的汗水，在深圳这片热土上奏响了举世瞩目的华章。可以说，深圳是一个从无到有、从弱到强的奇迹存在，从小渔村到大都市再到国际化城市，深圳的发展史就是改革开放 40 年最真实可信的中国人奋斗史。

《浩荡》人物众多，整体形象立体鲜活、有血有肉，构成了庞大的人物图谱。他们在改革开放的时代洪流中攻坚克难、勇敢拼搏，展现出了开拓进取的时代先锋精神，带给读者无限的情感共鸣和阅读感动。小说第一卷中，

① 邓小平：《在中国文学艺术工作者第四次代表大会上的祝辞》，陆贵山编《马克思主义文艺论著选讲》，中国人民大学出版社，2019，第 345 页。

② 杨宝宝：《何常在新作〈浩荡〉：用网文写改革开放四十年》，澎湃新闻网，2018 年 7 月 4 日，https://www.thepaper.cn/newsDetail_forward_2237312。

③ 习近平：《在庆祝改革开放 40 周年大会上的讲话》，《中华人民共和国国务院公报》2019 年第 1 期，第 10 页。

元希电子厂破产，庄能飞潜逃，工厂被抵押。一贫如洗的何潮，被三个保安赶出工厂流落深圳街头，那一夜瓢泼大雨中他蜷缩在路边的长椅上。身处困境的何潮沮丧但并不气馁，他下定决心回到华强北，说服之前遇到的送货客和仔等人一起创业，决心在物流行业闯荡出一番新天地。白手起家创业无疑是一件艰苦卓绝的事，最初物流公司连何潮在内一共只有三个送货员，他们在送货过程中还要对客户信息、最优路线等进行记录分析，可谓体力劳动和脑力劳动的双重消耗。难能可贵的是，何潮始终保持昂扬向上的斗志，以充沛的热情全身心投入工作。第一卷第五十四章，何潮创建的利道物流平稳起步，进入稍有盈利的阶段。他旋即表态不能满足于接货送货的现状，及时筹划建立自己的客户群、关系网，全方位布局物流行业，坚持走规模化发展之路，其开拓创新精神可见一斑。小说第二卷中，利道物流迅猛发展，快速抢占市场，占据了深港澳地区三成以上市场份额，且仍在持续攀升中。利道物流高度增长的业务量让同行们急红了眼，星辰快递老总张辰决定下手将何潮赶出深圳并趁机吞并利道快递。张辰是深圳关内四霸之一，阴险狠毒、马仔众多，号称"罗湖辰哥"。第二卷第七十四章，张辰联合余建成、周安涌假借公平比赛给何潮设局，规则是比拼快递从香港经深圳运送到广州的速度，输者从此退出深圳和其他广东市场。他们暗地里安排内奸运输途中破坏何潮的快递运输车辆，妄图趁机取胜强占利道快递市场。虽然何潮知道取胜机会渺茫，但还是沉着应战，精心设计安排运输途中每一个环节。他带领利道人逆势而为，以百折不挠的勇气破解一道道难题、化解一次次危机，在最后比拼中险胜张辰的星辰快递。小说第三卷中，利道快递遭遇了创业以来最大的危机，先是金不换故意设局陷害三成科技，紧接着顾两经营的一帆快递乘人之危挖走利道大量加盟商，双重夹击把利道快递拖入了生死存亡的泥沼。屋漏偏逢连夜雨，恰在此时何潮千辛万苦留存下来牵制金不换的证据又被人骗走。别无选择的他决心背水一战，当机立断作出全面放弃加盟商的决定，转轨布局建立直营直送网点。何潮带领利道团队拧成一股绳：江离为利道快递改制制定切实可行的战略方案；和仔、高英俊等人负责对各片区加盟商进行改制劝留；罗三苗等人协助何潮选址建设新网点……全体利道人团结一致、同心同德，以自觉的担当意识和积极的开拓精神与企业共进退，最终赢下了这场狙击保卫战。小说第四、五卷中，步入互联网时代的利道快递紧跟时代步伐，继续秉持以快取胜的战略，攻城拔寨、开疆拓土，牢牢占据行业发展制高点。2019年10月，利道快递成功上市，市值突破了2000亿元，在"互联网+"时代创造了新的创业神话。从白手起家到异军突起再到强势崛起，这不仅是利道快递的奇迹，更是深圳发展的奇迹，是一代代深圳人在用"开拓进取"作答时代提问的奇迹。另外，《浩荡》还描绘了多次遭遇创业失败却又屡屡重新站起、创造辉煌奇迹的庄能飞；不甘心开一辈子出租车、四处与有识之士交谈寻找未来发展方向、立志有所作为的出租车司机夏正；谋划筹建文化公司、矢志改变"文化沙漠"深圳、努力培育独特城市文化的经济学家江离；起点较低但一心向学、通过自学考试提升学历层次的售货员郑小溪等人物形象。这些血肉丰满、真实可信的小说人物，无不彰显出一代代深圳人在改革开放40年奋斗历程中表现出来的开拓进取精神，无不以坚韧不拔的勇气和昂扬向上的斗志去面对人生中各式各样的难题，为社会的发展、城市的进步贡献出自己的力量。

改革开放40年来所形成的开拓进取精神，不仅体现在商海弄潮儿身上，还体现在特区政府工作人员身上。《浩荡》第二卷第五章刻画了余知海和武陵春两位恪尽职守、勤政爱民的深圳政府官员形象，他们在招商引资过程中为了能够获得更多投资机会，无论工作多么繁忙、日程安排多么紧张，都会抽空与前来深圳考察的港商、台商保持三天一电话、一周一面谈的沟通频率。余知海身为深圳市南山区主抓经济的副区长，骨子里崇尚儒家持正守中之道，从来不以官员自居，尽量将自己放低到服务社会、服务百姓的角色，哪怕应邀参加周安涌的婚礼，首先想到的也是借机结交更多商界朋友，为南山区招商引资以及经济发展寻求新的机会。1934年，鲁迅在《中国人失掉自信力了吗》中说："我们从古以来，就有埋头苦干的人，有拼命硬干的人，有为民请命的人，有舍身求法的人，……虽是等于为帝王将相作家谱的所谓'正史'，也往往掩不住他们的光耀，这就是中国的脊梁。"[1] 《浩荡》借何潮之口赞扬了深圳"小政府大市场"的模式，"深圳正是有如余知海一样的一批务实、高效的官员存在，才有了今天的气象。"关键少数起决定性作用，深圳崛起的密码在于敢闯敢干，在于争先创先领先精神之弘扬。"看准了的，就大胆地试，大胆地闯。……没有一点闯的精神，没有一点'冒'的精神，没有一股气呀、劲呀，就走不出一条好路，走不出一条新路，就干不出新的事业。"[2] 深圳党员干部牢固树立大局意识、发展意识和服务意识，为了全市

---

① 鲁迅：《中国人失掉自信力了吗》，《鲁迅全集》第六卷，人民文学出版社，2005，第122页。
② 邓小平：《在武昌、深圳、珠海、上海等地的谈话要点》，中共中央文献研究室编《十三大以来重要文献选编（下）》，人民出版社，1993，第1853页。

经济发展埋头苦干、拼搏实干，力戒官僚主义、形式主义、享乐主义，不要"嘴皮子"、不搞"花架子"、不做"半吊子"，坚决把责任扛在肩上、落到实处，争做改革开放的桥头堡和排头兵，为全国兄弟地市树立了可资借鉴的榜样。

统而论之，文学乃"国之大者"，是时代前进的号角，在深度与广度两个层面对社会历史生活进行凝练概括。恰如茅盾所谓："文学是表现时代，解释时代，而且是推动时代的武器。"① 1960 年，中国青年出版社推出了柳青《创业史》单行本，这部作品深刻反映了中国农业社会主义改造的曲折历程以及农民思想情感转变的艰难进程，被誉为"经典性的史诗之作"。2018 年，何常在创作的现实题材网络小说《浩荡》在书旗小说连载，作品以史诗笔调全面系统地展现了改革开放 40 年来深圳商业崛起的过程，热情讴歌第一代深圳人敢闯敢干的开拓进取精神。某种意义上说，《浩荡》就是新时代的创业史。所不同的是，柳青《创业史》是农村题材小说，何常在的《浩荡》是城市题材小说，但从本质上看，二者都是时代的一面镜子，都是社会主义现代化建设过程中作家复杂体验的文学审美表达。何常在站在时代美学的制高点上，坚持以人民为中心的创作理念，真情倾听时代发展的铿锵足音，聚焦小人物与大故事、小渔村与大都市、小情怀与大感动三个层面，忠实记录改革开放 40 年来中国社会从富起来到强起来的发展变迁史，为世界呈现了一个真实可信又可敬的中国形象。

---

① 茅盾：《话匣子·文学家可为而不可为》，良友图书公司，1934，第 111 页。

传播与 IP 改编

网络文学二十年影视改编概论

◇ 巩周明[*]

1905 年，改编自《三国演义》片段的《定军山》不但标志着中国的第一部电影诞生，同时也清晰地显示了电影由文学改编这一路径。一百多年过去，这一路径虽然在不同时期受到质疑和挑战，但在总体上仍然是电影创作的主要方法。剧本乃"一剧之本"的精神并未被推翻，只是此剧本到底由文学改编还是由编剧重新创作，或者由谁来创作，这也许是电影界争议的焦点，其根本的问题在于寻找电影发展自身的本质属性，提高导演或演员在电影创作中的核心作用，当然还有影视学科为了确立自身的学科属性而特意与文学拉开距离的心理原因。在这种讨论中，影视作为新媒体的属性在不断地被确立，其传播的力量也在不断地扩大，在文化传播中的核心位置也在不断地被确立，相反，文学因为其旧媒介的属性和纸媒的限制在不断地被"否定"，其影响也逐渐缩小，虽然其深刻性、连绵性等特征是影视艺术暂时无法抵达的，但是，因为影视传播的便捷性使人们很快就适应了新的媒介传播方式，且越来越成为新的接受习惯。文学的内容逐渐地隐藏在多媒体内部了。21 世纪初，网络文学借助互联网而产生，网络媒体迅速又变成了新媒体，在概念上取代了电影、电视、广播这些原来的新媒体。文学似乎迎来了新的时代，但在文学内部，不断地产生一系列宣布文学死亡的声音。先是"网络文学"这一概念的生成，标志了传统文学的封闭性、官办性、发表机制以及传播方法的单一性被打破，大众文学刹那间崛起，文学的边界瞬间被破开。它引发了文学的极端焦虑。2008 年，诗人叶匡政在博客上宣布"文学死了"。后来，人们慢慢发现，并非文学死了，而是先前那种文学的模样、生产的样态以及传播的方式都已经远远比不上数字时代的多媒体文学了（伴随着音乐、图像、视频、声音、游戏、链接等），及时的、大众的、时评性的、短小的、

* 巩周明：西北师范大学传媒学院讲师。本文为国家社科基金重大招标项目《百年中国影视的文学改编文献整理与研究》（项目批准号：18ZDA261）的阶段性成果。

娱乐性的文字开始大行其道。严肃的文学被一再地边缘化，而大众的、娱乐性强的文学甚嚣尘上，一时改变着文学在大众心中的样貌。它们被定义为网络文学。网络文学在一些批评家眼里，就等同于过去的通俗文学。虽然受众很广，但精英人士并不认同它是真正的文学。

然而，网络文学迎来了它最好的发展时期，一是它本身拥有的传播的迅捷，二是与影视联姻之后成为影视改编的最佳文学。影视改编成为网络文学传播的最佳方式。这是因为作为影像传播的影视本身具有的娱乐性和大众性与网络文学的娱乐性和大众性拥有共同的属性。此时我们便会立刻想到1924年徐枕亚的《玉梨魂》被搬上银幕时引发鸳鸯蝴蝶派小说改编热潮的一幕，此后样板戏被改编为影视其实在本质上也是样板戏和影视拥有共同的属性：娱乐性与大众性。20世纪80年代之后的武侠小说影视改编大行其道也是同样的道理。

然而，近年来，因电影市场过于强调电影的市场化、工业性、产业价值而使电影逐渐地脱离其艺术性、思想性而单纯地走向娱乐性，且越走越远，终使电影走上娱乐至死、过度放纵的极端道路，此时的网络文学也一样，它们互相"鼓励""共勉"，互相激发，故而，一些媚俗、低劣的网络文学被改编为同样媚俗、过分娱乐化、没有价值观的影视剧。在网络文学发展二十年时，有必要对它的影视改编进行一次总结与反思，一方面总结其成功之处，另一方面也总结其问题所在，这将不仅对网络文学起到扶正除邪的作用，也对网络文学的影视改编起到警示作用。在此基础上，探讨如何解决网络文学影视改编问题的良策，将对今后网络文学及其影视改编的发展有一定的启迪作用。

一、网络文学对传统文学与影视的影响

1998年初，蔡智恒将原创小说《第一次亲密接触》在互联网BBS上进行连载，成为中国文学的一个新生事物，从此"网络文学"这一概念诞生，也正式登陆中国。同时《第一次亲密接触》也被人们视为第一部网络文学作品。"网络文学"从1998年发展至今，学界对其范围、概念等界定众说纷纭。以字面意思理解"网络文学"一词，解释为通过网络进行传播的文学作品。若是这样定义"网络文学"，未免在范围以及内容上不严谨。学界另一种解释为："以互联网为发表平台和传播媒介，借助超文本链接和多媒体演

绎等手段来体现的文学作品、类文学文本及含有一部分文学成分的网络艺术品。"① "网络文学"的出现，证明了受众审美从精英化向大众化的转变，一定程度上属于文学的"解放"，也反映了社会的进步与发展。欧阳友权认为，网络文学是"使得世纪之交的中国文学宿命般地走进了一个特殊的历史时期，迫使文学在新的选择面前寻求新的活法"②。《第一次亲密接触》的热潮过后，越来越多的网络文学作品被搬上银幕，2001 年由筱禾著的网络小说《北京故事》改编成电影《蓝宇》，轰动了影视界。与传统文学相比，"网络文学"一方面传承了传统文学的精神，拥有明显的文学特征，仍然属于文学的范畴；另一方面，"网络文学"又具有新时代媒介传播的优势：开放性、互动性、多向性以及传播范围广、传播速度快等特点，这又与传统文学有很大区别。韦勒克和沃伦在《文学理论》中指出："文学的本质与文学的作用在任何顺理成章的论述中，都必定是互相关联的……物体的本质是由它的功用而定的：它作什么用，它就是什么。"③ 一部分传统文学作家认为，网络文学与传统文学之间并没有本质的区别，只是传播途径与传播媒介不同而已。在余华发表的《网络与文学》一文中提出："……对于文学来说，无论是网上传播还是平面传播，只是传播的方式不同，而不是文学本质的不同。"④ 而部分网络文学作者认为用传统文学的思维解释网络文学无疑是片面与不严谨的。网络作家风御九秋在采访中说："网络文学只不过是借助网络发表的一种文学形式，我们为什么就不能进入文学史？传统作家能不能不要戴有色眼镜看我们？"⑤《择天记》的作者猫腻在接受访谈时说："传统文学放在纯文学的筐子里，网络文学天然具有商业属性，两者间的创作态度以及重点自然有很大分别，后者受读者的影响会多一些。"⑥ 所以网络文学与传统文学存在一定争议，但其密不可分的关系也是一个不争的事实。

从近年来关于网络文学的讨论中，学者们逐渐达成一些基本的认同。首先，从传播媒介而言，网络作为 21 世纪最有效的传播方式和最方便的法门，

---

① 冯云超：《关于网络文学影视改编潮流的思考》，《天中学刊》2013 年第 5 期。

② 欧阳友权等：《网络小说文学纲论》，人民文学出版社，2003，第 22—25 页。

③ 韦勒克、沃伦：《文学理论》，三联书店，1984，第 18 页。

④ 余华：《网络与文学》，《作家》2000 年第 5 期。

⑤ 中国作家网：《网络文学并不比传统文学差——风御九秋访谈录》，2017 年 11 月 9 日，http://www.chinawriter.com.cn/n1/2017/1109/c405057-29635515.html。

⑥ 陈帅：《接续传统 灌注情怀 力求经典——网络文学作家猫腻访谈录》，《创作与评论》2017 年第 4 期。

逐渐被作家、受众所青睐，经典的文学作品也借助网络进行大范围传播，使之被更多的受众群体关注与阅读，社会效益显著，"互联网+文学"已经成为当下文学传播的最好方式。其次，优秀的网络文学都是基于对传统文学的继承和创新而创作，并且经过读者、学者等认可的文学作品。从同一时代、不同媒介背景而言，网络文学必将从传统文学中汲取养分。同时，原创网络文学作家也必须具备一定的文学修养。优秀的网络文学作品并非凭空想象创作出来的，同时网络文学创作者也需要具有一定的传统文学阅读经历与写作经历之后，才能参与到原创网络文学的写作当中。最后，就传播的机制而言，网络文学虽然缺少传统文学审稿、校稿等环节，但在中国网络文学发展的二十年中可以看出，承载网络文学的网络运营公司、论坛等根据受众喜爱程度、点击阅读量、传播量等标准已经具有比较完善的"TOP榜""每周精选"等模块，这就意味着网络文学在一定程度上具有了竞争与筛选的机制，即近似于传统文学的筛选、发表等过程。相比传统文学而言，由于拥有传播媒介的优势，网络文学收到读者的反馈与互动更加迅速与直白。从受众角度而言，网络文学的受众需要具有一定的传统文学阅读基础，在此基础之上才能体验到作者的情感与作品的内涵。

最为重要的是，网络文学的发展正好伴随着中国影视的发展高峰，它们几乎都是在21世纪初同步发展起来的，或者说，21世纪初网络媒介在文学与影视中的广泛应用不但激活了文学与影视各自的发展，同时也将文学与影视更为密切地结合了起来。21世纪以来，网络文学资源的丰富解决了中国影视剧剧本难求的尴尬境况，类型多样、内容丰富的网络文学给中国电影市场提供了优秀的改编资源，同时网络文学拥有的受众数量也是一般影视剧无法比拟的。据统计：2017年有关《三生三世十里桃花》的微博话题拥有105.4亿的阅读量；《楚乔传》网络播放总量突破400亿大关；网络文学改编电影票房节节升高，如《寻龙诀》（12.68亿元）、《盗墓笔记》（10.04亿元）、《悟空传》（6.94亿元）、《九层妖塔》（6.78亿元）等。① 厚实的粉丝基础助力网改剧的发展。同时，网改剧将文字艺术改编为视觉艺术激发了网改剧的衍生产业，如游戏开发、有声读物、影视衍生产品、动漫改编、有关演出，等等，都在为网改剧推波助澜。盛大文学CEO吴小强解释："现在网络文学有高度想象力，再加上现在的网络小说有时候不是一个作家独立完成的，因

---

① 数据来源：艾瑞数据研究报告，http：//www.iresearch.cn/。

为在创作过程中，网友会参与评论并提出各种各样走向的建议，作家会有意识地迎合市场，使他的创作高度市场化，更互动化，所以海量、想象力、互动性是第二次文学改编影视浪潮的不一样的地方。而衡量一部网络文学、电视剧、电影受欢迎程度最外在的指标分别是点击量、收视率和票房，而决定点击量、收视率、票房高低的根本因素则是相通的。"[①] 正如吴小强所说，传播者与受众之间的交互与互相满足是网改剧拥有的宝贵优势之一。从传播者角度而言，写作门槛的降低让普通人成为可以发声的"意见领袖"，网络所提供的便捷平台让"意见领袖"获得粉丝的追捧以及肯定，同时由于粉丝效应的作用，网改剧的出现让网络文学粉丝"理所当然"地追捧以及传播。从受众角度而言，网改剧类型多样，题材新颖，在"读图时代""快餐社会"，传统的影视作品似乎有些"跟不上时代"，强烈要求内容与形式的创新，而网改剧在一定程度上恰好"减轻"了社会生活带给受众的负担，巧妙将选题定在婆媳之间的情感、结婚压力、房价问题、穿越时空、悬疑探险等热门话题，最大限度地迎合受众热点话题以及审美需求，反映社会热点问题，解读受众心理压力，虽有娱乐至上的倾向，但也更符合受众的需求。《蜗居》(2008)、《裸婚时代》(2011) 以现实主义的态度反映住房问题、结婚问题，契合了在城市打拼的年轻一代的心理压力；《宫》(2011)、《步步惊心》(2011) 等历史题材网改剧，加入了宫斗、谍战以及家庭伦理等元素，使得整部网改剧融入不同的类型与情节，突破观众的"惯性思维"，在受众之间形成了观影期待。网改剧用高度生活化的题材、多元的内容以及熟悉题材的陌生化处理牢牢抓住受众的观影心理，在一定程度上契合了影视剧创作与传播的规律，满足了受众的审美要求，继而传播范围广泛、受众关注度高。现在来看，网络文学无疑冲击了整个电影市场，知名导演纷纷加入网改剧的拍摄与制作当中，如张艺谋的《山楂树之恋》(2010)、陈凯歌的《搜索》(2012) 等。当然，问题也是显而易见的。网改剧市场悄然滋生着浮躁之气，或是低俗色情，或是跟风模仿。一时间，票房与明星阵容成为评判一部影视剧好坏的主要依据，而影视剧最重要的人文精神与艺术价值被部分导演渐渐淡化，影视剧逐渐成为赚钱的工具、明星的专场。网改剧如何做到在引领潮流的同时，回归艺术创作的本质，将思想性和艺术性融合于一身，是我们需要讨论和解决的问题。

---

① 易薇：《网络文学网站的发展现状与未来趋势——以起点中文网为例》，《出版参考》2012 年第 5 期。

二、网络文学二十年影视改编

应当说，《第一次亲密接触》从 1998 年发表伊始就殷切期盼影视的改编与传播，2000 年，它终于完成了与影视的合作，这也标志着网改剧的开始。除《第一次亲密接触》以外，2001 年筱禾的原创网络小说《北京故事》被改编成电影《蓝宇》。1998 年至 2003 年，是网改剧发展的萌芽阶段，在此期间，网改剧仅有两部，其他网络小说如《鼠类文明》《风姿物语》《活得像个人样》《迷失在网络与现实之间的爱情》《我一定要找到你》等网络小说因为内容不适合改编为影视剧，同时网改剧的拍摄与制作掺杂了导演编剧等"二度创作"，使得网改剧与网络小说读者之间产生一定的隔阂，最终导致了初期网改剧难以和受众产生共鸣，故而这一时期的网改剧属于探索阶段。

2004 年至 2009 年迎来了网改剧发展的热潮，无论是数量还是质量，网改剧在这一时期内大幅度扩张：2004 年《第一次的亲密接触》又一次翻拍，蔡骏创作的网络小说《诅咒》被改编成电视剧《魂断楼兰》，胭脂的《蝴蝶飞飞》被改编成同名电视剧作品；2005 年都梁的《亮剑》改编为同名电视剧，并引发热议与收视热潮；2006 年之川的《天亮以后不说分手》改编成同名电视剧；2007 年慕容雪村的《成都，今夜请将我遗忘》改编成同名电影和电视剧，六六的《双面胶》《王贵与安娜》以及《蜗居》被改编成同名电视剧，受到观众追捧和喜爱，网络小说家三十的《与空姐同居的日子》被改编成同名电影等。网络文学改编热潮不但受到了小说粉丝的追捧，同时普通观众对网改剧也是好评如潮。这一时期，网络小说的优势被电影界所关注，大量优秀原创网络小说不断地被影视制作公司买断，开始制作网改剧。此外，网络小说衍生的游戏产业、动漫产业也在飞速发展。

2010 年至 2014 年，网改剧进入了勃兴期。网络文学逐渐成为影视剧改编的新军，随着成功改编的影视剧作品数量的增长，网络文学受到主流影视创作人的青睐，《杜拉拉升职记》（2010）、《裸婚时代》（2011）、《步步惊心》（2011）、《失恋三十三天》（2011）、《搜索》（2012）、《致青春》（2013）等优秀网改剧的出现，使得网络文学逐渐成为影视剧改编不可缺少的部分。2012 年，国家广电总局（原国家广播电影电视总局）也出台针对网络文学改编的相关政策，引导其规范发展。① 在这一时期，明星开始陆续加入网改剧的投资与制作，如徐静蕾导演与投资网改剧《杜拉拉升职记》（2010）以及网改剧《致我们逝去的青春》（2013）等。影视公司也开始以网络热点营销、音乐电影营销等方式推动网改剧发展。

2015年至今，网络文学改编影视剧已成规模，进入了全新的阶段：2015年1月1日，国家广电总局（原国家新闻出版广电总局）逐渐开始对电视台黄金时段的播出方式进行"一剧两星"② 调整，优化了网改剧的播出方式与制作质量。2016年6月16日国家广电总局（原国家新闻出版广电总局）发布《关于开展2016年优秀网络文学原创作品推介活动的通知》，向社会推广具有思想性、艺术性和文学性的优秀网络文学作品，为网络文学改编影视剧助力。同时，互联网三大"巨头"（腾讯、百度、阿里巴巴）抢占网络文学带来的IP热潮，使得网络文学改编借助互联网获得极大的发展。《何以笙箫默》（2015）、《花千骨》（2015）、《盗墓笔记》（2015）、《欢乐颂》（2016）、《老九门》（2016）、《三生三世十里桃花》（2017）、《心理罪》（2017）、《凤求凰》（2018）、《泡沫之夏》（2018）、《如懿传》（2018）等优秀网改剧成为网络、电视、手机微端等新媒体平台播放的主流影视剧。

今日的网改剧已经向着规范化、规模化发展，无论是数量还是质量上基本符合中国电影市场的需求。同时文学网站以及国家政策也助力网络文学良性发展，为影视剧提供优质的改编素材；豆瓣电影等影视平台方便了受众及时的交流和分享影片信息、内容及口碑，一定程度上遏制了滥竽充数"蹭热度"的部分网改剧，维护了网改剧的发展。

三、网络文学影视改编症候分析

纵观网改剧发展的二十年，网络文学搭上了影视的顺风车，大大拓宽了网络文学的传播途径，展现了不俗的市场潜力和广阔的发展前景。网络文学与影视的融合在短时间内给中国影视剧市场带来了巨大的自信与力量。玄幻、职场、刑侦、宫斗、穿越等类型多样、题材丰富的网改剧凭借着自己的优势

---

① 2012年8月，国家广电总局（原国家广播电影电视总局）对影视剧创作提出了"六项要求"，其中包括革命历史题材要敌我分明；不能无限制放大家庭矛盾；古装历史剧不能捏造戏说；商战剧需要注意价值导向；克隆翻拍外剧不能播出；不提倡网络小说改编，网络游戏不能改拍等要求。

② "一剧两星"指同一部电视剧每晚黄金时段联播的卫视综合频道不得超过两家，同一部电视剧在卫视综合频道每晚黄金时段播出不得超过两集。

占据了中国影视剧市场，同时利用电子媒介的传播特性，迅速成为新时期消费文化语境下的潮流与标杆。部分网改剧的叙事模式、人物设定、结局设定也被众多导演效仿。网络文学改编的成功在中国影视界引起轩然大波，同时它所带来的经济效益也让影视公司、网络平台等争前恐后想分得一碗"热羹"。其实，网改剧的发展并非一帆风顺，网络媒介的特性给予了网络文学与网改剧传播的优势，也造成一些弊端。作为飞速发展的新时代产物，网改剧在快速扩张的过程中暴露了诸多问题。

首先，网络文学影视改编带来的"影响的焦虑"。一百年前，文学巨匠列夫·托尔斯泰曾说："你们将会看到，这个带摇把的嗒嗒响的小玩意儿（电影）将给我们的生活——作家的生活带来一场革命。这是对旧的文艺方法的一次直接攻击。我们不得不适应这影影绰绰的幕布和冰冷的机器。"[1] 一百年来，影视对文学的影响是渐进的。如果说20世纪的文学还能在影视面前直起腰来充当老大哥，那么，21世纪的文学则在影视面前开始变得焦虑、不安，无怪乎作家严歌苓如是说："现在中国很多小说家，包括我自己，都是靠影视做广告，这是可悲的，但这是媒体时代的必然现象。如今又似乎是'有欲则刚'的时代，影视财大气粗，文学向影视靠拢，也是经济社会'物竞天择，适者生存'达尔文法则的又一次证实。"[2] 改编影视剧利用传播优势所产生的利益、名誉和在大众中的影响力等悄然解构了传统文学"老大"的位置，传统文学陷入深深的焦虑中。叶匡政"文学死了"的宣言便是在这种焦虑下的一种反应。每年的作家排行榜中网络作家的收入使作家们陷入物质的焦虑中，而网络文学影响改编的热潮又使传统文学作家们陷入传播的焦虑。传统文学作家们一方面表示出对网络文学的种种不屑，但同时又渴望能够触电，被影视传播，毕竟所有作家都不希望自己创作的作品夭折，都希望影视改编后能够获得长久的生命力，哪怕没有多少收入也行。但事实上，只要影视改编成功的文学作品，反过来都会促进纸质书的畅销。严歌苓的小说《芳华》出版后虽有很多人阅读，但经过电影改编和传播后，其畅销程度不言而喻。余华的《活着》虽然在中国大陆无人不晓，但在海外传播是靠张艺谋改编后的电影《活着》而影响的，苏童的《妻妾成群》也是靠电影《大红灯笼高高挂》传播的。自然，莫言的《红高粱家族》在海外的传播定然与张艺谋改编的电影《红高粱》有着非常大的关系。这些现象一方面说明文学作品的

---

① 爱德华·茂莱:《电影化的想象:作家和电影》,中国电影出版社,1989,第1页。

② 庄园:《女作家严歌苓研究》,汕头大学出版社,2006,第283页。

传播在影视媒体与网络媒介时代要靠影视与网络的传播得以久远，另一方面也引发作家们对文学创作的焦虑。但更广泛的则是社会精英们普遍的思想焦虑。过去数千年都是精英文化在教育大众，大众文化虽在民间有勃兴，但精英文化的统治地位始终没动摇过。民间文化虽有广阔的市场，但始终在民间运行，社会上普遍运行的则是精英文化，这也就是过去"文以载道"的传统。现在，大众文化突然间大行其道，似乎一夜间成了教化社会的"教主"，而将精英文化从多个方面被解构了。当大众化的网络文学与改编后的电影越来越红而传统文学与电影越来越冷的时候，它带来的是大众对精英意识的越发淡漠、对家国情怀的丧失、对正面价值的怀疑、对历史无节制的改编、虚无主义的流行，等等，这将导致精英阶层的失语、政府主导力的削弱和一个国家核心价值的崩散，因此，它引发的是整个社会的焦虑。

其次，过度娱乐化与"文学性"的遗失导致影视化道路难以走远。对网络文学而言，网络媒介的特殊性给予了网络文学种种优势，但也让网络文学深受商业化的影响，它往往被资本控制。相比传统文学，网络文学在文学性上有着先天的不足。金钱、利益、名誉等的诱惑，不仅是古典时代文学写作者所面临的问题（学而优则仕），而且也是纸质出版时代的现代文学写作者所面临的问题，出版商常常会用资本来控制时代，诱导作家的写作，这也是现当代文学中通俗文学的命运。但正如前面所讲，大众文学在一定程度上等同于当下的网络文学，也受资本的诱导与控制，而且，这种诱导与控制在网络时代变得更为广泛、深入，超过了传统文学的范围和边界，所以，它的问题也就更为突出。为了博人眼球，将色情、软色情、暴力、血腥等元素作为吸引受众阅读的符码，不但降低了网络文学的质量，同时影响着受众的价值观取向。网络文学创作的随意性也让网络文学与"文学性"越隔越远。著名网络写手唐家三少在接受媒体采访时道："像我们现在写的玄幻小说有一个概念叫娱乐性小说，不存在任何文学性，没有任何文学价值。只是让大家在一天工作之后，看一下放松自己。我只是要娱乐大家。我很清楚自己的定位。""它可以瞎编，可以没有任何根据地瞎编。"① 这不能说是所有网络作家的创作心声，但可能是大多数网络作家的创作"原则"。对影视剧而言，无论是原创剧本还是改编剧本，文学性是影视剧不可缺少的重要组成部分。八一制片厂副厂长、著名作家柳建伟说："影视的基础是文学。电影史上的一

---

① 程绮瑾：《他们用网络炒作，我们用网络写作》，《南方周末》2005年11月17日。

些优秀作品，绝大多数改编自文学作品。"① 无论是剧情设定还是角色心理的描述，文学性的缺失对影视剧是"灾难性"的，现在的网络文学大多都是穿越文字、后宫文体、"甄嬛体"等泛娱乐文体，而改编剧则是盗墓热、言情癌症热、青春怀孕打胎热等。这些被商业操控与缺乏文学性的改编影视剧正在悄然营造着当代中国的民间社会心理，而且，它们倡导的那些扭曲的宫斗生活和价值观也在"教化"着电视机、手机和移动终端前的社会大众，真是令人细思极恐。

最后，背离艺术精神，逃离大众文化责任。当这种"瞎编"的、"没有任何根据"创作的网络文学成为大众尤其是青年一代的精神食粮时，可想而知，一代人或几代人将毁于这种文化的教化。新时期以来，为了反抗过去二十年文学过分地为政治服务导致文学假大空的局面，作家们将文学又推到了另一个极端，即文学不再涉及政治，文学不再承担社会责任，文学不再教化社会。文学成为私人器物，不再是公器。这种现象到了网络文学时代被进一步泛化，导致网络文学作家毫无原则、毫无价值观地进行创作。它最终也会像新时期之前的二十年把文学推向另一个极端，人们终究还会起来纠正其道路，结束这场文学的游戏时代。拿宫斗剧《甄嬛传》和《大长今》相比较，同样是表现女性斗争与后宫琐事的后宫剧，《大长今》宣扬善待他人、自强自立的民族精神，弘扬的是博爱正直的正能量，而《甄嬛传》中讲述心地善良的甄嬛在严酷的宫廷生活中，受到宫廷势力的迫害与侮辱之后，"以恶制恶"、阴险毒辣和权力的占有才能使自己"活下去"；《大长今》中食物、草药、鲜花等事物被用作美食的制作和正能量宣传的载体，宣扬食物绝对不是某些人谋取财富与权力的工具等，而《甄嬛传》中食物、中药等被用在阴谋、流产、权力的计划当中。同样火热的盗墓题材，由于涉及神鬼以及盗掘古墓等因素，影视改编作品寥寥无几，但在一定程度上反向刺激了受众的观影期待，一时间所有网改剧都来"蹭"盗墓题材热度，如《爱情公寓电影版》《龙棺古墓》《摸金校尉》《盗墓迷情之千年王妃》等一系列"口水"电影层出不穷，口碑与评价越来越低，而其中的艺术性与思想价值被忘得一干二净。过度的娱乐化与商业化使网络作家、导演甚至政府管理人员丧失了艺术创作的理想和教化社会的责任。

---

① 王国平：《文学是影视的灵魂吗？》，《光明日报》2013 年 1 月 14 日第 9 版。

四、对待网络文学改编问题的对策

针对上述存在的一些症状和问题，网络文学创作者和研究者应当认真对待，且要及时面对和处理，便可有效地制止问题的进一步恶化，同时也可将网络文学扶正祛邪，使网络文学向着真善美的艺术本质方向发展。应当讲，这些问题也不是现在才面临的问题，在每一个社会转型时期，或每一种新的媒介生成之时，都会或多或少、或明或暗地显现，所以，借鉴历史之经验、艺术创作之原则以及当前社会所面临的新的文化背景，特提出以下一些对策。

首先，重塑中国文学的核心价值，将网络文学的创作纳入核心价值的体系中。文学的核心价值，自然是文化的核心价值，当然也是一个社会的核心价值。就当前来讲，正值社会的转型期，同时又面临全球化的文化背景，核心价值观的建设是首要任务。核心价值观一日不成，文艺创作一日便没有主心骨，文化传播也将没有方向。当然，文学的核心价值从总体上来讲，既要遵循当下国家的意识形态，也就是社会主义核心价值观，同时也要遵循文学创作的基本规律，即"文学即人学"所倡导的人性常道的规律。文学虽然最终是向着真善美的方向，但是也要看到人在生活中有其复杂性的一面。老子说："复命曰常，知常曰明。不知常，妄作，凶。知常容，容乃公；公乃王，王乃天；天乃道，道乃久，没身不殆。"[1] 常就是常理，是人性所表现出的一般规律，比如马克思所讲的人首先要解决吃喝住穿的问题，这便是常理。再比如，孔子讲的七情六欲乃"人之大欲"，这也是常理。再比如，佛教常说的生老病死，每个人都无法摆脱，等等。不明白这些常理而进行写作，就不知道如何处理这些日常问题和细节。明白了这些常理，也便明白了人的复杂性与精神向度。如果明白了这些常理，也就可能明白马克思所讲的社会发展的规律，就明白孔子强调的"好色而不淫"的伦理尺度，也就明白佛教所说的度化。这也是天道，且是恒久的大道。人可能会在不同年龄阶段和不同的时代背景下，表现出不同的状态来，而文学就要表现这些不同的状态，这大概就是伟大文学的道路。比如，《红楼梦》中所描写的每一个人都有其不同的性格，且对每一个人物的塑造都是通过描写其日常生活来进行，这便是遵循了这种常道。但是，《红楼梦》又有其自身的道，便是在那个时候对当时社会的认识，而这正是那些人物最后命运的走向。从一定意义上来讲，《红楼梦》就是《道德经》

---

① 王弼注、楼宇烈校释：《老子道德经注校释》，中华书局，2008。

中一些道的实践。网络文学作家如果能去研究人性的一般规律，且有对时代核心价值的把握，那么，就一定能够创作出伟大的文学来。

其次是坚守文学性，重视原创力。视听时代的来临，同时也面临的是网络。复制时代的到来，使得网络文学不仅一次被大众的审美需求所左右，同时也大量复制经典文学或当下流行的文学，独立的个性化的个人经验和审美趣味越来越难以存在，使原创网络文学越来越少，而盲目跟风热点题材的网络文学作品却如"井喷"一般大量涌现出来。所以重视文学的原创性是网络文学发展的必要条件之一。巴赞说："影片不是企图替代小说，而是打算与小说并肩而立，构成它的姐妹篇，如同闪耀的双星。""忠实性与独创性同在，不是移植，也不是自由地汲取素材，而是根据原小说，通过电影形式，构造一部次生的作品。"① 从网络文学的发展来看，成功改编为影视剧的例子比比皆是，同时原创网络文学的版权价格水涨船高。部分网络作家为了"蹭"热度，对某一热点话题（如盗墓、玄幻等）进行疯狂效仿与撰写，同时将经典文学和优秀网络文学结构、范式、文字语言形式作为撰写的标准与评断优劣的尺码，形成了思维定式，忽视了原创性。所以，网络作家需要远离商业利益的诱导与控制，才能创作出坚持文学性、独立性的文学作品；也需要不盲目跟风的定力，不追捧穿越、盗墓、玄幻等题材，才能创作出具有原创性的文学作品；需要向传统文学学习，走向生活，从现实中汲取力量，发现题材，关注现实，才能创作出有力量的网络文学来。

再次要重视媒介发展与人文关怀的结合。从"三网合一"到"多屏合一"，科技的发展让文化的传播更加生动、具体、快速，覆盖范围广泛。网络文学的发展搭上了科技发展的"高速列车"。但文学的根本所在是审美价值的传播，用生动的语言描绘人的日常生活，抒发个人情感，揭示生命的意义，以此来丰富和完善人的生活、生命的意义。网络文学在本质上也是文学，也必须要有文学的这些特征和价值、作用。如果否定了这些特征、价值和作用，网络文学就脱离了文学本身，就不能被称为文学。同时，作为将文字艺术转化成图像艺术的影视媒介，同样也要承担起文化价值的传播责任，在不断提高录制技术的同时，必须以"人"为主体；在丰富和满足大众娱乐生活的同时，一定要承担起人文精神食粮的供给和传播正能量的责任与义务。尹鸿认为："我们提倡一种具有精英意识的大众文化，反对以媚俗为荣的大众

---

① 安德烈·巴赞：《电影是什么?》，崔君衍译，中国电影出版社，1987，第100、129页。

文化；我们鼓励一种具有高雅品位的大众文化，反对以庸俗自许的大众文化。从根本上说，我们希望的是一种以人文理想为终极价值的大众文化，而反对的则是一种以商业利润为最高标准的大众文化。"[1] 只有科技与人文价值携手发展，网络文学改编影视剧才可以稳定进步。网改剧导演、编剧也要尊重原创网络文学的精神核心，同时尊重读者、粉丝对网络文学作品的认知，制作出"本子好、拍得好、演得好"的网改剧作品。在选择演员、布置场景、化妆、后期特效制作等方面应当征求广大书迷的意见与建议，最大限度还原原著小说中的角色与场景，使得网改剧在尊重原著的前提下最大限度地传播文化与艺术价值。

最后是取得商业性与艺术性之间的平衡。影视艺术与过往其他艺术的不同在于它是综合艺术，是工业艺术，它的商业性是本身的属性，如同艺术性是其属性一样，求得两者之间的平衡是其本身的需要。纵观中国电影发展史，早期中国电影长期承担着宣传与教化作用，其商业性是附属的特性，隐含在强大的国家力量之中。随着电影市场逐渐开拓，电影的商业性也逐渐显露出来。从 2002 年的《英雄》开始，《无极》《私人订制》《泰囧》等商业大片几乎占据了大半个中国电影市场，从而形成了两个极端：商业大片票房大卖，通俗易懂，口碑较差；艺术片举步维艰，生涩难懂，口碑其好。前者是重视了电影的商业性而忽视了电影的艺术性导致的问题，后者恰好相反。但网络文学不同，自诞生之日就与商业紧密相连，这也就导致了网改剧的重心偏向商业性。近年来，网改剧中广告植入、热点跟风、大牌明星的加入让其无法摆脱"商业片"的标签。既然网改剧无法摆脱其商业性质，就应该更加注重网络文学创作的艺术性，在商业性与艺术性之间达到平衡，将有效地提升网改剧的水平和质量。

---

① 尹鸿：《为人文精神守望：当代中国大众文化批评导论》，《天津社会科学》1996 年第 2 期。

媒介环境学与中国网络
文学研究的媒介转向

◇ 姜　鹏*

作为"互联网+文学"的有机融合物，网络文学的研究与批评先天关联着"文学研究"与"媒介研究"两个问题域。其中，前者主要基于艾布拉姆斯的"文学四要素"理论进行研究，后者则优先考虑媒介技术对文学活动的渗透与改造。随着媒介化力量的不断扩张与媒介环境学理论的阐释介入，网络文学研究的重心愈来向"媒介中心"转移，此问题已得到批评界与理论界的关注，但关于网络文学研究之媒介转向的症候表现、内在机理与未来趋向等问题尚未诠释清楚。基于此，本文拟从网络文学研究的媒介视野切入，通过揭示其媒介转向背后的问题症候，以此窥望网络文学及新媒介文艺研究的可能方向与进路。

一、中国网络文学研究的媒介视野纵览

从横向归纳，网络文学研究的媒介视野主要聚焦于网络文学的媒介特性、美学特征、跨媒现象与传播效果等方面研究。

（一）网络文学的媒介特性研究

网络文学与传统"纸媒"文学的最大不同体现在，网络文学的生产、传播与阅读接受活动皆是在互联网技术的支持下完成的。互联网所具备之"超链接"（Hyperlink）功能使网络文学转化为一种"超文本"（Hypertext），即同步具备互联网所属的一些媒介特征，如交互性、非线性（非中心化）与可实现多媒体化等，这使有关网络文学的媒介特性研究也多围绕此方面展开。早期的研究，如谢家浩（2002）、姜英（2003）与欧阳友权（2003）等以

＊ 姜鹏：洛阳师范学院新闻与传播学学院讲师。课题项目：国家社会科学基金规划项目（19BXW042）。

"网络文学"为研究对象的博士论文，以及陆俊（1999）、黄鸣奋（2000）、南帆（2001）等人的早期著作①中涉及网络文学的部分，大都对网络文学的"超文本性"等相关特征进行了集中论述。后来者，如范玉刚②与吴宝玲③（2008）提出"生成论"或"间性论"的角度来理解网络文学；单小曦（2014）提出将网络文学上升为数字文学进行研究④；许苗苗（2000）、崔宰溶（2011）与邵燕君（2015）等将网络文学的本质特征定位于"网络性"层面；黎杨全（2022）认为，相比"网络性"而言，"交往性"更能体现中国网络文学的本质属性，等等。这些研究无一不是基于网络技术的超文本功能来谈的。换句话说，"超文本性"才是认识、阐发网络文学之媒介特性与本质特征的原点与根本。

（二）网络文学的美学特性研究

由于网络文学的体量巨大、类型繁多，使得研究者对网络文学的美学特性或审美特征的阐发往往不是基于具体文本，而是回归到网络技术的审美特性，将之延伸为网络文学的美学表征。如欧阳友权（2002）指出，网络文学书写存在一种美学表征悖论，即由作品的"在场"与主体的"不在场"所带来审美承担的缺席，正是互联网的交互式共享功能所带来的一种负面效果，即导致主体审美承担的缺席。⑤ 单小曦（2014）对网络文学的审美特性做了系统总结，如在创作模式上表现为数字化、虚拟化，在文本内容上表现为复合性、符号性与赛博化，在审美体验上表现一种融入性。⑥ 这一概括对其他类型的网络文本似乎同样适用，毕竟它们享有相同的新媒介之美学特性。韩模永（2021）谈道：网络文学"新文类"的形式创新带来了巨大的审美嬗变，即创造一种新型的"数据库"美学。⑦ 这依旧是基于数字化技术的结构

---

① 比如：黄鸣奋的《电脑艺术学》（学林出版社，1999）、陆俊的《重建巴比塔：文化视野中的网络》（北京出版社，1999）、黄鸣奋的《比特挑战缪斯：网络与艺术》（厦门大学出版社，2000）、南帆的《双重视域——当代电子文化分析》（江苏人民出版社，2001）、欧阳友权的《网络文学论纲》（2003，人民文学出版社），等等。

② 范玉刚：《网络文学：生成于文学与技术之间》，《文学评论》2008 年第 2 期，第 57—61 页。

③ 吴宝玲：《本质与技术：网络文学研究两种倾向的反思》，《文学评论》2008 年第 2 期，第 52—56 页。

④ 单小曦：《"网络文学"抑或"数字文学"？——兼谈网络文学研究向数字文学研究的提升》，《上海师范大学学报》（哲学社会科学版）2011 年第 5 期，第 17—23 页。

⑤ 欧阳友权：《网络文学的媒体突围与表征悖论》，《社会科学战线》2002 年第 4 期，第 89—93 页。

⑥ 单小曦：《网络文学的美学追求》，《文学评论》2014 年第 5 期，第 144—153 页。

⑦ 韩模永：《网络文学"新文类"的结构形态及数据库美学》，《山东社会科学》2021 年第 9 期，第 56—62 页。

类型来谈的。当然，从媒介技术出发能够有助于我们更好地把握网络文学的审美特性，但从一方面看，它似乎使网络文学本身变得无足轻重，甚至是阻碍了对文本内容层面的深度阐释，这一问题呼唤更多具有探索性的个案研究出现，以弥补当下网络文学审美研究的不足。

（三）网络文学 IP 的跨媒介改编研究

网络文学 IP 的跨媒介改编主要包含影视改编、舞台剧改编与动漫改编等，其中学界对影视改编的关注与研究居多。2000 年，由网络小说《第一次的亲密接触》改编的同名电影在中国台湾上映，翌年在北京首映，由此掀开中国网络文学改编的历史第一页。2010 年以来，随着《杜拉拉升职记》《山楂树之恋》等"网改"影视剧的热播，一度掀起了网络小说影视改编的高潮。网络小说影视改编实践的热度高涨同步激发了研究界的关注热情，如周志雄（2010）梳理了中国网络小说 10 年来的改编现状，并对"如何改编"等问题做了反思与总结。① 路春艳与王占利（2012）首次从"跨媒介"的角度讨论了网络文学的影视改编现象，但其所谈"跨媒介互动"主要是指内容层面的"互动"，尚缺乏"媒介"学理层面的探讨。此类问题并非个例，根据笔者的文献检索与阅读，绝大多数文学改编研究都问题重心置于"内容层面"，而无意于"媒介层面"的问题。直到最近几年，研究者才逐渐意识到"媒介"对文学跨媒介改编的重要性。如石蓉蓉（2017）指出，媒介的属性特征直接影响并决定叙事方式的选择，网络 IP 剧的开发需要根据不同媒介的特性安排不同的媒介内容，构建多样化的媒介叙事体系。② 李磊（2018）在研究中也谈道，媒介之间同样具有互文性，媒介元素的介入，促使网络小说改编研究要对文本互文与媒介互文视以同等关注。③ 张煜（2019）就网络文学 IP 的转化问题也提醒道："媒介兼容性是原文本转化的必要条件，也是在转化阶段衡量文本 IP 性的重要指标之一。"④ 等等。网络文学跨媒介改编研究的这种问题转向实际上呼应的是整个文学改编研究的范式转换，对此，我

---

① 路春艳、王占利：《互联网时代的跨媒介互动——谈网络文学的影视改编》，《艺术评论》2012 年第 5 期，第 71—74 页。

② 石蓉蓉、董健：《论跨媒介叙事在我国网络 IP 剧中的应用》，《电视研究》2017 年第 12 期，第 46—48 页。

③ 李磊：《从文本互文到媒介互文：网络小说改编中的冲突与融合》，《传媒》2018 年第 4 期，第 72—74 页。

④ 张煜：《重释 IP 和 IP 性——以网络小说影视改编为例》，《当代电影》2019 年第 7 期，第 116—118 页。

们留待后文作专门分析。

（四）传播学视野下的网络文学研究

在传播学视域中，传播活动由五个要素（5W）构成，即传播主体、传播对象、传播媒介、传播内容与传播效果。就主流传播学研究而言，多侧重于效果研究层面，这对网络文学传播研究依旧适用。早期研究，如雷艳林（2001）指出网络多媒体时代的到来消解了由口传时代与书面传播所建构和不断强化的传播者身份，由此构成网络文学区别于传统文学的主要特征。[1]又如金振邦（2005）认为，网络文学传播有正反两方面效应：积极方面如带来了全新的美学观念，削弱了文学创作的名人效应和权威性等；消极方面，如挤压了受众的艺术想象空间，诱发青年学生的犯罪意识等。[2]再如丁国旗（2008）谈到，互联网的出现改变文学的本体观念，解放了"沉默的大多数"，但从本质上讲，媒介技术的更替并没有改变文学创作与文学审美的基本特性。[3]后来者，如黄颖（2011）、赵宜（2018）与邵燕君（2020）等从传播媒介的革新角度探讨了网络文学对传统审美观念的挑战、对"爱欲生产力"[4]的解放及网络文学的知识产权等问题。又如欧阳友权（2021）指出，网络文学评价体系的建构应该充分考虑网络传媒的网生性（"网络性"），即网络传媒对文学生成的介入与影响，等等，无一不是在主流传播学的研究范式下进行的。

总之，媒介研究或媒介视野是介入网络文学研究重要路径，离开了媒介很多问题无法阐释清楚，这要求网络文学研究者保持充分的媒介自觉意识与媒介理论意识，以获得更为深远的视野、实现动态全面的观看。

二、网络文学研究之媒介转向的症候分析

既然网络文学研究在发生之初就已具备了媒介视野，那么所谓的"媒介转向"又从何理解？对此，陈海的研究（2014）有一个答案，网络文学研究的"媒介转向"，即"从最初的文艺学、美学、哲学视角向文化、媒介、传播视

---

[1]　雷艳林：《网络文学的兴起与文学传播者的消解》，《湖南师范大学社会科学学报》2001 年第 5 期，第 101—103 页。

[2]　金振邦：《新媒体视野中的网络文学》，《东北师大学报》2005 年第 5 期，第 121—126 页。

[3]　丁国旗：《对网络文学的传播学思考》，《江苏行政学院学报》2008 年第 2 期，第 117—122 页、第 131 页。

[4]　邵燕君：《以媒介变革为契机的"爱欲生产力"的解放——对中国网络文学发展动因的再认识》，《文艺研究》2020 年第 10 期，第 63—76 页。

角的转化"①。此理解虽有一定道理，但失之笼统，或可从以下三方面详加阐述。

（一）从观念的艺术到技术的艺术②：网络文学本质观念的重心转移

网络文学本质观念的重心转移是网络文学研究媒介转向的直观体现。在早期研究中，关于网络文学的本质之说存在两种认识：一种是从"观念的艺术"出发，即从传统文艺观念的角度来理解。如李敬泽（2000）就直截了当地说："文学产生于心灵，而不是产生于网络，我们现在面对的特殊问题只不过是，网络在一种惊人的自我陶醉的幻觉中被当作了心灵的内容和形式，所以才有了那个网络文学。"③ 此类观点也见于李洁非的文章《Free 与网络写作》（2000）之中，等等；另一种观点是"技术的艺术"，即从媒介技术的角度来理解网络文学。如杨新敏（2000）指出，网络文学就是"与网络有关的文学"或者"表现网络生活或体现网络文化的文学"。④ 王晓华（2002）与许列星（2002）认为，网络文学应当被理解为"其特质仅属于网络的文学"⑤，或者只能在网络中存在，而不能载入传统媒体中的文学⑥；欧阳友权（2004）指出，网络文学即"以计算机及其互联网为媒介载体而存在和传播的文学"⑦，等等。相对来说，后者的支持者更多，影响也更为广泛。但此类观点也有一定的局限，即研究者普遍采取一种技术还原主义的态度，将互联网理解为一种特别的传播媒介、载体、工具或平台，而缺乏对媒介的本体性或哲学性认识。正如学者盛英（2004）的反思：网络文学研究普遍将"将网络置于技术性的地位，而忽视了它除了载体外其他的属性……网络时代的到来，并不仅意味着文学载体的更替，第四媒介带来的是整个文学世界和文学观的改变，消解了文学功能、性质的不证自明的合理性，从而对文学本体性发出了质疑和追问。"⑧ 这说明技术、载体或工具并非媒介的唯一面孔，对媒介的理解还应考虑到它的效果讯息一面，正如麦克卢汉的至理名言："媒介即讯息"。

---

① 陈海：《网络文学研究的媒介生态学未来》，《社会科学辑刊》2014 年第 5 期，第 212—216 页。
② 蒋原伦：《观念的技术与艺术的技术》，新星出版社，2014，第 72 页。
③ 李敬泽：《文学：行动与联想》，山东文艺出版社，2004，第 125 页。
④ 杨新敏：《网络文学刍议》，《文学评论》2000 年第 5 期，第 87—95 页。
⑤ 王晓华：《网络文学是什么?》，《人文杂志》2002 年第 1 期，第 107—111 页。
⑥ 许列星：《网络文学及其文化思考》，《当代文坛》2002 年第 3 期，第 93—96 页。
⑦ 欧阳友权：《网络文学本体研究》，学位论文，四川大学，2004。
⑧ 盛英：《国内网络与文学研究综述》，《当代文坛》2004 年第 3 期，第 108—112 页。

不过，近年来随着媒介理论本土化进程的加快，研究者对媒介的认识逐渐趋于深化与成熟，对网络文学本质特征的认识也随之向"技术的艺术"维度转移，典型如单小曦（2015）所提出的"网络生成文学"① 概念。在他看来，网络文学分为两种类型："网络原创文学"与"网络生成文学"。前者只是发挥"计算机网络较初级的传播性生成功能的结果"，"属于过渡性的、不充分的网络文学类型"，尚不具备充分的"网络生成性"；后者则是充分发挥计算机网络传播性生成功能的结果，能够充分地发挥"网络文学的审美独特性亦即'网络审美生成性'"。② 邵艳君（2015）所倡导的网络文学的"网络性"概念也非常具有代表性，在其看来，"'网络文学'概念的中心不在'文学'而在'网络'，不是'文学'不重要，而是网络时代的'文学性'需要从'网络性'中重新生长出来。"③ 这些都说明学界越来越多地将网络文学视为一种新媒介文艺，而非传统意义上的纸媒文学，并由此带来对网络文学本质观念认识的重心转换。

（二）从文本的观看到媒介的观看：网络文学影视改编研究的视野转换

这里有两层内涵：一是由网络文学的影视改编热潮而引发网络文学研究视野的转移，即从网络文学文本研究转向跨文本、跨媒介的影视改编研究；二是关于网络文学影视改编研究的内在问题意识转换，即从"影视改编"到"跨媒介改编"、从"文本互文"到"媒介互文"的问题转换。

先就第一层面来说，自 2000 年网络小说《第一次的亲密接触》的电影改编算起，迄今中国网络文学改编已有 20 余年的历史，但就其学术研究层面而言，直至 2010 年前后才广泛引起学界的关注，这一时间上的落差奠定了网络文学研究媒介转向的实践基础。所以这么说，是因为网络文学影视改编研究的问题意识与方法路径与之前的网络文学研究有很大不同，比如原先关于网络媒介与文学的交互问题就转换为视听媒介与文学交互的问题，网络文学叙事本身的问题也就转换为跨媒介叙事的问题，网络文学本质的价值评估也就延伸为网络文学 IP 的开发与转化等问题，等等。

再就第二层面来看，跨媒介叙事理论的引入为文学影视改编研究带来新的理论视野与问题思路。国内学界对"跨媒介叙事"的关注，或者使用"跨

---

① 单小曦：《媒介与文学》，商务印书馆，2015，第 203 页。
② 单小曦：《媒介与文学》，商务印书馆，2015，第 209 页。
③ 邵燕君：《网络文学的"网络性"与"经典性"》，《北京大学学报》（哲学社会科学版）2015 年第 1 期，第 143—152 页。

媒介叙事"一词最早可追溯到 2007 年。尚必武、胡全生（2007）在对"叙事学的范畴与走向"的讨论中，以只言片语谈到跨媒介研究是未来叙事学研究的重要方向之一。① 同年 10 月，"首届叙事学国际会议暨第三届全国叙事学研讨会"在南昌召开，此次会议设置了"跨学科、跨媒体"叙事等议题，这是"跨媒体叙事"在国内学界首次公开亮相。2008 年，凌逾的《小说空间叙述创意》② 一文中谈到小说创作的"跨媒介"思维，但其在表述中并未明确使用"跨媒介叙事"一词。大连工业大学金山的硕士论文《媒体叙事的后现代文化表征》（2008）以"跨媒介叙事"为题作专章讨论，其包括"多媒介与跨媒介的区分"、文字与影像媒介的互文对话、"跨媒介多元共生的叙事行为"三个部分。③ 同年 8 月，江西省社会科学院中国叙事学研究中心主办、召开了一场"'跨媒介叙事'学术研讨会"，主要涉及"跨媒介视野中的中国叙事传统""跨媒介叙事与广义叙事学的建立""叙事中的'出位之思'、媒介模仿与媒介转换问题"与"跨媒介传播演变中的叙事问题"等议题。自此，"跨媒介叙事"代替"跨媒体叙事"成为一种习常看到的话语表述。

跨媒介叙事研究与文学影视改编研究的问题分野在于：后者更为关注不同文本之间的互文性，如影视改编文本对文学原文本的精神内涵的重视程度；而前者更为关注媒介特性的差异对文本叙事的影响与改变，如张晶（2019）就将网络文学跨媒介的叙事衍生分为三种文本构型：改编型，即"不同媒介同一故事的平行叙事"；延伸型，即"不同媒介不同故事的延展叙事"；圆融型，即"同一媒体同一故事的多语言综合叙事"。每一种文本构型都依托于不同的叙事机制，呈现出不同的故事世界。④ 从文学跨文本改编到跨媒介叙事的话语转换背后折射出的是一种研究范式与方法观念的转换，即从"文本间性"范式到"媒介间性"范式的学理性转换。当然，有许多研究虽然也打着"跨媒介"的旗号进行影视改编研究，但其内在思维还是一种"文本间性"思维。同理，一些研究虽然没有使用跨媒介叙事一词，但其内在运用的确是一种媒介间性思维。上述道理对网络文学的影视改编研究同样适用。

---

① 尚必武、胡全生：《经典、后经典、后经典之后——试论叙事学的范畴与走向》，《当代外国文学》2007 年第 3 期，第 120—128 页。

② 凌逾：《小说空间叙述创意——以西西与略萨的跨媒介思维为例》，《江西社会科学》2008 年第 4 期，第 35—40 页。

③ 金山：《媒体叙事的后现代文化表征》，学位论文，大连工业大学，2008。

④ 张晶、李晓彩：《文本构型与故事时空：网络文学 IP 剧的"跨媒介"衍生叙事》，《现代传播》《中国传媒大学学报》2019 年第 5 期，第 78—84 页。

（三）从电脑写作到数据库写作：网络文学研究的技术化转向

网络文学研究的媒介转向还表现为对网络文学创作的数字化技术应用现象的关注，比如研究界近年来对"数据库写作模式"的讨论。与传统"纸媒"文学创作相比，网络文学创作无论在传播媒介、审美特质与受众群体等方面都有所不同，但终其根本是人的创作，离不开作者的时间投入、心智思考与审美观照。然而，随着"数据库"技术（如写作软件、大数据搜索等）渗透却极有可能从根本上颠覆文学艺术作为人的精神创造活动的本质。以人工智能"微软小冰"的诗歌"写作"为例，2017 年微软亚洲研究院联合国内出版社"湛庐文化"推出了人类历史上第一部由智能机器人"创作"的诗集——《阳光失了玻璃窗》。该诗集的策划者董寰曾向记者介绍，"小冰"的现代诗歌创作与生活中的诗人的创作几乎没有什么不同。[①]

当然，与微软"小冰"的诗歌"写作"相比，网络文学写作还远达不到完全的自主化程度，但当下数据库技术（如"大作家"写作软件）在网络文学写作与传播过程中的广泛介入，却实实在在地挑战了文学的本质观念与文学研究的思维范式。正如李强（2017）指出，写作软件的存在与数据库技术的不断升级暴露出传统文学的生产机制及其概念成规在新媒介语境下的尴尬处境。数据库写作将"细节的真实"转化为"想看的真实"，蕴含着超越传统现实主义的可能，并为我们创造了想象网络文学先锋性的极致可能。[②]笔者要追问的是，假如经典现实主义是通过细节描写抵达"真实"，那么"想看"又是如何创造文学的"真实"呢？高寒凝（2020）的研究似乎为这个问题提供了答案，她谈道：网络文学书写的重要嬗变体现为人物塑造手法的变革，即从"人物"到"人设"的转变。二者的不同在于："人设"是一种孤立的存在，不必与作品中的"世界"发生互动，也不通过外貌、性格等特征描写塑造，而是借助一套符号化、数字化的欲望符号生成，其背后反馈出的是网络时代文学阅读的欲望模式与流量时代的文化消费模式。[③]在此意义上，"想看的真实"即受众欲望心理与时代文化心理的符号化再现。此外，韩模

---

① 人工智能向文学"进军"？机器人"微软小冰"出诗集了［EB/OL］．http://kpzg.people.com.cn/n1/2017/0530/c404389-29307192.html，2022-03-18。

② 李强：《从"超文本"到"数据库"：重新想象网络文学的先锋性》，《文艺理论与批评》2017 年第 3 期，第 143—149 页。

③ 高寒凝：《网络文学人物塑造手法的新变革——以"清穿文"主人公的"人设化"为例》，《当代文坛》2020 年第 6 期，第 55—60 页。

永（2021）的研究关注到网络文学创作中因数据库技术的融入而形成的新的文学类别，而这种新的文学创作类型同步生成了一种美学形态——"数据库美学"。① 李强（2020）总结道："网文算法"是理解网络小说的一种技术视角，"它包含设定、类型与数据库三个层次"，分别对应网络小说生产的三个层次："设定""超文本"与"数据库"。② 整体而言，随着数字化技术的发展及其在文学活动中的全方位渗透，"网络文学的技术性"已经稳固地进入了网络文学研究之问题场的中心地带。③

综上所述，网络文学研究媒介转向的症候主要表现为三个方面：一是随着学界对媒介认识的深化，对网络文学本质的理解愈加侧重于技术维度；二是网络文学跨媒介改编现象的观看愈来愈关注媒介的互文；三是对网络文学写作生产的批评愈加关注数字化的渗透。当然，这三个方面并不能完全覆盖网络文学研究媒介转向的所有轨迹，但也足以看出"网络文学研究"正在朝向与传统文论范式不同的方向演进。

三、媒介的发现与网络文学研究的媒介环境学的未来

"媒介研究"所以构成中国网络文学研究的重要方向，一方面得益于网络文学媒介转型的推动，如网络文学的跨媒介改编热潮以及数字化技术在网络文学创作中的渗透而带来的研究视点的转移；另一方面则缘于媒介的"发现"，即由相关媒介理论的阐释介入而带来的媒介理念的嬗变。

所谓"媒介的发现"是对日本学者柄谷行人提出的"风景之发现"的借鉴，用柄谷行人的话说，"风景"是"一种认识性的装置"④，"一旦确立之后，其起源则被忘了。这个风景从一开始便仿佛是存在于外部的客观之物似的。其实，这个客观之物毋宁说是在风景之中确立起来的。"⑤ 柄谷行人的"风景论"，换句话说，即话语的自然化问题，比如：国家、儿童、男人与女人等日常生活中为人所熟知的话语皆是被构建出来的观念物，而一旦被"自

---

① 韩模永：《网络文学"新文类"的结构形态及数据库美学》，《山东社会科学》2021 年第 9 期，第 56—62 页。
② 李强：《作为数字人文思维的"网文算法"——以"明穿"小说为例》，《中国现代文学研究丛刊》2020 年第 8 期，第 188—200 页。
③ 江秀廷：《如何建构中国网络文学评价体系与批评标准——"中国文艺理论学会网络文学研究分会第六届学术年会暨'中国网络文学评价体系与批评标准'学术研讨会"会议综述》，《当代文坛》2021 年第 5 期，第 184—187 页。
④ 柄谷行人：《日本现代文学的起源》，赵京华译，生活·读书·新知三联书店，2003，第 12 页。
⑤ 柄谷行人：《日本现代文学的起源》，赵京华译，生活·读书·新知三联书店，2003，第 24 页。

然化""风景化"后，仿佛就成了一种客观存在之物。在此意义上，"风景之发现"，即自然化观看的中断；"媒介的发现"，即解构掉人们头脑中已经形成、固化了的媒介认识或前见，从而获得一种生成性的观看目光。

作为一种学术实践，"媒介的发现"要追溯到 20 世纪五六十年代的西方传播学研究，以伊尼斯、麦克卢汉与波兹曼为代表的一批学者主张把"媒介"作为独立的对象进行研究，认为媒介并非一种工具、手段或者传输信息的空洞管道，每一种媒介都有其独特的属性或性质。正如麦克卢汉所说："媒介即讯息"——"我们要最大限度地利用新媒介的各种特性，而不是尽可能地限制其特性。现在很容易看清，它们不仅是既定经验和洞见的载体。"① 受启于麦克卢汉，尼尔·波兹曼于 1968 年正式提出"媒介环境学"（media ecology）的概念，其理论核心是"将媒介作为环境研究"（the study of media as environments）。这一概念不仅奠定了媒介环境学派的理论纲领，更凸显了媒介环境学与传统传播学研究的问题分野，即将媒介视为环境（至少包含感知环境与符号环境两个层面），而不仅是信息传输的载体、渠道或工具。在媒介环境学视域中，媒介的特性与结构不仅会影响信息性质的界定，其物质形式与符号形式的差异还会产生一定的认识论偏向，如"思想、情感、时间、空间、政治、社会、抽象和内容上的偏向"②，从媒介史观的角度观察，媒介的这种"偏向性"甚至会对社会文化形态的构建产生深远影响。

媒介的发现，抑或直截了当地说，媒介环境学的阐释介入，为媒介时代的文学研究、文论研究与美学研究提供了新的理论支点。比如：在文论研究层面，媒介的发现促使"文学媒介"研究作为一个独立的问题被推置文论研究前台，进而引发文论界对文学活动五要素建构的集中讨论；又如在美学研究层面，以金惠敏、李西建、李勇、李昕揆、陈海与刘玲华等为代表的一批学者，在"美学麦克卢汉"方面的研究开拓了美学研究的媒介向度，抑或说，媒介研究的美学向度。

具体到文学研究层面，媒介环境学的介入有力地推动了中国网络文学研究的媒介转向。以网络文学本质观念的重心转移为例来谈，若从一般的概念理解媒介，文学说到底是人类心灵的造物，媒介只是在文学活动中起到有限的传递或传达作用，但从媒介环境学的角度理解，媒介技术的变革不仅会带

① 埃里克·麦克卢汉、弗兰克·秦格龙：《麦克卢汉精粹》，何道宽译，南京大学出版社，2000，第 408 页。
② 林文刚：《媒介环境学：思想沿革与多维视野》，何道宽译，北京大学出版社，2007，第 31 页。

来文学形式或形态的改变，也会对作者与读者的感知能力、情感结构与审美心理等带来一定影响与改变。正如单小曦（2015）对网络文学的定位——"网络生成文学"——其"生成性"体现在三个方面：一是"计算机网络作为文学载体媒介的传播性生成"，即媒介技术的变革会带来文学形式或形态的改变，自然生成于计算机网络环境中的文学会表现出区别于传统"纸媒"文学的新特点；二是"计算机网络作为'赛博格作者'的创作性生成"，即网络技术与创作者的结合会生成新的创作主体，进而生产出新的文学创造物；三是"计算机网络作为文学存在境域的存在性生成"，即网络技术作为一种"生成场域"，它能够统合文学活动的诸种要素使其相互激发，进而发挥一种哲学意义上的"解蔽"功能。① 不难看出，这三部分俨然就是麦克卢汉的"媒介偏向论""媒介延伸论"与"媒介环境论"的延伸与再阐释。无独有偶，邵燕君对网络文学之"网络性"的强调也是基于媒介环境学的理论视角来谈。比如，她认为网络文学的概念重心不在"文学"而在"网络"，网络时代的"文学性"从"网络性"中生长出来，因此对网络文学"经典性"的考察、判断也应该从网络文学的媒介特性出发，而非参照传统"纸质文学"或"口头文学"的价值标准，其所依据的便是麦克卢汉的"媒介即讯息"理论——文本内容一经媒介的转换必然会发生变化。另外，从网络文学跨媒介改编研究的角度观察，其范式转换的内容动因正是"媒介的发现"使然，如张晶（2019）对网络文学跨媒介（IP）改编的讨论即是一个很好的例子，他提出跨媒介衍生叙事涵括两种方式："多媒体叙事"（Multiple Media Narration）与"跨媒体叙事"（Transmedia Narration）。其中，"多媒体叙事"关注的是不同媒介支持下的文本生产，即媒介作为文本叙事的环境/尺度对叙事或故事空间建构的塑形作用，其所依据的理论是麦克卢汉的"媒介讯息论"②；"跨媒体叙事"则强调每一种媒介都具有承载故事叙事的特定功能，其所依据的是詹金斯的"跨媒体叙事"③ 理论。在此意义上，詹金斯的跨媒体叙事理论与媒介环境学的理念精神之间亦有汇通之处。

　　媒介环境学不仅在网络文学研究的媒介转向中发挥着不可或缺的理论推动作用，从网络文学研究的未来趋向观察，还启示着一条网络文学研究的可

---

① 单小曦：《媒介与文学》，商务印书馆，2015，第207—208页。

② 麦克卢汉：《理解媒介：论人的延伸》，译林出版社，2011，第18、19页。

③ "跨媒体叙事最理想的形式，就是每一种媒体出色地各司其职，各尽其责。"亨利·詹金斯：《融合文化：新媒体和旧媒体的冲突地带》，杜永明译，商务印书馆，2017，第157页。

能性进路。对此问题，陈海的《网络文学研究的媒介生态学》一文有所涉及。但遗憾之是，作者并没有对网络文学研究何以走向媒介环境（生态）学的问题给予正面回答，而是跳过这一环节论证了媒介环境学对网络文学研究的必要性以及如何研究的问题。本文认为，回答网络文学研究何以走向媒介环境学的问题，要回到网络文学的媒介化生存话题上来。正如我们所观察到的，文学的存在方式与存在形态会随着媒介环境的变迁发生转换。例如：20世纪初，现代印刷事业（报刊传媒）的勃兴促发了中国现代文学的出现与繁荣发展。80 代中期，电视传媒的快速崛起引发了文学的"触电"现象——典型如"王朔年"。90 年代中后期，互联网的接入与电脑使用的普及带来了文学的"入网"现象——典型如"网络文学"。再到 21 世纪以来，随着移动终端技术、人工智能技术等新媒介技术的发展，文学的传播实践与表征方式实现了更多的可能性，如微文学（"短信文学""微博文学""微信文学"）、微软小冰的诗歌"创作""手机 App"听书（形式完全不同于七八十年代的广播小说）等，乃至今天 3D 技术制作（文学的动漫改编）等，这些表明媒介技术更新是推动文艺转型的强大引擎，可以说，当代媒介技术的发展直接影响甚至引领当代文学艺术的发展走向。面对媒介时代文学的快速生长与裂变，文艺学者不得不扬弃传统的理论观念与批评方法，因为新媒介语境下的文学转型或新变会呈现出新的审美特性、文化特性与价值偏向等，而传统理论范式往往囿于"自然化"的观看眼光，难以给予文本对象以客观有效的诠释、评判或揭示，典型如基于传统印刷文化而确立的文学评价机制无法直接适用于活跃在互联网中的网络文学作品——它是由网络读者的"选票"（日票、月票、排行榜）所评选的。[1] 同理，基于印刷文字艺术（如文学）的审美原则难以客观有效地评判声像电子艺术（如影视改编作品）的高下低劣。[2]当传统文学理论不再满足文学研究或批评的需求，也就意味着文艺学的研究范式需要进行变革、转换。用库恩的话说，范式转换往往意味着旧理论的失范和新理论的出现以及新一阶段常规科学研究的开始。媒介环境学的理论视野能够帮助我们有效地理解网络文学在新的媒介语境中的种种嬗变，过去如是，未来亦然如是。

---

[1]　邵燕君：《网络文学的"网络性"与"经典性"》，《北京大学学报》（哲学社会科学版）2015 年第 1 期，第 10 页。

[2]　张同胜：《文学名著影视改编新论——从媒介环境学的视角来看》，《中外文论》2013 年第 1期，第 7 页。

结　语

　　综上所述，从静态角度观察，媒介研究是中国网络文学研究的重要视野，离开了媒介很难将网络文学这一典型的新媒介文艺现象阐释清楚。从动态角度观看，媒介研究又构成网络文学研究的一种潮流趋向与问题转向。在此过程中，媒介环境学理论的阐释参与不仅构成网络文学研究之媒介转向的内在动因，还标识出一种特别的文学研究范式或阐释形态，即以网络文学的媒介化与跨媒介生长为对象，以媒介环境学的媒介理念为方法的研究理路。透过网络文学研究这扇窗口，可以窥见，随着媒介要素在文艺活动中扩张与渗透，未来的新媒介文艺研究或将继续沿着网络文学研究的范式前进。

纸质出版：网络文学的经典制造之路

◇ 李玉萍*

一、关于网络文学经典的内涵与标准

关于网络文学经典化的问题有很多争论与观点，这个问题首先涉及的是文学经典观念内涵的解读与发展。学者周波认为，20 世纪 90 年代以来的新经典思潮带来了经典观念的嬗变，我们面临两种不同的经典观念：一种是传统的经典观念，文学经典须经长期淘洗而成，是经过较长时期筛选的、公认的、权威的、具有不朽价值和永久魅力的作品；另一种是当代的新经典观念，认为文学经典未必经过长期淘洗，而可以是当下确定的具有较高艺术价值和审美特质的较为优秀的作品。传统的经典观念肯定的是一种长期形成的、严格意义的经典，而当代经典观念认同的是一种近期形成的、宽泛意义的经典。两者是互存互补的关系，一方面，文学经典在社会历史发展的流程中形成，经得住长时间考验的作品才能成为经典；另一方面，文学经典又是在不断发展变化的具体时段中逐步确立，需要经过每一个时代的筛选、淘洗与认定。从根本上说，历史对文学经典的长期考验是绝对的，今人的短期认定是相对的，今人认定的相对经典只是长期经典的初选，但这种初选行为属于经典化必不可少的过程，对文学经典价值的确认和长期经典的形成具有十分重要的意义。① 学者陈剑晖将文学经典分为"永恒经典"与"时代经典"②，也类同这种理解。自此意义而言，20 世纪 90 年代诞生的中国网络文学作品中筛选而出的经典之作，只能是一种"近期经典""动态经典""相对经典"或者

* 李玉萍：中国地质大学（北京）马克思主义学院副教授，研究方向：网络文学、美学、思想政治教育。本文为 2018 年国家社会科学基金重大项目"中国网络文学评价体系建构研究"（18ZDA283）阶段性成果。

① 周波：《关于网络文学经典化问题的思考》，《东岳论丛》2016 年第 1 期。
② 陈剑晖：《当代文学学科建构与文学史写作》，《文学评论》2018 年第 4 期。

"时代经典"。

网络文学的经典性与经典标准与传统文学有差异，这是学界的共识。学者邵燕君认为，在"网络性"意义上讨论"网络文学"的"经典性"，要确立的前提是把"经典性"与那种一以贯之、亘古不变的"永恒价值"脱钩。① 她参照了传统文学经典标准，提出了网络类型小说经典的四个方面的标准：典范性在于传达了本时代最核心的精神焦虑和价值指向，负载了本时代最丰富饱满的现实信息；传承性表现为是该类型文此前写作技巧的集大成者，代表本时代的巅峰水准，在发展进程中具有里程碑意义；独创性表现为基于充分实现该类型文的类型功能上形成具有显著作家个性的文学风格；超越性在于其典范性、传承性、独创性都达到极致状态，可以突破时代、群体、文类限制，进入更具连通性的文学史脉络，并作为该时代、该群体、该文类的样本更具恒长普遍意义的"人类共性"文学表征。② 学者林俊敏认为，讨论网络文学的经典化，要取得的价值共识是网络文学经典不必把精英层面的经典观念与大众层面的经典观念混同起来讨论。在精英文化语境中的经典观念中，经典具有永恒性和超越性特征，但对在现代传播媒介影响下成长起来的大众而言，在大众文化语境的经典观念中，经典是在与当下大众的互动中形成的，传播性、流行性、互动性与可接受性，或许才是现代受众对经典性作品的理解。③ 关于网络文学经典的标准，学者周志雄认为，不同的文学机制决定了文学经典的样式、内容规定性和价值导向。网络文学经典与当代文学经典的标准在作品的时代性、民族性和广泛的社会影响力方面有相类之处，但也存在很大的差异。网络文学经典具有鲜明的娱乐性和商业性，不追求思想深度，不追求艺术创造的密度。在思想性方面，网络文学经典考察的不是思想深度，而是传统文化价值观与现代精神的嫁接、作品价值导向的社会效应等。在艺术创造性方面，网络文学经典考察的不是作品艺术上的先锋性和探索性，而是作品创意与风格的首创性/原创性与代表性。在影响力的考察方面，网络文学经典的考察除了传统的影响力考察之外，还要考虑读者影响力（包括读者粉丝的收藏订阅、点击阅读、点赞打赏、推荐评论等成就的口碑）

---

① 邵燕君：《网络文学的"网络性"与"经典性"》，《北京大学学报》（哲学社会科学版）2015 年第 1 期。

② 李永杰：《探索网络文学经典化道路》，《中国社会科学报》2021 年 3 月 19 日，第 1 版。

③ 林俊敏：《"经典边界"的移动——论网络文学的主流化和经典化》，《暨南学报》（哲学社会科学版）2019 年第 5 期。

和文化产业转化的影响力。①

中国网络文学的生产与消费已经成为一种文化产业，形成了小说、漫画、广播剧、动漫、影视剧、游戏以及衍生品周边等产业链条。数字形态的网文，其相对稳定的故事与人物在被改编为不同艺术形式之时经历了一次又一次的再创作，在时代性、民族性、思想性与创造性方面不断完善和发展，有着持续不断的意义与价值的生成。网文的 IP 开发所带来的热点效应，在不断增强网文作品的传播力与影响力的同时，也是一个经典制造的主流化过程。其中，网文的纸质出版形态主要是文字形态的实体书，但近些年来异军突起的由网文改编的纸质漫画出版，是纸质出版领域的亮点。网文由数字形态转化为纸质出版形态，是网络文学经典制造的重要一环。

有趣的是，如今在现代受众心目中不可动摇的通俗文学经典，比如金庸武侠小说、罗琳的魔幻小说《哈利·波特》、托尔金的奇幻小说《魔戒》等，其经典性的生成，得益于基于纸质出版形态的小说文本在视觉媒介中的影视改编与价值转换，而现在中国网络文学的经典生成之路，得益于视觉媒介的动漫、影视改编与价值转换，也得益于听觉媒介的广播剧的改编与价值转换，更得益于印刷媒介的纸质出版。

二、纸质出版形态与数字形态的网络文学的差异

1. 纸质出版形态的网络文学是一种以书写特性为主的文本，弱化甚至消解了数字形态网文的网络性

网络文学具有与传统文学不同的网络性。学者邵燕君认为，网络文学的网络性主要体现在三个方面，它是具有无限开放性与流动性的"超文本"，根植于消费社会的"粉丝经济"，使人类重新部落化/圈层化，指向与 ACG 也就是二次元文化的连通性。② 数字形态的网文，其网络性的最大体现在于它既是书写，更是言说。马克·波斯特在《信息方式》一书中认为，言说是信息传输者和接收者都在场的交流手段，而书写是只有一方在场的交流。③ 数字形态的网文是一个可以无限开放的叙事体系，既包括网文作者的书写，也包括读者与作者或读者与其他读者即时互动的言说。从起点中文网、晋江

---

① 周志雄：《网络文学经典化与评价体系建构》，《中国文学批评》2021 年第 3 期。

② 邵燕君：《网络文学的"网络性"与"经典性"》，《北京大学学报》（哲学社会科学版）2015 年第 1 期。

③ 马克.波斯特：《信息方式》，范静晔译，商务印书馆，2000，第 115 页。

文学城等文学网站最初的阅读界面每章下的作者读者即时互动区，到现在番茄小说、七猫小说阅读 App 等阅读界面每章、每段、每句话后面的即时评论区，网络小说文本的阅读快感不仅来自作者的书写，更来自阅读每章、每段、每句文字后即时互动的评论，也就是写作与阅读的即时互动的言说，数字形态的网文是一种能够呈现互动现场的动态文本。这种基于网络文化存在于网络空间的文本样态，基本上无法在基于印刷文化的纸质媒体上完全呈现。作为静态文本的纸质媒体能够呈现的只能是以书写为主要交流手段的阻断意义的持续生产和冻结扩张活力的固定封闭的文本形态。纸质出版让具有动态性、开放性、能够反映生存真实性的网文重新成为具有静态性、确定性、客体化的"作品"与"对象"。

2. 内容为王、讲究品质：纸质出版的网络小说更为贴合传统文学标准

网络文学的生产空间中，"把关人"的权力实质上被赋予了基于技术的数据，由读者的点击率、收藏量、留言数、打赏量等读者行为组成的大数据决定了一部网文是否能够脱颖而出。① 而在纸质媒体出版产业链中，出版社是占据主导地位的出版主体，而出版社的职业审稿人（编辑）作为纸质出版作品的"把关人"，在纸质出版中依然拥有网络文学生产空间中的网站编辑被弱化甚至消除的"权力"。而出版社的职业审稿人在选择出版对象时一般会综合考量与平衡网文的文学价值与商业价值。这些纸质出版的"把关人"普遍具有的传统文学理论素养与文学价值观念显然会使得纸质出版形态的网络小说更为靠近和贴合传统文学的标准，他们会要求被甄选的网文对象要内容为王、讲究品质，会要求或竭力使即将成为纸质出版物的网文既要有可读性也要有思想性，要求作品的艺术性与社会责任感，也就是更加符合传统文学理论中的价值尺度与意义维度。

3. 纸质出版的网络小说更为贴合主流价值观的取向

网络文学的崛起会瓦解雅俗二元对立结构，消解精英文学与通俗文学的区分，而演变为主流文学和非主流文学、大众文学与小众文学的主要区分。而网络文学走向主流文学的过程中，要注重的是在产业性与传播性的基础上与主流价值观进行有机融合，积极承担起主流价值观的责任。比如网络文学主流化的重要方向之一，是回应国家主流文艺倡导的社会主义核心价值观的呈现，重视对中国文化的继承与发展，挖掘中国文学艺术的传统资源，在创

---

① 李明霞：《数字网络媒介技术对文学世界的颠覆》，《上海文化》2022 年第 4 期。

造性转化中创作出真正能够呈现中国精神、中国审美和中国气派的作品。

而出身于中国出版体制中的纸质出版机构在作品甄选和内容修改的流程中，会有政治性的考量，非常关注政策导向，注重满足时代的发展需求。这就使得网文出版对象的选择，会更加贴近于政策导向的要求。国家的主流文艺倡导文艺创作要呈现社会主义核心价值观，要以人民为中心，具有强烈爱国主义情感的民族主义叙事或者现实题材的网文便会更多地进入纸质出版机构的视野。比如阿越穿回宋代改变历史走向的《新宋》、月关改变历史强大国家的《回到明朝当王爷》、cuslaa 以朴素的情感推行国家建设的《宰执天下》、肖峰的集体穿越明末乱世、缔造大工业时代的《临高启明》等架空历史文"经典"，再比如现实题材的齐橙的聚焦中国重工业近四十年来的探索与发展的工业党大神冯啸辰热血穿越的工业党技术流爽文《大国重工》、大地风车的讲述农村小伙儿王一元的成长经历，展示中国飞速发展的经济水平和社会建设的《上海繁华》，等等，都成为在主流舆论场中颇有口碑的网文"经典"。

4. 讲究主流价值导向的纸质出版网文形态一定程度上会实现对数字形态网文写作亚文化特性的规训，削弱其抵抗性，消除过度越轨元素。

网络文学自诞生之初就具有明显的亚文化特性，伴随着网络文学走向主流化，这种亚文化特性会有一定的削弱与消除，但网文生产与消费空间的特性决定了这种亚文化元素存在的持久性。比如金手指、炫耀打脸、躺平佛系心态在网文中大量存在，比如网文文字上大量使用的"能指的狂欢"的网言网语，比如具有抵抗性与反叛色彩的小说类型，等等。纸质出版的网文作品，面对讲究主流价值观导向、更为传统与严格的纸质出版审查机制，其亚文化特性会被削弱甚至消除，这是纸质出版过程中主流文化对亚文化的规训，也会产生一些难以处理的问题。

网文语言创作中网语的大量使用是网文写作亚文化特性的体现，也会造成纸质出版的困境与问题。网文生产空间的特点让网文的语言创作常常会夹杂各种当时最流行的网语表达，而这些网语一方面带有强烈的鲜活的时代性，另一方面也会产生纸质出版文字的"正确性"问题。网语中的新生词与刻意的"错别字词"是以青少年为主体的创造者和使用者的自主发声载体，具有风格强烈、抵抗色彩与边缘性的特质，体现着青少年的"我为世界立法"的反叛色彩。如果说诸如"吃瓜群众""宝宝心里苦""辣眼睛""凡尔赛""冤种"等是纸质出版可以接受的带有时代烙印的网络新生词，风格强烈的粉圈用语诸如"墙头""本命""毒唯""黑粉""站姐""营业""发糖"或者弹幕用语"前方高能""小鱼干""再看亿遍"等是纸质出版勉强可以接受的带有时代气息的圈层化流行网语，那么网语中普遍存在的故意用谐音表达的"错别字词"，比如"深井冰"（神经病）、"夺笋"（多损）、"开森"（开心）、"腻害"（厉害）、"吃藕"（意为"丑"）等就会成为纸质出版审校的问题。纸质化的文学经典向来是要为语言的"正确性"立法的，那么如何处理这些网文韵味儿浓厚的创作语言就成为网文转化为纸质出版形态要去思考与面对的问题。

网文创作类型中亚文化色彩浓烈的一些类型也是考验纸质出版的问题。比如存在大量"封建迷信"的灵异惊悚文的处理，再比如，具有越轨色彩的耽美文的处理。耽美向网文因为男性爱情基本设定的越轨元素，很难进入正规纸质出版的视野。伴随着耽美小说重人物走剧情甚至发展为无 CP 文的趋势，极少数的影响力大、口碑好、有人文关怀的耽美文被纳入纸质出版行列，比如刑侦题材的《默读》（Priest）、《破云》（淮上），奇幻题材的《烈火浇愁》（Priest）、《定海浮生录》（非天夜翔），武侠题材的《千秋》（梦溪石）等。对比数字形态的原作，可以发现，纸质出版形态的同一作品，其中的男性爱情元素被消除殆尽，保留和强化的是原作优美的文字、出彩的悬疑推理或奇幻设定元素、对善恶正邪的思考、对人性的探讨、情节精彩的故事和形象鲜明的人物，其价值取向明显更为贴合主流价值观。或者说，被纸质出版的这些存在越轨元素与抵抗色彩的网文被主流化和经典化了。

三、网络文学的纸质出版是一种经典制造的过程

纸质出版原本就是经典的表征之一，也代表了"官方"的认可。在网络文学经典化的过程中，纸质出版作为经典表征的地位虽然在下降，但数字形态的网文在转化为纸质出版形态的作品过程中，是一个非常明显的经典制造的过程。

回看网文由数字形态到纸质出版形态的转换过程，甄选出版对象的标准逐渐提升了传统经典化参与力量里等级较高的专业学者的分量；在纸质出版流程中则提升了作者的主体性，加强了精品制造的意识，也使得网络小说文本中相对稳定的人物和故事暂时脱离了网络虚拟空间，有了沉淀与提升的机会，有了成为"经典"的可能性。

1. 纸质出版的网文对象遴选依据或标准在纸质出版发展的历程中呈现出经典化的趋势。

网络文学的纸质出版大致经历了基于读者"威压"的杂志社或出版社参与、基于盈利目标的纸质出版机构的"淘金"和现阶段纸质出版成为网络文学 IP 开发重要一环的发展阶段，这个发展阶段伴随了网络文学在学界愈发受重视和不断加大的经典化冲动的过程。

最初的纸质出版在遴选网文出版对象时，主要的标准是基于网络文学生产空间的点击率以及主要由此生成的网站推荐榜单，也就是读者/粉丝的影响力或市场影响力。这样的对象选择诞生了一批批的类型小说畅销书，女性向的小部头网文出版概率最高，当年主打女性言情的朝华出版社甄选出版的一系列"悦读纪"网络小说成为 21 世纪初女性向网文畅销经典，比如引领穿越小说热潮的金子的《梦回大清》，引领校园青春小说热潮的辛夷坞的《致我们终将逝去的青春》，等等。这些成为畅销书的网文"经典"的遴选标准，主要的依据就是文学网站上基于收藏量、点击量和推荐榜单的数据。

伴随着网络文学的发展与学术研究的介入，网络文学的评价机制也逐渐形成多元复合状态，除了基于读者与文学网站的主要基于点击率标准的评价，官方机构与研究机构的评价也成为重要的参考。比如中国作协、国家新闻出版署等官方机构主导的各种网文排行榜，网络文学研究机构主导的各种网文评价活动诸如 2022 年 5 月《青春》杂志与扬子江网络文学评论中心联合国内网络文学主要研究机构的"网文青春榜"遴选活动，等等。这些由官方机构和网络文学研究机构发布的榜单，其评价者主体也由网文受众群体变化为专家学者群体，在传统的文学经典化参与力量中，学者和专业批评家的价值等级是最高的，这些参与力量对网络文学作品评价的介入是一种明显的经典化行为。而这些官方机构和研究机构评价发布的各类网文排行榜单成为纸质出版机构遴选网文出版对象时的重要参考，重量级的出版社也在不断参与到网文的出版之中，比如 2017 年猫腻的《择天记》在人民文学出版社的纸质出版，成为猫腻小说经典化的重要一环。

2. 纸质出版可以在一定程度上实现网络文学作品的"审美提升"

纸质出版在一定程度上会缓解数字形态网络文学作品速度与精度的矛盾，实现作品的"审美提升"。网络小说的读者中心写作机制、文学网站中心的商业机制和在线发表即时互动直面读者的传播机制往往会导致网络文学作品速度和精度的矛盾。① 在网络文学的生产机制中产生的数字形态的网文往往会迁就读者与市场，追求速度、牺牲精度，选择首先服务于线上等更的读者和具有明确网文生产要求的网络文学网站。而这样的问题在网文的纸质出版中会得到一定程度的纠正。在网文的线下出版过程中，选择纸质出版的对象一般是经过读者和市场检验的、在网站点击收藏量、各类排行榜等网文评价机制中名列前茅的网文作品，这样的作品往往是有着较大影响力、原创性和一定文学品质的文本。而这样的文本在纸质出版的修订与润色过程中，作者有了时间与动力对自己的作品进行细细的推敲与打磨。在作者与编辑的共同努力下，转化为纸质出版形态的网文的原创性与代表性会保留，而语言文字和逻辑结构上因为速度而产生的问题会得到纠正。也就是说，纸质出版形态的网络小说，脑洞、创意、爽点、风格和情怀会得到保留甚至深化，而风格逻辑不统一产生的"违和感"、结构松散或不完整的"注水""烂尾"等问题会得到一定程度的处理与解决，经过推敲与润色的语言水平也会得到提升，纸质出版过程中精度的提升为一些有潜质的网络小说成为经典作品铺平道路。

网络小说作品的经典化需要"降速、减量、提质"，而纸质出版的过程给作者提供了客观上降速、减量、提质的机会。

3. 由精品到经典：内容为王讲究品质的纸质出版可以打造网络小说精品

网络小说精品是接近网络小说经典或者经典筛选的必由之路，网络小说精品不一定会成为经典，但网络小说经典一定是网络小说精品，而纸质出版的流程、要求与实体呈现，会促进网络小说精品的生成。

首先是作者的精品冲动。在促进网络文学作品经典化的路径方面，周波认为要通过三个方面，即网络文学的主体建构、精品诉求和生态优化，但核心是提升作者的主体人格建构。② 但从网络文学经典化冲动的实践而言，经典生成或甄选的最根本的动力却是来自受众/消费者，是基于 VIP 阅读制度生成的作者与读者的经济关系。网文的纸质出版，不仅是网文 IP 开发的重要一环，能够增加作者的收益与作品的影响力，也是衡量网文作品是否成功的重要标准，是作者知名度高低的评价方式之一。当数字形态的网文进入纸质出版的甄选视野，无论是出于增加收益的盈利目的，还是能圆"作家梦"的成名冲动，网文作者都会以对待"作品"的态度系统、整体地重新审视自己在线上激情更新的文字，花费时间与心力，参照出版社编辑的要求与建议，从

---

① 周志雄：《网络文学经典化与评价体系建构》，《中国文学批评》2021 年第 3 期。
② 周波：《关于网络文学经典化问题的思考》，《东岳论丛》2016 年第 1 期。

文字、结构、叙事、人物塑造等方面进行精益求精的修改与完善，弥补网文时期速度为王造成的遗憾。

其次是出版过程中的精品冲动。纸质出版在选题立项后，要通过严格的三审三校，对书籍内容有比较严格的质量把控，也有着依旧拥有审校权力的"把关人"，他们会尽心竭力地按照既有可读性也有思想性、既有艺术创造性也要有社会责任感等传统的、主流的标准去提出对网文作品进行修改与润色的建议，实质上会在客观上促进网文作品内容的思想性与艺术性等方面的提升。

最后是出版形式上的精品冲动。形式上的精品制造主要包含文字的"准确性"、书名的雅化和物质载体的精致化追求。纸质出版形态的网文在文字上经过编辑逐字逐句地校对，消除了网上更新时的错别字句，具有相对的"准确性"。而带有极大随意性、不大"合适"的网文名称也会被雅化，甚至在传播过程中取代网络原名，譬如作为校园青春小说"经典"之作的《致我们终将逝去的青春》，辛夷坞在网上写作时的网文原名其实是《致我们终将腐朽的青春》，随着时间的推移，研究者和读者提起来这部作品更多使用的是纸质出版后修改的书名。类似的例子譬如八月长安原名《玛丽苏病例报告》的网文出版后被修改为《你好，旧时光》等。当然书名的修改并不都是成功的，晋江红刺北的星际机甲文《砸锅卖铁去上学》出版后被修改为《我要上学》就引发原作粉丝的不满，客观考察也会觉得这个修改后的名字不仅失去了原名的鲜活动感，而且本身平平无奇，少了韵味。而作为依托印刷文明的文字物质载体，经过精心设计与印刷的实体书，会有精美的封面与插图，会有讲究的纸质用料，比如封面用纸是质感极佳的 190G 艺术纸高白，彩插用纸是质感典雅的 90G 画萱，内文用纸是触感细腻的东兴象牙白，还附赠烫金膜切的腰封，与网文相关的珠光明信片、Q 萌书签卡，等等。

精品化后的纸质形态的网文作品，是装帧精美、用料上乘、内容确定、散发淡淡墨香的静态性的实体纸质书，具有文字上经过编辑逐字逐句严格校对的相对"准确性"，内容上则有凝聚着作者与编辑心血的修改后的思想性与艺术性的提升，通常还会在封面封底或内页上附有读者的神评论或专家学者的意义阐释，还有从成为纸质出版对象时便自带的影响力，纸质形态的网文精品生成了一个具有经典可能性的"作品"。

在中国的网络文学逐渐成为"主流文学""大众文学"的过程中，在网络文学经典制造的路途上，根植于印刷文明的纸质出版无疑还具有非常重要甚至不可替代的作用。

　　背靠印刷文明的纸质出版要适应网文的特性与发展，要在力所能及之处通过自身的改变与创新迎合市场、创造利益，比如扩展出版版图，除了文字的网文出版之外，将网文 IP 纸质的衍生开发——在读图时代备受欢迎的漫画纳入其中；同时也可以依托自己印刷文明的特质，以精品意识和经典意识去提升网文的质量、提炼和深化网文的文学价值。

论媒介属性与跨媒介
叙事的符号形式转换

◇ 李　展[*]

　　当今社会，跨媒体、融媒体、全媒体成为重要的传播现象，数码技术和互联网不但改变了传媒领域，而且引发了整个文化生产方式的转型。在文化产业领域，围绕网络小说 IP 进行的电影、电视剧、动漫和网络游戏等方面的跨媒介叙事，越来越引发人们的关注。媒介到底是什么？跨媒介到底是跨什么，如何跨？都是问题。本文即从媒介文艺学的角度重新审视关于跨媒介叙事在各种媒体平台形式转换的可能性问题。

一、媒介属性：科学和哲学的两种媒介观

　　毫不夸张地说，新媒体技术对当代生活的巨大改变，使得媒介问题对文学艺术的影响凸显。过去，人们关注媒介，但是从来没有把媒介问题作为影响文艺的根本维度。在艾布拉姆斯的文学模型中：世界—作品—作家—读者（受众）四要素是观察文艺现象的四个基本维度。但是今天，除了原先的纸媒、广播、电视、电影等媒介以外，出现了大量新媒体艺术现象，比如数码摄像、虚拟现实、3D 电影、计算机动画、数据库技术写作、网络游戏等，令人眼花缭乱的新媒体艺术真正走向了历史的前台。这种数码技术和互联网影响了社会的各个方面，传播学领域直接面对了这种媒介巨变。

　　正是在这一领域，麦克卢汉在 20 世纪 60 年代便天才地预见了"地球村"的出现和人类的重新"部落化"现象。这一切都与他对媒介问题的理解有关。关于"媒介"概念的理解，麦克卢汉最为人们所熟悉的命题有两个：其

　　* 李展：男，武汉纺织大学传媒学院副教授，文学博士，主要从事文艺美学和传播学研究。本文系湖北省教育厅规划项目：网络文学的经典化与跨媒介传播的主流化研究（编号：18Y078）阶段性成果。

一，媒介即讯息；其二，媒介即人的延伸。① 这两个媒介概念都不是人们通常意义的理解，甚至与传播学中一般的传播媒介概念也不一致。在传播学中，讲到信息传播一般涉及信息传播的 5W 要素构成，即传播者、信息、通过什么渠道（媒介）、传给何种受众、产生什么效果，② 这些都是相对明确的科学概念，这种理解方式可以称作科学媒介观。"媒介即讯息"，讯息即 message，按照符号学的看法，"信息是讯息包含的抽象意义，相当于符号所携带的意义；讯息则是信息具体的承载者，相当于符号的可感知部分。"③ 其具有物质性载体，与信息的概念不同，这正是媒介具有工具性的可能性前提。不过，笔者认为，讯息应该包含有信息，只不过是带有可感知物的信息。这是一种外在于媒介的认知方式。

麦克卢汉的另类媒介理解涉及"媒介即人的延伸"命题，这不是科学概念的理解，而是哲学概念的理解。这种媒介属性涉及的是媒介之为媒介的根据，这是一种存在论的哲学理解。结构主义马克思主义者路易·阿尔都塞认为，哲学就其本质而言其实是一种"划界"功能，"哲学的首要功能是在意识形态方面的意识形态的东西和科学方面的科学的东西这两者之间划清界限"④，而这条"界限"就是科学研究的视界。很多自然科学的研究其实就是在一种自发的意识形态哲学的影响下发生的，一旦越出了这条界限，科学就会发生断裂性的盲点。无独有偶，符号形式美学的代表人物苏珊·朗格认为，如果对艺术问题真正地进行理解，也必须具有哲学的方式，而非科学的方式，"哲学问题就其本质讲……由于它们涉及概念的内涵和其他内在关系而不是物理事件的规律，由于它们是解释事实而不是报道事实，其作用在于加深对已知事实的理解而不在于增加我们的自然知识，所以哲学问题与科学问题有着根本区别。实际上，作为哲学研究目的的概念发展与我们观察事物的能力有直接关系，因为恰恰是这些成体系的概念致使某些现象举足轻重而另一些无关紧要。"⑤ 哲学的核心是"某种概念的构造"。但无论哲学作为"划界"的视域，还是作为"理解事物"的能力，都与人的存在和意义阐释有关；媒介属性的性质问题扎根于存在论根据，其对事物的深入探究涉及意义的建构

① 马歇尔·麦克卢汉：《理解媒介——论人的延伸》，何道宽译，译林出版社，2013，第 421 页。
② 哈罗德·拉斯韦尔：《社会传播的结构和功能》，中国传媒大学出版社，2013，第 35 页。
③ 张骋：《是"媒介即讯息"，不是"媒介即信息"：从符号学视角重新理解麦克卢汉的经典理论》，《新闻界》2017 年 10 期，第 47 页。
④ 路易·阿尔都塞：《哲学与政治》，吉林人民出版社，2011，第 16 页。
⑤ 苏珊·朗格：《情感与形式》，中国社会科学出版社，1986，第 15 页。

问题，而意义只有对人类而言才有存在价值；这种理解具有社会人文学科的精神特殊性，而非像传播学"5W"模式的科学模型。

那么，关于麦克卢汉的哲学媒介观到底是什么意思呢？

麦克卢汉从人的功能的意义上来理解"媒介即人的延伸"这个命题，这是一种哲学意义的媒介观，其将人的感知方式和媒介关联起来，并拥有其存在论依据。单小曦认为："媒介指任何处于两者之间，发挥居间、谋和、容纳、建构功能的存在物。麦克卢汉分析的三十多种媒介就是这个意义上的媒介。"[①] 媒介即人的延伸的观点，望远镜是眼睛的延伸，轮子是脚的延伸，到了今天我们当然可以认为电脑是人脑的延伸，等等，但这种媒介问题的实质将作为望远镜、轮子等都客观存在物作为人的感知功能的主体延伸，强化了一般的工具论媒介和感知功能的关系。这种媒介观印证着人的存在方式，不同的媒介关联着不同的人的感觉尺度，媒介映射着人的心理和感觉方式；反过来，人的感知感觉方式又用自己的独特方式来理解和把握媒介的特性。这种理解对文学艺术来说异常关键，审美问题的生发就与此有关。其次，媒介的形式功能大于实用功能。按照麦克卢汉的说法，任何一种媒介都可能是另外一种媒介的内容，纸张是书籍的内容，文字是纸张的内容，[②] 但是这种内容不是我们一般意义的内容，他指的是一种能指符号，不带有概念内涵，形式占据了主导要素位置，但这也意味着能指和所指的割裂开始出现，而这点正是互联网时代符号的能指漂移和互文性现象泛滥的根本原因，其概念的不及物造成了现实世界和虚拟世界的分裂，而这正是后现代文化的基本症候。

然而，如果文字既可以作为一种媒介，又可以作为一种语言符号，那么，媒介与符号的界限何在？媒介与符号在何种意义可以这样合体？按照赵毅衡先生的看法，"符号依托于一定的物质载体才能感知，但是感知本身需要传送，传送的物质称为媒介，媒介即是储存与传送符号的工具。"[③] 这是典型的媒介工具观；而叶尔姆斯列夫的"媒介即符号系统的表达形式"的观点，被当作混淆了符号的能指形式（符号载体）与媒介的区别。然而，按照麦克卢汉的理论，媒介不是更具形式功能吗？媒介的形式功能最后转换为信息对应

---

① 单小曦：《媒介与文学：媒介文艺学引论》，商务印书馆，2015，第 8 页。
② 麦克卢汉：《理解媒介：论人的延伸》，译林出版社，2013，第 29—30 页。
③ 赵毅衡：《符号学：原理与推演》，南京大学出版社，2020，第 121 页。

于人的意识，意义只是意识确定下来的信息的认知和理解。① 赵毅衡先生的看法是，"载体承载符号感知，而媒介让这个感知得到传送。" 符号表意可以不需要载体，只要时空距离消失，而"一旦符号时空距离消失，媒介也就消失了"②。"媒介可以消失"这种说法，当然可以而且能够理解为物理客观性质媒介的取消，但是，对人的理解而言，其是否又意味着在读书、看电视、使用媒介的过程中，我们往往忽略了媒介呢？这种消失是意识对其失去关注。事实上媒介一旦日常化，就成为一种日用而不知的无意识现象，人们更加关注的是符号的意义和解读。由此可知，符号更加凸显的是意义的理解与接受，而媒介更是一种传送方式和日常无意识的符号环境，但对符号的理解与接受起着潜在的制约作用。

二、媒介形态的具体展开：符号、文本、制品和媒体

在大众传播当中，人们能够触摸的获知意义的方式主要是通过附带概念和能指方式的符号；符号当然包含纯粹物理学意义上的介质问题，但媒介的作用在这里往往是潜隐的，符号内涵才是受众的关注点。因此，对一般受众而言，真正富有相对完整意义的信息构成单位是由符号构成的"文本"③。在传播媒介中，符号往往不是单个的符号显示，而是用一定的方式组织起来的符号体系，这些符号体系由"符号"构成"组合段"，再由符号段一层一层构成"文本"。"文本"是相对于"作品"而言的。在罗兰·巴特看来，作品是传统文论中的概念，其核心意味着作品是作家的创造的产物，带有封闭性的系统，它是以作者为核心的文学理论概念；但是，文本是一个开放性的概念，其意义并不能由作者本身所能控制，而是对整个文化系统进行开放，其意义的获得往往与阐释者有关。在这个意义上，我们可以将一幅图画、一篇诗歌、一部小说、一首音乐当作一个文本，当然，也可以将一件衣服、一部电影、电视剧甚至广告、汽车等凡是可以用来用符号表达的东西都看作是文本。符号最终以文本的方式产生所要表达的意义，跨媒介传播可以看作是不同符号对同一内容的相互建构。反过来，这种建构可以看作不同符号的互

---

① 张骋：《是"媒介即讯息"，不是"媒介即信息"：从符号学视角重新理解麦克卢汉的经典理论》，《新闻界》2017 年第 10 期。

② 赵毅衡：《符号学：原理与推演》，南京大学出版社，2020，第 121 页。

③ 苏珊·朗格专门将"艺术符号"和"艺术中的符号"做了区别，其艺术符号就是其"表现性形式"，即有机形式的文本；而所谓的"艺术中的符号"则是我们这里讲的作为媒介具体形态的符号。苏珊·朗格：《艺术问题》，中国社会科学出版社，1983，第 133 页。

译。这种互文性现象在文学作品改编成影视作品中格外明显，结果则是家族类似的文本不断增生。这种不同的符号建构主要体现为一种能指建构，但其所指或概念所形成的文化意义也理所当然地被延宕，或者不断地繁殖增生或者反而削减，假如这种改变对其内涵反而有所伤害的话。

对媒介和媒体的区别，我们以媒介为上层概念，媒体是其具体形态，特指报纸、广播、电视、电影、互联网等具体传播载体和平台。但媒体的概念绝不是简单、客观的，按照赵毅衡的研究，我们日常应用西文 medium 表示媒介，而其复数 media 意思即是"各种媒介"，media 指专司传达的文化体制，中文译为"媒体"，媒体是一个文化类别，是一种社会体制，在较抽象的意义上，可以用"传媒"表达。因此，"媒介"和"媒体"不能混淆。我们说的"multimedium text"应译为"多媒介文本"，学界常用的"多媒体文本"属于误用。① 假如真是如此，那么"跨媒介""cross media"应译为"跨媒体"，从符号传播的技术论角度可以理解为各种媒介的信息传播，这是作为单数媒介使用，可以称之有"跨媒介"，但是从不同媒体的传播比较和综合论述，则是一定要涉及文化体制问题的，就应该理解为"跨媒体"。事实上，我们今天大多数传统媒体进行转型过程中，一定涉及媒介和媒体两个层面的转型，而跨媒体传播还涉及了符号特性、网络化、共享/区隔和不同文化建构的问题，内容复杂广泛。但如果将媒介概念作为上层概念，是可以涵括媒体这种内涵的。

当我们转向具体各种学科领域的时候，我们发现，无论对媒介的哲学理解还是对媒介的科学理解，日常对符号意义的接受和理解，都需要将媒介的工具性质和功能性质结合起来，由此，就形成了新媒介观的工具性和功能性两个基本层次。单小曦道："在专门意义上，媒介包括语言符号媒介、承载语言符号的载体媒介，符号媒介和载体媒介加工而成的制品媒介、从事信息生产传播的媒体机构。人类的信息传播活动最终是各级各层媒介系统加工、共同建构才能完成。换言之，意义的发生不是单靠语言符号这一单一媒介的，而是整体性、系统性的媒介诸要素协同构造的结果。"② 这个"专门意义"有些含糊不清，其实就是媒介的物质工具性质，其形态构成了媒介的四个层次。按照单小曦的理解，符号的内涵要小于媒介，这种媒介形态确实更加符合日常世界的认知理解。相反，如果从符号构成层次，即使可以说这是些文字符

---

① 赵毅衡：《媒介与媒体：一个符号学辨析》，《当代文坛》2012 年第 5 期。
② 单小曦：《媒介与文学：媒介文艺学引论》，商务印书馆，2015，第 8 页。

号、载体符号、制品符号、媒体符号，但后面的符号的意义表达显然不是我们的一般符号学概念，而更是一种象征，媒体机构如央视大楼是一种文化象征的符号，但与这种层次递进的媒介形态表达最后由文字符号传达内容的意义生产完全不同。笔者更倾向于单小曦对媒介和符号的关系理解。

因此，将泛化的媒介概念具体化，而形成总体的媒介整体系统才能感知其叙事内涵；人的感官限度决定了其面对的不是某些纯粹抽象的信息，而只能是感官能够感知到的具体的媒介存在方式，即媒介形态的问题。单小曦将其作为媒介的四个层次，即符号媒介、文本媒介、制品媒介以及媒体形态，这是一个层层递进的媒介（符号）合成形态；我们通过这种媒介形态接受信息、理解意义，但是一旦进入理解，关键还是符号进行意义释放，媒介进入潜隐状态。这种转换的自觉与否，在某种程度决定了其阐释者的"哲学的视域"界限。这样，作为符号表意的理解过程，就涉及符号表意的显性层面和媒介表意的隐性层面；显性层面涉及符号意义的直接表达，隐性层面则涉及媒介偏向和人的感知功能问题。

从符号学的符号表意来看，这里我们需要注意，西方有的学派把很多事物、现象都看作符号性的，传统的《周易》也是"举类连譬"，其所包含其大无外，其小无内，这就成了泛化的符号概念。但这种概念内涵，正如我们上面看到的，这实际更是一种组合符号的象征问题，与单纯作为一个符号的直接意指问题不同。我们这里将信息和符号都是作为基本表意单位看待，比如文字、图像、乐符等，由此，根据内在关系生成文本形态。我们也发现，符号表意的根本问题不在符号的直接所指，而是不同符号进行分化组合后形成的新的符号系统，从而形成对事物或思想的新的综合性认知，这种认知才是我们日常生活最常见的形式。如果任何一个符号由表达层面（E）与内容层面（C），以及相互关系 R 来表示，ERC 构成了直接意指系统，但是对于日常生活中更为复杂的意义表达，直接意指系统显然不可能成为思想的真正研究对象。按照罗兰·巴特的看法，"毫无疑问，未来会有一门含蓄意指符号学，因为以天然语言提供的第一系统为基础的社会，不断发展出一些第二意义系统，而且这种有时明显、有时隐蔽的发展将逐渐涉及一门真正的历史人类学。"① 也就是说，第一意指系统只是人类认识初级阶段的产物，其直接性决定了注定不可走得太远，只有第二系统甚至进一步的延伸，才可能具有

---

① 罗兰·巴特：《符号学原理》，三联书店，1988，第170页。

真正的思想表达价值。

三、跨媒介叙事的形式转换的可能性

跨媒介的叙事问题涉及原文本和跨媒介文本的相互关系问题，这种关系到目前为止，有两种大致的看法：其一，是认为跨媒介叙事涉及的是故事世界的建构。这种跨媒介叙事的故事世界是对原文本的故事世界的拓展，有着相似的世界设定，但是属于不同的故事内容。这种看法以亨利·詹金斯为代表。他给出的关于"跨媒介叙事"（或跨媒体叙事，Transmedia Storytelling）一词最受认可并广为引用的定义是："一个跨媒体故事横跨多种媒体平台展现出来，其中每一个新文本都对整个故事做出了独特而有价值的贡献。跨媒体叙事最理想的形式，就是每一种媒体出色地各司其职、各尽其责"[1]；其二，跨媒介的叙事如果是对原文本故事基本原样保留，那么，这样的跨媒介的叙事一般被称作跨媒介改编[2]。比如，小说《红楼梦》改编成电视剧《红楼梦》，只是从文字符号转变成了电视影像符号，这种改编如何被看作成功的，据说是以忠实原著为核心。但至于什么是忠实原著，是故事情节、人物还是氛围，还是其他的则很难说得清楚。

这样，当一种媒介转变成另一种媒介，一种符号转变成另一种符号，其综合媒介和符号所构成的新型文本，那么，当我们脱离詹金斯对跨媒介叙事的强行定义，我们会发现，跨媒介叙事即使如从文学到电影形态，大多数也是有文字脚本或者剧本。这种情况下，所谓的跨媒介叙事也包含跨媒介改编的成分，只不过从原文本变成了跨媒介文本的脚本或剧本而已，这是其一；如果直接用影像思维进行创作，不是不可能，但是成本太高，是一般单位难以承受之重，这是其二。瑞安后来提出一个重要的关于跨媒介叙事的美学问题：审美感受的塑造的不同效果，[3] 能否在故事世界建构之外，开拓出另外的跨媒介叙事评价标准呢？即使跨媒介改编意义的跨媒介叙事，难道看电影《红楼梦》和小说完全一样吗？这里完全忽略了演员和导演等工作人员的二次创作的问题，并且，对影像符号的能指和所指合一的问题，这在小说文本

---

① 亨利·詹金斯：《融合文化：新媒体和旧媒体的冲突地带》，商务印书馆，2012，第 157 页。

② 李诗语：《从跨文本改编到跨媒介叙事：互文性视角下的故事世界建构》，《北京电影学院学报》2016 年第 6 期。

③ 瑞安认为，故事世界实际是一种心理建构，其引发的审美幻觉对于跨媒介叙事异常重要。Ryan M L. Impossible worlds and aesthetic illusion [J]. Immersion and Distance：Aesthetic Illusion in Literature and Other Media，2013，第 131—150 。

并不存在，其给予人的审美感受远远不同于原文本。因此，像詹金斯那样认为，跨媒介叙事只是故事世界的建构和拓展，忽略文学艺术的不同载体所形成的审美体验这一重要评价指标，是存在缺陷的；更不用说，由于演员的二度创作，其所形成的伴随文本会更加丰富多彩，这就更加从另一个角度丰富了文学艺术和生活的相互关系问题，这种生活世界和精神世界的丰富才是我们艺术创作的核心要旨。艺术质量只有好不好，有没有艺术真理的呈现，而非简单地将是否忠于原著作为根本的评价标准。

因此，笔者建议将跨媒介叙事定义延展到所谓的跨媒介改编问题。正像从小说到电影的作者……坦言，电影和小说完全是两种事物，具有不同的质素，不能因为改编于文字，就忽视了影像美学的特征。因此，笔者更加认为，原文本和跨媒介文本之间是互文性关系，不存在用一个标准来衡量另外的文本的质量的问题，这本身就是一个伪问题。这里，真正的跨媒介叙事问题不在于是否忠实原文本，而在于如何创造出具有艺术价值的新文本世界。因此，我们面对的问题是传播媒介在传播符号文本的过程中，因其不同的媒介属性对接受者所产生的意义呈现问题。毫无疑问，由于媒介属性不同，其叙事特征和美学效果显然有所不同，复合型文本更加复杂，因为这些不同叙事会涉及感觉机制、文化意义和社会体制等传播问题。

波兰哲学家英伽登对艺术作品分成如下层次：一，声音层面——谐音、节奏和格律；二，意义单元——它决定文学作品形式上的语言结构、风格与文体及其规则；三，意象与隐喻——文体中最核心的部分；四，存在于象征和象征系统中的作品的特殊世界或者诗的神话。这属于一种形而上的层次。[1]这种划分比较粗疏，难以完全看清符号层次建构问题，后来很多学者进一步进行现象学分析。单小曦从这里得到借鉴，将平面复合符号文学文本分为载媒层、符号层、符段层、图像层、意象层、意蕴层、余味层七个文本层次。[2]需要注意的是，这里提到的文本是平面型文学性或者艺术性文本，对非文学性和非艺术性文本的符号学构成层次显然要少一些，特别是意蕴层与余味层（历史深度与审美体验）这一层面。例如，对报纸类文本形式，往往是新闻类和广告类的作品，即使带有叙事性质的都市故事其规模和完整性相比一般的文学性作品肯定还是要少一点意味这样的东西。我们可以这样借鉴其文本

---

① 刘像愚：《韦勒克与他的文学理论》，勒内·韦勒克、奥斯汀·沃伦：《文学理论》，江苏教育出版社，2005，第11页。
② 单小曦：《复合符号文学文本及其存在层次》，《文艺理论研究》2014年第4期。

构成划分一般艺术性文本有如下层次：载体层（纸张）、符号层（文字、图片）、符段层（意义单元的建构）、文本层（单篇文稿或广告等）、意义层（超出文本物理构成的层面，相对确定的符号所指或者意义，涉及意识形态类型建构的问题）、意蕴层（这种余味只能是艺术韵味，艺术蕴含的美学层次）。这里将其图像层划为符号层次，在呈现物质形式方面与文字等同，而对非艺术文本则要去掉意蕴层，因为非文学艺术文本类不同于文学艺术文本的概念确定性和事实确定性指向，很难说有何余味层，在文学艺术则往往是只可意会难以言传的审美层面。

对媒体而言，特定媒体的信息传播方式对应着不同的符号形态，而这些不同的符号形态都有自己的内在规定性，这种内在规定性又和人的感觉器官的感受能力密切相关。从符号所蕴含的能指和所指的结构看，能指和所指之间的关系虽然有约定俗成的因素存在，但是一旦在特定的语境则往往变得有所侧重，或者能指的形式超过所指的概念，或者所指的概念内涵是能指所不能蕴含的，这个现象罗兰·巴特关于这个问题称作"值项"。① 譬如，艺术符号如绘画其能指显然会超过所指，使得人愿意回味其特定的形式美学意义；而非艺术符号如文字，则更指向符号的所指，指向事物本身。所以，绘画符号显然会超过文字符号而加强其能指的形式意味。有的艺术文本是时间线性组织起来的，如文学、音乐等，而有的则是空间性符号文本，如绘画、雕塑等。音乐是耳朵听，文字和影像则是视觉符号。这种时间或者空间特征与人的感受器官相互作用。按照马克思的观点，人类所形成的审美感觉器官是人类在长期的进化过程中形成的，带有人类深刻的类本质特征，反映了人这种类存在的特殊的功能存在状态，有音乐感的耳朵和美好的音乐是相互塑造的，艺术正是人类感官的这种本质能力的感性显现。② 但应该承认，这种感觉能力往往是无意识的类感觉，随着时代发展而有所不同，麦克卢汉认为每一种媒介都代表了一种感觉的"价值尺度"。在直接的感官感受和意识中，一个符号中能指强大的文本，其符号的组合段关系往往与艺术性文本相关联，使人相对注重其形式感的塑造，直观力强大；而所指强大的文本其组合段往往意义强大，能指屈从于所指，典型的就是政论片，丰富的能指符号并不具有决定性的意义，其内涵相对顺从于整体的文化意义生产。

这样，跨媒介叙事在两个层面显示出其形式转换的可能性：在符号表意

① 罗兰·巴特：《符号学原理》，中国人民大学出版社，2015，第 38 页。
② 马克思：《1844 年经济学哲学手稿》，人民出版社，2004，第 87 页。

的显性层面，确实更重视文本符号这个层次。如果我们能够更清楚地了解文本的符号学结构层次，那么就有利于研究其跨媒介叙事的转换可能；在媒介感知的隐性层面，则涉及媒介环境对人的感知方式的影响，媒介偏向的问题显然在背后制约着跨媒介叙事的发展，要进行大众传播，显然需要那些有影响力的媒介本身。

四、符号系统转换与社会耦合性的内在机制

随着各种技术的发展，复合符号会增加文本的复杂性形成复合型文本，但作为特定类型的文本总有一种定调符号作为主导，① 因此，这种不同类型的文本构成将会对其信息的跨媒介传播产生重要的影响。

比如，报纸作为文字定调的现代文明媒介，显然跟信息时代的电子媒介不同，其符号层、文本层、文本群（版面）的层面大致可以在电子信息语境中保留下来，但是，复合型文本符号中的文字性质决定了已经不同以往，信息的极大丰富使得符号能指所形成的"能指链"空前强大，具体符号的能指意味和所指的意义自足性之间形成了巨大的张力。如果一个文本没有足够的"自治"能力，在整个信息海洋中保持自足性，那么，这种文本及其所承载的媒介将会受到"他治"的致命制约，失掉自性（即艺术的内在规约性或自律性，过去一般称为文学性或者艺术性的根本），它的意义漂浮效果一定会凸显。② 报纸的情况就是如此，其文字构成的碎片化文本如新闻消息甚至连载小说，那么，其在整个电子信息流中不可避免地具有能指漂浮的性质，很难稳定地保持印刷文明时代的生活节奏和真实自足；即使它存在这样转换的可能性，但是互联网的包容、海量、替代性都已经使得这样的碎片化和真实性显得微不足道。它只能存在于那些相对适应传统生活节奏的地区和人群中，在主流的电子媒介传播系统中，报纸的生存将举步维艰。

从符号的结构性层次看，纸质媒介作为载体层也越来越不适应当下的电子文化语境，"读纸"和"读屏"已经是分属现代文明和后现代文明的两种传播方式，特别是在移动"读屏"时代到来之后，这种世代更替就更加明显；不过，这个时代并非现代印刷文明的产物纸媒要被淘汰，而是说报纸这

① 单小曦：《媒介与文学：媒介文艺学引论》，商务印书馆，2015，第107页。
② 关于艺术文本的自足性问题，即制约和被制约的关系，存在两种力量的斗争，艺术文本的典型特征就是其内在自律能力显然要强过外在分裂力量。参见克罗齐：《美学原理　美学纲要》，人民文学出版社，2008，第206—220页。

种特定纸媒的符号建构方式从本质上已经被替代。换句话说，即使报纸进行数字化或者电子化改变，其版式的要求注定了无法适应互联网时代的超文本化链接的丰富性，何况互联网门户网站基本将报纸的功能一网打尽，其核心的舆论引导功能同样可以在互联网门户网站实现。相比较而言，书籍这种纸媒则会继续存在，因为其符号体系的系统化建构，足以克服掉网络时代的碎片化信息传播对人的整体功能的分裂。这是因为对艺术类而言，"艺术中的符号虽也涉及外在事物，但艺术系统作为一种整体的符号体系，它是留驻在符号自身供人体验的。"① 而其他类型的著作只要具有足够的内在体系性建构，形成强大的意义自足性空间，可以抗衡外界指向的诱惑，就足够生存。因此，书籍和报纸将是完全不同的命运。

相对而言，在互联网语境下影视的情况要好得多，作为艺术类型，其文本层次的自足性不会受到太大影响；而数码技术转换使得其在影视和互联网跨界传播不会产生任何困难。如果说从传统文学经典到影视改编其效果往往差强人意，那不仅是其影视文本没有很好地表现作家的旨意，或者对文本的理解并不太符合时代的艺术精神，而且也可能因为对影像语言和表达限制没有很好地理解的缘故。从符号学的角度看其能指和所指根本不同，其文化意义显然超出了一般具体符号和文本本身，所以其阐释应该需要不同的研究路径。过去我们往往站在文字的角度，将印刷文明的精华文学作品看作主导型媒介传达，因此，用带有偏见的目光轻视其影视改编问题，最经常出现的质疑就是"影视改编是否忠实原著"。从跨媒介叙事的角度看，实际就是要求不同的符号作品达到一个相同的目的和效果，那是不可能的；从文字到影像，是一种符号转换，其所形成的作品是另外的一个文本，这个文本有着自己的内在符号系统的规定性制约，互文性的视角远比改编合适得多。比如，文学擅长的心灵性和情绪性表达、抽象性哲理等问题在影像系统中是难以表达的，而影像的视觉方式主要通过行为、对话、镜像来刻画故事和人物，反映时代。这种影像生产和文字表达有着很大的区别，影像是以连续的符号流冲击人们的视觉神经，其能指和所指合而为一，这种强制性吸收和现场观看的无反思型现象，使得受众沉浸其中；在文学文本的文字阅读的过程中，情况有很大不同，读者可以停下来反思，不像影视难以驻足。文学作品的生产困难在创意和艺术深度，而影视作品的困难在创意和呈现，影视改编和文学作品的相

① 朱立元主编《当代西方文艺理论》，华东师范大学出版社，2001，第249页。

互互译，实际上呈现了不同的文本符号内在的自治性和人的不同感受的关系，这种符号及其体系的内在规约如何同人的生命感受更好地契合，往往就成为跨媒介传播的重要问题。

当我们把跨媒介叙事或者传播看作一种互文性现象，并放置在后现代文化语境之中的时候，就出现了德里达描述的景象："文本不是一个已完成了的文集，不是一本书或书边空白之间存在的内容，而是文字之间互为参照的'痕迹'。因此，阅读绝不是寻找原初意义，理解绝不以作者为中心。以把握原初意义为特征的现代主义的阅读方式和理解方式必须让位于对作品的解构活动。"① 因此，文本的意义被空前解放出来，其阐释的可能路径极其多元。在后结构主义文论中，再也没有真正意义的最终的作品结论，一切都在阐释之中，这是一种永无终结的互文性存在，互联网的出现以及链接技术使得文本的不定性更加凸显。于是，信息泛滥了，但信息的内涵反而可能被遮蔽。

任何一种传播媒介的生存必须以其自身功能和社会需要功能的耦合才能实现，现代互联网传播技术的发展并非要取消以往的媒介或者媒介产品，正如历史表明的那样，往往是融合吸收和发展。媒介研究不可能离开社会研究，媒介技术的发展不可能脱离社会发展的秩序和进程，只有当媒介技术被整合进社会的整体结构当中并被稳定下来的时候，我们的技术变革和社会转型的错位引发的焦虑问题，才会慢慢得到平息。这个时候，媒介技术的重要性已经司空见惯，成为人们日常生活的无意识现象，就像印刷术成为我们印刷文明的基座一样，其凸显只有面临新的技术变革并引发社会转型时才会引人关注。媒介技术变革和社会变革的同步程度，才是决定跨媒介叙事传播的核心要素，而这点涉及的将是主流意识形态的文化再生产，而非相对简单的文本技术层面了。

---

① 雅克·德里达：《论文字学》，译者序，上海译文出版社，2005，第3页。

中国网络文学跨文化
传播成因与现状分析

——以《诡秘之主》为例

◇ 张　元*

　　《诡秘之主》是中国当代网络文学中里程碑式的作品之一，无论站在中国网络文学发展本身而言，还是站在中国网络文学跨文化创作与传播的角度来看，这都是一部载入史册的佳作。得此盛誉，主要即上述两点：作品本身质量过硬，以及对西方文化的取材和再创作。该小说由爱潜水的乌贼创作，表面上看是玄幻小说，实际上是融合了西方古典幻想、克苏鲁神话元素、序列设定、SCP 基金会和众多西方经典文学影视名著的复合型作品。

　　2021 年 9 月 16 日，《诡秘之主》被列入"中国网络文学影响力榜：海外影响力榜"。总的来说，其国内外数据表现力、商业潜力等都有不俗表现，尤其是跨文化传播的个中翘楚，但在海外传播过程中，仍暴露出了诸多问题。这些问题既是《诡秘之主》本身之遭遇，也是中国网络文学的一个缩影，研究出海传播的成因和现状，有利于把握未来中国网络文学的发展方向。

　　中国网络文学发展史，可同软件发展史、网络游戏发展史一样，看作中国互联网发展的一个具体分支。其本身发展与中国互联网行业发展基本同步，即始于 1994 年中国正式接入国际互联网。中国数字时代进程至今仍不足 30 年，但无论是互联网行业整体，抑或是其中的一个分支领域，都已经经历了从接收到出海的多次迭代，始终与时代发展密不可分。中国社会科学院发布的《2020 年度中国网络文学发展报告》称，"中国网文从未脱离当下，各个阶段的作品潮流类型都是时代背景和社会心态的映射。……观照现实的网文

---

　　* 张元：1993 年生，中国香港青年作家、学者。现于澳门科技大学国际学院创意写作专业博士在读，主事现当代华语文学创作，兼事文本观察及理论批评。

作品更成流行趋向。"① 中国早年的网络文学多为修仙、黑帮等题材，取材虽并不单调，但容易出现"同质化"严重的问题。一段时间里，网络文学都是不入流、低俗的代表词，归根结底是其早期发展阶段文学性不足、内容深度不足等原因所致。然而，早期仍有不少佳作留存，尤其是修仙题材领域，为我国网络文学奠定了独特基调，取材自传统文化的武侠、修仙题材与日本阴阳师、忍者题材一样，具有民族性与不可替代性，为中国网络文学中后期的跨文化传播提供了强有力的支持。

以整个中国数字文化领域为例，"不到 30 年的时间里，中国实现了从内容出海到生态模式出海的优化升级，不断推进实现中国数字文艺审美生态模式的成熟运转与大规模海外落地。"② 仅 2019 年一年时间，"中国网络文学出海市场规模达到 4.6 亿元。"次年，良好的市场表现吸引资本入局，同时"宅家经济"兴起，网络文学乘风增长。基于市场表现，腾讯集团早在 2018年就首次提出"新文创"生态概念，即以加快全球布局、打造享誉国际的中国数字文化符号为内在旨归，以 IP 构建运营为核心，链接多元生产主体，优化资源配置，开发影视、文学、动漫、游戏、音乐等多样化审美形态的 IP 跨媒介改编文创产品，接纳动态多样参与，营建立体多维的升级式审美体验。③ 与新文创对应的，正是网络文学"新文类"的发展，新文类形态各异，多种多样。"总体看来，主要包括四种类型，即超文本、多媒体文本、互动文本和机器文本。其在文本内在性质和读者审美体验上也发生了重要嬗变，即在文本性质上，'新文类'从'人工制品'走向'机器诗意'；在审美体验上，则从'意识独占'走向'感觉独占'。"④ 截至 2020 年底，我国网络文学市场作品累积规模存量达到近 2800 万，成功输出海外的优质内容超过 10000部。总体来看，可将中国网络文学出海概括为内容出海与生态出海两种模式：内容出海即平台在海外输出中国网络文学头部作品，依托翻译技术进步与人才吸引，该模式在规模上有了提升；而生态出海则是指平台在海外搭建了整

---

① 中国社会科学院：《2020 年度中国网络文学发展报告》，2021 年 3 月 18 日，http//literature. cssn. cn/wlwhywx_ 2173/202103/t20210317_ 5319242. shtml。

② 陈定家、王青：《中国网络文学与"新文创"生态》，《社会科学辑刊》2022 年第 2 期，第156 页。

③ 陈定家、王青：《中国网络文学与"新文创"生态》，《社会科学辑刊》2022 年第 2 期，第158 页。

④ 韩模永：《从"意识独占"到"感觉独占"——论网络文学"新文类"的存在形态及沉浸式体验的嬗变》，《南京社会科学》2022 年第 4 期，第 115 页。

个原创网络文学生态，包括创作——运营——消费等全链环节，在海外本土签约作者并提供内容输出，吸引海外创作者投入网络文学的产业中。

腾讯在这一领域的实践颇多，出海表现不俗的是其力推的网络小说《魔道祖师》，这是一部由墨香铜臭创作的长篇架空魔幻小说，在东南亚和欧美取得了不俗成绩。其小说改编的影视剧、动画形成了 IP 跨媒体改编的典范。如果说《魔道祖师》等作品是以独特的中国（古典）文化吸引国外读者，《诡秘之主》则走向完全不同的道路。正如梦工厂作品《功夫熊猫》、迪士尼作品《花木兰》一般，纷纷取材自中国，但实际上是借着中国文化的壳讲述了西方价值观的故事。这样的创作模式是《诡秘之主》的明显特质，前言所及，《诡秘之主》本身取材与中国文化毫无联系，作品所含设定和内容皆取自西方经典，但它并非一部彻底西化的作品，而是保留着显著的中式思维、逻辑的特质，让它成为披着西方文化之皮、拥有中国价值内核的作品。显然，这样的复合型作品若能逻辑自洽、剧情有趣，将产生强大的吸引力，作品本身就成为东西方文化融合的典范，同时获得两种文化圈内读者的认可与喜爱。然而，这样的作品对作者实力要求太高，很难实现大规模量产，且文化融合失败之作也数不胜数。因此，在这样的环境下，《诡秘之主》这部作品的存在本身就注定了它会是中国网络文学中跨时代的代表作。

2016 年中国网络文学出海表现已取得不俗成绩，以《盘龙》《斗破苍穹》为代表的男频作品在 Wuxiaworld 上连载，深受欧美读者喜爱。与已经成为国际影响力头部的日本动漫、日本轻小说相比，这些中国网络文学在题材和剧情上显示出特色，对尚未接触过此类作品的欧美读者来说十分新鲜，因此在中国网络文学出海初期，这些作品的成熟度是完全足够的。随着时间推进，任何类型的文学影视作品都可能陷入"同质化"的困境中。以日本动漫和轻小说为例，从 20 世纪 80 年代的机甲热血逐步转为 21 世纪 10 年代的穿越小说，既与国家发展密不可分，也与行业发展本身息息相关。中国网络文学也遭遇了相似困境，即题材的重复与剧情的套路化，正如武侠小说在当年陷入英雄故事的俗套一般，修仙题材也陷入设定与剧情的同质化中。早期网络文学作品由于市场小、作者少，题材重复率低，读者在较少的选择下可以忽略网文本身的逻辑错误、文笔不佳、价值观低俗等问题，彼时的网络文学颇受偏见，部分评论家甚至认为"网络文学算不上是'文学'，最多只能算'准文学'，甚或视之为'非文学'，认为网络写作无门槛，完全是商业利益驱动的结果，因而网络文学充斥铜臭味，而缺少文学性，甚至是粗俗、媚俗、低俗的代名词，是'文字垃圾'"。① 这种观点虽然偏激，但一定程度上切中要害。

随着行业发展，网文作品数量暴增，市场倒逼网文向着精品化、高质量发展。在这样的背景下，《诡秘之主》是一部打破套路的先锋作品。此处的"先锋"并非指它本身提出过分前沿的理论观点，而仅在于它客观上做到了东西方文化融合，并在题材、元素、内容上做到了逻辑自洽与趣味横生，为中国网络文学提供了一条可供探索的新道路。早年出海的中国网络文学靠的是中国特色的仙侠与玄幻，当欧美读者也疲于此类设定时，"化西方文化为己用"的《诡秘之主》成为新的选择。或言之，任何跨文化的复合型作品或许都更可能是这个时代引领潮流的作品，因为它能最大限度兼容不同文化圈的受众，从底层逻辑上扩大市场。尽管《诡秘之主》的完结不尽如人意，总体文笔欠佳，路线生硬，但它独树一帜的风格、严谨的设定、长线的铺垫、逻辑严密的反转，都为这部作品的"封神"地位打下了坚实的基础。

《诡秘之主》取材元素众多，但大致可以抽取为西方古典幻想、克苏鲁神话、序列设定、西方文学影视经典等。克苏鲁神话是以美国作家霍华德·菲利普·洛夫克拉夫特的小说世界为基础，由奥古斯特·威廉·德雷斯整理完善、诸多作者共同创造的架空神话体系。该体系本身不是人类文明自然演化而成的神话，而是以小说为基础的"人造"神话，因此，克苏鲁神话即使在欧美范围也不是主流题材，而是亚文化中的热门题材。而《诡秘之主》整个故事就是从充满克苏鲁神话氛围的穿越中开始的。作为一部幻想题材作品，世界观设定的完整性、逻辑性本身就决定了这部作品的上限。纵观世界之名幻想作品如《哈利·波特》系列、《指环王》系列与无数幻想类日本动漫、单机游戏，都无一不证明世界观设定的重要性。而《诡秘之主》的核心竞争力之一也在于此。从设定上说，《诡秘之主》最吸引人的是其写实风格和严谨丰富的设定，作品内含 22 个序列，每个序列 10 个等级共 220 个名称，每个职业和名称都有不同的特点、战斗属性和战斗方式，不同位阶之间还要相互联系，这样的设定可称之为"战力系统"，常见于日本动漫与游戏参数，若设定失误，将对作品后期展开形成致命打击，导致后期剧情严重崩坏，不符逻辑，角色与剧情、角色与角色之间都形成逻辑矛盾，最终导致作品烂尾。

但《诡秘之主》拥有一个完整的世界观，整套系统都是严谨且不存在破

---

① 欧阳友权：《网络文学亟待建立自己的评价体系和标准》，《社会科学辑刊》2022 年第 2 期，第 162 页。

绽的。如果说世界观是幻想作品的骨架，剧情则是让它生动起来的血肉。没有好的剧情支撑，作品也不是作品，而只是一部设定集。《诡秘之主》对西方古典文学、建筑、历史等都做了细致的再创作，足以显示作者深厚的知识基础。作品总体基调类似于英国维多利亚时代，小说中的建筑、风俗、语言、贸易、阶级生活、经济系统等都贴近中世纪的伦敦，让读者仿佛身临其境，在一个异世界的冒险中沉浸式体验了维多利亚时代的英国风情。对欧美读者而言，这部作品"熟悉又陌生"，熟悉的是作品的设定与细节，仿佛回到中学的历史课，让人难以想象这是一部中国人写的小说，陌生则在于主角的人设与剧情的发展，充满了不同于西方价值观与思维的选择，读起来会有新意。这样看来，《诡秘之主》称得上是一部足够吸引人的作品。

这些复杂的世界观设定，让《诡秘之主》在国内仍被归类为"难以入坑"的作品。设定繁复的小说通常具有一定阅读门槛，常见于经典文学中，典型代表作品为加西亚·马尔克斯的《百年孤独》。读过的人常常惊叹其巧思，无法"入坑"的人则埋怨太过晦涩。当前，爽感仍是网络文学的底色，"如果所有作品都向这条路涌去，则势必出现尼尔·波兹曼所说的'娱乐至死'情况——理性、秩序和逻辑的公共话语日渐被肤浅、无聊、碎片化的娱乐所代替，长此以往，人类将变成娱乐化物种。"① "我们目前处于一种前现代、现代、后现代杂糅的'别现代'社会形态中，网络文学的叙事审美契合了这种语境，这种语境塑造了网络文学的叙事审美特征。在人物塑造上呈现英雄化倾向，且英雄形象体现出多样化、凡俗化的特点，体现出一种后现代娱乐性价值追求、现代个人主义张扬和前现代宗亲伦理观念和儒家基本道德复归的杂糅、复杂而折中的别现代价值导向。"② 而《诡秘之主》的文学性、剧情人设恰好契合了当今时代价值取向，它和同时代的其他优秀网络文学一起将行业带领至新的台阶，对曾经视网络文学为文学垃圾的评论家们作出反抗，这些佳作的诞生标志着网络文学新时代的到来。具体可见《诡秘之主》的主角人设——克莱恩，这是一个相当反套路的人设。早年《盘龙》等中国网络文学出海时，不少欧美读者反映中国的"大男主"较之于日本轻小说的"大男主"更加隐忍、思考问题更全面而非陷入一帆风顺的升级打怪、美人在侧的俗套剧情。而与《盘龙》等早期作品相比，《诡秘之主》连男主也突

① 尼尔·波兹曼：《娱乐至死　童年的消逝》，章艳、吴燕莛译，广西师范大学出版社，2009，第 133 页。
② 禹建湘：《网络文学的别现代审美特征》，《社会科学辑刊》，2022 年第 2 期，第 167 页。

破了"大男主"的常规设定，并不给主人公过分的"主角光环"，也没有为了讨好读者而出现的女性角色，这些都让《诡秘之主》成为网文市场中的一股清流，即不以"福利"为噱头诌媚读者，而是以真正彰显实力的世界观与剧情带领读者进入一个崭新的幻想世界。

《诡秘之主》的主人公克莱恩是一个鲜活的人，与传统英雄故事、幻想故事的完美主人公都不一样，他自私但善良，对现实社会感到愤慨又无奈，却仍选择用微小的力量来作出改变，这与当今时代下被内卷裹挟的年轻人的价值观是不谋而合的。这样一个介于小人物与大人物之间的设定，既让读者觉得并非高不可攀、纯属空谈，又一定程度上振奋读者精神，达到了微妙的平衡。从一点来说，克莱恩之类的角色设定，潜在地吸引了全球众多"克莱恩"式的读者的认同。这样的设定十分讨巧，也为跨文化传播降低了阻碍。

尽管中国网络文学出海势头强劲，但与好莱坞电影、日本动漫、韩国影视相比，仍有相当大的距离。差距主要体现在国际影响力上，而突出的原因之一即产业链的不完善。仅仅是"盗版出海"这一条，就让中国网络文学在2019年蒙受约56.4亿元的损失。业内人士表示，海外取证难度大，正版平台和创作者海外维权成本高等多个因素共同加大了监管难度。中国政法大学知识产权法研究所副所长郑璇玉认为，推动网络文学正版化需要国家层面给予支持，特别是当前行业版权保护工作中面临的中小型盗版网站清理难、侵权投诉质效低，以及海外维权难等诸多困境，都亟待政府主管部门关注和指导。"此外，翻译也成为制约网文出海的一大障碍。《2020中国网络文学蓝皮书》指出，海外网络文学翻译研究严重滞后于现实需求。海外粉丝的自发翻译收入没有保障，机器翻译的质量尚不能令人满意，特别对所在国读者阅读趣味和特点研究不够，一流、热门、最能体现中华文化特色的网文力作传播受限"[①]。

以《诡秘之主》为例，对这样一部世界观复杂、剧情丰富的复合型作品来说，翻译的难度无疑是巨大的，作品专业名词多、表达习惯不同、文化差异大等都可能导致翻译面目全非，给欧美读者造成阅读障碍，从而阻碍作品的传播。例如，在《诡秘之主》第三章第二段中写道，"克莱恩忘记的数量不算多"被翻译为"The amount of content Klein had forgotten considered a lot（克莱恩忘记的数量较多）"。之所以出现截然相反的结论，是因为英语与中

---

① 吴燕霞：《网文出海，浪涛几重?》，《半月谈》2021年第13期，第43页。

文本质上的区别。隶属于印欧语系的英语有许多副词，在句子结构里十分重要，而中文等汉藏语系的语言则不太重视这类词语。

其次，在《诡秘之主》的章节评论里可以发现该作品在翻译过程中由于中英表达习惯不同、词语积累不足导致的理解偏差。由于译者只熟悉一门语言，对另一语音的理解和积累不够，常常出现近义词都采取固定翻译的情况，尽管表达的意思是正确的，却极大地伤害阅读性，使阅读失去趣味，变得机械枯燥。《诡秘之主》引以为傲的世界观设定也常常因为翻译不足而使趣味大打折扣。专有名词、优美的中文比喻经常被翻译得机械、死板，也完全不符合英语的表达习惯，导致欧美读者在阅读时障碍重重。

此外，《诡秘之主》在翻译中也出现了跨文化传播必然出现的问题：文化差异。霍尔（Edward T. Hall）曾将文化分为"高语境文化"（high-context culture）和"低语境文化"（low-context culture）。"在高语境文化中，大多数信息或存在于物质环境中，或内化在人的身上；需要经过编码的、显性的、传输出来的信息却非常之小。"① 在作品里，以克莱恩为代表的人被称为"愚者"，在中国文化中，"愚者"可以指"性格孤僻，喜欢钻牛角尖""不谙人情世事"。愚字本义指性格孤僻，不谙人情世故。可以指常年野居，很少和世人接触的人，现多用于形容词，表示傻的、蠢的，还可用作自称的谦辞。可以看出，虽然"愚"有表示"傻、蠢笨"等贬低的意思，但从本质讲，中国人并不对"愚"的贬义感到很尖锐敏感（并不觉得有强烈的侮辱以至于无法忍受），反而有"大智若愚，盛德若愚"这样的成语。中国文化属于典型的高语境文化，其传播严重依赖于语境。罗素（Bertrand Arthur Wil-liam Rus-sell）曾道："西方人都认为中国人令人费解，城府很深，不可理喻。"但是他话锋一转，说："通过自己在中国工作的经验，发现事实并不是如此。"此处暗含了两种传播逻辑，"一种是中国人不善表达，因而常常令人费解；另一种则是像罗素一样充分了解之后的赞赏"②。

实际上，主人公自称"愚者"正是处于特定剧情之下，尽管该称呼取材自西方塔罗牌（剧情中主人公成立了塔罗会），看似简单易懂，但欧美读者在日常生活中也不会认为"愚者"是一个中性词或带有"大智若愚"意味的褒义词。因取自西方塔罗牌，因此"愚者"翻译为"The Fool"是没问题的，但考虑到角色的心理活动和剧情发展，如此翻译又显得过于直接，并未传递

---

① 爱德华·霍尔：《超越文化》，何道宽译，北京大学出版社，2010，第 82 页。
② 罗素：《中国问题》，秦悦译，学林出版社，1996，第 157 页。

出克莱恩的价值选择，反而容易让欧美读者产生误解。正如明恩溥（Arthur Henderson Smith）按照西方人"直奔主题，直抒己见"的思维习惯，"埋怨中国人喜欢拐弯抹角，并且总是充满着'误解'，即便每个字的意思都得到了充分的领会，由于对细节的忽视，说话人的想法还是不大明确，甚至完全没有表达出来，而'他们善于发现这些误解，并立即加以利用'"①。

对《诡秘之主》这样文学性较高的作品来说，翻译的不足甚至可以算作对作品传播的致命伤。《诡秘之主》对母语为中文的人而言，尚且有阅读门槛，更别提对拿着蹩脚译本的欧美读者了，可能读小说犹如在读学术文献。作家用其语言创造本族文学，世界文学则由译者造就。翻译水平的高低对译本在国外的影响力至关重要。就目前来看，中国网络文学出海尚未形成稳定、完善的翻译团队，在个人水平、成员构成、人员数量上都存在明显短板。中文本身是高语境语言，信息量大，复杂多变，是中国千年文化的外化，同时，中国网络文学作品往往存在大量专业词语，诸如此类的情况都大大增加了翻译难度。值得一提的是，与日本轻小说相同，中国网络文学也存在篇幅过长的问题，小说动辄几百万字，需要翻译人员消耗大量的精力。若团队人手不足，翻译速度势必更加缓慢，在快节奏的时代下，缓慢的生产效率也是一种致命打击，造成读者的大量出走。

据统计，哪怕是 Wuxiaworld 这样头部的中国网络文学翻译网站，也仅有 30 多个翻译团队，部分团队尚且可拥有 7—8 个译者和编辑，部分小团队只有 1 个译者。可想而知，其他翻译网站则更为糟糕。不难看出，中国网络文学的翻译市场上人才非常匮乏，与网络文学积累的存量相比，人才储备杯水车薪。此外，在整个中国网络文学海外传播的大环境下还存在运行团队不足的问题。目前来看，除了 RWX 创建的 Wuxiaworld，侯庆辰、吴文辉、商学松、林庭锋、罗立创建的 Webnovel 以及 Etvolare 创建的 Volare Novels 这些已经走红的网站有较为成熟的管理和运行团队，其余的网站基本都是粉丝自发建立，没有管理和运行。也难怪国内的互联网公司剧透腾讯公司依旧较为保守地选择了内容出海模式。当前，中国网络文学整体的翻译传播机制并不成熟，依然只能按照"作者发文—译者翻译—读者打赏—作者译者获得收益—网站提成"的模式运作。这种运作方式的好处是机械且简单，对人力要求不高，但缺点也相当明显，即缺乏监管和审核。与传统的出版社相比，这些网

---

① 明恩溥：《中国人的气质》，刘文飞、刘晓旸译，译林出版社，2014，第49—52、43—45页。

站没有编辑对译文做修改和调整，译文的质量也无法提高，就常常出现前文所及的质量问题。光是《诡秘之主》中，漏翻、错翻等问题就比比皆是。

尽管中国网络文学出海势头强劲，但与欧美、日韩等国家的影视文艺作品相比，仍存在较大差距。从目前来看，中国网络文学的海外受众较少，受外国主流媒体关注较少，仍属于边缘文化。首先，就受众群体来看，除海外华人，仍以小众爱好者居多，尚未打入主流市场，单靠这些受众群体无法推动整个中国网络文学的大面积传播。其次，影响中国网络文学传播的自身因素是产业链发展的不完善，暂未拥有如好莱坞电影、日本动漫、韩国影视一样完整且高效的产业链，缺乏产业人才，影响翻译水平乃至最终的模式运作，未形成规模效应。据 Wuxiaworld 的创始人 RWX 表示，对他进行采访的媒体仍然是中国媒体，尚未有欧美、日、韩的媒体前来采访，这反映了中国网络文学的规模化效应尚未产生，尽管吸引到部分海外读者，但仍未受到广泛关注和传播，这些都是急需关注与解决的问题。

"动物化"的消费与清高主义的日本

——御宅族文化影响下的轻小说研究

◇ 汤　俏*

一、日本轻小说的发展及现状

　　轻小说起源于日本，顾名思义为"可以轻松阅读的小说"①，目标人群多为青少年，因此和校园文学之间有时也难以区分。由于盛行多年，目前有数据调查反映，其受众年龄层也可以上推至 30~40 岁。读者耳熟能详的作品很多来自角川集团旗下号称"御三家"的电击文库、富士见 Fantasia 文库和角川 Sneaker 文库，后来的 MF 文库 J、Fami 通文库、MediaWorks 文库以及小学馆的 GAGAGA 文库、讲谈社等亦推出不少轻小说作品。轻小说题材类型十分丰富，包括科幻奇幻、校园言情、青春推理、悬疑恐怖、历史架空等多种门类，具有鲜明的商业性和娱乐性。但轻小说以写作特点和受众对象而并非题材区别于其他文学类型，具有特定的阅读群体和外观，② 内在风格也多以口语化的描写、大量的对话以及心理独白为文体特征。此外，还有非常重要并且独具标识性的一点，就是轻小说与动画、漫画以及电子游戏之间的紧密联系和互相转化，使得轻小说自诞生之初便脱不开青少年亚文化的范畴。

　　轻小说目前并未获得公认的准确定义，出版社之间由于竞争因素对其起源说法也不尽一致：一说发源于 1975 年朝日 Sonorama 文库创刊，以《宇宙战舰大和号》的发行为标志，一说始自 1977 年新井素子、冰室冴子等青少年作家在文坛崭露头角。虽然有人试图追溯轻小说与日本古典文学之间的精神基因，但溯源至 20 世纪 70 年代中后期是业内比较通行的做法。不过，彼时

---

　　* 汤俏：博士，中国社会科学院文学研究所副研究员，主要研究领域为海外华文文学、网络文学。

　　① 为与受其影响而本土化创作的中国轻小说区别，有时简称为"日轻"，或被称"文库小说"。

　　② 轻小说在形式上有着比较容易辨认的特征，例如多有动漫风格的封面及插画、A6 左右大小的文库本版式、封面上出版社的界定标识以及多卷本连载的系列化出版模式，等等。

轻小说尚未形成气候，大多集中于科幻题材。1982 年出现的田中芳树的"太空歌剧式小说"《银河英雄传说》，延续科幻小说路径，1983 年菊地秀行的《吸血鬼猎人 D》则可以视作西方奇幻小说在日本本土化的开端，就此将轻小说导向科幻和奇幻并行发展的道路。20 世纪 90 年代是轻小说发展史上的重要转折期，超现实的幻想题材的创作达到高潮，涌现出《罗德斯岛战记》《秀逗魔导士》《十二国记》等一批经典作品。同时轻小说的内部发展也悄然出现分化，从表现宏大厚重的命题转向轻松、娱乐而小清新的风格，初步体现"轻"的追求，"轻小说"缘此得名。① 进入 21 世纪以后，轻小说因应互联网技术之飞速发展而与动漫、漫画、电子游戏等实现了广泛的跨媒介联动，深度整合进日本"ACGN"文化，成为产业链的重要源头之一，由此进入高速发展的繁荣期，题材更加现代化、类型化，科幻题材和校园题材、世界系与日常系、后宫向和机战向等各种门类全面开花。这一时期谷川流的《凉宫春日》、野村美月的《文学少女》、冲方丁的《壳中少女》、樱庭一树的《Gosick》《我的男人》、高桥弥七郎的《灼眼的夏娜》、山口升的《零之使魔》、西尾维新的《戏言》《物语》系列等标杆性作品出版流行，进入井喷式暴发期并越境风靡，与中国网络文学互相影响。

　　日本其实并没有"网络文学"的提法，很多轻小说是由出版社策划选题，但作者也常常会先在一些网站或论坛免费连载，由此获得出版社关注，似乎是介于传统纸媒出版物和网络文化之间的一种形态。《冰菓》的作者米泽穗信在大学文学系就读期间就开始在网络上发表作品，奈须蘑菇的《空之境界》1998 年起便连载于"竹帚"网站。随着在线阅读和移动阅读逐渐普及，也不乏放弃纸质出版直接全文刊载于网络上的情况。轻小说的构思和创作过程、题材及类型化发展、跨媒介的交互性和产业链发展模式，都和中国网络文学有着高度的相似性和相近的血缘关系。② 这种和网络新媒介之间密不可分的联系使得轻小说深受青年亚文化影响，在日本，青年亚文化的主流人群即是"御宅一族"。

---

　　① 当时很多出版社都打算在一个名为 Nifty-Serve 的幻想论坛上设立专门面向青年的版块。为与其他类别的作品区分开来，该版块的网络管理员神北惠太提出以"轻小说"（light novel）这一和制英语来命名这种新的文学类型。

　　② 轻小说初现市场便是缘于出版社的某种销售策略，文库本的便携性、多卷本的连载模式和小说内容一起保证了轻小说高效便捷、易于消费的特点。轻小说和中国网络文学同作为与互联网技术和媒介有着密切亲缘关系的文学类型，均兼具文学和商业的双重属性，其娱乐性、开放性和交互性等新媒体文学的特征表现得十分明显。

二、御宅文化与轻小说核心属性

"御宅族"首次在正式出版物中被用来指称亚文化狂热爱好者，是在日本社会评论家中森明夫1983年6月至12月连载于杂志《漫画布力克》的文章《"御宅"的研究》中。而被称为"御宅系文化研究第一把交椅"的日本学者东浩纪（1971—）则在其著作《动物化的后现代——御宅族如何影响日本社会》中定义御宅族为"和漫画、卡通动画、电玩游戏、个人电脑、科幻（SF）、特摄片、公仔模型相互之间有着深刻联结、沉溺在次文化里的一群人的总称"①，并且将这一群人的次文化称之为"御宅族系文化"。作为热衷于某样事物而沉迷其中的群体，虽说热衷的对象各不相同，但以ACGN为中心的"二次元"群体仍然占绝对主流。东浩纪甚至断言："从只有电脑通信的20世纪80年代开始直到现在，日本网络文化的基础，是由御宅族们所建构的。"（《动》：11）伴随着新媒体技术的不断成熟和普及，二次元审美蔚然成风，其核心是"由互联网的虚拟属性与青春的特质共谋的一种世界观"②。御宅族正是互联网技术变革与青春乌托邦意识交互作用的结果。而轻小说的一系列核心属性则是御宅族系文化在文学上的表现。

（一）"萌要素"、人设与世界观

今天我们对"萌"这个词已经耳熟能详、习焉不察。实际上，"萌"在日本最早出现于20世纪80年代末期，一度成为年度流行语，它源于御宅文化，意指"对漫画、动画、电玩游戏等的主角或偶像所产生的虚构欲望"（《动》：75）。在御宅族系文化里，"萌"确实具有"卡哇伊"这种类似"可爱"的含义，但并不必然地或仅限于表示可爱的范畴。我们在轻小说或动漫、游戏中常见的特定着装风格③、口头禅（如句尾带"喵"等）或独具特色的性格特征，甚至是诸如"不治之症""前世宿命""天涯孤女"等特定背景设定，又或"提出不可思议的谜团""出乎意料地解决"等情节布局，都可归为东浩纪称之为"萌要素"的范畴。东浩纪认为，图像化、符号化的

---

① 东浩纪：《动物化的后现代——御宅族如何影响日本社会》，褚炫初译，台湾大鸿艺术有限公司，2012，第10页。后文出自同一著作的引文，将随文标出该著作名称首字和引文出处页码，不再另注。

② 白烨：《"二次元审美"对传统文化构成挑战?》，《人民日报（海外版）》2015年10月21日第8版。

③ 如水手服配上灯笼裤、滚着荷叶边的女仆装、白色或虎斑猫耳帽，特定的发型比如触角般的翘发、双马尾、黑色长直发，体型上特定的曲线。

萌要素的组群覆盖了以秋叶原、新宿等为代表的整个御宅族系文化，他将这些萌要素的聚合组群称之为"数据库"（或译为"资料库"），其实质是"一整套虚拟化、数据库化的欲望符号"①，并不专属于某一类型也不受限于固定形式，还可以因不同的类型和群体发生相应的转移和变形。例如在米泽穗信的青春推理小说《冰菓》中，主人公折木奉太郎思考时习惯捏额前发这样的小动作、福部里志的口头禅"数据库不能得出结论"、伊原摩耶花性格与外表的反差等，都可以成为萌要素。正是在这种"萌化"叙事里，读者或受众可以感受到强烈的虚拟游戏感和轻松愉快的审美体验。

轻小说中的人物都带有不同程度的萌属性，即从这一整套虚拟化、符号化的数据库中抽取出来一个或多个萌要素组合、拼贴后投射于角色身上——这里用"角色"来代替"人物"可能会更准确。所谓角色，就是这一连串萌要素创造性叠加的聚合体。读者只要看到这些萌要素，就能依此预测后续的人物性格和行为方式乃至故事的发展走向。这是因为在御宅族的萌化审美意识中，作品和受众已经建立起某种接受模式和发展路径，特定的角色外观、语言习惯和人物性格、行为模式乃至特定的桥段和情节变化都是一一对应、互相依赖的。当然，这种依赖是随着轻小说在不同发展阶段的变化和转向，经由叙述者和读者互相规训的漫长过程逐渐形成的，这种倾向在 21 世纪表现得更为明显。轻小说的作家和读者共享着二战后日本大众流行文化的氛围，拥有同一个想象力环境。聚合了符号化特征的角色并不必然依靠原著故事环境的内在必然性和整合性，可以跳出原著文本获得独立的行为逻辑和叙事模式，单独流通于不同的设定和世界，然而仍然可以作为同一人物来描写，而读者不但能和这种角色的超叙事性形成共识，还能发挥角色的叙事潜力进行二次创作或粉丝活动。东浩纪称其为角色的自律化和公共财产化。"人设"就是作者塑造和构筑角色时一系列萌要素的创造性叠加，这一概念可以和传统文学中的"人物"相对应，但又悄然"呈现出一系列虽不易察觉却堪称断裂性的变化"②。在轻小说的介绍中，关于角色类型即人设的介绍的重要性往往比故事介绍大得多。高桥弥七郎《灼眼的夏娜》中因为夏娜这一角色的"傲娇"人设掀起"萌"文化热潮，甚至一度掀起配音演员"钉宫理惠热"，

---

① 高寒凝：《网络文学人物塑造手法的新变革——以"清穿文"主人公的"人设化"为例》，《当代文坛》2020 年第 6 期，第 55 页。

② 高寒凝：《网络文学人物塑造手法的新变革——以"清穿文"主人公的"人设化"为例》，《当代文坛》2020 年第 6 期，第 55 页。

这类案例并不鲜见。而故事平平无奇、角色却人气爆棚的现象也时有发生。日本学者新城认为，在轻小说中角色的性质是优先于剧本（文本）的，轻小说与其说是故事的载体，不如说是角色的载体。东浩纪则更是旗帜鲜明地指出，轻小说的本质存在于萌要素数据库之中，是一种将萌要素数据库作为想象力环境来书写的小说，如果对应传统叙事中的典型环境而论，这里的萌要素数据库可以说是一种基于亚文化记忆的人工环境。

轻小说"世界观"设定的世界大都并非现实主义作品中对自然社会的模拟，而是对虚构的写生，具有某种自然界之外的超验性。作者一般都会在作品中设定一个与现实世界相对立的"异世界"，这个世界有其独特的时空场域和生存法则，作者会在自己从现实世界获得的材料基础上按照一整套特定、虚拟的逻辑对其进行筛选、变形或者重组。比如川原砾的《刀剑神域》就是结合了游戏和现实的虚拟世界，人物角色都遵循这个世界的总体框架行动。支仓冻砂在《狼与香辛料》中则为角色架构了一个欧洲大陆的设定，但又不同于其他奇幻小说的设定，其落脚点不在"剑与魔法"而在于商业，作者进行了一系列国家和地理、都市和村庄、货币和宗教等相关的设定。奈须蘑菇和武内崇在《Fate/Stay Night》中合力塑造了一个"型月世界"，其架构基本源于《圣经》和各国史诗神话，在《空之境界》中则有受到西方神秘学影响的"根源漩涡"等设定。常见的还有包含宇宙战争、机甲、外星人、吸血鬼、超能力者等元素的设定，而这些设定常常又自成一体，在同一个作家那里会倾向于将自己不同序列的作品置于同一世界观中。可以说，萌要素、角色、人设和世界观在轻小说中是彼此关联、层层升级最后集大成于整个"数据库式写作"的。

（二）"羁绊"与"世界系"

轻小说的发展源流可归为超现实主义的"少年向"和浪漫主义的"少女向"两类，大多表现少男少女间的各种"羁绊"①。羁绊常指向爱情但又不限于爱情，理想的友情、亲情，哪怕是微妙、模糊、难以准确描述的依恋之情都可包括在内，它强调的是生命之间那种独特、私密、必然存在、可互相捆绑的情感联系，而这种情感联结又因某种"因缘的纽带"或"世界之意志"的缘故，带上了"唯一"的命运感和使命感。这种羁绊在新海诚的电影《你

① 日文"绊"不同于中文表达中的含义，更多用来强调不忍断绝、弥足珍贵的正面情绪价值，ACGN 文化中常以这种情感联结来对抗作品世界观中呈现的残酷与冰冷。参见邵燕君、王玉玉主编《破壁书：网络文化关键词》，生活·读书·新知三联书店，2018，第 39 页。

的名字》及同名轻小说中得到了十分典型的表现。生活在乡下小町的女高中生宫水三叶和生活在东京的男高中生立花泷因缘际会在梦中交换了彼此的身体，以对方的角度体验不同的人生。故事不仅因这种彼此捆绑的情感联系感人至深，故事中超越爱情、跨越时空"拯救死于陨石坠落的少女"的设定更是带来超自然的震撼。千年一遇的彗星降临、可以拆开时空维度的"产灵"、非日非夜万物模糊的黄昏、不可替代的"唯一之人"……种种末世因缘附着强烈命运之感的设定都是搭建世界观的元素，其目的是"凸显'羁绊'的唯一性、奇异性和不可替代性"①，使之成为能够触动人心的情感力量。《新世纪福音战士》中EVA零号机的专属驾驶员绫波丽原本是个冷酷无情的克隆人和灵魂容器，神格觉醒后获得了人类感知温暖的能力，表示自己之所以战斗是源于大家的羁绊。人物内心自我的觉醒与建立羁绊的过程同步，可见恋爱并非设定的关键，而在于"通过某种'羁绊'与另一个生命捆绑并由此获得存在的实感，这也恰是'世界系'作品诞生背后的心理机制"②。

轻小说中人与世界之间往往存在"日常系"和"世界系"两种故事设定。后者将主要人物的命运直接和世界的终结和拯救等这类宏大主题联系在一起，往往抽空其他一切可能相关的政治、经济、文化或社会等因素。一般认为，世界系开篇之作是上远野浩平的《不吉波普不笑》，而时雨泽惠一的《奇诺之旅》可以视为代表作之一。在世界系作品中，肩负拯救世界使命的少年通常具有懵懂、优柔或迷茫、孤独等较为弱势的人设，而美少女则极有可能从天而降、改变少年的生活状态甚至命运。川原砾的《刀剑神域》将男女主角置于充满真实感的游戏设定里，男主角桐谷和人在和女主人公结城明日奈一起出生入死的战斗中逐渐填补内心的空缺，重拾对生活的信心。西尾维新的《伪物语》中男主人公阿良良木历则既享有和女主人公战场原黑仪的爱情，又表达出对八九寺真宵的喜爱之情，这类描述男主角和多个女主角情感羁绊的故事设定也不少见。这些故事里的"美少女"其实并不指向物质意义上的人，而是指向多条时间线并行的叙事方式，可以理解为御宅族们在现实生活中无法实现的愿望之投射，即体验人生的无数种可能。这种充满游戏感的诉求有点类似中国网络文学中的重生类型。

---

① 高寒凝、林品、王玉玊、郑熙青、邵燕君：《唯有"羁绊"让你我拥有"共享时间"——关于新海诚〈你的名字〉及"二次元"文化的讨论》，《花城》2017年第2期，第203页。

② 高寒凝、林品、王玉玊、郑熙青、邵燕君：《唯有"羁绊"让你我拥有"共享时间"——关于新海诚〈你的名字〉及"二次元"文化的讨论》，《花城》2017年第2期，第203页。

不过，轻小说作品中世界系与日常系并非截然分开的，尤其是随着宏大叙事的凋零，校园、恋爱这类日常系作品增多，轻小说中更常见的设定是在日常生活中直面非日常现象，谷川流的《凉宫春日》系列讲的就是少女凉宫春日厌倦了平淡的日常生活，在学校寻找超能力者并结成 SOS 社团的历险故事，但是这个世界竟然全凭着凉宫春日的意志改变，只要她有意愿，任何超自然的想象都能实现。

三、御宅族如何影响轻小说

（一）美国"包装盒"下的日本"软糖"

冈田斗司夫在《御宅族学入门》中提出御宅族是日本文化的正统继承人。东浩纪则认为，美国文化也是御宅族系文化的源流之一，这是因为"御宅族系文化存在的背后，是叫作战败的心灵外伤，隐藏着日本人决定性地失去了传统自我认同的残酷事实"（《动》：28）。二战后的日本社会经历了巨大的文化断层，随后又因为经济高速增长达到世界顶点，其大众文化受到后现代浪潮中美国消费主义的影响，呈现出与泡沫经济发生之前的某种自恋情结并存的情况，由此生发的漂浮感和甜美的自恋因素相混杂，再佐以互联网技术发展和资本力量入驻，就构成了御宅族系文化的因子。所以，东浩纪认为："御宅族的确是江户文化的继承者也说不定，但是这两者之间绝对不是连续着的。在御宅族与日本之间，还夹着美国。"（《动》：23）

日本的动画、科幻、游戏、轻小说以及相关的流行文化，尤其是其中包括特摄等在内的核心技术成分，大多源自二战后 20 世纪 50 年代至 70 年代的美国亚文化。无论是以手冢治虫为代表的第一代日本动漫，还是《宇宙战舰大和号》《机动战士高达》《幻魔大战》等前轻小说时代作品中的特效、科幻等设计，都能明显地看出对迪士尼与费雪兄弟那一脉美国好莱坞系动画的传承。而作品中承继的传统日本构图与节奏乃至世界观设定则将其推向独特的御宅族系美学风格，从宫崎骏到新海诚其实就是这样一个美国元素和日本文化逐渐融合的本土化过程。轻小说同样不能只被视为日本民间故事的延长线，而是杂糅着日本品味、科技与魔幻想象力的复合体。这是因为："在御宅族系文化的底层，潜藏着一股复杂的欲望，就是利用美国生产的原料，重新塑造战败后曾失去的美好日本。"（《动》：26）东浩纪借用法国哲学家科耶夫的说法，即"动物化的美国社会"和"清高主义的日本社会"① 的混杂来形容这种状况。来自日本民俗故事却拥有超能力的鬼或者雪女，穿着日本和服却拿着魔法棒、念着占星术的巫女，坐着太空船的外星人又或生化机械人，这些融合了美国科幻元素的形象在轻小说和动漫作品中俯拾皆是。比如西尾维新的《物语》系列中就保存了很多日本的民俗文化和民间传说，甚至小说的每个章节副标题都是由少女和民间怪谈中妖怪的名字组合而成。而西尾维新这个笔名本身就是前后对称的回文，这与作家本人在写作中娴熟地利用日语特点，且热衷于押韵、奇名、双关、暗号等文字游戏的语言风格是相互呼应的。绿川幸的《夏目友人帐》集合了各种具有典型日本民间风格的妖怪，其中少女形象也大都沉默寡言、扑朔迷离，炫目、魔幻的故事载体却始终呈现出一种苍白、单薄而又温馨的奇异画风，萦绕不息的是日本民族与生俱来的空灵和淡漠的哀伤。

御宅族文化影响下的轻小说也就因此具有了多元文化的特点，在接受美国消费主义文化影响的同时，其深层实际上仍保有日本传统文化中的某些审美特征和文化心理。东浩纪也指出，"御宅族重视'志趣'的解读更甚于作品中的讯息，这种感性与江户时代的'粹'有直接的联结"（《动》：19），具体到作品中则可以说是 20 世纪的后现代文化，与带有江户日本语境下"近世性"特征的市井生活空间中的庶民文化相混合的结合体。当一贯沉静淡漠、清冷如霜的绫波丽平静无波的脸上倏然露出冰雪般澄澈空灵的微笑时，她的眉间眼角却仍有忧伤难掩。这种设定的内核正和日本人热爱樱花"倏然飘落之果敢"、欣赏"死如秋叶之静美"的精神契合，是日本传统文化中"物哀"审美情趣的体现。此后不仅绫波丽的微笑成为难以超越的经典符号，也为轻小说开创了寡言少语、缺乏表情和情感波动的"三无少女"人设先河，谷川流《凉宫春日》中的长门有希、鸭栖旱桐《舍子花》中的片雾麻衣等都是这类形象。另一反证的例子是，西尾维新在其《化物语》中对日本传统优秀女性形象"大和抚子"反其道用之，塑造了一个完全不具备任何优点的"千石抚子"，这种颠覆传统形象、故意设置反差萌的操作却成就了独特

---

① 所谓"清高主义"，就是无任何实质理由去否定身处的环境，依旧"按照形式化的价值"这样的行为模式去否定它。冈田斗司夫在《御宅族学入门》中指出，"御宅族感性的核心，是由'即使知道是骗人的，还可以真心被感动'的距离感所支撑的"，他认为御宅族的感性正是由实质上的无意义、将形式上的价值、"志趣"抽离而成立。御宅族们一方面熟知御宅族系作品的价值与模式，另一方面却又把志趣从中抽离，不过这不是为了认同作品的内涵，或是要介入社会活动，而是想确认身为纯粹的旁观者的自己罢了。（《动》：104—105）

的风格，反而让这一形象在一众轻小说作品中脱颖而出。这种混杂着执着与抗拒的自相矛盾可以说代表着御宅族系文化在此阶段过渡和分裂的两种倾向。如今其实很难泾渭分明地分辨轻小说所受美国文化或是日本本土元素的影响。若风用"美国包装盒下的日本软糖"评价动画《大欺诈师》，认为作品将日式思维和价值观套用于外国人角色身上，质疑基于这样的角色或人设而建立的世界观，真的能让日本动画人在讲好日本故事的同时交出一个世界性命题的优秀答卷吗?① 若将这一判断和疑问挪用至御宅文化影响下的轻小说，倒是同样贴切。

（二）"故事与马克杯是同等级商品"

全球化进程中后现代思想浪潮席卷现代工业社会，技术的发展和经济的进步深刻改变着当代文化症候和意识形态想象，表现之一是文化生产和消费机制越来越类似于工业生产流程，符号消费在全球互联网中日渐勃兴。法兰克福学派将这一文化生产方式称为标准化、齐一化或程式化的流程，突出特征就是文化变得越来越世俗化、商业化和均质化。媒介技术的进步使批量生产和大规模复制成为可能，源源不断地供应着消费快感和虚幻的幸福感，产品精神价值也因此转换为商品并且在交换过程中经由偶像化手段实现了最大限度的价值增值。

"青年亚文化"正是伴随着这一进程出现并且获得相对稳定的人群区分和文化内涵，这种亚文化群体在数字化媒介语境下呈现出趋同和混杂的状态。具体到御宅族系文化则表现为复制技术时代的到来带来宏大叙事的凋零和拟像增殖的全面化，他们不再需要深层的大叙事，只单纯追求自己青睐的萌要素出现在自己喜爱的作品里，世界在他们那里被还原成物质的动物性存在。所谓的"动物性"也是东浩纪用来形容御宅族的社交性用语，指在数字媒介和资本主义语境下，人们像动物一般只有需求并且可以无须依赖任何他者的介入，瞬间且机械化地得到满足。同时，互联网作为一种技术中介将在线世界延伸到离线世界，经由二次创作，将作品中的种种萌要素进行阅读、转换、再制作以及贩卖，并最终在连锁的模仿之中达到循环消费。御宅族系文化当中充满着这种二次创作，不论是在线交流还是在面对面的语境中，他们真正消费的不是故事，而是作品中的设定和世界观，即从故事消费走向数据库消费。

----

① 若风：《被称为7月最强黑马番，但它或许并没有那么"神"》，微信公众号《动画学术趴》2020年10月20日。

由于御宅族共享一套虚拟化和符号化的萌要素数据库，其人设又可脱离原著环境独立存在，各种二次创作、同人活动，不同文化形式之间的复制、模拟或改编，ACGN 之间的跨媒介联动及周边商品化和关联作品的开发等，都使得在轻小说的消费者看来，无论是画面还是故事情节抑或诸如马克杯、公仔一类的衍生产品，其深层看来都不过是无意义的片段的集合（《动》：66）。正如鲍德里亚的拟像理论指出的那样，媒介作用于人的眼睛和大脑认知，拟像是真实的更高阶段即媒体操控下的符码所组成的"超真实"世界。既然拟像与真实之间的界限已经消失，原创和复制间的区别也因此消失。主角的命运可以在游戏化和同人志创作中获得复数的选择，读者或玩家在虚拟中拥有了体验多种命运的可能，且可将个人情感投入作品所提供的二次元世界中。御宅族的消费行为具有典型的后现代性状，人们的消费并不一定是基于实际需要的行为，而是满足欲望、获取愉悦的手段，甚至其本身就是意义所在。轻小说作品及其角色、人设和世界观经过不断拟像化和增殖，都可以不停被消费，与这种文艺形式高度匹配的数字化媒介和资本环境带来发达的电子商务、在线娱乐、物流配送和通信之间的便捷，使得"独自沉迷与趣缘社交共同构成了'宅'的一体两面"[1]。共享交流符码和语境的趣缘社交兼具包容性和排他性，互联网提供的超强互动性和文化参与性使得青年在熟练操作技术的同时获得情感释放和共鸣，开放的自我身份建构和自我性色彩的"亚文化"身份认同成为可能。

轻小说作为产业链的源头 IP 之一，极大地拓展了文化产业的空间，青年亚文化的符号通过商品转化和分售过程推进文化生产实践。无论是线上的同人创作还是线下的趣缘认同，拟像化的虚构都能令御宅们获得和现实生活同等"真实"的感受。富野由悠季的《机动战士高达》自问世以来已成为日本动画作品中人气和盈利都超高的系列之一，不论内容如何，"高达"这一自律性符号都可以席卷包括公仔模型、海报周边等商品市场而产生巨大经济效益。这种强大的动力来自御宅族通过占有对象的摹本或复制品来占有对象的强烈愿望，因此说在御宅族那里故事与马克杯没有谁更重要，都是能够唤起"萌"欲望的同等级商品和搭建世界观、构建身份认同的元素。

（三）从故事到角色，从再现到疗愈，从抵抗到消费

青年亚文化繁荣现象的背后往往隐藏着青少年对整个社会和文化的看法

---

[1]　林品：《"有爱的羁绊"——"二次元宅文化"单元导读》，《文艺理论与批评》2018 年第 5 期，第 129 页。

和态度。轻小说在 21 世纪以来的转向，昭示着读者尤其是年轻人在阅读方式上的变化，即从对"故事"的追求转向对"角色"的追求，而文学的功能由从前纯文学中对现实的再现和启蒙，变成构建感情共同体的依据。无论是经济上的压力还是现代科技发达所带来的孤独感和焦虑感，都使得以青少年为主流的御宅族们感觉到在固定化的社会中很难确证自我的位置和扮演的角色，难以打开未来的局面。细腻地展示内心的私小说或节奏缓慢的俳句这类纯文学已不能适应他们精神上的需求，而轻小说这种轻松愉快、新奇冒险的文学类型能给读者带来更多精神上的愉悦。当御宅族所钟爱的萌要素出现在作品中时，情感上的自我宣泄、释放和共鸣成为现实，内心感到被疗愈或救治。①

比如对同时作为轻小说作家和游戏脚本作家的奈须蘑菇，他的读者大概不会刻意区分二者间的重叠，而轻小说界也开始留意这类有望迅速成为主力作者的游戏脚本家。这种"游戏般的小说"可视为轻小说中内容指向型媒体与交流指向型媒体交叉相融的抬头，尤其是轻小说文本和游戏脚本之间的互换更为凸显这种消费需求，而最终落脚点是和角色建立羁绊，获得情感满足。通过从线上阅读到线下二次创作、同人活动等亚文化社群的社交，御宅族们在消费作品的同时也共享着同一套角色、世界观和数据库，确证自我以及在群体中所处的位置。对御宅族来说，通过故事获得真实感很重要，而角色同等重要，同样能提供真实感和认同感。反映到轻小说创作上，可以看到确证自身存在的困境和自我成长成为很多作品的重要主题。奈须蘑菇《空之境界》中荒耶宗莲与黑桐干也的对立不在于"非常与平常、理想和现实……而是在面对真实世界与真实自我时，选择了两种不同的态度和道路而产生的对立冲突"②。菊地秀行评价小说传达出来的是"强烈的孤独"和"对他人的拒绝"③。当年轻人在阅读中捕捉到这些元素，便能和自己内心的孤独、拒绝、对立、冲突产生强烈的共鸣，感觉到自己也成为无法容忍虚伪世界、在自我探寻中果敢地奋起反抗的"荒耶颗粒"，在这样的共情与释放中建立起自我与他人的羁绊，其群体中的位置也因此得到确认。

由于数字化媒介和资本力量的合力驱动，青年亚文化和娱乐产业及流行文化紧密结合，在收编和反收编的状态中不断摇摆，不再如过去伯明翰学派

---

① 千野拓政、吴岚：《文学的"疗救"、纯文学、轻小说》，《中国图书评论》2013 第 7 期，第 27 页。
② 奈须蘑菇：《空之境界》（下），郑翠婷译，人民文学出版社，2019，第 327 页。
③ 奈须蘑菇：《空之境界》（中），郑翠婷译，人民文学出版社，2019，第 314 页。

研究所显示的那样以抵抗和越界对抗霸权。御宅族不但消费还生产着文化产品，通过线上同人志、翻译和制作字幕、收集分类建立数据库，以及线下角色扮演、组织协会俱乐部等趣缘社交，积极参与跨媒介和多媒体文化产品的解读和塑造，以消费主义行为消解文化反抗的使命意义，同步获取能动性和满足感，表现出强烈的"参与式文化"① 特点，宏大叙事悄然置换为少男少女之间的情感羁绊。田中芳树《银河英雄传说》里那种"我们的征途是星辰大海"般辽阔而宏远的"世界系"情怀，逐渐转向为《我的朋友很少》《我的青春恋爱物语果然有问题》《电波女与青春男》等这类"残念系"② 青春恋爱喜剧中对理想亲密关系的探索。即使轻小说阵营中仍然不乏像《你的名字》这一类将世界末日与个人命运直接而狭窄勾连的作品，其落脚点仍然是以"命中注定"的羁绊感来投射现代都市里御宅族对孤独的体认和慰藉。

轻小说在 21 世纪以来的发展路径表现为从再现现实转向虚拟现实，从太空歌剧式的宏大叙事追求转向提取萌要素进行角色和世界观设定的"数据库式写作"。作者在创作的过程中则以简单明快甚至是吐槽式的对话体和动漫风格的插画置换文字的纵深性，以文字与图形的对应加强与动漫、游戏之间的交融和转换。作品重视虚构大于社会现实，整体呈现出强烈的游戏感和轻松愉快的娱乐消遣倾向。很多轻小说不但从题目和吐槽式的文风就能看出来这种轻小说化的倾向和变化，例如虎虎的《中二病也要谈恋爱》、渡航的《我的青春恋爱物语果然有问题》、伏见司的《我的妹妹哪有这么可爱!》等，故事中的人设也越来越不追求有意义的事情，传达类似并不必然要拼命努力、接受"这样也可以"的自己一类的观念，探讨在人生中偶尔溢出常规和墨守成规哪一种才是"玫瑰色的青春"等诸如此类的主题。同类型的轻小说中这种转向就更为明显，比如小野不由美 1992 年出版的《十二国记》讲述阳子如何历经磨难从一个不谙世事的少女成长为"王"的过程，小说中讨论的关于天道、治国以及人物克服内心的怯懦自我成长的话题，仍然怀有"家国天下"的宏大抱负之感；而雪乃纱衣出版于 2003 年的《彩云国物语》则更多地着眼于女主人公红秀丽和身边的男性们各种微妙的关系变化以及人物性格

---

① 托马斯·拉马尔：《御宅族文化经济——论资本主义与粉丝媒体》，刘丰译，《今天》2010 年第 1 期（春季号），第 19 页。

② 残念系是指 ACGN 作品中描写具有残念属性的主人公或群像的一类，萌属性的一种，简单来说就是外表或第一眼给人的印象和其真正的内在有很大落差，这一反差让人有种很遗憾的感觉。因此残念系萌点也可认为是反差萌的一种。参见日本朝日网，https：//www.ne.jp/asahi/otaphysica/on/column161.htm［2020-11-02］。

发展，虽然同样是架空历史，国族和政事只是如同华美淡远的山水屏风一般作为男女主人公演绎情感所需要的背景存在。

东浩纪将萌要素对御宅文化的功用类比为百忧解或精神科药物，其实意在彰显御宅族群体对轻小说等文化产品从故事到角色、从再现到疗愈、从抵抗到消费的功能转换的历程。村上春树作品的流行和中国网络文学的兴起，都与轻小说的繁荣具有可类比性，体现出青少年脱离严肃文学，回避深刻意义的趋向。虽然过剩的竞争环境导致以轻小说为代表的 ACGN 作品难以避免地出现同质化、套路化的弊端，但正在成为事实的是，因为在文化和数码等领域表现出的强大消费能力，御宅族在日本社会逐渐主流化，轻小说等 ACGN 文化产业也作为国家软实力的象征被纳入"酷日本"计划，逐渐成为日本有意识地进行的国家文化输出战略中的重要部分。当然，这并不是说轻小说就能取代严肃深刻、启示现实世界的纯文学。当下传统文学功能和影响的转向甚或衰退反映出文本阅读方式、读者和文学关系的变化，① 昭示着人与人、人与社会之间的隔阂在种种当代文化症候中的反映。社会变革必然带来文学的转折，对轻小说、动漫等二次元文化的研究或许可为处身变化旋涡中的人们带来思考和启示。

---

① 千野拓政：《东亚诸城市的亚文化与青少年的心理——动漫、轻小说、cosplay 以及村上春树》，《东吴学术》2014 年第 4 期，第 60 页。

网络与马来西亚华文文学的生产与传播

◇ 颜 敏*

　　20 世纪 90 年代末开始，逐渐壮大的网络传媒开始挤压传统媒体，向传播场域的中心入驻。也正是这个时间段，全球性的华文文学网站如新语丝、华夏文摘、橄榄树等①相继建立，网络的即时性、突破时空局限的无限可能性，为华文文学的生产与传播建构了更好的平台，更为某些处在边缘状态的区域华文文学的生存与流播提供了契机。马来西亚华文文学（以下简称马华文学）作为所在国的少数族裔文学，在国家文学内长期得不到认同，在此困境之下，转而向外拓展，向外拓展的主要形式有频繁参与各类跨语境的文学活动、创设全球性华文大奖——花踪文学奖、尝试在港台大陆刊载出版作品等，这些传统传播策略为马华文学赢得了一定影响，并没有让马华文坛满足。20 世纪 90 年代后期开始，随着网络的兴起，一些有着强烈责任感、又熟悉新媒体技术的马来西亚华文作家与研究者开始在网络空间寻找持续发展的动力。如尼葛洛庞帝（Negroponte）在《数字化生存》中所言，网络时代"媒介不再是讯息，它是讯息的化身"②，对文学而言，网络不仅是新的传播方式、新的生存空间，也可能促成文学形态乃至定义的更新。那么，从传统生产与传播方式转向网络生产与传播的马华文学将面临怎样的挑战？是否需要重新定位？本文尝试对网络与马来西亚华文文学生产与传播的关系问题进行探析，期待能对网络时代的中国文学的传播与发展提供借鉴。

---

　　* 颜敏：教授，博士（博士后），惠州学院中文系副主任，暨南大学海外华文文学与华文传媒研究中心研究员。

　　① 此外，还有由世界各地中国学生学者联谊会主办的电子杂志，如美国的《威斯康星大学通讯》《布法罗人》《未名》、澳大利亚的《网上唐人街·文化文学版》、加拿大的《联谊通讯》《红河谷》《窗口》《枫华园》、德国的《真言》、英国的《利兹通讯》、瑞典的《北极光》《隆德华人》、丹麦的《美人鱼》、荷兰的《郁金香》、日本的《东北风》等。

　　② 尼葛洛庞帝：《数字化生存》，胡泳、范海燕译，海南出版社，1997，第 90 页。

一、马华文学网络化与网络马华文学

当我们意识到网络巨大的承载力和可能的高点击率时，将已有文学作品转化为网络形态就成为必然。也就是说，如果不考虑网管、网速等因素的话，文学无疑能够借助网络之便利最大限度地实现跨语境传播的目标。此时，网络充当了纸媒时代的"博物馆、图书馆和阅览室"。马华文学首先就是试图借助网络化，实现在国际华文文坛发出声音的梦想。无数的马华文学人，曾充满热情地做着这一开拓性的工作。他们将在纸质传媒上发表出版的文学作品作数字化处理后上传到网络空间，收藏、整理和陈列各类文学信息，展现马华文学成就；这其实就是网络时代的文学史料收集整理工作。相对新加坡，马华文坛在史料整理方面做的工作起步较晚，直到1998年南方学院着手建设的马华文学馆开始，才有些影响，但南方学院偏处新山，本国读者前往一趟已很艰难，更不用说境外研究者了，网络却不同，它可以跨越地理疆域、容量大、传播速度快，是当下收藏文学史料、拓展文学影响的最佳途径。对此，马华人应该是深以为然，故马华文学网络化不只是随意自发的个人行为，也有组织化的集体行为。成立于1999年的"犀鸟天地"网站，由婆罗洲华文文学协会创建，该网站将《星洲日报》的文学副刊《新月》、《马来西亚日报》的《文苑》副刊、《犀鸟文艺》等传统文学报刊逐年逐期上传，还网罗了其他文学研究资料，视野开阔，史料意识清晰。由马华作家协会在2008年创建的"世界华文作家网"以"世界性"为口号，定期上传其主办电子刊物《马华文学》、收集了近百名马华作家的生平资料、并与50多位马华作家的博客和200多个世界各地华文网站建立了链接，试图打造马华文学的网络航母。2003年上网的"有人部落"由一群马华文坛最为活跃的中青年作家创建，是同名马华文学纸质出版社的一个宣传平台，其链接的作家博客以张贴作家已发表的近作为主，凸显史料价值和先锋意识。作为有着悠久历史的知名杂志，《蕉风》于2000年复刊后开始利用网络进行宣传，除重建杂志自20世纪60年代至今的办刊历史和相关史料之外，也建立了与各类文学研究网站和作家博客的链接。2011年依托拉曼大学中文系建立的马华文学电子图书馆则勾勒出马华文学数字化的宏大蓝图。粗略统计，该电子图书馆已上传了120多名作家的300多本书籍，涉及文学创作、文学评论、文学研究、文艺期刊、文学史料、马华儿童文学、马华亲子文学、马华古典文学、马来西亚华人研究等多个领域。总体来看，着力于建设免费的公共文学资源，是马华文学网络化的共同目标和最大亮点。耗费了大量财力、人力转化而成的电子资料，全都可以在上述网站免费阅读和下载。这种自觉的史料意识和强烈的责任感，也构成了理解马华作家的博客以及相关讨论组、主题论坛的重要线索。在博客日记中，多数作家有意识地将自己的人生印记、近期作品、创作动向和相关文学研究资料整理上传；而论坛如新浪豆瓣组"马华文学组"等则将自己所能搜集的研究资料、文坛消息等转载上传，形成了有关马华文学研究的主题效应。

纸质文学的网络化，是需要一定的技术、人力和经济成本的，要想完整呈现有近百年历史的马华文学全貌，更是难上加难，但无论是学院协会，出版机构还是作家个人，都努力投入，一直在搜集、整理、扫描和上传各种文学史料，这又一次验证了马华文学对马来西亚华族所具有的特别意义，它不仅是文学本身，还是承载了马华人的历史记忆、文化身份等多种意义的符号体系，因此，马华文学的网络化，其实是马华人重建文学历史、修补族群文化记忆的新路径。凭借具备便捷开放等特性的网络传播，他们试图将数代马华人所创造的文学资源打造成具有互文性的整体景观，流播到全世界，在世界范围内对族群的文化身份进行确证。

当马华文学的作者构成、出版形式、作品内容与形式等方面都受到网络媒介特性影响时，网络马华文学就初步形成了。从作者构成来看，熟谙新媒体的网络新生代——1980 年后出生、正处于求学成长阶段的年轻人——崭露头角。按照尼葛洛庞帝的观点，人类的每一代都会比上一代更加数字化。①比起 20 世纪六七十年代出生、业已成名的陈大为、林育龙、黄锦树、黎紫书等中青年作家，网络新生代对网络的适应程度更高、思想和语言 E 化（即电子化），自然成为网络马华文学的生力军，也将成为马华文学的未来。从出版形式来看，在网络上直接张贴、首次发表的模式开始流行。对那些有一定名气的作家，尤其是中年作家而言，他们一般会首选在纸质传媒上刊载作品，之后再上传到网络空间；但对尚未被认可的新一代马华写作者而言，传统纸媒既难以给他们提供足够的机会，也无法满足他们率性随意的上传需要，所以网络就成为他们刊发作品的首要选择。从作品的形式来看，依赖纸质传媒的马华文学，容易受到定期出版、版面容量等因素的限制，不能自由发挥，而网络的海量空间，却给马华作家提供了试验各种体裁和表达方式的足够空

---

① 尼葛洛庞帝：《数字化生存》，胡泳、范海燕译，海南出版社，1997，第 335 页。

间。如 2012 年 9 月创办的"书香居原创小说网站"站长宣称，他是利用业余时间管理网站，只负责技术问题，① 因此，这个文学网站既不限制更新速度，也不限制体裁和长度，甚至也没有审读者，写手们完全可以根据自己的意愿进行各种试验。网站上既有短至几百字的随笔，也有长达 10 万字以上的长篇小说，既有海阔天空的穿越类幻想小说，也有逼真再现的现实主义小说。

　　特别要指出的是，在讯息更为充盈、思想更为多元的新媒介语境下成长的网络新生代，能迅速感应全球正在流行的文学影视潮流并在其创作中留下印记，从而使网络马华文学具备时尚感和跨疆域性，显现出与世界文学同步的开放性发展趋势。如"书香居原创小说网站"的作者以在校学生为主体，从它推出的"校园爱情、侦探推理、科幻小说、武侠世界、仙侠小说、历史军事、灵异恐怖、异世魔幻、都市文化、网游动漫、耽美同人、穿越小说"等类型文学专栏来看，可以清晰地感受到他们的创作与中国大陆及港澳台地区流行的网络小说、热播电影电视之间的互文关系，体现了网络时代区域文学发展的相互影响和趋同效应。

　　马华文学网络化以整理史料、保存传统为主要目标，在此视野下，网络仅被视为一个更大、更方便的容器，与文学观念的变革无关。而网络马华文学的视角则凸显了网络媒介对马华文学的内在影响，敞开了马华文学在网络语境下出现的断裂与变革。两者虽有交集，但其中隐含了截然不同的理解"文学与媒介"问题的思维模式，显然，要深入探讨马华文学的网络传播问题，应以"网络马华文学"立足的思维为出发点。

二、"文学性"弥散的境遇

　　鉴于传媒在文学发展中的重要性，我们不妨以各自依存的媒介类型作为划分马华文学发展阶段的依据，若将依赖纸质传媒（报纸副刊、文学杂志等为主）的马华文学称为传统马华文学，网络马华文学就是一种能与之对话的新的文学形态。自 19 世纪中期马华文学诞生以来，其题材、体裁和风格等特点一直深受文学副刊运作模式的影响，即便在 20 世纪 90 年代也是如此，如通过支持文学论争等议程设置手段，文学副刊促成了马华文学从现实主义到现代主义的范式转移和世代更新。但更重要的是，由于依附报纸的文学副刊具备文学性和新闻性的双重属性，附丽其上的传统马华文学与当时的社会变

---

　　① 《站长的话》，书香居原创小说网站，http：//www.mynovel4u.com/v1/index.php? route＝common/announcement/view_ announcement&id＝4，2012 年 9 月 16 日。

革产生了直接而复杂的纠葛，文学创作和文学论争都离不开文学与社会的关系维度，最终体现出很强的意识形态性。马华文学作为所在国少数族裔文学的弱势地位，更是加剧了这种意识形态情结。相比之下，由于网络特有的弥散性、包容性和多元化倾向，网络马华文学所栖生的语境宽阔了很多，焦点透视转变为散点透视，文学与社会、政治的主要维度被打散，变换为更为多元零散的视角。由此，在网络环境中，马华文学的意识形态情结得到弱化，面临的是"文学性"弥散甚至失落的新境遇。

文学性的弥散，可能有基于不同视角的诸多论述，但在网络环境中，突出表现为"文字受到图像等其他表达形式的压制，文学处在越来越边缘的位置"，马华文学的网络生存中，这种转变开始出现。作家博客是马华文学的重要网络空间，保持了较纯粹的文学性，多属于马华文学网络化的空间，作家们将已经发表的作品，选择性地上传，日积月累，蔚为大观，类似史料整理。但博客特有的影像为主、文字为辅的叙事原则，已经影响了其中文学的位置；一打开这些作家博客的页面，跃于眼前的是大幅的图片，少量的文字。即便我们将图像、音乐和文字表达的结合作为文学表述的新形式，那也与传统的文学观念有很远的距离。另一些作家博客则以自身兴趣为指向，其呈现内容早已超越了文学界限，具有更为驳杂的景观。如"有人部落"的作家博客上有大量谈论音乐、电影、绘画等其他艺术的帖子，还混杂了对各类社会热点问题的热评热议。另一些作家如朵拉等人的博客更为随意，多围绕个人的社会活动、日常生活配发照片、发表言论，文学是淡淡的影子。

如果说网络的多媒介、跨媒介趋势对马华文学的影响还刚刚显现的话，那么，网络对马华文学特有精英立场的影响可能更明显一些。作为马华知识者的心灵史诗，传统马华文学带有强烈的精英性，与商业化运作距离甚远，进入网络时代，仍有不少马华作家坚守这种信念，并试图利用网络来守护、延续文学的原有价值。所谓马华文学的网络化工程正是一种试图经典化马华文学的行为，在网上张贴的多是那些经过选择的、已被传统媒介接纳、具有一定认可度的作品。若考察以网络为原创天地的新生代，情况就有所不同。从"书香居原创小说网站"来看，该网站发表的多数文学作品，显现了注重轻松和时尚的网络文化对年青一代的深刻影响，其写作在形式、题材和思想内涵上所能达到的高度也是流行和时尚所能给予的。他们的写作，有题材上的类型化、情节上的传奇化、表达上的随意化、体裁上的流行化等特点。从创作动机来看，多为游戏心态和宣泄心理，并没有过于严谨、系统的思考。

写作水平也参差不齐，处在比较粗粝的原生态。可以说，网络马华文学推崇的是一种个人化和非专业化的写作模式。在这种写作模式中，自由性必将超越文学性，由此，网络马华文学逐渐偏离了原有的纯文学发展轨道，走向了泛文学的通俗表达。一句话，网络写作所推崇的个性化、非专业性准则对传统马华文学的精英立场是一种解构。如果说马华文学的网络化是在重建文学历史、修补族群文化记忆的话，网络马华文学的游戏化方式则可能使文学在族群的身份重建和记忆存留中所占的分量逐渐减轻，其抗争意味也逐渐消失。有谁会把作者"灵异恐怖"在"书香居原创小说网站"上写的《终结于无限的轮回世界》看成是马华族群的整体寓言呢？它的确是一个孩子以游戏的心态在恣意幻想而已。①

不过，网络语境中，马华文学在面临文学性弥散的境遇的同时，也获得了一种写作上的解放，由此可能形成与传统马华文学不同的发展路径。研究者需对网络时代的马华文学作出重新定义。

三、马华文学作为跨语境交流的媒介

重新定义网络时代的马华文学，可从网络交流所呈现的"自得和分享"两大结果谈起。所谓自得指的是"网络对个人表达和自我释放的保证"。传统媒介存在业已成熟的重重过滤机制，经过编辑人和审查机构的删选，个人的声音会变腔、变调，甚至烙上权力的深深印记。而网络这种新媒体则改变了自上而下的传播机制，将线性规律转化为网状播散，给个人表达留下了技术的空隙，呈现相对清晰的个性痕迹和自我意识。同时，网络又促成了分享意识，这是因为所有的"自言自语"一旦进入网络的互文性空间，就不再是个人的，而是公共的，存在被点击、阅读和复制的可能性。那么，如何定位网络马华文学所获得的自由和所得到的回应呢？

网络马华文学获得的自由首先是表达形式上的。博客写作率性随意、文图音合一的新风格，文学网站上体裁、篇幅不限的自我狂欢，BBS论坛、主题讨论组特有的日常谈话风格，都是网络马华文学的表现特征。但这种表达形式的自由是否必然开拓无疆的思想领域？带来文学创作的繁荣？一些新媒体的观察者们不无忧虑地指出在这类写作中"宏大叙事变成日志式的私人化

---

① 《终结于无限的轮回世界》，书香居原创小说网站，http：//www.mynovel4u.com/v1/index.php？route＝common/book/info&bid＝64，2013年1月1日。

叙事，反映时代/主旋律变为演绎个人琐屑小事"①；倘若网络文学本身就需要重新定义，注定和传统文学分庭抗礼的话，那么，网络文学"远离文学的政治命题，关注个体作为主体的生命空间，表现任性自然的情感心灵"② 的特点就成为其突出的表征优势。显然，网络马华文学就体现了这样的倾向，在率性随意的个人书写中逐渐远离沉重的历史重荷和族群记忆，进入恣意想象的个人空间。虽然部分马华作家不过是将纸质媒介发表的作品粘贴在论坛、博客和网站上，网络是工具性的；但网络世界所特有的便捷、随意，已让他们获取了更多传播与互动的自由。一些文学网站只需注册成功就可以上传作品，博客更是近乎零门槛的网上个人出版形式，只要懂得最简单的文字处理就可以发帖。对马华写作人而言，它所带来的创造力如何，尚待观察，但这种自由会让文学更贴近其本然的使命——言志抒情，从而敞开了定义马华文学的另一种视角。可以说，在网络生存中，马华文学不再以族群文化身份的整体重建为诉求，族群将在网络中被放散成更为具体鲜活的个人，各自寻找心灵皈依、社会交往的新天地。

近几十年来，马华文学虽然也通过出版、通信、学术会议、访学等方式频繁与外界互动，但相对网络公开、多样、便捷的 E 式联系，那由邮局、电话电报和交通工具链接起来的传统互动方式，不过是潮湿阴暗的地下隧道而已。比起纸质媒介主宰的时代，网络马华文学所能得到的回应在范围、速度等层面发生了很大变化。网络不但让本地的马华作家、评论家和出版人有了及时多样的对话通道，更让马华文学进入世界华文网络中接受考验，寻找位置。在线发表的马华文学作品、即刻可被全球读者阅读、评论和转载，其浏览量和点击率之高，是纸质阅读方式难以抵达的。有人不免怀疑，相对知名网站的频繁互动、马华文学的网络互动实在是太小众了。但即便互动范围有限，这种建立在志同道合基础上的小众性交流，由于倾向于精神融汇和思想碰撞，具有具体和直接的对话意味，与纸质传媒时代有距离感和时间差的评论相比，自然更为鲜活有效。

那么，马华文学的网络人气圈是否是传统关系的再现呢？如有人认为，对中国内地的读者而言，马来西亚华文文学进入视野首先有赖于知识背景的

① 陈登报：《论博客文学中的狂欢精神》，《郑州大学学报（哲学社会科学版）》第 41 卷第 4 期，2008 年 7 月，第 152 页。

② 陈登报：《论博客文学中的狂欢精神》，《郑州大学学报（哲学社会科学版）》第 41 卷第 4 期，2008 年 7 月，第 152 页。

建立、人际关系的熟悉，绝大部分网络读者不过是网下读者的化身，仍在圈子之内。我的看法是，网络文学社群的互动会建构出新的身份意识，而不是旧的圈子意识。自愿成为网络马华文学的互动和分享者，无论其起初的动因和背景如何，都将进入一种新的对话关系中。以匿名方式浏览马华文学网站及其作品的读者，未必是国籍、族群、组织的代言人，多以个体形式进入网络空间。如马华文学豆瓣讨论组聚集了不同国籍、年龄和性别的人，其中既有异域的马华研究者，也有本土的马华作家，既有持久关注的常驻代表，也有瞬间转身的观光客。由讨论组成员柠燃发起的"为什么加入这一小组"的话题中，组员们提供了五花八门的答案，有的因为喜欢马来西亚华人，有的想通过马华文学想象远方，有的因曾经去过马来西亚，有的想了解华人在海外如何延续自己的文化，有的想知道华语文学在东南亚的延伸情况，有的因为自己是马来西亚人，当然也有马华文学研究者。① 组员们动机不一、身份"神秘"，但又有共同之处，那就是"他们参加这个讨论组，纯粹是兴趣使然，仅仅代表他们自己"。在讨论组中，虽然彼此并不熟悉，却又能像老朋友一样在这里无拘无束地交流意见和思想；这时，"马华文学"就像"糖果、美国、波希米亚风"这类标签一样，成为汇聚拥有共同兴趣人群的符号，并不必然承担政治和身份认同的使命。这是否意味着，一旦卸掉族群认同的狭隘标示，马华文学更容易成为跨语境交往的有利媒介，以文学特有的情感性和想象性来建构一种温馨的网络社交关系呢？

当然，分享的持续性仍建立在文学自身的魅力之上，马华文学需要具备更多闪耀的艺术和思想特质，才能引发更多的回应。毕竟，网络上的文学邂逅若要变成持久关注，倚重的是具有影响力的作家、作品的持续出现。

在网络刚刚兴起的 20 世纪 90 年代中后期，当网络监管和网络规制尚未成熟时，马华文学利用网络进行自我生长和自我拓展的努力，无疑为其新式生产与跨语境传播提供了无限的可能。随着网络的不断衍化与成熟，马华文学人对网络文学的耕耘开始出现分化，一部分由于好奇而介入网络传播的文学人热情开始消退，部分带有资料性的网站停止更新，一部分年轻人继续自娱自乐，在通俗类娱情作品的书写中寻找可能的读者与市场，还有一部分则仍回到传统写作生存模式之中，依靠传统的纸质报刊和出版社的力量而得到世界华文文坛的认可。

---

① 柠燃：《请问大家为什么会加入这个小组？》［EB/OL］. http：//www. douban. com/group/topic/6357511/，2009 年 5 月 7 日。

结语

马华网络文学的个案，如一面镜子，映照了网络兴起之初，其他区域华文文学与网络的关联过程与方式。网络曾经作为新生媒介的力量被凸显，显现其先锋的意义，促成了新的文学样式与文学观念的出现，也让文学承担了跨语境沟通与交流的功能，但随着时间的流逝和更新的媒介形式的崛起，其独特影响开始消隐。在重组之后的媒介场中，网络本身及其对文学的介入方式正在发生改变，对此，研究者需作进一步的观察与分析。

边界突围：网络文学的跨媒介再创作

◇ 张浩翔[*]

　　文学艺术的发展具有悠久而厚重的历史，无论是口语传播的方式，还是甲骨竹帛纸张的拓印，抑或者是文字印刷和如今的网络信息化的传播方式，媒介始终都是文学得以存在和流传的最基本的物质基础。麦克卢汉指出了媒介对社会新尺度产生影响的问题："所谓媒介即讯息只不过是说：任何媒介（即人的任何延伸）对个人和社会产生的影响，都是由新尺度产生的；我们的任何一种延伸（或曰任何一种新的技术），都要在我们的事物中引进一种新的尺度。"[①] 因此，网络媒介技术的飞速发展，尤其是媒介技术的深度融合，使得我们个人和社会都被新尺度所影响。网络文学的跨媒介技术发展趋势中，文学作品也因此置于我们和社会的新尺度观照中，在文学艺术的世界中获得了较之以往在多个层次上的突破。

一、艺术与现实世界边界感的日益衰弱

　　本雅明曾在《机械复制时代的艺术》中指出："在漫长的历史长河中，人类感性认识方式是随着人类群体整个生活方式的改变而改变的。人类感性认知的组织方式，即它赖以发展的媒介，不仅受制于自然条件，而且也受制于历史条件。"[②] 在文学艺术从纸质印刷媒介走向网络数字媒介的过程中，人们接受和感知文学艺术的方式也随之发生着变化。从传统文学形式来看，文学的印刷文本形式，正是哈贝马斯所说的"公共领域"的一个重要组成部分，它走的是毋庸置疑的大众路线，而不是象牙塔里的孤芳自赏。[③] 文学自

---

　　* 张浩翔：中南大学文学与新闻传播学院 2021 级文艺学博士研究生。本文系国家社科基金项目"网络文学观照现实的审美转向研究"（编号：21BZW59）阶段性成果。

　　① 马歇尔·麦克卢汉：《理解媒介：论人的延伸（55 周年增订本）》，何道宽译，译林出版社，2019，第 17 页。

　　② 瓦尔特·本雅明：《艺术社会学三论》，王涌译，南京大学出版社，2017，第 52 页。

　　③ 陆扬：《文化研究的兴起和文学救赎功能的变迁》，《文艺研究》2007 年第 12 期。

诞生之日起，无论是出于自愿地呈现，还是被动地纳入公共讨论视野，就已经无可避免地进入了公共场域，而媒介则不仅是文学艺术与现实社会联结的方式，更是我们在现实社会观察和窥视艺术作品的窗口。

当"媒介技术"还处于发展之初的技术层面，尚未成为"媒介"载体之时，也并不能够真正成为社会公共生活的联结物，正如当初本雅明在形容摄影技术发展之初的表述所言，"当时人像摄影之所以具有如此这般的艺术表达，是因为摄影还没有与现实世界建立关联"。① 摄影技术发明之初，人们对摄影技术和摄影照片的关注并非一种文学艺术性的观照，而是对新技术手段的关注，甚至是出自猎奇和新奇的心理。而随着摄影技术的发展和普及，人们对摄影这项技术祛魅，使得关注的重点便自然地转移到摄影能够带来怎样的审美体验，于是人们"有关伟大作品的观念也开始发生了变化"②。而同样伴随着互联网媒介技术的诞生，网络文学以一种新的艺术传播形态进入公众视野。无可避免地，同与摄影技术和其他每一种新生媒介的产生发展过程一样，网络媒介也经历了从纯技术走向成为社会生活联结物的道路。从"网络上的文学"到"网络文学"，技术的祛魅使得文学独立性增强，不再以一种作为媒介的观照物而存在，媒介成为文学艺术的服务者。网络文学在诞生早期，鲜有大众关注到作为文学的"网络文学"，而研究者和大众关注和好奇的则无疑更多是作为呈现文学形态的网络技术。随着网络技术在社会大众的普及，网络技术不再神秘，或者说作为基本呈现文本的网络媒介技术对大众而言不再神秘，作为文学的文本独立性随之增强，网络文学的网络逐渐走向文学性背后的技术问题。而如今，网络文学不仅将技术的地位推之其次，更甚不再是通过单一的数字化媒介载体传播，能够通过手机、电脑、电影、电视和广播等多种媒介，甚至是融合各类媒介的力量为文学的传播服务，并在现实实际中真实地跨越了媒介的差异进行着传播。当网络文学同"VR""AR"和"元宇宙"等新媒介概念出现时，也将会面临曾经同样的问题，于是最终也将经历一个因技术祛魅而回归到文学艺术本身的过程。在这样一个艺术回归主体性的过程中，"由于任何媒介的使用都会反映使用者的文化特质，因此也没有不反应特定文化特性的媒介及其内容。"③ 于是，当我们在面对网络文学的跨媒介传播时，也应当要从网络文学艺术在不同媒介中的形式

---

① 瓦尔特·本雅明：《艺术社会学三论》，王涌译，南京大学出版社，2017，第 18 页。
② 瓦尔特·本雅明：《艺术社会学三论》，王涌译，南京大学出版社，2017，第 33 页。
③ 王颖吉主编《传播与媒介文化研究方法》，北京大学出版社，2017，第 27 页。

变化中，探究文学艺术在跨媒介使用的状态下所反映和表现出的特定的文化特质。如果我们仔细比较网络文学和传统文学与现实社会的边界，就不难发现由于网络媒介载体的特殊属性，文学作品与我们现实社会的边界变得更加模糊。

从传统文学作品的媒介和网络文学载体同生活相关的接近性来看，网络文学的载体不仅承载了文学作品的内容，还在生活中扮演了更多的获取资讯、日常交流和消遣娱乐等多方位的功能角色。固然传统的纸张也能够在生活中扮演以上的功能，但电视、手机等媒介承载了更多的非文学功能，因此传统文学的载体相对功能专一性更强。根据 2022 年第 49 次中国互联网络发展状况统计报告的数据显示，截至 2021 年 12 月，我国网民人均每周上网时长达到 28.5 个小时，较 2020 年 12 月提升 2.3 个小时，互联网深度融入人民日常生活。① 可以看出，网络文学的媒介早已成为日常生活的一部分，与现实的边界感已经日益模糊。但从另一个层面来说，边界感的削弱并不意味着边界的完全消弭。无论是博物馆之于艺术展览品、书籍之于文学作品的文字，抑或是图书馆之于文学书籍，还是手机、电脑等互联网移动终端之于网络文学作品，文学同现实的边界永远存在，让我们感觉到模糊的只是边界感的淡化。网络媒介的技术发展给我们生活中更多一种超真实感，即鲍德里亚所指出的那样：真实与非真实的区别已变得日益模糊不清了。② 于是，我们日益难以清楚地窥探到现实与文学世界的距离，正如布希亚德指出的那样，传媒以一种"真实的内爆"使出现于屏幕的图景等同于在场的真，这种"真实"使人停留在画面的切换上，镜头代替了任何批判理论模式，因为符号已不再指涉外在的真实世界，而仅仅指涉符号本身的真实性和产生符号体系本身的真实性。③ 网络文学的跨媒介传播在突破文学艺术边界的同时，也随之扩大了文艺作品呈现在社会公共空间的领域，由此带来了读者参与文学创作的机遇与对话的可能。

由于网络媒介承担了更多的社会生活功能，网络文学艺术由此同社会边界感淡化的现象最终也导致公共领域进入了文学创作的领域。凯尔纳指出在

① CNNIC：2022 年第 49 次中国互联网络发展状况统计报告，https://finance.sina.com.cn/tech/2022-03-19/doc-imcwiwss6875143.shtml，2022 年 9 月 26 日查询。

② 道格拉斯·凯尔纳、斯蒂文·贝斯特：《后现代理论——批判性的质疑》，张志斌译，中央编译出版社，2011，第 133 页。

③ 朱立元主编《当代西方文艺理论第二版（增补版）》，华东师范大学出版社，2005，第 389 页。

"新的电脑与媒体传播的空间使人们有可能较诸前电脑社会中的人们更为充分地参与公共性辩论……同时也具有更多不同的声音与观念。公共领域的地盘因之得以扩展。"① 网络文学的创作、传播、阅读和批评都离不开虚拟的数字化网络，这种社会交往空间"一定程度上消除了社会交往的时空限制，使得任何人之间的交往都成为可能"。② 读者同文学创作者的交流在时空成本和物质成本上都在极大程度上压缩，交流和对话更加便捷，读者也有了参与到文学创作的机会。克莉斯蒂娃（Julia Kristeva）在复旦大学演讲时指出了这种读者参与的情境，"你在面对一本书（作为对话空间的书）时，你本人也融进书中，因为阅读时你会想到自己的经验；你的解读既属于读者接受，也属于文本的。于是，作为读者，你参与到文本语言和作者语言之中。"③ 网络文学读者在阅读中，不仅将自身经验置入阅读感受之中，还通过互动的平台载体实现了个人经验参与到再创作的可能。

网络文学的读者在社会化媒体中，都拥有平等的发言权，他们不再只是被动地接受他人的想法，而是通过主动地分享信息、与他人互动沟通等行为去影响他人，努力将自己的观点发展成为群体的观点。④ 跨媒介的网络文学传播中，读者可以直接从社会中通过媒介以评论、弹幕、留言等方式表达和传递自己的声音，让这些声音进入评论区、留言区，甚至网络文学改变影视剧的弹幕屏幕的公共领域，也就是"这些电子布告栏就是新的交往资源，让人们能够接触到形形色色的信息与传播，使人们得以在一种参与性和互动性的公共论坛上表述自己的诸种观点；这种方式迥异于单向的广播传播系统"。⑤ 故此，我们可以发现，相较于传统印刷文学传播中文学文本所处的相对封闭的私人领域，网络跨媒介传播的网络文学文本完整直接地呈现在属于文学创作者和读者共同的公共空间领域。

当网络文学的文本在跨越媒介传播而进入公共空间领域后，网络文学的叙事也因跨媒介的传播而表现出话语结构向着公共语言转向的特征，融入了

① 道格拉斯·凯尔纳：《媒体文化——介于现代与后现代之间的文化研究、认同性与政治》，丁宁译，商务印书馆出版社，2018，第549—550页。
② 闵庆飞、王彦博：《社会化媒体的影响与应用》，科学出版社，2013，第65页。
③ 茱莉亚·克莉斯蒂娃：《主体·互文·精神分析：克莉斯蒂娃复旦大学演讲集》，祝克懿、黄蓓编译，生活·读书·新知三联书店，2016，第13—14页。
④ 闵庆飞、王彦博：《社会化媒体的影响与应用》，科学出版社，2013，第50页。
⑤ 道格拉斯·凯尔纳：《媒体文化——介于现代与后现代之间的文化研究、认同性与政治》，丁宁译，商务印书馆出版社，2018，第549页。

更多公共场域的要素。福柯曾经揭示了话语特征的实践要素，"话语（discourse）的构成要素是陈述，也就是说话语是历史性的，是受特定的政治权力关系和社会实践所制约的事件，而不是一个封闭的语言单子。"① 网络文学的叙事话语不仅呈现了媒介的特质，还反映出使用网络媒介群体的文化特质。虽然在当下的数字媒介时代，心理联结与交流往往在"新媒介"造成的"媒介融合"浪潮中被忽略或被遮蔽，② 但作为一个媒介使用的群体，还是会现实地通过语言符号形成某种心理交流。数字化、音频化、视频化等多样的媒介文本形式接受群体的文化特质也在所处的意义交流空间中得以展现，即使按照鲍德里亚的解析，现代媒介正在让意义和形式真实变成虚构的拟像，使现实变成了"意义和呈现消失的场所"③，但在心理意义的层面上，共同的话语所反映的心理交流还是会呈现在这个公共领域。网络文学的创作者作为此意义公共领域空间的一部分，将此意义的话语特质融入文学艺术的创作，文学作品因此也不仅是作者的创作物，还是创作者在此意义公共领域空间交流的话语。他们能够让"一切过去和一切过程实现瞬间和完全的呈现，是我们能感知到永恒回归的功能，将其视为净化和清洗的功能，使我们能把全世界变成一件艺术品"④，读者的话语自然地融入这个公共领域空间整体的艺术品，他们则"通过所谓的想象性的变更，也即文学在现实基础上实施的变更，日常实在被改变了形态"⑤。当网络文学的文本同真实生活世界的边界逐步打破，我们就逐渐习惯了网络文学艺术活动的世俗化，而这也是尼采眼中艺术现代性的最基本要义，⑥ 向着生活世俗的话语中融合，不再束缚于文学艺术的边框想象。

二、艺术文本间性的边界突破

网络文学的跨媒介传播并不是一个文学文本从某个媒介载体向着一个全新媒介载体的流动，而是不同媒介载体中的文学文本的互文性表征呈现。最

① 余虹：《艺术与归家：尼采·海德格尔·福柯》，中国人民大学出版社，2005，第235页。
② 王颖吉主编《传播与媒介文化研究方法》，北京大学出版社，2017，第594页。
③ 苏喜庆：《跨界融合中的文学魅影—融媒体视域下的文学新生态考察》，《东南学术》2021年第3期。
④ 马歇尔·麦克卢汉：《媒介与文明》，昆廷·菲奥里、杰罗姆·阿吉尔编，何道宽译，机械工业出版社，2016，第165页。
⑤ 保罗·利科：《诠释学与人文科学：语言、行为、解释文集》，孔明安等译，中国人民大学出版社，2012，第103页。
⑥ 余虹：《艺术与归家：尼采·海德格尔·福柯》，中国人民大学出版社，2005，第47页。

初，克莉斯蒂娃提出了"互文性"（也被称为"文本间性"①），她借用了巴赫金（Mikhail Bakhtin）在文学理论领域给出的深度阐释"任何文本的建构都是引言的集合；任何文本都是对其他文本的吸收和转化"②。虽然这样的论述有夸张之意，但网络文学的跨媒介传播也诚然存在着不同媒介之间文本的交互关系，正如热奈特所言，他把"所有使文本与其他文本发生明显或潜在关系的因素"定名为"跨文本性"，也叫"文本的超验性"③。因此，我们可以看到文学文本之间本身固有存在着一种紧密的关系，而这种关系无关文学文本的形式，而是潜在于文学文本相互之间的一种紧密联系。文本相互联系的关系，使得文学艺术的意义在不同媒介的文本中流动，从而相互依靠支撑，以期实现跨媒介传播中"超媒体系统所要实现的目标，是'建立一种差不多可以用无限多的方式组合、排列和显现信息的系统'。信息在其中既可以'自由地采取任何形态'，也可以'自由地流动'"④。网络文学的跨媒介传播让文学的信息在这种文学文本不同形式之中的关联中流动，也由此让文本的意义突破了文本的载体边界。

现在，我们可以看到在网络文学作品的跨媒介传播中"通常会采用互文式的叙事方式，形成主文本和其他文本相互关联的现象。例如，漫威的漫画故事文本分布在电影、电视、游戏以及动画等多个媒介领域"⑤，同样在国内获得成功改编的"IP"《甄嬛传》《琅琊榜》《欢乐颂》等，也都是在情节、人物形象、背景以及人物个性等方面同原著有着紧密的互动联系。网络文学作品的"IP"成了在不同媒介载体中的网络文学文本之间的联系符码，是文学文本之间产生"互文性"关系的具体形式，既包含了"IP"本身的符号形象（人、事、物的基本特质），也包含了"IP"里的意义。网络文学跨媒介传播的"IP"改编就是根据在不同媒介特征的背景，而对网络文学文本的新创作与编排，黄大宏也同样认为这是"在各种动机作用下，作家使用各种文体，以复述、变更原文本的题材、叙述模式、人物形象及其关系、意境、语

①　茱莉亚·克莉斯蒂娃：《主体·互文·精神分析：克莉斯蒂娃复旦大学演讲集》，祝克懿、黄蓓编译，生活·读书·新知三联书店，2016，第 14 页。
②　茱莉亚·克莉斯蒂娃：《主体·互文·精神分析：克莉斯蒂娃复旦大学演讲集》，祝克懿、黄蓓编译，生活·读书·新知三联书店，2016，第 14 页。
③　热奈特：《热奈特论文集》，史忠义译，百花文艺出版社，2001，第 64 页。
④　黄鸣奋：《电脑时代的文艺变革》，《厦门大学学报》（哲学社会科学版）1999 年第 1 期。
⑤　黄玲、王乃璇、程砾瑶：《网络文学跨媒介叙事：后经典叙事时代的液态文学及叙事特征》，《辽宁师范大学学报》（社会科学版）2021 年第 4 期。

辞等因素为特征所进行的一种文学创作。重写具有集接受、创作、传播、阐释与投机于一体的复杂性质，是文学文本生成、文学意义累积与引申、文学文体转化以及形成文学传统的重要途径与方式"①。我们对网络文学的艺术审美，并不关注在网络文学文本的数字化形式，追求的是数字化文本表达形式背后的艺术世界，文本的形式在此中扮演的是联结我们同文学艺术境界的角色。我们同网络文学文艺世界的交流中，无论是阅读还是传播，文本都只是整体意义的一部分，而其形式也只是我们感知和认识整体意义的一种方式。正如伽达默尔所言："文本是交流事件中的一个阶段，是整体意义的中介物。"② 我们在不同媒介中感知到的网络文学艺术，也同样是作为文本间性中的艺术世界，文本间的联系既为网络文学的跨媒介传播提供了基本的可能，也成为网络文学跨媒介传播的基本方式。

　　萨莫瓦约认为"文学的写就伴随着对它自己现今和以往的回忆。它摸索并表达这些记忆，通过一系列的复述、追忆和重写将它们记载在文本中，这种工作造就了互文"。③ 网络文学跨媒介传播的过程从时间历史来看，就是网络文学作品的文学文本在文本阅读窗口的诞生向着其他多种形态媒介的跨越表达，同样也是在这样一种对既往文本的记忆，通过复述和再创作的方式呈现出新的文本形态。网络文学的跨媒介传播能够使得文本摆脱受制于一种媒介而无法将其艺术的表达真实地反映的困境，特别能够将网络文学中的艺术形象通过不同媒介形态加以呈现，从而更加立体和丰富，也更接近那个被读者多种感官激发后的艺术感受。巴尔特将这样的文本跨越看作是"摆脱了任何声音和只被一种纯粹的誊写动作（而非表现动作）所引导"④ 的一种创作，这也是网络文学跨媒介传播与复制、誊抄文本的最大区别。因此，我们可以看到网络文学的跨媒介传播并非文本本身的符码流动向其他媒介，而是文本背后那个文学艺术存在意义的信息流动。网络文学的跨媒介传播是一个再创作的过程，是将现在已有的文学文本意义接受于创作者后，再通过新的媒介表达形式进行的创作，这个创作既属于原有文本创作的延伸，但又是独立于原媒介形态下文本的新的媒介文本意义表达。在这种新的文本意义表达中，

---

① 黄大宏：《唐代小说重写研究》，重庆出版社，2004，第 79 页。
② 王宁：《文学理论前沿（第二十辑）》，社会科学文献出版社，2020，第 228 页。
③ 萨莫瓦约：《互文性研究》，邵炜译，天津人民出版社，2003，第 35 页。
④ 罗兰·巴特：《作者的死亡》，见罗兰·巴特著：《罗兰·巴特随笔选》，怀宇译，百花文艺出版社，1995，第 303 页。

文本间的联系能够达成就在于网络文学作品中元素的关联。而当我们关注一个网络文学的跨媒介传播时，最容易将两个文本产生关联的要素就是文学文本的最基本元素——词语。"词语不仅是最小的文本单位，它还具有中介（médiateur）地位，连接文本与读者，也联结文本与历史"①，同时也联结了文本与文本的关系。读者能够在两个不同媒介中感受到意义的交流，最直接而表象的就是文本间词语的关联。正如克莉斯蒂娃从"玛德莱娜（Madeleine）"点心出发探究此后文化的互文性，发出了"如果我们不去探究了解这些文化渊源，会失去多少文本隐藏的意义记忆！"②的感慨，可见同一个词语在跨媒介传播的文本联系中能够引发更深层次的意义关联。此外还有其他文本之间的要素关联，也同样能够成为网络文学跨媒介传播下文本关联的支撑。我们可以看到在网络文学的跨媒介创作中"有些元素既可作为前景也可以作为背景出现"③，它们在两个不同媒介之间的文本中联系而形成了文本之间的紧密联系。因此，我们在探究网络文学的跨媒介传播时，如果抛开文本之间的关联，仅从单一文本的文学艺术出发，也会因此失去文本背后的元素关联而产生的文化魅力。一旦如此，我们关心的问题也将不再是网络文学的跨媒介传播，而是在某种单一媒介下的网络文学艺术的形式表达，甚至与此媒介的艺术形式表达也无所关联，只是我们对某一种文学艺术的观照与感悟。

基于此，当我们关注网络文学的跨媒介创作时，就应该看到在跨媒介的文本在创作中必须要保证在文本间联系的紧密性，以使得"每一部作品都必须包含足够的内容，以让人一瞥就能够辨认出这些作品都属于同一故事王国"④。这样，当我们从文本之间的关联出发，去找寻不同媒介之中的属于它们共同的文化内涵，就可以看到网络文学的跨媒介传播也不仅是一个文学艺术的新形式表达，随着媒介受众特征和对话方式的不同，不同文本之间的意义流动使得文学艺术的形式更加丰富和多样，同时也打破了原有文本固化的文学风格印象。最终，网络文学的跨媒介传播也将会在不同的媒介文本交流

---

① 茱莉亚·克莉斯蒂娃：《主体·互文·精神分析：克莉斯蒂娃复旦大学演讲集》，祝克懿、黄蓓编译，生活·读书·新知三联书店，2016，第14页。

② 茱莉亚·克莉斯蒂娃：《主体·互文·精神分析：克莉斯蒂娃复旦大学演讲集》，祝克懿、黄蓓编译，生活·读书·新知三联书店，2016，第52页。

③ 亨利·詹金斯：《融合文化：新媒体和旧媒体的冲突地带》，杜永明译，商务印书馆，2012，第181页。

④ 亨利·詹金斯：《融合文化：新媒体和旧媒体的冲突地带》，杜永明译，商务印书馆，2012，第181页。

中"摧毁不同体裁之间、各种封闭的思想体系之间、多种不同风格之间存在的一切壁垒"①，让文学的意义对碰更加激烈，形成相互的关联。这种意义的碰撞同样与网络文学跨媒介传播的媒介依存特征有着必然的关系。由于"现代传媒主导的文学生产绝不再是语言叙事一家独大，而是融合语言、图像以及声音等为一体的跨媒介叙事样态"②，当我们接受了融合多种媒介方式和形态的使用方式后，网络文学的跨媒介文本间性也得以更加彰显。读者不再只是简单地从汉字文本接受文学艺术，更习惯于在图像和声音等多种媒介的融合作用下"阅读"文学艺术，便形成了跨媒介文本之间的新的文学艺术接受形式。当我们窥探这些跨媒介文本的实在时，就不难发现在媒介下的文本中介，于是便有"文本的'实质'，不是对文本的天真阅读所揭示出的东西，而是文本的形式安排所中介的东西"③。所以只要看到当前的网络媒介发展趋势，网民的使用习惯已经发生了重大的变化，截至2021年12月，我国网络视频用户数量达到9.75亿，占整体网民的97.5%，其中短视频用户规模也达到了9.34亿。④ 我们也能够清楚地认识到，网民对网络视频的高使用度反映出网络媒介使用习惯的转变正是朝着音、视、文的文本融合跨越的交流方向。网络文学的跨媒介传播创作不是应该要注重在文本间的交流中给予了文本新的形式，不仅是从目的上使得文本突破原有媒介边界的限制，也是赋予网络文学文本新意义的基本方式。当网络文学的跨媒介创作者使得通过符号和通过象征进行的迂回被文本媒介放大和篡改，从而让文本摆脱对话主体间条件⑤后，网络文学的跨媒介传播也得以不再囿于创作者自身的限制。最终，网络文学的跨媒介传播让一种重新分配了的语言次序贯穿语言之结构，使直接提供信息的交际话语与已有的或现时的各种陈述语产生关联，⑥ 其文本突破媒介的边界限制，而文本间性也由此得以加强并显示出更加意义丰富的活

① 巴赫金：《巴赫金全集（第五卷）》，白春仁、晓河、周启超、潘月琴、黄玫等译，河北教育出版社，1998，第161页。
② 王婉婉：《从"文学媒介"到"媒介文学"——传媒时代文学生产的技术维度与审美逻辑》，《河南社会科学》2019年第2期。
③ 保罗·利科：《诠释学与人文科学：语言、行为、解释文集》，孔明安等译，中国人民大学出版社，2012，第52页。
④ CNNIC：2022年第49次中国互联网络发展状况统计报告，https://finance.sina.com.cn/tech/2022-03-19/doc-imcwiwss6875143.shtml，2022年10月8日查询。
⑤ 保罗·利科：《从文本到行动》，夏小燕译，华东师范大学出版社，2015，第30页。
⑥ 茱莉亚·克莉斯蒂娃：《符号学：符义分析探索集》，史忠义等译，复旦大学出版社，2015，第51页。

力，从而反哺网络文学的发展和跨媒介传播。

三、接受文艺的感官边界消融

网络文学的跨媒介传播在融入了不同形式的媒介传播方式的同时，不仅将网络文学艺术的文本传递到新的媒介渠道，同时还在受众的媒介接受中传递出了新的媒介体验，由此给予了观众更加丰富的感官刺激。我们不能把网络文学艺术的传播媒介仅仅看作是纯粹被动的信息传输管道，还要看到媒介作为一种活跃的力量是"活生生的力的旋涡"，产生新的社会模式和新的感知现实。[1] 如今的网络文学跨媒介传播，不是传统意义上将屏幕上的文字跨越到传统印刷媒介中的纸张上，而是将网络文学艺术的文字文本转变为视频文本、音频文本，甚至在 VR 技术的介入下让刺激着意识的文本参与。而与此同时，"元宇宙"的发展为网络文学艺术的文字文本转化提供了更多未知的感官接触的可能。当网络文学的跨媒介传播给予了网络文学艺术形式的丰富基本条件后，读者也因此既获得了更多接触和感知网络文学的机会，又能够实现同时通过多种感官来享受和观照网络文学带来的艺术体验感。对前者而言，网络文学的跨媒介传播有了更多呈现的机会，不仅有助于网络文学的接受，还能够在网络文学的发展中提供新的创作模式与思路。而对后者来说，网络文学的读者因为跨媒介传播而被调动了更多的感知器官，我们在看到这种方式可以丰富读者感官体验的优势的同时，也无可避免地要认识到由此可能带来的阅读不适应。因为当一种新媒介出现时，尤其是调动了人的新的感官接受后，人们最初也并不能够完全接受和习惯这一媒介的存在，甚至会出现由于对新媒介未知而产生的惧怕心理。同样以摄像机产生之初为例，道滕代（Dauthendey）描述了在摄影技术诞生早期人们的恐惧："最初，人们不敢长时间观望他起初拍的一些相片，对照片中如此清晰的影响感到害怕，以为照片上那些小小的人脸能看到自己"[2]。网络文学自身在诞生之初也曾经历了不被接受和理解到逐步确立自己主体性地位的过程，甚至我们无法否认的是即使时至今日依然还有对网络文学的主体性质疑和反对的声音。

因此，网络文学的跨媒介传播自诞生之日便面临着来自人们更加强烈的质疑和反对。而我们也不应该对这样的反对和质疑忽视，同时也应认识到这是人在接受一种新的感官媒介过程中的必然心理过程。这种在接受网络文学

---

[1]　王颖吉主编《传播与媒介文化研究方法》，北京大学出版社，2017，第 461 页。

[2]　瓦尔特·本雅明：《艺术社会学三论》，王涌译，南京大学出版社，2017，第 17 页。

的跨媒介传播过程中产生的感官"排异"，在身体层面被麦克卢汉看作是"人在新技术环境里的痛苦相当于医生所谓的'幻觉痛'（phantom pain）。病人对疼痛源有非常明确的想法"①。当网络文学的艺术作品被新的媒介以一种新的表现形式呈现在"读者"的"面前"时，这些"读者"会被调动较之以往文字文本接受过程中更多的感官参与，甚至在网络文学的 VR 体验中还会直接参与到这种文本的呈现方式里，使得人本身成为文本的一部分。在网络文学的跨媒介与人体的感官联结中，由于每个人对媒介使用习惯的差异，导致了那种近似于"幻觉痛"的敏感并不相通，也必然带来了不同反应的接受程度。但随着媒介使用习惯的转变，人们对媒介参与的感知日渐加强，正如历史上一切新媒介产生后的长期发展一样，最终网络文学的跨媒介发展也会在媒介的使用习惯改变下迎来身体的感官接受。

因为我们的每一种感官都会带给我们一个独特的世界，而且给人特有的愉悦和痛苦，② 所以当我们习惯于接受网络文学的跨媒介传播后，便也获得了新的感官给予我们的认知世界。虽然人体的大脑足够强大，可以将语言文字的意义转化为想象的意义，但这种大脑的感知转变绝不等同于人的身体感官带来的直接变化。如今作为网络文学广告的代表，"赘婿文"的视频改编呈现在各类软件的广告平台上。即使我们不讨论视频同文字之间的感官差异，仅从文字的身体接受角度出发，也能够发现虽然汉字已经较其他文字能够更多兼具到语音和语意的共同层面，然而无法表达出在此意义之外的语调、语气等意义，但视频中的话语则能够直接地把以上所有意义通过耳朵的感知反馈到人的大脑。而网络文学通过短视频的媒介传播，不仅获得了这种在文字之外的语言信息，还直接通过眼睛的感官接受获取到了网络文学的意义表达。我们在接受一种新媒介的文学表达形式时，必然会因新的媒介与我们身体交流方式的差异而产生新的接受观感。麦克卢汉以"我们—于—世界—中"来说明我们同世界的交流是一种紧密的身体性接触，我们的身体与世界之间是一种活生生的和给予我们身体体验的基本的、不可分割的含混性关系："在世界上存在的模棱两可能用身体的模棱两可来表示，身体的模棱两可可以用

---

① 马歇尔·麦克卢汉：《媒介与文明》，昆廷·菲奥里、杰罗姆·阿吉尔编，何道宽译，北京机械工业出版社，2016，第 9 页。

② 马歇尔·麦克卢汉：《媒介与文明》，昆廷·菲奥里、杰罗姆·阿吉尔编，何道宽译，北京机械工业出版社，2016，第 12 页。

实践的模棱两可来解释"①。这在网络文学的跨媒介传播下更可见于身体参与的模棱两可，即我们对新的媒介接受方式需调动的身体感官无法在短期内形成身体使用的习惯。我们在面对网络文学的跨媒介时，也就将其看作是单纯地将文学文本的跨媒介传播，还要看到其背后所带来的接受者在身体参与模棱两可之中的感官差异。

网络文学的跨媒介传播让读者的身体参与带来接受方式的变化，不仅使得读者的身体感官得到差异性的延伸接受，还由此带来了思考方式的转变。当我们在"阅读"文学作品时，我们同文本之间的对话何时开始，身体对文本的意义解读也就在何时开始。"对话何时开始，词语的意义就何时开始；文本的话题何时开始，哲学阐释学的语言问题就何处出现，或者我们对文本语言问题的思考就何时开始"。② 当我们理解一种新媒介下网络文学形式的文本内容和意义时，我们自身就已经参与到网络文学在新媒介下同人的联结之中，我们的身体就已经成了我们感知和理解文本意义的一部分。我们开始对网络文学的文本进行理解后，就已经进入了由网络文学创作意义与其表现形式共同建构的一种事件中，而网络文学的文学意义通过这一事件完成自我主张。我们要看到"意义的客观化是作者与读者之间的必要中介。但作为中介，它要求具有更多存在特征的补充行为，我将之成为意义的占有"③。我们去观照这些网络文学文本的意义时，身体的参与就是这意义的占有形式。而当我们通过眼睛去感知文字和视频所带来网络文学的意义是不同的，虽然都需要通过大脑参与对意义占有的建构，但我们对通过文本的感知和通过视频的感知所接受文本意义占有则不尽相同。以至于当我们先接受了网络文学跨媒介表达的文本表现形式后，再次重返作为文字表达形式的网络文学则会先验地代入其在跨媒介形式表达的内容，那些不被文字文本所表达的背景、着装、相貌，甚至天气等都自然地通过大脑加以呈现。相反也可以看到，网络文学的跨媒介传播，不仅给予了网络文学文字文本的图像化和音频化表达，同时由于人体感官接受的多重要素，在这一创作过程中还无可避免地渲染了文学内容，丰富了作为文字的文学意义建构，也在新媒介所需要"读者"调动的身体感官接触中进行了新的内容创作。于是，当我们看待网络文学在跨

---

① 梅洛·庞蒂：《直觉现象学》，姜志辉译，商务印书馆，2001，第 119 页。
② 王宁：《文学理论前沿（第二十辑）》，社会科学文献出版社，2020，第 227 页。
③ 保罗·利科：《诠释学与人文科学：语言、行为、解释文集》，孔明安等译，中国人民大学出版社，2012，第 147 页。

媒介传播的再创作时，不仅将其看成是简单的文字文本的新艺术形式表达，而且还要看到其创作中为满足读者在接受新的文学艺术表现形式时的感官接受需要。

但我们也需要注意的是，我们不能简单地出于为了满足阅读者对网络文学跨媒介传播的感官需求的目的，而在网络文学的跨媒介传播和创作中将艺术的"保存"看作是作品作为一件物的看护和收藏，或者将作品作为研究与欣赏的客体而树立在作为主体的研究者和欣赏者面前。① 相反，我们面对网络文学的跨媒介传播的创作时，考虑读者在接受新的文学形式参与恰恰意味着对网络文学跨媒介的新形式艺术表达要更追求艺术的本真，而非是出于迎合一种新媒介艺术表达的需求；否则，观众对网络文学的跨媒介传播接受只能是作为新媒介接触下的身体痛苦，而不是艺术之美。

---

① 余虹：《艺术与归家：尼采·海德格尔·福柯》，中国人民大学出版社，2005，第161页。

数字经济背景下
网络文艺融合发展路径探析

◇ 韩馨雨　王宏波*

　　数字经济是指以数字化的知识和信息为关键生产要素、以现代化信息网络作为重要载体、以信息通信技术的有效使用作为效率提升和经济结构优化的重要推力的一系列经济活动。[①] 近年来，不断发展的信息网络技术、人工智能技术、大数据、虚拟现实技术等新兴技术成为数字经济发展的中坚力量，为释放生产力、优化经济结构提供了有力的技术支撑。党的十八大以来，党中央高度重视发展数字经济，将其上升为国家战略。习近平总书记在中共中央政治局第三十四次集体学习时着重强调："数字经济发展速度之快，辐射范围之广、影响程度之深前所未有，正在成为重组全球要素资源、重塑全球经济结构、改变全球竞争格局的关键力量。"[②] 近年来，数字经济已成为最活跃、辐射范围最广的经济形态，2022年7月8日中国信息通信研究院发布的《中国数字经济发展白皮书（2022年）》显示，2012年以来我国数字经济年均增速高达15.9%，2021年我国数字经济规模达到45.5万亿元，产业数字化转型持续纵深发展。[③] 数字经济做大做强，将为各行各业经济深度融合发展装上"加速器"，推动经济转向高质量发展新阶段。

　　通信技术的发展与成熟促使网络成为一种新的媒介形式和传输工具，成为传输信息、休闲娱乐的重要载体。网络空间的拓展带来传播形式的多样化，使得文艺传播超越传统载体，进入网络空间，形成网络文艺这一新的文艺样

　　* 韩馨雨：女，南京师范大学文学院硕士研究生在读，主要研究方向为数字出版与新媒体。王宏波：男，博士，南京师范大学文学院教授（编审），出版专硕研究生导师。本文系江苏省社会科学基金项目《新时代江苏网络文学高质量发展研究》（项目编号20XWD001）阶段性研究成果。

　　① 汤潇：《数字经济》，人民邮电出版社，2019，第14页。
　　② 习近平：《不断做强做优做大我国数字经济》，《先锋》2022年第3期，第5—7页。
　　③ 张嘉毅：《中国信息通信研究院发布〈中国数字经济发展报告（2022年）〉》，《科技中国》2022年第8期，第104页。

态。网络文艺是指呈现于网络媒介上的一切文艺样态的作品，其形态主要包括文字类、音视频类、游戏类等。① 新兴技术的更迭与时代的发展，催生网络文艺不断变化并呈现出新态势。

一、新时代网络文艺发展的新态势

2014 年，习近平总书记在文艺工作座谈会上的重要讲话指出："互联网技术和新媒体改变了文艺形态，催生了一大批新的文艺类型，也带来文艺观念和文艺实践的深刻变化……要适应形势发展，抓好网络文艺创作生产。"与传统文艺相比，网络文艺在传播方式、表现形态、再生产模式上发生了深刻的嬗变，产生了新的特点，网络文艺已成为推动传统媒体行业全面变革、凝聚新功能、培育新经济、深入实施创新驱动战略和文化产业创新发展的重要力量。②

（一）"数据+文艺"迈向高质量发展道路

优秀的网络文艺作品应始终回应时代召唤、与人民齐心、响应群众号召，网络文艺已从初期野蛮生长、以量取胜，步入了质量不断攀升的发展稳定期。在人民群众多样化的使用需求下，网络文艺已成为人们生活中的重要组成部分，成为文化信息消费的重要形式。数字经济的数字化、虚拟化、集成化、聚合创新等特征，积极影响网络文艺产业结构调整、产业活力释放、消费升级换代等。数字与文化的双重驱动，推动网络文艺扎根本土传统文化，拓宽文化影响面，着力提升作品的内涵与高度。

数字经济时代，大数据、人工智能、区块链、云计算等新兴技术的应用，使得数据成为新时代的"石油"。梅特卡夫定律为互联网的社会和经济价值提供了基础依据，该定理指出"一个网络的价值和这个网络节点数的平方成正比，也就是说一个网络的用户数目越多，那么该网络和该网络内每台计算机的价值也就越大"。③ 互联网信息平台充分利用信息网络，将平台与平台、平台与用户、用户与用户相连，借助信息网络高效反馈优势，搜集分析网络节点内用户数据，精准匹配受众使用需求的同时，引导网络文艺作品的创作

① 北京师范大学课题组，周星、陈伟等：《中国网络文艺的构成景观与发展问题》，《艺术百家》2016 年第 4 期，第 7—21 页。
② 高伟：《网络视听文艺治理：从野蛮生长到规范引导》，《红旗文稿》2017 年第 18 期，第12—14 页。
③ 黄超：《互联网视频企业价值评估研究》，学位论文，暨南大学，2020。

方向，促进优秀作品的产出。近年来，既有包括致敬时代的现实题材，又有幻想未来的科幻题材，还有结合中国传统文化并充满丰富想象的玄幻题材等高质量网络文学作品不断涌现，成为优秀网络文艺作品的重要组成部分。除此之外，在庆祝改革开放 40 周年、新中国成立 70 周年、中国共产党成立 100周年、脱贫攻坚等重大时间节点，网络文艺以其特定的方式致敬伟大时代，涌现出一批优质的纪念性作品，如网络文学作品《致富北纬 23 度半》《奔腾年代——向南向北》，网络视频作品《大山的女儿》《觉醒年代》等。这些既有对过去的致敬又有对未来展望的叫好又叫座的作品不断涌现，显示了网络文艺逐渐高质量发展的实绩。

（二）多样态呈现方式，提升视听体验

与传统媒介传播相比，网络文艺呈现出新的变化，从传输形式上看，网络文艺作品在互联网技术的加持下，获得便捷性增强；从表现形式上看，文字作品、网络剧、网络电影、网络综艺、有声书、播客等多种形式，满足不同使用需求；在传播载体上，可借助网络平台、网络广播、手机等多种媒介形式传播，适应不同场景。数字经济时代，5G 技术的发展与成熟将进一步提升传输速度、增加传输容量，拓宽用户的选择渠道，推动数字内容的使用与消费。

关注不同用户在不同时空、不同情景下的消费需求，顺势满足其使用需求，成为网络文艺平台争夺用户的方式之一。为获得用户青睐，网络文艺作品的提供者对内容的展现形式已超越文字，纷纷在影像展示与视听领域布局。人机交互、信息共享、生态链接等新功能的相继推出，使得智慧大屏成为网络文艺与现代智慧社会接轨、服务家庭视听消费的关键支撑技术之一，为用户带来影院般极致流畅的观影体验。[①] 除此之外，利用 VR、AR 等技术将虚拟与现实叠加带来全新的视听体验，增强内容互动感、真实感、沉浸感，内容的实时呈现达到所见即所得的效果。

（三）打破文化壁垒，增强文化自信

经济全球化时代，产品贸易带来文化的交流，促进各国文化传播的同时也带来了文化间的碰撞。各国因历史、宗教、习俗等价值观念的差异或文化

---

① 宋凯、罗弈为、金正铉：《数字经济背景下我国网络视听文艺发展探究》，《中国电视》2022年第 4 期，第 18—24 页。

保护主义的存在，造成文化壁垒的产生。① 文化壁垒阻碍了国家间的文化交流，造成文化圈层隔阂。推动文化走出去，打破文化圈层隔阂，增强文化国际影响力，成为各个国家增强文化"软实力"的努力方向。数字经济时代为网络文艺发展打破文化壁垒，提升文化软实力提供了新的机遇。互联网的互联互通为网络文艺对外沟通提供了重要桥梁与通路。网络文艺具有粉丝多、娱乐性、吸引年轻读者、易与资本对接等特点，易于打破政治、文化、教育以及空间等壁垒，获得广泛的世界性的受众。我国网络文艺立足我国优秀传统文化，嫁接现代文明，打造出体现鲜明中国特色的海量原创作品，以开放包容的姿态接轨世界，成为我国文化"走出去"的重要抓手，成为我们对外交流、传递文化价值的重要窗口。

如今，网络文艺作品"出海"成为提升国际文化竞争力、国际文化影响力的重要方式和手段。2021 年中国作家协会在浙江乌镇发布《中国网络文学国际传播发展报告》，该报告指出，中国网络文学共"跨海"传播作品 10000 余部，从内容输出提升至产业模式输出，实现网文创作生产跨域际转化。根据网络文学小说改编的影视剧《琅琊榜》《亲爱的，热爱的》《欢乐颂》等在日韩及东南亚地区广受欢迎。抖音推出国际版 TikTok、腾讯视频海外版 WeTV、爱奇艺国际版 IQIYI App 等网络文艺平台的出海，不仅带出中国文化，更实现产业价值与文化价值的互相赋能。

二、网络文艺发展问题分析

互联网技术的加持与数字经济推动，使得网络文艺的发展呈现井喷态势。目前网络文艺已形成庞大的市场规模、用户群体继续扩大、市场份额占比不断增加。根据第 50 次《中国互联网络发展状况统计报告》显示，截至 2022 年 6 月，我国网络文学用户规模达 4.93 亿，占网民总数 46.9%；网络音频深度用户占比 26.8%；网络视频（含短视频）用户规模达 9.95 亿，占网民总数 94.6%；网络游戏用户规模达 5.52 亿，占比 52.6%。② 这些数字展现了网络文艺繁荣的发展态势与强大的"吸粉"能力。

网络文艺借助数字化技术，激发撬动起文艺产业的巨大产能，衍生出诸

---

① 张艺影、姜鸿：《文化壁垒的形成及对中国文化产品"走出去"的影响》，《对外经贸实务》2014 年第 5 期，第 39—42 页。

② 张晓娜：《第 50 次〈中国互联网络发展状况统计报告〉发布》，《民主与法制时报》2022—09—02。

多新业态。透过数字经济与"互联网+"的大背景、大局观来审视网络文艺，IP、新技术、媒介融合、用户、粉丝等新概念、新元素在各个环节间相互互动交融、聚变循环，当前网络文艺发展可谓一片繁荣。① 但是在欣欣向荣的背后，也暴露出网络文艺发展的诸多问题。

（一）精品作品匮乏，转型困难

网络文艺在移动通信技术的支持下呈现巨大的市场潜力，吸引资本迅速注入，资本的"逐利性"引得平台联合内容创作者迅速总结出一套受众喜欢、易于获利的商业模式。在此影响下，网络文艺形成了一套以言情、玄幻、武侠为主，缺乏深度与思想的流水线工作程式。资本与内容创作者希望通过固定生产模式与创作题材，避免原创作品可能带来的风险与不确定性，以期迎合用户喜好，抓住其有限的注意力。为规避风险而模式化创作的网络文艺作品，引发受众审美疲惫，降低用户黏性，造成"有高原无高峰"的尴尬局面。②

精品作品匮乏的现象逐渐引起各方重视，网络文艺开始寻找转型道路、探讨转型可能。现实题材作品创作为网络文艺转型提供了新思路，受到政府、平台、作者的重视。现实主义题材将视角放在"大时代"中的"小人物"身上，刻画普通人的喜怒哀乐，引发读者共鸣，不仅丰富了网络文艺作品品类，也让网络文艺贴近生活，更加"接地气"。然而，现实题材网络文艺作品虽然披上"现实"的外衣，但传播效果上仍出现"叫好不叫座"的尴尬局面。因创作者及平台将其视为响应国家、政府号召的政治任务，浮夸、流于形式的创作方式推出的心浮气躁的满溢着追名逐利的创作内容难以抓住受众内心，造成现实题材总与现实有所隔阂。理想主义的背后是对现实的偏离，违背转型初衷，难以被受众认可。

（二）平台各自为战，内容传播圈层化

网络平台的逐步发展与健全，推动了网络文艺发展走向繁荣。我国各网络文艺平台从无到有，从单一到完善，为网络文艺产业搭建起基本运作模式，即平台作为中间方联结网络文艺创作者与使用者，源源不断的作品被创作，并通过平台实现分发。现如今已形成了以起点中文网、红袖添香、晋江文学

① 彭文祥、付李琢：《何谓"网络文艺"?》，《现代传播》（《中国传媒大学学报》）2017年第12期，第76—82页。
② 熊茵、韩志严：《UGC 语境下知识传播的困境与出路》，《现代传播》（《中国传媒大学学报》），2014年第9期，第71—74页。

城等为核心的网络文学平台，以喜马拉雅 FM、蜻蜓 FM、懒人听书等为核心的网络音频平台，以腾讯视频、爱奇艺、优酷等为核心的网络视频平台。为争夺用户资源，平台间竞争不断加剧，以期在海量的信息中抓住用户有限的注意力。对大多数平台来说，其提供的内容相对单一化，用户在该平台仅可获得有限的内容资源。面对某一优质 IP 内容，因既没有平台的统一输出，也没有平台间链接，用户需要在各大平台间反复横跳搜索，这无形中增加了用户的获得成本，造成用户资源流失。

平台分散化也在无形中导致了内容传播"圈层化"的产生。平台将内容划分为"男频""女频""甜宠""古风"等各个标签，用户可选择其感兴趣的任意标签浏览。平台的分散性使得平台仅收集用户在该平台的浏览数据，无法了解用户其他的浏览偏好，造成推送内容单一化，将用户囿于单一圈层内，隔绝圈层外的世界。"圈层化"增加用户疏离现实的风险，放大了"信息茧房"效应，也使得创作者固化创作思维，造成进一步"圈层固化"。

（三）IP 市场狂热，资本泡沫失衡

媒介融合背景下，网络文学作为 IP 最大的源头之一，以原创内容创作为起点，进行包括 IP 改编、衍生品授权在内的文化产品再生产，网络文学 IP 产业链条不断延伸。网络文学创作为 IP 改编带来了丰富的内容资源，奠定后续全版权运营的基础。根据网络文学原创作品改编的影视剧、有声书、广播剧、游戏及衍生周边等产品受到粉丝的追捧，大量资本被吸引注入。资本通过囤积 IP 资源，哄抬可能成为爆款的原创 IP 的价格，吸引用户目光，使之成为赚钱的手段，造成 IP 投机现象。[①] 此举放大了 IP 本身的价值，催生泡沫，受资本热捧的网络文学作品被源源不断地创作，强化其经济效益，市场的有限性使得如此庞大的 IP 内容难以被消化，造成资源浪费。由网络文学衍生的其他产品，由于前期为获得版权而投入的成本过高，造成资金短缺，直接影响后续制作，导致内容不精、收视数据与口碑下滑，影响受众观感，未能达到预期效果。

（四）侵权行为屡禁不止，版权保护追溯困难

长期以来，相关法律法规制定滞后、准入门槛低、事后追溯困难、版权保护界定模糊等问题已经制约我国网络文艺产业的发展。网络平台强开放性、

---

① 秦枫、周荣庭：《网络文学 IP 运营与影视产业发展》，《科技与出版》2017 年第 3 期，第 90—94 页。

共享性的特征，为盗版商通过网络爬虫技术分发网络文艺作品提供方便，致使盗版作品迅速在网络泛滥。由于侵权链条过长，盗版源头难以追溯，使得盗版者更加猖狂。以网络文学为例，《2021 年中国网络文学版权保护与发展报告》指出，2021 年中国网络文学产业规模达 358 亿元，网络文学盗版损失侵占 17.3% 的市场份额，网络文学盗版内容通过搜索引擎广泛传播。① 在网络音频领域，网络音频平台借助"避风港原则"规避惩戒，用户未经原作者许可，私自录制并上传音频于平台上，造成内容侵权；盗版商将原创音频内容于网络广泛传播，使得侵权行为再次产生。侵权问题极大地影响了网络文艺的内容生态平衡，影响原创者内容创作积极性。

三、数字经济背景下网络文艺融合发展策略

2015 年，《中共中央关于繁荣发展社会主义文艺的意见》中提出"大力发展网络文艺。网络文艺充满活力，发展潜力巨大……推动网络文学、网络音乐、网络剧、微电影、网络演出、网络动漫等新兴文艺类型繁荣有序发展"。② 2020 年，中共中央办公厅、国务院印发的《关于加快推进媒体深度融合发展的意见》中进一步提出："更加注重网络内容建设，保持内容定力，专注内容质量，扩大优质内容产能，创新内容表现形式，提升内容传播效果。"③ 在国家政策扶持与技术繁荣发展的背景下，网络已成为重要舆论阵地，技术驱动和媒介拓展推动网络文艺不断融合。网络文艺融合发展需要积极调整策略，强化战略布局，适应融合发展的时代要求。

（一）人才融合培养，提升创作质量

网络文艺是数字艺术创意产业的重要组成部分，其发展和繁荣与原创内容质量高低密不可分。网络文艺的健康发展需要多部门全方位参与。我们的文艺是人民的文艺，要坚持以人民为中心的创作导向，要加大监管审核力度，要把好价值导向关、艺术品位关、内容质量关，推出更多增强人民精神力量的优秀作品。网络文学作为网络文艺产业链上游，在创作上应贴近受众、贴近生活、摆脱套路，增强叙事趣味性与故事逻辑性，加强作品的文学性。网络影视、网络音频作品改编以尊重原著为基础，避免"魔改"与"融梗"现

① 夏琪：《网络文学行业发起最大规模反盗版倡议》，《中华读书报》2022-06-01。
② 《中共中央关于繁荣发展社会主义文艺的意见》，《人民日报》2015-10-20。
③ 熊宪斌：《以内容建设为根本建立全媒体传播体系》［EB/OL］，［2020-09-27］. https://m.gmw.cn/baijia/2020-09/27/1301609993.html。

象的产生，促进全产业链精耕细作，在获得经济效益的同时以社会效益为重，促进网络文艺健康发展。

优秀内容的产出离不开高质量人才的培养，要积极开展网络文艺专门人才培训，加强队伍建设，提升创作责任。中国文艺评论家协会网络文艺委员会委员吴长青曾发文指出，网络文艺需要融合型人才，要把网络文艺人才队伍建设当作整个网络文艺人才生态系统核心来抓，强调跨界、跨行业联合，在突出理论高度的同时，加强应用型训练。① 网络文艺人才培养应适应 UGC 模式下的用户创作逻辑，因此要邀请多元网络文艺工作者加入。邀请专家进行理论指导，帮助创作者树立优秀作品意识、提升创作质量；邀请优秀网络文艺创作者分享创作历程、分析用户需求，帮助其他创作者丰富创作题材引领网络文艺的发展方向。

（二）内容融合共生，强化 IP 赋能

在数字技术的加持下，网络文艺改变以往单一线性的创作模式，逐步建立起以优质内容资源为核心的全产业链生产过程。优质内容资源价值不断凸显，成为 IP 开发的基础，即内容一次创作，多种形式改编，多渠道分发，实现融合增值。

树立 IP 思维需要建立在对全产业链深刻理解，对内容深度分析的基础上。近年来，网络文艺内容资源开发已逐步形成以网络文学为上游，网剧、网络音频、网络游戏为下游的发展格局。内容融合不仅使得 IP 改编范围显著扩大，而且类型也不断丰富。例如根据海宴同名小说改编的《琅琊榜》在豆瓣获得 9.4 分的高分，猫腻同名小说改编的网剧《庆余年》一经上线，5 天内坐拥近 3 亿观众，实体书出版后一售而空；根据网络小说《一剑独尊》改编的有声书，在喜马拉雅 FM 播放量高达 38.55 亿。

高阅读量、高收视率、高播放量的背后，本质上仍是高质量的内容。当平台的稀缺性已不成问题时，高质量、差异化、可多次开发的优质内容成为吸引用户的不二法宝。例如，拥有庞大用户资源的爱奇艺，改变发展思路，深度参与网络文学创作过程，在"爱奇艺视频"的基础上，推出"爱奇艺小说"以寻找 IP 孵化机遇。"爱奇艺小说"直接参与作者内容创作，提供经验指导，使文学走到影视前面，达到引流效果。"爱奇艺小说"以此及时发现优质作者并签约，从而掌握内容资源，提升市场话语权与用户竞争力，据此

---

① 吴长青：《网络文艺需要融合型人才》，《光明日报》2016-11-22。

进行包括文、漫、剧、影、综等在内的全产业链开发。未来 IP 改编要在商业性的基础上追求艺术性，加深对内容的理解，更好地进行融合开发。IP 改编不仅是文字与图像声音的配合，更是专注创新、强调二次创作的协调，从导演、编剧、演员、服化的选择到场景、配乐的构建，都需要投入大量心思、花费大量精力，以达到建立 IP 品牌，为网络文艺产业赋能。

（三）平台融合开放，拓宽应用场景

网络文艺的发展繁荣一直受益于网络平台的搭建与完善，互联网的高度开放性，为平台在垂直应用开放、用户互通互融上提供了可能。然而网络文艺多样化的内容提供，促使用户产生多元使用需求，平台的多样性与提供内容的分散性，致使用户需要在不同平台切换以获得信息，无形中降低用户黏性，造成用户流失。

平台融合开放将助力解决该矛盾，如主流媒体在强化原创内容生产力这一核心竞争能力的基础上，聚合独具特质的异质性资源，拓宽平台功能，形成对用户的多维度服务能力。[1] 同样，网络文艺有必要建立立体传播服务网，以此推动特性不同、传播力不同、影响力不同的平台间的融合，以实现资源配置和传播效果的叠加效应。平台融合既包括平台内融合，也包括平台间融合。平台内融合强化用户意识，形成一次采集、多次分析、及时反馈的工作模式；平台间融合则为同一平台提供多种服务提出更高要求，立体化的网络文艺平台能最大限度吸引用户，减少不必要的平台下载与注册。数字经济为移动支付提供了极大便利，支付的便捷性增强用户的付费意愿，用户基于此可一次付费享受多融合平台的多种服务。平台间强强联手融合，为用户增强内容的可获得性，拓宽应用场景。例如，阅文集团与腾讯音乐达成战略合作，实现双方资源平台互通，共同开拓有声长音频市场。用户通过 QQ 音乐这一平台，即可享受听音乐与听书的双重服务。又如，起点中文网提供网页游戏跳转服务，实现文字、游戏联动发展。

（四）技术融合应用，提升应用体验

技术的发展带来的不仅是阅读媒介的更迭，更深刻地改变了作者的创作模式、内容呈现方式、平台的服务模式。人工智能、大数据、云计算、物联网、VR/AR 等技术，为网络文艺融合提供了可能，推动网络文艺走向个性

---

[1] 宋建武、黄森、陈璐颖：《平台化：主流媒体深度融合的基石》，《新闻与写作》2017 年第 10 期，第 5—14 页。

化、智能化发展道路。5G 的高宽带、低延时、大容量的特点，将大大提升信息的传输效率，为媒介生态带来新一轮变革。5G 时代将加速数媒融合，信息以更高的传输速度，更多元的呈现方式，更丰富的内容供给，提升读者的阅读体验。①

充分利用大数据与 5G 技术，改变网络文艺创作、分发模式。大数据技术为网络文艺创作提供更多便利，可调取所有与主题相关的材料，并利用其高速处理优势将材料具体分类。网络文艺创作者通过分析特定数据，考虑读者实际需求，合理设计故事情节，从而吸引读者目光，摆脱网络文艺类型化创作困境。同时创作者可通过直接搜集用户评论、弹幕等内容，适时改变创作方向，丰富情节内容。例如，中文在线基于大数据和人工智能技术，实现智能多渠道内容发布、智能全媒体资源管理、智能推荐、智能语义分析与情感理解，实现了从内容生产、管理、推送等各环节全流程的智能化。② 网络文艺还可借助人工智能实现融合，数据是人工智能的养料，人工智能系统将网络文学语料变成数据，借助算法和深度学习，吸收"养分"、发现规律并建构模型，将模型应用于实践。③ 2019 年阅文集团与微软（亚洲）互联网工程学院开启 AI 赋能网络文学"IP 唤醒"计划。该计划基于阅文集团旗下 100 部网络小说主人公 IP，微软小冰通过系统化学习分析重建世界观与虚拟体系，用户可开启与他们的专属剧情，已在红袖读书 App 上线。人工智能丰富了网络文艺的应用形式，给用户带来沉浸式阅读体验。

（五）版权融合监管，推动形成良好生态

网络文艺相关法律法规出台，是推动网络文艺形成良好生态、实现良性循环的必要保障。2005 年 9 月，国家版权局下发的《关于开展打击网络侵权盗版行为专项行动的通知》是国家版权局首次针对互联网版权保护开展专项行动，又称"剑网行动"。其涵盖范围广泛，针对文学、音乐、视频、游戏、动漫、软件等领域，且每年进行不同侧重点的专项行动，实现对网络文艺作品的保驾护航。网络文艺作品保护不仅要国家层面法律法规的"贴身护送"，更需要多方平台协同参与。④ 2020 年新《著作权法》颁布，明确将"视听作

---

① 季家慧：《5G 加速推进数字阅读迈向智慧化》，《科技与出版》2020 年第 8 期，第 63—67 页。

② 黄晓新：《5G 时代数字阅读智能化变革》，《中国出版》2020 年第 4 期，第 16—20 页。

③ 邓祯、梁晓波：《人工智能赋能网络文学出版：现状、潜在风险与应对策略》，《中国编辑》2021 年第 8 期，第 84—88 页。

④ 郑延培：《论网络文学作品的版权保护》，《电子知识产权》2016 年第 11 期，第 38—43 页。

品"纳入保护范围，为网络文艺的版权保护提供法律依据。数字经济时代，离不开新兴技术的应用，在立法保障的同时，区块链技术为解决网络文艺侵权问题带来了可能。根据区块链共享数据库的本质，利用去中心化、时间戳、共识机制等技术特点，为公开追溯、修改留痕、公开透明建立坚实的信任基础。[1]

网络文艺平台作为内容提供者，应主动审查，加强版权监控管理，建立侵权作品处理机制，一经发现侵权内容，应立即采取措施，进行屏蔽、下架处理，避免"避风港原则"的滥用。网络音频平台与网络视频平台应积极与网络文学平台合作，加强行业间、平台间合作，建立协调运作机制。利用区块链技术，平台间通过控制版权购买、音视频制作和产品发布减少授权中间环节，记录使用过程，以规避版权纠纷。网络文艺创作者应强化自身维权意识，避免由于自身意识淡薄，或维权过程漫长烦琐，导致侵权行为更加嚣张。作品一经创作，应及时前往版权局进行版权登记，以便明确版权归属。

四、结语

随着数字经济的飞速发展，新兴传播模式的不断涌现，网络文艺成为文化传播的重要方式。网络文艺健康可持续发展必须建立在高质量的基础上。党的二十大报告提出，要加快建设制造强国、质量强国、航天强国、交通强国、网络强国、数字中国；还要建设具有强大凝聚力和引领力的社会主义意识形态，牢牢掌握党对意识形态工作领导权，全面落实意识形态工作责任制，巩固壮大奋进新时代的主流思想舆论，加强全媒体传播体系建设，推动形成良好网络生态。我们要在把握数字经济发展态势和传播媒介规律的基础上，不断探索网络文艺融合的更多可能性，以形成良好网络生态，早日建立网络强国、数字中国，以满足人民群众日益增长的精神文化需求。

---

① 张辉、王柳：《区块链下网络文学版权保护问题研究》，《法学论坛》2021 年第 6 期，第 114—120 页。

后 记

中国网络文学已走过三十年风雨历程，成长为当代文学最具活力的新锐力量，并不断延伸传播半径，成为中国文化走向世界的生力军。在新的时代语境中，作为社会主义文学一个重要组成部分的网络文学，其历史使命和文化责任需要得到新的强化。总结网络文学发展的巨大成就，观察、洞悉网络文学创作和阅读的未来趋势，辨析网络文学的时代价值，探究网络文艺理论的新走向，把握网络文学与数字产业的融合发展等，都是当前网络文学研究的重要课题。

2022年11月5日，中国文艺理论学会网络文学研究分会第七届学术年会暨"中国网络文学三十年的历史经验与未来发展"学术研讨会在山东理工大学通过线上线下方式举行，来自北京、湖南、上海、广东、天津、浙江、安徽、湖北、贵州、四川、江苏、广东、陕西、江西、重庆、广西、福建等地的专家学者代表130余人出席了此次会议。开幕式由中国文艺理论学会网络文学研究分会会长、中南大学教授欧阳友权主持，山东理工大学副校长陈盛伟，中国文艺理论学会秘书长、华东师范大学传播学院院长王峰，山东省作协主席、山东大学文学院常务副院长黄发有，山东理工大学文学与新闻传播学院院长张艳梅为会议开幕式致辞。

在主旨发言环节，先后有厦门大学教授黄鸣奋、中国社会科学院教授陈定家、南开大学教授周志强、杭州师范大学教授单小曦、安徽大学教授周志雄、华中师范大学教授黎杨全、首都师范大学教授许苗苗、贵州财经大学教授周兴杰、西南科技大学教授周冰、山东理工大学副教授翟羽佳等10位专家学者作了大会主题报告。

在小组研讨环节，专家学者围绕"中国网络文学三十年的历史经验与反思""中国网络文学的主流化与高质量发展""中国网络文学理论体系、评价体系和话语体系""中国网络文学的艺术创新与美学建构""网络文学的跨文化、跨媒介传播""网络文学IP转化与泛娱乐文创产业""网络作家作品研讨""网络作家高楼大厦作品专题评价"等 8 个主题进行了线上分组讨论，与会代表的踊跃发言让研讨会开得十分扎实，学术含量很高。

此次会议收到与会学者提交的论文 88 篇。这些文章围绕会议主题，对网络文学做了全方位、多视角、多学科的考察，本书便是从这些论文中按特定专题挑选出来的论文合集。在整理编撰过程中，我们侧重遴选了部分年轻学人的论文，他们有的还是在读的博士生和硕士生。收录他们的文章，一方面是鼓励年轻学者积极介入网络文学研究，为网络文学理论批评队伍增添新鲜血液；另一方面也是考虑年轻人发表成果相对较难，为他们的成果公开发表尽一点绵薄之力，前提是文章质量必须达到发表要求。需要特别说明的是，许多资深专家这次只提供了论文题目和内容提要而未见全文，所以他们的成果未能收录，好在他们的会议发言已经得到与会代表的分享。

中国文艺理论学会网络文学研究分会每年都举办学术年会，每次都筹措经费出版会议论文集，目的不仅是以铅字形式凝聚会议成果，也是让尚处于起步期的中国网络文学研究集腋成裘，展现团队的实力和风貌，让这个"学术新秀"一步步进入"学术主流"。

谨此为记。

编者

2023 年 2 月 1 日